塞万提斯全集

·4·

幕间剧

吴健恒　董燕生　译

伽拉苔亚

赵德明　徐尚志　译

人民文学出版社

目　次

管离婚案件的法官

吴健恒 译

序　言

　　这个幕间剧以不幸的婚姻为主题，写了几个漫画式的人物，例如老汉、穷苦士兵、外科医生和搬运工。出场的三个妇女是上述前三人的妻子，几乎没有什么个人特色，都脾气坏，神经质，快嘴快舌，对丈夫不满。至于引起提出离婚要求的问题，老汉和玛丽亚娜这一对主要是由于年龄差异，士兵和堂娜吉奥玛这一对是由于经济困难，而外科医生和明哈卡这一对则是因为性格不合。

　　作者本人婚姻生活中痛苦而且失望的经历，也许在这个讽刺小剧的调侃中隐约可见；可是有的评论家把塞万提斯看成剧中的穷苦士兵兼诗人，我们认为这种看法太牵强了。当然，就那士兵来说，有时从他的台词里，有时从他妻子的台词里，可以体会出马德里的生活场景，如人们集会聊天的处所、懒散、特莱达纳桥、赌场等。这样的场景，通过这个讽刺剧口吻颇为平淡的语言，活生生地表现出来。搬运工这个角色——其妻没有出场——之所以令人感兴趣，在于他接触了既痛苦又生动有趣的贫困生活。离婚诉讼的冲突悬而未决，全剧以两个乐师出场而告终。他俩邀请法官和所有在场的人去参加一对不和的夫妇重归于好的庆祝会，重复唱出下面这两句歌词：

　　　　最坏的和解

　　　　强过最好的离婚。

关于本剧的写作日期,一般认为是在塞万提斯从巴利亚多利德首府回到马德里之后,若是如此,则本剧是作者最后写成的幕间剧之一了。这一剧本尽管像吉诃德的作者的所有短剧那样有趣,但我们认为并不属于他的最好剧本之列。

安赫尔·巴尔布埃纳·普拉特

剧 中 人 物

法官

书记官

律师

老汉

其妻玛丽亚娜

士兵

其妻堂娜吉奥玛

外科医生

其妻阿尔堂萨·德·明哈卡

搬运工

两个乐师

〔法官偕书记官和律师上场，就座。老汉与其妻玛丽亚娜上场。

玛丽亚娜　好啦，管离婚的法官大人已经就位审案子啦。这回我可得下定决心；从此我要像鹰一样获得自由，再也不要求爷爷告奶奶，打官司花钱了。

老　汉　嘿，嘿，玛丽亚娜，别这么拉大嗓门唠叨你的事啦。看在上帝面上，说话声音轻点儿。瞧你又吵又闹，把街坊们的耳朵都震聋了。法官大人就在你面前，轻点儿声也能把你的要求说给他听嘛。

法　官　你要告什么状，好人？

玛丽亚娜　大人,离婚!离婚,离婚,来一千次也是要离婚!

法　官　跟谁离婚,为什么要离婚,太太?

玛丽亚娜　跟谁?跟这儿这个糟老头呗。

法　官　为什么呢?

玛丽亚娜　因为我受不了他那些烦人的事,也不愿意老得照顾他
　　　那些说不完的病痛;爹妈把我抚养大,不是要我开医院做看
　　　护的。我把一份好嫁妆带给这皮包骨的老家伙,可他把我这
　　　一世折磨得好苦。我落到他手里那会儿,脸庞儿放亮,跟镜
　　　子一般,如今却满脸像粗呢子似的起皱了。法官大人,要是
　　　您不想叫我上吊,那就替我解除婚约。就因为跟这副尸架子
　　　成了亲,我每天都伤心落泪。您瞧,您瞧我脸上的泪沟儿。

法　官　别哭,太太;说话声音轻点儿,擦干眼泪,我会替您主持正
　　　义的。

玛丽亚娜　您就让我哭吧,大人,哭哭我心里好受些。在治理有方
　　　的王国和共和国里,夫妻关系得有个限期:婚约以三年为限
　　　期,到期就解除或者重订,好比订租约似的,不该管一生一世,
　　　叫双方经常感到痛苦。

法　官　这种办法要是能够或者应该实行,要是使点钱能办得到,
　　　那准该早已实行了。不过,请把你们闹离婚的理由说得更具
　　　体些,太太。

玛丽亚娜　我丈夫到了冬季,我却处在春天;我半夜三更得起来弄
　　　热毛巾和麦麸袋子,给他暖腰背,这就使我亏了觉;我得拿绑
　　　带给他一会儿捆捆这边,一会儿扎扎那边——我真想把他捆
　　　成根棒子才好呢,他活该这样!我每晚都得给他塞高枕头,调
　　　咳嗽糖浆,好让他不至于咳得透不过气来;我还得忍受他嘴里
　　　的那股子臭味,那味儿您老远都闻得着。

书记官　那味儿准是一颗坏牙发出来的。

老　汉　见鬼,不可能,因为我满嘴的牙齿都掉光啦!

律　师　我听说有法律规定,单凭口臭这一条,妻子就能跟丈夫离
　　　　婚,丈夫也能跟妻子离婚。

老　汉　先生们,她说我有的那股臭味,不是我的坏牙发出来的,
　　　　因为我没有牙齿了,更不可能是从我胃里冒出来的,我消化好
　　　　极了,其实那只能是她心里打的坏主意。各位大人不了解这
　　　　位太太。要是你们了解她,那就肯定会怕她,在胸前画个十字
　　　　避开她。我跟她生活在一道,受了二十二年的折磨。她反复
　　　　无常,横蛮透顶,老爱尖声叫骂,我都忍着没吭过气儿;最近两
　　　　年来,她每天都推搡我,把我朝坟墓里推。她蛮不讲理,就爱
　　　　吵架,吵得我都快聋了。即使像她说的那样给我治病,那她也
　　　　是老大不情愿地干的,可医生本应该手轻、脾性好嘛。总之,
　　　　先生们:我是在她控制下给折磨得要死的人,而她是靠我生活
　　　　的,因为她是女主人,掌握着我的财产。

玛丽亚娜　你的财产?你的什么财产不是拿我的嫁妆赚得的?你
　　　　赚得的财产有一半是我的,尽管你不乐意这么看。要是我现
　　　　在就死,我不会从这一半财产和我的嫁妆里,给你留下一个子
　　　　儿,你瞧我多么爱你。

法　官　您说说看,先生:您刚落到您妻子手里的那会儿,是不是
　　　　身体棒,长相也好,各方面都够条件?

老　汉　我说过了,二十二年前我落到她手里,就像落到了卡拉
　　　　布里亚①的监工手里,成了被迫在大帆船上划桨的奴隶似的

———————

　　①　意大利南部地区名。

人①。那会儿我健壮得她叫干什么就能干什么。

玛丽亚娜　新筛子,用上三天就坏了!

法　官　住嘴,住嘴,好厉害的婆娘!去你的吧,我看没什么理由能给你解除婚约。你吃过了熟的,那就得尝尝老的硬的。时光匆匆流失,没有哪个丈夫能够青春常在,时光总得经过他的门前,窃走他的岁月。你得想想他给过你的好光景,别把他现在加给你的不幸看得那么严重。得啦,别再回嘴啦。

老　汉　要是成的话,您大人就行行好,帮我摆脱这服刑般的日子,我会十分感激您,因为我们既然感情破裂了,您还让我这么过下去,那就等于把我重新交给折磨我的刽子手。要是您不能这么办,那咱们就干这么件事:您把她关在一所修道院里,把我关在另一所修道院里。我们可以平分财产。这样,在今后的日子里,我们才能敬奉上帝,平平安安过日子。

玛丽亚娜　去你的吧!你想我会乐意被关起来吗?你去跟个小姑娘说这事儿吧,她也许会喜欢栅栏、转门、铁窗和跟她形影不离的嬷嬷。把你关起来吧,你受得了,因为你已经有眼不会看,有耳不会听,有脚走不动,有手摸不清物件。至于我,我挺健康,五种感官都健全灵敏,我想自由自在地看看听听,尝尝碰碰,不打算躲起来在暗地里瞎摸。

书记官　这个女人太放肆了!

律　师　她丈夫倒是挺讲道理的,可他受不了啦。

法　官　我不能批准他们离婚,因为没有什么理由②。

〔一个穿着整齐的士兵及其妻堂娜吉奥玛上场。

---

① 当时航海的大帆船用奴隶或犯人划桨。
② 原文为拉丁文。

堂娜吉奥玛　谢天谢地,我如愿来到了您大人面前,我恳求您准许我跟这东西离婚。

法　官　"这东西"是什么东西?他没个名字吗?您至少该说要跟这个人离婚嘛。

堂娜吉奥玛　要是他也算个人,我就不会来请求离婚了。

法　官　那他是什么?

堂娜吉奥玛　一根木头。

士　兵　(旁白)天哪,我得成为一根不吭声并且忍受痛苦的木头!要是我不为自己辩护,也不反驳这女人,法官也许要判我有罪。他一处罚我,那就等于把我从囚禁中解救出来,就像把一个俘虏奇迹般地从得土安①的地牢里解救出来。

律　师　您说话态度好点儿,太太,把您的事说出来,用不着骂您的丈夫。在您对面这位管离婚案的法官,会公正处理您的案件的。

堂娜吉奥玛　难道各位大人要我不把他叫作木头吗?他可是跟木头一样不会动换。

玛丽亚娜　这女人准是为了受到跟我一样的伤害来告状的。

堂娜吉奥玛　大人,既然您要我管这东西叫作"人",那我就说我嫁给了这个人,可他不是我要嫁的那种人。

法　官　怎么啦?我不懂您说什么。

堂娜吉奥玛　我说,我原以为我嫁了个平常的人,可没过几天我就像说过的那样,我发现我是嫁给了一根木头,因为他没一点儿能耐,找不出办法赚一个子儿来养家活口。他早上去望弥撒,

---

① 摩洛哥北部城市,当时海盗把西班牙人囚于此处,以换取赎金。塞万提斯本人就有被海盗俘获在阿尔及尔当五年奴隶才得赎回的遭遇。

接着到瓜达拉哈拉门①去聊天儿,打探消息,听谣传谣;到下午就从一家赌馆游荡到另一家,有时候上午也去,在那儿帮闲凑趣,我听人说,赌棍特别讨厌这种人。到下午两点他回来吃饭,人家没给他一个子儿的小费,因为而今不时兴给这种人小费了。他接着再出门去,待到半夜三更才回来,要是能找到吃的就吃点儿晚饭,要是找不到,他就在胸前画个十字,打个呵欠,上床睡觉。他整夜都翻来覆去地睡不安稳。我问他怎么啦,他回答说他在动脑子瞎编一首十四行诗,是一个朋友求他做的。他居然一门心思想成个诗人,好像一沾上做诗这行当就跟人世间的需要脱了钩似的。

士　兵　我太太堂娜吉奥玛说的这些全是实情;要是我不像她说的这样混日子,那我早就会从这儿那儿得到点好处了。我会像那些不安分的精明小人物那样,手持一根权杖,骑上一头租来的、倔强的小瘦骡,可是没有骡夫陪着——这种骡儿只有在本身有了缺陷而且没人要的时候才能租到。我会把鞍袋儿挂在骡屁股上,一边的袋儿里装着一条领带和一件衬衣,另一边的袋儿里装着半块干酪、面包和酒囊。我只绑上裹腿,安上一只马刺,不带路上换洗的衣服了。我怀揣着个委任状,心头痒痒的,摇摇晃晃经过托莱达纳桥,尽管那瘦骡儿懒洋洋地迈不开步子。过不了几天,我会给家里寄去一只火腿,几尺粗布,一句话,就是寄去我管辖地区的村镇里能便宜挑上的物件儿,我这可怜虫就用这办法来尽量做到能维持我的家。可是,我这都是空想,事实上我既没有工作,又没有收益,不知道自个儿该怎么办才好。因为我结了婚,没有

---

① 马德里一个商业区和游手好闲的人汇集之所。

哪位领主大人乐意用我;我这就不得不恳求您法官大人,按
我太太要求的那样,判我们离婚。乡绅们就因为穷,日子挺
难挨的。

堂娜吉奥玛　还不止这样哩,法官大人:我看到我丈夫那么不中
用,过着穷苦日子,就急于想帮他摆脱困境,可我没法办,因为
我终归是个正派女人,不能干下作事。

士　兵　光凭这一点,这女人就值得男人爱;可是,她的这种荣誉
感下面,掩藏着世上最坏的脾性。她无缘无故妒忌,没来由吵
嚷,穷得叮当响还要摆阔气。她知道我穷,就一直小看我。最
坏的是,法官大人,她对我忠实,就想以此来让我乖乖地忍受
她百般虐待欺侮。

堂娜吉奥玛　嗯,怎么不呢? 我这么贞洁,你怎么不该看重我,尊
敬我?

士　兵　听着,堂娜吉奥玛太太。我在这儿当着各位大人的面,要
对你说点事:你为什么凭自己贞洁就来指责我,你应该贞洁
嘛,因为你出身世家,自己是个基督徒,你难道不应该这么做
吗? 哼,女人们希望她们的丈夫尊敬她们,因为她们贞洁诚
实,好像单凭这点就完美无缺似的。她们没发觉自己身上到
处是漏洞,千万种她们所不具备的其他美德,都从那些缝隙里
漏掉了。你自个儿保持贞洁关我什么事呢? 我最关心的是你
是否不在乎自己不具备你的女佣人都具备的德行。我最关心
的是你是否成天怒气冲冲、吵吵嚷嚷、妒忌阴沉、挥霍浪费、懒
惰贪睡、无事生非、嘟嘟哝哝,以及诸如此类的其他恶习,这样
的德行足够折磨死两百个丈夫。话是这么说,法官大人,我看
我太太堂娜吉奥玛一点儿也没有这样的毛病。我承认我是块
木头,没本事,又懒惰又疲塌。因此,如果不是出于其他理由,

就按一般常识来说,大人您都得准我们离婚。我在这儿告诉您,我讲不出什么道理来反驳我妻子说的话。我认为这场官司我输定了,我会为自己被判罪感到高兴。

堂娜吉奥玛　你能说出什么道理来反驳我呢?你连我和我们的女佣人都养不起哩。我家没有很多女佣人,只有一个,她还体弱多病,吃东西还没蟋蟀吃得多。

书记官　别说啦,又有告状的来了。

　〔穿医生服装的外科医生和他的妻子阿尔堂萨·德·明哈卡上场。

医　生　根据四个很充足的理由,我来请求您,法官大人,准许我和我妻子堂娜阿尔堂萨·德·明哈卡离婚,她在这儿。

法　官　你打定主意啦?说说你的四个理由吧。

医　生　第一,因为我不愿见她,就像不愿见魔鬼似的;第二,她自己明白;第三,我不说;第四,因为我要是得跟她做伴到死,那我去世的时候,魔鬼都会不乐意把我带走。

律　师　他为投诉提出了极充足的证明!

明哈卡　法官大人,您听听我的申诉。您会看到,要是我丈夫凭四点理由请求离婚,那我能提出四百条理由来。第一,因为我一看到他,就会想到我看到的是恶魔现形;第二,因为我跟他结婚的时候受了骗:他说他是个货真价实的医生,其实不过是个蹩脚郎中,只会正正骨和治治其他小病,是个半吊子草医;第三,因为他妒忌照射我的太阳光;第四,因为我一看到他就受不了,我想离他千万里①路……

书记官　见鬼,这两口齿轮咬不拢的钟,谁能把它们调整好呢?

————————

①　这里说的是西班牙里,约合六公里。

明哈卡　第五……

法　官　太太，太太，要是您想在这儿把四百条理由说完，我可不
　　　　打算听，也没那工夫听。我们会凭证据来审理您的案子，现在
　　　　您安心走吧，还有许多别的事儿要处理呢。

医　生　我不愿意跟她死在一道，她不愿意跟我活在一道。除此
　　　　以外，您还要什么证据呢？

法　官　要是凭这点就可以判夫妇离婚，那会有数不清的人要把
　　　　婚姻枷锁从肩上卸掉。

〔有个身着搬运工服、头戴四角尖帽的人上场。

搬运工　法官大人，我是搬运工，这我不否认。可我是个老基督
　　　　徒①，一个正派诚实的公民。要是我不经常吃吃酒，或者更确
　　　　切地说，要是酒没毁了我，那我而今会成为搬运工人兄弟会的
　　　　头儿。可是，说起这事儿来话就长了，先别管它。我想告诉法
　　　　官大人的是，有一回我吃酒吃得迷迷糊糊，答应跟一个走歪道
　　　　的女人结婚。我酒醒过来，恢复神志以后，履行了诺言，跟我
　　　　从罪恶中拯救出来的那个女人结婚了。我让她摆水果摊儿，
　　　　她那么坏，那么横，光顾她摊儿的人没有不跟她吵架的，有时
　　　　是因为她短斤少两，有时是因为人家摸了她的水果，她不管三
　　　　七二十一，拿起秤砣来砸人家的脑袋，要么砸到哪里算哪里，
　　　　还辱骂人家祖宗十八代，跟多嘴多舌的女邻居们也没有一刻
　　　　和平相处过。我得像个长号手似的成天带着剑保护她。我们
　　　　赚的钱还不够偿付卖货缺斤短两和打架的罚款。我恳求大人
　　　　您开开恩，要么帮我摆脱她，要么至少把她那火暴性子改造得

---

①　当时"老基督徒"指纯正血统的西班牙人，他们享有很大的特权，而由摩尔人
　　或犹太人归化的"新基督徒"，则不得担任公职，不得上大学念书，等等。

温和一点,能克制一点。我向您保证,我要免费给您把这个夏
天里买的煤运回家,我跟扛大个儿的弟兄们还说得上话。

医　生　我认识这个好人的老婆,她跟我的阿尔堂萨一样坏。我
说得再明白不过了。

法　官　女士们,先生们,你们瞧:尽管你们来这儿提出了请求离
婚的适当理由,可是还得递个状子来,而且还得有证人作证,
这样我才能有根有据地来审查你们的案子……可是,怎么啦?
法庭上怎么有了音乐和吉他的声音?这真是新鲜事!
　〔两个乐师上场。

乐师们　法官大人,前天,经您劝说调解,一对不和的夫妇已经言
归于好。现在,他俩在家等候您去开个盛大的庆祝会,派我们
来请您光临。

法　官　我非常高兴去参加那个庆祝会。我恳切希望在场的各位
也像他们那样重归于好。

律　师　要是那样,本庭的书记官们和律师们就得饿死。不,不,
让谁都来请求离婚吧。到头来他们大都会像现在这样生活下
去,我们从他们干蠢事和争吵中却能得到好处。

乐师们　好啦,我们得离开这儿,为庆祝会助兴去啦。(唱)
　　　　一对对正派的夫妇
　　　　发生了公开纠纷的时候,
　　　　最坏的和解
　　　　也强过最好的离婚。

　　　　人难免一时失误,
　　　　只要没瞎了眼睛,
　　　　那么圣约翰节的争吵

能带来一年的平静。

荣誉感和逝去的爱情
就会从此复活回生，
因为最坏的和解
强过最好的离婚。

尽管疯狂的嫉妒心
是那么凶那么猛，
可美人儿的嫉妒
恰似幸福的天庭。

精通恋爱的爱神
是这样描述爱情：
最坏的和解
强过最好的离婚。

（剧　终）

流氓鳏夫特兰帕戈斯

吴健恒 译

序　言

　　《流氓鳏夫》这个幕间剧,跟《达甘索地区选村长》一样是个诗剧。评论界一般给它高度赞扬。科塔雷洛和莫里①写道:"此剧以作者在《林孔内特》中所表现出来的那种优美的嘲讽语调写成。三个过着放荡生活的女角,描绘得十分有趣。"

　　科塔雷洛和巴列多尔②把梅嫩德斯－佩拉约对《林孔内特》有名的颂扬用到了这个幕间剧上面(热烈的欢乐气氛……爽朗开心的语调……美的宽容),在另一页还补充道,"塞万提斯在这里驰骋他那幽默的笔锋,把这些走上迷途的人物生动的语言中最独特而有趣之处都刻画出来了"。尽管他们也承认,作者有时"把现实主义突出得过分了"。

　　我比较同意迈内斯③的看法,他不太喜欢这个流氓,这倒不是由于剧中的韵文写得不流畅,而是由于全剧风格不高,特别在开头是这样。

　　据我看,这个幕间剧的笔调,跟《林孔内特》和喜剧《快乐的流氓》第一幕反映下流社会时的那种经过刻意修饰的明快笔调,是有很大区别的。这个幕间剧的笔调不流畅,沉闷,有点克维多式

---

① 　见《幕间剧、颂词、舞蹈……选》,载《西班牙作家新丛书》卷一。——原注
② 　见《塞万提斯的戏剧》。——原注
③ 　见《塞万提斯的幕间剧》。——原注

的,阴沉而且丑陋、抑郁,表现得过于做作勉强,跟塞万提斯的一般风格不大合拍。

据我看,这个幕间剧是他所有的幕间剧中写得最次的(这里除了肯定是他写的那些剧本外,还包括可能是他写的《两个饶舌者》,和不大可能是他写的《治烦恼病的医院》)。《流氓鳏夫》一剧末尾出现的埃斯卡拉曼,是许多文学作品中所描绘的一个人物。埃斯卡拉曼出现在基尼奥内斯·德·贝纳文特描绘的在马德里被鞭打和割去耳朵的贼婆《堂娜伊萨贝尔的故事》中,出现在克维多的几首诗和一个谣曲中,甚至出现在被认为是罗哈斯写的一个宗教短剧中。在这一名为《埃斯卡拉曼劝世剧》的短剧里,这个有名的流氓成了一个罪孽深重的人。胡安·德·梅内塞斯写过一个很好的喜剧《勇敢的埃斯卡拉曼》。鳏夫这个主题,在许多幕间剧中出现过,例如基尼奥内斯的《萨帕坦加》,就明显地模仿了塞万提斯的这个剧本。还有基罗斯常写的鳏夫们,和十八世纪堂拉蒙·德·拉·克鲁斯的《鳏夫》。跟塞万提斯这个幕间剧中的鳏夫相似的流氓主人翁中,最好的作品也许是十七世纪初年马萨尔克维用优美的散文写下的那部作品。谁知道《流氓鳏夫》这部作品是不是塞万提斯本人所写,而在他晚年则由于其语调有伤风化而予以轻视的一个幕间剧呢?

安赫尔·巴尔布埃纳·普拉特

剧 中 人 物

特兰帕戈斯——流氓

奇基斯纳克——另一流氓

胡安·克拉罗斯——另一流氓

巴德梅康——特兰帕戈斯的佣人

俏姑娘

鹈鸰姑娘

笨姑娘

埃斯卡拉曼——流氓头子

两个乐师

〔特兰帕戈斯身着丧服上场,其仆人巴德梅康手持两把击剑
　　用钝头剑随之上场。

特兰帕戈斯　巴德梅康!

巴德梅康　东家……

特兰帕戈斯　把剑带来了吗?

巴德梅康　两把都带来啦。

特兰帕戈斯　很好。把剑给我,去把靠背椅搬来,把家里的其他坐
　　凳也搬来。①

巴德梅康　什么坐凳?难道家里有什么坐凳吗?

———————

①　本诗剧除结尾部分歌词以诗体译出外,其余皆以散文译出。

特兰帕戈斯　　把石臼搬来,蠢猪。还把盾牌拿来,把支床凳也
　　　搬来①。

巴德梅康　　支床凳坏啦:缺了一条腿。

特兰帕戈斯　　这也算毛病吗?

巴德梅康　　唔,不小的毛病!

　　〔巴德梅康下场。

特兰帕戈斯　　啊,佩丽科纳,我的佩丽科纳,人人都爱的佩丽科纳!
　　　你的大限终于来到,我留下来你却走了。糟糕的是我不知道
　　　你去了哪儿,尽管按照你的为人处世,可以真心实意地想象你
　　　会到了……可我拿不定主意来给你安排好来世的归宿地。我
　　　失了你,活着就像死了一样。在你灵魂归天的时刻,我怎么
　　　不待在你床头,吸入你散发的灵气,把它深藏在我洁净的胸怀
　　　里! 啊,苦难的命运,谁能相信你! 就像一个杰出的诗人说
　　　的:"昨天我是佩丽科纳,今天成了尘土一堆。"

　　〔流氓奇基斯纳克上场。

奇基斯纳克　　嘿! 您个特兰帕戈斯,大人您怎能这么跟自己过不
　　　去? 您,咱们这一帮人的太阳,怎能落到这身破丧服里,让它
　　　遮掩埋葬您自己? 您特兰帕戈斯,不要这么长吁短叹。擦干
　　　眼泪,为魂归天国的好佩丽科纳施救济、做祷告、做弥撒,这强
　　　过哭哭啼啼,唉声叹气。

特兰帕戈斯　　奇基斯纳克,我的朋友,你叽里咕噜像个神学家;可
　　　是,在我生活走上正轨之前,请你拿起剑,咱们再来比试比试。

奇基斯纳克　　嘿,特兰帕戈斯,现在不是比剑的时候。今天,会有
　　　很多人来悼念,难道咱们还能比剑?

---

① 这里石臼、盾牌和支床凳都是用来当坐凳的。

〔巴德梅康携一把破烂不堪的椅子上场。

巴德梅康　哼！我敢说，谁要不让我东家装腔作势耍剑比武，那就等于不让他活啦。

特兰帕戈斯　巴德梅康，你再去把石臼和支床凳搬来，别忘了还要把盾牌带来。

巴德梅康　（旁白）唔，还要把烤肉叉、煎锅和菜盘捎来。

〔巴德梅康又下场。

特兰帕戈斯　以后我们再来谈谈一个击剑假动作，我认为那是独特的，非同寻常的；眼下我为我的天使亡故而难过，手动弹不得，也没心思想事了。

奇基斯纳克　这倒霉的人儿去世的时候有多大年纪？

特兰帕戈斯　对她邻居和朋友们来说，是三十二岁。

奇基斯纳克　那还年轻！

特兰帕戈斯　说实话，她已经五十六啦；可是她那么会隐瞒年纪，我实在佩服。啊，她多么会染头发，用金色的鬈发换掉那满头银丝！到下个月六号，她交钱给我就交了十五年，要不然在这些年里我免不了跟人家玩命，也免不了背上挨鞭打的危险。要是我没算错，那可怜的人成为我亲爱的宝贝，至今过了十五个封斋期。在这些年月里，有人三十多次在她耳边嗡嗡地说教，可她为了我，就像在动荡的大海里屹立的岩石，完全不为所动。那可怜的人①多少次忍受叫骂和劝说的难堪境遇之后，都香汗淋淋地对我说："我的特兰帕戈斯，瞧瞧我为你这亲人受的这些苦，你求求上帝开恩，减轻我的罪责。"

奇基斯纳克　辉煌的胜利！无比坚贞的难得范例！这些都从她身

---

① 此处还有"妓女"的含义。

上找到啦。

特兰帕戈斯　谁怀疑这一点呢？她在进行这些神圣的谈话时，眼里没流过一滴眼泪，她的心肠坚如铁石一般。

奇基斯纳克　啊，这妇女值得希腊人和罗马人赞颂！她得什么病死的？

特兰帕戈斯　得什么病？几乎没得病！大夫说她得的是疑难杂症，肝脏不好，说要是喝柽柳水，准能活到七十岁。

奇基斯纳克　她没喝吗？

特兰帕戈斯　她喝死啦。

奇基斯纳克　她真蠢。她到最后审判那天再喝，就能活到那天了。没让她发汗是个错误。

特兰帕戈斯　她发汗了十一次。

　　〔巴德梅康携前述的坐凳上场。

奇基斯纳克　有人趁机打她的主意吗？

特兰帕戈斯　几乎谁都来打她的主意。她一直像棵青翠的银杏树，像野梨和苹果一样美。

奇基斯纳克　听说她大腿和胳膊上有流血的创伤。

特兰帕戈斯　这不幸的人是肥沃的原野①；可是不管怎样，今天大地已经把她吞没，她那粉白漂亮的躯体已经埋进大地的胸膛。到两年以前，她呼出的气息才有点变样，拥抱她就像拥抱一盆紫苏或者石竹，闻到了淡淡的芳香。

奇基斯纳克　想必是龋齿或溃疡，损毁了她那满口的珍珠，我说的是她的牙齿。

特兰帕戈斯　有一天她一觉醒来，牙齿都掉啦。

————————

① 是指西班牙塔霍河畔的肥沃原野。

巴德梅康　　的确是这样；可那是因为她头天晚上就没牙啦。我数
　　　了数，她原来有五颗真牙；假牙呢，她嘴里安了十二颗。

特兰帕戈斯　　谁叫你来管这闲事，蠢东西？

巴德梅康　　我不过说了真话。

特兰帕戈斯　　奇基斯纳克，我记起了以前比剑的事。你拿起剑来，
　　　站好迎击的姿势。

巴德梅康　　等一等，快把比剑的事搁下。您那帮朋友应邀来啦：来
　　　的有俏姑娘、鹧鸪姑娘、笨姑娘，还有胡安·克拉罗斯那流氓。

特兰帕戈斯　　欢迎欢迎，万分欢迎。

　　〔俏姑娘、鹧鸪姑娘、笨姑娘和流氓胡安·克拉罗斯上场。

胡　　安　　我们为你祝福，特兰帕戈斯先生。

俏姑娘　　啊，但愿上帝把他的满面忧伤，改变成欢喜模样。

鹧鸪姑娘　　但愿我明亮的双眼，看到他剥去那阴沉漆黑的皮囊。

笨姑娘　　天哪，多么悲戚的幽灵！快把他从我跟前弄走。

巴德梅康　　瞧这扭扭捏捏的模样。

特兰帕戈斯　　在这么不幸的时刻，我要是另一副模样，那我就成了
　　　一个波吕斐摩斯①，一个食人族，一个原始人，一个粗暴的佐
　　　伊尔②，一个吃人的恶魔，一个阴险狡诈的家伙。

胡　　安　　他说得对。

特兰帕戈斯　　我损失了一座波托西③的银矿，一堵支撑我软弱常
　　　春藤的城墙，一棵为我的痛苦提供绿荫的大树！

胡　　安　　佩丽科纳的确是一眼金泉。

-----

①　希腊神话中的独眼巨人，曾把希腊英雄奥德修斯囚禁在洞里，但终于被奥德
　　修斯弄瞎了他的独眼。

②　古希腊哲学家，因对荷马的抨击而著称于世。

③　玻利维亚西南边境省，为重要银矿产地。

特兰帕戈斯　每当夜色初临,闭门安坐的时刻,都能收到六十个小
　　　钱儿,难道这是小事吗?如今她已故去,这一切我都没有啦。

俏姑娘　我承认我的罪过:我总是嫉妒她的勤快没人比得上,可我
　　　没办法;我只能做我能做的事情,不能做我想做的事情。

鹁鸪姑娘　你别难过。靠上帝帮忙,胜过起早穷忙。这你懂不懂?

巴德梅康　这谚语搁在这儿正合适,懒娘儿们,但愿上帝就这样让
　　　你们做好梦。

笨姑娘　我们生来怎样就怎样;上帝对谁关心都一样。我没多大
　　　本事,可照样有吃有喝,还能让我的情郎衣衫光鲜。肯干活的
　　　女人都不丑,只有魔鬼才丑。

巴德梅康　笨姑娘善于为自己的权利辩解。她要是添上一句,说
　　　自己又年轻又洁净,那就更好,因为她正好是个这样的人。

奇基斯纳克　特兰帕戈斯成了这模样,我觉得他真可怜。

特兰帕戈斯　我穿上这件大衣,成了这副模样,两眼泪汪汪。

巴德梅康　像煮酒那么滴吗?

特兰帕戈斯　我滴了那么多泪吗,坏东西?

巴德梅康　您能给桥上的四个洗衣婆十五个小钱,酒袋不就空了。
　　　瞧,您眼里流出来的不是酒,还能是什么呢?

奇基斯纳克①　我认为特兰帕戈斯老兄不该老这么哭个不停,他
　　　得像过去那样②,我说的是要过他忘掉了的那种快乐日子,找
　　　个姑娘来代替从前的伴侣,因为活人得吃面包 ,只有死人才
　　　去坟墓待着。

――――――――

① 原著把说话人印成为胡安,但从下面俏姑娘的话来看,他应该是奇基斯纳克。
　　也许这是初版误植。
② 原文为拉丁文。

俏姑娘　奇基斯纳克简直就是社会风纪监察官加图①。

鹪鸰姑娘　我是个小人物,特兰帕戈斯,却很乐意来服侍你;我没有情郎,可有八十件小首饰。

俏姑娘　我有一百件。我已经准备好应征,不会把时间错过。

笨姑娘　我有二十二件,最多有二十四件,我可不是好欺侮的。

俏姑娘　哎哟,今儿怎么啦? 鹪鸰姑娘和笨姑娘都来反对我! 你想跟我较量较量,你这条花蛇,还有你,你这个蠢东西!

鹪鸰姑娘　凭我奶奶傻瓜堂娜玛丽娅的尸骨发誓,你这剥果皮儿的,我可不把你当回事。瞧这个花枝招展的傻大姐,还想压人一头!

笨姑娘　至少不会压我一头。我可不乐意背个对我不合适的包袱。

胡　安　你们注意:我支持鹪鸰姑娘。

奇基斯纳克　把俏姑娘算在我的翅膀保护下。

巴德梅康　瞧,这儿出事啦! 黄柄的军刀拔出鞘,这儿干起仗来啦!

俏姑娘　奇基斯纳克,我不要谁来保护我。站一边去,我自己会报复,用我这双造过孽的手,撕破那张得过疟疾的红果脸儿。

胡　安　俏姑娘,你可得尊重我胡安·克拉罗斯!

鹪鸰姑娘　让她来吧,让她把那没糅好的粉团脸儿凑上来。

〔有个人慌慌张张地走进来。

那　人　胡安·克拉罗斯,警察、警察! 警官沿街走过来啦!(下场)

---

① 古罗马没有社会风纪监察官,这里指的是公元前一八四年任此职的马尔库斯·波尔基乌斯·加图,通常称为"老加图"或"监察官加图",他以坚持原则著称。

胡　安　我的妈呀！我不待在这儿啦。

特兰帕戈斯　都别动。谁也不用慌神。警官是我的朋友，用不着怕他。

　　〔那人再上场。

那　人　他没到这儿来，钻到下边去啦。（下场）

奇基斯纳克　我吓得心惊肉跳，因为我是被赶出城去了的。

特兰帕戈斯　他就是上这儿来，也不会把咱们怎么样。他没法儿咋呼，我给他抹了油哩。

巴德梅康　你们别吵啦，让我东家选个最合适的姑娘，要么就选个最扎手的。

俏姑娘　这么干，我很满意。

鹌鸰姑娘　我也满意。

笨姑娘　我也满意。

巴德梅康　谢天谢地，我找到了好办法来解决你们的困难！

特兰帕戈斯　我烦死了，可也得选呀。

笨姑娘　上帝保佑你选好。

俏姑娘　你要是心烦，特兰帕戈斯，那你选中的姑娘也会心烦。

特兰帕戈斯　我说错了；我挑选姑娘并不心烦。

笨姑娘　上帝保佑你选好。

特兰帕戈斯　那么我说，我就选俏姑娘。

胡　安　他能就着面包吞下她的美色了，奇基斯纳克。

奇基斯纳克　就是没有面包也成，怎么说她都是有味儿的。

俏姑娘　我是你的啦；过来亲亲我的脸蛋儿。

鹌鸰姑娘　噢，这妖精！

笨姑娘　她只不过运气好，别嫉妒她。我看特兰帕戈斯不怎么靠得住：他昨天埋掉佩丽科纳，今儿就把她忘了。

俏姑娘　说得对。

特兰帕戈斯　叠起这件大衣,巴德梅康,去找神父押上,借十二个
　　雷阿尔①来。

巴德梅康　我想能当十四个。

特兰帕戈斯　去,去,带六阿孙勃雷②最贵的美酒回来。两腿要像
　　长上翅膀,快去快回。

巴德梅康　翅膀得长在背上。

　　〔巴德梅康携大衣下场,特兰帕戈斯只穿紧身上衣。

特兰帕戈斯　我发誓,要是我还穿那件破大衣,那你们明天就可以
　　把我埋掉。

俏姑娘　啊,瞧你那闪闪发亮的眼睛!你穿这身衣服,不披那黑不
　　溜秋的披风,眼睛看上去多么有神!

　　〔两个没带吉他的乐师上场。

乐　师　我和我的伙伴闻到酒香就到这儿来了。

特兰帕戈斯　你们来得正是时候。吉他呢?

乐师甲　吉他在店里,叫巴德梅康去取吧。

乐师乙　唔……啊不,我想自己去取。

乐师甲　你顺路告诉我老婆,要是有人匆匆③来理发店理发,就叫
　　他等我一会儿。

　　〔乐师乙下场。

乐师甲　我要喝两盅,再唱几首歌才能回去,看来特兰帕戈斯先生
　　想要乐一乐。

　　〔巴德梅康上场。

-----

①　西班牙的货币。
②　液量单位,约合二升。
③　原文为拉丁文。

巴德梅康　酒坛搬来了,在前厅呢。

特兰帕戈斯　搬进来。

巴德梅康　没有酒盅。

特兰帕戈斯　上帝不会把酒盅送到你跟前来。那牛角尿罐不是还没用过吗?把它拿来。真有你的!你会让爵爷丢丑哩。

巴德梅康　您别发火。不会缺酒盅,能找到好些个酒盅,即使是帽子做的也罢。(旁白)我敢肯定,这人倒不怕夸口。

〔一个肩臂上套着枷锁,看来像囚犯的人上场。他仔细察看在场的人,大家也在打量他。

俏姑娘　哎哟!来了鬼吗?这人是谁?这不是埃斯卡拉曼①吗?是的,就是他。亲人埃斯卡拉曼,我的爱人,过来拥抱我,你这下九流的精英!

特兰帕戈斯　埃斯卡拉曼啊,我的好朋友!怎么啦?成了个木头人啦?说话呀,跟你的朋友说说呀。

鹈鸰姑娘　这穿的是什么衣服,怎么还带着枷锁?你真是个鬼吗?我来摸摸你,倒像是活人嘛。

笨姑娘　这人就是他,朋友。他尽管不说话,也不能说不是他。

埃斯卡拉曼　我是埃斯卡拉曼,你们听听我简略谈谈我这一段时期的遭遇。

〔理发师带两把吉他上场,将一把递给他的同伴。

埃斯卡拉曼　有个法官发脾气给我定罪,罚我在大帆船的左舷领班划桨,船在巴巴利海岸②沉没了。我当了俘虏,成为土耳其人的奴隶。两个月后冒险逃亡,靠老天保佑,乘上一艘小帆

---

① 当时一个有名的流氓头子,是克维多等人创作的著名谣曲中歌唱过的人物。

② 古时对北非的称呼,古时西班牙航海的大帆船常被当时北非的海盗俘虏。

船逃脱,恢复了自由。我起誓许了个永不违背的诺言:不换这套衣衫,不去掉这副枷锁,一直要走到我家乡,把枷锁挂到那儿一座神圣修道院的墙壁上,那修道院叫圣米连德拉科戈利亚①。这就是值得我铭记在心的经历。拉门德丝身体还好吗? 她还活着吗?

胡　安　她现在住在格拉纳达,自在着哩。

奇基斯纳克　她在那边还牵挂你这个可怜的人。

埃斯卡拉曼　我在那边遭过难,冒过险,大家在这边怎么说我来着?

笨姑娘　有千万种说法。你的经历编成了戏,戏子们把你送上了绞架。

鹤鸰姑娘　孩子们在详详细细谈论你的事情。

俏姑娘　他们甚至把你奉若神明,你还要怎样呢?

奇基斯纳克　他们在街头和广场上为你歌唱,在戏院和家里为你舞蹈。你给诗人的启发,比特洛伊给曼图亚人维吉尔②的还多。

胡　安　你的名字在畜栏里回荡。

俏姑娘　洗衣婆在河边称赞你;马倌儿在恭维你。

奇基斯纳克　剪绒工为你挥动自己的剪刀,你比谣曲里的灰马驹儿还要有名得多。

笨姑娘　你挨鞭打的声名传到了西印度群岛,你受的苦难在罗马

---

①　这是一座古老的修道院,位于西班牙东北部拉里奥哈自治区。

②　维吉尔(公元前70—前19),古罗马诗人,生于意大利的曼图亚。他的史诗《埃涅阿斯纪》叙述特洛伊城被希腊人攻陷后埃涅阿斯逃往意大利建立罗马城的故事。

引起了同情,人家给了你数不清①的战利品。

巴德梅康　天哪,你像女贞树那样受到过敲打,像花儿那样被人们
　　　踩踏,可是你的名声比钟声更响亮,你比学生还年轻。那么些
　　　欢乐的年轻人认真跟你比试过舞蹈,可你跳的舞赢得了头名。

埃斯卡拉曼　给我荣誉,哪怕把我剁成八瓣儿。为了荣誉,我能去
　　　烧掉以弗所神庙②。

　　　〔两位乐师突然弹奏起吉他,开始唱下面的歌曲。

乐师们　(唱)英勇的埃斯卡拉曼

　　　　　已经逃脱险境,

　　　　　他让人们大吃惊

　　　　　也让自己的灾难脱开身。

埃斯卡拉曼　难道这歌是献给我的不成?你们以为我忘记作乐了
　　　吗?我跳舞跳得比原来还轻快哩。你们要是不相信,那就奏
　　　个曲子。来呀,脱掉碍手碍脚的衣服呀。

鹌鹑姑娘　啊,你是舞蹈大师,你跳得多好!

巴德梅康　步子多轻松利落。

胡　安　他会为特兰帕戈斯的婚礼增光。

埃斯卡拉曼　弹奏起来,瞧我跳得多轻巧。

乐　师　要是你们都跟着我的调子转,那就不会迈错步子。

埃斯卡拉曼　弹奏起来,我的脚痒痒,就想跳舞哩。

俏姑娘　我真想看看他跳得怎么样。

乐　师　大家准备好。

奇基斯纳克　都准备好啦。

---

① 原文为拉丁文。

② 以弗所为小亚细亚一古城,那里的希腊女神阿耳忒弥斯的神庙据称为世界七
　　大奇迹之一。

乐师们　（唱）英勇的埃斯卡拉曼

　　　　　　已经逃脱险境，

　　　　　　他让人们大吃惊

　　　　　　也让自己的灾难脱开身。

　　　　　　他又可以向世人展露

　　　　　　他那舞步的娴熟轻盈，

　　　　　　他的翩翩风度，

　　　　　　他王子般的身影。

　　　　　　只因科斯科丽娜

　　　　　　不能出席，就请

　　　　　　俏姑娘来代替，

　　　　　　她散发着柑橘花的香气；

　　　　　　还有那鹡鸰姑娘，

　　　　　　打扮得举世无双，

　　　　　　就请埃斯卡拉曼

　　　　　　跳一曲加亚尔达①。

　　〔弹奏起加亚尔达舞曲；埃斯卡拉曼独舞，他跳完一曲后，乐
　　师们继续歌唱。

乐师们　（唱）俏姑娘开始

　　　　　　表现她那翩翩舞姿，

　　　　　　就看她头一个

　　　　　　把轻灵的舞步展示。

　　　　　　埃斯卡拉曼跟她伴舞，

　　　　　　还有鹡鸰姑娘

———————

　　①　一种十分轻快的古西班牙舞曲。

跟奇基斯纳克捉对成双,笨姑娘

跟胡安·克拉罗斯配上。

哎哟,跳得多好哟!

没有谁能跳得

这般合拍,这般轻快,

这般稳重,这般潇洒。

跳吧,孩子们,跳吧!

没有哪个姑娘和小子

能比得上咱们这一群,

没有谁更值得赞颂。

啊,瞧那手的轻轻摆动,

瞧他们抱拢又离开,

瞧那新的迷宫,

他们从那儿出出进进。

哪怕你随兴改变舞步

我都能弹奏跟从:

加那利舞①、扭腿舞、

土包子农民舞、

萨拉班达、森巴帕洛、

"对不起"和其他的,

还有早年流行的

"好皇上堂阿隆索"②。

埃斯卡拉曼　要是你们弹奏踢踏舞曲,那我想独自跳上一回。

---

① 西班牙加那利群岛古代的一种三拍踢踏舞。

② 这里所说的是当时的几种舞蹈,大都是猥亵的,例如萨拉班达就在一六一五年为西班牙王朝禁止。

乐　师　我会好好弹奏,你该跳得更好。

　　〔他弹起踢踏舞曲,埃斯卡拉曼独舞,一面跳一面说话。

埃斯卡拉曼　咱们接下来跳土包子农民舞,跳他吃洋葱和面包,你
　　　们三个陪我一道跳。

乐　师　圣胡安保佑你。

　　〔大家跳起他们熟悉的农民舞。跳完农民舞后,埃斯卡拉曼
　　　随意要求奏个舞曲。跳完后,特兰帕戈斯说话。

特兰帕戈斯　没有谁的婚礼,胜过我的婚礼。大家来跟着我高呼:
　　　"埃斯卡拉曼万岁,万万岁!"

众　人　万岁,万万岁!

（剧　终）

达甘索地区选村长

吴健恒 译

序　言

　　这个诗剧想必是塞万提斯的早期作品。从自由体诗的运用、词汇的使用、乡村风俗的描绘来分析,可以大致确定此剧是作者在一五八七至一六〇〇年萍踪无定时期中写成的。剧中还特别提到埃斯基维亚斯这个产酒的地方,那是塞万提斯的妻子的家乡。

　　粗粗看来,塞万提斯仅仅用带有漫画式的笔触,描绘了一幅乡村图景,其中几乎没有什么活动的情节:市政会议委员们集会,村长候选人登场,吉卜赛人载歌载舞,然后下级教堂办事员闯入并被抓住戏弄。从表面上看,这个短剧在情节安排的技巧方面没有超出洛佩·德·鲁埃达①的幕间剧;但是,塞万提斯的创作意图,他的嘲讽、批评和他那高尚的心灵,从这个简单的幕间剧的字里行间处处显露出来。

　　在这个剧本中,作者对乡村的典型人物做了描绘,在进行指责的台词中做了一些文字游戏,这是作者在《堂吉诃德》这部不朽的小说中涉及桑丘时十分风趣地做过的。除此之外,还可以指出许多非常引人注目的方面。阿尔加罗瓦关于品酒的一番话,跟桑丘对林中骑士或镜子骑士的侍从说的一个样(见《堂吉诃德》第二部第十三章末尾)。作者让农民乌米略斯说他以不会念书为荣,而他是这么振振有词地申述的:"学那玩意儿会把男人带上火刑场,

---

　　①　洛佩·德·鲁埃达(1510? —1565),西班牙剧作家。

把女人送进窖子里。"不难看出这话里所含的也许带有后伊拉斯谟①学派意味的讽刺。

显而易见的是，佩德罗·德拉·拉纳是公正的乡长的典型。在这个幕间剧的嘲讽揶揄声中，升起了他那高尚而庄重的声音，理想的父母官的声音，塞万提斯在好几处曾经想望过这种官员，并且特别在桑丘就任"便宜他了"那地方的总督时的政绩中做了发挥。拉纳希望他的村长权杖是根栎树干做的粗棒，要让"一袋金币还有其他各种礼物'都压不弯'……"他说："我还要表现得有教养，讲文明，有点儿严格而又不太严厉。我决不侮辱由于犯罪而带到我跟前来的可怜的人……掌了权不应该就忘了要礼貌待人。"

吉卜赛人出场后，幕间剧的场面就热闹起来。他们载歌载舞，唱着那有名的"我踏起地面的灰尘，一脚接着一脚"，这歌词在《林孔内特》中也出现过。教堂办事员的出场，显然含有抨击教会干预世俗事务的意味。拉纳高尚的声音，在这里也听到了。他对教堂办事员的训斥，显然是塞万提斯的语调："要你来管理国家大事吗？敲好你的钟，管好你自个儿的事情吧。别打扰官儿们，他们比我们更知道该怎么办。他们要是坏官，那就祈求让他们改正；要是好官呢，那就恳求上帝别把他们从我们这儿弄走。"

最后，首先出场的那位博学而经常引用拉丁文的学士，决定投票选拉纳做村长。然后，此剧在大家又唱起"我踏起地面的灰尘……"的歌声中结束。

安赫尔·巴尔布埃纳·普拉特

---

① 伊拉斯谟(1466—1536)，中世纪尼德兰(今荷兰和比利时)的人文主义大学者，他的学说对西班牙有很深的影响。

剧 中 人 物

佩索尼亚学士——偶蹄学士

佩德罗·埃斯托努多(打喷嚏的佩德罗)——书记官

潘杜罗(硬面包)——市政会议委员

阿隆索·阿尔加罗瓦(野豌豆阿隆索)——市政会议委员

弗朗西斯科·德·乌米略斯(傲气的弗朗西斯科)——农民

胡安·贝罗卡尔(岩石地胡安)——农民

米格尔·哈雷特(腘窝儿米格尔)——农民

佩德罗·德拉·拉纳(青蛙佩德罗)——农民

男人

下级教堂办事员

吉卜赛男女

乐师和舞女们

〔佩索尼亚学士、书记官佩德罗·埃斯托努多、市政委员潘杜罗与市政委员阿隆索·阿尔加罗瓦上场。

潘杜罗　你们放心吧。老天保佑,一切都会令人满意的。①

阿尔加罗瓦　要是咱们还一个劲儿吵吵闹闹,那什么也会办不成。

潘杜罗　安静。要是老天乐意,咱们一会儿就能把这事办妥的。

---

① 本诗剧除结尾部分歌词以诗体译出外,其余皆以散文译出。

阿尔加罗瓦　不管老天乐意不乐意,这事都是该办的。

潘杜罗　阿尔加罗瓦,你说话走火啦!说得客气点嘛。什么"不管老天乐意不乐意",这话我觉得听起来有点刺耳。嘿,你倒像个万事通,什么事都要乱插一手。

阿尔加罗瓦　我怎么说也是个老基督徒,真心实意信仰上帝。

佩索尼亚　这就好,用不着要别的了。

阿尔加罗瓦　要是我偶然说了不恰当的话,我承认自己嘴笨就是了。我收回说过的话。

埃斯托努多　够啦。犯了大错的人能够忏悔,上帝也会原谅的。

阿尔加罗瓦　我说我愿意忏悔。我知道,老天爷要怎么干就能怎么干,没谁能止住他的,尤其是他要下雨的时候。

潘杜罗　阿尔加罗瓦,雨水是从云里降下来的,不是从天上下的。

阿尔加罗瓦　哎哟哟!要是咱们到这儿来为的是要互相指责,那就说个明白;对你说吧,阿尔加罗瓦能够奉陪,不会没说词儿的。

佩索尼亚　让咱们来干事①,潘杜罗先生和阿尔加罗瓦先生。别孩子似的较劲儿浪费时间啦。咱们来这儿聚会,是为了进行无谓的争吵吗?潘杜罗和阿尔加罗瓦只要碰在一起,就会为千千万万的不同看法争吵不休,这真是妙极了。

埃斯托努多　佩索尼亚学士说得很对。说到点子上,咱们得考虑一下咱们要为明年任命的村长,要让托莱多不能在这些人身上找茬儿,只能说他们适于做这工作,批准对他们的任命。咱们就是为了这事来开会的。

潘杜罗　有四个人竞选村长,他们是胡安·贝罗卡尔、弗朗西斯

---

① 原文为拉丁文。

科·德·乌米略斯、米格尔·哈雷特、佩德罗·德拉·拉纳，都是又规矩又有本事的人。他们不只能管好达甘索，连罗马都管得好哩。

阿尔加罗瓦　管得好小小的罗马。

埃斯托努多　又来找茬儿啦？老天爷，我真受不了。

阿尔加罗瓦　很清楚，书记官为什么叫做埃斯托努多，因为他一发脾气，鼻孔就痒痒。别紧张嘛，我再不说什么了。

潘杜罗　你们在全稀街能找到这么……？

阿尔加罗瓦　"稀街"是什么意思，稀奇的街吗？说"世界"，聪明的潘杜罗，这才对啦。

潘杜罗　我说的是，在全世界也找不到四位这么聪明的候选人。

阿尔加罗瓦　至少我知道贝罗卡尔就有很敏锐的鉴别力……

埃斯托努多　哪方面的？

阿尔加罗瓦　他是第一流的品酒师。几天前，他在我家里品尝一瓮酒，说那清醇的酒有木料、皮革和铁的味道。那瓮酒吃完后，在瓮底果然找出了一根小木棒，上面系着一根皮带和一把小钥匙。

埃斯托努多　啊，难得的技巧！啊，难得的才能！懂得这么些事的人，能够管好阿拉尼斯、卡萨利亚，甚至能管好埃斯基维亚斯。

阿尔加罗瓦　米格尔·哈雷特是只雄鹰。

佩索尼亚　怎么说呢？

阿尔加罗瓦　他会用弹弓发射泥丸。

佩索尼亚　怎么啦？他弹无虚发吗？

阿尔加罗瓦　这就是说，要是他射出的泥弹丸不几乎都打着自己的左手，那么在这周围就不会有鸟儿了。

佩索尼亚　对村长来说，这真是一门少不得的绝技。

阿尔加罗瓦　我该怎么说弗朗西斯科·德·乌米略斯呢？他修起皮鞋来修得像裁缝一样好。至于佩德罗·德拉·拉纳，谁也没有他那样好的记忆力：他能记住歌唱阿尔瓦喂养的古代名犬的所有民谣，连一个字都不漏。

潘杜罗　我投这人的票。

埃斯托努多　加上我的一票。

阿尔加罗瓦　我支持贝罗卡尔。

佩索尼亚　要是他们不能进一步证明他们有法律方面的知识，那我谁也不支持。

阿尔加罗瓦　我提出个好办法，那就是叫四位候选人进来，由佩索尼亚学士考考他们。因为他懂法律，我们根据他的了解，就能知道他们中间谁能被委任这个职务。

埃斯托努多　啊哟，这想法真是妙极了！

潘杜罗　这是皇帝老儿都能用来解决问题的办法，因为就像朝廷里考医生那样，这里也得考村长。

阿尔加罗瓦　是"医官"，潘杜罗先生，不是"医生"。

潘杜罗　你真是个吹毛求庇的批评家。

阿尔加罗瓦　应说"吹毛求疵"，你怎么搞的！

埃斯托努多　天哪，阿尔加罗瓦真讨厌！

阿尔加罗瓦　我说，既然理发匠、钉马掌的铁匠、裁缝、外科郎中和别的小人物都得通过考试，那村长也得考考。给考试合格、证明能干这差使的发张证书，他凭这张证书可以去求职。因为这可怜虫有了这张藏在白铁匣子里的证书，可以到一个村镇里去任职，那儿会发金子给他做薪水。如今，小地方老是缺能干的村长。

佩索尼亚　这主意想得妙，说得好。把贝罗卡尔叫进来，咱们看看他的才能到底怎么样。

阿尔加罗瓦　乌米略斯、拉纳、贝罗卡尔、哈雷特这四位候选人都

　　进来啦。

　　〔四个农民上场。

阿尔加罗瓦　他们现在就站在你面前了。

佩索尼亚　欢迎欢迎,先生们。

贝罗卡尔　你们好,先生们。

潘杜罗　请坐请坐,这儿的椅子多的是。

乌米略斯　很遗憾,我坐下啦。

哈雷特　好吧,我们都坐下啦。

拉　纳　乌米略斯,你为什么感到遗憾?

乌米略斯　因为我们的任命拖得太久啦。难道要我们用一只只火

　　鸡、一罐罐葡萄汁、一大袋一大袋供你们狂饮大喝的陈年老酒

　　来买吗?说吧,我们能想出办法来的。

佩索尼亚　我们这儿不收贿赂。我们大家一致认为:只有那最适

　　宜做村长的人,才能被选中并予以任命。

拉　纳　好,这我满意。

贝罗卡尔　我也满意。

佩索尼亚　那就很好。

乌米略斯　我也满意。

哈雷特　我乐意这么办。

佩索尼亚　那么,可以开始考试吗?

乌米略斯　考吧。

佩索尼亚　你会念书吗,乌米略斯?

乌米略斯　自然不会。我家里也没哪个人会这么不稳重,要去学

　　那种不切实际的东西,学那玩意儿会把男人带上火刑场,把女

人送进窑子里。我不会念书,可是我知道好些比念书要强得
多的事。

佩索尼亚　那是些什么事?

乌米略斯　我从头到尾背得出四篇祈祷文,每礼拜要念它四五次。

拉　　纳　你以为凭这一点就能当村长吗?

乌米略斯　凭这一点,还凭我是个老基督徒,我敢说我能当个罗马
元老院的议员哩。

佩索尼亚　好啦。现在让哈雷特来说他会些什么事。

哈雷特　我呀,佩索尼亚先生,我念过点书,尽管念得很少。我学
过拼音,三个月里学会了拼字,再学了五个月就没学下去了。
除了学到的这种知识外,我还会结结实实地给犁安铧,还能只
在三小时内就给四对野性没驯服的小牛钉上掌子。我手脚灵
便,耳不聋眼不花,既不咳嗽也没得风湿病。我跟大家一样是
个老基督徒,射箭跟图利乌斯①一样射得好。

阿尔加罗瓦　当村长,就得有这样难得的才能!

佩索尼亚　下一个。贝罗卡尔,你会些什么呢?

贝罗卡尔　我的本领全在舌头上,喉咙里。全世界也找不出一个
能比得上我的品酒家。我有六十六种味觉,都是品尝酒的,就
在我上颚上。

阿尔加罗瓦　你想做村长吗?

贝罗卡尔　我想要这个职位,因为我既然有酒神巴克斯的本事,那
我的感官就会灵敏得这会儿能给来古格士②提供立法准则,
还能战胜巴尔托罗③。

---

① 指罗马政治家和演说家马库斯·图利乌斯·西塞罗(公元前106—前43)。
② 传说中古代斯巴达的政治人物。
③ 巴尔托罗(1313—1357),意大利法学家。

潘杜罗　嘿！我们在开市政会议呢。

贝罗卡尔　我没装腔作势，也没说什么不得体的话。我只是说，对我要公正，不然我就把这儿砸个稀巴烂。

佩索尼亚　你在这儿威胁吗？我说，贝罗卡尔先生，这可没门儿！佩德罗·拉纳，你会什么呢？

拉　纳　我名叫拉纳，歌儿当然唱得不好。可是，尽管这样，我还得说说我的情况，而不是吹我的聪明才智。先生们，我要是当上村长，那我的权杖就不会是根细棍，像通常用的那样。我要用栎树来做，做得有两指粗，因为我害怕一袋金币轻轻一压就把它压弯了，还有其他各种礼物、恳求、许愿，或者七七八八的好处，都沉得像铅似的——这些不压坏你的肋骨和损伤你的灵魂你不会感到的重量，都要压不弯我这权杖。除此之外，我还要表现得有教养，讲文明，有点儿严格而又不太严厉。我决不侮辱由于犯罪而被带到我跟前来的可怜人，因为法官随口说出句恶狠狠的话来，那刺伤他比判他的刑还要厉害，尽管判刑也算是一种很严厉的处罚。掌了权不应该就忘了要礼貌待人，法官不应该看到罪犯低声下气就变得骄横起来。

阿尔加罗瓦　哎哟，我们的青蛙比要死的天鹅唱得还好听！

潘杜罗　你说了一千遍吹毛求疵的话。

阿尔加罗瓦　是监察官加图的话。潘杜罗委员说得真妙。

潘杜罗　你在责备我。

阿尔加罗瓦　该责备的时候我会责备的。

埃斯托努多　我希望你别在这儿闹。阿尔加罗瓦，你这找茬儿的臭毛病真要不得。

阿尔加罗瓦　闭嘴，你这小文书！

埃斯托努多　小文书！你这伪君子！

佩索尼亚　圣彼得在上,这种过头话太过头啦!

阿尔加罗瓦　我不过是开开玩笑。

埃斯托努多　我也是开玩笑。

佩索尼亚　好啦,请你们别再开玩笑啦。

阿尔加罗瓦　爱说谎的说的总是谎话。

埃斯托努多　老实人讲的总是老实话。

阿尔加罗瓦　唔,老实说。

埃斯托努多　那就别再说啦。

乌米略斯　拉纳许的这些愿都是空口说白话。他要是掌了权,我
　　敢保证就会变,变成个看来跟现在不一样的人。

佩索尼亚　乌米略斯说的话很对。

乌米略斯　我还要补充一点:要是让我当权,你们会看到我跟现在
　　一样,一点儿也不会变。

佩索尼亚　那么,你瞧,这儿是权杖。你要认为现在你就是村
　　长啦。

阿尔加罗瓦　天哪! 你给他是一根歪棒子权杖吗?

乌米略斯　怎么是歪棒子呢?

阿尔加罗瓦　难道这根权杖不是歪棒子吗? 就是聋子和哑巴从一
　　里路远的地方都能分辨出来。

乌米略斯　唔,要是你们给我一根歪棒子权杖,那怎么能期望我判
　　断正确呢?

埃斯托努多　这个阿尔加罗瓦真是魔鬼附身了。谁在城哪儿见过
　　什么歪棒子权杖?

　　〔一个男人上场。

男　人　先生们,这儿来了几个吉卜赛人,带着几个漂亮的吉卜赛
　　姑娘。我告诉他们,你们各位先生在忙着,可他们还是坚持要

进来表演，让你们开心。

佩索尼亚　让他们进来吧。咱们可以看看，他们是不是能在圣体
　　节庆祝会派上用场，我还是那个节日的总管哩。

潘杜罗　他们来得正是时候。

贝罗卡尔　就叫他们进来吧。

乌米略斯　我想立刻见到他们。

哈雷特　我也一样。

拉　纳　他们不是吉卜赛人吗？那得当心，别让他们当面偷掉咱
　　们的鼻子。

男　人　我们没有叫，他们就来啦，已经进屋啦。

　　〔几个吉卜赛装束的乐师和两个打扮得很漂亮的吉卜赛姑娘
　　上场。随着乐师们唱下面歌谣的节拍，她俩翩翩起舞。

　　〔音乐。

乐师们　（唱）吉卜赛人向你们致敬，

　　　　　　达甘索的委员们，

　　　　　　你们是那样的好人，

　　　　　　善于思索又敏于行动，

　　　　　　你们具有充分的才能

　　　　　　来担当肩负的重任，

　　　　　　不管是基督徒还是摩尔人

　　　　　　都想争得这份光荣。

　　　　　　你们像是天庭的骄子，

　　　　　　我说的是布满星星的天庭，

　　　　　　你们像参孙①那样有学问，

---

① 《圣经·士师记》中的一位犹太人士师，力大无穷。

像巴尔托罗那样威力无穷。

哈雷特　　他们歌唱的一切都是有根有据的。

乌米略斯　　这些吉卜赛男女都是稀罕的、不可多得的艺术家。

阿尔加罗瓦　　可他们有点儿邋遢。

佩索尼亚　　哎,够啦①。

　　〔音乐,歌唱。

乐师们　　(唱)我们的舞姿千变万化,

　　　　　　每一个舞步都花样翻新,

　　　　　　像风儿一样任意西东,

　　　　　　像树枝一样盘旋摆动,

　　　　　　那树枝夏季青绿满身,

　　　　　　到冬天衣裳褪尽,

　　　　　　姑娘们轻灵善舞

　　　　　　原本是不稀奇的事情。

　　　　　　可你们好似棕榈,却又坚如栎树,

　　　　　　万岁,达甘索的委员们!

　　〔吉卜赛姑娘同时跳舞。

哈雷特　　啊哟,多好听的歌儿!

乌米略斯　　而且还很感人。

贝罗卡尔　　得把这歌词印下来,好让世世代代的人都记得咱们。

　　　　阿门。

佩索尼亚　　安静,请你们安静。

　　〔音乐,歌唱。

乐师们　　(唱)祝各位万岁万万岁,

---

① 原文为拉丁文。

尽管岁月匆匆，

白天过后

是黑夜，

可祝你们容颜不改

永远是三十岁的年龄，

祝这些结实的楂树

永远是枝叶青青。

要是风儿狂暴地卷起，

潮水就能淹没魂灵，

祝愿那微微的轻风，

在你们的海面上吹动。

你们好似棕榈，却又坚如栎树，

万岁，达甘索的委员们。

佩索尼亚　我不大喜欢这结尾的副歌，可整首歌词是很美的。

贝罗卡尔　哎，别出声！

〔音乐，歌唱。

乐师们　（唱）我踏起地面的灰尘，

一脚接着一脚，

我踏起地面的灰尘，

一脚接着一脚。

潘杜罗　乐师们唱的是混合曲。

乌米略斯　这些吉卜赛人够鬼的。

〔音乐，歌唱。

乐师们　（唱）我要踏这大地

不管它有多坚硬，

因为爱神已在地上

为我挖下了坟坑，

因为爱神曾经

践踏过我的幸运，

一脚接着一脚。

我要把坚硬的地面

狠狠地踏上一脚，

也许这样能踏掉

我害怕的厄运。

我的幸福已经飞走，

只留下扬起的灰尘，

随着我一脚接着一脚。

　〔一个外观不整洁的下级教堂办事员上场。

教堂办事员　嘿嘿，委员先生们！这么消遣太讨厌。又弹吉他又跳舞，闹哄哄的，你们就这样来治理镇子吗？太离谱啦！

佩索尼亚　哈雷特，去把他抓起来。

哈雷特　我抓住他啦。

佩索尼亚　去拿条毯子来！耶稣基督在上，咱们得把这无赖兜住抛他扔他。这放肆无礼的蠢货，他倒挺大胆的！

教堂办事员　你们听我说，先生们。

阿尔加罗瓦　我立刻就把毯子拿来。

　〔阿尔加罗瓦下场。

教堂办事员　你们得当心。我告诉你们，我是个神父。

佩索尼亚　你是神父，不要脸的？

教堂办事员　是，我是神父。要么说我削发受戒了，那还不是一个样。

潘杜罗 "你就会看到结果是怎样的。"阿格拉赫斯①这么说过。

教堂办事员 这儿没有什么阿格拉赫斯。

潘杜罗 这儿可是有秃鼻乌鸦②来啄你的舌头,你的眼睛。

拉 纳 请告诉我,可怜虫:是什么魔鬼掌握了你的舌头呢? 谁叫你来指责政府官员的? 要你来管理国家大事吗? 敲好你的钟,管好你自个儿的事情吧。别打扰官儿们,他们比我们更知道该怎么办。他们要是坏官,那就祈求让他们改正;要是好官呢,那就恳求上帝别把他们从我们这儿弄走。

佩索尼亚 我们的拉纳真是个有福的圣徒。

　　〔阿尔加罗瓦带着毯子上场。

阿尔加罗瓦 这下不要等毯子了。

佩索尼亚 大家把毯子抓住,吉卜赛男女也都别站在一旁。把他放上去,朋友们!

教堂办事员 见鬼,你们真干哪! 当心,别惹我发火。开这种玩笑,我可受不了。天哪,谁敢碰碰毛毯的边儿,全都逐出教门!

拉 纳 够啦,别再干啦。别再处罚他,这可怜虫想必后悔了。

教堂办事员 而且还被折磨得受了伤。从今以后,我拿鞋匠的两根短线把嘴巴缝起来得啦。

拉 纳 这才是至关紧要的。

佩索尼亚 你们吉卜赛人到我家去,我有话跟你们说。

吉卜赛人 我们跟你走。

佩索尼亚 选举明天进行,我自然要投拉纳一票。

---

① 阿格拉赫斯是西班牙著名长篇骑士小说《阿马迪斯·德·高拉》(1508)的主人公的堂兄弟,他本人也是个骑士,一般都认为他对傲慢的敌人挑战时说过这句话。实际这是其他骑士说的,他并没说过。

② 在原文里,"阿格拉赫斯"与"秃鼻乌鸦"谐音,后者还有"饶舌者"的含义。

吉卜赛人　还要我们唱曲儿吗,先生?

佩索尼亚　随你们的便。

潘杜罗　谁也没我们的拉纳唱得好。

哈雷特　他不仅会唱,还把人给迷住了。

〔大家唱着"我踏起地面的灰尘……"下场。

（剧　终）

殷勤的守护神

吴健恒 译

序　言

　　这个幕间剧的完美结构是值得赞赏的。它以两个典型人物的对比为基础：一个是西班牙的无上荣耀——喜欢夸口逞强的士兵，可他也具有值得同情的博大胸怀，仿佛显露出年老的"勒班陀独臂人"①的身影；一个是谨慎而且殷勤的下级教堂办事员，作者显然以讽刺的口吻写就。他们两人爱上了女佣人克里斯蒂娜，后者更中意办事员，这就是这个佳作简单的故事情节。这个剧具有生动的喜剧效果，本世纪不同日期和不同舞台上的多次演出都证明了这一点。

　　它通过漫画式的幽默，表现了两种社会典型之间的斗争这一深刻的主题，以自己的方式反映出军职与文职之间的矛盾。衣衫褴褛而又喜欢说大话的穷士兵，反映了塞万提斯的幽默的兴趣。他的形象恍如委拉兹开斯画笔下的战神。例如他以使人有时想起吉诃德和罗达蒙特②的语言，向他所爱的女佣人献出他的翩翩风度、他的勋业、他的英武精神时，那形象显出了值得注意的特点。

　　对白极为灵活而富有风趣，不乏文采斐然的讽刺，例如像鞋匠

---

① 塞万提斯一五七一年参加有名的勒班陀战役，受伤截去左臂，因此后世尊称他为"勒班陀独臂人"。

② 意大利诗人阿里奥斯托(1474—1533)的著名史诗《疯狂的奥兰多》中一个大言不惭的人物。

这次要角色所说的这句话:"我不大懂诗,可您这首诗听起来好得就像是洛佩写的,所有的好诗或者好像是好的诗都是这样的。"

这个小剧写成的时期,可以从教堂办事员写给克里斯蒂娜的求婚书所署日期"一六一一年五月六日"推定。切维尔和博尼利亚试图把洛佩的《穷乡僻壤的乡巴佬》一剧(第二幕第七场),跟钟情于克里斯蒂娜的两个人之间的争吵联系上。他们还说:"塞万提斯可能从洛佩那儿得到启发,洛佩的这个剧可能写成于一六一一至一六一二年之间。"我认为,二者之间相似之处不明显,想必仅只是偶然的巧合,不必把这种相似归之于一个剧可能影响了另一个剧。

塞万提斯的这个幕间剧中的一切都触及了人间事的本质。没有任何一个细节过时了。对白和情节的开展富有趣味,暗含讥刺,传播了英雄世代成长的一辈人的悲哀,因为他看到教士和文职人员是怎样逐渐取代了士兵和实干家的地位。就社会讽刺剧而言,这个作品也许是塞万提斯写得最好的短剧了。

这个剧本的主题,按年代顺序无疑可以追溯到卡斯蒂利亚十三世纪埃伦纳和玛丽亚的争吵,或教士和乡绅的辩论。

安赫尔·巴尔布埃纳·普拉特

剧 中 人 物

士兵

帕西利亚斯——下级教堂办事员

求施舍的小孩

卖布的小孩

克里斯蒂娜——女佣人

她的主人

她的女主人

鞋匠

格拉哈莱斯——教堂办事员

乐师们

〔一个流浪汉模样的士兵上场,他系着一条破绶带,戴一副眼镜,后面跟着衣衫破烂的(下级)教堂办事员。

士　兵　你跟着我干吗,你这鬼影?

教堂办事员　我不是什么鬼影,我是个实实在在的人。

士　兵　尽管这样,我这个倒霉的人得请求你告诉我你是谁,你到这条街上来找什么?

教堂办事员　我这个幸运儿可以答复你这个问题:我是洛伦索·帕西利亚斯,本教区的下级教堂办事员,我到这条街上来找我能找到而你来找却找不到的东西。

士　兵　莫非你是在找这家的女佣人克里斯蒂妮卡①不成？

教堂办事员　就像你说的②。

士　兵　那么你这魔鬼下级教堂办事员，你是要到这里来。

教堂办事员　可我要到那边去，你这穷得没饭吃的兵痞。

士　兵　唔，这就像打一局扑克牌，要是有了侍从和皇后，只差个国王我就能把赌注都赢到手。我再说一遍，到这儿来，帕西利亚斯，你难道不明白，克里斯蒂妮卡是我的宝贝？我真想拿根长矛捅你个窟窿。

教堂办事员　你难道不明白，你这衣衫破烂的讨厌鬼，这宝贝我已经定好了？这事她也知道，我也知道。

士　兵　上帝在上，我要砍你一千刀，把你的脑袋砍个四面开花！

教堂办事员　管你那破得四面开花的裤子和衣服去吧，别操心我的脑袋。

士　兵　你跟克里斯蒂娜谈过吗？

教堂办事员　我喜欢什么时候谈都成。

士　兵　你送过她什么礼物呢？

教堂办事员　我送过很多。

士　兵　到底有多少，是些什么东西？

教堂办事员　我送给她一个装红果肉大面包的匣子，里边装满了白得像雪一样的圣饼块，另外还送给她四根蜡烛头，也白得像白鼬皮似的。

士　兵　你还送给她什么呢？

教堂办事员　在一张折叠起来的便条里，我向她千万遍表示了爱

────────────

①　克里斯蒂娜的爱称。

②　原文为拉丁文。

慕之情。

士　兵　她呢？她是怎么答复你的？

教堂办事员　她给了我希望，接近于答应将来做我的妻子。

士　兵　那么，你还没有得到教职？

教堂办事员　我还没受戒。我是个教堂的杂役，只要自己乐意随时可以结婚，这你会很快看到的。

士　兵　过来，你这混账杂役，过来回答我的问题。要是你给了那点微薄的礼物，这姑娘回敬得那么慷慨——这我并不相信，那她会怎么回报我那极好的礼物呢？前天，我寄给她一封情书，那至少是写在我呈给国王的一份请求书的背面上的，我在其中向国王汇报了我服役的情况和我当前的困难（反正士兵说自己穷并不丢脸），那份请求书批复给我了，说是可转给社会救济处办理。它对我无疑值五六雷阿尔，可我慷慨得出奇，随随便便就在它的背面写下了我的情书，就像我告诉过你的那样。我知道，这封情书会从我有罪的手中，传到她那可说是圣洁的手上。

教堂办事员　你还送给她别的东西吗？

士　兵　叹息、眼泪、哭泣、昏迷、感情爆发，以及世世代代所有多情种子用的和必须用的表露一片痴情的手段。

教堂办事员　你给她奏过小夜曲吗？

士　兵　我给她奏出了我的苦恼和悲伤，我的忧愁和渴望。

教堂办事员　可是我时常用我的钟声来为她歌唱。我敲钟敲得那么勤，街坊们都被那不断的钟声扰得心烦了。我敲钟只是为了让她高兴，让她知道我在钟楼里时常思念她，为她敲钟。即令我得为死者敲丧钟时，我也敲出庄严的晚祷钟声来。

士　兵　在这方面你胜过我，我没钟可敲，没有这类好东西。

教堂办事员　你给克里斯蒂娜做了这么多的事,她怎么报答你呢?

士　　兵　她不看我,不跟我说话,她在街上碰到我的时候咒骂我,
　　　　擦地时把脏水朝我身上倒,洗碗时把洗碗水朝我头上泼——
　　　　这就是她对我的报答。这种事情每天都发生,因为我每天都
　　　　到这条街上来站到她门口,因为我是她的殷勤的守护神,是她
　　　　忠实的看门犬……我不能占有她;可只要我活着,谁也别想占
　　　　有她。因此,下级教堂办事员先生,请你从这儿走开,我只是
　　　　由于尊重你的神职的缘故,才没有砸破你的脑袋。

教堂办事员　要是你把我的脑袋砸得像你的衣服那样,那我的脑
　　　　袋就破得够厉害了。

士　　兵　穿上法衣并不就是修士,可是士兵由于经历战争而衣衫
　　　　破烂,这是他的荣誉,正像大学生穿破烂长袍是他的荣誉似
　　　　的,因为他穿着破袍就说明自己念书已经多年。好,你走吧,
　　　　要不我就要干我跟你说过的事情啦。

教堂办事员　你看到我没带武器就威胁我吗?那你就等在这儿,
　　　　殷勤的守护神,你会看到我是什么人的。

士　　兵　一个叫帕西利亚斯的人能干什么呢?

教堂办事员　就像阿格拉赫斯说过的那样,你就会看到结果是怎
　　　　样的。(下场)

士　　兵　女人,女人啊,所有的要不就是大部分的女人,都是水性
　　　　杨花,性情难测!克里斯蒂娜,你扔下这朵花,抛开这武功赫
　　　　赫的花圃,去迁就粪堆似的下级教堂办事员,而你本是可能赢
　　　　得一个真正的教堂办事员,甚至一个受俸神父的。可是我要
　　　　尽力不让你落难。要是可能的话,我要违背你的意愿,把我以
　　　　为可能成为你的爱人的人从这街上和你家门口赶开,这样我
　　　　就能赢得殷勤的守护神的称号。

〔一个身着绿衣手持木盒的小孩上场,他是那种为某个圣徒乞求布施的孩子。

小　孩　看在上帝分上,请为卢西亚圣母的油灯施舍几个小钱,求她保护你们的眼睛。这户人家啊,你们给布施吗?

士　兵　喂,圣卢西亚朋友,到这边来。你要这户人家干什么来着?

小　孩　您没瞧见吗? 为卢西亚圣母的油灯讨布施嘛。

士　兵　你为灯讨布施,还是为灯油讨布施? 你说"为油灯讨布施",那听起来就好像是讨油灯的钱,而不是讨灯油的钱。

小　孩　谁都知道我是讨灯油钱,不是讨油灯钱。

士　兵　这户人家经常给布施吗?

小　孩　每天都给两文钱。

士　兵　谁出来给钱呢?

小　孩　谁得空就谁出来,可是那个名叫克里斯蒂娜的小女佣人出来的次数最多,她漂亮得像金子似的。

士　兵　这么说,那小女佣人真漂亮得像金子吗?

小　孩　要么说她像串珍珠似的。

士　兵　那么你不觉得那姑娘讨厌吗?

小　孩　我即便像榆木疙瘩似的不开窍,也不会觉得她讨厌。

士　兵　你叫什么名字? 我不想再管你叫圣卢西亚啦。

小　孩　我嘛,长官,我叫安德列斯。

士　兵　那么,安德列斯小哥儿,过来听我说:你拿这个值八文钱的夸尔托去,权当这人家预付给你的、你常常从克里斯蒂娜手里接到的四天布施,从这儿走开。我告诉你,要是你四天里面再到这家门前来,即便是讨个火也罢,我都会踢断你的肋骨。

小　孩　要是我能记住的话,那我一个月里也不会再到这儿来。

您别担心,我走啦。(下场)

士　兵　你得睁大眼睛,殷勤的守护神。

〔另一个小孩上场。他叫卖辫带、康布雷产的荷兰麻布、佛兰德花边和葡萄牙丝线。

小　孩　谁买辫带儿、佛兰德花边、康布雷的荷兰麻布、葡萄牙丝线?

克里斯蒂娜　(在窗前叫唤)喂,曼努埃尔! 你带来衬衫的饰边了吗?

小　孩　我带来了,而且质地挺好。

克里斯蒂娜　那你进来,我家太太正要这货呢。

士　兵　啊,主我毁灭的星辰,而不是带给我希望的北极星! 辫带儿,或者随便管你叫什么,你认识从窗户那边叫你的姑娘吗?

小　孩　我认得她。可是您问我这事干什么呢?

士　兵　她不是很漂亮,很有风度吗?

小　孩　我看是这样。

士　兵　那么,我看你也不得进这家的门,要不,我对天发誓,我会打得你剩不下一根好骨头。

小　孩　我为什么不能到人家为了要买我的货叫我去的地方呢?

士　兵　去去,别跟我顶嘴,要不我就要照我说的办。

小　孩　真可怕! 慢着,大兵老爷,我走啦。(下场)

克里斯蒂娜　(在窗前)曼努埃尔,你还没进来吗?

士　兵　曼努埃尔走啦,饰边儿①姑娘,或者说是管活人和死人的姑娘,因为你操纵着这两种人的命运。

克里斯蒂娜　哼,多讨厌的畜生! 你在这条街上,这家门口干吗

---

①　这里是双关语,因为原文有"饰边"和"活人"两层含义。

呢？（下场）

士　兵　我的太阳隐没了,落到了云间!

〔鞋匠上场。他手里拿着一双小小的新拖鞋,正要走进克里斯蒂娜家时被士兵挡住。

士　兵　您到这家去有事吗,我的先生?

鞋　匠　是的。

士　兵　您找谁,能说给我听听吗?

鞋　匠　怎么不能呢？ 我找这家的一个女佣人,是要给她这双她定做的拖鞋。

士　兵　那么,您是她的鞋匠吗?

鞋　匠　我时常给她做鞋子。

士　兵　您现在要给她试这双拖鞋吗?

鞋　匠　不需要试;如果我做的是像她常穿的那种男靴,那倒是要试试的。

士　兵　这双拖鞋付过了钱没有?

鞋　匠　还没付钱:她现在得付这双拖鞋的鞋钱。

士　兵　您给我做件好事,做件大好事成不成? 这就是说,您赊给我这双拖鞋,我给您一件很值钱的抵押品。两天以后,我可能得到一大笔钱,到那时再把抵押品赎回来。

鞋　匠　我自然很乐意照办。您把抵押品拿出来瞧瞧:我只不过是个穷手艺人,不能给谁赊账。

士　兵　我给您一根我非常看重的牙签①, 人家出一个埃斯库

---

① 十七世纪时,牙签是贵重的私人财物,可能用金、银或象牙制成,因此可用来作抵押品。当时在饭桌上作兴用牙签。穷乡绅在街上故意用牙签剔牙,以示他吃饱了,其实肚内空空如也。

多①我还不卖哩。您的铺子开在哪儿,我到哪儿去赎这根牙
签呢?

鞋　匠　在马约尔街,我在那儿摆了个修鞋摊。我名叫胡安·洪
科斯。

士　兵　您看,胡安·洪科斯师傅,牙签在这儿。价钱您得估高
点,因为这是我的牙签。

鞋　匠　什么? 这么根木签,值不了两文钱,您还想叫我估个高
价吗?

士　兵　太对不起啦! 我把它当给您,倒不是由于它价值高,而只
是因为它能提醒我别忘事,我的手一插到腰袋里没摸到牙签,
就会记起来在您手上,马上要去把它赎回来。是的,我以士兵
的名义起誓,我把它交出来就是这个原因;您要是还不满意,
我可以加上这根绶带和这片眼镜。一个有偿还能力的债务人
是不在乎给抵押品的。

鞋　匠　我虽然是个鞋匠,也不至于没有礼貌到要剥夺您的珠宝。
您把您的宝贝留下,我留下我的拖鞋。这对我要合算一些。

士　兵　这鞋多大尺寸?

鞋　匠　五号还不到。

士　兵　比我的尺寸还小。我心爱的拖鞋,我没有六雷阿尔把你
买下,我心爱的拖鞋。您听,鞋匠师傅,我想即兴吟一首敷衍
体诗②,头一句已经吟成了:

　　我心爱的拖鞋!

鞋　匠　您是诗人吗?

---

① 西班牙古金银币名。
② 一种将一首短诗中的第一句发展成为一节并将该句用于节末的诗体。

士　兵　著名诗人,现在您仔细听我念来:

　　　　　我心爱的拖鞋!

敷 衍 体

　　　　　爱情是个这样的大暴君,

　　　　　他忘记了我

　　　　　一向对他的尊敬,

　　　　　今天用他的鞋尖

　　　　　突然把我从幻梦中踢醒。

　　　　　这就是你的勋业

　　　　　你克里斯蒂娜的鞋尖,

　　　　　我想你该是

　　　　　一双小巧的黑鞋,

　　　　　我心爱的拖鞋!

鞋　匠　我不大懂诗,可您这首听起来好得就像是洛佩写的,所有
　　　　的好诗或者好像是好的诗都是这样的①。

士　兵　师傅,既然没办法让您赊给我这双拖鞋——赊给我其实
　　　　并不是什么大不了的事,而且我还以这么心爱的宝贝,寄托着
　　　　我的忧伤的宝贝②作抵押——那您至少得把拖鞋留两天,让
　　　　我去取;眼下我得提醒您,鞋匠师傅,您可不要跟克里斯蒂娜

---

①　戏剧家和诗人洛佩·德·维加(1562—1635)在世时十分著名,当时说一首诗
　　"像是洛佩写的",就等于说这首诗接近于完美。

②　"心爱的宝贝,你寄托着我的忧伤"是西班牙著名诗人加尔西拉索·德拉·维
　　加一首诗中的名句,经常被人引用。

见面谈话。

鞋　匠　长官,我一定照您的吩咐办,因为我觉察出来您碰到了两方面的麻烦——一是穷,二是嫉妒。

士　兵　这句妙语不像是鞋匠说的,倒像是语言学院①的大学生说的。

鞋　匠　啊,嫉妒,嫉妒,最好把你叫成为"痛苦,痛苦"!（下场）

士　兵　要是你不仅要当守护神,还要当殷勤的守护神,那你就会看到,苍蝇会怎样成群地钻到那藏着你甜蜜酒浆的洞里去。可是,这是什么声音?肯定是我的克里斯蒂娜的歌声。她一面扫地洗碗,一面唱歌提神哩。

〔里边发出好像洗碗碟的响声和唱歌声：

　　　教堂办事员,我的亲亲,

　　　拥抱我这属于你的人,

　　　相信我对你忠实,

　　　你该唱出感谢上帝的歌声。

士　兵　听这唱的是什么歌!教堂办事员一定是她心目中的宝贝。啊,姑娘,厨娘人物志上过去和现在记载、将来也会记载的最纯洁的姑娘!你在洗干净那套你手中的塔拉韦拉②瓷器,把它擦得光洁如银的时候,为什么不把你心头浮现的下级教堂办事员的卑污形象也擦掉呢?

〔克里斯蒂娜的主人上场。

主　人　年轻人,你在这家门口要干什么,想找什么呢?

---

① 原文直译应为"三语学院",是一五〇八年西斯内罗斯大主教在西班牙马德里埃纳雷斯建立的大学中的一个学院,学生在其中学习希腊文、希伯来文、拉丁文等语言文字。

② 西班牙塔拉韦拉以产精美的瓷器著称。

士　兵　我想要比美好还要美好的事物,我要找我找不着的人。可是,您是谁,为什么这样问我?

主　人　我是这家的主人。

士　兵　是克里斯蒂娜的主人吗?

主　人　是的。

士　兵　那么,请您走过来看看我这卷证书。您瞧,这些证书里有关于我服军役的记录,是由我在他们麾下服务过的二十二位将军做了证明的,另外还承蒙三十二位军团长也给我做了证明。

主　人　据我所知,西班牙近百年来都没有这么多将军,也没有这么多步兵司令。

士　兵　您是个平民,对战争的事不需要了解得太多。您只要对这些证明书瞧一眼,就可以看到我所提到的将军和军团长,一个个全都列在上面。

主　人　就算我全看过了;可您对我说这些有什么用呢?

士　兵　因为您要是看过了,就会相信我要对您说的话都是真的。我说的是:那不勒斯王国有三个城堡缺司令官,我的名字列在其中一个的司令官推荐名单上,那三个城堡是加埃塔、巴莱塔和里霍维斯。

主　人　一直到现在,您对我说的这些事情,跟我一点关系都没有。

士　兵　上帝做证,我认为这些准跟您有关系。

主　人　有什么关系呢?

士　兵　只要天不塌下来,我一定会得到那几个城堡中的一个。我想现在就跟克里斯蒂妮卡结婚。我一旦成了她的丈夫,那我个人和我的巨大财产就会是您的了。您收养我亲爱的妻子的恩德,我不会知恩不报。

主　人　您的脑袋想必出了点儿问题。

士　兵　唔,您知道对您会出什么事吗,甜言蜜语的先生? 您要么立即把她交给我,要么就不得踏进这家的门槛!

主　人　岂有此理! 谁敢阻止我进入自己的家门?

　　　　〔下级教堂办事员帕西利亚斯重上场,他手拿一个大瓮盖和一把锈得很厉害的剑当武器。跟他一道来的是另一个教堂办事员格拉哈莱斯,他戴着头盔,手持一根棍子,棍子尖端系着一根狐狸尾巴。

教堂办事员　啊,格拉哈莱斯,我的朋友,这人就是扰乱我的安宁的家伙!

格拉哈莱斯　我唯一感到遗憾的是,我带的武器不结实,不大中用,要不我会立即送他上阴间去。

主　人　住手,先生们! 你们闹什么,要杀人吗?

士　兵　土匪! 你们成帮结伙来暗算我吗? 他妈的假教士,我要捅你们几个窟窿,好教你们比做礼拜时干干杂事还神气! 胆小鬼! 你拿狐狸①尾巴来对付我,你是要我注意到你喝醉了呢,还是要我以为你要给圣像掸尘土怎么的?

格拉哈莱斯　都不是;我想我是要把苍蝇从酒坛跟前赶开。

　　　　〔克里斯蒂娜和她的女主人出现在窗前。

克里斯蒂娜　太太,太太,这帮人要谋杀老爷了! 有好多把剑在刺他,光闪闪得我眼睛都睁不开。

女主人　是吗? 姑娘。上帝保佑他! 圣母乌苏拉领着一万一千圣女保卫他! 快,克里斯蒂娜,咱俩快下去,尽量设法帮他。

主　人　先生们,务必请你们快住手。你们瞧,两个欺侮一个,这

---

①　原文母狐狸,在西班牙俚语中有"醉酒"的含义。

可不公平。

士　兵　住手,狐狸尾巴,住手,破瓮盖;别惹我发火,要是惹我发了火,我会宰了你们,吃了你们,从后门把你们扔到地狱以外两里地去!

主　人　住手,我说;要不,上帝知道我会发脾气,会让你们感到难受的。

士　兵　我住手了,我是看在你家那位仙女的面子上,尊重你的意见。

教堂办事员　尽管那位仙女能创造奇迹,可她这次也帮不了你的忙。

士　兵　瞧这不要脸的流氓,他以为用狐狸尾巴就能吓唬我,可是我听着比里斯本的大炮还响的大炮声,也没有吓着哩!

〔克里斯蒂娜和她的女主人上场。

女主人　哎哟,我的丈夫! 你不幸受伤了吗,我的亲人?

克里斯蒂娜　哎哟,我多倒霉! 老爹啊,干架的原来是我的教堂办事员和我的兵。

士　兵　我到底跟教堂办事员一样了——她也说了"我的兵"哩。

主　人　我没受伤,太太;可你知道吗,他们闹这场架都是为了克里斯蒂妮卡。

女主人　怎么,为了克里斯蒂妮卡?

主　人　依我看,这两个小伙子是为了她在争风吃醋哩。

女主人　是这样吗,姑娘?

克里斯蒂娜　嗯,太太。

女主人　瞧她答应得多不害臊! 他们有谁侮辱过你吗?

克里斯蒂娜　有的,太太。

女主人　哪一个?

克里斯蒂娜　前天我上旧货市场去的时候,这个教堂办事员侮辱
　　了我。

女主人　我跟你讲过多少次,丈夫,叫你别让这个姑娘出门,我说
　　她已经长大成人,不能让她离开咱俩跟前。她爹把她托付给
　　咱俩,那会儿她清清白白的,可现在他会怎么说呢? 坏东西,
　　他把你带到哪儿去侮辱你呢?

克里斯蒂娜　哪儿也没去,就在那儿,在大街上。

女主人　怎么能在大街上?

克里斯蒂娜　就在那儿,在托莱多大街上,他当着上帝和大家的
　　面,骂我是没羞没臊的骚货,丢人现眼,不知检点,还有许多这
　　类骂人的话。他这么做,全是因为嫉妒那个兵。

主　人　那么,他就只在大街上这么侮辱过你,你和他之间没发生
　　过别的事情吗?

克里斯蒂娜　当然没有,因为他一会儿气就消了。

女主人　我心定下来啦,刚才我吓得都快灵魂出窍了。

克里斯蒂娜　另外,他把他对我说过的一切都写在这份保证书上,
　　把它交给了我,说是想做我的丈夫。我把它用手帕包着,像金
　　子似的藏着呢。

主　人　拿出来给我们瞧瞧。

女主人　大声念吧,亲爱的。

主　人　保证书是这么写的:"我,洛伦索·帕西利亚斯,本教区
　　的下级教堂办事员确认:我万分爱慕克里斯蒂娜·德·帕拉
　　塞丝小姐。为了证明我的诚意,特将此保证书交给小姐。本
　　保证书一六一一年五月六日在马德里圣安德列斯教区由本人
　　签署。作证者:我的心灵、我的理解力、我的意志力和我的记
　　忆力——洛伦索·帕西利亚斯。"妙,绝妙的求婚书!

教堂办事员　我说我非常爱她,那就包括了她希望我为她做的一切,因为一个人献出他的意愿,也就是献出了他的一切。

主　人　那么,如果她愿意,你真打算娶她吗?

教堂办事员　万分乐意;尽管这么一来,我会失去可能得到的三千马拉维迪①的收益,那是我的奶奶答应要给我的,家乡来的一封信通知了我这件事。

士　兵　要是说意愿的话,那三十九天前,我在塞哥维亚桥头就把我的意愿向克里斯蒂娜表明了,还把跟我的三种心力②有关的一切都献给了她。要是她愿意做我的妻子,那她会知道一个著名城堡司令官跟一个不完整的、只是一半的教堂办事员之间是有区别的,而且他连半个教堂办事员想必也还不够。

主　人　你想结婚吗,克里斯蒂娜?

克里斯蒂娜　嗯,想。

主　人　那么,从这两个向你献殷勤的人中间,挑一个你喜欢的吧。

克里斯蒂娜　我不好意思开口。

女主人　别不好意思,因为饮食婚嫁是要按自己喜欢来选定的,不能随人家的意愿。

克里斯蒂娜　老爷,太太,你俩把我抚养大,你们能给我挑一个合我意的丈夫,尽管我还是愿意自己来挑选。

士　兵　瞧我,姑娘,仔细瞧瞧我英武的体魄。我是个军人,可能成为城堡司令官,我的心灵很高尚,是全世界美男子中冒尖的;从我这身装束来看,你也可以看出我的高贵身份来。

---

①　西班牙的一种古币。
②　指理解力、意志力和记忆力。

教堂办事员　　克里斯蒂娜,我是个音乐家,尽管我是只会敲钟的音乐家。装饰坟墓,为庄严的节日布置教堂什么的,没有哪个教堂办事员能够胜过我。这些事我结婚后也能干,赚的钱够我俩吃得像王孙公子似的。

主　人　　来吧,姑娘,从这两个中间挑个你最喜欢的,我乐意你这么干。这样,你就能让两个这么强有力的对手安静下来。

士　兵　　我同意。

教堂办事员　　我也赞成。

克里斯蒂娜　　那么,我挑教堂办事员。

　　〔乐师们上场。

主　人　　把我邻居理发店里的伙伴们叫来,让他们弹起吉他,用歌舞来庆祝订婚典礼,这位士兵将是我的客人。

士　兵　　我接受邀请,因为

　　　　　　在实力的角斗场上,

　　　　　　输家会丧失一切权利。

乐师们　　我们来得正是时候,这两句话就做我们唱词的副歌吧。

　　〔乐师们唱副歌。

士　兵　　(唱)女人总是挑选

　　　　　　没价值的东西,

　　　　　　因为她们趣味低级,

　　　　　　看不出男人的功绩。

　　　　　　她们不尊重勇敢,

　　　　　　只是看重钱币,

　　　　　　因此宁肯要个办事员

　　　　　　不要破衣的士兵。

　　　　　　她们的看法错误,

> 这本不足为奇，
> 教堂原是避风港，
> 让所有罪犯栖寄①。
> 在实力的角斗场上，
> 输家会丧失一切权利。

教堂办事员 （唱）这士兵虽有一把年纪

> 可做事并不老成，
> 他一旦离开团队
> 就已身无分文。
> 他以为自己
> 可以像骑士般求婚，
> 妄想凭勇敢争得
> 我凭柔顺赢来的美人。
> 你输了这场赌博，
> 我不在意你恶语声声，
> 因为一个挨踢的情人
> 可以随意发泄他的怨愤。
> 在实力的角斗场上，
> 输家会丧失一切权利。

〔大家载歌载舞下场。

（剧　终）

---

① 当时教堂给罪犯提供庇护。罪犯躲进了教堂，法律就管不着他们了。

伪装的比斯开人

吴健恒 译

序　言

　　这部作品是塞万提斯最优秀的幕间剧之一,也是他最后创作的几个剧之一,因为它的风格简洁而富有趣味,还在最后的唱词中把《堂吉诃德》作为一本已经出版发行的书提出来:

　　一个月念六次

　　伟大的《堂吉诃德》的女人。

　　而更为具体的是,在有关马车和披巾的谈话中,把这件事作为最近发生的事提出(那是一六一一年的事)。作者用伪装的比斯开人来戏弄哄骗有点赶时髦、讲排场的女主人公克里斯蒂娜,这是采用了一种一般的看法,即认为巴斯克人口讷,但擅长行动和随机应变。这次哄骗狡猾调皮地展开,剧中诙谐情节和幽默对白层出不穷。假链子的骗局采自古老的民间传说,也是各个时代作品中关于行骗的常用方式。

　　角色的性格特点刻画得十分精彩,克里斯蒂娜的朋友布里希达的性格可作一例。她嫉妒克里斯蒂娜,以作者的敏锐感到了那种争胜的敌意,在背后揭露她的缺点。作品中有大量涉及当时情况的隐喻,有的很美,有的充满讽刺。属于前者的——尽管以玩笑口吻说出——有:老塞万提斯道出士兵的骄傲,崇高地断言,部队上的人"经过调查了解到,西班牙的步兵比所有其他国家的步兵都强"。塞万提斯过去在塞维利亚,当时在马德里,生活在下层不那么正派的环境中,他的奇妙感受在克里斯蒂娜向布里希达所说的如下的话中,表现得淋漓尽致:"你且打起精神来梳洗打扮一番,披上你那塞维利亚薄披巾,穿上你那双银色底边的软木底鞋,就这样上街去逛逛。我向你担保,少不了成群的苍蝇飞到这么甜美的蜜糖四周来。"

索洛萨诺利用基尼奥内斯(伪装的比斯开人),策划了这场骗局。他是流浪汉的极好典型,跟《萨拉曼卡的山洞》一剧中的学生是一类人物。次要角色银匠对自己的职业表现出来的骄傲,结局时出场的警官接受贿赂,都显示了作者细致入微的敏锐观察力。这个幕间剧把简单的故事情节巧妙地铺陈开来,对白丰富多彩,充满了讥刺和暗讽。这样,它可说是这个剧种中一个完美的杰作,不愧是出自伟大的现实主义和幽默小说家之手。

安赫尔·巴尔布埃纳·普拉特

剧 中 人 物

索洛萨诺

基尼奥内斯

堂娜克里斯蒂娜

堂娜布里希达

银匠

警官

两个乐师

〔索洛萨诺和基尼奥内斯上场。

索洛萨诺　这儿有两个钱包,看起来很相像,里边的链子也相像得分毫不差。尽管那塞维利亚娘儿们很精明,你只要照我的吩咐做,她这次准会上当。

基尼奥内斯　欺骗娘儿们难道就那么光彩,显得那么有本事,值得你花那么大力气一个劲去干吗?

索洛萨诺　骗骗像她那种娘儿们,那是桩快乐事。另外,玩笑也不会开得太厉害。我的意思是,这次玩笑不要开得冒犯上帝,也不要损害受骗的娘儿们。开玩笑开得侮慢了人家,那就算不上玩笑啦。

基尼奥内斯　罢啦。你既然想干,那就干吧。也就是说,我来帮你,什么都按你的吩咐办。我跟你一样会装假,这不用再说啦。你现在上哪儿去呢?

索洛萨诺　　就到那个花姑娘家去。你别出门,到时候我会来叫你。

基尼奥内斯　　我守在家里等你。

　　〔二人下场。堂娜克里斯蒂娜和堂娜布里希达上场。克里斯
　　蒂娜没围披巾;布里希达围着披巾,一脸慌乱害怕的神色。

克里斯蒂娜　　天哪! 你怎么啦? 堂娜布里希达,我的朋友? 你好
　　像是吓得丢了魂似的。

布里希达　　堂娜克里斯蒂娜,亲爱的,给我扇点风,在我脸上洒点
　　水,我要死啦,要完啦,魂儿要出窍啦! 上帝帮助我! 赶快让
　　我忏悔!

克里斯蒂娜　　怎么啦? 真可怕! 朋友,能不能告诉我你出了什么
　　事? 你看见鬼了? 听到什么坏消息了? 比如听说你妈去世
　　了,要么你丈夫要回来了,要么你的珠宝失窃了什么的。

布里希达　　没有。我没有看见鬼,我妈没有去世,我丈夫也没有回
　　来,他还要三个月才能办完他出去办的事;也没谁偷我的珠
　　宝。可是,出的事对我来说比这些还要糟。

克里斯蒂娜　　得啦,告诉我,堂娜布里希达,你搅得我不安宁,一心
　　只想知道出了什么事。

布里希达　　哎哟,亲爱的,这件坏事多少也牵扯到你呢! 给我擦擦
　　脸,我脸上和全身都给冰冷的汗水湿透了。过咱们这种生活
　　的女人真倒霉。咱们想方设法从这儿那儿给自己添点气派,
　　可有人会插上一杠子,让咱们一点儿也抖不起来了。

克里斯蒂娜　　快把话说完,亲爱的,告诉我你到底出了什么事,怎
　　么会倒霉到连我也牵扯进去了。

布里希达　　你怎么会不牵扯进去! 要是你像往常那样明白事理,
　　那你就会看到,这事跟你也大有关系呢。你要知道,妹妹,我
　　今天来看你,走过瓜达拉哈拉桥的时候,在一大堆警察和一大

群人中间听到,有个报童在喊:当局禁止坐马车;妇女上街要
戴面纱,不得露脸①。

克里斯蒂娜　这就是你说的坏消息吗?

布里希达　对咱们来讲,难道世间还有比这更坏的消息吗?

克里斯蒂娜　我看,亲爱的,这想必只是对使用马车稍加限制,不
可能把马车全部取消。这事做得很对,因为我听说,西班牙的
骑术越来越不精了,因为十来个少爷挤在一辆马车里,没日没
夜在街上逛来逛去,不记得世界上还有马和骑手,而今他们缺
了航行在地面上的舒适的大帆船,也就是马车,就会回头去练
习骑术——他们的祖先引以为荣的骑术。

布里希达　唉,亲爱的克里斯蒂娜!我还听说,当局虽然让几部马
车留下来,可是规定不得出租,还规定有种人不得坐马车出
行……你明白我说的是谁就是啦。

克里斯蒂娜　让他们对我们干这坏事去吧,因为你得知道,姐姐,
部队上的人在讨论步兵和骑兵究竟哪个兵种好,他们经过调
查了解到:西班牙的步兵比所有其他国家的步兵都强。因此,
咱们这些风流娘儿们可以步行来表现咱们的苗条身段,咱们
的优美体态和咱们的迷人丰姿。另外,要是咱们的脸庞没遮
住,那就没机会让咱们的客人上当,因为他们把咱们看得一清
二楚了。

布里希达　哎,克里斯蒂娜!别跟我说这些!坐在马车后座上,把
整个后座都占住,高兴时随便把脸庞露出来让什么人瞧瞧,这

---

① 一六一一年一月三日,西班牙国王费利佩三世颁布诏书规定:无王室特许不
得新造马车;现有的马车都必须登记;马车主不得把车出租;卖身糊口的女
人,不得乘马车或坐轿招摇过市。一六一〇年费利佩三世还重申了费利佩二
世的一项法令,禁止妇女不戴面纱出现在公共场合。

是多么可心的事！老实对你说，有时候我租到一辆马车，这么气气派派地坐在里面，我就会骄傲得真以为自己成了贵妇人，真以为一群朝廷命妇成了我的使唤丫头。

克里斯蒂娜　你瞧，堂娜布里希达，就算只是为了打掉咱们的虚荣心，我说取消马车也是件好事，这难道说得不在理吗？而且就凭一辆马车让假贵妇人和真贵妇人处于平等地位，这也不是件好事。外国人随便看到一个盛装的女人坐在马车里，满身珠光宝气，就把她当成真的贵妇人，对她毕恭毕敬，这施礼就施得不是地方啦。因此，亲爱的，你别难过，你且打起精神来梳洗打扮一番，披上你那塞维利亚薄披巾，穿上你那双银色底边的软木底鞋，就这样上街去逛逛。我向你担保，少不了成群的苍蝇飞到这么甜美的蜜糖四周来，如果你乐意让他们飞来。你得设法勾引他们，强过躺着让他们来亲你。

布里希达　亲爱的，你提醒我，替我出主意，给了我很大的安慰，上帝会报答你的。我真想照着试试。我要仔细梳妆打扮，轻盈地走出去露露面，因为还没有人给我套上笼头哩。人家以为是我丈夫的那个汉子并不是我丈夫，尽管他答应过要娶我。

　　〔索洛萨诺上场。

克里斯蒂娜　哎哟！谁这么悄悄溜进我家来，连门也不敲？先生，您要干什么？

索洛萨诺　请您原谅我的冒失，俗话说机遇酿贼心。我发现门开着，就进来了，我胆敢走进来，是为了要给您效劳，不是用空话而是用事实来为您服务。要是我可以当着这位太太的面谈谈，那我会告诉您我是来干什么的，我来这里有什么目的。

克里斯蒂娜　　看您仪表堂堂，彬彬有礼，想必会说好话，做好事。
　　您想说什么就说什么，因为堂娜布里希达是我的好朋友，我们
　　亲密得像一个人似的。

索洛萨诺　　有了您这种保证，得到了您的允许，那我就实话实说。
　　太太，我实际上是本城一个您不认识的体面人物。

克里斯蒂娜　　我的确不认识您。

索洛萨诺　　我早就倾慕您的漂亮、您的高尚品德和您的优美风度，
　　很想来为您效劳，可是我得承认我手头紧，只好挨到今天才
　　来。由于碰上好运气，我的一个好朋友从比斯开把他的儿子
　　送出来，托我把那个十分英俊的比斯开年轻人带到萨拉曼卡
　　来，由我介绍他结交适合他身份并能对他有教益的同伴。跟
　　您说实话，他有点笨，脑子不怎么灵；另外，他还有个说起来都
　　令人遗憾的毛病，染上它就更糟了，也就是说，他缺点酒德，不
　　是说他贪杯喝得完全不省人事，而是说他爱喝得迷迷糊糊。
　　酒劲一上来，他就要做点出格的事，人变得特别快乐，手也特
　　别松，会把他所有的东西送给问他要的和不问他要的人。我
　　想，既然魔鬼会把他所有的一切都拿去，那我何不也想法子捞
　　点儿。我想不出有比把他带到您家来的更好办法了，因为他
　　很喜欢娘儿们，到这儿咱们可以关起门来剥他的皮，像剥只猫
　　似的。一开始，我就把藏在这个钱包里的金链子带来您这儿，
　　按重量它值一百二十金埃斯库多，您拿着，现在只要给我十埃
　　斯库多就行，我要拿这钱买点小东西。您另外花二十埃斯库
　　多，今晚备一桌饭，到时候咱们的笨驴或者大水牛要来这儿
　　（像俗话说的，由我牵着他的鼻子来），这么一来二往，您就可
　　以把这条链子全留下，我希望得到的只不过是您现在给我的
　　十埃斯库多。链子成色好极了，是足赤金子的，做工也值点

钱。链子在这儿,您拿去。

克里斯蒂娜　我吻您的手,感谢您在这么有利可图的时候记起我来;可是,要是您不嫌我坦率,我说我对您这么慷慨有点吃惊,还有点怀疑。

索洛萨诺　您怀疑什么呢,太太?

克里斯蒂娜　我怀疑这链子不是真金的。常言说:闪光的东西不都是金子。

索洛萨诺　您说得非常在理,难怪人家说您是首都最谨慎的夫人。听到您开门见山对我说了您的心里话,我十分高兴。可是,凡事都有解决办法,只有碰上死神才没路可走。您披上您的披巾,要么派个您信得过的人,到首饰店去,咱们可以在那儿把链子放在戥子上称一下,测试一下。要是这链子像我所说的那样成色好,那您就给我十埃斯库多,再给我那笨驴一点好处,就可以把链子留下。

克里斯蒂娜　这儿隔壁就有个我相识的银匠,他毫不费事就能消除我的怀疑。

索洛萨诺　这就是我所希望、我所喜欢和乐意的:事情一清二楚,才能得到上帝的祝福。

克里斯蒂娜　要是您不怕把这链子交托给我,让我去问个明白,那您一会儿就可以回来,我会备齐十个金埃斯库多的。

索洛萨诺　这么办好!我相信您,难道就不能把这链子交托给您吗?您可以让人反复测试它,我走了,过半个钟头再回来。

克里斯蒂娜　要是我的邻居在家,您可以更早点儿回来。

　　〔索洛萨诺下场。

布里希达　这不只是好运气,亲爱的克里斯蒂娜,这简直是天赐的大好运气。就我倒霉,就我不走运,我要是不先辛苦干活,就别

想碰上谁会给我一罐水！只有前天我在街头碰到一位诗人，他
毕恭毕敬地送我一首出自肺腑的十四行诗，唱的是皮拉姆斯和
西斯贝①的故事，还说要献给我三百首赞美我的十四行诗。

克里斯蒂娜　你不如碰上个能给你三百雷阿尔的热那亚人。

布里希达　那当然好！热那亚人都是那种家伙，他们飞到你手上
就像猎鹰看到了诱饵。他们对最近颁布的法令都板着脸，不
满意②。

克里斯蒂娜　你瞧，布里希达，我想你应该明白：一个破了产的热
那亚人，比四个完美的诗人还值钱。哎哟，今天真顺，银匠来
啦。我这位好邻居要干什么呢？您倒的确让我省掉了披披巾
的麻烦，我正想披上披巾找您去呐。

〔银匠上场。

银　匠　堂娜克里斯蒂娜，您得帮我个忙：想方设法明天带我老婆
去看戏，因为明天下午我非常需要独自活动活动，不让谁来缠
着我，跟踪我。

克里斯蒂娜　我很乐意照办，而且要是您想利用我家和家中的一
切，您都会发觉这儿房子是空的，没人在里面：这种事该怎么
办我全明白。

银　匠　不，太太，您陪我老婆去看戏就够啦。可是，您要我干什
么呢，怎么想着要去找我？

克里斯蒂娜　我只是想请您估估这条链子的重量，成色是不是好，

①　罗马诗人奥维德（公元前43—17）在《变形记》中讲述的一个巴比伦爱情故事中
的男女主人公。

②　热那亚人是当时在西班牙放高利贷的银行家和钱庄主，以贪婪著称。他们不
满的法令可能是一六一一年颁布的法令，其中规定从西印度来的钱都得归入
皇家财库，不得用来偿付贷款。

是多少开金的。

银　匠　这链子经我的手有好多回了。我知道它是二十二开金的,按重量值一百五十埃斯库多。我认为如果您按这价钱买下来,不另加做工费,那您一点儿也不会吃亏。

克里斯蒂娜　我得付点儿做工费,可不会太多。

银　匠　如果您想把这链子出卖,我能给您外加十杜卡多的做工费。您瞧这笔交易怎么样,太太。

克里斯蒂娜　要是能办到的话,我花在这链子上的钱会少一些;可您得当心,别在金子的成色和分量上估错了。

银　匠　我会在自个儿这一行出错,哪儿能呢!我说,太太,这件首饰我一个链环挨一个链环验过两次,还用戥子称过,对它是了如指掌。

布里希达　听您这话我们就放心啦。

银　匠　说得更牢靠一点,我知道这链子是由一位名叫什么索洛萨诺的人拿给我来称量和测试的,他是本城的一位先生。

克里斯蒂娜　这就够啦,邻居。再见,我会照您的吩咐办。我会把您的太太带去,如果需要的话让她多待上两小时:我知道,多个把钟头的娱乐不会伤人。

银　匠　您正是我能信托的人,您全都领会啦。再见,太太。(下场)

布里希达　咱们能不能叫这位索洛萨诺先生(他想必就叫这个名字),跟那比斯开人一道,带给我一个能榨出点儿油水的家伙?哪怕那汉子是个比醉鬼还醉的布尔戈尼①人!

克里斯蒂娜　咱们可以跟他谈谈这件事。可你瞧,他回来啦;他急

---

①　法国地名,盛产红葡萄酒。

匆匆走得很快，他那十个埃斯库多像踢马刺似的催他快走哩。

〔索洛萨诺上场。

索洛萨诺　嘿，堂娜克里斯蒂娜，您问过了吗？链子是不是真金的？

克里斯蒂娜　请问您叫什么名字？

索洛萨诺　家里人叫我堂埃斯特万·德·索洛萨诺。您怎么问这个？

克里斯蒂娜　为了最后肯定您的诚实和殷勤。您陪陪堂娜布里希达，我这就进去把十埃斯库多拿来。（下场）

布里希达　堂索洛萨诺先生①，您没有什么小礼物给我吗？就是一根牙签也好哇。老实说，我不是什么可以被人瞧不起的女人，在我家进出的，也都跟来堂娜克里斯蒂娜家的人一样有身份。要是不怕有人听见，我能告诉您克里斯蒂娜的许多短处。要知道，她那软塌塌的奶子像一对空褡裢；她打扮过头，呼出的气味难闻。尽管这样，男人还是找她、亲她、爱她。我真想抓破自己的脸，这不只是嫉妒她，更是自己生闷气，因为没有人帮我一把，倒有不少人踢我一脚。总之，丑八怪女人才交好运。

索洛萨诺　您别失望；只要我活着，您的情况是会有所改善的。

〔克里斯蒂娜重上场。

克里斯蒂娜　瞧，堂埃斯特万，这儿是您的十埃斯库多，今晚我还会准备一桌适合王子享用的宴席。

索洛萨诺　咱们的笨驴就在街角上，我就去牵来。您替我好好亲

---

①　这里显出布里希达缺少教养，因她对索洛萨诺尊称"堂"。索洛萨诺是个姓氏，只能称呼为"先生"，"堂"加在名字前面。克里斯蒂娜就没有这样称呼索洛萨诺。

近他,尽管这会像吞苦药丸似的。(下场)

布里希达　我对他说,亲爱的,叫他带个能给我好处的人来,他答
　　　　应到时候做这事。

克里斯蒂娜　都要到时候,那就是没人给咱们好处,亲爱的。不用
　　　　几年,那就能收很多钱;很多年呢,那就要损失很多钱。

布里希达　我还对他夸你怎么干净、漂亮、讨人喜欢。我说你是包
　　　　在棉纸里的琥珀、麝香和灵猫香。

克里斯蒂娜　我知道,亲爱的,知道你是怎么称赞不在场的朋
　　　　友的。

布里希达　(旁白)瞧她有那么些情人,可我的靴底也比她的围脖
　　　　值钱呢。我还要说:丑八怪女人才交好运。

　　〔基尼奥内斯和索洛萨诺上场。

基尼奥内斯　比斯开人手吻您,您我吩咐①。

索洛萨诺　这位比斯开先生说他吻您的手,听您的吩咐。

布里希达　哎哟,多漂亮的话! 我自然听不懂,可觉得很好听。

克里斯蒂娜　我吻这位比斯开来的先生的手,还乐意为他做更多
　　　　的事。

基尼奥内斯　你看来很好,很美;今晚我们还吃晚饭;链子你留下,
　　　　我不睡觉;我把它给你不就够啦。

索洛萨诺　我的朋友说,他觉得您很善良,很漂亮;他请您去准备
　　　　晚餐;尽管他不在这儿过夜,可还是乐意把链子送给您;他把
　　　　它一给您也就完啦。

布里希达　世界上有这么慷慨的亚历山大大帝吗? 好运气,好运

---

①　比斯开位于西班牙巴斯克地区。古老的巴斯克人有自己的语言文字。因此,
　　伪装比斯开人的基尼奥内斯,装作说不来通顺的西班牙语。

气,千百倍的好运气!

索洛萨诺　有什么罐头食品和开胃酒招待这位比斯开先生吗?我
　　知道他会百倍报答我们的。

克里斯蒂娜　当然有!我这就进去拿,款待他会比款待祭司王约
　　翰①还要好。(下场)

基尼奥内斯　太太留下的,跟进去的一样好。

布里希达　他说什么来着,索洛萨诺先生?

索洛萨诺　他说留下来的这位太太,也就是您,跟进去的那位太太
　　一样好。

布里希达　比斯开先生说得多对!他有这种看法,真是一点儿也
　　不笨。

基尼奥内斯　笨个鬼哟。你要比斯开人聪明他就聪明。

布里希达　这话我懂。他说鬼才笨,比斯开人要聪明就有聪明。

索洛萨诺　对了,一点儿也没错。

　　〔克里斯蒂娜同一个男仆或女仆上场,后者拿来一箱罐头、一
　　瓶酒,以及刀子和餐巾。

克里斯蒂娜　比斯开先生尽可以吃,不要嫌弃,我家的东西都是绝
　　顶干净的。

基尼奥内斯　酒我甜,水你说好;你拿好酒我给,我吃这酒还要吃。

布里希达　天哪,这位先生说得多有趣,尽管我听不懂!

索洛萨诺　他说他吃这酒,觉得跟泡蜜饯的水一样好,这酒是圣马
　　丁产的上等酒,他还要吃一杯。

克里斯蒂娜　再吃一百杯也行;他的嘴巴尝得出好坏来。

索洛萨诺　别再给他喝了,酒伤他身体,这您已经看到啦。我嘱咐

---

① 传说中信奉基督教的东方统治者,是国王兼祭司。

过阿斯卡拉伊先生,叫他无论如何别吃酒,他就是不听。

基尼奥内斯　咱们走,酒上来又下去,舌头是镣铐,脚枷是脚。晚上我回来,太太;上帝你保佑。

索洛萨诺　你们听他说的,你们会瞧得出我说得多对。

克里斯蒂娜　他说什么来着,索洛萨诺先生?

索洛萨诺　他说酒锁住了他的舌头,扣住了他的脚;他今天晚上再来;祝愿上帝保佑你们两位。

布里希达　啊,真糟糕!他的眼睛怎么这般浑浊,说话怎么这般结巴!天哪,他走起路来磕磕绊绊,想必是喝得太多了!这是我一生中看到的最叫人担心的事情了。瞧他多年轻,醉得多厉害!

索洛萨诺　他离家前饱餐过。克里斯蒂娜太太,您叫人准备好晚餐,我要带他去把酒睡醒,今天晚上我们会早来。

　　〔比斯开人和索洛萨诺下场。

克里斯蒂娜　一切都会准备停当的。你们快走吧,再见。

布里希达　亲爱的克里斯蒂娜,把链子给我看看,让我拿它来吊吊胃口。啊,多美,多新,多光鲜,多便宜!我说,克里斯蒂娜,不知怎么回事,钱财总是落到你头上,好运气不用你求,就挤进你的家门。你的确是最幸运的女人。可是,这些你都当之无愧,因为你随和好相处,干干净净,风姿绰约,美得能叫最难套住的男人着迷。你不像我这样,我连拿面包渣喂公猫都不配。把你的链子拿去,妹妹,我伤心得要哭了,这倒不是嫉妒你,而是可怜我自己。

　　〔索洛萨诺又上场。

索洛萨诺　世界上最大的倒霉事让咱们碰上了。

布里希达　哟!倒霉事?是什么事,索洛萨诺先生?

索洛萨诺　到他家去的时候,我们在街角碰上了我们比斯开人他
　　　　爹差遣来的一个佣人,他带来了一封信,里边说他爹快断气
　　　　了,叫他立刻动身回家,如果想在他爹活着的时候见上一面。
　　　　那仆人带来了供他动身回去的路费,他想必马上就得走。我
　　　　从他那儿要来十埃斯库多给您,加上您先前给我的十埃斯库
　　　　多,全在这儿。请您把链子还给我,因为要是他爹还活着,他
　　　　会回来把链子给您,要不我就不叫堂埃斯特万·德·索洛萨
　　　　诺了。

克里斯蒂娜　我确实感到难过,这不是为我的私利,而是为这个倒
　　　　霉的年轻人伤心,我已经喜欢上他了。

布里希达　这么容易就赚十埃斯库多,这可是件好事。拿着吧,亲
　　　　爱的,把链子还给索洛萨诺先生。

克里斯蒂娜　链子在这儿,您把钱给我;我原来想用三十多埃斯库
　　　　多来备办晚餐。

索洛萨诺　克里斯蒂娜太太,别蒙哄老狗,您这种诡计只能骗乡巴
　　　　佬,拿这块骨头哄别的狗去。

克里斯蒂娜　你念这么些谚语干吗,索洛萨诺先生?

索洛萨诺　好叫您知道,贪心撑破麻袋。您这么快就忘了我的保
　　　　证啦?您想轻率冒险、没病找病吗?克里斯蒂娜太太,克里斯
　　　　蒂娜太太,您赢来的会输掉,坏心眼会伤害使坏心眼的人。把
　　　　真的金链子给我,把您这假玩意拿去:这么短的时间里,别跟
　　　　我要奥维德的变形手法①。婊子养的,你们仿造得多么好,而
　　　　且多么快!

克里斯蒂娜　您说什么,先生?我不懂您的话。

––––––––––––

　　①　奥维德的杰作《变形记》吟唱从创世的混沌到有秩序的种种变化。

索洛萨诺　我说的是：这链子不是我留给您的那条，尽管看起来很相像。这链子是假的，原来那条是二十二开金的。

布里希达　我想是的，我们邻居银匠师傅就这么说过。

克里斯蒂娜　难道这魔鬼会插一手吗？

索洛萨诺　不管魔鬼是男是女，请把真链子给我，咱们别再争吵，别再发誓赌咒、骂骂咧咧啦。

克里斯蒂娜　要是这链子不是您留给我的，那就让魔鬼把我带走，我希望不至于发生这种事。我手里没有别的链子嘛。要是这么作伪证诬陷我，上帝会瞧见的。

索洛萨诺　你没来由这么叫嚷，何况本城有法官，他会保卫每个人的权利的。

克里斯蒂娜　要是这事落到法官手里，那我准会被判罪：他对我印象那么坏，准会把我的真话当假话，好心眼当坏心眼。我的先生，要是除了那条链子外还有另外一条，那老天叫癌症磨死我。

〔一个警官上场。

警　官　怎么这样闹哄哄的？这么叫、这么哭、这么骂骂咧咧，干吗？

索洛萨诺　警官老爷，您来得正是时候。一个小时之前，我因为有点事要钱用，把一条链子当十杜卡多当给了这位风流娘儿们；现在我来赎回，她不还给我我给她的那条凭重量值一百五十杜卡多的二十二开金链子，却还给了我这条值不了两杜卡多的假金链子。她想大叫大嚷来讨我的便宜。您要知道，这位太太看到了整个交易过程，她会对这事出面作证的。

布里希达　怎么会出这种事！还是出这种事了！凭上帝和我的良心起誓，我要说这位先生是对的，可是我想不出是怎么调包的,因为链子一直没出这间房子。

索洛萨诺　警官老爷务必替我做件好事,把这位太太带上法庭去,我们到那儿能查明真相的。

克里斯蒂娜　我再说一遍:如果把我带去见法官,那我准会被判罪。

布里希达　对,我可不愿意看见法官。

克里斯蒂娜　这回我要上吊! 我要自杀! 巫婆要吸我的血!

索洛萨诺　好吧,我愿意帮您的忙,克里斯蒂娜太太,就为了不让巫婆吸您的血,要么至少不让您上吊。这条链子跟比斯开人那条真金的十分相像;那人脑子糊涂,还整天醉醺醺的;我想把这链子拿去给他,让他以为是他的那条。您在这儿照顾一下警官大人,花点钱准备晚餐。您可以安下心来,因为花钱也不会很多。

克里斯蒂娜　您做了这么件好事,愿老天爷报答您! 我要给警官老爷六埃斯库多,再花一埃斯库多备办晚餐。我愿终身服侍索洛萨诺先生。

布里希达　我要在晚会上跳舞跳个筋疲力尽。

警　官　您干得好,像个好心的慷慨绅士,绅士本来就是要为妇女效劳的。

索洛萨诺　我早先给您的另外十埃斯库多,请还给我。

克里斯蒂娜　钱在这儿,另加给警官老爷的六个。

　　〔两位乐师和比斯开人基尼奥内斯上场。

乐师们　这事我们都听到了,现在我们来啦。

基尼奥内斯　现在我可以对克里斯蒂娜太太说:挨过一次骗,就会挨千百次骗。

布里希达　这个比斯开人说话多清楚,你们看到了吗?

基尼奥内斯　除非假装,我说话从来口齿清楚。

克里斯蒂娜　这两个流氓要是没耍弄我,那才怪呢!

基尼奥内斯　乐师们,我教你们唱的曲子,是怎么唱的呀?

乐师们　(唱)最精明的女人

　　　　其实什么也不懂,

　　　　那快嘴快舌,

　　　　有刀也似的谈锋,

　　　　妙语连珠,

　　　　什么也难不倒的女人;

　　　　那能够背诵

　　　　洛弗拉索、《狄亚娜》、

　　　　《阿波罗骑士》

　　　　和《奥利万特·德·劳拉》①的女人;

　　　　一个月念六次

　　　　伟大的《堂吉诃德》的女人,

　　　　她尽管读了这么多书本,

　　　　其实什么也不懂。

　　　　那相信自己的智慧,

　　　　一肚子阴谋诡计,

　　　　只想图一己私利,

　　　　以为到处能占便宜的女人;

　　　　那面临好似温顺的止水

　　　　不懂得提防戒备,

　　　　一下就跳进

----

① 以上三部作品均为当时西班牙的流行小说。

　　　　缓慢流泉中的女人；

　　　　那做这次快乐的交易

　　　　以为就她自己

　　　　胜过旁人的女人，

　　　　其实什么也不懂。

克里斯蒂娜　好啦,我受骗了;可尽管这样,我还是邀请你们各位
　　来吃晚餐。

基尼奥内斯　我们接受邀请。酒一落肚,什么不愉快的事都会
　　忘掉。

　　　　　　　　　　　　　　　　　　　　（剧　终）

奇迹戏的演出

吴健恒 译

序　言

这个精彩而完美的杰作,源出十四世纪堂胡安·曼努埃尔的《卢卡诺尔伯爵》中第二十二个故事——《国王的看不见的衣裳》。作为一幅乡村风俗画,这个幕间剧就民间风趣和韵味而言,超过了《达甘索地区选村长》。这个剧的创作意图及其主题的富于喜剧性,表现在"凡是带点改教的犹太人和摩尔人血统的,凡是非婚生的子女",都看不见戏班的傀儡及其表演这一点上,这是塞万提斯讽刺和幽默的才华在戏剧方面表现出来的最高成就。

另外,昌法利亚和拉·奇里诺丝这两个演奇迹戏的高手狡诈的戏弄,也尽情讽刺了所有的既得利益集团,社会的成见和虚伪,以及当时的荣誉观念和轻信。

克莱因想从这个剧里看到意识形态方面摧毁陈旧事物的意图,这就使作品和作者超越了所处的时代,曲解了作品的基本含义。剧本进行了社会讽刺,它的剧情和台词富有风趣,它尽情挪揄了乡镇的重要人物,了解了这些方面也就够了。最后出现了有趣的场面,由士兵上场让这个幕间剧匆促结束,这就行了。可是,欺骗、轻信和因袭成规的陋习并没有完结,而是依旧主宰着村镇的居民:"这次演出演得恰到好处,明天咱们可以给镇上居民演出了……"这个主题跟《堂吉诃德》中佩德罗师傅的傀儡戏故事不无联系,在那个故事里,幻觉和现实的交错写得更加深刻得多。就戏剧方面而言,这个幕间剧是个真正的奇迹。

有人认为,昌法利亚说首都那边"没有戏班子",而"各医院又都缺钱使",这话指的是一五九八到一六〇〇年那段时候,因为当时首都的戏院关闭了,像作者在《科尔多瓦的牧羊姑娘》故事里说的,各医院"要求演戏,因为穷人十分需要"。镇长说他创作了几首"描绘塞维利亚涨大水的诗",看来指的是一五九七年的那次洪水。尽管如此,这些片言只语只能证明这个幕间剧不会出现于这些日期之前。据我从它的风格和思想的成熟及其安排的巧妙来分析,这个剧跟《殷勤的守护神》和《萨拉曼卡的山洞》的创作日期不会相隔太远。

基尼奥内斯·德·贝纳文特模仿这个剧本,创作了另一个剧名和内容都相似的幕间剧。但是,它在创造才能、文字优美、人物特色的塑造、讽刺和幽默等方面,都远逊于塞万提斯的这个剧本。

安赫尔·巴尔布埃纳·普拉特

剧 中 人 物

昌法利亚——奇迹戏班班主

拉·奇里诺丝

埃尔·拉维林——乐师

镇长

贝尼托·雷波略——乡长

胡安·卡斯特拉多——市政委员

佩德罗·卡帕乔——书记官

胡安娜·卡斯特拉达——农家姑娘

特雷莎·雷波莉娅——农家姑娘

贝尼托之侄——舞蹈演员

军需官

几个村民

〔昌法利亚和奇里诺丝上场。

昌法利亚　　别忘了我的嘱咐,奇里诺丝,为了进行这次花样翻新的诓骗,尤其别忘了我嘱咐你的话。这一回要干得漂亮,像上次装求雨法师那样。

奇里诺丝　　你尽可相信我,有名的昌法利亚班主,我很会干这种事:我的记忆力跟理解力一样棒,而且我只想让你满意,这愿望比我的能力要强。可是请告诉我:咱们收下这个拉维林干什么呢?光咱俩不能干成这事吗?

昌法利亚　咱们就像需要吃的面包那样需要他。在咱们这出奇妙
　　　　的戏还没开演、戏里的角色还没出场之前,要他来吹吹打打磨
　　　　时间。

奇里诺丝　就因为有这个拉维林,观众不朝咱们扔石头才怪呢。
　　　　我从来没见过这么个倒霉的家伙。

〔埃尔·拉维林上场。

拉维林　您要在这个镇上演出吗,班主? 我很想让您瞧瞧,您雇了
　　　　我,钱财就会满袋地滚进来。

奇里诺丝　四个你这样的汉子,也赚不回笨驴背的半袋东西来,还
　　　　满袋哩。你个头小,要是乐也奏不好,那我们才倒霉哩。

拉维林　您等着瞧吧。说实在的,我尽管个头小,可也有人跟我签
　　　　合同,让我加入戏班子哩。

昌法利亚　要是按你的身量给你派角色,人家差不多看不见你。
　　　　奇里诺丝,咱们就要进镇了。那边走来的准是镇长和乡长们。
　　　　咱们迎上去吧。你口齿伶俐,去拍他们的马屁吧——可当心
　　　　别碰着马蹄子。

〔镇长、乡长贝尼托·雷波略、市政委员胡安·卡斯特拉多、
书记官佩德罗·卡帕乔上场。

昌法利亚　我亲吻各位的手。你们中间谁是本镇的镇长大人?

镇　　长　我是镇长。您想要什么呢,我的先生?

昌法利亚　我只要稍微明白事理,就看得出来,这么个逍遥自在的
　　　　人物,要不是这个体面的市镇的尊敬的镇长,还能是谁呢。我
　　　　祝您离职的时候,能升任拉斯阿尔加罗维利亚斯的市长。

奇里诺丝　要是镇长大人有了妻室儿女,祝愿他们能分享这份
　　　　荣誉。

卡帕乔　镇长先生还没成亲呢。

奇里诺丝　我祝愿他成亲以后能这样，这不也一样嘛。

镇　　长　好吧，您想要什么呢，尊敬的先生？

奇里诺丝　您给了我们这么大的面子，但愿您日子过得十分体面。归根到底，橡树结橡实，梨树结梨子，葡萄藤结葡萄，体面人只能干体面事，不会干别的嘛。

贝尼托　西塞绿的名言，一个标点也没改。

卡帕乔　贝尼托·雷波略乡长先生想要说的是"西塞罗的名言"。

贝尼托　我老想把话说好，可往往说得不对头。唔，先生，您要什么呢？

昌法利亚　我叫蒙蒂埃尔，各位大人，我是奇迹戏班班主。首都医院协会的先生们派人把我叫去，因为那边没有戏班子，各医院又都缺钱使。我一走，那边的问题就好解决了①。

镇　　长　您说的"奇迹戏"是什么意思？

昌法利亚　我的戏班子就因为能演出种种奇迹来，才叫奇迹戏班。学问家蠢蠢奈何先生，对着这样的纬线、方向和日月星辰，运用这样的计数、符咒和观察，制作和创造出这些奇迹。凡是带点改教的犹太人和摩尔人血统的，凡是非婚生的子女，都看不见剧中的各种奇迹；凡是受到这两种特别流行的传染病感染的，也休想看到我们戏班的那些谁都没见过也没听说过的奇观。

贝尼托　现在我才觉察到，世界上每天都可以看到各种新奇事物。怎么说呢？创造这异景奇观的人，是名叫蠢蠢奈何的学问家吗？

奇里诺丝　他名叫蠢蠢奈何，出生在蠢蠢奈何镇。人家说，这人的

---

①　当时，马德里各医院从各地戏班的演出收入中抽取一部分作为费用。

　　胡子长得拖到腰上哩①。

贝尼托　留长胡子的人，大都是学问很高深的家伙。

镇　长　胡安·卡斯特拉多委员先生，我是您女儿胡安娜·卡斯
　　　　特拉达小姐的教父。要是您同意，我决定让她今晚成亲。为
　　　　了给这个喜庆日子增添欢乐气氛，我想请蒙蒂埃尔先生在贵
　　　　府演出他的奇迹戏。

胡　安　我随镇长先生安排，完全赞成、同意、支持您的意见，不管
　　　　出现什么不如意的事都不在乎。

奇里诺丝　可能出现的不如意的事就是：如果你们不预先付给我
　　　　们演出费，那你们就会看不成我们的演出。你们，各位长官先
　　　　生们，难道都不会好好想想吗？今天晚上，全镇的人都挤到胡
　　　　安·卡斯特拉多先生还是什么另外名字的先生家去，把我们
　　　　的演出都看过了，明天我们想要在镇子里上演，谁也不会去看
　　　　了。这倒不赖！不，先生们；不，先生们；首先，②得把我们应
　　　　得的演出费付给我们。

贝尼托　班主太太，这儿没有什么安东尼娅也没有什么安东尼奥
　　　　付钱给你们。胡安·卡斯特拉多市政委员先生会付给你们
　　　　钱，比你们应收的费还付得多，要不会由市政委员会来付。你
　　　　好不了解这地方！大姐，这儿我们可盼不上什么安东尼娅来
　　　　为我们付钱。

卡帕乔　哎哟哟，贝尼托·雷波略先生，您可说差啦！班主太太没
　　　　说什么安东尼娅来付款，她只是说首先要付款，是首先的
　　　　意思。

---

①　当时做学问的人、法官、隐士等都留着长胡子，这里作者以此来取笑这种人。
②　原文为拉丁文，贝尼托按发音把这词听成"安东尼娅"了。

贝尼托　哎，佩德罗·卡帕乔书记官，您叫他们跟我说普通话，我才能听懂。你念过书，听得懂这种外国话，我可不行。

胡　安　好啦。班主先生，我预付给您六杜卡多①，您该满意了吧？另外，今天晚上，我们会留心把守，不让镇上的人到我家来。

昌法利亚　行，我满意啦。我同意您给的优厚条件，信赖您的安排。

胡　安　那么，您就跟我走。您准能拿到钱，还能看看我的家，看那儿多么适合这次演出。

昌法利亚　走吧。有胆量看奇迹戏的人所应该具备的品质，大家可别忘记了。

贝尼托　我来管这事。我对您说，您对我尽可以放心，因为我爹是乡长。我祖宗八代都是货真价实的老基督徒。瞧，我准能看这次演出！

卡帕乔　我们都想去看演出，贝尼托·雷波略先生。

胡　安　我们出身都不卑贱，佩德罗·卡帕乔先生。

镇　长　照我看，咱们都够格看这戏，乡长、市政委员、书记官先生。

胡　安　走吧，班主，咱们开始行动。我叫胡安·卡斯特拉多，是安东·卡斯特拉多和胡安娜·玛霞的儿子。我不用多说什么来证明和担保，我能脚踏实地、面对面地看这戏。

奇里诺丝　但愿如此！

　　〔胡安·卡斯特拉多和昌法利亚下场。

镇　长　班主太太，首都现在哪些诗人引领风骚呢，特别是那些所

————————

①　西班牙使用过的一种金币。

谓的戏剧诗人？因为我有点诗人气质，懂点喜剧和假面舞剧什么的。我写了二十二出戏，一出跟着一出写出来，全都是有独创性的。我在等机会到首都去，拿这些戏找六七个班主赚笔钱。

奇里诺丝　镇长大人，您问有关诗人的事，我不知道怎么回答才好，因为那边的诗人多得遮天蔽日，还全都认为自己是著名诗人；喜剧诗人是最普遍、最常见的一种，因此不值一提。可是，请告诉我您的大名，我该怎么称呼您呢？

镇　　长　我嘛，班主太太，人家管我叫戈梅西略斯硕士。

奇里诺丝　天哪，您就是戈梅西略斯硕士先生啊！《恶魔得了病》《他得了传染病》这些很有名的诗篇①原来都是您写的！

镇　　长　有人造谣说，是我写了这样的诗，我并没有写。那几首描绘塞维利亚涨大水的诗②是我写的，我不否认。尽管诗人们相互剽窃，可我不喜欢偷人家的什么东西。我的诗是我自己的神来之笔，谁喜欢偷就随他偷去。

〔昌法利亚上场。

昌法利亚　先生们，请过来。一切都准备好了，戏就可以开演啦。

奇里诺丝　钱进兜了吗？

昌法利亚　唔，在贴胸口的兜里藏着呐。

奇里诺丝　那我得提醒你，昌法利亚，镇长是个诗人。

昌法利亚　诗人？好得很！那他一定会受骗，因为有这种癖好的人统统是没心计的家伙，都大大咧咧，十分轻信，一点也不猜疑人家。

---

①　作者用这种乏味的标题来讽刺当时流行的诗作。

②　塞维利亚于一五九五至一六〇四年曾多次遭瓜达尔基维尔河冬季的洪灾。

贝尼托　走吧,班主,我想看奇迹,脚早就痒痒啦。

〔农家姑娘胡安娜·卡斯特拉达和特雷莎·雷波莉娅上场,
前者作新娘装束。

卡斯特拉达　你可以坐在这儿,特雷莎·雷波莉娅,这样咱俩正好对
着戏班子。你知道看戏的都得具备的条件,小心别露馅,别丢脸。

特雷莎　胡安娜·卡斯特拉达,你知道我是你表妹,这就够啦。上
帝保佑,我准能看到戏班子演的戏。凭我妈的灵魂起誓,要是
我真倒霉的话,那我要把眼睛都抠出来。我怎么会出那种事。

卡斯特拉达　嘘,别出声,表妹。大家都来啦。

〔镇长、贝尼托·雷波略、胡安·卡斯特拉多、佩德罗·卡帕
乔、班主及其妻、乐师、镇上的几个居民和贝尼托的侄儿上场,
后者为舞蹈演员。

昌法利亚　大家请坐。奇迹戏班要安置在这帷幕后边,奇里诺丝
也到后面去,乐师就在这儿。

贝尼托　这个人是乐师吗? 叫他也到幕后去。要是我看不见他,
那我也就乐于不听他奏的乐。

昌法利亚　雷波略乡长大人,您对乐师不满意可不对。他是货真
价实的基督徒,出身名门的绅士。

镇　长　成个好乐师,就需要具备这些条件。

贝尼托　他可能出身名门,可是不见得能奏好乐。

拉维林　我真活该,就这么笨,要来这儿为这样……这样的人
表演。

贝尼托　天哪,我们在这儿还得听这么个乐师表演吗?

镇　长　拉维尔①先生的“这样……这样的”,乡长的“这么个”,

————————

① 镇长把拉维林叫成了拉维尔,其含义为“三弦琴”。

不要没完没了地争吵下去啦。让蒙蒂埃尔先生开始演出吧。

贝尼托　这位班主要演出这么一出大戏,带的行头可太少啦。

胡　安　这一切想必都是奇迹。

昌法利亚　注意,先生们,戏就要开场了! 你啊,不管你是谁,是你创造了这么稀罕的奇迹戏,戏中隐藏着奇妙技巧、稀奇古怪得到处闻名的奇迹戏。我恳求你、催促你、命令你,赶快向这些先生们显露出你的一些巧妙的奇迹来,让他们高兴高兴,高高兴兴而不至于被他们看到的景象吓坏。啊,我看你已经答应了我的请求,因为你让力大无穷的参孙出现在那边,他手抱神殿的两根柱子,为向他的敌人报仇要把神殿拆毁。住手,勇士;住手,求天父发发慈悲! 你别干这样无法无天的傻事,免得神殿砸下来,把聚集在这儿的这么多高尚的人压成肉饼!

贝尼托　住手,该死的! 这倒好,咱们到这儿来没消遣上,反倒压成了稀屎一堆! 住手,参孙先生,你个混蛋,求你别胡来。

卡帕乔　你看到参孙了吗,卡斯特拉多?

胡　安　怎么能没看到! 难道我眼睛长在后脑勺上吗?

镇　长　(旁白)这真是怪事! 我没看到什么参孙,就像没看到土耳其苏丹似的,可我的确认为自己是婚生子,老基督徒。

奇里诺丝　嗨,你们当心,在萨拉曼卡把个脚夫顶死了的那头公牛冲过来啦! 嗨,趴下;嗨,趴下! 上帝救救你! 上帝救救你!

昌法利亚　大家都趴下! 大家都趴下! 嘿嘿,快快!

　　〔大家乱哄哄地匆忙趴下。

贝尼托　这公牛魔鬼附体啦! 它一身墨黑,后腿内侧是白色的。要是我没趴下,它一下子就把我冲倒了。

胡　安　班主先生,要是可能的话,希望你不让吓唬我们的东西出来。我不是为我自己说这话,而是为了姑娘们。公牛这么凶猛,把她们吓得魂儿都飞啦。

卡斯特拉达　是呀,爹! 我想我会三天也定不下神来。我瞧它两角都快顶着我了,那角尖得像锥子似的。

胡　安　你要是瞧不见它,那就不是我女儿了。

镇　长　(旁白)糟啦。谁都瞧得见,就我瞧不见;可我也得说我瞧见了,要不面子都丢光了。

奇里诺丝　那群在那边跑着的老鼠,是诺亚方舟里留养的老鼠的直系后代。它们有的白色,有的杂色,有的起斑纹,有的蓝色,可都是老鼠。

卡斯特拉达　哎哟,天哪! 抓住我,要不我准会跳窗! 老鼠! 恶心! 特雷莎,快把裙子捂紧,当心它们咬你。多大的一群! 我的奶奶哟,怕有一千多只。

特雷莎　我真倒霉,老鼠都钻到我衣服里去了,没法挡住。一只小黑老鼠咬住了我的膝盖。求老天保佑,人间是没谁能救我。

贝尼托　幸亏我穿了肥腿裤,连小老鼠都钻不进去。

昌法利亚　这些从云端猛降下来的雨水,来自成为约旦河源头的清泉。这雨水淋到妇女的脸上,那脸就会变得像擦亮的银盘似的,它也能把男人的胡子淋成金黄色。

卡斯特拉达　你听到吗,特雷莎? 快把面纱拿开,因为淋淋这雨对你有好处。啊,多美妙的雨水哟! 爹,快戴上帽子遮着点,别让雨淋着了。

胡　安　我们都把帽子戴上了,姑娘。

贝尼托　雨淋湿了我的后背,都透到脊梁骨了。

卡帕乔　淋得我比一根针茅草还湿哩!

镇　长　(旁白)见鬼了,怎么谁都给水淹了,可就没有一滴雨打到我头上来? 难道这些人都是婚生子,就我是野种吗?

贝尼托　快叫那个乐师滚蛋;要不然,我他妈得走,不再看演出了。见鬼,那乐师魔鬼附体了,他老在弹奏,可就是看不见琴也听不到声音!

拉维林　乡长先生,您别对我发火,我可是遵循上帝教导,使出拿手本事在弹琴。

贝尼托　上帝教了你什么,小爬虫! 快到帐幕后边去,要不我就要朝你扔板凳啦。

拉维林　见鬼,我真不该到这个镇上来。

卡帕乔　约旦圣河的水多清凉哟! 尽管我尽力遮住自己,可是还有点雨水淋湿了我的胡须。我敢打赌,这胡须都变成金黄色了。

贝尼托　比这事更糟得多!

奇里诺丝　那边来了二十几只张牙舞爪的狮子和爱吃蜜的狗熊。你们大家都提防着点,它们尽管是幻影,可也不会不制造麻烦,甚至能像大力士赫拉克勒斯似的,露出利剑般的牙齿来狠咬你们。

胡　安　啊,班主先生,您真想让狗熊和狮子来这里横冲直撞吗?

贝尼托　瞧,蠢蠢奈何给我们捎来了多么好的夜莺和百灵鸟——一群狮子和毒龙! 班主先生,您要么弄些温和一点的动物来,要么我们就瞧到这儿为止。愿上帝指引你到别的地方去,再也别在这镇上待一会儿了。

卡斯特拉达　贝尼托·雷波略先生,让那些狗熊和狮子出来吧,就算为了我们姑娘们也好啊,我们非常高兴看。

胡　安　可是,女儿,你刚才给老鼠吓怕了,怎么现在要起狗熊和狮子来了。

卡斯特拉达　新奇的东西都是好看的,爹。

奇里诺丝　现在出场的这位俏姑娘,打扮得这么漂亮,她就是那位名叫希罗底的女人,她跳的舞赚得施洗约翰的头作奖赏①。
要是这儿有谁肯做她的舞伴,大家就能看到一场奇妙的舞蹈。

贝尼托 我敢说就是她!她容光焕发,又漂亮又迷人。婊子养的,
这姑娘怎么跳得这么好。雷波略,侄儿,你会跳响板舞,去陪
陪她,那准是一出很精彩的戏。

侄 儿 我乐意照办,叔叔。

〔奏起了萨拉班达舞曲。

卡帕乔 奶奶的!这萨拉班达舞和恰科纳舞可是古老的舞蹈。

贝尼托 啊,侄儿,把那无赖犹太女人紧紧抱住。可是,她要是一
个犹太女人,怎么看得见这些奇迹呢?

昌法利亚 一切准则都有例外嘛,乡长先生。

〔后台传来喇叭或军号声,一名连队军需官上场。

军需官 这儿谁是镇长先生?

镇 长 我是。您有什么吩咐?

军需官 请您叫人立即给三十名士兵安排住宿,他们半个钟头内
就到。唔,还会早些,军号声已经听得见了。再见。

贝尼托 我敢打赌,他们是学问家蠢蠢奈何派来的。

昌法利亚 不是的。这是一个骑兵连,驻扎在离这儿两里以外的
地方。

贝尼托 现在我认清楚你那蠢蠢奈何了,我知道你和他,包括乐师
在内,都是大坏蛋。请注意,我命令你叫蠢蠢奈何别冒冒失失
派这些大兵来这儿,要不我叫人抽他两百鞭子,一鞭接一鞭抽
他的脊背。

---

① 按圣经故事,希罗底为希律·安提帕王之妻,她唆使女儿莎乐美在希律生日
宴会时跳舞助兴,索要施洗约翰的头作奖赏,希律遂杀死施洗约翰。因此,此
处出现的姑娘似应为莎乐美。

昌法利亚 我说,乡长先生,蠢蠢奈何并没有派他们来。

贝尼托 我说,蠢蠢奈何派他们来了。他还派来了另外一些小爬
虫,我都看见了。

卡帕乔 我们都看见了,贝尼托·雷波略先生。

贝尼托 我没说我没看到,佩德罗·卡帕乔先生。别再弹奏啦,你
这噩梦般的乐师,不然我要砸烂你的头!

〔军需官重上场。

军需官 啊,宿营地准备好了吗?马队已经开到镇上来了。

贝尼托 什么,蠢蠢奈何还在玩他的诡计吗?那我就对你说明白,
你这贩卖烟雾的骗子班主,你得为自己干的事情付出代价!

昌法利亚 请你们看清楚:乡长在威胁我。

奇里诺丝 请你们瞧明白:乡长把皇帝陛下派来的兵,说成是学问
家蠢蠢奈何派来的。

贝尼托 上帝在上,我看你也变成蠢蠢奈何了。

镇 长 照我看,我倒是真觉得这些兵不可能是假的。

军需官 他们会是假的吗,镇长先生?您难道昏了头吗?

胡 安 他们可能是蠢蠢奈何的兵,就像咱们在这儿看到的那一
幕幕景象似的。嗨,班主,您叫那个希罗底姑娘再露露面,好
让这位先生看看他没看到过的人物;这样,也许咱们可以哄他
赶快从这儿离开。

昌法利亚 好主意。瞧,她回来了,还在招手叫她的舞伴再给她伴
舞呢。

侄 儿 她准是在急不可耐地招我。

贝尼托 对啦,侄儿。你跟她去打转,拖垮她。我的天,这姑娘可
够灵的! 转呀,转呀,快,快!

军需官 这帮人疯了吗?有什么鬼姑娘,还跳舞哩,有个什么蠢蠢

奈何？

卡帕乔　那么，您还没瞧见希罗底姑娘吗，军需官？

军需官　我瞧见个什么鬼姑娘！

卡帕乔　**够啦，你是那种人**①。

镇　　长　你是那种人，是那种人②。

胡　　安　这军需官是他们当中的一个，是的。

军需官　狗娘养的，我是你们的爹！上帝在上，要是我抽出剑来，
　　　　能把你们一个个从窗子送出去，用不着通过门口。

卡帕乔　**够啦，你是那种人。**③

贝尼托　够啦，你是他们当中的一个，因为你什么也没瞧见。

军需官　他妈的乡巴佬，要是你们还说我是他们当中的一个，我会
　　　　让你们剩不下根好骨头！

贝尼托　改教的犹太佬和杂种，绝不会是勇敢的人，因此我们就要
　　　　说：你是他们当中的一个。

军需官　混蛋乡巴佬，你们等着瞧！

　　　　〔他抽出剑来向在场的人刺去，乡长操起棍棒打拉维林。奇
　　　　里诺丝把帷幕扯下来。

奇里诺丝　嘿嘿，恰好军号响了，士兵们来了，他们还以为是用魔
　　　　铃召唤来的呢。

昌法利亚　这事情好极了。这次演出演得恰到好处，明天咱们可
　　　　以给镇上居民演出了，咱们自己可以欢庆这次战斗的胜利，高
　　　　呼奇里诺丝和昌法利亚万岁！

（剧　终）

---

①②③　原文为拉丁文。

萨拉曼卡的山洞

吴健恒 译

序　言

　　无论从剧本的诙谐讥刺来看,还是从简单的剧情结尾的巧妙安排来看,这个作品都是作者最好的幕间剧之一。它把薄伽丘的几个故事中嘲笑外出的丈夫的情节,跟有关在萨拉曼卡山洞里传授魔法的传说联系起来。带有流氓味道的流浪汉型的学生,把两个非凡的喜剧主题联系在一起。剧本开头夫妇告别的讽刺内涵,对荣誉和通奸的嘲讽,以及对迷信的揶揄,通过生动、幽默的对白结合起来,风趣盎然。除了主要故事情节极富喜剧性之外,每句台词和每一情节的变化,都显示幕间剧作家塞万提斯无比的才华。

　　把这个剧本跟洛佩·德·鲁埃达所作幕间喜剧中被戏弄的丈夫的题材,跟基尼奥内斯·德·贝纳文特笔下相同的主题,跟卡尔德隆在《龙骑兵》一剧中对《萨拉曼卡的山洞》的模仿稍作比较,就可以看出这些作品比起塞万提斯这个完美的作品来,都显得平淡无味。流浪汉学生拿他人的名誉、轻信、伪善和恐惧开玩笑。狡黠调皮的妻子莱奥纳尔达是个充满喜剧色彩的角色。天真的丈夫(从受嘲弄的角度看)潘克拉西奥,理发师和教堂办事员这两个引人发笑的人物,都能产生很好的演出效果。教堂办事员那句打招呼的话("你们好啊,我们欢乐彩车的向导和车夫……!"),可能是对当时绮丽文风的讥刺。从这一点,从剧中提到侠盗罗克·吉纳德,以及从剧本风格的完美来看,论者一般推测这个剧本大约写成于一六一○年或一六一一年。

剧中提到各种舞蹈,例如新舞"埃斯卡拉曼",是值得注意的。由此可见,那个舞在十七世纪就已经创造出来了。在召唤魔鬼那滑稽的一场中,学生好像要习惯性地添些古香古色的味道,仿用了胡安·德·梅纳①那一段诗:

> 啊,你们,躲在煤屋里
>
> 的可怜虫⋯⋯

剧中提到了埃斯基维亚斯的酒,这是特别具有塞万提斯特色的。这个剧本上演时,对白生动活泼,显出深刻的喜剧性。塞万提斯用散文写出的这么精彩的喜剧,只有莫里哀的某些作品可与之媲美。

安赫尔·巴尔布埃纳·普拉特

---

① 胡安·德·梅纳(1411—1456),西班牙诗人。

剧 中 人 物

潘克拉西奥

莱奥纳尔达——其妻

克里斯蒂娜——女佣人

卡拉奥拉诺——学生

雷庞塞——教堂办事员

理发师

莱奥尼西奥——潘克拉西奥之友

〔潘克拉西奥、莱奥纳尔达和克里斯蒂娜上场。

潘克拉西奥　擦干眼泪,太太,别再唉声叹气,我四天不在家,不会比几百年还长久。只要不死,我最迟过五天就回来。为了不使你不安,我宁可失约,取消这次旅行,因为我不在场,我妹妹也能结婚。

莱奥纳尔达　我的潘克拉西奥,我的丈夫,我希望你不要为了我而显得失礼。你好好去履行你的责任吧,因为你必须去做这件事;我会忍住悲伤,尽量过好我的寂寞日子。我只求你按时回来,不要比你定的日期耽搁更久。扶着我,克里斯蒂娜,我的心都碎了。(昏迷过去)

克里斯蒂娜　啊,多讨厌的婚礼和庆祝会! 我要是您,老爷,我决不去参加。

潘克拉西奥　姑娘,快进屋去,拿杯水来洒在她脸上。你等一等,我要在她耳边说几句悄悄话,就能让她醒过来。

〔对她说悄悄话,说着说着莱奥纳尔达就醒了。

莱奥纳尔达　够啦;这是没办法的事,我只有耐心等待。亲爱的,
　　　你耽搁越久,就越延误我高兴时刻的到来。你的朋友莱奥尼
　　　西奥准已经坐在马车里等你。放心走吧。盼上帝快快把你还
　　　给我,盼你回来时像我希望的那样健康。

潘克拉西奥　我的天使,要是你希望我留下来,那我一定像塑像似
　　　的停在这儿一动也不动。

莱奥纳尔达　不,不,亲爱的!只有你高兴我才会高兴,现在我高
　　　兴的是你快走而不是留下,因为你的荣誉就是我的荣誉。

克里斯蒂娜　啊,婚姻的楷模!要是所有的妻子都像我家太太那
　　　么爱她的丈夫,那么世界就会美好得多。

莱奥纳尔达　克里斯蒂妮卡,去把我的披巾拿来,我想陪送你家老
　　　爷上马车。

潘克拉西奥　不,亲爱的;拥抱拥抱我,就留在家里。克里斯蒂妮
　　　卡,好好照顾太太。我回来后,给你定做一双你想要的鞋子。

克里斯蒂娜　走吧,老爷,别担心太太。我会劝她跟我一道消遣,
　　　免得她老想您。

莱奥纳尔达　要我消遣?你说什么哟,姑娘!我亲爱的丈夫不在
　　　身边,我是不会高兴快乐的,只会悲伤痛苦。

潘克拉西奥　我受不了啦。再见,心爱的人。在再见到你之前,我
　　　这双眼睛不会看到什么能让我快乐的事情了。(下场)

莱奥纳尔达　你这灾星降临到别家去吧!滚吧,可别再回来!像
　　　一阵烟般地消失吧!老天爷有灵,这次你说大话和提防都不
　　　顶用了。

克里斯蒂娜　我真害怕你过分殷勤,会让他舍不得离开,咱们也就

没法作乐了。

莱奥纳尔达　咱们盼望的人今晚会来吗？

克里斯蒂娜　怎么不呢？我已经通知他们两个了。他们急得不
　　行，今儿下午就通过咱们的密使——那个洗衣婆，装得好似背
　　来一筐衣服，捎来一筐子吃的。那筐子就像国王在濯足节赐
　　给穷人的驮筐①，可是这筐子是准备给复活节用的，里边装满
　　了馅饼、冷餐肉、牛奶酱鸡脯肉，还有两只没有拔过毛的阉鸡，
　　以及各式各样的时令水果，特别是有一大袋好酒，足有一阿罗
　　瓦②，闻起来好香啊。

莱奥纳尔达　教堂办事员雷庞塞，我的心肝，他送起礼来总是这么
　　慷慨。

克里斯蒂娜　我的尼古拉斯师傅有什么礼貌不周全的呢？他是我
　　心上的理发师，我一看到他，愁闷就烟消云散，像是他用剃刀
　　剃掉了似的。

莱奥纳尔达　你把筐子藏好了吗？

克里斯蒂娜　我把它藏在厨房里，用围裙盖着呢。

　　〔学生卡拉奥拉诺敲门，不等有人回答，就推门进屋。

莱奥纳尔达　克里斯蒂娜，去看看谁在敲门。

学　　生　两位太太，我是个穷学生。

克里斯蒂娜　看得出你是穷人，是学生。你的衣衫显出穷酸样，你
　　胆大妄为，只有穷学生才干得出来。奇怪的是，而今没哪个穷
　　人像你一样，不站在门口等人家施舍，却闯进人家钻到最隐秘
　　的旮旯里来，也不管会不会把睡觉的人闹醒。

---

① 按古俗，西班牙国王在复活节前的星期四濯足，并为十三个贫民洗足，然后分
　　赠食品，食品置于筐中，让贫民带回家。
② 液量单位，约合十二公斤。

学　生　我原以为能从您这么个好心肠的人这儿，得到更和善的
　　　　答复。况且，我并不想乞求施舍，只是想找个马棚或者草垛，
　　　　避避今晚的暴风雨。我觉得天气好像会变得很坏。

莱奥纳尔达　你是哪儿来的，朋友？

学　生　我是萨拉曼卡人，太太；也就是说，我是从萨拉曼卡来的。
　　　　我跟我一个叔叔动身去罗马，他中途亡故了，死在法国中部地
　　　　区。我孤身一人，打定主意回故乡去。罗克·吉纳德①的喽
　　　　啰或者同伙，在加泰罗尼亚把我抢了，因为他当时不在场。要
　　　　是他在场，他决不会允许欺侮我，因为他非常谦恭有礼，而且
　　　　乐善好施。我到您这个好心人家的门口时天色晚了，以为这
　　　　是上天赐福，就来寻求帮助了。

莱奥纳尔达　克里斯蒂娜，我真觉得这学生很可怜。

克里斯蒂娜　我为他感到心酸。咱们留他过一宿吧，反正城堡里
　　　　的残羹剩饭，养得活一营兵。也就是说，筐子里剩下的东西，
　　　　够填饱他的肚子。另外，他还可以帮我拔拔筐子里那两只阉
　　　　鸡的毛。

莱奥纳尔达　可是，克里斯蒂娜，你想在家里留下一个看我们取乐
　　　　的证人吗？

克里斯蒂娜　这人说话谨慎得好像是从后脑勺说出来的，不像是
　　　　随便从嘴里说出来的。到这儿来，我的朋友，您会拔毛吗？

学　生　怎么，我会拔毛吗？我不懂您这"会拔毛吗"指的是什
　　　　么，您是不是讥笑我的钱被抢光了；您用不着这么说，因为我
　　　　承认自己是世界上毛被拔得精光的穷光蛋。

①　西班牙加泰罗尼亚著名的侠盗。塞万提斯曾多次以赞许语调提到他，特别在
　　《堂吉诃德》第二部第六十和六十一章详细描绘过他。

克里斯蒂娜　我说的可不是这个意思，我只是想知道，您会不会拔两只阉鸡的毛。

学　　生　女士们，我要回答的是，托老天爷的福，我从萨拉曼卡大学混了个学士学位，我不是说……

莱奥纳尔达　这就是说，您不只会拔鸡毛，还能收拾鹅和火鸡。您保守秘密的本事怎么样？是不是爱把您看到、听到、想到的所有事情都说出去？

学　　生　人家在我跟前杀人即使杀得比屠宰场里宰的牲口还多，我都能闭嘴不吭一声。

克里斯蒂娜　那您就把舌头用根粗带子系上，牙齿合拢，再紧闭上嘴，跟我们过来。您会看到稀奇景象，吃到稀罕的晚餐，再随意在草垛里挑几尺①地盘当床铺睡觉。

学　　生　有个七尺就够了，我不是个贪心不足想过舒适生活的人。

　　〔教堂办事员雷庞塞和理发师上场。

教堂办事员　你们好啊，我们欢乐彩车的向导和车夫，我们黑暗中的亮光，我们爱你们，你们也爱我们，你们是我们爱巢的基础和梁柱！

莱奥纳尔达　我就讨厌你这一点，我的雷庞塞，请说平常的大白话，好叫我听得懂；别这么云里雾里的，让我没法明白。

理发师　这倒是我的长处，我说话比鞋底还要平。我把酒叫成面包，面包叫成酒②，就像平日说话那样。

教堂办事员　是嘛。学过文法的教堂办事员，跟只会唱民歌的理发匠之间，是应该有区别的。

①　西班牙尺，约合零点三米。
②　西班牙成语："面包就叫面包，酒就叫酒"，意思是说话直来直去，这里理发师恰恰把这句成语弄反。

克里斯蒂娜　我要说,我的理发师懂拉丁话,跟安东尼奥·德·内布里哈①懂的一样多,甚至还要多些。可是,眼下别争论什么学问或者说话方式了,因为每个人都要说话,要是他不能照应该说的说,至少也会照知道说的说。快进来帮一把,要干的活儿多着呢。

学　生　要拔的毛多着呢。

教堂办事员　这人是谁?

莱奥纳尔达　一个萨拉曼卡的穷学生,他恳求借住一宿。

教堂办事员　我给他两个雷阿尔当作晚饭和住宿钱,叫他开路。

学　生　教堂办事员雷庞塞先生,我对您的好意和施舍心领了,非常感谢;可我是个哑巴,还是个穷光蛋,这就是这位女佣人要留我住下的原因。我发誓,无论谁命令我,今晚我决不离开这户人家。您尽可以相信一个像我这样德行好、乐意睡在草垛里的人。要是你们关心你们的阉鸡,那就让土耳其人去拔毛吧。你们可以吃那阉鸡,我希望你们不要撑破肚子。

理发师　这人不像乞丐,倒像个流氓。他气势汹汹,把大家都不看在眼里。

克里斯蒂娜　我倒很喜欢他这股劲。咱们都进去吧,把要干的活都安排好,叫这穷学生拔阉鸡毛,吩咐他像望弥撒那样不说话。

学　生　还得像做晚祷似的。

教堂办事员　这穷学生把我吓一跳;我敢打赌,他懂的拉丁文比我还多。

---

①　安东尼奥·德·内布里哈(1441—1522),西班牙著名的人文主义者和文法家。

莱奥纳尔达　想必这就是他感到神气的地方。可是朋友，你不用反悔对他做了好事，做好事总是好的。

〔大家退场。潘克拉西奥的朋友莱奥尼西奥和潘克拉西奥上场。

莱奥尼西奥　我知道车轮准会坏。没有车夫不固执的。要是他绕个小弯儿，避开那条沟，咱们现在准已经跑过两里路了。

潘克拉西奥　我倒不在乎：我宁愿回去跟我妻子莱奥纳尔达度过这个晚上，也不愿待在客栈里。今天下午我离开她时，她几乎昏死过去，因为跟我离别感到很难过。

莱奥尼西奥　多高尚的女人！这是老天爷赐福给你，老兄。你应该感谢老天爷。

潘克拉西奥　我只能尽可能感谢，不能像应该做的那么感谢。卢克蕾提亚①不及她，波西娅②也比不上她。她是质朴和贞洁的化身。

莱奥尼西奥　要是我妻子不那么嫉妒成性，那我也就不会想要一个更好的伴侣了。这条街离我家最近；你从那边街上走，老兄，很快就到家了。咱们明天再见，那时我能找辆马车来旅行。再见。

潘克拉西奥　再见。

〔两人下场。教堂办事员和理发师各带一把吉他上场。莱奥昂纳尔达、克里斯蒂娜、学生上场。办事员上场时把道袍卷起缠在腰上，随着他自己的吉他琴声跳着舞，每跳一下都要喊出下面的话。

---

①　传说中的古罗马烈女，因被人奸污而自戕。

②　古罗马烈女，公元前四十三年闻其夫布鲁图的死讯而自杀。

教堂办事员　美好的夜晚,美好的时刻,美好的恋情,美好的晚餐!

克里斯蒂娜　　教堂办事员雷庞塞先生,现在不是跳舞的时候。请安安静静吃晚饭,做其他事。把舞留到合适的时候再跳吧。

教堂办事员　美好的夜晚,美好的时刻,美好的恋情,美好的晚餐!

莱奥纳尔达　随他去,克里斯蒂娜,我十分高兴看他蹦蹦跳跳。

　　〔潘克拉西奥敲门并且说话。

潘克拉西奥　你们都睡着了吗?没听见我叫门?怎么,这么早就把门闩上啦?啊,准是我的莱奥纳尔达慎重防范,才这么干的。

莱奥纳尔达　唉,坏事啦!从敲门的叫声听来,外边是我丈夫潘克拉西奥。他准是出了事,才折转回来的。先生们,藏到木炭房去;我说的是阁楼,那儿堆着木炭。快,克里斯蒂娜,领他们去,我来应付潘克拉西奥,好让你有时间把事情全办妥。

学　生　丑恶的夜晚,痛苦的时刻,败味的恋情,糟糕的晚餐!

克里斯蒂娜　今天晚上露水下得重,真糟透啦!啊,大家都快来。

潘克拉西奥　出什么事啦?怎么不给我开门,都睡死啦?

教堂办事员①　问题是,我不愿意跟这两个先生捆在一块儿。他们愿意藏到哪儿就藏到哪儿,应该把我带到草垛那儿去;人家在那儿找到我,我不过像个叫花子,不会像个奸夫。

克里斯蒂娜　快走哇,外边敲门把房子都快敲塌了!

教堂办事员　我的心都快跳出来啦!

理发师　我的心落到脚后跟了!

───────────

① 原文疑有误,从上下文判断说话的应该是学生。

〔众人下场,莱奥纳尔达朝窗口探出头来。

莱奥纳尔达　那儿是谁?谁在敲门?

潘克拉西奥　是我,你丈夫,我的莱奥纳尔达。快开门,我敲门都敲半小时了,把门都快敲破了。

莱奥纳尔达　听声音像是我的潘克拉西奥;可是一只公鸡的叫声,跟另一只的很相像,我拿不准。

潘克拉西奥　啊,多慎重的女人!听都没听说过的防范!是我,亲爱的,是你丈夫潘克拉西奥。放心开门。

莱奥纳尔达　到这边来,让我瞧瞧是怎么回事。我丈夫今天下午走的时候,我怎么样了?

潘克拉西奥　你叹气、哭泣,到最后昏过去啦。

莱奥纳尔达　说得对。可是,尽管这样,你还得告诉我:我一边的肩上有什么印记?

潘克拉西奥　你的左肩上有颗痣,有铜钱大小,中间长着三根金丝般的毛。

莱奥纳尔达　是的。可是,家里的女佣人叫什么名字呢?

潘克拉西奥　啊,蠢东西,你别烦人啦。她叫克里斯蒂妮卡。你还要问什么?

莱奥纳尔达　克里斯蒂妮卡,克里斯蒂妮卡!是你家老爷;去给他开门,姑娘。

克里斯蒂娜　我这就去,太太。非常欢迎他回来。这是怎么回事,亲爱的老爷?怎么这么快就回来啦?

莱奥纳尔达　啊,亲爱的!快把出的事告诉我们,我担心是什么倒霉事,都害怕得魂不附体了。

潘克拉西奥　没什么事,只是马车陷在沟里,坏了个轮子。我和我的朋友决定回家,不在野外过夜,明天再想办法动身,因为还有的是时间。可是,谁在屋里叫?

〔学生在幕后远处叫。

学　生　开门让我出去,我快憋死啦!

潘克拉西奥　这声音是从屋里还是从街上传来的?

克里斯蒂娜　我敢打赌,准是那个穷学生,我把他关在草屋里让他
过夜。

潘克拉西奥　趁我不在,把学生关在我家里? 坏啦! 太太,要不是
我真的对你的品行端正深信不疑,那我会怀疑你把人藏到家
里来了。可是,克里斯蒂娜,去打开门放他出来,他想必给稻
草压坏了。

克里斯蒂娜　我这就去。

莱奥纳尔达　我的丈夫,他是个萨拉曼卡的穷学生,求我们看在上
帝分上让他留住一宿,睡在草垛上也行。你知道我的情况,我
不可能拒绝人家求我做的事情,这就把他收留下来了。可是,
你瞧他出来啦,成了这副模样!

〔克里斯蒂娜和学生上场,后者脸上、头上和衣服上都是
草屑。

学　生　要是我不那么害怕,不那么小心谨慎,我就不会有在草垛
里几乎闷死的危险,能吃一顿好一些的晚饭,有张软和一些、
安全一些的床铺。

潘克拉西奥　朋友,谁能给你好一些的晚饭、好一些的床铺呢?

学　生　谁? 我自己的本领呗。可是我害怕警察,不敢动手。

潘克拉西奥　你的本事准是危险的本事,因为你害怕警察。

学　生　我是萨拉曼卡人,在那儿的山洞里学到法术。要是我不
害怕神圣的宗教法庭,就可以施法术,让我的徒儿们出力备
办,吃上一顿又一顿的晚餐。也许我不得不施法术,至少要试

这一回,因为我实在饿了,这得请你们原谅;我不知道,这两位女士会不会像我干过的那样保守秘密。

潘克拉西奥　别理她们,朋友,你愿意怎么干就怎么干,我会让她们不吭声的。我很想看看听说人家在萨拉曼卡山洞里学到的那种法术。

学　生　要是我在这儿召来两个人形妖怪,他们背来一筐子冷肉和其他食品,您会满意吗?

潘克拉西奥　在我家里,在我面前出现妖怪?

莱奥纳尔达　哎哟!我不知道怎么办才好,这下没救啦!

克里斯蒂娜　(旁白)这学生魔鬼附体啦!我祈求上帝把这事遮掩过去。我吓得心在怦怦跳。

潘克拉西奥　好啦。只要不吓人,没危险,我倒乐意看看两个妖怪和那一筐子冷食。我要再提醒你:妖怪可别吓着了我们。

学　生　他俩出来时,样子像本教区的教堂办事员和他的朋友理发师。

克里斯蒂娜　你说的准是他们像教堂办事员雷庞塞和我家的理发师罗克师傅。两个可怜的家伙,想不到变成了魔鬼。告诉我,兄弟,这两个魔鬼受过洗吗?

学　生　真是怪事!哪儿有什么受过洗的魔鬼?魔鬼怎么要受洗?可是,这两个魔鬼也许是受过洗的,因为什么规律都有例外。现在,你们站开些,奇迹就要出现了。

莱奥纳尔达　(旁白)唉,倒霉!要露馅儿啦!我们的丑事要暴露啦!我要完了!

克里斯蒂娜　(旁白)鼓起勇气来,太太。心定就不会走背运。

学　生　(唱)啊,你们,躲在煤屋里
　　　　的可怜虫,快快出来,

> 背起冷食筐子
>
> 风度翩翩地走出来。
>
> 不要惹我用严厉手段来召唤。
>
> 出来,你们还等什么?
>
> 你们要是不出来,
>
> 那我的新法术就会降祸生灾。

唔,我知道对这两个人形妖怪该怎么办。我要进屋去,单独施法术催他们赶快出来。对这种妖怪最好用劝说的办法,不要光使法术催。(下场)

潘克拉西奥　我说,要是这人能干成他说过的事,那他就干成天底下最新奇的事了。

莱奥纳尔达　他当然能干成,这谁会怀疑呢? 他干吗要欺骗我们?

克里斯蒂娜　里边有响动,我敢说他在把他们弄出来。瞧,他同两个妖怪出来了,妖怪还驮着筐子呢。

莱奥纳尔达　耶稣基督! 这两个驮筐子的妖怪,多么像教堂办事员雷庞塞和广场旁的理发师!

克里斯蒂娜　太太,您得注意,在有妖怪出没的地方,就不该说"耶稣基督"。

教堂办事员　随你们怎么说。我们像铁匠的狗,是随着铁锤的声音睡觉的。没什么神灵能吓唬和惊扰我们。

莱奥纳尔达　你们走近些,让我能吃到筐子里的东西。你们也一道吃。

学　　生　让我先品尝,我要从酒开始。(喝酒)好酒! 这酒是埃斯基维亚斯产的吗,教堂妖魔?

教堂办事员　是的,我发誓……

学　　生　别说,混蛋,别往下说。我不大喜欢赌咒发誓的妖怪。小妖精,小妖精,我们到这儿来不是来犯罪,而是来消遣个把钟头,吃顿晚餐,就各走各的路。

克里斯蒂娜　这两个魔鬼跟我们一道吃吗?

潘克拉西奥　什么? 魔鬼是不吃东西的。

理发师　有的魔鬼能吃东西,尽管不是全都能吃。我们是能吃东西的那种魔鬼。

克里斯蒂娜　啊,先生们,让这两个可怜的魔鬼留在这儿吧,因为他们把晚餐带来了。让他们饿着肚皮走开,那是不礼貌的。他们看来是很高尚、很正派的魔鬼。

莱奥纳尔达　只要他们不吓我们,而且我丈夫同意,那就欢迎他们留下来。

潘克拉西奥　让他们留下来吧,我想看看从没见过的事。

理发师　你们做了好事,愿上帝报答你们,先生们。

克里斯蒂娜　啊,多么有教养,多么懂礼貌! 要是所有的魔鬼都像这两个,那他们以后即使不是我的朋友,我也不会害怕他们了。

教堂办事员　那么,请听我唱首歌,听了你们真会爱上我们的。

　　〔教堂办事员弹起吉他唱歌,理发师只在每节的最后一句伴唱。

教堂办事员　(唱)不知情的人,

　　　　　　请听我明白地告诉你,

　　　　　　有无穷的财富

理发师　(唱)在萨拉曼卡的山洞里。

教堂办事员　(唱)你听那图坦卡硕士

　　　　　　在一匹小母马

　　　　　　的皮子上写下的

　　　　　有关山洞的情况。

　　　　　他把话写在马屁股中央，

　　　　　字字句句连声夸奖，

　　　　　夸奖那

理发师　（唱）萨拉曼卡的山洞。

教堂办事员　（唱）在那山洞里，富人

　　　　　和穷人一同学习，

　　　　　运转不灵的脑子

　　　　　会变得思路清晰。

　　　　　教授们坐在油漆凳上

　　　　　讲授功课，因为

　　　　　学问的泉源，就藏在

理发师　（唱）萨拉曼卡的山洞里。

教堂办事员　（唱）在那里，帕兰卡的摩尔人

　　　　　会变得慎重，

　　　　　最蠢笨的学生

　　　　　能求得多方面的学问。

　　　　　在洞中学习的人们，

　　　　　不会缺什么本领。

　　　　　万岁，啊，万万岁

理发师　（唱）萨拉曼卡的山洞！

教堂办事员　（唱）召唤我们前来的

　　　　　这位魔法师，把一万株葡萄

　　　　　种在山洞里，

　　　　　结出葡萄有白的，有红的。

　　　　　哪个魔鬼要责怪他，

就诅咒那该死的，

让他什么也尝不到

理发师 （唱）萨拉曼卡的山洞。

克里斯蒂娜 够啦；难道魔鬼也会写诗吗？

理发师 会的，诗人也都是些魔鬼。

潘克拉西奥 魔鬼什么都知道，那么你这魔鬼，请告诉我：萨拉班达、桑巴帕洛、"我感到遗憾"这些舞蹈和那种著名的新舞"埃斯卡拉曼"，都是在哪儿编出来的？

理发师 哪儿？地狱里呗。它们的源头就在那儿。

潘克拉西奥 这说法我相信。

莱奥纳尔达 说老实话，我倒是有点喜欢"埃斯卡拉曼"舞；可是我不敢跳，因为怕人家说我不正经，我不得不自尊自重。

教堂办事员 我每天教您四个舞步，不出一星期，您就会跳得比谁都好。我知道您是很会跳舞的。

学 生 到时候再跳吧，眼下咱们还是吃晚餐，这才是最要紧的。

潘克拉西奥 吃吧，我想看明白魔鬼吃不吃东西，还想了解千万种有关他们的事情。你们在把萨拉曼卡山洞里教的各种学问都教会我以前，务必不要离开我家。

（剧 终）

吃醋的老汉

吴健恒 译

序　言

　　《吃醋的老汉》的主题,跟法国中世纪韵文故事、佩德罗·阿方索的《宗教课》(第十一例:《论夫与妻》)和薄伽丘《十日谈》中的几个故事的主题相似。它的直接源头可能是口头的民间故事,也可能是从桑索维诺的《百篇故事选》或洛佩·德·维加一六○九年发表的《喜剧》第一部中《受骗的父亲》这个幕间剧脱胎而来。《邪恶的女人》这个幕间剧,跟塞万提斯这个剧有些联系,尽管这里也跟前述的情况一样,很难确定两个作品发表的时间谁先谁后。科塔雷诺①认为,桑索维诺的作品最有可能是它的源头,他强调指出塞万提斯这个幕间剧心理描述的深度。他说:"一些人错误地认为,西班牙古代戏剧中不存在性格鲜明的人物。此剧足以驳倒这种谬论。"

　　这个幕间剧跟《妒忌成性的埃斯特雷马杜拉人》这篇小说之间的巧合是显而易见的。罗德里格斯·马林提到塞万提斯的作品中老汉娶少妻,死于他所害怕的嫉妒这个相同主题时,注意到小说中的冲突是严肃的冲突,而幕间剧中的冲突则是薄伽丘式的。连两个作品中主角的名字也惊人的相似:小说中是卡里萨莱斯,幕间剧中是卡尼萨雷斯。罗德里格斯·马林想要说明,这个卡尼萨雷

---

　　①　阿曼多·科塔雷诺(1879—1950),西班牙作家、历史学家。

斯就是费利佩·德·卡尼萨雷斯,一五四四年他在塞维利亚,可能是塞万提斯妻子的祖辈的亲戚。

这个幕间剧富有生动不羁的风趣,人物形象鲜明,风格简洁,具有批评不可容忍的醋坛子丈夫,特别是反对年龄不般配的婚姻的鲜明寓意。富于人道主义精神的塞万提斯,直觉理解了这种婚姻的不道德,在一定程度上宽容了这类事情带来的放荡的结局。这样,本剧就具有跌宕起伏的戏剧性,在幕间剧短短的篇幅里给人以浓厚的兴趣,为那种描绘受骗丈夫的浅薄粗糙的滑稽剧所望尘莫及。

格里尔帕塞认为,《吃醋的老汉》是戏剧史上最大胆直露的剧目。可是,克莱因①却试图冲淡这种印象,认为在壁毯后面实现通奸,只不过是为处罚专横的老汉而设计的一种滑稽的嘲讽而已。

十七世纪西班牙许多幕间剧模仿这个剧本,或者说情节基本与它相同,其中无名氏作的《斗篷和图像》与《出身贵族的人》值得一提。莫雷托②的《潘托哈的戏弄》,和十八世纪弗朗西斯科·德·卡斯特罗③的《大篓子和教堂办事员》(1708)与独幕喜剧《吃醋的人》(1791),都跟这个剧本在某一方面相同。

安赫尔·巴尔布埃纳·普拉特

---

① 见《西班牙戏剧史》第二卷。——原注
② 阿古斯丁·莫雷托(1618—1669),西班牙剧作家。
③ 弗朗西斯科·德·卡斯特罗(1672—1713),西班牙剧作家、演员。

剧 中 人 物

卡尼萨雷斯——老汉

他的朋友

堂娜洛伦萨——卡尼萨雷斯之妻

克里斯蒂娜——洛伦萨之侄女

奥蒂戈萨——邻妇

年轻人

警官

舞蹈演员

乐师们

〔堂娜洛伦萨、她的女佣人克里斯蒂娜和她的邻居奥蒂戈萨上场。

堂娜洛伦萨　奥蒂戈萨太太,我丈夫没锁上门,这可是桩奇事。他是我的枷锁,他让我感到绝望。打从我跟他结婚,这是我第一次有机会同外人谈话。我希望看到他和让我跟他结婚的人都死掉!

奥蒂戈萨　嘿,嘿,堂娜洛伦萨太太,别这么抱怨。您知道,用口旧锅能换口新锅。

堂娜洛伦萨　哼,人家就是用这种谚语和谣曲骗我的。让他的钱——我说的可不是他的十字架——见鬼去吧,让他的珠宝、他的漂亮衣裳见鬼去吧,让他给我的和答应给我的东西统统见鬼去吧! 要是我生活富裕却仍然觉得穷,饮食精美却还是感到饿,那么这些东西对我有什么用呢?

克里斯蒂娜 姑姑,您说得确实有理。我宁可穷得身上只剩下遮
住前后身的两块遮羞布,宁可有个年轻的丈夫,也不愿跟您认
做配偶的那个糟老头子结婚来玷污自己。

堂娜洛伦萨 难道是我认的吗,侄女?实在是有权力干这种事的
人把我交给他的。我一个弱女子,没法反抗,只有服从。可
是,如果我对这些事知道得像现在这么清楚,那我宁肯让牙齿
咬掉舌头,也不会说出"好的"这词来。随便说出这两个字,
够我哭上两千年。可是,我想这是命该如此。定要发生的事,
人怎么预见和预防都挡不住。

克里斯蒂娜 天哪,多讨厌的老家伙! 他整晚地叫:"给我尿壶,
拿尿壶来;起来,克里斯蒂妮卡,拿几块布给我热敷,我肋部痛
得要命;把灯芯草拿给我,肾结石把我折磨坏了。"他在卧室
里存的药膏药片,比一家药房的都多。我几乎不知道怎么给
自己穿衣服,可是得替他当护士。呸,呸,呸! 老不死的,病成
这样还吃醋,是全世界醋劲最大的家伙!

堂娜洛伦萨 我侄女说的是实情。

克里斯蒂娜 我倒希望没说准!

奥蒂戈萨 好啦,堂娜洛伦萨,您照我劝您的办,就会尝到我劝告的
甜头。那个年轻人漂亮得像一棵青松:他是个多情种子,知道保
守秘密,给他的好处他晓得感谢;既然老头子醋劲大,防范严密,
弄得咱们没机会提出要求,盼人答复,那就横下一条心,鼓起勇气
来,按照咱们商定的办法,由我把那个美男子带到您的卧室来,再
把他领出去。就算老头儿长的眼睛比阿耳戈斯①的还多,目光

---

① 希腊神话中的百眼巨人。

比据说能看到地下七丈深的巫师还厉害,也瞧不出一点儿破绽来。

堂娜洛伦萨　我没干过这种事,害怕着哩。我不愿意冒险,为了贪欢乐而弄得名誉扫地。

克里斯蒂娜　亲爱的姑姑,您这种话听起来就像《戈麦斯·阿里亚斯之歌》里唱的词似的:

戈麦斯·阿里亚斯先生

您放开我:

我只是个小姑娘,

这事可从来没见过①。

堂娜洛伦萨　照你所讲的事看,侄女,准是个什么鬼怪通过你的嘴在说话。

克里斯蒂娜　我不知道谁在说话;可我知道,如果我是您,我会什么都按奥蒂戈萨太太说的办,一点儿也不会走样。

堂娜洛伦萨　那么我的名誉呢,侄女?

克里斯蒂娜　那么咱们的乐趣呢,姑姑?

堂娜洛伦萨　要是人家发觉了呢?

克里斯蒂娜　要是人家没发觉呢?

堂娜洛伦萨　谁能替我担保这事不会被人发觉?

奥蒂戈萨　谁?办事利落、警觉、精明,尤其要胆大,要靠我的计谋。

克里斯蒂娜　您瞧,奥蒂戈萨太太,给我们带个洁净、大方、有点大胆放肆的美男子来,特别要年轻的。

---

① 《戈麦斯·阿里亚斯之歌》流行于十七世纪。它启发路易斯·贝莱斯·德·格瓦拉和佩德罗·卡尔德隆写下两部同名的剧本——《戈麦斯·阿里亚斯的姑娘》。剧中的主角勾引一个姑娘、被捕并(在卡尔德隆的剧本中)被处决。

奥蒂戈萨　我提出的这个,具备所有这些品质,而且还有两个优
　　点:他又有钱又慷慨。

堂娜洛伦萨　我不要什么钱,奥蒂戈萨太太。珠宝我多的是,衣服
　　五颜六色弄得我花了眼。这方面我不稀罕什么,上帝保佑卡
　　尼萨雷斯,他让我衣服穿得像个玩具娃娃似的,给我的首饰比
　　大首饰铺橱窗里的还要多。要是他不给我钉上窗子锁上门,
　　每时每刻看守着屋子(他还把公猫和公狗都赶出屋去,就因
　　为它们是公的);要是他不采取这些从来没见过的提防办法,
　　我就会念记他送我东西给我好处了。

奥蒂戈萨　怎么,他醋劲这么大吗?

堂娜洛伦萨　我告诉您,前天有人要卖给他一张挂毯,开价很便
　　宜,他没有要,就因为那挂毯织的是人物图案;他买下另外一
　　张有枝叶图形的,价钱更贵,质量反而更次。要到我的卧室
　　来,除了通大街的大门以外,要经七道门,每道门他都上锁,我
　　不知道他夜间把钥匙都藏在哪里。

克里斯蒂娜　姑姑,我想他准是把万能钥匙藏在衬衫褶里了。

堂娜洛伦萨　别这么胡想,侄女。我跟他睡在一起,从来没看到也
　　没感觉到他有什么钥匙。

克里斯蒂娜　还有,他幽灵似的整晚在屋子里转悠;要是街上有人
　　弹奏乐曲什么的,他就朝人家扔石头赶他们走。他是个坏蛋,
　　是个巫师,是个糟老头——用不着我再说什么啦。

堂娜洛伦萨　奥蒂戈萨太太,您走吧,别等爱嘟哝的老家伙回来,
　　看到您跟我在一块儿,那会把什么事都弄糟的。您该做的事,
　　就赶紧做吧:我都烦死了,就差拿根绳子上吊,也好摆脱这苦
　　日子。

奥蒂戈萨　也许过上就要开始的新生活,您就不会感到不舒服了。

到时候您会更健康、更快乐。

克里斯蒂娜　哪怕剁掉我一个指头，我也希望这事快来。我非常
　　　爱我姑姑，看到她受那个老东西摆布，那么忧伤又那么痛苦，
　　　我心都要碎了。那个老而又老的东西，比老还老的东西，我叫
　　　他老鬼叫千百遍都不解恨。

堂娜洛伦萨　可是他的确很喜欢你，克里斯蒂娜。

克里斯蒂娜　这样他就不老了吗？何况我还听说，老家伙总是喜
　　　欢小姑娘的。

奥蒂戈萨　那倒是，克里斯蒂娜。再见吧，我吃过晚饭再来。您
　　　呢，太太，对咱们商定的事尽可放心，咱们会把什么都办妥的。

克里斯蒂娜　奥蒂戈萨太太，请您给我也捎个小修士来，让我跟他
　　　玩玩。

奥蒂戈萨　我给姑娘你捎张小教士的画片来。

克里斯蒂娜　我不要什么画片，我要个活生生的、像小精豆似的小
　　　教士。

堂娜洛伦萨　要是你姑爹看到他呢？

克里斯蒂娜　那我要对他说这是个小妖怪，他会害怕，我还能玩
　　　我的。

奥蒂戈萨　我答应给你捎一个来，再见吧。（下场）

克里斯蒂娜　瞧，姑姑：要是奥蒂戈萨把您的美男子和我的小教士
　　　带来，给姑爹瞧见了，那我们只好一道动手抓住他，把他掐死，
　　　再把尸首扔到井里，或者埋在马厩里。

堂娜洛伦萨　你是这么个姑娘，我想你做的会比说的更干净利落。

克里斯蒂娜　是呀，就要叫那老家伙别再吃醋，让我们能够安生。
　　　我们没对他干什么坏事，我们行事都像圣女一样。

　　〔二人下场。卡尼萨雷斯老汉和他的朋友上场。

卡尼萨雷斯 老弟，老弟，一个七十岁的老汉跟十五岁的姑娘成亲，那他不是昏了头，就是想尽快到阴曹地府去。我跟堂娜洛伦西卡①结婚，原是想找个伴儿，得点安慰，到死的时候有人在床头替我合上眼睛。想不到我刚结婚，一大堆麻烦事就搅得我心神不宁。我是有房子想成家，结果闹得有住处却没地方住。

朋　友 老兄，这是个错误，可是并不严重，因为使徒保罗说过，"与其欲火攻心，倒不如嫁娶为妙"②。

卡尼萨雷斯 我心头没什么欲火了，老弟，因为一点点欲火也会把我烧成灰。我要个伴儿，想找个伴儿，也找到了个伴儿。可我恳求上帝拯救我，也只有上帝才能拯救我。

朋　友 你吃醋吗，老兄？

卡尼萨雷斯 对照射洛伦西卡的太阳，对接触她的风儿，对抚摩她的裙边，我都有点醋意。

朋　友 她给您吃醋的机会了吗？

卡尼萨雷斯 一点儿也没有！她没有力量，没有办法，没有时间，也没有地点能让我起妒心。除了窗子上锁、用铁栅和窗板加固以外，门从来也不开，街坊大嫂从没踏进过我家门槛，只要我还活着也不会让她们进屋。瞧，老弟，女人出席庆典，看游行，参加各式各样的娱乐活动，不会生什么坏主意；女邻居和女朋友的家里，才是她们摔跤跌伤身子的地方。一个坏女友包藏的祸患，比黑夜这种斗篷包藏的还多；在女友家商定以及以后干出来的坏事，比在公共集会上捣的鬼还多。

---

① 洛伦萨的爱称。
② 保罗论婚姻，见《新约·哥林多前书》第七章。

朋　　友　我看您说得对。可是,要是堂娜洛伦萨太太不离开家,又没有谁上您家来,那老兄您还担什么心呢?

卡尼萨雷斯　我担心的是,洛伦西卡不久就会发觉她生活中缺少的东西,这可是件坏事,坏得我一想起来就害怕,一害怕就感到绝望,感到绝望日子就过得很苦。

朋　　友　您害怕不是没道理,因为女人总喜欢饱尝婚姻的果实。

卡尼萨雷斯　我妻子双倍尝了这甜蜜的果实。

朋　　友　麻烦就出在这儿,老兄!

卡尼萨雷斯　不,不,绝对不是。洛伦西卡单纯得像只鸽子,她至今还一点也不懂这些啰唆事。再见,老弟,我要回家了。

朋　　友　我想跟您去,去看看洛伦萨太太。

卡尼萨雷斯　您想必知道,老弟,古代拉丁人有句谚语:"朋友要到神坛前①",也就是说,人得为自己的朋友做不违反上帝意旨的事情。可我要说,我的朋友只到门前,没哪个朋友能跨过我家门槛。再见,老弟,请原谅。(下场)

朋　　友　我从来没见过这么慎重、这么嫉妒、这么脾气古怪的人。可是,这种人自个儿在给自个儿拉绞索,到头来准会死于他们害怕的疾病。

　　〔朋友下场。堂娜洛伦萨和克里斯蒂娜上场。

克里斯蒂娜　姑姑,姑爹回家会很晚,奥蒂戈萨会来得更晚。

堂娜洛伦萨　我希望他不要回来,奥蒂戈萨也不要来,因为他惹我生气,奥蒂戈萨搅得我心神不安。

克里斯蒂娜　试试看嘛,姑姑;要是事情不妙,扔下就是。

堂娜洛伦萨　唉,侄女! 这些事不是我不大懂,就是一试准出事。

---

　　①　原文为拉丁文。

克里斯蒂娜　我说,姑姑,您的胆量也太小了,要是我有您这份年纪,一群全副武装的男人也不会吓倒我。

堂娜洛伦萨　我还要说,还要说千百回,你嘴里说的全是恶魔的话。可是,唉哟,我丈夫怎么进来了?

克里斯蒂娜　他准是用万能钥匙开的门。

堂娜洛伦萨　叫魔鬼把他的万能钥匙什么的统统拿去!

　　　〔卡尼萨雷斯上场。

卡尼萨雷斯　你刚才跟谁说话来着,堂娜洛伦萨?

堂娜洛伦萨　跟克里斯蒂娜说话。

卡尼萨雷斯　你得当心,堂娜洛伦萨。

堂娜洛伦萨　我说我跟克里斯蒂妮卡说过话。我还能跟谁说话呢?难道我还能跟谁说话呢?

卡尼萨雷斯　我不希望你自个儿跟自个儿说话,那对我有害处。

堂娜洛伦萨　我不懂你转弯抹角说的什么,我也不想了解你说的什么,咱们别闹下去,就此打住吧。

卡尼萨雷斯　我可不想找你吵架。可是,谁敲门敲得这么急?克里斯蒂妮卡,你瞧瞧是谁。要是叫花子,你就给他点东西,打发他走。

克里斯蒂娜　外边是谁?

奥蒂戈萨　是您家邻居奥蒂戈萨,克里斯蒂娜姑娘。

卡尼萨雷斯　邻居奥蒂戈萨?我的天!克里斯蒂娜,问她想要什么就给她什么,可别让她进门来。

克里斯蒂娜　您要什么呢,邻居太太?

卡尼萨雷斯　"邻居"这词让我吃惊、害怕。你就叫她的名字,克里斯蒂娜。

克里斯蒂娜　请回答我。您要什么呢,奥蒂戈萨太太?

奥蒂戈萨　我想请卡尼萨雷斯先生帮帮忙,因为这事关系到我的
　　名誉、我的生命和我的灵魂。

卡尼萨雷斯　侄女,你告诉那位太太:叫我帮什么忙都成,可就是
　　别让她进屋来。

堂娜洛伦萨　天哪,你提的条件多苛刻!我不是在你面前吗?人
　　家瞧我一眼就能把我吃了吗?能把我从空中卷走吗?

卡尼萨雷斯　既然你要她进来,就让她领着千万个魔鬼滚进来吧!

克里斯蒂娜　请进,邻居太太。

卡尼萨雷斯　"邻居"这词,对我来说是不祥之兆。

　　〔奥蒂戈萨上场。她带着一块皮雕挂毯,挂毯的四角印有罗
　　达蒙特、曼德里卡多、鲁赫罗和格拉达索四个骑士像①。罗达
　　蒙特像印成用斗篷遮住脸的图形。

奥蒂戈萨　敬爱的先生,我听说您名声好,心眼儿好,乐于周济他
　　人,因此冒昧来求您对我施恩,做件大好事,买下我这张挂毯。
　　我有个儿子打伤了剪绒工,被抓去坐牢。法院要求外科医生
　　给这案子开个证明,我没钱付给那个医生。我儿子爱闹事,还
　　有可能被判处交另外的罚金,那要很多钱。要是可能的话,我
　　想今明两天就营救他出狱。尽管这壁毯做工好,皮子是崭新
　　的,您给多少钱买它我都愿意:这是件价值高于金钱的事,我
　　一辈子为这类事做过不少牺牲。太太,您抓住那只角,让我们
　　把挂毯打开,好叫卡尼萨雷斯先生看到我没欺哄他。再举高
　　一点,太太,瞧这毯子挂起来有多好。这四骑士的画像就像活
　　人一样。

　　〔她们举起挂毯让老汉瞧,这时一个年轻人从挂毯后面溜进

---

①　这四位是意大利传说中的人物。长诗《疯狂的奥兰多》曾对他们做了描绘。

房去。卡尼萨雷斯看那画像。

卡尼萨雷斯　啊,多英俊的罗达蒙特! 这位用斗篷遮住脸的先生
　　到我家来干吗? 要是他知道我多么讨厌这种事和这样遮遮掩
　　掩,那他准会吓一跳。

克里斯蒂娜　姑爹,我一点儿也不知道有什么用斗篷遮住脸的人。
　　要是他进屋来了,那只能怪奥蒂戈萨太太;我发誓,让这么个
　　人进来,要是我说过什么干过什么,那就叫魔鬼把我带走。
　　不,凭良心说,我可不愿意让姑爹怪我,说是我放他进来的。

卡尼萨雷斯　我知道,侄女,这只能怪奥蒂戈萨太太;可是我并不
　　觉得奇怪,因为她不知道我的情况,不知道我多么讨厌这
　　种画。

堂娜洛伦萨　他说的是画,克里斯蒂妮卡,不是别的什么。

克里斯蒂娜　我也是说的画呀。啊,谢天谢地! 我缓过神来了,刚
　　才我真吓得灵魂出窍啦。

堂娜洛伦萨　瞧你这爱胡说的嘴巴! 我说,谁会跟情郎睡觉哩,哼
　　哼……

克里斯蒂娜　啊,倒霉,刚才我几乎把什么都弄糟了!

卡尼萨雷斯　奥蒂戈萨太太,我不喜欢用斗篷盖住脸或者要盖住
　　脸的人。您收下这个多布隆①,用它可以救救穷;就此赶快离
　　开我家,越快越好。我说的是就走,把您的挂毯也带走。

奥蒂戈萨　我祝您跟这位好太太相伴,活得比玛土撒拉②还长。
　　我不知道这位太太的名字,可我恳求她派我干事,我日日夜夜
　　听她差遣,全心全意替她服务,她的灵魂想必纯洁得像小

---

①　西班牙古金币。

②　诺亚的祖父,据说活了九百六十九岁。事见《旧约·创世记》。

斑鸠。

卡尼萨雷斯　奥蒂戈萨太太,说话简短些,就走吧,别再评说人家的灵魂啦。

奥蒂戈萨　要是您需要治治妇女病,我有奇效药膏;要是您牙齿痛,我会念咒语,一念就能马上消痛。

卡尼萨雷斯　别再说下去啦,奥蒂戈萨太太。堂娜洛伦萨没妇女病,牙齿也不痛。她一口牙齿又健康又齐整,没拔掉一个。

奥蒂戈萨　老天爷知道,她会掉牙齿的,因为她长命百岁,年纪一老,牙齿就保不住。

卡尼萨雷斯　天哪,难道就没办法不受这个邻居打扰!奥蒂戈萨、魔鬼、邻居,要么随你是什么吧,请你快走,让我在自己家里能够安生!

奥蒂戈萨　您这请求很合理,可别发火,我这就走。(下场)

卡尼萨雷斯　邻居,邻居啊!这位邻居的好话伤害了我,就因为这些话是邻居说的。

堂娜洛伦萨　我说,你真是个蛮子,是个野人。这位邻居说了什么,叫你对她这么反感?这样,你把你做的好事都变成了罪行。你给她一把钱,随后就把她痛骂一通。你这恶嘴恶舌、恶语伤人的家伙!

卡尼萨雷斯　你看,你看,坏事要来啦。你这么护着邻居大嫂,我看没好事。

克里斯蒂娜　姑姑,您回房去消消气,让姑爹在这儿,他好像在火头上。

堂娜洛伦萨　我这就去,侄女,让他两小时里别看到我。我定要叫他尝尝苦酒,他不乐意也得尝。(下场)

克里斯蒂娜　姑爹,您没听到她砰地一下把门关上了吗?我想,她会找个门闩把门闩起来。

堂娜洛伦萨 （从后台叫）克里斯蒂妮卡,克里斯蒂妮卡!

克里斯蒂娜 您要什么,姑姑?

堂娜洛伦萨 我希望你能看到,我运气多好,得到了个多么如意的美男子。他年轻英俊,头发漆黑,嘴里呼出橘花香!

克里斯蒂娜 天哪,这么疯疯癫癫,多淘气呀! 您疯了吗,姑姑?

堂娜洛伦萨 我没疯。我神志清醒。你要是看到了他,准会高兴得不得了。

克里斯蒂娜 天哪,这么疯疯癫癫,多淘气呀! 您说说她,姑爹,叫她别说这么不体面的疯话,就是开玩笑也不成呀。

卡尼萨雷斯 别说蠢话,洛伦萨! 开这种玩笑,我可受不了。

堂娜洛伦萨 这不是什么玩笑,这是真事,再也没有这么真实了。

克里斯蒂娜 天哪,这么疯疯癫癫,多淘气呀! 告诉我,姑姑,我那小修士也在您那儿吗?

堂娜洛伦萨 还没有,侄女;不过,如果咱们的邻居奥蒂戈萨肯帮忙,他下次会来。

卡尼萨雷斯 洛伦萨,你爱说什么都成,可别提"邻居"这词,我听到这词就发抖。

堂娜洛伦萨 那位邻居爱我帮我,让我乐得发抖。

克里斯蒂娜 天哪,这么疯疯癫癫,多淘气呀!

堂娜洛伦萨 现在我才发觉你是个什么人,该死的老东西,我一直都受你的骗!

克里斯蒂娜 您说说她,姑爹;说说她,姑爹;她真不知羞耻!

堂娜洛伦萨 现在,我要在一盆适合天使用的香水里,给我的美男子洗洗稀疏的胡须,因为他的那张脸就像画里天使的脸。

克里斯蒂娜 天哪,这么疯疯癫癫,多淘气呀! 快把她撕成碎片,

　　姑爹！

卡尼萨雷斯　　我不会把她撕成碎片,倒是要敲破把她掩藏起来
　　的门。

堂娜洛伦萨　　你用不着敲,我把门打开了。进来,看看我说的都是
　　实话。

卡尼萨雷斯　　尽管我知道你在骗我,可我还得进去,好叫你消
　　消气。

　　〔他进去时,她俩把一盆水朝他眼睛泼去;他用手揩脸,克里
　　斯蒂娜和堂娜洛伦萨朝他走过去,情郎乘机溜走。

卡尼萨雷斯　　哎哟,你差点把我眼睛弄瞎了,洛伦萨! 开玩笑开到
　　伤人家的眼睛,这可要不得!

堂娜洛伦萨　　瞧,我倒霉到跟谁结婚了——跟世界上疑心最重的
　　人结婚了! 瞧,他这么相信我的谎话,就因为随着他的醋
　　劲……①我多么命苦哇! 就因为嫁了这老东西,我痛苦得要
　　扯下我的头发来! 就因为这个坏蛋的过错,我会把眼睛都哭
　　肿! 瞧他对我的贞操和我的名誉是怎么看的——他把怀疑当
　　成肯定,把谎话看成实情,把玩笑当真,把消遣化成怨语。哎
　　哟,我心都碎了!

克里斯蒂娜　　姑姑,别这么高声叫嚷,嚷得邻居都要进来了。

警　　官　　(从台后叫)开门! 快开门! 再不开我要砸门啦!

堂娜洛伦萨　　去开门,克里斯蒂妮卡,叫大家都知道我是清白的,
　　知道这老东西有多坏!

卡尼萨雷斯　　我发誓,我以为你是在开玩笑嘛! 别嚷了,洛伦萨!

　　〔警官、乐师们、舞蹈演员和奥蒂戈萨上场。

---

　　①　原文空缺。——原注

警　官　这是怎么啦？怎么吵得这么凶？谁这么高声叫嚷？

卡尼萨雷斯　没什么，警官。夫妻之间的争吵，一会儿就会过去的。

乐　师　我说，我和我的同伴是乐师，是隔壁举行婚礼请来的，我们听到吵嚷声，就大吃一惊赶过来了，以为出了什么事。

奥蒂戈萨　我也是，真是罪过罪过。

卡尼萨雷斯　可不，奥蒂戈萨太太，要不是您来那么一趟，什么事也不会发生。

奥蒂戈萨　哟，这都成了我的罪过。我真倒霉，人家干的好事，都推到我头上了，我不明白这是怎么回事。

卡尼萨雷斯　先生们，请你们都回去吧，我谢谢你们的关心。我和我妻子已经和好了。

堂娜洛伦萨　是的，如果你首先向这位邻居大嫂请求原谅，那我能跟你和好。你说过她的坏话。

卡尼萨雷斯　要是我得向我说过坏话的所有邻居大嫂请求原谅，那就会没个完。可是，尽管这样，我还是请求奥蒂戈萨太太原谅。

奥蒂戈萨　我在这儿当着大家的面，答应原谅你。

乐　师　好了，我们没有白来一趟。伙计们，弹起琴来；跳舞的，开始跳舞。我们唱支歌来庆祝他们和好。

卡尼萨雷斯　先生们，我不喜欢音乐，就算你们唱过歌了吧。

乐　师　尽管你不喜欢，我们还得唱。

　　　　　（齐唱）

　　　　圣约翰节下场雨

　　　　冲掉面包和酒浆；

　　　　圣约翰节的争吵

能保一年不闹僵。

小麦晾在打谷场,
葡萄的花粉儿飞扬,
农夫最怕下场雨
冲坏酒桶和谷仓;
可最厉害的争吵
如果发生在圣约翰节,
能保一年不闹僵。
(舞蹈)

在最热的三伏天
怒火冲到了顶点;
可过了那段时候
火气便慢慢消亡。
这么说不是说谎:
发生在圣约翰节的争吵
能保一年不闹僵。
(舞蹈)

夫妇之间的争吵
结果往往是这样:
不和无形消失,
欢乐回到原来的地方。
太阳冲破云层升起,
愁苦之后是舒畅;

圣约翰节的争吵

能保一年不闹僵。

卡尼萨雷斯　我希望你们知道,这邻居大嫂折磨得我多么难受,我跟邻居大嫂们合不来是有道理的。

堂娜洛伦萨　尽管我丈夫跟邻居大嫂们合不来,可我乐意亲吻她们的手。

克里斯蒂娜　我也乐意。如果这位邻居替我把我的小教士带来,我会更喜欢她。再见了,各位邻居。

（剧　终）

附　录

归于作者名下的
幕间短剧和宗教寓言剧

序　言

　　这里刊印的是未收入"塞万提斯的八个幕间剧……"中的两个幕间剧。两剧的标题为《两个饶舌者》和《治烦恼病的医院》。在据认为是塞万提斯所作的几个幕间剧中，有的如《塞维利亚的监狱》，可以排除在外，因为该剧的趣味低级，不似出于《警世典范小说集》作者之手。它可能或者像梅嫩德斯·比达尔认为的那样，是《堂吉诃德》的源头，或者是模仿它的作品，在思想和风格方面都同那部伟大的小说相去甚远。我们刊印的这两个剧，更有可能是塞万提斯所作。

　　首先，《两个饶舌者》里面影射提到埃斯基维亚斯，那是作者的妻子堂娜卡塔琳娜·德·帕拉西奥斯的家乡，这是塞万提斯所特有的手笔。它具有非常突出的幽默感，所有塞万提斯的研究家都认为，它那生动而简洁的风格证明，它出自《奇迹戏的演出》的作者之手。据我看，它所运用的讽刺形式，类似作者八个幕间剧中的《伪装的比斯开人》，说明对白的富有喜剧性。我们看过《两个饶舌者》的演出，其场面具有一种不可抗拒的迷人效果。费兹毛利塞－凯利认为，这个幕间剧与丹麦剧作家霍尔伯格（1684—1754）的《格特·韦斯特法莱》有某种相似之处。

　　《治烦恼病的医院》的幽默感，也许不如此剧的意味深长，但也显示出很强烈的讽刺的力量。剧中对什么都讨厌、对什么都感到烦恼的典型人物,形象鲜明地一个个接着出现,尽管与此剧相比,其幽默感程度较为表浅。《医院》可能是塞万提斯所作,但说作者是他却不如《饶舌者》那么有把握。

我们在这里还刊出一部奇特的宗教寓言剧:《至高无上的瓜达卢佩圣母及其施与西班牙的伟大奇迹》(1605)。毫无疑问,塞万提斯虔诚敬仰玛利亚的圣坛,他曾在《贝雪莱斯》里表明了这一点。书中主人公们参拜圣坛时满怀崇敬和热忱,同时也不乏某种作者自身经历过的激情:他们"在高耸的瓜达卢佩山峦之间"看到"天界女皇神圣的姿容足以解救囚徒、锉断锁链、抚平创痛;那圣洁的身影能够治愈沉疴、减轻苦难,是孤儿的慈母、不幸者的安慰"。还说一眼看到装点圣殿四壁的供品,立即使贝利昂德罗和奥丽丝苔拉产生了幻觉,"那些奇妙的装饰物在虔诚的朝圣者心中唤起如此强烈的敬畏之情,他们纷纷举目扫视整个圣殿,似乎看到无数囚徒由空中飘然而至,把禁锢身躯的锁链悬挂在圣殿的壁面;还有拖着木拐的病人和身缠裹尸布的亡灵,正在四面张望,不知何处存放供品,因为圣殿里已经没有地方了……"在同一章里,塞万提斯还写了几首献给神殿圣母的十一音节八行诗,十分精彩。

比起这些诗句以及上面抄录的充满激情的散文,宗教剧《瓜达卢佩圣母》显然大为逊色,似乎很难归于塞万提斯名下;不少评论家认为,这样做尚欠确凿证据。不过鉴于作者这方面不容置疑的信仰,我们权且将其作为当时一份奇特文献刊登于此。

安赫尔·巴尔布埃纳·普拉特

至高无上的瓜达卢佩圣母
及其施与西班牙的伟大奇迹

董燕生 译

剧 中 人 物

本阿拉玛尔——摩尔人

阿本纳玛尔——摩尔人

阿利亚塔尔非——摩尔人

塞格里莫——摩尔人

阿拉里克——哥特人

西塞布托——哥特人

特奥多雷多——哥特人

奥诺里奥——哥特人

罗斯蒙达——哥特女子

卡塞雷斯——牧人

奥雷丽亚——他妻子

弗朗西斯科——两人之子

卡塞雷斯两居民

卡塞雷斯的神父

马塞洛——牧人

瓜达卢佩圣母

〔幕后警钟齐鸣,四名摩尔人手持出鞘的剑上场,阿利亚塔尔
　非举旗。

本阿拉玛尔　成功的偷袭。

阿利亚塔尔非　激烈的遭遇。

> 基督徒空有精良武器。

塞格里莫　　西班牙勇士虽经交锋，

> 却被非洲之足踩住脖颈。

阿利亚塔尔非　　惨败的塞维利亚摩尔司令，

> 如今又把穆萨战旗高擎。

> 光荣归于勇士本阿拉玛尔，

> 他毫无疑问将赢得全胜。

本阿拉玛尔　　速把战旗插上雉堞顶端，

> 且待它在那里迎风招展；

> 我们的半月徽必将增长充盈，

> 他们的太阳却黯然孤单。

> 〔旗手扛旗下场，本阿拉玛尔紧随其后。

阿本纳玛尔　　哦，一度失去保护的著名城垣，

> 从西班牙的这端走到另一端，

> 你曾经是华丽的光荣冠冕！

塞格里莫　　任何强大的力量也会随风变换。

阿利亚塔尔非　　胜利的蓝色锦旗已在飘扬，

> 插入高高云端哗哗作响，

> 伴随着穆萨和苏丹的半月，

> 还有嘎苏勒阿拉伯人的星光。

塞格里莫　　一旦你把那座名城踏平，

> 惶恐的哥特人被逼上绝境，

> 你是打算从此驻扎下来，

> 还是追剿败兵把哥特人扫清？

阿利亚塔尔非　　我想趁他们惊慌，好汉塞格里莫，

> 不管逃窜到哪里也要穷追不舍。

我喜欢科尔多瓦的漂亮骏马，

托莱多的美女似玉如花；

我将在深山里把他们擒获，

直捣拉雷多声威逼法国。

他们会知道我决心一往无前，

甚至登上加利西亚保护神的圣坛。

直到他们的罗德里戈低头认输，

就像在赫雷斯战场被我降伏；

还多亏他的仇人伯爵设下巧计，

帮忙的那位老法官也聪明伶俐。

反正咱们非洲人不能手下留情，

更何况我定要粉碎他们的高塔明镜；

他正奔向拉科鲁尼亚一路兼程，

我的这只右手必将紧紧握住

剑柄。

〔本阿拉玛尔携女俘罗斯蒙达上场，一路不断恫吓她。

本阿拉玛尔　钱袋里的所有财富，

阿利亚塔尔非，只这一件，

就会使我的贪心满足。

罗斯蒙达　松开你的胳膊，莫太莽撞，

摩尔人，别碰我柔弱的胸膛。

你这阿非利加的暴力，

敌不过哥特人的刚强。

你得不到我的一丝一毫，

尽管你把我全身捆绑。

阿利亚塔尔非　真主啊，一个基督徒美人！

你是在哪里把她生擒?

本阿拉玛尔　你最好问她自己,

　　　　　是在哪里跟我相遇。

阿利亚塔尔非　说吧,回答我,灿烂的星辰。

本阿拉玛尔　称她太阳,她何止是星辰。

塞格里莫　她为何默不作声?

罗斯蒙达　既然你已经把我俘获,

　　　　　我无法摆脱绳索,

　　　　　那么且听我说:

　　　　　罗斯蒙达就是可怜的我。

　　　　　有位基督徒司令,

　　　　　坐镇塞维利亚守城;

　　　　　我是他的妻子,望手下留情。

阿利亚塔尔非　你的容貌如此娇艳,

　　　　　欲遮蔽终属枉然。

　　　　　审视你安详的额头,

　　　　　一切都清楚展现;

　　　　　你夫君的满意面容,

　　　　　如同永驻在画板:

　　　　　你使他称心如愿。

本阿拉玛尔　你的丈夫他在哪里?

罗斯蒙达　我想他或许已经死去,

　　　　　要么重伤躺在死人堆里。

　　　　　因为一个有志的男子,

　　　　　生来就不会逃逸。

塞格里莫　我真羡慕你的福分;

　　　　　咱们也不妨去碰碰，

　　　　　看看能否撞上好运。

阿利亚塔尔非　塞格里莫，快迈开脚步，

　　　　　好事肯定躲在某处。

　　　　　基督徒女子有的是，

　　　　　像她一样的美人无数。

本阿拉玛尔　去吧，愿你马到成功。

　　　〔其他人下场，只留下本阿拉玛尔和罗斯蒙达。

本阿拉玛尔　我下定决心摘取福星，

　　　　　你何苦执迷不悟徒劳无功？

　　　　　西班牙已经彻底战败，

　　　　　你们的胡利安把它出卖，

　　　　　摩尔铁蹄纷纷踏来。

　　　　　神庙教堂将荡然无存，

　　　　　圣像十字架消失净尽。

　　　　　你们必须归依穆罕默德，

　　　　　置身他的名下安做顺民。

　　　　　快答应我做你的丈夫，

　　　　　别怕因此得罪了

　　　　　罗马那位大教主。

罗斯蒙达　不许你说这些混账话，

　　　　　你是在亵渎十字架；

　　　　　你甚至无权提到它。

　　　　　撤去安达卢西亚人的基石，

　　　　　你定要付出鲜血做代价。

　　　　　为了使我们摆脱奴役，

　　　　　救世主宁可在铁钉上悬挂。

　　　　　不管你如何挥动长枪，

　　　　　碰撞得铁钉咯咯作响。

　　　　　请不要继续纠缠我，

　　　　　无论是甜言蜜语的许诺，

　　　　　抑或是气势汹汹的恫吓。

本阿拉玛尔　我将强迫你报我以爱。

罗斯蒙达　怎么，把我的双手捆起来？

　　〔两人推推搡搡下场。阿拉里克持剑上场，腋下夹着圣母
　　塑像。

阿拉里克　你是尘世众生的圣母，

　　　　　也是一位不朽凡人的慈母；

　　　　　你为此感到无比幸福。

　　　　　人们一旦遇到苦难，

　　　　　总把你慈祥宽厚的名字呼唤；

　　　　　卑微的生灵这样向天主求援。

　　　　　如今非洲来的蛮夷，

　　　　　将你肆意作践；

　　　　　解救你便是我的心愿。

　　　　　我将在塞维利亚伫立起来，

　　　　　领受众人的顶礼膜拜；

　　　　　你来做西班牙的守护女神，

　　　　　本是受罗马教廷的直接委派。

　　　　　你眼前这个奴仆，

　　　　　是哥特苗裔虔诚基督徒，

　　　　　为了使你免遭

非洲蛮人的凌辱，

来到这里把一切弃置不顾，

甚至包括妻儿妇孺。

我定要防止阿拉伯钢刀

把你抛进熊熊的火苗，

所以才拼着性命，

请你走出安身的寺庙；

我和乡亲在那里向你祈祷。

昔日有人触摸约柜，

里面收藏着旧约法规，

上帝因此怒讨众人之罪。

约柜应在族长之手，

凡祝福天主者，

神便降圣谕将他拯救；

说到这些我想已经足够。

约柜本是上帝之所在，

他养育、珍藏、守候。

莫让摩尔人逃脱天谴：

这是我唯一的祈求。

他们在赫雷斯把罗德里戈击溃，

罗德里戈身罹如此祸祟，

可是已经后悔莫及；

他的罪孽给西班牙带来祸害：

只因懦夫胡利安一手出卖，

招致蛮人入侵之灾。

让人们永远把这次耻辱纪念：

鲜血如何染红绿色田园，

敌军踏进塞维利亚城垣。

哦，圣母你是多么秀丽！

罗斯蒙达，我的爱妻，

向着圣光膜拜的莫非是你？

〔本阿拉玛尔和罗斯蒙达上场。她看到圣母像，连忙匍匐
跪下。

阿拉里克　摩尔恶魔，快放开我亲爱的妻子，

否则我就凭这神圣的佩剑起誓！

〔此处阿拉里克的佩剑应喷发火光。

本阿拉玛尔　我眼前燃起的是什么火光？

莫非我又看到另一个太阳？

我越想远远把它躲避，

却越发将我笼罩并且灼伤！

这支喷火的是什么佩剑？

莫非你基督徒靠它杀人逞强？

安静点，等一等，快住手！

我已双目失明浑身滚烫。

〔本阿拉玛尔下场，罗斯蒙达站了起来。

罗斯蒙达　阿拉里克，我的夫君。

阿拉里克　罗斯蒙达，我珍爱的亲人。

罗斯蒙达　真没想到你还活着！

阿拉里克　坚信上帝我很执着，

向这尊雕像祈祷，

上苍给了我依托。

罗斯蒙达　这些蛮人瞎了双眼，

　　　　　要把幸福向我拱手奉献。

　　　〔幕后一片"哩、哩、哩"的喊声。

阿拉里克　大群摩尔人正在呼喊，

　　　　　爱妻，再见。

罗斯蒙达　怎么，你撇下我不管？

阿拉里克　我不能携你同行，

　　　　　但会在心里惦念。

　　　　　眼下我别无挑选。

罗斯蒙达　把自己的妻子抛在一边？

阿拉里克　此刻争执毫无用处，

　　　　　上帝的妻子需我保护。

　　　　　我处在两难境地，

　　　　　怎可将神意违误！

　　　　　难道为了庇佑伴侣，

　　　　　弃上帝之妻于不顾？

罗斯蒙达　说得对！此时没有别的珍宝，

　　　　　值得你拼着性命维护。

阿拉里克　就如同我冲进燃烧的特洛伊，

　　　　　从烈火中解救出诸位神祇。

　　　　　别看大火熊熊呼啸不止，

　　　　　股股浓烟裹着灰烬纷飞，

　　　　　不必为埃涅阿斯担忧，

　　　　　抢救珍宝他在所不惜。

　　　　　我虽非肩负众生之父，

　　　　　却护送着天主之母，

　　　　　她的亲子便是救世主；

我虔诚呼唤神人的佑护。

我此时所为何足挂齿,

情况紧急这本是我的天职。

我的双臂拥抱着他的母亲,

他为我遭受十字架的凌迟。

即便我随圣母同遭俘获,

终究也是死得其所:

他被钉上十字架死去,

我拥抱他的母亲升入天国。

罗斯蒙达　我不会因此感到丝毫嫉妒,

哪怕你丢下自己的女人不顾。

此时此刻上苍当然有权

把你的爱心全部独占。

我知道这是神律难违,

已把它的威力展现。

天国之君举起权杖,

世人必须顺从他的心愿。

〔两人正准备退下,众摩尔人上场。罗斯蒙达做惊恐状,躲在一边。

阿利亚塔尔非　西班牙人竟如此莽撞,

居然夺去了你的目光?

本阿拉玛尔　阿利亚塔尔非,耀眼的太阳,

即便是雄鹰也难以抵挡。

我看到一支神奇的佩剑,

连剑柄也喷射火光。

阿利亚塔尔非　喷火的佩剑?怎么回事?

本阿拉玛尔　简直是彗星在燃烧，

　　　　　钢刀雪亮如雷电闪耀，

　　　　　剑柄也像陨石喷火苗。

阿利亚塔尔非　莫非那人会施展魔法？

罗斯蒙达　神圣的女王，快帮我一把：

　　　　　你不能允许我独自一人，

　　　　　从此毁在他们手下！

阿利亚塔尔非　她就是那个西班牙女子？

本阿拉玛尔　正是她，独自一人在此。

罗斯蒙达　圣母啊，救救我吧！

阿利亚塔尔非　抓住她！

塞格里莫　在哪里？我看不见她！

阿利亚塔尔非　喂，基督徒女子！

塞格里莫　没人回答。

阿利亚塔尔非　哦，他们的上帝威力真大！

塞格里莫　眼看她从这里飘然而散，

　　　　　仿佛是轻柔的烟雾一团。

〔罗斯蒙达从众摩尔人中退下，谁也没看见她。

阿本纳玛尔　我猜想她准是女妖。

阿利亚塔尔非（旁白）　不是妖术，分明是奇迹；

　　　　　我们猥琐的先知，

　　　　　在这里使不上力气。

阿本纳玛尔　你们谁也没看见她走？

众　人　没有。

阿本纳玛尔　莫非她藏匿在咱们中间？

塞格里莫　她像被风儿吹散。

本阿拉玛尔　立刻去搜捕。

阿利亚塔尔非　愿上帝把她保护！

本阿拉玛尔　那支剑叫我发怵。

阿利亚塔尔非　我觉得她在我心灵深处。

　　〔众人下场，接着上场的是阿拉里克、西塞布托、特奥多雷多
　　和奥诺里奥。

阿拉里克　上天保佑，特奥多雷多，

　　　　　我在这里与你会合。

　　　　　想不到我能有今日，

　　　　　可真是吉祥难得。

　　　　　你又带来埃西哈宝物，

　　　　　一路险阻你珍藏不舍。

特奥多雷多　我只担心摩尔蛮人

　　　　　施强暴将其攫取。

　　　　　我携带圣物而非凡器，

　　　　　自然需悄然行事用尽心机。

　　　　　本是富尔亨西奥圣人躯体，

　　　　　咱们主教大人的骨肉兄弟。

　　　　　我兼程来到瓜达卢佩，

　　　　　终于摆脱他们的追击；

　　　　　幸亏我熟知崇山峻岭，

　　　　　不怕路途艰险崎岖。

　　　　　不过，你这是什么雕像，

　　　　　从塞维利亚携至此地？

阿拉里克　我跟你同时登上山路，

　　　　　越过峭壁陡坡无数。

如想知道它多么珍贵，

且听我细细讲述，

定使你神往折服，

因为它本是无价宝物。

当初格雷戈里奥博士

在圣彼得掌舵引路，

把握伟大航船用心专注。

一场瘟疫把罗马压碎，

神圣教皇自然心力交瘁，

便下谕召集禳灾行进，

拯救众生摆脱祸祟。

那是一个复活节的安息日，

人们欢庆耶稣再生的奇迹，

祝贺他的伟大胜利；

虽然他的肉身已在星期五死去。

格雷戈里奥展现了这尊雕像，

现在我正把它搂在怀里；

在她摇曳的裙裾周围，

幼嫩亲子享用了多少甜蜜。

上帝即使盛怒之下，

也不像凡人那么乖戾；

更不是埃及法老，

铁石心肠毫无慈悲。

格雷戈里奥犹如摩西转世，

他的祈求带来转机；

他的祷辞好比钥匙，

天国的大门一一开启。
顿时便听到一阵仙乐,
众天使的歌声和谐整齐:
天主甚感欣喜,
各种乐器击节伴随。
圣格雷戈里奥立即回应:
上帝佑护我辈!
罗马的瘟疫从此绝迹,
众生因而强健无比。
当时他的挚友圣莱昂德罗,
在大主教席位上就坐。
而残暴的摩尔人,
正把卡斯蒂利亚折磨。
继位的国王是堂罗德里戈,
情势便更加无法收拾。
他如同以色列的大卫,
未曾致力床笫间的耕作,
上帝便叫以利亚转世,
最后摧毁他的王国。
我眼看阿拉伯人猖狂,
他们闯进寺院教堂,
任意亵渎圣像,
放火把一切烧光。
我可惜这尊雕像,
对他一向敬爱崇仰,
决定抛下妻儿故土,

　　　　　携它逃到这方。

　　　　　祭坛设在我心里，

　　　　　神龛便是我的胸膛。

特奥多雷多　　这就对了,你做得很对,

　　　　　阿拉里克兄弟尽了本分:

　　　　　你为了如此贵重的宝物,

　　　　　宁可丢下家乡和亲人。

　　　　　看来咱俩同时进山,

　　　　　都是在听从上天指引;

　　　　　因为咱们保护着圣物,

　　　　　免遭摩尔人摧残蹂躏。

西塞布托　　咱们去哪里存放?

奥诺里奥　　我看到一只小鹿,

　　　　　穿过蔷薇和草丛,

　　　　　必是从山洞蹿出。

西塞布托　　那咱们别再耽误。

特奥多雷多　　很好,西塞布托兄弟;

　　　　　阿拉里克莫再迟疑,

　　　　　快带来那神圣的躯体,

　　　　　在此举行欢快的祭礼。

　　　　　我将使这隐蔽的山洞,

　　　　　变成神圣殿堂永远矗立。

阿拉里克　　我也将使圣像永存,

　　　　　哪怕因此扭转乾坤。

奥诺里奥　　我也想悬起洪钟,

　　　　　守卫她永享安宁。

特奥多雷多　快随阿拉里克把圣像取来，

　　　　　　我在这里把你们等待。

　　〔众人下场，只剩特奥多雷多一人在场上。

特奥多雷多　昔日子民从埃及出逃，

　　　　　　是为躲避专制者的残暴。

　　　　　　天主你曾张开神圣的双手，

　　　　　　指他们为选民加以庇佑。

　　　　　　祈求你为我们指明道路，

　　　　　　打开一条去天国的坦途，

　　　　　　阻挡非洲蛮人的脚步，

　　　　　　使我们免遭凄惨奴役的痛苦。

　　　　　　群山欢腾吧，你们有福！

　　　　　　你们将成为洞天福地，

　　　　　　因为我们在此存放圣物。

　　　　　　上帝，这并非为了我们自己：

　　　　　　塞维利亚的名字会普天传布，

　　　　　　我们膜拜的珍宝非他莫属。

　　〔奥诺里奥捧一口钟上场，随后是西塞布托扛着木箱，阿拉里

　　　克举着圣母像。

西塞布托　　木箱我已取来，

　　　　　　内存富尔亨西奥圣人遗骸。

特奥多雷多　这件事应悄悄进行，

　　　　　　连群山都默不作声。

　　　　　　走吧，莫弄出响动。

阿拉里克　　这就是珍贵的圣像。

特奥多雷多　慈母、贞女和贤妻，

　　　　　你是上帝的伉俪！

阿拉里克　我们已经到了洞口。

特奥多雷多　快点！

　　　　　把圣像放在里面，

　　　　　同声祈祷苍天。

阿拉里克　我们在此埋葬圣母，

　　　　　前来的还有诸位使徒。

　　　　　夏娃的子孙向你哭诉，

　　　　　他们遭受放逐的痛苦。

　　　　　我们不像约翰那么有幸，

　　　　　也不如彼得和迭戈受宠，

　　　　　能够伴随约沙法①，

　　　　　在慈父怀抱享受安宁。

　　　　　我只是尘世的凡胎，

　　　　　朝瓜达卢佩山走来，

　　　　　欲把圣母隐蔽掩埋，

　　　　　使她免遭摩尔人伤害。

　　　　　圣母玛利亚，暂且藏身，

　　　　　也不必因此伤心。

　　　　　想当初为躲避希律②，

　　　　　也曾携爱子逃遁。

　　　　　终于在伯大尼飞升，

　　　　　飘然进入了天庭。

---

① 《圣经》人物，虔敬耶和华，受神助战胜入侵之敌。

② 《圣经》人物，犹太王，闻知耶稣诞生，便下令屠杀境内所有两岁以内的男童。

　　　　　　一旦西班牙恢复宁静，

　　　　　　你也会从这里升腾。

特奥多雷多　　当初埃及法老暴虐，

　　　　　　子民只好逃脱他的酷烈；

　　　　　　上帝借给他们一块宝地，

　　　　　　便送他们去了以色列。

　　　　　　富尔亨西奥，我历尽艰苦，

　　　　　　终于才能够把你救出，

　　　　　　你散发天国的光晕，

　　　　　　你是上帝精选的宝物。

奥诺里奥　　我听到有人行走，

　　　　　　不宜在此久留。

阿拉里克　　身后有人追踪，

　　　　　　漫山遍野喧腾。

　　　　　　我只好撇下圣母先行。

西塞布托　　后会有期，幸运的山岭。

阿拉里克　　何不称它为天国，

　　　　　　神的母亲在此长卧。

　　　〔众人下场，卡塞雷斯牧人手持尖头棒上场。

牧　　人　　阿波罗喷发光焰，

　　　　　　照亮了整个人间，

　　　　　　也洒满了辽阔海面。

　　　　　　横亘古今的唯一神火，

　　　　　　兴高采烈欢喜雀跃，

　　　　　　给世界带来无比欢乐。

　　　　　　来吧人们，福星正在高照，

　　　　　来吧,沉疴能在这里治好;

　　　　　消息确切,举世知晓:

　　　　　上帝为我们亲手显灵,

　　　　　有当年但以理①的颂歌为证,

　　　　　他深表对上帝的感恩之情。

　　〔牧人妻子奥雷丽亚上场。

奥雷丽亚　我从卡塞雷斯来这里,

　　　　　长途跋涉把你寻觅。

　　　　　我一路饱尝艰辛,

　　　　　漂洋过海也难比拟。

　　　　　我本以为清晨的露水

　　　　　不再浇灌鲜艳的玫瑰;

　　　　　只会滋润丛丛蒺藜,

　　　　　准备把我的心灵刺碎。

牧　　人　我心上的爱妻,

　　　　　你为何唉声叹气?

　　　　　赶快对我说明,

　　　　　你是忧伤还是欢喜?

　　　　　你又怎么来到此处山里?

奥雷丽亚　我撇下弗朗西斯科一人,

　　　　　我们的儿子正遇病魔缠身,

　　　　　他已经是出语无声,

　　　　　怕是在慢慢离开咱们。

牧　　人　假如这是上帝的心愿,

———————

　　① 《圣经·旧约·但以理书》的主要人物,是著名的四大先知之一。

奥雷丽亚,感谢苍天恩典。

快回家去在他身边守护,

待我把羊群赶进羊圈。

我眼下还有一件要事,

不然我一路狂奔前去照看。

奥雷丽亚　你尽快返回,犹如一场火灾,

正在焚烧我们的儿子和钱财。

牧　　人　天父,我也为人之父,

如今落到这个地步。

圣母,我心痛如绞,

眼见做母亲的啼哭。

如果你需要我的儿子,

请发慈悲为他祝福。

即便我遭遇万般祸殃,

即便天火焚烧我的牛羊,

我也会把你永远铭记心上。

圣母,听听一个村夫的哀告,

他手上再没有别样财宝。

天哪,是什么露出了东方?

莫非又一个灿烂辉煌的太阳?

〔朝霞裂开,圣母显现。

牧　　人　是什么站在我的眼前?

我的目光为何投向天边?

是圣保罗还是圣斯德望①?

---

①　前者原为耶稣的敌人,后皈依。后者为殉教者。

　　　　　苍穹为什么摇晃震颤？

圣　　母　别走开,坚强的男子汉!
　　　　　你的祈祷真正发自心田,
　　　　　理应受到最大奖赏:
　　　　　我特来看你,咱们聊聊天。
　　　　　你还没认出我的颜面?

牧　　人　我深感受之有愧,
　　　　　夫人,我不知如何应对!
　　　　　我不能称呼你的神圣名字,
　　　　　这双粗鄙的嘴唇根本不配!
　　　　　美丽的圣母,有何教诲?

圣　　母　我的一尊雕像,
　　　　　在山里隐蔽埋藏,
　　　　　还有几件圣物在我身旁。
　　　　　你应赶回村庄,
　　　　　召唤众人前来瞻仰。

牧　　人　我人轻言微,
　　　　　谁个会相信;
　　　　　口说无凭怎有权威?

圣　　母　路上你将遇到一个牧人,
　　　　　正在把他的母牛教训,
　　　　　你只需告诉这个村民。

牧　　人　摩西曾见神变荆棘,
　　　　　大火熊熊却不焚烧自己。
　　　　　你既然指一牧人为证,
　　　　　何不告诉我他的姓名。

你不给我明显的凭据，

人们怎能轻信我的话语？

要么让我的木棍开花，

要么把别的奇迹降下。

原谅我未曾跣足云游，

来这里把你俯就：

山路如此崎岖不平，

赤脚实在寸步难行。

圣　　母　　立即返回村里，

或许你的儿子已经死去，

不过等你再来这里，

他会复生令你欢喜。

牧　　人　　他果真能起死回生？

圣　　母　　我的话就是凭证。

〔圣母消失，牧人起立。

牧　　人　　圣母，我按你说的去办，

事关紧要，决不迟延。

我别无所求毕恭毕敬，

捧着心儿说出实情，

人们定会相信我的真诚。

〔说完下场。奥雷丽亚和牧人马塞洛上场；他怀里抱着死去
的弗朗西斯科，此时安放在地上。

奥雷丽亚　　把我的弗朗西斯科放在地上，

哦，我的儿子，苍天的奖赏！

我怎能不像你一样号啕大哭？

我并非生就一副铁石心肠。

如果死去本是还债清账，

何不叫我自己含笑而亡？

可偏偏失去了我的儿子，

我只能如此痛苦悲伤。

马塞洛　上帝呀，太太请听我说，

你的道理固然不错，

可是哭泣已经于事无补，

不必如此神分志夺。

泪流满面又有何用，

莫再叫它无端喷涌。

除非遇到全能先知，

拜倒在脚下求他宽容。

再说何苦为天使哭泣，

他已升天陪伴上帝；

你倒是更应该羡慕，

他终于有了好运气。

我本人也愿祈求上帝，

允许我跟他一样死去，

依偎在天父怀里，

去领受天国的洗礼。

〔神父、两名卡塞雷斯居民和众牧人上场。

神　父　你真听到了这样的消息？

牧　人　我一字不差地告诉了你。

神　父　哦，神圣的谷地山峰，

你获得了何等的殊荣！

马塞洛　你看奥雷丽亚啜泣涕泗，

正在哀悼你们死去的儿子。

牧　人　让我过去看看，

　　　　他会立即开口生还。

　　　　弗朗西斯科，我的心肝！

孩　子　真是我的父亲？

　　　　〔孩子复活，与父亲交谈。

牧　人　是谁给了你生命，我的亲人？

孩　子　你难道不知道，父亲？

　　　　是圣母，神的母亲。

奥雷丽亚　弗朗西斯科，这怎么可能？

　　　　你真的又复活再生？

孩　子　你难道没有看见？

牧　人　奥雷丽亚，听我说：

　　　　你刚离开这一带山坡，

　　　　神之母便告诉我，

　　　　她的圣像埋在谷地，

　　　　命我下山去寻觅，

　　　　还把路径细说。

　　　　感谢圣母之子吧，

　　　　是他给了咱们恩泽。

神　父　赶快去召集民众，

　　　　上帝给我们如此恩宠。

　　　　集结起来满怀虔诚，

　　　　上路去寻找山洞。

　　　　时逢罕见的奇迹，

　　　　迟疑拖延天理不容。

居民甲　百姓定会全体会集。

居民乙　消息正在迅速传递。

牧　人　难道居然有什么人，

　　　　愿错过千载难逢的机会？

　　　　奥雷丽亚，咱们走吧，

　　　　快把弗朗西斯科抱起。

奥雷丽亚　我马上给他戴帽穿衣。

　　　〔众人下场，场上只留奥雷丽亚和孩子。

孩　子　如果见不到圣母，

　　　　我的心得不到安抚。

奥雷丽亚　孩子，你刚才去了哪里，

　　　　撇下我只身一人？

　　　　你是我最大的宝贝！

孩　子　母亲，你怎么突然想起

　　　　打听这样的事情？

　　　　你不过是个乡下女人，

　　　　岂能探询上帝的秘密！

奥雷丽亚　儿子，我是不该乱问。

　　　　你其实讲明了原委。

　　　　你已经亲身尝到，

　　　　信仰使事成心遂。

　　　　这是一件锦缎新衣，

　　　　让我给你穿戴整齐。

孩　子　是的，我要漂漂亮亮，

　　　　让圣母看看我的模样。

　　　〔两人下场。幕后响起牛群的铜铃声和一个牧人的讲话声。

牧　　人　　嗨,花裤裆,快往前走,

别再叫我冲你乱吼!

眼看又是一个大清早,

我敢指着天上的太阳赌咒。

莫非你不愿跟在我的身后?

你这头下贱的母牛!

不然我回去抄把匕首,

马上砍得你鲜血直流。

〔神父,卡塞雷斯的牧人、居民和扛锄头的众人上场。

牧　　人　　这里的牧人刚走,

他在教训母牛。

这就是那个洞口。

神　　父　　是这地方。

居民甲　　一股少有的天国的芬芳!

莫非是埋藏着麝香?

牧　　人　　哪里! 是件难得的宝贝,

比金子银子更加珍贵。

是上天神祇施与的恩惠!

〔牧人从木箱中取出一张纸,神父阅读。

神　　父　　这是什么?

牧　　人　　木箱里的一张纸,

上面写着字。

神　　父　　什么字?

牧　　人　　像是希腊文。

居民乙　　读读看,花体字,还用问!

神　　父　　这位圣人富尔亨西奥,

曾是埃西哈的主教。

他的亲兄弟莱昂德罗，

是塞维利亚的大主教。

里面的几份文书，

字迹清晰娟秀。

居民甲　这么清晰的字迹，

准能道出确凿的真理。

居民乙　这里还有一口大钟。

牧　人　圣母的神像就在这里，

这正是宝藏聚集之地。

神　父　可有什么字迹？

牧　人　是的。

〔神父细读字迹。

神　父　据说这就是那尊圣像，

曾由教廷宝座上的教皇

亲赠西班牙作为奖赏；

虔诚敬神之人沐浴恩光。

西塞布托,阿拉里克,

奥诺里奥,特奥多雷多,

塞维利亚的四名基督徒,

来此山中把圣像守护；

当时罗德里戈把西班牙拱手让出。

〔奥雷丽亚携弗朗西斯科上场。孩子衣着华丽。

孩　子　我来这里参拜圣母。

牧　人　来吧,孩子,再走两步。

孩　子　圣母,我去了,又回来,

我能复活，多亏你关怀。

我虽然小小的年纪，

却为圣母殿下当差。

从今我便是你的侍卫，

睡梦中我也把神明你追随。

你已经掌管了我的灵魂，

我无以表达至诚的心扉，

只有常呼你神圣的名字：

圣母玛利亚大慈大悲。

奥雷丽亚　我能说什么？一个村妇，

身披一件粗糙的布衣服。

我只希望天国的女皇，

永远给我的儿子赐福。

如今站在你的面前，

我最好还是闭口无言。

贞女你是神的母亲，

我也常把你的名字呼唤。

神　父　眼前的这个事件，

是上帝的容光闪现。

他的名字和奇迹，

将随记忆永世流传。

我们将募集钱款，

建一座小寺立于山间。

若非我们能力有限，

定把雄伟教堂向上帝奉献。

让上帝的名字响彻人世，

让他的英名寰宇传遍。

瓜达卢佩圣母!

从今就这样把圣像呼唤。

牧　　人　全体民众把她陪伴;

结束了欢快历史一段:

记载着西班牙的虔诚,

和一桩伟大事件。

〔同声赞美上帝。

（剧　终）

两个饶舌者

吴健恒 译

剧 中 人 物

罗尔丹

萨米恩托

堂娜贝亚特里丝——其妻

伊内丝——女佣人

代理人

警官

书记官

警察

〔代理人和萨米恩托上场,后面跟着穿长裤、衣衫破烂、佩剑的罗尔丹。

萨米恩托　拿着,代理人先生,这儿是两百杜卡多。我对您说,即使要我付四百杜卡多,我也愿意再给他开这么宽一道伤口。

代理人　您比剑时让他受伤,行事不愧是个绅士;付这钱呢,又不愧是个基督教徒。钱我拿去,很高兴让我能够休息下来,而他也能够去养伤。

罗尔丹　啊,先生!您是代理人吗?

代理人　是的,您有什么吩咐?

罗尔丹　这钱是什么钱?

代理人　这位先生给我,是付给他刺伤的那个人的。

罗尔丹　有多少钱?

代理人　两百杜卡多。

罗尔丹　您好走。

代理人　再见,上帝保佑您。

罗尔丹　啊,先生!

萨米恩托　您叫我吗,先生?

罗尔丹　是的。

萨米恩托　您有什么吩咐?

罗尔丹　您提防着点,不然我不说。

萨米恩托　我提防着呢。

罗尔丹　先生,我是个穷乡绅,不过为人正直。我很需要钱用,知道您把这两百杜卡多给您刺伤的人。那么,如果您乐意刺伤人家,我请您在这儿给我一剑,我可以比人家少收五十杜卡多。

萨米恩托　要是我的心情没有这么不好,您这些话准会让我笑起来。您的话可当真?那么,请您到这儿来:您以为剑只能刺该挨刺的人吗?

罗尔丹　那您说,谁又比需要用钱的人更该挨刺呢?人家不是说,那种人脸皮厚吗?那么,还有哪儿比脸皮厚的人的脸更适宜挨一剑呢?

萨米恩托　你想必不是读书人:拉丁谚语只是说"需要顾不上法律"。

罗尔丹　您说得很对,因为法律是为安宁创造的,而理性是法律的灵魂,谁有灵魂谁就有心力,心力有三种,那就是记忆力、意志力和理解力。您的理解力很好,因为理解力能从面相上看得出来。您的面相看来不顺,因为从您的面相看,升纹头上虽然有爱神垂顾,可农神和主神相错相交,这就不好。

萨米恩托　见鬼，让我到这儿来，刺伤人付过两百杜卡多之后，还要碰上这种事。

罗尔丹　您说的是刀伤吗？真说得好。该隐给过他弟弟亚伯一刀，尽管那时候还没有刀①；亚历山大大帝要从潘塔西莱娅皇后手中夺取被围困的萨莫拉城，给过那皇后一刀②；同样，凯撒大帝给过堂佩德罗·安苏雷斯公爵一刀，因为公爵在卡巴尼亚斯和奥利亚斯两地跟堂盖斐罗斯下棋③。可是您得注意，伤人有两种方式，因为世上有背叛又有不忠，刺杀皇帝是背叛，刺杀同胞算不忠，用的武器应该是一样的。我比试能占上风，因为卡兰萨在《击剑的哲学》、特伦西奥在《卡蒂莉娜的密谋》中说……

萨米恩托　见鬼去吧，您糊里糊涂说些什么，您没看到您对我口吐狂言④吗？

罗尔丹　您说贝纳迪娜吗？真说得好，因为一目了然，这是个名字。有个名叫贝纳迪娜的女人，不得不进圣贝纳多修道院当修女，因为要是她名叫方济各的话，那就不会进贝纳多修道院了。方济各会的修女有四个 F，F 是字母表中的一个字母。字母表里的字母共有二十三个。字母 K 在卡斯蒂利亚语里对小孩有用，因为我们小时候说尼尼，这里面字母 K 出现了

---

① 《旧约·创世记》：上帝看不中该隐和他的供物，却看中了他弟弟亚伯和他的供物，该隐愤而杀死他的弟弟。

② 这里是我国"关公战秦琼"式的胡扯，因为亚历山大大大帝是公元前三五六至前三二三年的人，而潘塔西莱娅是十五世纪西班牙骑士小说中人物。

③ 又是"关公战秦琼"，因为恺撒大帝是公元一世纪时人，佩德罗·安苏雷斯是十六世纪西班牙皮萨罗麾下征服秘鲁的一位将军，堂盖斐罗斯是传说中公元八世纪查理曼大帝的十二骑士之一。

④ 狂言，发音为"贝纳迪娜"。

两次：K 出现两次可能说的是酒；酒有很大的益处；在持斋和禁酒的时候别吃酒，因为酒水的奇妙成分渗入毛细孔，冲昏头脑，烧坏肠胃……

萨米恩托　打住，打住。您叫我烦死啦，我想您的舌头准是给魔鬼掌握住了。

罗尔丹　您说得很好，因为谁有舌头，谁就能去罗马。我到过罗马、拉曼万、特兰西瓦尼亚和普埃布拉德蒙塔尔万。蒙塔尔万是一座城堡，雷纳尔多斯老爷住在那儿。雷纳尔多斯是法国十二廷臣之一，就是那些跟查理曼大帝一道在圆桌旁吃饭的人物中的一位，因为那时候没有四方形或者八角形的桌子。在巴利亚多利德，有个叫"八角广场"的小广场；一个八文铜子等于四文铜子的一半；一个四文铜子等于四个马拉维迪；马拉维迪古钱的价值，等于今天一埃斯库多；埃斯库多有两种，有一种说的是很大的耐心，有一种……

萨米恩托　天哪，您这么唠叨，我真受不了。别说了，您弄得我失了魂啦。

罗尔丹　您说失魂吗？说得很好，因为失与得正相反。有七种丧失的方式：在赌桌上输光，丧失田产，买卖亏本，丧失名誉，丧失理智，不小心丢失一个指环、一块手帕什么的，丧失……

萨米恩托　够啦，见鬼去！

罗尔丹　您说魔鬼吗？说得很好，因为魔鬼用种种方式诱惑我们：最大的诱惑是肉的诱惑；肉不是鱼；鱼一身黏液像痰似的；多痰的人性情冷漠，不易动怒。人是由四大要素构成的，那就是怒气、血液、痰液和忧郁；忧郁就是不高兴，有钱就高兴，钱造就人，而人不是牲口，牲口吃草，最后……

萨米恩托　最后，您把我弄得糊里糊涂，或者说有点糊涂；可是，我恳请您听我一句话，要不我活不下去了。

罗尔丹　您有什么吩咐？

萨米恩托　先生，我造孽讨了个老婆，她是世上打从有女人以来最大的饶舌者。她那么爱说话，所以我好多次想说话说赢她，弄得她不吭声，就像别人动手杀人似的。我想过许多办法，都不顶事。我想我要是把您带回家去，让您跟她接连不断地说上六天话，降服她，弄得她开始时有劲，过几天就泄了气。我恳求您跟我一道走。我想我假装您是我的堂兄弟，这么一来就能把您带回家了。

罗尔丹　您说堂兄弟吗？啊，您说得多好！堂兄弟指的是我们的爸爸的兄弟的儿子；可堂兄弟这个词，对一个会干绝活的鞋匠来说，就是夸他的手巧；绝活中的绝，指的是吉他上最细的弦；吉他有五根弦，弦这个词也指教团，讨布施的教团有四个；四是不到五的数字……

萨米恩托　打住，快打住，跟我来，到那边你再说。

罗尔丹　您前头走；我两小时内就能把那女人整成哑巴，哑得像块石头，因为石头……

萨米恩托　我不听您说话啦。

罗尔丹　那就走吧。我能治好您妻子的病。

〔萨米恩托和罗尔丹下场。堂娜贝亚特里丝和她的女佣人伊内丝上场。

堂娜贝亚特里丝　伊内丝！喂，伊内丝！我说什么来着？伊内丝，伊内丝！

伊内丝　我听见了，太太，太太，太太！

堂娜贝亚特里丝　坏丫头，不害臊的，你怎么用这种口气回答我？你难道不知道，羞耻心是女人最重要的珠宝吗？

伊内丝　您嘴闲,老爱唠叨。什么事都没有,就叫我两百回了。

堂娜贝亚特里丝　小滑头,两百可是个大数,后边加三个零,就是二十万;零本身什么价值也没有。

伊内丝　太太,我懂啦;您吩咐我该干什么吧,因为我们得干家务活。

堂娜贝亚特里丝　你要干的活就是把餐桌搬出来,准备让老爷吃饭。你知道,他心情不好。结了婚的男人心情不好,就能操起棍子来,从女佣人开始,最后打到女主人头上。

伊内丝　那么,搬过餐桌还有事吗? 我这就去安排。

〔萨米恩托和罗尔丹上场。

萨米恩托　喂,没人在家吗? 喂,堂娜贝亚特里丝!

堂娜贝亚特里丝　来了,大老爷;你嚷什么呢?

萨米恩托　你瞧,我邀请这位先生到家来,他是我的亲戚,是个军人。你好好招待他,就跟招待朝廷的大人物一样。

堂娜贝亚特里丝　你要是上朝廷去,那就会看到,朝廷不是为这么畏缩的人而设的,因为畏缩是出于蠢笨,蠢人几乎是无依无靠的人,他活该这样;因为理解力是人类所有活动的指针,而一切活动不外是……

罗尔丹　打住,请您快打住。我知道,一切活动不外是受大自然的支配,而大自然通过有机体的作用来活动,并指挥感觉;感觉有五种,即行走、触摸、跑动、思索和不妨碍人家。妨碍人家的人都是无知的,而无知出于不明事理;谁明白事理,跌倒了也爬得起来,上帝会给他祝福;给人家带来福气的节日有四个——圣诞节、主显节、复活节、圣灵降临节。圣灵降临节是个很妙的词……

堂娜贝亚特里丝　怎么说"很妙"? "很妙"这词您理解得很差;所

有奇妙的事都是不寻常的;寻常的事引不起人们的赞叹;赞叹
出自崇高;世界上最崇高的境界是安静,因为谁都不能达到这
个境界;最卑贱的境界是奸诈,因为谁都会落到那步田地;跌
落是不可避免的,因为所有物体都有三种状态,即发动、加速
和衰退。

罗尔丹　　您说衰退吗?说得多好,衰退这词用在语法上就是"变
　　　格",名词要变格,动词要变位,人们结婚用上变位这词儿,不
　　　过含义变成"结合"罢了。结了婚的人应该彼此相爱,如胶似
　　　漆,相敬如宾,就像圣母会叮嘱的那样;这样做的理由是……

堂娜贝亚特里丝　　别说啦,别说啦。怎么样,丈夫。你有判断力
　　　吗?你带到我家来的这个家伙是什么人?

萨米恩托　　谢天谢地,我找到了能替我出口气的人,真是感到高
　　　兴。赶紧铺好餐桌,让我们吃饭。罗尔丹先生要在我家做客
　　　六七年哩。

堂娜贝亚特里丝　　七年?多坏的年月;用不了一个钟头我就会给
　　　他累垮的,丈夫。

萨米恩托　　他倒是个比我好得多的丈夫。快!给我们吃的。

伊内丝　　我们有客人了吗?餐桌在这儿呐。

罗尔丹　　这位小姐是谁?

萨米恩托　　家里的女佣人。

罗尔丹　　女佣人,在巴伦西亚叫萨德里纳;在意大利叫马斯卡拉;
　　　在法国叫加斯皮里亚;在德国叫菲利莫吉亚;在首都叫席尔维
　　　塔;在比斯开叫莫斯科拉;在流浪汉中间叫达伊法。高高兴兴
　　　地摆上吃的来,我希望你们看到我按英国方式就餐。

堂娜贝亚特里丝　　这儿除了丧失判断力,就没有别的事干了,丈
　　　夫。我说话说得累垮啦。

罗尔丹　您说说话吗？说得很好。人们通过说话来交流思想；思想是通过理解力来形成的；谁没有理解力，就没有感觉；谁没有感觉，就不会活着；谁不活着，就是死了；死了的人，就该埋到菜园子里去。

堂娜贝亚特里丝　丈夫，丈夫！

萨米恩托　怎么啦，太太？

堂娜贝亚特里丝　见鬼，给我把这人从这儿赶出去，我说话说得累死啦。

萨米恩托　太太，你耐心点，不满七年他不能离开这儿，因为我把话说出口了，就得兑现，要不我就不是萨米恩托了。

堂娜贝亚特里丝　七年？那我不如先死掉的好。哎哟，哎哟！

伊内丝　她晕过去了。您乐意看到您眼前发生这种事吗？瞧她都快死了。

罗尔丹　耶稣基督！她怎么得了这种病？

萨米恩托　因为没机会说话。

〔警官从台后大声说话。

警　官　把门打开，让警察进来！

罗尔丹　警察！唉，糟啦！我得逃走。他们要是把我认出来，准会把我下大牢。

萨米恩托　那么，先生，您就藏到这席子里躲一躲，我们取下席子准备掸灰尘。这样，您可以躲过去，我想不出别的办法了。

〔罗尔丹钻到席子里去，警官、书记官和警察上场。

警　官　今天你们不打算开这扇门吗？

萨米恩托　您这么气冲冲地来，有什么吩咐？

警　官　省长大人命令说，尽管您为刺伤人付了两百杜卡多，您得去跟那个人握握手，相互拥抱，交个朋友。

萨米恩托　我现在想吃饭。

书记官　那人就在这儿,您马上就可以回来慢慢用饭。

萨米恩托　那就走吧,你们利用这个时间把餐桌摆好。

伊内丝　醒醒吧,太太;您不说话就晕过去了,现在没别人了,随您
　　　爱说多少就说多少。

堂娜贝亚特里丝　感谢上帝,现在趁这个寂静时刻,我可以休息一
　　　下了。

　　〔罗尔丹把头从席子中间伸出来,看着堂娜贝亚特里丝说话。

罗尔丹　您说寂静吗?说得多好,因为寂静总是为智者所赞颂,而
　　　智者说话适时,沉默也适时,因为有时要说话,有时却要沉默;
　　　沉默就是表示应允,应允就是表示同意签署文件,文件有效需
　　　要有三个证人,要是签的是密封遗嘱,那就要有七个证人,因
　　　为……

堂娜贝亚特里丝　因为见你的鬼去吧,是谁把你带到这儿来的。
　　　有这么耍无赖的吗?我又要晕了。

　　〔众人重上场。

萨米恩托　我们两个交上朋友了,我希望各位痛饮几杯。喂,把大
　　　杯子和梨酒拿来。

堂娜贝亚特里丝　咱们这会儿就干这事吗?你没看到我们正忙着
　　　给这几张席子掸灰尘吗?(说着拿起棍子来)你拿那根棍子,
　　　打到席子干净为止。

罗尔丹　慢来,慢来,太太们。我知道你们特爱唠叨,可没想到你
　　　们还会动手。

警　官　嘿!这是怎么啦?这人不是罗尔丹那个无赖,那个爱唠
　　　叨的骗子吗?

书记官　就是他。

警　官　你被捕啦,被捕啦。

罗尔丹　您说被捕吗? 说得很好,因为被捕就是丧失自由,而自由……

警　官　别,别,在这儿唠叨不顶事;上帝在上,你得去蹲监狱!

萨米恩托　警官老爷,您在我家发现了他,我求您这次不要把他带走;我向您保证,等他治好了我妻子的病,从这儿出门时,再把他交给您。

警　官　唔,治什么病?

萨米恩托　治爱唠叨的病。

警　官　怎么个治法?

萨米恩托　就用唠叨嘛。他一唠叨,她就成了哑巴了。

警　官　我很高兴看到这个奇迹;可是,这么办得有个条件:他治好了她的病以后,您立刻通知我,因为我要把他带到我家去。我老婆也有同样的毛病,我很乐意看到他能把我老婆彻底治好。

萨米恩托　到时候我就通知您。

罗尔丹　我知道我已经把她治好了。

警　官　去,饶舌的流氓。

萨米恩托　我不讨厌听听念诗。

警　官　要是您不讨厌,那就听听,我可有点吟诗的灵感。

罗尔丹　听! 您说诗吗? 那就静下来,让诗句不停地涌出来。

　　〔大家彼此相继联诗,并在每一节的最后重复一句。

警　官　说话的条件

　　　　就像经常在诱惑我们的

　　　　一种欲念;

　　　　那种没文化的人

　　　　　　说话甚至不看条件。
　　　　　　骗子手,你那舌头
　　　　　　就用来当一面鼓;
　　　　　　它咚咚地喧闹
　　　　　　吵聋慎重的耳朵,
　　　　　　去,饶舌的流氓。

书记官　　我知道在他死后,
　　　　　　得在他的坟头
　　　　　　立下这样的墓志铭:
　　　　　　"这儿埋葬的人,
　　　　　　死去也不会安静,
　　　　　　他会像活着时那样
　　　　　　说个不停。"

伊内丝　　**我想把这诗联完。**

书记官　　**说吧,咱们瞧瞧。**

伊内丝　　你说了这么多
　　　　　　连死人都害怕,
　　　　　　去,到没人的山上去
　　　　　　把那讨厌的话说个不停,
　　　　　　去,饶舌的流氓。

萨米恩托　　**听我的。**
　　　　　　啊,你,只需说二十遍的
　　　　　　你却说了两万遍。

贝亚特里丝　　**停停,我来吟完。**

罗尔丹　　**说吧,显本事啦。**

贝亚特里丝　　停下,亲戚先生,

去到你的声音

不损毁你名誉的地方，

因为这儿谁都知道你的花言巧语。

去，爱唠叨的病人，

去，饶舌的流氓。

罗尔丹　**你们停下，听我的，我的诗句决不会坏：**

我到这儿来，给一个

爱唠叨的女人治病，

她本来一点也不会安静，

可从现在起，

我想我说得她哑了喉咙。

这位先生邀请我，

邀请我来吃一顿，

尽管他的女人

为了不给我吃的，说

去，饶舌的流氓。

〔所有的人都下场。

（剧　终）

治烦恼病的医院

吴健恒 译

剧 中 人 物

莱瓦

医院院长

佩罗·迪亚斯

秘书

医生

卡尼萨雷斯

马里桑多斯

两个流氓

加尔维斯

克拉拉

比利亚维德

巴伦苏埃拉

〔莱瓦、院长和秘书上场。

莱　瓦　哎哟,哎哟! 这医院成什么样子了!

院　长　这地方污染①得这么厉害,有发生瘟疫的很大危险,死的
　　　人会比腺瘤流行的那年还多。因此,政府为了要好好治理这
　　　地方,决定在这儿建立一所医院,来治患病或者染瘟疫的病
　　　人,还任命我做院长。

———————————

① 作者运用"腐烂、污染"亦含"烦恼"的这种含义,做文字游戏,敷衍成此剧。

秘　书　等到给妇女建起监牢、给烦恼病人办起医院以后，这儿的
　　　　生活就会比钟表走时还要有条不紊。

院　长　您不用了解更多的情况了，莱瓦先生。有人一连谈七个
　　　　小时，不吃也不睡。他看到有人戴项链或者穿新衣，就说：
　　　　"嘿，这是谁给你的。这是哪儿的东西？你从哪儿找到的？
　　　　你的钱不比我多。我的钱比你的多，可我几乎没法给我老婆
　　　　买根束发带。"他们对这种事认真得着了迷，成了一种有害的
　　　　思想感情。可是，咱们就谈到这儿。瞧，有病人来了。
　　　　〔医生上场。他给卡尼萨雷斯号脉。

医　生　卡尼萨雷斯先生，我瞧您没病。

卡尼萨雷斯　怎么没病呢？我得了猜疑病，心里对事十分气恼。
　　　　因此，我的心怕是得溃疡了。

医　生　那么，您的心是怎么腐烂化脓的呢？

卡尼萨雷斯　只因为瞧见了一个人。由于我十分讨厌他，那天我
　　　　在街上碰到他，一回到家，就整天待在一个角落里不出门，心
　　　　想我准会碰上倒霉事。

医　生　您自然说得很有道理，有的人的确瞧你一眼你就会倒霉，
　　　　他们无缘无故就让人讨厌。

卡尼萨雷斯　那么，要是这人大热天里穿拖鞋，而且用左手舞剑，
　　　　您就不想让我烦恼，不让我心里产生有害的思想吗？

医　生　那么，这人大热天穿拖鞋，用左手舞剑，跟您有什么关
　　　　系呢？

卡尼萨雷斯　那么，要是把这人派到这儿一个最好的地方去当头
　　　　儿，难道跟我就没有什么关系吗？

医　生　我已经知道您为什么烦恼，原来是您自己想谋到这个
　　　　官职。

卡尼萨雷斯　我怎么会想当这官？我从来没想过这事，只是我看
　　　到人家要由这个到时候穿拖鞋的左撇子来管，心里就很烦恼，
　　　因为他可能很快就把事办糟。他既然是个左撇子，准不能办
　　　好事。

院　　长　啊，大夫！叫人把这个烦恼病人收下，又有病人来了。

医　　生　来吧，兄弟，我来给你治病。

莱　　瓦　有这种事，得的什么烦恼病！

　　　〔两个办事员上场，他们是流氓；上场的还有佩罗·迪亚斯和
　　　马里桑多斯。

佩罗·迪亚斯　啊，饶了我吧，马里桑多斯！我一看到这样的事，
　　　就吃不香、喝不下、睡不着，一刻也不得安生。

马里桑多斯　唔，佩罗·迪亚斯，就你这么个思想迟钝的人，能够
　　　烦恼得不吃不喝，痛苦得这样吗？

佩罗·迪亚斯　要是有个诗人，冒冒失失写下这样的诗句，我能不
　　　关心吗？他写道：

　　　　　著名的皇帝

　　　　　和阿尔梅里亚①的摩尔王

　　　　　有一天在玩游戏，

　　　　　两个人在下棋。

马里桑多斯　人家写这句诗，跟你有什么关系？

佩罗·迪亚斯　关系大着哩。因为这是对皇帝很恶毒的诬陷；因
　　　为一位那么庄严、那么威武的君主，不该坐下来那么慢吞吞地
　　　下棋，何况还是跟阿尔梅里亚的摩尔王对弈呢。如果这位诗
　　　人还活着，我得叫他删掉这诗；如果他死了，我要看他的遗嘱，

① 西班牙南部良港，古代曾为摩尔人所占。

看他是不是留下了要删去这诗的条款。

马里桑多斯　是吗,说什么蠢话!你就为这件事吃不香、睡不着
　　吗?真操心得有意思!

院　长　过来,兄弟;您厌烦什么呢?

佩罗·迪亚斯　我对诗人厌烦。

院　　长　对诗人厌烦吗?那够你忙的。你厌烦哪些诗人呢?

佩罗·迪亚斯　我厌烦那些在圣诞节晚上作村夫谣的诗人。他们
　　胡言乱语,歌词里夹杂着异端邪说。您瞧,加尔西拉索一首八
　　行诗中有这么两句:

　　　　有一片绿色的密林,

　　　　静悄悄地,丛生在塔霍河旁。

　　有人改写成下面的诗句:

　　　　有一群绿色的圣徒,

　　　　静悄悄地,簇拥在上帝身旁。

　　人家问他那些圣徒是谁,他说是圣腓力和圣雅各,以及其他在
　　春天来临的圣徒。

院　长　真是一派胡言!

佩罗·迪亚斯　有个圣诞节夜晚,我走进本地的一个教堂,听到有
　　人唱这么一首赞歌:

　　　　当耶稣来到走廊上

　　　　魔鬼不敢露面,

　　　　撒旦也赶快躲藏。

　　我问这是谁写的,那人说:“我写的。”他洋洋自得,好像干了
　　一番大事似的。另一个人唱下面几句:

　　　　我的天,你在门廊边

　　　　等那没良心的干什么?

　　　　去，走开去，去，走开去！

院　　长　您别惊讶；因为这是些冬令的诗人，像傻瓜蛋似的。

佩罗·迪亚斯　我还讨厌另外一些诗人，他们认为自己懂事，其实并不懂，而另外一些懂事的诗人却不这么认为。

院　　长　您对我说说看：您说懂事却不这么认为是指什么？

佩罗·迪亚斯　有的诗人知道他们在干什么，可是没有想好。这样，他们就落到了不知所云的地步。

院　　长　这人的病非常需要治疗。我看把他交给蹩脚诗人，让他们给他治疗，怎么样？

佩罗·迪亚斯　不，千万别这样。

院　　长　喂，办事员，把这个烦恼病人接进去。

莱　　瓦　还有像这个人得的这种烦恼病吗？

院　　长　又有人来了，只好去接待他。

　　　　〔巴伦苏埃拉上场。

巴伦苏埃拉　有的人很幸运，他插手的事情都能获得成功，难道世界上有这样的事吗？我心里很难受，看着他们怎么也不舒服。

院　　长　这个人烦恼什么呢？

秘　　书　先生，这是个很重的烦恼病人，看见邻居事事成功，他就感到非常痛苦。

院　　长　这人的病情严重，他与其说是烦恼，还不如说是嫉妒。

巴伦苏埃拉　怎么是嫉妒？要是嫉妒，那就让魔鬼把我带走得啦，院长先生。只是这人又贪心又吝啬，因此什么事情他都不应该顺手。

院　　长　说得对：对那种人，是不应该有好风相助的。要是说谁有理由烦恼，那就是您这位先生了。因此，可以每星期给您三天，让您自寻烦恼去。

巴伦苏埃拉　怎么只有三天？我要是不能烦恼,那就会烦恼。

院　长　走吧,您爱怎么烦恼,就随时去烦恼吧。

巴伦苏埃拉　谢谢,我吻您的手。

〔巴伦苏埃拉下场,加尔维斯上场。

加尔维斯　天下竟有这样趣味低级的女人!对这种人应该说,世界上有爱上眼屎的眼睛。

院　长　这位兄弟厌烦什么呢？

秘　书　这位兄弟厌烦的是:这儿有位非常漂亮的女士,竟爱上了一个谢了顶、戴上眼镜的男人。

院　长　那么,您为这事烦恼吗,兄弟？那女人趣味低级,跟您有什么关系？

加尔维斯　怎么跟我没关系？我宁愿看到她爱上一个魔鬼。一个那么漂亮的女人,怎么会爱上个谢顶戴眼镜的家伙呢？

院　长　啊,瞧他发多大的脾气!

加尔维斯　难道我不该发脾气吗？您给我说说看:一个女人一觉醒来,看到她旁边睡着个谢了顶、没好眼睛瞧她因而戴着副那么糟糕的眼镜的男人,她该怎么办呢？

院　长　啊,您着恼啦!喂,办事员,把这个厌烦病人送过去!

加尔维斯　把我送过去,先生？为什么？

〔两个办事员把他领过去。

莱　瓦　烦恼病人在衰弱下去!要是不想法子治他们,那不几天就会增加很多患这种病的人,要有另一个世界他们才住得下。

院　长　您念念这份病人名单,秘书先生。

〔秘书拿出名单来念。

秘　书　"这儿有人看不惯长着特大鼻子的家伙。"

院　长　见鬼!人家长着大鼻子还是小鼻子,跟他有什么关系？

秘　书　听说有个长着大鼻子的人经过窄巷时,鼻子能把巷子占
去很大地方,因此他只能侧着走,好让他们能够通过;除了这
种不便之外,还有更大的不便之处,那就是他们得用特大的手
帕擦鼻涕,那手帕大得可以做船帆呢。

院　长　这人烦恼得有意思。

秘　书　"另外有人看不惯人家围着围嘴吃东西。"

院　长　这还差不离;因为围嘴像乌木做的吉他加上个白布罩子,
围上它就显得有点女人气。可是您告诉他,三天之内就得治
好他的烦恼病;要不然,就要用诗人脑髓制成的诗魂汤这种药
来治他,如果需要的话,要治得他灵魂出窍哩。

秘　书　全世界才有能装满半个榛子壳的诗人脑髓,够用来制药
吗?要符合制药标准,至少得有四盎司杂七杂八的原料呢。

院　长　念下去。

秘　书　"另外有人讨厌医生,这些医生开方子给病人时连声说:
'不要酬金,不要酬金。'可是背后伸出来的手像把大勺。"

院　长　这人厌烦得有道理。要是非常想得到的,比病人给他们
的还要多,那还要这么扭扭捏捏干什么?

秘　书　"另外有人讨厌的是:有那么多的裁缝和鞋匠,可是慎重
的人却那么少。"

院　长　那么,他需要些什么人呢?

秘　书　兽医和驮夫。

院　长　这个烦恼病人成了个讽刺专家。给他的贲门上打上个裁
缝徒弟的补丁,再用老鸹的十根眉毛烧起来熏他,因为我在这
儿就看见了不止四个老鸹。

秘　书　"有些老太婆不高兴,就因为邻居大嫂喂养的母鸡下的
蛋大些,孵出的小鸡肥些。"

院　　长　这是不要紧的烦恼病,给那些老太婆撒一点麦秸色的无花果粉就得。

秘　　书　"还有一对夫妇,丈夫讨厌妻子长着蓝眼睛,妻子讨厌丈夫有一张大嘴。"

院　　长　这准是心情很好的一对。叫他们到这儿来,我想看看他们。

　　〔克拉拉和比利亚维德上场。

克拉拉　算了吧,你那嘴巴长得像炉灶口,你最好去为你自己那张特大的嘴巴烦恼,别操心我的眼睛是蓝色的还是绿色的。

院　　长　到这儿来,兄弟。你看到你妻子长着蓝眼睛就烦恼吗?

比利亚维德　是的,先生;而今时兴的是黑眼睛。

院　　长　有这样的错误看法吗?上帝让她长的蓝眼睛,那有什么办法呢?

比利亚维德　这好办,她可以把眼睛染色嘛。我就是跟她争这件事才把嘴巴扯开的。

院　　长　这么有意思的事,我可从来没瞧见过!需要拿医生和药剂师的铁夹子夹几个火热的铁饼,给你做烧灼治疗。

比利亚维德　这比律师的印戳还坏,因为印戳盖一下只是收钱,铁饼烙上可会伤身体、损健康。

莱　　瓦　秘书先生,这位太太是这人的妻子吗?

秘　　书　您不是瞧见了吗?

莱　　瓦　哎哟,天哪!天哪!天哪!

秘　　书　您在胸前画十字干什么?

莱　　瓦　一个这么漂亮的女人,跟一个像这个人这么丑的男人结婚,看到这个现象,难道我不该画十字吗?他丑得像只屎壳郎。

秘　书　喂,您是为这事烦恼吗?

莱　瓦　您认为看到这样的事,我不应该烦恼,不应该想不开吗?
这位太太配得上一个王子,她的模样真像个天使呢。

秘　书　这事完啦! 喂,办事员,把这个烦恼病人领过去。

莱　瓦　领我? 为什么。

〔两个办事员把莱瓦领着下场。

院　长　秘书先生,您见过一个这么聪明的人这么胡闹吗?

秘　书　那么,这事让您感到很难过吗?

院　长　嗯,一个我认为这么明智而慎重、名声这么好的人,竟丧
失了理智,看到这事难道不该难过吗?

秘　书　您得烦恼病了。喂,办事员!

院　长　秘书先生,是领我的吗?

〔两个办事员领院长下场。

克拉拉　秘书先生,一个像您这样的人,竟会同院长先生相处得不
好,我感到很惊讶。

秘　书　那么,您为这事烦恼吗?

克拉拉　由于院长先生职位高,您对他应该克尽职守,可您没对他
保持应有的尊敬,我看到这事难道不该心烦吗? 您看到他这
种有权威的人就该尊敬他,可您没有照应该做的那样对待他。

秘　书　嘿,嘿,这位大姐真是不可救药啦! 办事员,把她领过去。

克拉拉　领我,先生? 您瞧……

〔两个办事员领她下场。

秘　书　比利亚维德先生,这位太太是您的妻子吗?

比利亚维德　她是我的妻子吗? 您为什么问这事?

秘　书　我问这事,因为您看到她被抓进去了,可还这么无动于
衷地没有反应。

比利亚维德　难道我不该这样吗?

秘　书　怎么啦?别对我这样说话。您会让我丧失耐心、扔下这些文件的。一个像您这么高尚的人,难道不该为您妻子的不幸感到难过吗?

（剧　终）

伽拉苔亚

赵德明　徐尚志　译

序　言

在塞万提斯的叙事类文字中,这部作品属于长篇田园牧歌体小说,尽管这位成熟之年的作家对这类过于做作的小说有着写实主义的反应,他依然格外给予厚爱和钟情;这部作品于一五八五年在作者的故乡阿尔卡拉德埃纳雷斯发表;书名为《伽拉苔亚》(第一部),共六章。塞万提斯一直答应写第二部,甚至在接受了临终涂油礼之后,在口述《贝雪莱斯和西吉斯蒙达历险记》那激动人心的献词时依然如此,但始终未下决心动笔。塞万提斯一度崇尚时髦。他早就熟悉桑纳扎罗用意大利语写的《阿卡迪亚》——尽管有一五四七年的西班牙语译本,以及豪尔赫·德·蒙特马约尔和希尔·波尔写的西班牙的《狄亚娜》;这些作品对《伽拉苔亚》有着明显的影响。关于美和爱情的思想,可以看到莱昂·埃波雷奥《爱情谈话录》(1535)的新柏拉图主义烙印。

在《致好奇的读者》中,塞万提斯把自己这部似乎早在多年前就已完成的小说叫做《田园牧歌》,企图为一部处女作找借口或者辩护词:"从前,我一直没有出版这本书,可也没想过只留给自己看……"他辩解说:"我把一些哲学道理与某些牧人对爱情的看法结合在一起了。"并且说明了它可能是一部人物披着田园牧歌时装的小说"书中的许多牧人仅仅是披着牧人外衣罢了"。

有人为把书中的牧人与历史人物对号入座做了大量工作。看来可以肯定的是:蒂尔希是人称"神人"的弗朗西斯科·费盖罗阿的画像或者模拟像;梅利索就是迭戈·乌尔达多·德·门多萨。达蒙非常有可能是佩德罗·拉伊内斯。劳乌索有可能是塞万提斯本人;伽拉苔亚可能是作者的妻子卡塔琳娜·帕拉西奥斯(尽管像有人坚持的那样,埃利西奥是塞万提斯),虽说这种说法不十分明朗。出于好奇,我想指出:有人认为劳乌索的朋友拉尔西莱奥就是马特奥·巴斯克斯;西拉尔沃就是加尔维斯·蒙塔尔沃;克利西奥是克里斯托瓦尔·比鲁埃斯;西尔巴诺是戈里高里·西尔维斯特雷等等。

《伽拉苔亚》在技巧上是一部缺乏活力和熟练的冷冰冰之作。它没有《狄亚娜》中处理风格或者景物的才干,使用了大量的加尔西拉索式的诗歌,大部分人物暗淡无光、十分乏味;没有激情、现实和幽默这些塞万提斯的特长;只是让人们想起作者的一番作为。尽管如此,这本书在作者活着的时候还是获得了一定的成功,其他一些作家的引言可以为证;比如,一向与塞万提斯不友好的洛佩·德·维加极力要把塞万提斯的《伽拉苔亚》与他自己的《贝伦的牧人》、卡蒙斯和埃雷拉的作品以及阿莱曼的流浪汉小说并列在其《傻姑娘》中尼赛(女主人公的妹妹)提及的杂有拉丁文的书籍中。在那本假冒的《堂吉诃德》的作者阿韦亚内达充满冷酷与蔑视的序言里,是这样提及塞万提斯的:"他有《伽拉苔亚》和散文戏剧就可以心满意足了!"

斯切威尔和波尼亚对塞万提斯的这部田园牧歌小说给予了恰如其分的评价,他们说:"书中的场景和故事很像挂毯上的图画;画中可能有颜色——有时确有颜色,但总是不能使人物栩栩如生。"风格之美——我们说是孤立的和细部的——产生了局部的魅力;但是,就本质上说,这部作品属于过时的文学。在这部作品中,塞万提斯缺乏他那真正的灵感源泉:真知灼见、批评和幽默;这些特点在他最好的作品中发挥得淋漓尽致:《堂吉诃德》,脍炙人口的《警世典范小说集》,以及《贝雪莱斯和西吉斯蒙达历险记》最后两章中的某些故事和场景;而《伽拉苔亚》在假牧人、造作的语言和毫无生气的爱情诡辩对话中变得有气无力。

值得研究的是这种技巧是如何窒息那些生动的民间艺术的旋律的,而这些旋律不时地闪现出作者现实主义的天才,比如影射胡安·德·埃斯佩拉盼望上帝的那一段,这个相当于《流浪的犹太人》的传说中的西班牙人民的象征,它那淳朴的诗意被窒息在第二章西雷里奥献给布兰卡的歌中。

通过全书可以看到,有些美丽的诗歌漂浮在一个不太走运的诗歌爱好者的徒劳而平庸的劳作之上。卡利俄珀的诗歌是一代诗人的时髦聚会,千篇一律地赞美一番,几乎没有用诗歌论述各自的特点,只是谈及一连串的共同之处。尽管插入《伽拉苔亚》的大部分诗歌既乏味又烦人,还是应该强调一下献给梅利索的挽歌中虽然冗长然而优美的激情:

牧人们,唱起那悲伤的歌来!

这是加尔西拉索对塞万提斯最为出色的影响;还有十四行诗:

如果狂怒大海的粗暴狂怒

以及抒情诗:

在熏香燃烧的过程里

都是受他那一代诗人教士路易斯奇怪而罕见的影响。

这部作品的散文部分——思想意识、风格和技巧——呈现出真正有价值的方面,这既有文艺复兴善于辞令的精品对早熟的塞万提斯的影响,也有新柏拉图主义的思维方式和思潮在这部小说作者身上留下的烙印。有些篇幅明快而优美的文字弥补了叙述中枯燥、乏味的缺点。

安赫尔·巴尔布埃纳·普拉特

献　词

**致圣索菲娅修道院院长、
最尊贵的阿斯卡尼奥·科洛纳大人：**

　　有大人您举足轻重的支持，我不再胆怯，因此斗胆呈上拙著的初稿。但是，考虑到尊敬的阁下前来西班牙，不仅是给西班牙的各个大学带来智慧的启示，而且也是前来为某些从事专门高超学问的人指路，特别是为从事诗歌创作者作指导，我便不想失去这一追随导师指引的机会，因为我知道一经导师指点，人人可以抵达安全的港口，得到宜人的庇护。尊敬的大人，请让我的愿望兑现，为此奉上拙作，请您给这个小小的劳作赋予存在的意义。假如拙作不配存在于世，至少有一点理由是应当让它存在的：作者曾经有几年的时间追随在那战无不胜的日不落军旗下，虽然昨天上帝从我们手中夺走了这面旗帜，却无法从为这面旗帜战斗的人们的记忆中抹去，而您大人曾经是这些战士的神父。此外还要加上这样一个原因：我在罗马给您当侍从时多次聆听大人对阿科瓜韦瓦红衣主教预言那些事情时在我心中唤起的崇敬之情；现在我不仅看到了那些事情已经兑现，而且看到人们正在受益于阁下的人格力量、基督教品性、慷慨和善心，这一切每日都表明你出身于名门世家的那些诚恳、豪爽的特点;您的家族在古代可以同伟大的罗马王公一争高下;在人品、道德和建功立业方面可以与现代最高尚的美德和丰功伟绩比肩,这有大量真实的史实可证,在科洛纳王族的家谱中处处可见这样的历史。现在,我栖身在这个家族的庇护下,以便抵挡那些从不饶过任何事情的长舌男女。我知道阁下会原谅我的冒昧,我并不担心,只是希望上帝保佑阁下日日尊荣、身体康泰。

您永远忠实的仆从

米格尔·德·塞万提斯·萨阿维德拉

致好奇的读者

当总的说来诗歌处于如此不利的情况下从事田园诗歌的创作，我十分怀疑写诗会被看作是非常值得赞美的营生，因为没有办法特别让那些有其他爱好的、认为写诗只是费力不讨好的人们感到满意。我仅仅想回答那些摆脱了激情、以最大理由努力不承认通俗诗歌是有区别的人们，因为他们认为在这个时代涉猎通俗诗歌的人，都在加紧张罗发表自己的轻率之作，而这是激情的力量牵动诗歌作者的结果；对此，我想以我自己对诗歌的一向爱好以及尽管我刚刚走出青年可似乎仍然能够从事诗歌创作的年龄为例，说明我自己的看法。无论如何不能否认的是应该学习写诗的技巧——过去颇有理由倍受尊重的技巧，这带来并非一般的好处，比如诗人在思考中使自己的语言更为丰富，掌握诗歌中包含的雄辩技巧，以便从事更崇高、更重要的事业，以及开辟道路，让胆怯的心灵通过模仿希望在简短的古代语言中毁坏西班牙语丰富性的人们明白：他们可以开拓更广阔、更富饶的土地，可以在这样的土地上轻松、温柔、庄重和雄辩地自由飞奔，同时可以发现各种敏锐、严肃、精明和杰出的思想，这在西班牙作家的多产活动中，上帝在各个领域的仁慈影响产生了和每时都在产生着种种思想，对此，我本人可以作证，因为我认识一些作家，我可以公正而毫无愧色地说，他们肯定可以顺利通过这危险的竞赛。但是，人为的困难是如此的平常和各有不同；目的和行动又是如此的多样，一些人为荣誉而冒险；另一些人因担心诽谤而不敢发表作品，因为一旦公开就会遭到庸人们危险、几乎总是欺骗性的批评。我并非为了证明自己可以赢得读者信任才表示敢于出版这部作品的，而是因为我无法在下面两种不宜之处中决定哪一种更不宜：一是轻率地希望传播从上帝那里得来的才智，过早地冒险把智慧的成果献给祖国和亲友；另一个是，由于纯粹的怀疑、懒散和迟钝，从来对自己的所作所为不负责任，仅仅认为没有涉猎的就是正确的，从来不下决心公布和传播自己的作品。这样一来，由于一个人的勇敢和自信可能因过于放肆而受到谴责，因此肯定做出让步；同样地，另一个人的怀疑和迟钝也是一种毛病，因为他永远也不会用自己的才智成果有益于渴望帮助的人们，永远也不会成为习作者的榜样。为避免犯下这两种毛病，在此之前，我没有出版这部作品，但是也没想一味地保存在自己手中，因为我用自己的才智写作这本书的目的，不仅出于自己的爱好，也是为着更多的人。我清楚地知道经常受到的指责不是应该注意文体，因为拉丁文诗歌最优秀的人物也曾经由于过分突出田园诗而受到诽谤，所以我不担心有人出来指责我把哲学道理与牧人的爱情混杂在一起，仅仅因为这些牧人很少起来处理牧场的事情，因为大家早已习惯他们那质朴的生活。但是，我要提请注意的是——如同本书经常做的那样，书中许多乔装打扮的牧人只是披着牧人的衣裳而已，这类批评我是可以忍受的。其他关于谋篇布局方面可能提出的指责，要请真正有心阅读本书的人们多加包涵了，因为谦虚谨慎的人肯定会原谅别人的；而作者的意图是要努力让读者感到愉悦；尽管在这方面本书远不能尽如人意，作者将来一定奉献给读者一些技巧高超、情节动人的作品来。

《伽拉苔亚》的人物表

阿玛丽莉——达蒙的恋人

阿尔敏塔——牧羊女

阿尔辛多——老人

阿尔丹德罗——阿拉贡绅士,罗莎乌拉的恋人

阿尔蒂多罗——外来牧羊人,特奥琳达的恋人,布里塞诺之子

阿斯托尔——(见西雷里奥)

奥斯特拉里亚诺——闻名的牧人

备受尊敬的奥雷里奥——伽拉苔亚的父亲

贝莉莎——马尔西略的意中人

布兰卡——西雷里奥的恋人,后两人结婚,尼西塔的妹妹

布里塞诺——阿尔蒂多罗和伽莱尔西奥的父亲

狡黠的卡利诺——克利萨尔沃的朋友,西尔维娅的亲戚

克拉劳拉——克利西奥的意中人

残酷的克利萨尔沃——莱奥尼达的哥哥

怀念的克利西奥——克拉劳拉的意中人

达蒙——阿玛丽莉的恋人,生于莱昂省山区,在马德里受教育

达拉尼奥——西尔维丽娅的恋人,后两人结婚

达令托——绅士,布兰卡的恋人

埃安德拉——奥尔费尼奥的意中人

埃雷乌科——老牧人

埃利西奥——塔霍河畔的牧人,伽拉苔亚的恋人

埃拉尼奥——闻名的牧人

埃拉斯特罗——粗犷的牧主,伽拉苔亚的恋人

欧亨尼奥——莱奥卡迪娅的恋人

菲拉尔多——闻名的牧人

菲莉——蒂尔希的意中人

弗洛丽莎——伽拉苔亚的女友

弗兰塞尼奥——闻名的牧人,劳乌索的朋友

伽拉苔亚——生于塔霍河畔,埃利西奥和埃拉斯特罗的恋人

伽莱尔西奥——赫拉茜娅的恋人,阿尔蒂多罗的兄弟

赫拉茜娅——冷漠的牧羊女

格里萨尔多——罗莎乌拉的恋人

拉尔西莱奥——劳乌索的朋友,谙练宫廷事务

劳伦西奥——格里萨尔多的父亲

劳乌索——西莱娜的恋人,达蒙的朋友,当过官员和军人,到过亚洲和欧洲

莱安德拉——牧羊女

莱尼奥——冷漠的牧羊人,后为赫拉茜娅的恋人,曾在托尔梅斯河畔上学

莱奥卡迪娅——利萨尔科的女儿

莱奥纳尔达——伽莱尔西奥的恋人,特奥琳达的妹妹,后与阿尔蒂多罗结婚

莱奥尼达——利桑德罗的恋人,生于贝蒂斯河畔,帕尔明德罗的女儿

莱奥佩尔茜娅——格里萨尔多的恋人，马尔塞里奥的女儿

利贝奥——牧羊人

利赛娅——牧羊女

莉迪娅——欧亨尼奥的意中人，特奥琳达的女友

利萨尔科——牧人的首领，莱奥卡迪娅的父亲

利桑德罗——莱奥尼达的恋人，生于贝蒂斯河畔

利萨尔多——塔霍河畔的著名牧人

莉斯特娅——奥隆博的意中人

马尔塞里奥——莱奥佩尔茜娅的父亲

马尔西略——贝莉莎的意中人

马通托兄弟——一为乐师，一为诗人，均居塔霍河畔

毛丽莎——伽莱尔西奥和阿尔蒂多罗的妹妹

梅利索——闻名的牧人，其葬礼在第六章举行

不幸的米雷诺——西尔维丽娅的恋人

尼西塔——生于那不勒斯，廷布里奥的恋人

嫉妒的奥尔费尼奥——埃安德拉的意中人

忧郁的奥隆博——莉斯特娅的恋人

帕尔明德罗——莱奥尼达的父亲

卢西塔尼亚牧民——无名牧民，住利马河畔

普兰西莱斯——绅士，廷布里奥的敌手

罗莎乌拉——格里萨尔多的恋人，罗塞利奥的女儿

罗塞利奥——罗莎乌拉的父亲

西莱娜——牧羊女，劳乌索的意中人，后被抛弃

西雷里奥——又名阿斯托尔，尼西塔的恋人，后与布兰卡
结婚

西尔巴诺——塔霍河畔的著名牧人

西尔维丽娅——米雷诺的恋人,后成为达拉尼奥的妻子

西尔维娅——莱奥尼达的女友

西拉尔沃——塔霍河畔的著名牧人

泰莱西奥——神父

特奥琳达——阿尔蒂多罗的恋人,生于埃纳雷斯河畔

廷布里奥——赫雷斯地方的绅士,尼西塔的恋人

蒂尔希——生于阿尔卡拉德埃纳雷斯,菲莉的恋人

第 一 章

当山丘、草地、平原、河流
用疲惫的哀愁回声，
应答我咏唱得走了调的
忧伤凄凉的诗句；
我迎着无动于衷的疾风呼喊，
这呻吟发自火烫又冷漠的内心，
向河流、山丘、草地、平原
徒劳地寻求帮助。

泪水从我哭倦的眼中涌出，
使这条河流随之水涨，
这片草地上色彩各异的花朵，
像一根根尖刺扎在我的心中，
高耸的山峰不愿听我的烦恼，
平原已不屑再听我的忧愁，
从山丘、平原、草地、河流
我的痛苦得不到一丝抚慰。

小爱神①燃起心中的火焰，

那根可抽紧的套索，

那张能套住神仙的灵巧的网，

那支精确强劲的箭，

但愿就像伤害了我那样

齐投向俘获我的那个举世无双的人，

可是对付铁石心肠的人，

网、火焰、套索和箭都无能为力。

在火焰中我受折磨和煎熬，

颈上的套索使我谦卑恭顺，

我不惧怕那张无形的网，

强劲的箭吓不退我，

因此我陷于不幸，饱受创伤，

落到了这样的境地，

我把箭、网、套索和火焰，

当作我的荣耀，我的安宁。

  塔霍河畔的牧羊人埃利西奥唱着。大自然对他异常慷慨，可幸运和爱情却对他十分吝啬。随着时间的流逝，生与死周而复始。可是对埃利西奥来说，无限的时间里充满幸福，而他生活的时间，尤其是他被举世无双的伽拉苔亚的绝伦美貌所倾倒后却是不幸的。伽拉苔亚是位牧羊姑娘，同他一样，生于塔霍河畔。虽然在放

---

① 即希腊神话中的厄洛斯，其形象是个张弓搭箭、身生双翼的裸体小孩，谁中了他的金箭就会得到爱情，谁中了他的铅箭就会失去爱情。

牧和粗陋的乡间长大,她的聪明才智过人。那些在宫廷长大,习惯
于京城得体举止的名门淑女如在机智或美貌上和她有一丝相像,
无不引以为荣。上天赐予伽拉苔亚的无限和美妙天赋为她赢得众
多在塔霍河畔放牧的牧人和牧主的喜爱和对她深切的爱慕,他们
之中,英俊的埃利西奥以纯洁和真挚的爱情大胆地恋上了端庄无
邪的伽拉苔亚。伽拉苔亚从心底并不厌烦埃利西奥,可也说不上
爱他。有时伽拉苔亚似乎不得不接受埃利西奥出于真诚献上的种
种殷勤,她报之以真诚的谢意使埃利西奥心喜神悦。可有时她对
这些殷勤又不屑一顾,使得这位多情的牧人真是手足无措。埃利
西奥的品性和美德自然不令人生厌,伽拉苔亚的俏丽、风采与善良
更令人生爱。一则,伽拉苔亚并未断然回绝埃利西奥,再则埃利西
奥无法,也不应,更不想忘掉伽拉苔亚。对伽拉苔亚来说,埃利西
奥如此谦恭地爱着她,要是不对他的真诚相思给以某种真诚的回
报未免太忘恩负义;而埃利西奥则想既然伽拉苔亚不轻视他的殷
勤,那么他就有可能如愿以偿。每当这些想象燃起他的希望,他顿
时感到心满意足和勇气倍增,有千百次想向伽拉苔亚倾吐极力掩
饰的情思,但机智的伽拉苔亚从埃利西奥的脸部表情已明白他内
心所想。伽拉苔亚的脸色使得这位多情的牧羊人仅仅满足于最初
的冲动,话刚到嘴边便停住了,因为他觉得在伽拉苔亚面前说出那
些可能有一丝不那么庄重的言语,对伽拉苔亚的庄重也是一种冒
犯,使得原本是庄重的表白会偏离本意。埃利西奥的心情就这样
时起时伏,十分烦乱,有时他宁愿了此一生而不想再感受活着带来
的烦恼。有一天,他脑中正浮想联翩,发现独自一人来到了一片令
人心旷神怡的草地,一条小溪在低处潺潺流过。他从皮囊中取出
精致的三弦琴,随着琴音,他以浑厚的歌喉唱出下面的诗句,向上
天倾诉自己的悲郁:

爱情的向往，
正小心翼翼地袭来，
假如你是我的追求，
冷漠不应使你感到羞辱，
高兴不应使你感到自负；
你该保持克制
（要是能尽力做到的话）：
不要躲避欢乐，
更不要对爱情的哭泣
闭上大门。

如果你不希望
我的生命就此终了，
请勿急于把它掳走，
也别飘飘欲上，
一旦坠落，等待着的只是死亡。
这个徒然的自负，
结局不出两个：
一是你的破灭，
或是让我的心
为你的过失付出代价。

你出自我的心中，
过失伴随着你诞生，
我得忍受痛苦，可你离它而去，

我期待把你留在心中，
却追不上你也不理解你；
你升向了天空，
这一危险的飞行，
要是并不幸运，
我的无忧无虑和你的安息，
将就此葬送。

你说谁大胆地追求爱情，
将一切托付于命运的安排，
对这样的果敢举动，
千万不能把它看作
是愚蠢的行径；
在如此美好的时刻，
怀有如此的自信，
应是绝无仅有的荣耀，
只要能了却心愿，
加倍的果断更值得称赞。

我只是这样认为，
只是想使你醒悟，
往往鲁莽行事者
比谦恭羞怯的人，
在爱情上得到的要少；
你紧随一个举世无双的美人，
向上空升去，

我不知你有何能耐，
在如此不相匹配之中，
能得到爱情。

当人们仰望
一个高高在上的目标，
不免望而却步，
因为眼光瞄得过高，
现实中并非适宜；
尤其是出于自信
产生的爱情，
仅靠自信来培育和维持，
由于成功的希望渺茫，
到头来云消雾散。

你所期望的目标
显得那么遥远，
希望渺渺仍忠贞不变；
要是你在中途死去，
你将死得无声无息，
尽管对你已无关紧要；
在爱情的进程中，
动机值得赞美，
死亡是体面地活着，
痛苦是最大的天福。

要不是从右边传来了埃拉斯特罗的声音,多情的埃利西奥的动人歌声绝不会停下来。埃拉斯特罗是个粗犷的牧主,正赶着羊群朝埃利西奥走来。他的豪爽与粗犷挡不住温柔的爱情,竟让它完全占有了自己健壮的身躯。他爱美丽的伽拉苔亚胜过爱自己的生命,不放过每个机会向伽拉苔亚诉说自己的相思。埃拉斯特罗虽然为人粗豪,却是个十分倾心的人。在谈到爱情这样微妙的问题时,似乎是爱神借他的口在说话。尽管如此,伽拉苔亚听了之后,只把它当作玩笑。埃利西奥并不担心多了埃拉斯特罗这样一个对手,因为他清楚伽拉苔亚的才智有着更高的追求。埃利西奥对埃拉斯特罗是同情多于嫉妒:同情埃拉斯特罗最终坠入了情网,而且这种相思是不可能开花结果的;他明白对伽拉苔亚的种种殷勤换来的只是漫不经心,使人要么心碎要么发狂,要是事情或许不像他理解的那样,他又禁不住嫉妒。

埃拉斯特罗在牧羊犬的伴拥下走来。牧羊犬是羊群的忠实守护者,绵羊与牧羊犬一起玩耍,在后者的保护下不必惧怕饿狼锋利的牙齿。每条狗都有一个与它本性和外貌相称的名字:这条叫"狮子",那条叫"老鹰",另一条叫"壮实",还有一条叫"花斑"。它们似乎颇通灵性,摇晃着脑袋向埃拉斯特罗跑来,显露出满意的喜悦。埃拉斯特罗来到埃利西奥身旁,埃利西奥见到他很高兴,他请求埃拉斯特罗,要是在别处还没有在暖和的阳光下度过午间小憩,这儿倒是好地方,不要拒绝同他一起休息。

"埃利西奥,"埃拉斯特罗回答说,"除了与那位对我的哀求铁石心肠和对你的痛苦无动于衷的人,能同你一起度过午休真是再好不过了。"

两人接着坐到草地上,让羊群自由自在地在长满绿草的平地上用它们反刍动物特有的牙齿啃嚼细嫩的青草。埃拉斯特罗根据众多的观察和迹象，十分清楚埃利西奥爱上了伽拉苔亚，也觉得在伽拉苔亚的心目中埃利西奥比他占有更高的位置。为了表示承认这一事实，在交谈中埃拉斯特罗说了下面这番话：

"英俊多情的埃利西奥，我不知道我对伽拉苔亚的爱是否给你带来痛苦，要是这样的话，你应当原谅我，因为我从未想惹你生气，对伽拉苔亚我想的只是为她效劳。要是我说谎的话，但愿我的那些蹦蹦跳跳的幼小羔羊，断奶以后在绿色的草地上找到的只是苦涩的树枝和有毒的夹竹桃，怒气和疥癣使它们消瘦和死去。我曾竭力把她从我的脑中驱走，又千方百计向本地的医生和神父求讨良药来医治伽拉苔亚给我带来的痛苦和渴望。他们有的要我喝一种据说可增加耐心的药水，有的说我应当把一切托付给上帝，因为上帝能治疗百病，要不我准是疯了。好心的埃利西奥，允许我爱伽拉苔亚吧。你可以放心，以你的才干和优雅的举止及非凡的悟性尚不能使伽拉苔亚的心软，我如此笨拙又怎能感化得了伽拉苔亚呢？我请求你的许可，为此我将对你感恩不尽。要是你不同意的话，要我放弃对伽拉苔亚的爱，就像要水不再沾湿、要太阳的光芒不再照亮我们一样，是不可能的。"

埃利西奥听了这番话，以及埃拉斯特罗如此彬彬有礼地请求允许他爱伽拉苔亚，不禁笑了起来，埃利西奥接着回答道：

"埃拉斯特罗，我不会因你爱上伽拉苔亚而烦恼，我了解伽拉苔亚的个性，使我感到不安的倒是你这番真心话而不是甜言蜜语并不能打动她。你的真诚之心配得上上帝赐予你如此美好的渴望。从现在起你不必因我而放弃对伽拉苔亚的爱。我不是一个品德低下的人，不会因自己没有这个福分而暗自庆幸别人也得不到她。因此我请求你，接受我向你表示的愿望，不要不理我和不把我当作朋友。就像我向你证明的那样，你可以确信我对你的友情。

我们的羊群在一起游逛,我们的思念交织在一起。你的笛声表达
了伽拉苔亚的脸庞显露出的喜悦或忧郁给你带来的欢乐或悲伤,
而我,在寂静的夜晚或在炎热的正午,在塔霍河畔绿树荫翳之下,
用三弦琴向上天倾诉我的欢乐或悲伤,来分担你心中的重负。随
着太阳渐渐向西方倾斜,树影越伸越长,为了表明我们的美好意愿
和真诚友谊,让我们以今天作为开始,一起弹奏我们的乐器。"

　　看到埃利西奥如此看重和他的友情,埃拉斯特罗又惊奇又高
兴,不等对方开口就取出了笛子,埃利西奥拿起了三弦琴,两人一
唱一和起来:

埃利西奥　冷酷的爱情,那天我见到

　　　　　你那金色的秀发和倾城的玉容,

　　　　　你使太阳黯然失色,

　　　　　温柔、平静地俘虏了我;

　　　　　你带来无情的忧伤,

　　　　　像条蛇隐藏在金黄色的光辉之中;

　　　　　而我,为了饱赏你的光芒,

　　　　　用眼睛喝下了这剂毒药。

埃拉斯特罗　当我见到伽拉苔亚

　　　　　无与伦比的优雅、风采和美貌,

　　　　　我变成了一座石像,

　　　　　目瞪口呆,犹如中了魔法。

　　　　　爱神在我的左方,金色的箭在弦上待发,

　　　　　啊,无情的死亡,

　　　　　带我来到一道门前,

　　　　　伽拉苔亚走进了门,勾走了我的灵魂。

埃利西奥　爱情,你怎样神奇地打开了

　　　　　追随你的那个可怜恋人的心?

　　　　　又把你给他造成的内心创痛,

　　　　　变成是至高的荣耀?

　　　　　你带来的伤害怎会是福分?

　　　　　你的消逝使欢乐的生活何以继续?

　　　　　经历这些情感的心灵,

　　　　　知其原由,然无法自制。

埃拉斯特罗　破碎的镜子被巧妙拼合,

　　　　　有人拿起镜子自照,

　　　　　一张张变形的面孔,

　　　　　在每块碎片中映现。

　　　　　一种愁人的焦虑,

　　　　　本不是出自我的心灵,

　　　　　它派生出越来越多的忧虑,

　　　　　直至生命的终端。

埃利西奥　洁白的雪花,鲜艳的玫瑰,

　　　　　酷暑不融,严冬不摧,

　　　　　两只晶莹的眼睛,

　　　　　隐藏着甜蜜的爱情。

　　　　　它传来的永恒声息,

　　　　　犹如俄耳甫斯①的歌声驯服地府的精灵,

　　　　　激起无形的火花,

---

① 希腊神话中的诗人和歌手,善弹竖琴,其琴声可使猛兽俯首、顽石点头。曾以琴声感动阴间冥后。

使我神迷心醉。

埃拉斯特罗　她的面颊在我的眼里，

好似两只艳丽的苹果，

两道弯弯的柳眉，

胜过奇妙的彩虹，

一双眼睛炯炯有神，

两排整齐的珍珠在嫣红的唇间，

千娇百媚，古今无双，

使我坠入爱情的迷雾。

埃利西奥　我在沸腾但无激情，我活着又好似死了；

我时而失魂落魄时而心静意和；

我寄托于希望又感到绝望；

我有时飘上了天有时又掉入了深渊；

明明我讨厌的我却喜欢；

爱情的激浪使我既温存又凶猛；

在矛盾之中我一步一步地

走向痛苦的尽头。

埃拉斯特罗　埃利西奥，我答应你，

把自己一切献给伽拉苔亚，

以换取被掳走的

灵魂和心；

除了羊群，再加上

我的牧羊犬"老鹰"和"花斑"；

可她无疑是一位女神，

除心灵外别无所爱。

埃利西奥　埃拉斯特罗，命运和天意

> 把我们的心灵束之高阁，
>
> 欲用人间的谋算或强行索回，
>
> 实系笨拙之举；
>
> 你似应满足于命运的安排，
>
> 虽然没有得到她便夭逝，
>
> 我以为在这世上
>
> 再无比为如此美好的追求而死更幸运。

埃拉斯特罗正准备接着咏唱，忽然感到从他背后草木茂密的山丘传来一声巨响。两人站了起来，看看发生了什么。只见山那边一个牧人在拼命奔跑，他手中拿着一把亮晃晃的刀，面无血色。在他身后另一个牧人在紧紧追赶，没出多远便追上了前面的牧人。他一把抓住了前面牧人的羊皮袄领口，另一只手高高举起，用一把锋利的匕首在他身上深深地连扎了两下。

"啊，不幸的莱奥尼达，我杀了这个忘恩负义的家伙，给你报了仇。"

这一幕发生得如此突然，埃利西奥和埃拉斯特罗已来不及阻止。他们赶到时那个受伤的牧人已只剩下最后一口气，勉勉强强地说道：

"利桑德罗，请先让我向上天深深忏悔我对你造成的伤害，然后再杀死我。此时此刻，因为我刚才说的原因，我的灵魂将不安地离开我的躯体。"

他再也无力说下去，永远闭上了眼睛。

从这些话判断，埃利西奥和埃拉斯特罗猜想，利桑德罗如此残忍和凶狠地杀人准是有其原因。他们想知道事情的原委，正准备问问那位杀了人的牧人，不想他抛开死去的牧人，也不顾他们两个多么惊讶,迈起快步,消失在山丘后面。埃利西奥想跟上他,看看他想干什么。看到他重又从树林中走出来,尽管离他们有好长一段路,他还是提高嗓子向他们说:

"请原谅,尊敬的牧羊人。我在你们面前所做的你们都已看到。我不像你们那样该受到敬重,因为对背信弃义的家伙讨还公道和不共戴天的愤怒使我无法更平静地行事。我要对你们说的是,要是你们不愿冒犯天上的神灵,请不要像惯常那样,为面前的死人的罪恶灵魂举哀和祈祷,要是你们这边不埋葬背信弃义的人,就不要为他下葬。"

说完这些,又飞快地进了山。行动如此迅速,使得埃利西奥虽然跟着他也无法追上他。于是,两人返回来,心诚意实地祈祷起来,并尽力掩埋那具可悲的尸体,这么年轻就突然走到了生命的尽头。埃拉斯特罗的小屋就在近旁,他走过去,取来需要的工具,在尸体的边上挖了一个坑。他们向死者作了最后的告别,将尸体放到了坑中。带着对这个不幸事件的同情,他们回到自己的羊群旁。太阳在西方徐徐下沉。他们把羊群赶到经常过夜的宿地。周围的宁静和不必再多为羊群操心并不能使埃利西奥从沉思中解脱出来:是什么驱使两个牧人拼个你死我活?他后悔没跟踪那个杀人凶手,要是这样,或许能从他口中套出整个事情的来龙去脉。想着这些以及自己爱情上的种种波折,他在安顿好羊群后,就像以往那样,离开了小屋。月亮在空中高挂,在月光下埃利西奥进入了一片茂密的树林,寻找一个偏僻的地方,在静静的夜晚可以畅行在爱情的遐想之中。不言而喻,孤寂激发起悲伤和愉快的回忆,从而也最能安抚一颗悲怆而富于想象的心。他渐渐喜欢上了拂面而过的轻柔和风,风从绿色草地上遍地盛开的鲜花丛中轻轻吹过,在空气中散发一阵阵诱人的芳香。这时他听到一个声音,似乎是有人在悲哀地倾诉。他略微屏住了呼吸，默不作声，留意细听，发现那个悲凄的声音发自离他不远的荆棘丛。阵阵哀叹使这声音时断时续，不过仍可听出那悲痛的诉说：

"懦弱又令人生畏的手，你现在已成了自己的敌人。你除了自己以外再向谁去报复呢？苟延残喘对我这个不想再活的人又有什么意义？要是认为时间能医治创伤，那么活下去就只是在欺骗自己。我们的不幸已无可挽回。当初的美好时光过于短暂。正值欢乐的青春年月，卡利诺这个坏蛋的背信弃义使屠刀夺取了你的生命。现在，卡利诺死了。若是莱奥尼达居住的天国允许有复仇的念头，她的善良灵魂或许得到了一点安慰。卡利诺啊卡利诺，我向苍天祈求，假如它能听到我虔诚的恳请，千万别宽恕你对我做下的不义之事，让你的尸身无安葬之地，也让你的灵魂得不到安息。美丽不幸的莱奥尼达，请你接受我为你的亡故流下的眼泪，以证明你在世时我对你的爱。得悉你的噩耗我并没随你而去，请不要责备我用情不深，因为我欠你的实在太多，我在死去之前愿多受痛苦的煎熬。你要知道这里发生的一切，我的可怜的身躯由于极度伤心将慢慢枯萎，就像点着了的受潮火药，既爆不出轰鸣巨响又燃不起熊熊火焰，只是在消耗自身，过后留下的是一片灰烬。让痛苦吞噬我吧！啊，你是我心中的一切！你活着时我没能拥有你，你去世后我也无法为你举行与你的善良和美德相称的葬礼，但是我答应你并发誓，纵然我活不了多久，只要这颗灼热的心还在支撑这个可怜躯体的重负，还有一口气发出乏力的声音，我悲郁又痛苦的歌声唯有对你赞美和颂扬。"

说到这里，声音停住了。埃利西奥认出那正是杀了人的牧人的声音，高兴极了，这下可如愿探听到事情的经过了。他想再靠近一些，此时牧人弹起了三弦琴，他不得不停下来，想先听听弹唱些什么。不一会儿，一个和谐悦耳的嗓音唱了起来：

利桑德罗　啊，幸运的灵魂！
　　　　　你披着人间的薄纱
　　　　　轻盈地飞向永恒的霄汉，
　　　　　你带走了我的心，
　　　　　却把我的生命留在悲痛的黑暗中；
　　　　　没有你，
　　　　　太阳失去了光彩，
　　　　　最确凿不移的欢乐成了无望的幻影；
　　　　　你去了，
　　　　　我的生命凋谢，痛苦永存。

　　　　　你如花的容貌，
　　　　　随死神而离去；
　　　　　你明亮的眼睛，
　　　　　曾深藏着诱人的魅力；
　　　　　高尚的情操，
　　　　　深情的胸怀，
　　　　　欢乐飞逝而过，
　　　　　犹如日晒蜡融、风吹雾散；
　　　　　我的全部幸福
　　　　　锁在了你的坟墓的石碑中。

　　　　　那报复心切的兄长，
　　　　　怀着残忍的用心，

竟然举起残酷无情的手，
使你圣洁的灵魂
游离了俏丽的肌体。
忠诚和神圣的婚姻
本把我们的心连在一起。
啊！可憎的狠毒之手，
你为何夺走我们心灵的宁静，
让我生不如死？

我渺小的内心，
每分每秒在不停哭泣；
而你在永恒的欢乐中，
不必留意时光的萦回；
带着甜蜜的喜悦，
你看到自己值得赞美的生命，
正果已成。
要是在你的脑海中，
还留有尘世的回忆，
你不应忘怀对你一往情深的人。

咳，可我是多么的蒙昧无知！
竟请求圣洁秀丽的你
记住我，记住我爱你，
因为我明白自己的悲戚
将永无休止。
一想到你不再记得我，

我宁愿紧按自己的伤口，

在命运的安排下

痛苦地走向生命的终极，

对死亡已无可抱怨。

在完美的天国，

天使为伴，

沐浴在康宁、恩泽之中；

那些不偏离正道者

才有此洪福。

我追随你的脚印，

渴望在宁静中

与你共享无惊恐忧虑的永恒春天。

你值得赞扬的行止

指引着我。

你们，天国的精灵，

已洞悉我的善良用心，

请襄助我夙愿得偿。

  歌声停了下来，那个不幸的咏唱者仍在叹息。埃利西奥想认识他的欲望越加强烈。为了尽快走到歌声发出的地方，埃利西奥分开有刺的荆棘，到了一块小草地，圆圆的像座剧场，周围是茂密的树丛。他看到一个牧人，右脚在前，左脚在后，右臂举起好似要张弓射箭，甚是英武。这倒一点不假。听到埃利西奥踩踏草丛发出的声音，牧人以为野兽来了，正要扔出手中一块大石头来自卫，

埃利西奥从这姿态中猜到他的用意,急忙说:

"不幸的牧人,请放心。站在你面前的人准备接受你对他的处置。他一心想知道好运是否降临到你身上而打断了你的流泪,扰乱了你独自一人会渐渐恢复的平静。"

埃利西奥这些温和有礼的言语使牧人顿时安稳下来,并以同样的温和口气答道:

"谦恭的牧羊人,我不知你是谁,但谢谢你的好意。假如你想知道我的好运,恐怕你不会如愿,因为我从未有过。"

"你说得对,"埃利西奥接着说,"从今晚听到的哀伤,我知你少有,甚至根本没有过好运。可是与欢欣喜庆相比,说说你的黯然神伤同样使我得到满足,但愿天从人愿。请不要拒绝我的恳求,我们不相识也无妨,为了使你放心和往下讲,我可以告诉你,我的心对你要讲述的苦楚不会无动于衷。我说这些,因为我明白,再没有比一个不幸的人向一个春风得意的人诉说自己的悲酸更徒劳的事了。"

牧人答道:"你的这番话使我只得答应你的要求,为的是你听了我刚才的哀伤,不把我看作胆小畏怯的人,也为了让你明白,我流露出的悲痛比起我应该流露的还远远不够。"

埃利西奥对此表示十分感谢。两人继而讲了一些客套话,埃利西奥表明自己是林中牧人的真正朋友,后者断定埃利西奥的话并无虚假,就同意了他的请求。当晚,月光如此明净,简直可同太阳比美。他们坐到了绿色的草地上。林中牧人带着显而易见的内心痛苦,开始了他的叙述:

"我生于贝蒂斯河畔,这条奔腾的大河使广袤的万达利亚①变

―――――――――――

① 即安达卢西亚。

肥沃了。不幸的利桑德罗就是我的名字。我的父母门第高贵，但至高无上的造物主让我命途多舛。出身的高贵往往使人追求普通人不敢奢望的东西，这种追求又常常导致——要是你仔细听的话——同我接下去讲的相似的灾难。有位叫莱奥尼达的姑娘，也出生在我的村子里。我想，在整个地区几乎再没比她更俊俏的美人。她出身名门，家境富有，与她的美貌和品德相配。我们两家的亲戚在当地都是举足轻重的人物，治理着这个村镇。由于在如何治理上有了分歧，'嫉妒'这个平静生活的死对头，在他们之间播下了猜疑与不和。村子分成了两派：一派支持我的亲戚，另一派支持莱奥尼达的亲戚。双方积怨日深，情绪激昂，任何人的努力都无法使他们平静下来。这时，命运安排了我认识并爱上了美丽的莱奥尼达，她是敌对一派的首领帕尔明德罗的女儿。我真心爱她，尽管我一次又一次想把她从我心中抹去，结果是我越来越成为爱情的俘虏。要了却我的心愿，困难像一座座山挡在我面前：莱奥尼达是否有足够的勇气以及双方家庭的无情对立，特别是我极少甚至几乎没有机会向莱奥尼达表白自己的爱慕。可是当我想起莱奥尼达的花容月貌，一切困难似乎烟消云散，我觉得只要我真诚的爱能得到回报，上刀山算不上一回事。有好几天，我的心在激烈翻腾：要不要放弃这项艰难的期望。既然放弃是不可能的，我开始苦思冥想如何让莱奥尼达明了我深藏在心中的爱。万事开头难，在爱情上，往往难上加难。终于爱神发了慈悲，给我打开了紧紧关闭的通向坦途之门。顺着爱神的指引，我想要实现自己的愿望，除了同西尔维娅的父亲交上朋友，再没有更好的办法了。西尔维娅是莱奥尼达最亲密的朋友，她们经常在父母的陪伴下相互拜访。西尔维娅有一个亲戚，名叫卡利诺，他是莱奥尼达的哥哥克利萨尔沃的好友。克利萨尔沃英姿飒爽但行为粗暴，得了个'残酷'的外号，所有认识他的人都叫他残酷的克利萨尔沃。至于西尔维娅的亲戚、克利萨尔沃的好友卡利诺，因其好管闲事和为人机灵，人们叫他狡黠的卡利诺。我选中了卡利诺和西尔维娅，通过在交往中不断送些礼品，希图建立起我们间的友情。这完全是可能的，至少我和西尔维娅之间的友谊比预想的更顺利。她落落大方地回赠我礼物，而我不停地讨好她。想不到最终我落到了现在这样不幸的下场。西尔维娅非常漂亮又十分迷人，生性粗暴的克利萨尔沃爱上了她。这事我过很久才知道，但已给我造成了伤害。经过一段时间的交往，我相信自己已博得了西尔维娅的好感。一天，我找了个机会，以最动人的言辞向西尔维娅吐露我受伤的心灵经受的痛苦，这痛苦难以忍受，又无从解脱，只是想到她的相助我才燃起了希望，痛苦才有所缓和。同时我也告诉她，我是认真的，准备以合法的婚姻同美丽的莱奥尼达结合，她一定不会拒绝促成这样一桩堂堂正正的美事。总之，我长话短说吧，爱情让我吐露的这些由衷之言使她深深感动。她是一个谨慎的人。她不是可怜我，而是从我的脸部表情察觉我内心的痛苦，因而决定助我一臂之力，去告诉莱奥尼达我对她的痴情，并答应为我尽心尽力。当然她也知道我们两家的父母积怨太深，她要做的这件事十分困难，不过，从另一方面说，要是莱奥尼达同我结了婚，能从此化解两家的不和。西尔维娅出于这番好心，又被我流下的眼泪所打动，甘冒风险愿为我从中牵线。她盘算着怎样迈出第一步，要我先给莱奥尼达写一封信，由她在适当时机交给莱奥尼达。我觉得这话很对，当天就把信给了她。这封信我一直默记在心，因为我收到了回信，给我带来了最初的欢乐。现在我身处悲痛之中，最好别去回忆愉快的往事。西尔维娅拿到了信，等待机会把信送到莱奥尼达手中。"

"不，"埃利西奥打断利桑德罗的话，说道，"你不给我说说写给莱奥尼达的那封信可不行。那时你正相思得厉害,这第一封信必定写得很有分寸。你刚才说还能背诵此信,可见你对这封信颇为得意。不要拒绝我,说吧。"

"你说得对,朋友,"利桑德罗答道,"我那时是既痴情又胆小,而现在是既不幸又绝望。正因为如此,虽然莱奥尼达认为信中的字字句句都十分得体,我如今却觉得这封信简直是词不达意。既然你非常想知道,信是这样写的:

'利桑德罗给莱奥尼达的信

啊,美丽的莱奥尼达!我忍受着极大的痛苦,尽力抵御你在我心中燃起的爱情之火。我从未有过这种灼热的磨难,我害怕发现你身上的崇高美德,害怕向你表白我对你的爱。如今我坚强的忍受力已到了极限,我必须给你写信,吐露我心中的伤痛和治疗伤痛的第一服和最后一服良药。这第一服药你已经知道,而最后一服药在你的手中。我渴望得到你的爱,你的美貌表明你有一颗仁慈的心,我真诚的思念值得你仁慈相待。这封信将由西尔维娅交给你,通过她你会了解我的爱慕之情和打算。她作为一个局外人,甘愿这样做,我想是由于我对你的真诚思念是无可指责的。'"

埃利西奥认为利桑德罗的这封信写得恰到好处。接着,利桑德罗继续往下讲他的爱情经历:

"没过几天,信经我的忠实朋友西尔维娅之手到了美丽的莱奥尼达手中。信交给莱奥尼达时,西尔维娅对她劝说了一番:要是我们俩结了婚,两家的怨仇将就此了结;我的善良用心应使她不致拒绝我的求爱;她的美貌不应断送一个像我这样爱她的人的生命,还加上了一些莱奥尼达听起来很顺耳的理由。这些话使得莱奥尼达收到信时的怒容大为缓和。为了不显露出在第一次接触，也就是在才开头的时候她就心软下来，她给西尔维娅的答复没像希望的那样令人高兴。尽管这样，经西尔维娅的劝说和坚持，莱奥尼达给我回了一封信：

'莱奥尼达给利桑德罗的复信

利桑德罗，若是我的举止失当引起你胆大妄为，我认为你应得到的惩罚该降临我身上。但是，当我竭力去证明这一点时，我发现你的无礼轻浮并非出于爱情，而只是无聊的邪念。不管你怎样花言巧语，别指望我会像西尔维娅那样相信你。这不会打动我。你贸然给我写信使我生气，可我对西尔维娅让我给你回信更生气，因为保持沉默是对你的轻狂的最好回答。你要是明智，就到此止步。我想告诉你，我看重自己的名声，对你的废话不屑一顾。'

"这就是莱奥尼达的回信。虽然言辞尖刻一些，当西尔维娅把信和希望带给我时，我觉得自己是世界上最幸运的人。在我们信来信往的同时，克利萨尔沃没放松对西尔维娅的追求，纸条、礼物频频不断，可是克利萨尔沃过于暴躁，他从西尔维娅那里连一点点微小的友好表示也得不到，就像一头斗败了的受伤公牛，变得绝望和越来越不耐烦。在爱情纠葛中，克利萨尔沃同西尔维娅的亲戚、狡黠的卡利诺交上了朋友。他们二人原是死对头。一天，镇上举行盛大庆典，在一场当地武艺高强的年轻人参加的角力比赛中，卡利诺当众败在克利萨尔沃手下，从此他对克利萨尔沃怀恨在心。卡利诺在爱情上也不得意，我的一个兄弟得到了卡利诺朝思暮想的心上人，这招致了卡利诺的仇恨。卡利诺将自己的怨恨、敌意和叵测居心藏而不露，准备一旦时机来临，以能想象出的最残酷的方式实施报复。我和卡利诺成了朋友，这样就能在西尔维娅家自由进出。克利萨尔沃喜欢卡利诺，因为在向西尔维娅献殷勤上卡利诺常帮点忙。他们的友情好到每次莱奥尼达来西尔维娅家，总由卡利诺陪伴。在西尔维娅的撮合下，我和莱奥尼达之间的纯洁感情正等待合适的时间和地点去摘取崇高的果实。西尔维娅想，既然卡利诺是我的朋友，不妨告诉他我和莱奥尼达之间的爱情。卡利诺得知此事后，竟干出了这世上最无耻的行径。一天，他装作十分诚恳，似乎要让克利萨尔沃知道，克利萨尔沃的友谊对他来说比自己亲戚的名誉更重要。卡利诺接着说，他十分清楚，西尔维娅不爱克利萨尔沃，对他不理不睬，主要是因为她爱上了我，还说我和西尔维娅的恋情已尽人皆知，克利萨尔沃要不是被痴情迷住了眼睛，早就千百次发现了这个真情。为了证明他说的都是真的，他要克利萨尔沃留心观察，一定可以毫不费力地清楚看到西尔维娅对我的特殊好感。克利萨尔沃听了这些话后火冒三丈，就好像这些事真的发生过似的。他开始派人窥探我同西尔维娅的接触。我常常设法单独与西尔维娅在一起，倒不是像克利萨尔沃所想的那样同西尔维娅谈情说爱，而是议论我自己的爱情。这些接触都传到了克利萨尔沃的耳中，还添加了一些西尔维娅纯粹是出于友情不时对我的关照。结果是克利萨尔沃暴跳如雷，有好几次想杀死我。我以为这是我们父辈长期敌视所致而没往别处想。因为他是莱奥尼达的哥哥，我总是尽力回避而不想得罪他。我相信一旦我同他的妹妹结了婚，我们之间的敌意就会烟消云散。克利萨尔沃对我的意图一无所知。他首先想到我是他的敌人，认为我竭力追求西尔维娅并非出于爱情。这一点更加剧了克利萨尔沃的愤怒，使得他失去了理智。他平时就缺少理智，要使他无名火起并非难事。那个糊涂的偏见不断作祟，仅仅由于西尔维娅对我有好感，他也不用心思索，却轻信卡利诺所说的一切，便对西尔维娅由喜爱变为厌恶。他在社交圈子里和聚会上尽说西尔维娅的坏话，给她加上羞辱性的外号。可是谁都知道克利萨尔沃的坏脾气和西尔维娅的善良，对他的话不以为然或者根本不信。就在此时，西尔维娅与莱奥尼达谈好了我们俩结婚的事。为了让婚事办得顺利，在选定的那一天，最好是莱奥尼达由卡利诺陪伴着来西尔维娅家。当天晚上莱奥尼达不回父母家，而同卡利诺一起去离我们的村子约半莱瓜①的一个村子，村里住着我的几个亲戚，他们都很富有，在他们家，我们可以不受打扰地实行我们的计划；因为，假如莱奥尼达的父母不喜欢这样的结局，莱奥尼达不同他们在一起，至少婚事会办得更顺当些。事情就这样决定了并告诉了卡利诺。他显得非常热心，只要莱奥尼达高兴，他愿意陪伴她去那个村子。对卡利诺的一番好意我重重地谢了他，并答应以后要好好报答他，还热烈地拥抱了他。我认为即使是铁了心要整我的人也会被我的这些表示所打动。但是卡利诺这个背信弃义的家伙，丝毫不顾我的友善表示和许诺，也不顾为人应有的尊严，干出了你马上要听到的卑鄙行径。卡利诺从莱奥尼达那里了解到，西尔维娅所说的并非讹传，提出莱奥尼达的计划要付诸实施的那天夜晚最好是伸手不见五指。他再次保证严守秘密，要她们放心。然后他径自去见克利萨尔沃，这是我事后才知道的，对克利萨尔沃说我和他的亲戚西尔维娅之间的爱情已十分火热，准备在某一夜晚将她从父母家带走，去我的亲戚居住的一个村子。这提供了一个向我们两人报仇雪恨的好机会，

---

① 西班牙里程单位，合 5572.7 米。

因为西尔维娅对他的种种殷勤视若无睹，而我，除了两家的夙怨，还从他手中夺走了西尔维娅。卡利诺口齿伶俐，知道怎样表达他所想的，使得一个心地远不如他那样残忍的人也会恶念顿生。这一天——我想是我一生中最高兴的日子——终于到了。我告诉了卡利诺他该做些什么，就去那个村子安排怎样迎接莱奥尼达。而把莱奥尼达托付给卡利诺就像把一头纯洁的羊羔交给一群饿狼，把一只温顺的鸽子送到将它撕碎的凶猛的老鹰的爪中。唉！朋友，想到了这一切，我思维迟钝，真不知怎样说才好，怎样才会有勇气活下去。唉，利桑特罗，你太糊涂了！你怎么没看到卡利诺的表里不一呢？但是，一个人只要冒一点小风险就能愿望成真，又怎能不相信他的话呢？不幸的莱奥尼达！你选中了我，可我竟不知怎样去享受你给我的恩惠。总之，谨慎的牧羊人，我就尽快讲完我的悲惨遭遇吧。约定的那天晚上，卡利诺应把莱奥尼达带到那个村子，我就在那里等着。这时卡利诺找来了一个名叫利贝奥的牧羊人，在他心中利贝奥是个仇敌，尽管在卡利诺惯常的巧妙伪装下后者并未察觉。卡利诺请求利贝奥当晚与他一起护送一个牧羊姑娘，也就是他的心上人，去我已说过的那个村庄，他准备在那里同她结婚。利贝奥英武多情，爽快地答应下来。再说莱奥尼达紧紧拥抱西尔维娅，流着眼泪同她分了手，似乎已预感到这是她们的永别。那时，莱奥尼达可能想到这样做是对父母的叛逆而没想到卡利诺会出卖她，想起她在村里享有的好名声，这样做人们将会怎么议论呢？这些意念在她脑中闪现，但对爱情的憧憬胜过了一切。她决定依赖卡利诺的保护，把她送到我等待她的地方。每当我想到这里，脑中总显现出那梦寐以求的日子，哪怕这是我生命的最后一天，我也感到幸运。记得太阳在地平线消失前我已出了村。莱奥尼达必经的路旁有一棵高大的桦树。我在树边坐了下来，等天再黑些便往前去迎她。也不知怎么的，我竟迷迷糊糊睡着了。眼睛刚闭上，觉得我靠着的那棵树被一阵飓风连根拔起，压到了我的身上。我左右挣扎，竭力要脱身出来。这时我发现身边有一头白鹿。我好说歹说，恳求白鹿移走压在我肩上的树枝。它受了感动，正要这样做，就在此时，从树林里跑出一头凶猛的狮子，用它的利爪抓住了白鹿，将白鹿拖进了前面的树林。我费了好大劲终于从树枝下爬了出来，径自去山中找白鹿，找到的白鹿已是肢体不全，伤痕累累。在我有难的时候，白鹿曾同情过我，正因为如此我非常悲痛，在梦中开始哭泣，泪水唤醒了我，两颊已被眼泪湿透。回想起梦中所见，我几乎要疯了，但是，有望见到莱奥尼达的喜悦使我没有想到梦中显示的惨象竟在我醒着时即将重演。我醒来时，夜幕刚降临，四周一片漆黑，雷电大作。这恐怖气氛太适于干那种残忍的暴行了。卡利诺同莱奥尼达从西尔维娅家出来后，把她托付给利贝奥，告诉他带着莱奥尼达，按我说的那条路走。莱奥尼达看到利贝奥吃了一惊，卡利诺便向她保证，利贝奥跟他一样，也是我的好朋友，可以放心地跟着他慢慢走，他本人则先走一步以告诉我莱奥尼达到来的消息。总之，天真的莱奥尼达相信了虚伪的卡利诺的谎言，连应有的戒备也放松了，只想着将得到心中最大的满足，于是跟在利贝奥后面，胆怯地迈起步子，走向生命的终点。卡利诺赶在两人前面，这我已对你说过，去向克利萨尔沃报信。克利萨尔沃同他的四个亲戚就隐藏在这条必经之路的附近，路的两旁是密集的树林。卡利诺告诉他们西尔维娅只由我伴着，就快到了，他们应感到高兴，因为命运赐给了他们报仇雪恨的绝好机会。还说虽然西尔维娅是他的亲戚，他将是第一个在她身上试刀的人。五个残忍的刽子手接着做好了开杀戒的准备。那两个无辜的人根本没想过会被人出卖，正在路上走着。当他们走进设伏的地方，背信弃义的凶手立刻冲了出来,把他们围在中间。克利萨尔沃走向莱奥尼达,以为她是西尔维娅,全身怒火中烧,口中骂声不绝,在她身上狠狠地捅了六刀,莱奥尼达倒在了地上。此时,另外四个人把利贝奥认作是我,举刀乱砍,把利贝奥打翻在地。卡利诺看到自己的奸计出乎意料的成功,也不等如何收场就开溜了。那五个凶手得意扬扬,似乎建立了一件了不起的伟业,回到了自己的村子。克利萨尔沃走到西尔维娅家,要亲口告诉西尔维娅的父母刚发生的一切,快去给他们的女儿收尸,让他们更难受、更痛苦。他要说西尔维娅是他杀的,因为她对他的频频好意不屑一顾,却看中他的死敌利桑特罗的虚情假意。西尔维娅听到了克利萨尔沃说的话,心都要碎了,对克利萨尔沃说她还活着,他对她的指责全都无凭无据,要克利萨尔沃明白,但愿他没杀死那个比他自己去死更使他痛苦的人。接着告诉他当晚离开她家的是他的妹妹莱奥尼达,穿着与平时不同的衣服。克利萨尔沃确信已把西尔维娅杀了,见到她还活着大惊失色,提心吊胆地赶回家中又没有找到妹妹。他心乱如麻,怒冲冲地独自前往出事地点。西尔维娅没死,那么死在他手下的是谁呢?就在这一幕发生的时候,我正以从未有过的焦躁等待着卡利诺和莱奥尼达。我发现预定的时刻早已过去而他们还未到来,盘算着迎上去找他们,或弄明白是否因为出了点事他们没法来。沿路没走多远,听到一个痛苦的声音在呼喊:至高无上的主啊!请收起你的惩罚之手,用你的慈悲之手接受我的灵魂。我向你忏悔对你的冒犯。利桑德罗啊,利桑德罗,你把卡利诺当作朋友将使你付出生命,因为,我因你而死给你带来的痛苦将使你不久于人世。唉,无情的哥哥!你也不听我对过错的辩白,立刻就处置我,这可能吗?我从这些言语的声音认出这是莱奥尼达在说话,预感不幸将降临到我的头上。我惶惑万分,摸黑走到浑身是血的莱奥尼达身旁。认出她后我靠在受伤的躯体上,极度痛苦地对她说道:'我的宝贝,这是怎么回事? 是谁不怜惜这花容月貌而下了毒手?'莱奥尼达从这些话中认出了我,艰难地举起软弱的双臂,抱住我的脖子,以全身的力气把她的嘴紧贴在我的嘴上,用微弱的声音对我只说了这些不连贯的话:'我的哥哥杀了我,卡利诺,出卖,利贝奥丧了命,上帝救了你的命。我的利桑德罗,你活下去,愿你幸福,我在另一个世界将消受今世我没得到的安乐。'她把嘴更加压紧我的嘴,闭上双唇,给了我第一个也是最后一个吻。她的嘴唇分开时,灵魂从口中离她而去,莱奥尼达死在了我的怀里。当我发觉时,我扑在冰凉的尸体上,失去了知觉。我活着倒好似死了一般。有谁在这时看到我们,准会想起凄惨的皮拉莫和狄斯蓓①。我苏醒了过来,禁不住放声哭泣。正在这时听到一阵急促的脚步声向我这里逼近。尽管是沉沉黑夜,我的心告诉我来者是克利萨尔沃。我没猜错。他是回来证实他是否真的杀了他的妹妹莱奥尼达。我认识克利萨尔沃,没等他来得及提防,我就像一头发怒的狮子朝他扑去,给了他两刀,把他刺翻在地。在他咽下最后一口气之前把他拖到莱奥尼达身边,在莱奥尼达的手中放上她哥哥杀她的那把刀子,我握着她的手在克利萨尔沃的胸口连捅了三刀。克利萨尔沃的死使我得到了一点安慰。我不多耽搁,将莱奥尼达的尸体放在肩上,走到我亲戚住的村子,告诉他们发生的一切,恳求他们体面地安葬莱奥尼达,其后我就下决心找卡利诺报仇。卡利诺逃离了我们的村镇,我追踪了六个月才在这片树林的边沿找到了他,直到今天才报了仇。卡利诺为他的背信弃义受到了应有的惩

---

① 古罗马诗人奥维德的代表作《变形记》中一篇小说的主人公,这一对恋人最后悲惨地死去。莎士比亚的悲剧《罗密欧与朱丽叶》源出于此。

罚,而我除了违背自己的意愿勉强地活着,还能找谁报仇呢?牧羊人,你听到了我的悲恸,原因就在于此。至于这是否足以使人悲痛欲绝,就听凭你去判断了。"

他不再讲了,接着哭了起来,泪流满面。埃利西奥也跟着掉下泪来,两人一个出于痛苦,一个出于同情。低声叹息了好大一会儿后,埃利西奥开始以能想到的最适当的言词来安慰利桑德罗。尽管从发生的惨剧看来,任何安慰对利桑特罗的痛苦都无济于事,他还是劝道:对已无法挽回的不幸,最好别去想它。莱奥尼达的忠诚和高尚美德使人确信她生活幸运。因此,他首先应为莱奥尼达得到过的幸福而高兴,不必因失去了自己的幸福而痛苦。对此利桑德罗答道:

"我的朋友,我承认你说的很能打动人,足以使我相信这些道理是对的。但是不管是谁,不管他讲什么,都无法给我丝毫安慰。莱奥尼达之死开始了我的不幸,只有当我再见到她时我的不幸才终止,而要做到这些只有在我死后,因此我将把帮助我离开这个世界的人视作我一生中最好的朋友。"

看到利桑德罗对劝慰无动于衷,埃利西奥也不想多说以加重他的痛苦,仅仅请求他一起去自己的小屋,作为朋友很愿意为他效劳,并且他在小屋里愿留多久就可以留多久。利桑德罗表示十分感激,他虽不愿同埃利西奥走,可时间已晚,只得接受。这样两人站了起来,一起走到埃利西奥的小屋,在天亮之前稍稍睡了一会。白色的晨曦迎来了新的一天。埃拉斯特罗起身后开始把埃利西奥和自己的羊群料理停当,准备带往平时放牧的草地。埃利西奥邀请利桑德罗与他同往,这样三个牧羊人赶着驯从的羊群沿小山谷往下走。在上坡时听到一阵柔和的笛声。埃利西奥和埃拉斯特罗立刻听出是伽拉苔亚在吹奏。不一会儿在山坡的顶上出现了几头羔羊，伽拉苔亚跟在羊的后面走了过来。她是如此美丽，任何语言都表达不了对她的赞美。她身穿农家女的服装，长长的秀发随风飘起，阳光照到头发上，非但没有盖过它的光辉，反射回来的光芒犹如一个新的太阳，使得太阳也嫉妒起来。埃拉斯特罗一动不动地望着伽拉苔亚，埃利西奥的目光无法从伽拉苔亚身上移走。伽拉苔亚显露出这天不想与他们为伴，看到埃利西奥和埃拉斯特罗的羊群和自己的羊群汇合在一起，就把她那群的带头羊呼出，其余的羊跟随带头羊，朝着与牧羊人不同的方向赶。埃利西奥看到伽拉苔亚这样做，忍受不了这般显而易见的漠视，走到她面前说道：

"美丽的伽拉苔亚，让你的羊群同我们的在一起吧。要是你不喜欢与我们为伴，你就去找别的人做伴。我生来就是为了替你效劳的，你不在，你的羊羔同样会得到很好的照看，我将关心你的羊群甚于我自己的羊群。请不要如此明显地冷落我，因为我对你怀有的纯洁心愿不该得到这样的回报。根据你走的路线，你是要去皮萨拉水泉，看到我之后便改变了方向。假如真像我猜想的那样，那么请告诉我今天你打算上哪儿去，平时你又在哪里放羊，我发誓今后永不把我的羊群往那里赶。"

"埃利西奥，我向你保证，"伽拉苔亚答道，"我不是为了躲避你或埃拉斯特罗才离开你猜想的那条路。今天我要同我的女友费洛丽莎在棕榈滩一起午间小憩，我们昨天讲好了今天一起去那里放羊，她正等着我呢。我边走边吹笛子，没有留意带头羊走上了平时常去的皮萨拉水泉的路。我谢谢你的心愿和承诺，请务必理会我对你的猜疑所做的解释。"

"唉，伽拉苔亚，"埃利西奥说，"你装得太像了，其实对我似乎毫无必要。说到底，你怎么想我也应该怎么想。去棕榈滩也好，去康塞霍河边的树林、皮萨拉水泉也好,你可以确信不会单身前往,因为我的心总伴随着你。假如你没有看到,那是因为你不想强迫自己去挽救一颗心灵而不愿意看到他。"

对此伽拉苔亚答道:"我至今还从未见到过心灵,假如我没有挽救过任何心灵,那不是我的过错。"

"美丽的伽拉苔亚,你这样说真使我茫然不解,"埃利西奥说道,"你见到过心灵,你没有去治疗而是刺伤了它们。"

"你可得给我证明,"伽拉苔亚反驳道,"像我这样一个手无寸铁的女子怎么去刺伤人呢?"

"啊,机智的伽拉苔亚,"埃利西奥说,"你明明感觉到我心所想,仍在取笑,你是以你的美貌而不是别的利器无形地刺伤了我的心灵。当然,我并不责怪你给我带来的伤痛,也不抱怨你对我的伤痛熟视无睹。"

"假如我真的见到你的伤痛,"伽拉苔亚答道,"我可要责备自己了。"

这时埃拉斯特罗走了过来。见到伽拉苔亚离他们而去,就说道:

"美丽的伽拉苔亚,你去哪儿?你是不是躲着谁?我们都崇拜你,你要是想远离我们,谁在等你呢?唉,你这个冤家对头,你征服了我们的心,却又漫不经心地离去。愿上天别损害我对你的好感,我真想看到你爱上了一个人,他将以你对待我的怨言那样来对待你的怨言。伽拉苔亚,我说的话你觉得可笑吗?你这样做让我伤透了心。"

伽拉苔亚没能回答埃拉斯特罗。她正赶着羊往棕榈滩方向走,从远处向他们点头道别,离开了他们。现在她独自一人,在到达她的女友费洛丽莎等她的地方之前,她用上天赐予她的优美嗓音唱起了一首十四行诗：

伽拉苔亚　爱情之火焰、套索、冰块、羽箭，
　　　　　它们燃激情，织情网，令人寒心受创伤；
　　　　　我的心不需要这样的火焰，
　　　　　也不喜爱这类套索。

　　　　　不管你燃烧、捆绑、冰冻、使人夭亡，
　　　　　随心所欲地滥施淫威，
　　　　　可别期望因箭头、冰雪或绳网
　　　　　能用烈火软化我的意志。

　　　　　我纯洁无瑕的内心将使火焰降温，
　　　　　我用力量或机智摆脱套索，
　　　　　我奔放的热情使雪花融化，

　　　　　我的信念使羽箭变钝，
　　　　　因此我不惧怕
　　　　　爱情之火焰、套索、箭头、冰块。

　　　伽拉苔亚的柔和歌声和甜蜜谐音可让树木弯枝，石头移步，猛兽俯首，如同阿波罗①、俄耳甫斯和安菲翁②。他们无须人间巧匠

---

①　希腊文化的守护神，一说即太阳神，也是音乐之神。
②　安菲翁是宙斯与忒拜公主安提俄珀的儿子，是弹奏竖琴的圣手。他同孪生兄弟仄忒斯决定在忒拜四周修筑城墙，他们弹起竖琴，石头随着神奇的琴声自动将城墙砌成。

的双手,弹起竖琴、九弦琴和乐琴,特洛伊和忒拜的城墙就平地而
起。她走到费洛丽莎那里时刚好把歌唱完。她把费洛丽莎视作真
正的朋友,心里话都向她诉说。费洛丽莎高兴地吻了伽拉苔亚的
面颊,两人然后散开羊群,任凭它们无拘无束地咀嚼翠绿的青草。
一条清澈的小溪,流水潺潺而过,吸引她们去洗一洗自己漂亮的
脸。她们无须像大城市的贵妇人那样,靠梳理打扮,折磨自己的脸
蛋去争妍斗艳。溪水洗脸之后,她们是如此光彩夺目,同刚才相
比,除了同样的俏丽,由于手指频频掠过面庞使两颊微微泛红,增
添了一种说不出的魅力,尤其是在伽拉苔亚脸上汇集了美惠三女
神①的绝世天姿。这三位女神在古希腊人的画中被绘成裸体少
女,意在显示她们是美的化身。接着,她们开始采摘绿色草地上的
各种花朵,想编个花环束住披在肩上的散发。正当她们忙于摘花
时,忽然看到从小溪下游来了一个窈窕的牧羊姑娘,她的秀丽令人
赞叹不已。看上去她不像是本村或邻近村庄的,于是她们仔细地
瞧着她。只见她走走停停,正朝着她们走来,不时抬头仰望天空,
发出来自内心深处的痛苦叹息,与此同时还扭着自己白净的双手,
脸上滚下珍珠般的泪水。她完全被沉思所淹没,离她们那么近了
还视而不见,要不是后来两人跑上前去,她根本不会看见她们。伽
拉苔亚和费洛丽莎从牧羊姑娘极度悲伤的神情,猜到她的心正深
受痛苦的煎熬。她们想知道接下去会发生什么事,便躲到了茂密
的爱神木树丛后面,从那里她们以好奇的目光盯着牧羊姑娘。看
她走到小溪旁,停下来出神地望着流动的溪水,然后像一个疲倦不
堪的人倒在小溪边上,继而伸出一只秀丽的手,舀起纯净的溪水擦
洗湿润的眼睛,接下来用低弱的声音说道:

―――――――――

　①　希腊神话中司美貌、温雅和欢乐的三位女神。

"清凉的水啊！……你的透冷又怎能平息我胸中感受的烈火！我不期望从你，从大洋神俄刻阿诺斯①众多的子孙那里得到我寻求的灵药，因为对折磨我的火焰来说，只好比在锻炉里浇上一小杯水，只会让火苗烧得更旺。啊，可悲的眼睛！我的不幸因你而起。我怎么只看到华丽外表而落到这种下场！命运啊，你是我安逸的敌人，你在顷刻之间把我从幸运的顶峰推入如今所处的凄惨深渊！我残忍的妹妹，为什么谦恭而多情的阿尔蒂多罗没能缓解你冷酷的愤怒？他对你说了什么话竟然使你做出如此粗鲁而残酷的回答？妹妹啊，看来你并不像我那样了解他。假如你真的了解他，你肯定会像他对你那样温良谦恭。"

牧羊姑娘流着眼泪诉说的一切，打动着每一个倾听她的人。过了好一会儿，那颗悲哀的心恢复了平静。她记起一首古老的民谣，在溪水缓缓流动的响声的伴奏下，用圆润优美的嗓子唱了起来：

> 希望化为了泡影，
> 给我留下唯一的安慰。
> 时间在飞逝，
> 陪伴我奔向生命的终极。

> 爱情有两件事
> 令人欣喜：
> 对美好的憧憬

---

① 希腊神话中的大洋神，生子三千为河神，生女三千为水神，平时住在水晶宫中。

和对未来的希望，
在忧虑中给人以勇气。
它们寄寓在我心中，
而我却看不到它们。
如今我柔肠百转，
因为憧憬已云消雾散，
希望化为了泡影。

　　如果说希望日趋渺茫，
憧憬便随之消退；
而于我似正相反，
当希望渐渐幻灭，
憧憬竟越发强烈。
在爱的领地
瞻前顾后未必可取；
不幸连连向我袭来，
创伤阵阵刺痛我，
给我留下唯一的安慰。

　　幸运刚降临
我的精神上，
上天与命运
轻轻一拨，
从我心中夺走了他；
是否有人同情
我如此凄惨的遭遇，

不幸像影子不离身，

幸运擦肩而过，

时间在飞逝。

如我这般终日哀伤，

有谁能免于

香消玉殒？

因在这哀伤之中，

喜悦无处容身，

忧虑却常驻长留。

尽管我的好运

如此短暂，

然而给我留下了希望，

陪伴我奔向生命的终极。

牧羊姑娘的歌唱完了，可是使歌声庄严肃穆的眼泪并没停止。伽拉苔亚和费洛丽莎被悲伤的眼泪深深打动，从躲藏的地方走出来，亲热有礼地向伤心的牧羊姑娘问候，对她说道：

"漂亮的姑娘，愿上天恩准你的祈求，让你如愿以偿。要是你不生气的话，请告诉我们，是什么风把你吹到了这片土地？我们在这一带从未见过你。刚才听了你的话，你的歌吟，知道你心事重重，你湿润与美丽的眼睛暗示你流过泪。出于人之常情，我们应该尽力让你高兴起来，要是你的痛苦实在无法安慰，至少你要知道我们愿为你效劳的一片好意。"

"美丽的姑娘，"外来牧羊女答道，"你们这番情意我不知如何报答，然而我十分看重并心领了，你们想知道我的遭遇我无法拒绝,但是我最好避而不谈自己的往事,怕说了你们会认为我是一个轻佻的女子。"

"漂亮的姑娘,"伽拉苔亚说,"从你的容貌和优雅的举止足见上天赐给你的不是缺乏理智的头脑,会使你干出说了后有损于名誉之事。你的目光和不多的言语给了我们这个印象,我们看你是个稳重的人。告诉我们你的身世,正好借此显示你遇事不失谨慎。"

"我相信自己行事有分寸,"牧羊女说,"要不是命运让我经受了远比眼前痛苦更深重的打击。我十分清楚我的痛苦远远盖过了我的理智,在痛苦面前我一筹莫展,不知怎样从中解脱。美丽的姑娘,假如你们真要我讲,我就尽可能简短地叙说我的不幸。你们认为我聪明理智,可是我的不幸正因此而起,并胜过了理智。"

"谨慎的姑娘,再没有比我们所求——说说你的遭遇——更能满足我们的愿望了。"费洛丽莎说道。

"那么让我们离开这儿,找一个别人瞧不见又不受打扰的地方。"牧羊女说,"我有点后悔刚才答应了你们,因为我猜想,要是你们并未患上与我相同的毛病,一旦你们了解了我的内心,只会改变你们对我的好感。"

她们都希望诺言尽快兑现,便站起来,到了一个伽拉苔亚和费洛丽莎知道的既隐蔽又僻静的地方。她们三人坐到爱神木树冠的舒适的阴影下,谁也瞧不见她们。接着外来的牧羊姑娘以优美的仪态开始说了起来:

"我出生在有名的埃纳雷斯河畔,这条河常年不断地向你们美好的塔霍河奉献着凉爽喜人的流水①。我在那里长大,虽然家

---

① 埃纳雷斯河全长 120 公里,流入塔霍河的支流哈拉马河。

境清寒,但也不是村里最穷的。我的父母都是农民,靠耕作为生。我有一群温顺的绵羊,放养在村里公有的牧场上。对命运的安排我心满意足,只关心给绵羊找寻丰盛的牧草和清凉的水流,再没比看到羊群头数增加更使我高兴的事了,除了与放牧有关的,我没有也不可能再想别的什么。树林是我的伙伴,在密林深处,鸟儿优美动人的鸣叫常使我禁不住畅喉欢唱,当然这歌声中丝毫不夹杂恋人们的叹息或情意。有多少次,仅仅为了让自己高兴与消磨时间,我从一条河走到另一条河,从一个山谷走到另一个山谷,采集白色的百合,紫色的铃兰,金黄的玫瑰,芬芳的石竹,把散发不同芳香的花朵扎成一个花环来装饰或束住我的头发,然后,在清澈平缓的溪水中我看着自己的倒影,那份喜悦拿什么我也不换。有几个姑娘流着伤心的眼泪向我吐露深藏心头的相思,想从我那里多少得到些安慰,又有多少次,我嘲笑了她们。现在我还记得,一天有个女友来找我,她双臂围住了我的脖子,脸贴着我的脸,泪如泉涌地对我说道:'啊,特奥琳达——这就是我这个不幸人的名字,我的好姐妹!爱神一点也不顾及我的心愿,对我毫不在意,我想我快要死了。'看到她这副失态的样子我惊讶不已,以为发生了巨大的不幸,一定是羊群得了瘟疫,要不她的父亲或兄弟死了。我用衬衣的袖子擦去她的眼泪,恳求她告诉我是什么不幸使她如此悲伤。她仍流着泪,不停地抽泣道:'特奥琳达啊,我们村牧民头的儿子,那个我爱他胜过爱自己眼睛的人,一声不吭地离开了我。今天早上我发现,我送给那薄情人欧亨尼奥的红色丝带在大总管利萨尔科的女儿莱奥卡迪娅手中,由此我猜疑他同莱奥卡迪娅的私情得到了证实,你想,难道还有更大的不幸吗?'当我明白了她的苦痛,朋友们,我向你们发誓,我禁不住笑了出来。我对她说道:'莉迪娅——那个不幸的人就叫这名字,从你的痛苦表情看,我真以为你受到了别的更大的伤害,但是现在我相信,你们这些自命一往情深的姑娘居然去理会这样的琐事,实在太无聊了。我的朋友莉迪娅,请告诉我,莱奥卡迪娅手中的一条红色丝带,且不说是不是欧亨尼奥送的,居然使你痛苦万分,这值得吗?还是多关心自己的名声,关心羊群喜爱的牧草为好,不要去管那些爱情的是非曲直,因为据我看,这只会有损于我们的名声,扰乱我们的安宁。'莉迪娅从我富有同情心的口中听到与她希望完全相反的话,低下了头,泪珠扑簌簌往下掉,哭得更厉害了。她从我这儿离去,走不多远,回过头来对我说道:'特奥琳达,我祈求上帝,很快让你像我一样坠入情网,当你向人倾诉爱情带来的痛苦时,得到的回答也将是今天你对我说的这番话。'说完她就走了,而我站在原地,笑她的胡言乱语。可是,唉,我真不幸,她的咒语一点一点地在我身上应验,即使现在,我仍担心我倾诉的痛苦旁人不会理解。"

对此,伽拉苔亚答道:"谨慎的特奥琳达,你将得到我们对你的悲痛寄予的同情。但愿上帝助你摆脱痛苦,消除对我们的疑虑。"

"和蔼可亲的牧羊姑娘,你们美丽的外表和愉快的谈话,"特奥琳达道,"给了我这种希望,可是我短暂的幸福又迫使我朝另一方面想。不管怎样,接下去我就把答应过的讲给你们听。我刚才说了,在自由自在的放牧中我的生活十分愉快平静,心满意足再无所求,直到好报复的爱神紧紧地抓住我,把我变成了他的奴隶还嫌不够,还不满足。一天——要不是时机破坏了我的欢乐,可能这天是我一生中最幸福的日子,我同村里的姑娘们一起去砍伐和收集树枝,采摘高莎草、鲜花和绿色的香蒲,为第二天全村居民传统的盛大节日装饰村里的教堂和街道。在村子与小河之间有一片令人心旷神怡的树林,我们经过那里时,一群可爱的牧羊人正在树木的绿荫下度过炎热的正午。他们一见到我们就把我们认了出来，因为他们之中有的是我们的表哥，有的是兄弟或亲戚。他们迎了上来，得知我们的打算后，彬彬有礼地劝阻并不让我们再往前走，由他们抽几个人把我们要的树枝、鲜花弄来。我们拗不过他们的一再恳求，只得同意让他们去干。于是六个小伙子拿着镰刀高高兴兴地出发，去带回我们寻求的绿色战利品。同时，我们六个人走到其他牧羊人所在的地方，受到他们殷勤有礼的欢迎，特别是其中有个我们谁也不认识的外来牧羊人，风度翩翩，神采奕奕，看到他我们都很惊讶。可我不但惊讶而且是一见钟情。我不知怎样对你们说，我的眼睛看着他，觉得我的心在融化，流动在全身每一根血管里的冷漠开始沸腾。也不知为什么，看着这个不相识的牧羊人的英俊面孔，我喜悦异常。这时，从未经历过爱情的我明白这是爱神在向我袭击，然后，让我向爱神痛苦呻吟的时机将来临。总之，我变得像现在这样，尽管比现在多一份自负，我败在了爱神手里，我恋爱了。唉，那时我有好几次真想走到也在场的莉迪娅身边，对她说：'我的好姐妹莉迪娅，原谅我那天说话生硬。我要告诉你，我现在正经受着比你诉说的更厉害的痛苦。'有一件事让我感到惊奇，或许是由于所有在场的人都把目光转到外来牧人身上，谁也没有因我脸部表情的变化而发现我内心的秘密。他们请求他把我们到来之前正在唱的歌唱完，而他没等多请，已唱了起来。歌声是那么的美妙迷人，把听的人全都深深地吸引住了。此时我已把自己完全托付给了爱神，生活中的其他任何事情似乎对我已无关紧要。在所有人中，我最全神贯注地倾听他咏唱的悦耳曲调，同时也不错过歌中的每一诗句，因为爱神已使我方寸大乱。假如他的歌中唱到爱情，我听了定会黯然神伤，会去猜想我的心思或许同他不一样，他心中已另有所爱。幸好他唱的是对放牧与乡间宁静生活的赞美以及一些保护牲畜的经验之谈,我听了不免有点高兴,因为我觉得恋爱中的牧人要唱就唱他们的爱情,对真正的恋人来说,除了颂扬与赞美他们的悲痛和喜悦的源头,把时间花在其他地方都是浪费。你们看,朋友们,在短短的时间里我已成了爱情学校的教师。牧羊人刚唱完,去砍树枝的人回来了,远远望去,就像一座小山连着枝叶茂盛的树木在移动。六个人走到我们跟前,润了润喉,一人问众人答,唱起了一首诙谐的民歌。他们显得非常高兴,不时发出欢乐的叫喊声。我真不愿他们这么快就兴冲冲地回来,打断了我看着外来牧羊人从心底浮起的美好感受。他们卸下了绿色的树枝,这时我们看到他们每人的手臂上都挂着一个各色花朵编成的鲜艳花环。他们说着滑稽可笑的献词,给我们每人送上一个花环,并自告奋勇地要帮我们把树枝背回村。我们谢过了他们的好意,高高兴兴地正准备转身回家,这时,一位年老牧人埃雷乌科对我们说道:'美丽的牧羊姑娘,你们怎样报答我们的小伙子呢?你们带回去的够多了,还是把花环留下来吧,但是有一个条件:你们想留给谁,必须亲手把花环给他。''要是就这么一点要求,我很乐意满足你们。'我们中的一个回答道,说完,双手拿着花环,把它套到了她的英俊的表哥头上。其他的姑娘也跟着她做,把花环给了自己在场的亲戚,最后只剩下我了。在场人中无一是我的亲戚,我落落大方地走近外来牧羊人,把花环戴在他的头上,说:'能干的牧人,我给你戴上花环,一是因为你愉快的歌声给我们大家带来了欢乐,二是敬重外来人历来是我们村的习俗。'周围的人看到我这样做都表示赞许,但是,我怎么向你们讲述当时我的心情呢?看到自己同那个夺走了我的心的人那么近,除了爱他,能够像给他头上戴花环那样,用双臂紧紧搂住他的脖子,我什么都可以不要。牧羊人低下头,用得体的言辞感谢我送他的礼物。在向我告别时,他寻找机会避过了众人的眼睛,低声说道:'美丽的牧羊姑娘,我已经以比你想象的更昂贵的代价报答了你送我的花环。如果你知道如何估价自己的魅力,你会明白该是你欠我的了。'我正想反驳他,不料我的伙伴们催着要走,使我没能这样做。我回到了村里。连我自己也感到吃惊的是心情同出发时迥然不同。我讨厌有人在身旁,任何与我的牧羊人无关的意念一闪入我的脑中立即就被驱走,好似这些意念不配在满是爱情的头脑里存在。我不知道在短短的时间里我是怎样变成了另一个人,因为我活着不是为自己而是为阿尔蒂多罗——我的心的另一半就叫这个名字。不管我的眼睛转向何方,似乎都见到他的身影;不管听到什么,耳边总响起他柔和的歌声;除非他希望,在生活的道路上见不到他我一步也不迈;我食不甘味,手足无措,总之,我全身的感觉都变了,往常的美感在我的心上已引不起反应。就这样,我在观察自己身上显现的新特奥琳达与欣赏深深印在我心头的牧羊人的风采中,度过了庆典开始之前的整个白天和晚上。隆重的庆典在我们村子里的全体村民和邻近村子的客人们的热烈欢呼和掌声中到来。教堂里举行了祭礼和其他仪式,之后,村里的人都聚集到位于教堂前面的开阔广场上,在四棵枝叶繁茂的古老杨树下围起了一个圈,让本村和外来青年以有关放牧活动的竞赛来欢庆节日。接着,广场中出现了一群勇敢英俊的小伙子,他们兴高采烈,急于显耀自己的青春活力和技艺,开始了各种有趣的比赛:投掷沉重的铁棒,以奇特的跳跃卖弄自己的灵巧,在扭成一团的摔跤中表现出力量与机智,在长跑中显示双腿的飞速。每个人都想在所有项目中表现一番,获得村里的牧民头们为比赛的优胜者设立的众多奖品中的一等奖。但是在这些比赛和另外好多我没提到的比赛中,到场的本村和邻村青年没有哪一个比得上我的阿尔蒂多罗。他想成为晚会中最显眼的人,给晚会增添欢乐,包揽所有比赛的优胜。姑娘们,他是那样的英武超群,博得了众口一词的赞扬。我的心在激荡,想到我没看错眼,一股从未有过的快意在我胸中升起。可是,阿尔蒂多罗是外来人,马上要离开我们的村子。如果他就这样走了,并不知道带走了我的心,我将会怎么样呢?我除了向自己,还能向谁倾吐衷肠来减轻我的痛苦呢?想到这些,我的心越来越沉重。这时,晚会和庆祝活动结束了,阿尔蒂多罗准备同他的牧人朋友告别。他们说庆典要持续八天,并一致请求,要是没有更使他高兴的事要办,就留下来同他们一道愉快地度过节日。'可爱的牧羊人,'阿尔蒂多罗答道,'再没有比同你们在一起和为你们效劳更让我高兴了,我只是要寻找我的弟弟,他已经几天没回家了,不过我将满足你们的愿望,留下来对我也有好处。'大家对他决定不走很满意,向他道了谢。可是最满意的是我,在八天里准有机会向他表露已不再能掩饰的心事。我们这些姑娘们几乎整夜在跳舞、玩耍,议论白天牧人们进行的各项竞赛:'福拉诺舞跳得比苏塔诺强多了,好就好在他的组合步;明戈摔倒了布拉斯,可他没有布拉斯跑得快。'说到最后,大家都同意那个外来牧羊人阿尔蒂多罗比谁都行,人人都夸奖他特有的风采。听了这些赞美的话,我心底里乐滋滋的。节日后的第一天清晨来临了。凉爽的朝霞照在露珠上,闪耀出五光十色。太阳开始从邻近的山峰露出头来。这时,我们这十多个村里最引人注目的姑娘已聚在一起,手拉着手,在风笛和笛子的乐声中翩翩起舞。此后我们出了村,来到不远的一片草地上,跳起了令人眼花缭乱的舞蹈,想让所有的人都看个够。直到此时,幸运之神一直陪伴着我。她让村里的牧羊人在此之前已全都汇集在这片草地上,阿尔蒂多罗也在其中。他们见到我们后,按我们的笛子的节拍击打起他们的长鼓,用同样的舞蹈及旋律前来迎接我们。他们蜂拥而来,穿插在我们中间,变换了乐曲,变换了舞蹈,使得我们每人不得不同牧羊人成对共舞。幸运的是我刚巧同阿尔蒂多罗配对。朋友们,我真不知道怎样向你们讲述我当时的心情:我不知所措,舞步大乱,阿尔蒂多罗乘机紧紧地扶着我,他要是松开手,和谐的舞蹈准会乱了套。我找了个机会对阿尔蒂多罗说:'阿尔蒂多罗,你把我的手捏得太紧了,它哪里得罪了你?'他用别人都听不到的声音答道:'那么,我的心又有什么过错,你就这样伤害它呢?'我温和地说道:'我受到的伤害是显而易见的;至于你的伤害,我没有看到,也没人能看到。'阿尔蒂多罗反驳道:'伤害就在这里,那是你的目光刺伤了我,该由你来治好它。'这时,舞曲终了,我们的争辩也就此结束。阿尔蒂多罗的这番话让我高兴,也使我陷入沉思:虽然我认为是爱情的表示,可不敢肯定究竟是不是爱情。牧人们和姑娘们在绿色的草地上坐了下来,在跳舞之后略为休息一下。年老的埃雷乌科在另一个牧人的笛子的伴奏下弹起了三弦琴。他请阿尔蒂多罗唱一曲,因为上天给了他一副好嗓子,该他第一个唱,不让他表演有失情理。阿尔蒂多罗谢过埃雷乌科对他的赞扬,开始唱了起来。我对阿尔蒂多罗刚才的话正半信半疑,所以我竭力记下他的唱词,至今还没忘掉。这些词你们听了会不耐烦,可我想让你们一点不漏地了解爱情怎样使我落到今天的不幸境地。他唱的歌词是:

> 生活中没有爱情,
> 人活着犹如死了。
> 在阴沉的黑夜之中,
> 永不见曙光来临,
> 不知欣喜与欢笑,
> 唯有阵阵凄然哭泣。

要是白天的时时刻刻，
已不闻哀伤的哭泣，
又不容爱情的甜蜜欢笑，
那么最欢腾的生活，
除了是短暂黑夜的幻影
或死亡的虚像,还会是什么呢?

哪里有温柔的爱情,哪里就有欢笑,
失去了爱情,生命即刻终止。
泪水替代了甜美的欣喜,
阳光明媚的恬静白昼
成了永恒的黑夜,
没有爱情的生活是痛苦与死亡。

死亡的严峻时刻
吓不退坠入情网的人,
在泰然度过最后的夜晚后,
他等待着把自己的生命
献给爱情的烈火和甜蜜的泪水,
面带笑容迎接死亡的来临。

爱情的泪水并非泪水,
且死亡不该称为死亡,
那最后的夜晚更不该冠以夜晚;
他的笑容无疑是真正的笑容,

他的一生并不虚度，
为的是欢庆那幸运的日子。

啊！这一天我是多么幸运，
从此可终止悲痛的哭泣，
并愉快地把自己托付给能重新赋予
我生命的人，否则就让我死去。
但是我期望得到的微笑脸庞，
它的光彩胜过太阳，能将白天换成黑夜。
爱情已驱走阴暗的黑夜迎来明亮的白天，
欢笑替代了我的放声哭泣，
我告别死亡从此长留人间。

"美丽的姑娘，这些就是那天我们听到阿尔蒂多罗十分潇洒又异常高兴地咏唱的诗句。从这些诗句及以前他对我说的话里，我寻思，也许我的目光在阿尔蒂多罗的胸中激起了新的爱情火花。我的猜疑并不枉然。在我们回到村子后他的行动证实了我的猜疑。"

特奥琳达正讲到这里，姑娘们忽闻牧人们的高喊声及牧羊犬的吠声。于是停下已开始的故事，透过树枝观望。只见她们右边有一片绿色草地，一群牧羊犬正紧追着一只惊慌的野兔，野兔为了脱身拼命地朝牧羊姑娘们所在的树丛奔来，一转眼就径直到了伽拉苔亚的身旁。疲于奔命而有幸死里逃生的兔子，终于支撑不住，好似死去一般倒在了地上。牧羊犬顺着气息和踪迹追寻而至，也到了姑娘们的身边。但是伽拉苔亚似乎觉得不该对有求于她的野兔撒手不管，便把弱小的野兔抱在怀中，不让那些贪婪的牧羊犬的报复意图得逞。不一会，在野兔和牧羊犬之后，几个牧羊人接踵而来,其中有伽拉苔亚的父亲。为表示对他的尊敬,她和费洛丽莎、特奥琳达一起走出来以应有的礼貌迎上前去。他和其他牧羊人惊讶特奥琳达长得如此美丽,很想知道这位一望便知的外来人是谁。伽拉苔亚和费洛丽莎对他们的到来可并不怎么高兴,因为打断了她们听完特奥琳达爱情故事的兴致。她俩恳求特奥琳达,要是不影响她原先的打算的话,能否留下来同她们一起待上几天。

"在看到我的心愿了却之前,"特奥琳达答道,"在这河畔暂留几天并无不妥,此外,为了不让我已讲了一半的故事没有结局,我将听从你们的安排。"

伽拉苔亚和费洛丽莎拥抱了特奥琳达,再次向她表示了姐妹情谊和愿尽力帮助她。此时,伽拉苔亚的父亲和牧羊人已把他们的外套铺在水流清澈的河边,从皮囊中取出食物,邀请伽拉苔亚和她的同伴们同他们一起进餐。她们接受了邀请,坐了下来。天空已白日高照,她们也有点饿了,就赶快吃了起来。为了打发时间,牧人们讲了一个又一个故事,不知不觉到了往常该回村的时候。伽拉苔亚和费洛丽莎将放牧的羊赶到一块,同特奥琳达和牧羊人一起慢慢地往回走。过了当天早晨遇见埃利西奥的那个山坡,他们听到莱尼奥的笛声,他是个心中从不容纳爱情的牧羊人,倒生活得心满意足。每当牧羊人聚在一起,只要他在,闲聊中他总是嘲讽爱神和那些恋人们,他唱的歌也尽是这些内容。正因为他的行为与众不同,整个地区的牧羊人都知道他:有的讨厌他,有的敬重他。伽拉苔亚和同她一起走来的人停了下来,想听听莱尼奥是否如平时那样要唱些什么。接着看到莱尼奥把笛子交给同伴,和着笛声唱了起来:

莱尼奥　在虚无乱杂的头脑中,
　　　　记忆培育着一个疯狂、高傲的幽灵,
　　　　它什么也不是,

无源、无形、无体。

一种随风消失的希望，
一种被当作欢乐的痛苦，
一个没有白天的惶惑黑夜，
一个我们理智的天大过失，

这个自古闻名的怪物，
在尘世被称作爱情，
正产生于这样的沃土。

沉迷于爱情的灵魂，
理应从人间驱走，
愿天国不予收留。

　　就在你们听莱尼奥咏唱的时候，埃利西奥和埃拉斯特罗在受人敬重的利桑德罗的陪伴下赶着羊群来到了。埃利西奥似乎觉得，莱尼奥如此辱骂爱情，除了抒发他的那套阔论，是想当面指出埃利西奥已误入歧途，于是就循着莱尼奥的诗意——此时伽拉苔亚、费洛丽莎、特奥琳达和其他牧羊人也到了——在埃拉斯特罗的笛声中唱了起来：

埃利西奥　　生活在大地上的人中，
　　　　　　谁的心对爱情冷若冰霜，
　　　　　　但愿他被逐出天国，
　　　　　　人世间也容不下他。

爱情是真正的美德，
它同其他美德相比，
十分相似，同样高尚，
为上帝所容许；
谁出于嫉妒，
将爱情拒之门外，
但愿他被逐出天国，
人世间也护不了他。

漂亮的脸容和形体，
尽管不能永葆青春，
可却是神的美貌的
化身和标志；
谁不爱世上的美貌，
还将它打翻在地，
但愿他被逐出天国，
人世间也容不下他。

自发的纯正爱情，
远离形形色色的干扰，
它如同阿波罗的光芒
惠及人间四方。
谁掉入了爱河
却又对爱情疑虑重重，
该不让他见到天空，
愿大地将他吞没。

　　　　　爱情的德望无所不在，
　　　　　这已是人所共知，
　　　　　它使人弃恶从善，
　　　　　善者更贤；
　　　　　在这磊落的爱情之争中，
　　　　　谁对此出言不逊，
　　　　　不该再见到天空，
　　　　　也不必活在人世。

　　　　　在诚实的人身上
　　　　　爱情永恒久远；
　　　　　那种见异思迁的恋意，
　　　　　只是欲念而非爱情。
　　　　　谁刻意冷落爱情，
　　　　　还迟迟不离去，
　　　　　愿他受上天惩罚，
　　　　　死后无葬身之地。

　　那些多情的牧羊人看到埃利西奥如此完美的辩解好不高兴。但是莱尼奥对自己的看法仍坚定不移。他准备再唱起来，以证明埃利西奥的那一番道理丝毫掩盖不了在他看来再也清楚不过的真理。就在这时，伽拉苔亚的父亲，人们称为"备受尊敬的"奥雷里奥对他说：

　　"机敏的莱尼奥，别急于现在就用歌声向我们表示你的独到之见。这儿离村子不远了，我觉得你要反驳那许多与你见解相左的议论需要更充裕的时间。把你的道理留到更合适的场合，挑一个日子，你和埃利西奥及其他牧羊人一起到皮萨拉水泉或棕榈滩,在那里你们可以在更舒适平静的气氛中争论和阐明各自的不同见解。"

"埃利西奥要说的是见解,"莱尼奥答道,"而我要说的是已得到证实的科学,它是与真理同在的,因此我现在和将来都坚信不疑。当然,正如你所说,更合适的时机有的是。"

"我很愿意这样做,"埃利西奥说道,"我的朋友莱尼奥,我感到痛心的是像你这样极度聪明的人,没人能胜过你;纯洁真诚的爱情也是如此,而你却是爱情的死敌。"

"噢,埃利西奥!"莱尼奥反驳道,"要是你想用做作虚假的言语使我改变主意,那你可错了。假如我变了,我就不能算作男子汉。"

"明明错了还执迷不悟,反以为正确而坚持,太不幸了。"埃利西奥说,"我常听老人们说,聪明人迷途知返。"

"当我觉得我的想法不正确时,我不会拒绝这样做,"莱尼奥答道,"但现在经验和理智并未显示出至今我坚持的有何不当,我相信自己的意见正确就像相信你的意见谬误一样。"

"假如要惩处与爱情唱反调的人,"埃拉斯特罗插话道,"我的朋友莱尼奥,从现在起我真的要开始砍柴积薪,用来烧死你这个与爱情高唱反调的死敌。"

"埃拉斯特罗,你是站在爱情一边的。我不看别的,要是我看到你也在追随爱情,"莱尼奥答道,"仅此一事足以让我的千百张嘴——假如我真有的话——齐声讨伐爱情。"

"莱尼奥,依你看,"埃拉斯特罗反问道,"我就不宜谈情说爱了?"

"我以为,"莱尼奥回答道,"像你这般品德和智力的人,最好自己照管好自己,因为一个瘸子稍有磕绊即会跌倒在地,一个思维简单的人略为不慎就会晕头转向。你们勇敢首领的那些追随者在我看来,并不是世界上最聪明的人。要是他们是聪明人的话,他们一坠入情网就不再是了。"

埃拉斯特罗听了莱尼奥的话十分恼怒,随即说道:

"莱尼奥,我以为该用别的,而不是言语来惩罚你的那些胡言乱语。我希望有朝一日你将为今天所说的付出代价,到时你再辩解,说得天花乱坠也没用。"

"埃拉斯特罗,如果我把你看作既勇敢又多情的人,你的威胁一定使我害怕。但是我知道你勇敢不足多情有余,所以你的威胁我非但不怕,反而让我感到可笑。"

这时,埃拉斯特罗已忍耐不住,他的舌头因愤怒已不听使唤,要不是利桑德罗和埃利西奥拦住,埃拉斯特罗已对莱尼奥动手了。所有的人都兴致勃勃地目睹了这场牧羊人之间的有趣争吵。埃拉斯特罗仍愤愤不平,只得由伽拉苔亚的父亲出面让埃拉斯特罗和莱尼奥言归于好,而埃拉斯特罗要不是出于对自己意中人的父亲的尊敬,那么说什么也不干。问题解决以后,他们全都高高兴兴地向村子走去。快到村子时,美丽的费洛丽莎在伽拉苔亚的笛声中唱起了下面的十四行诗:

费洛丽莎　　在茂密的树林里和绿色的草地上,

　　　　　　在炎热的盛夏和冰冻的寒冬,

　　　　　　不乏翠绿的牧草和清凉的流水,

　　　　　　哺育我可爱的羊羔长大。

　　　　　　在放牧生活之中,

　　　　　　时间犹如在梦境中度过,

　　　　　　从未因爱情心烦意乱,

　　　　　　也不受琐事的困扰。

> 这位把爱情捧上了天，
>
> 那位却播扬对爱情小心提防，
>
> 我不知这二人是否都无可救药，
>
> 更不知给谁戴上胜利的花冠；
>
> 唯明察在众多受爱情召唤的人中，
>
> 被爱情选中者寥寥可数。

费洛丽莎的动人歌喉使牧人们入迷和兴奋，路也似乎变短了。快到村子，走近埃利西奥和埃拉斯特罗的草屋时费洛丽莎的歌声才停下来。他们同利桑德罗在进屋之前先向备受尊敬的奥雷里奥告别，向伽拉苔亚和费洛丽莎告别，她们两人同特奥琳达一起回了村，接着又同其他牧人们道别，这些牧人的草屋就在附近。当天晚上，心灰意懒的利桑德罗请求埃利西奥同意他返回家乡或者去其他别的地方，以根据自己的愿望度过他自认为已所余无几的有生之年。埃利西奥尽管用他想得到的种种理由和做出种种友谊的表示，希望利桑德罗留下，哪怕再待上几天也行，可怎么劝说也无用。于是，这个不幸的牧羊人在哭泣和叹息声中拥抱着埃利西奥，向他告别，并答应不论到什么地方都会给他捎来口信。埃利西奥把利桑德罗直送到离草屋半莱瓜远，两人再次紧紧拥抱，重又相互许了好多愿才分手。看着利桑德罗伤心地走了，埃利西奥十分难受。他回自己的草屋去，在爱情的痴想中度过夜晚，等待第二天的来临，那时又可享受见到伽拉苔亚给他带来的喜悦。再说伽拉苔亚回到村子后，渴望知道特奥琳达的爱情结局如何，设法在那天晚上让费洛丽莎、特奥琳达和她三个人待在一起。那位坠入情网的牧羊姑娘见一切安排甚为合意，就继续讲她的故事。后事如何，请看第二章。

第 二 章

那天晚上,她们照管好了羊群,空闲之时想同特奥琳达一起躲到一个不受任何人打扰的地方去,听完那还没有结束的爱情故事。这样她们来到了伽拉苔亚家的一个小花园里,三个人围坐在一个绿色葡萄架下。网形的葡萄架用木条错综复杂地交织而成。特奥琳达重复了几句她已经讲过的话,继续说道:

"在我们跳完了舞,阿尔蒂多罗唱完歌——正如我已同你们讲的,美丽的牧羊姑娘——之后,对我们所有的人来说,似乎该回到村里去,在神殿中进行庄严的祭神活动了。在我们看来,庄严的节目并非必须凝神专注,因而在某种程度上,人们更可以自由自在地消遣娱乐。为此所有的牧羊人乱哄哄地成群结伴,高兴而又欢快地走向村子,每个人和自己最喜欢的人讲着话。受命运及我的爱慕之情和阿尔蒂多罗请求的差遣,我们俩毫无拘泥地走到了一起。这样在那条路上,如果不虑及对自己和另一方应有的尊重的话,我们可以不受拘束地倾吐真情。

"最后,如通常所说的,为了打破沉默,我对他说:'阿尔蒂多罗,你在我们村子里的日子对你来说,过得度日如年。因为在你自己的村子里,应该有使你更喜欢的事情要做。'

"'在我生命中我能期待的一切已经改变了,'阿尔蒂多罗回答说,'因为我应该待在这里的日子不是几年而是几个世纪,因此

在结束这里的日子之后,我不期待有使我更满意的其他日子。'

"'在几天的节日中,你真的感受了那么多?'我问道。

"'原因不在节日,'他回答,'而在于欣赏到你们这个村子里牧羊姑娘的美貌。''那么,在你的村子里漂亮的牧羊姑娘一定不多见。'我说道。'说真的,那边是不少,'他回答说,'但是这里太多了。那边众多的漂亮姑娘,同我在这里看到的任何一个相比都相形见绌。''你是客气才讲这话的,咳!阿尔蒂多罗,因为我很清楚,在这个村子里,没有哪一个牧羊姑娘像你所说的那样超群。''我更清楚,我讲的是事实,'他回答,'因为我已看到了一个,也观察了其他姑娘。''也许你是从远处去观察的,而地点上的距离使你对本来的面目产生了错觉。''同样,我也看到了你,现正在观察着,我已经观察和看到了她。如果她的实际情况和她的美貌不相符合,我就要为受到欺骗而感到庆幸。''对我来说,如果我是你所说的那种漂亮姑娘,即使是受人恭维而被看作害人,也不会使我不愉快。''别说了,'阿尔蒂多罗答道,'我希望你不是那样的人。''当然我不是你所说的那种人,如果是的话,你会失掉什么呢?''我已经得到的,我很清楚,'他回答道,'至于我会失去什么我说不上来,并且有些惶惑不安。''啊,阿尔蒂多罗!你真是个多情的人。'我说。'啊,特奥琳达!你更懂得讨人喜欢。'他回答说。对此我说:'我不知道是否该对你讲,阿尔蒂多罗,我希望我们两个人中没有哪一个会成为受骗者。'他回答说:'我完全可以肯定。我不会自欺欺人,希望你也不要自己欺骗自己。你想对我愿为你效劳的善良心愿进行考验,无论多少次,完全在你的掌握之中。''我将以同样的心愿回报你,'我回答说,'因为在我看来,犯不着为微乎其微的代价而欠下一笔人情。'

"阿尔蒂多罗还没有来得及回答我,牧民头埃雷乌科到了。

他高声说道：'嘿！英俊的小伙子和美丽的姑娘们，为了让村子里
的人都知道我们的到来，姑娘们！你们快唱起谣曲，我们同你们对
唱，好让村子里的人看看，我们这些人怎样把节日闹得满村欢
腾。'由于埃雷乌科吩咐的事从来没有不被服从的，于是，牧人们
把手伸给我，以便开始唱歌，就这样，我乘机利用和阿尔蒂多罗谈
过的事情，唱起了这段村谣：

> 在爱情领地里
> 谁也无法成为完人，
> 只有诚实和谨慎。
>
> 为了赢得爱情的温馨，
> 如若成功的话，
> 谨慎就是门，
> 诚实为钥匙，
> 谁自恃机智，
> 就不知道这个门，
> 只有诚实和谨慎。
>
> 贪恋人间的美貌，
> 如果这样的爱情
> 离开了理智和诚实
> 通常会受到指责。
> 这种真诚的爱情
> 实际上可以得到，
> 只要是诚实和谨慎之人。

这是经过证实的

无可否认的事实，

有时空谈者会失败，

而沉默者会成功。

为他人所爱的人

从不会陷入困境，

只要他诚实又谨慎。

捕风捉影的巧舌，

和胆大妄为的目光，

往往惹出无限的烦恼，

使心儿备受煎熬。

能使这种痛苦减弱

并从困境中摆脱，

只要是诚实和谨慎之人。

"美丽的姑娘们！我刚才所唱的歌，不知你们听来是否对劲儿。但是我很清楚，阿尔蒂多罗懂得利用它。因为他待在我们村的日子里，我们曾多次交谈，他是那么谦逊、谨慎和诚实，以至四处搜索的眼睛和说三道四的舌头也找不到话柄来损害我们的声誉。但是我担忧的是阿尔蒂多罗答应留在我们村子里的期限结束后，他得回到他自己的村子里去。我顾不得羞愧，要把自己心底里的话说出来，要是等阿尔蒂多罗走了再说可就晚了。这样，先是我的眼睛默许了他那含情脉脉的注视，接着嘴巴开始不断地用言辞来表示到那时为止从目光中已经清清楚楚地表达了的意思。

"最后，我的朋友们，有一天，我意外地单独碰到了阿尔蒂多罗，他以炽烈但不失谦恭的方式，向我表示了他对我发自内心的诚挚爱情,尽管那时我想要退却,有点腼腆不安,如同我和你们讲的,因为我害怕他会离去,我不想怠慢他,也不想拒绝他,同时我也觉得恋爱开始时得到和感受到的烦恼往往使经验不多的人放弃和停止已开始的追求。为此,我也不掩饰自己的感情,给了他答复。我们商定,他先回到他的村子去,几天之后,派一个体面的媒人来向我的父母亲求婚。此时他是多么高兴和满意,不停地把他见到我的那一天称作幸运的日子。从我来说,我只想告诉你们,我的高兴劲不是任何能想象的东西可以代替的。因为我相信阿尔蒂多罗的品德,我父亲将很乐意接纳他为女婿。姑娘们,你们听到的这一幸福的时刻,也就是我们相爱的时刻,这一时刻在阿尔蒂多罗走后只延续了两三天。命运女神历来是反复无常的,她让我有个年轻一点的妹妹,因为我们的姨妈病了,她在姨妈家待了几天后回到了我们的村里。

"为了让你们知道,在这个世界上真会发生多么奇怪而又意想不到的情况,我要告诉你们一件事,我相信这定会使你们惊讶不已。这就是我向你们提到的那个妹妹。到那时为止她一直不在村里。她的长相、身材、举止和风度,和我完全相似,以至不仅我们村里的人甚至我们自己的父母亲,好多次也无法辨认我们。他们要和这个人讲话时,往往错找了那一个。为了不致混淆,我们只得穿上不同的服装以示区别。我认为自然之神只在一件事情上让我们长得不一样,那就是在个性方面。我妹妹是一个更为粗鲁的女孩,因为她的警觉性比仁慈心更强,这使我将在哭泣中度过余生。我的妹妹回到村里后,急于再去从事她愉快的放牧生活。第二天清晨,她早早起床,赶着我平常放牧的羊群,去了草原。尽管我想同她一起去,享受我的阿尔蒂多罗的目光总是伴随着我而产生的喜悦,但我不知什么原因,我父亲把我留在家里,我的快乐日子就到此终了，因为那天晚上，我妹妹在收了羊群之后，偷偷地对我讲，她必须告诉我对我来说至关重要的事情。我猜不透她要跟我讲什么，就尽快去见她。我提心吊胆地到了她那里。她脸色微变，这样对我说道：'我的姐姐，我不知道你对自己的名声怎么想，更不知道你对我不得不告诉你的事有何说法，我要看看你是否会对我想象中你犯的过失做出辩词。虽然我作为妹妹，应以更多的崇敬之情同你说话，不过我讲了今天我所看到的事情后，你会原谅我的。'当我听到她这样讲时，不知道该怎么回答她，只是让她继续讲下去。'你得知道，姐姐，'她接着说，'今天早晨，我赶着羊群去草地，我一个人沿着清新的埃纳雷斯河岸走，在经过孔塞霍杨树林时，一个牧民朝我走来，说真的我敢发誓，在我们附近，我从未见到过他，他用一种惊奇的放肆神情向我亲昵地打招呼，使我又羞愧又迷惑不解，不知道怎么回答他。而他呢？似乎并没有因我脸上表达出的怒容而有所收敛。他走到我的身旁，对我说："美丽的特奥琳达，你是我这颗崇拜你的心的最后依托，你怎么不说话？"他差一点抓过我的手来吻，还讲了一套看来是事先准备好了的奉承话。我即刻发觉他和其他人一样搞错了，他自以为正在和你说话。从这里我产生了怀疑，姐姐，如果你从未见到过他，而且也没有亲热地接待过他，他不可能那么大胆和以那种方式同你讲话。对此，我非常恼火，以至无法用语言来回答他，但最后我还是按他无礼应受到的对待回答了他，我觉得就算姐姐你自己在场，也不得不如此回答一个那么随随便便地跟你讲话的人。那时，要不是牧羊姑娘利赛娅到来，我真会数落他一番，让他为刚才对我讲的话而大为后悔。好在我从未想跟他讲他受骗了，他还以为我就是特奥琳达，而他是在同你讲话。最后，他走开了。称我处事轻率，反复无常，忘恩负义。从他的脸部表情，我可以断定他再见到你时，即使你是孤身一人，他也不敢同你说话。我想知道的这个牧羊人到底是谁？你们俩之间到底谈了些什么，使他敢于如此无拘无束地同你讲话。'机智的牧羊姑娘们，让你们的机智来判断听了我妹妹对我讲的话以后，我内心的感受吧。最后我尽量装得若无其事。对她说，'我的妹妹莱奥纳尔达——那个扰乱了内心平静的人就叫这名字，你为我做了一件世上最大的好事，用你不留情的言语去除了你所讲的那个牧羊人出言无礼给我带来的烦恼和不安。他是一个外乡人，在我们村里待了八天，他满脑子的傲慢和狂热，以至不管在什么地方遇上我，就以你所见到的那种方式对待我，让人以为他已经赢得了我的欢心。尽管我已经提醒过他，也许比你跟他讲的语气更硬，可他并不放弃他徒劳的追求。的确，妹妹，我希望新的一天快到来，以便可以对他说清楚，如果他再口出狂言，那就等着让我用决断的语言来结束这一切。'

"事情经过就是这样，亲爱的朋友们。谁能让黎明早点来啊，使我能见到我的阿尔蒂多罗，跟他说明他认错了人，受了骗。我害怕他对我妹妹那些生硬和令人不快的答复认了真，而干出有损于我们已经商定的事来。寒冷而漫长的冬夜，对于一个期望在来日能得到一些欢乐的情人来说，并不给他带来多少忧虑。可是那天晚上尽管夏日夜短，我却心烦意乱，盼望曙光降临，急于见到我想见到的人。就这样，在星星失去全部光耀之前，我还是怀疑究竟是黑夜已尽还是白天来临，我在欲望的驱使下，借口去放牧羊群而离开了村子。我比平常更快地赶着羊群上路，来到了平时常碰到阿尔蒂多罗的地方，这次却没有碰到什么人，也没有得到他的任何消息。我的心跳得厉害，几乎已预感到不幸正等着我。看到没有遇到他，我一次又一次地想高声喊叫，用我的声音来刺伤空气，呼唤我的阿尔蒂多罗的可爱名字，对他说'来吧！我的幸福，我是真正

的特奥琳达,我爱你胜过爱我自己。'只是害怕我的话为旁人听
到,才使我违心保持沉默。这样,在一次又一次地沿着平静的埃纳
雷斯河岸和岸边的丛林转了几圈之后,我疲劳地坐到了一棵绿柳
树下,期盼着明亮的太阳向地面撒下它的全部光芒,把灌木、山洞、
密林和茅舍照得亮堂堂,我不必寻找即能见到我那亲爱的人。但
是,清新的阳光刚让人能识别彩色的世界,一棵白杨树在我眼前闪
过,就在这棵树上和另一些白杨树上都刻着字,接着,我认出了那
是出于阿尔蒂多罗之手,我赶快站起身去看看刻了些什么,美丽的
牧羊姑娘们,我看到的是这样的诗句:

> 花容月貌的牧羊姑娘,
> 你的冷酷如同你的美貌,
> 谁也无法同你比照。
> 我坚定不移,你却反复无常,
> 你的许诺已荡然无存,
> 我的希望亦成了泡影。
>
> 我无法想象
> 亲眼目睹的事实,
> 在甜蜜和愉快的定情之后,
> 是痛苦和伤心的回绝。
> 如果我把观察你的眼睛
> 同时注意到我的命运和你的美貌,
> 我就不会受到欺骗。
>
> 你奇异的魅力,
> 给人希望,令人高兴和坦然,

也使我茫然失措，
陷于不幸和沮丧。
那双看似真诚的眼睛，
是它们欺骗了我。
唉！美丽而又虚假的眼睛，
那些看着你的人，有何过错？

冷酷无情的牧羊姑娘，请告诉我，
有谁能逃过
你智慧诚实的眼光
和你的甜言蜜语？
我如今已经知道，
你只是略施微力
却早已使我
就范、受骗和屈服。

在这粗糙的树皮上，
我写就的字句
将会坚定地增长。
而你的诚实却相反，
你只是把它挂在嘴上，
成为空洞的诺言，
不像坚定的巨石
经得起大海和狂风的吹打。

你让人感到可怕和严厉，

犹如被踩的蝰蛇，
既优雅又冷酷，
既美丽又虚假。
你无情的吩咐
我将原原本本地完成，
因为我的愿望从来
不会违背你的意愿。

为了让你生活得愉快，
我将背井离乡走向死亡。
在你这般对待我之后，
但愿我不再坠入情网。
因为在温柔的舞蹈中，
爱情尽管受到约束，
但随着坚定的旋律节奏，
它却不会改变。

任何女子的美貌
都会随时间消逝，
我曾相信在爱的方面
你会坚定不移。
我已知道由于我的激情，
大自然之神曾经想
把你的外表描绘成天使，
也把你的品德化为时间。

你若想知道我去何方
和我悲惨生活的结局,
我流淌的鲜血
将为你指明我的所在。
尽管我们的爱情契约
对你已无关紧要,
请不要拒绝向我的遗体,
做悲伤和最后的告别。

如果遗体和坟墓,
无法使你回心转意,
你那冷酷的心
较之坚硬的钻石更甚。
在如此不幸的情况下,
我把它作为甜蜜的诀别,
如果说我活着被人厌弃,
死后请你为我哭泣。

"当我十分清楚刚才读到的诗是我亲爱的阿尔蒂多罗所作时,牧羊姑娘们,还需要用言语让你们理解我心头的极度痛苦吗!但是,也没有必要再三向你们强调它,因为还没有达到需要结束我的生命的时候。从那时起,我对生命是那么厌倦,以至失掉生命将使我感到是给我带来的最大的欢乐。那时我的叹息,我的眼泪是那么悲切,没有一个人在听到之后不认为我是个疯子。总之,我已把自己的名誉弃之不顾,决定离开我可爱的家乡,敬爱的父母和亲爱的兄弟,留下我那老实的羊群让它们自己去照顾自己。在仅仅做了我认为非常必要的准备后,同一天早晨,我成百上千次拥抱了我的阿尔蒂多罗的手触摸过的树皮,就出发来到这条河边。我知道阿尔蒂多罗在这儿有所小屋,想看看他对我是否真的那么轻率和残酷,已把他写的最后几行诗中的想法付诸实施。要是那样的话,我的朋友们,在这里我可以向你们许诺,我甘愿立即跟着他死去。在生活中我就是怀着这种心愿爱着他。可是,老天呀! 我怎么相信这个使我痛心的怀疑并没有成为现实呢? 我来到这清新的河边已经九天了。在这些日子里,我还没有得到想知道的消息。但愿上天保佑,当我得到消息时,这消息将出乎我的怀疑。机敏的牧羊姑娘们,这里你们看到了我恋爱生活中可悲的故事,我已向你们讲了是谁? 以及寻找什么? 如果你们知道一些令我高兴的消息,请不要拒绝告诉我,命运之神会带给你们超出你们所希望的更大的幸运。"

痴情的牧羊姑娘讲述时泪如雨下,任你是铁石心肠的人也为之心痛。伽拉苔亚和费洛丽莎是富有同情心的人,自然无法忍住自己的眼泪,更不会不尽一切可能用最温柔和有效的道理去安慰她。劝她留下来同她们一起住几天,也许命运之神在这几天中让她知道阿尔蒂多罗的消息。因为上帝不允许由于这样一个奇异的误会而断送一个她所描述的那么稳重的牧羊人的年轻生命。随着时间的流逝,阿尔蒂多罗的想法很可能会变,变得更成熟,更理智,因而,回来看他向往的故乡和亲爱的朋友,所以,在这里比其他地方更有希望碰到他。特奥琳达听了这样一番劝说,稍感安慰,愿意留下来同她们在一起,并对她们的好意以及试图让她满意起来的用心表示感谢。这时,载着满天星斗的座车从空中驶过,宁静的夜晚预示着新的一天又将来临。牧羊姑娘们想到该休息了,就站起身来,离开了清凉的花园。但是明亮的太阳还未以其炎热的光芒把在凉爽的早晨弥漫于空中的凝雾驱散,三个牧羊姑娘已告别了她们的休闲床榻,又去放牧她们的羊群了。伽拉苔亚和费洛丽莎的心情与特奥琳达的截然不同。特奥琳达显得十分忧伤,默默无声地想着心事,令人惊异。于是伽拉苔亚想是否能让她高兴高兴,向她提出,暂时把忧愁抛在一边,在费洛丽莎的笛子伴奏下唱首歌。对此,特奥琳达回答说:

"假如你知晓有多少理由让我哭泣,而让我唱歌的很少,那么,美丽的伽拉苔亚,我没有按你的吩咐去做,你一定能原谅我。但是因为要知道,根据经验,我可用歌唱出我的心声,用哭泣使心声更加庄严。我将照你说的去办,因为在这方面,我没有违背自己的愿望,却满足了你的要求。"

之后,费洛丽莎吹起了笛子,和着笛声,特奥琳达歌唱了这首十四行诗:

特奥琳达　　从我的不幸中我已知道,

　　　　　遭劫难会因明显误会起风浪。

　　　　　忧惧让我痛不欲生,

　　　　　爱神力图给我生命却让我受煎熬。

　　　　　我的灵魂离开了躯体,

　　　　　跟随着变化无常的天命

　　　　　陷入痛苦和巨大的不幸之中,

　　　　　幸福使之烦恼而痛苦却使它安静。

　　　　　我假如活着,是因为抱着希望,

　　　　　尽管它纤小又微弱,

　　　　　那是我爱情的力量支撑着它。

　　啊！坚定的开端,脆弱的变化,

　　一项甜蜜账目的痛苦总和,

　　你以何种理由结束你的生命！

　　你们所听到的特奥琳达诵唱的十四行诗还没有全部结束,三个牧羊姑娘听到在她们右边,从一个清凉山谷的斜坡边传来了笛声,优美的旋律使这三个人惊讶不已,她们都停止活动,屏息静听这新曲调。过了一会儿,她们又听到笛子伴奏下的和谐的三弦琴声,琴声是那么优美娴熟,伽拉苔亚和费洛丽莎都听得入了迷,猜想是哪个牧羊人奏得这样和谐动听。因为她们看得很清楚,没有一个弹奏者是她们认识的,埃利西奥尽管是弹琴好手,可这人不是他。此时,特奥琳达说:

　　“如果我的耳朵没有听错的话,美丽的牧羊姑娘,我认为这河岸上今天来了两位大名鼎鼎的牧羊人蒂尔希和达蒙,他们和我是同乡。至少蒂尔希是,他出生在埃纳雷斯河畔著名的康普卢托庄园;而他最亲密的朋友达蒙,如果我没有搞错的话,生于莱昂山区,在有名的曼图亚卡佩塔纳地区长大。两个人在人品、学识以及值得赞赏的竞技表演中都十分出众,他们不仅在我们当地为人所知,还为世上所有的人熟悉和称道。姑娘们,你们不要以为这两个牧羊人广为传播的名声仅仅限于与放牧有关的本领。他们才艺超群,天地之间无人知晓的绝招他们件件熟识。使我迷惑不解的是不知什么原因让蒂尔希离开了他温柔可爱的菲莉,让达蒙离开了他美丽忠实的阿玛丽莉。蒂尔希的菲莉,达蒙的阿玛丽莉,都是那么可爱,无论在我们的村子里,在村子周围的原野、森林、草原、小溪或河流,没有人不知道他们的火热而又诚挚的恋爱故事的。”

　　“特奥琳达,”费洛丽莎说,“先别夸奖这两个牧羊人,还是听听他们唱些什么吧。在我们看来,他们的嗓音与弹奏乐器相比毫不逊色。"

"那么,"特奥琳达回答说,"当你们看到他们的诗才超过所有这一切时——是的,他们一个获得了神圣的称号,另一个享有超人的声誉——你们该怎么说?"

正在这个时刻,牧羊姑娘们看到她们正要前往的山谷斜坡上出现了两个英俊潇洒的牧羊人,其中一个比另一个年龄稍轻一些。他们的衣着是那么整齐,尽管是牧人打扮,但从身材和仪表上看,他们更像英武的宫廷侍从而不像山野牧民,两人各穿一件合身的白色细羊毛皮袄,配之以棕黄色和棕褐色花边,这是牧羊姑娘们所钟爱的颜色;肩上背着不同的皮囊,其外观和装饰效果绝不亚于羊皮袄;头上戴着绿桂和鲜草编织的花冠;腋下夹着扭结的木棍。他们没有其他同伴相随,又是那么陶醉于音乐,以至久久没有发现走在同一个坡上的对他们的潇洒举止和风度颇为钦佩的牧羊姑娘,这时两个牧羊人用和谐的嗓音对唱起来:

达　蒙　蒂尔希,你孤独的躯体以大胆
　　　　而沉重的步伐离开那光芒,
　　　　却把灵魂给他留下。

　　　　是什么原因使你不觉得痛苦?
　　　　因为你有那么多理由可以抱怨
　　　　对你安静的野蛮干扰。
蒂尔希　达蒙,如果可怜的躯体
　　　　劈成没有灵魂的两截,
　　　　你把那最上边的部分舍弃。

　　　　我的舌头为何种精神所鼓动?

虽已死去却仍同人讲起
生命和灵魂共存。

达　蒙　啊！幸运的蒂尔希，
你的命运实在令我羡慕，
因为你有最理想的爱情的命运。

只因怀念才使你不快，
可你有着希望的依托，
因而灵魂在不幸中欢乐。

啊！可怜的我，无论我走到哪里，
那双冷漠而恐惧的手和那
寒气逼人的长矛总是形影相随。

牧羊人，你把活人当死者，
尽管他向你表明更有活力；
正如蜡烛，将灭之时更加明亮耀眼。

轻飔飞逝的时间，
怀念产生的氛围，
都无法安慰我疲劳的灵魂。

蒂尔希　在痛苦的怀念中，
坚定而纯洁的爱情不会减退，
反而在回忆中把信念增长。

因此，在短暂或长久的怀念中，

完美的恋人找不到
减轻爱情重负的办法。

回忆寄托于事物，
爱情依附于心灵，
爱人的倩影常在脑际。

在那温柔的沉默中，
根据爱情的尺度
来理解幸福或灾难。

如果你看到我的灵魂没有叹息，
那是因为我在心中看到了菲莉，
是她呼唤我为之歌唱。

达　蒙　假如你从菲莉美丽的面部
看到某种绝望，你便向那
使你满足的幸福告别。

我知道，谨慎的蒂尔希，
你我都是伤心而来，
可我看到的却与你所见相反。

蒂尔希　达蒙，我以讲述为乐趣，
以极度怀念磨炼自己，
我高兴而来，去留自由。

那个降生在此地的

不朽的美貌的典范，
堪与大理石、皇冠和殿堂相比。

她以其少有的美德和诚朴
使贪婪的眼睛失明，
我不相信世间会有她的对手。

我不否认我的灵魂与
她的灵魂紧密相连，
只有在对她的崇拜中才能得到静止和休闲。

菲莉的这种爱情经历
和她纯正的信念，
驱散了痛苦，带来了满足。

达　蒙　幸运的蒂尔希，有福的蒂尔希，
你可以连续几个世纪
安享爱情的乐趣。

我呢，短暂而无情的命运
把我带到一处虚幻的境地，
使我成为受奖的穷人，操劳的富人。

最好是死去，因为死了之后，
我再也不怕严厉的阿玛丽莉
和那不协调的徒劳爱情。

啊！她的美貌赛过天空,赛过太阳,
而对我却比金刚石还硬,
给我带来的痛苦多于幸福。

任凭南风、北风、东风
粗暴地向你袭来,你吩咐我躲开,
不要站立在你的眼前?

牧羊姑娘,我将死在异国他乡,
因为这是你的吩咐,我命该
承受铁窗、死亡、桎梏和脚镣。

蒂尔希　达蒙朋友,仁慈的上帝
赋予你那么多恩惠,
那么丰富而崇高的智慧。

有了它,可以减少哭泣,化解痛苦,
从此不再遭受被
太阳烤灼、严寒冻伤之苦。

我想说的是
为了让命运赐我们以恩惠,
我们不要总迈步在平坦大道上。

某一次,
由于想不到的机遇,
命运给我们带来无限喜悦。

亲爱的朋友，
有时候心愿会把爱情
作为胜利的抵押品送给你。

如有可能，你可自寻消遣，
欺骗灵魂，借以度过
这冰冷无情的时光。

达　蒙　有条件时冰雪能把我烤焦，
没有条件时火焰会使我冻僵，
牧羊人，谁来给她规定条件或标准？

徒劳的操持，徒劳的失眠，
一个受害者试图
任性地剪破爱情之网，
因为爱情有余，则幸运不足。

　　欢快的牧羊人那优美的歌声已经停止，可牧羊姑娘们仍在细细回味，她们不希望在平时很难听到的歌声那么匆匆结束。这时，两个英俊的牧羊人迈步朝牧羊姑娘所在的地方走来，特奥琳达紧张起来，她怕自己被他们认出来，于是，便和伽拉苔亚避开了正道，放这两个牧羊人走过去，在他们经过的时候，伽拉苔亚听到蒂尔希和达蒙的一段对话。

　　"达蒙朋友，这条河岸是漂亮的伽拉苔亚放牧羊群的地方。你的好友、她的恋人埃利西奥也把羊群赶到这里来放牧。这个符合他诚实善良愿望的恋爱故事给他带来了运气。好几天以来，我不知道他的命运带给他的是什么结局；但是，从机智的伽拉苔亚——他对她爱得死去话来——所提的慎重条件来看,我担心他会抱怨多于满足。"

"对此我并不感到惊奇,"达蒙回答说,"因为上帝给了伽拉苔亚那么多恩赐和特殊天赋,最终让她成为女人,在她脆弱的躯体上,并不是每次都能找到其应有的知识和必要的冒险精神。我所听到的埃利西奥的恋爱故事是这样的:他很慎重地崇拜伽拉苔亚,而伽拉苔亚却十分机智,对他没有表示出是喜爱还是讨厌。于是,这个不幸的人只得忍受成千上万件不顺心的事,等待着使他延长或缩短生命的运气,如今看来,更确切地说应是缩短而不是延长他的生命。"

直到这时,伽拉苔亚才能从牧羊人口中听到有关她和埃利西奥的事,她十分高兴,因为她知道她的美好名声正是她纯洁的思想所具备的。她当即决定不再为埃利西奥盲目宣扬她提供机会。这时,两个英俊的牧羊人迈着懒散的步子慢慢地向村子走来,他们想参加幸运的牧人达拉尼奥的婚礼,这位牧人同绿眼睛的西尔维丽娅结婚;这也是他们俩丢下了羊群,朝着伽拉苔亚的村子走来的原因之一。但是,快走到村子时,他们听到路右边传来三弦琴的声音,三弦琴音调和谐,轻柔舒缓。达蒙停了下来,抓住蒂尔希的手臂,对他说:

"等一等,稍微听听,蒂尔希,如果我没有听错的话,传到我耳朵里来的乐声是我的好友埃利西奥的三弦琴声。自然之神给了他多方面的才能,如果你听一听,就能听出他的音乐天赋,如果你与他交往,就能了解他的为人。"

"达蒙,你别以为我现在才开始了解埃利西奥好的方面,"蒂尔希回答说,"好多天来,我早已熟知他的美名了。不过,现在请静一静,我们听听他是否在唱什么,这会给我们了解他的生活提供一些线索。"

"你说得对,"达蒙答道,"这很有必要,为了更好地听一听,我们从这些树丛中靠近他,这样,可以离得更近些,还不会被他发现。"

他们正是这样做的。他们站的位置之好,以至埃利西奥说的或唱的任何一句话都被他们听到甚至牢记于心。埃利西奥由他形影不离的朋友埃拉斯特罗陪伴,他们从畅谈中得到消遣和乐趣,每天的大部分时间是在唱歌和弹奏中度过。此时,埃利西奥正在弹三弦琴,埃拉斯特罗则吹着笛子,埃利西奥开始歌唱。

埃利西奥　　以饱含苦楚的满足,

　　　　　　钟情于一种爱情思想,

　　　　　　不再期望更多的荣耀,

　　　　　　只是继续我心中的追求,

　　　　　　因为在我心中不断出现

　　　　　　自由爱情的绳结。

　　　　　　用灵魂的眼睛尚不能

　　　　　　看到我那冤家

　　　　　　温和的脸庞,

　　　　　　上帝培育的光荣和尊严

　　　　　　肉眼看了就会失明,

　　　　　　因为它看见的是她身上的太阳。

　　　　　　啊!艰苦的奴役,尽管是令人愉快的!

　　　　　　啊!爱情强大的手,

　　　　　　这样你就能无情地

夺走你曾许诺给我的幸福。
当我自由地嘲笑你的时候
我就成了你的弓和箭筒。

君主啊！你向我展示了
非凡的美貌，雪白的玉手，
你是多么艰难地
把绳索套向我的脖颈！
假如世上没有伽拉苔亚，
你在决斗中被击败又如何。

她是只身，只身能给
放荡不羁的心
以严厉的打击，
降服自由的思想。
不屈从她的意志的人，
除非是金刚脑袋铁石心。

面对严肃的
比太阳还美丽的面容
——它扰乱我的宁静——
高傲能表现出几分自由？
啊！面容，你在人世间
发现多少被上帝禁锢的美德。

自然之神怎么能

把这严酷和尖刻同

美丽、勇气和毅力

结合在一起？

我的幸运在于

对我的伤害把这一切包含在内。

在我短暂的幸运中，

那么容易看到痛苦的死亡

和甜蜜的生活相交织，

灾难中隐藏着幸福，

在困境中我看到

减少的是希望而不是意愿。

多情的牧羊人没有再唱下去，蒂尔希和达蒙也不想再等待下去了，他们潇洒大方地向埃利西奥的地方走去。埃利西奥看见了他们，并认出他的朋友达蒙，满心欢喜地迎了上来，说道：

"好你个达蒙，什么运气把你带到这河边来？大家等你好长时间了。"

"当然是好运气，"达蒙回答说，"是它带我来看你的，啊！埃利西奥，我一直想来看你，久不相见和我对你的友谊催着我来。你刚才想说什么就说吧，站在你面前的是有名的蒂尔希，他是卡斯蒂利亚地区的光荣和声誉。"

埃利西奥听说此人是他久闻大名的蒂尔希，便很礼貌地接待了他，对他说：

"蒂尔希，你真是一表人才，你的美德和智慧远近闻名。我久仰大名，早就想认识你，并为你效劳，从今天起，你我就是好朋友了。"

"我这是盛名之下其实难副啊，"蒂尔希回答说，"因为你对我的偏爱，并想把我作为你的朋友之一，便过分宣扬我的长处。咱们朋友之间不必讲客套话，让我们放弃表面文章，拿出实际行动吧。"

"我的意愿仍是为你效劳，"埃利西奥回答说，"你将会看到。啊！蒂尔希，如果时间或命运能让我对此有所作为的话。可我现在的处境并不好，因此很难向你表达我的心意。"

"你有现在这样高的地位，"达蒙说，"出于狂热，你却把它降低下来，这样，埃利西奥朋友，你就别说自己的处境不好，我可以对你说，如果把你我的境遇加以比较，我对你产生的将是妒忌而不是遗憾。"

"达蒙，看来你已有好多天没有到这岸边来了，"埃利西奥说，"因此你不知道在这河岸边，爱情使我感受到的东西。要不然，你就是不了解伽拉苔亚的性格，如果对她能了解一二，你对我的妒忌就会变成为遗憾了。"

"喜欢阿玛丽莉性格的人，从伽拉苔亚的性格中又能得到什么新东西呢？"达蒙说。

"如果你在这岸边逗留的时间如我所希望的那么长，再去听听其他人怎么说，达蒙，"埃利西奥回答说，"你就会知道和看到，她的残忍和善心可谓并驾齐驱。这两个极端简直要夺去那个崇拜她的可怜人的生命。"

"在我们的埃纳雷斯河畔，"蒂尔希这时插话，"伽拉苔亚美丽的名声更高于残忍的名声。不过，人们说她很机智，如果真是这样的话，她由机智产生自知，由自知产生自重，由自重而到不愿意迷恋，从不愿意迷恋而到不愿意满足你。埃利西奥，你看看这多么违背你的意愿啊，你把体面的正派称之为残忍，不过，这并不令我奇怪,说到底,这是不太走运的情人们的性格问题。"

"啊,蒂尔希! 你说的有道理,"埃利西奥回答说,"当我的愿望在荣誉和诚实的道路上偏离方向时,的确是这样。但是,既然她具备这么好的品德和声望,为什么她又那么轻蔑,那么多生硬粗暴的回答,那样把布满光荣的脸隐藏起来? 唉! 蒂尔希,蒂尔希!"埃利西奥继续说道,"既然你平心静气地谈及爱情的结果,那么你是怎样得到这种爱情的呢? 我不知道你现在怎么说,我记得你曾经这样唱过:

> 唉,我怀着多么美好的希望
> 来获取我那更可怜更羞怯的愿望!

当然还有其他一些诗句。"

到这时为止,埃拉斯特罗一直保持沉默,他目睹了牧人之间发生的事情,钦佩他们的大方举止和机敏言辞。但是,当他听到话题只涉及爱情纠葛时,他如同在爱情纠葛中很有经验的人一样,打破了沉默,说道:

"机智的牧羊人,我认为,长期的经验将向你们表明,痴情人的性格不能归结为持续的相处关系,痴情人因受他人意志的控制,这就会招来数不清的意外事件。因此,你呀! 知名的蒂尔希,不必对埃利西奥所讲的事情感到惊讶,他也不必对你所讲的事情吃惊。他提到你唱的那句歌词也不能用来作例证,更不用说我所知道的你唱的那句'我的面黄和虚弱',在你这里边清楚地表露出你当时的悲伤心境,不久,你的喜讯就传到了我们的茅舍,你那些著名的诗句很庄重,要是我没有记错的话,诗是这样开头的:'朝霞升起,从它富庶的外衣……'从这里可以清楚地看出此时和彼时的差异,随着时间的推移,爱情在怎样地改变着境况,它使昨天哭的人今天笑,而今天笑的人明天又哭。我深知伽拉苔亚的性格,她的粗暴和轻蔑不能打消我的希望,我所希望的是让她因我爱她而高兴。"

"啊,牧羊人!"达蒙回答说,"你不期望你那么多情而谨慎的意愿有个好结局,这使你获得的声望比失望更有价值。的确,你追求伽拉苔亚是件大事,可是请告诉我,牧羊人,她这样同意了你,可你的愿望就那么合乎情理吗?以后你就不再想得到更多的东西吗?"

"你完全可以相信她,达蒙朋友,"埃利西奥说,"因为伽拉苔亚的品德不会让人从她那里得到或期望其他任何东西;而这样的东西是那么难以取得,以至对埃拉斯特罗来说,希望被冷却了,而对我来说,希望变成了冰块;因为他的愿望是切实的,而我的愿望还有待于检验,恐怕死亡要比她的诺言提前到来。不过,我们不该用这么可怜的悲惨故事来接待这么诚恳的贵客,把那些不愉快的事留在这里吧,我们一同回村子去,在那里,你们可以安静地休息,消除旅途劳顿,如果你们更喜欢安静的话,就能体会我们的不安。"

大家为遂了埃利西奥的意愿而高兴。埃拉斯特罗比平常早几个小时收拢羊群,在两个牧羊人的陪伴下,赶着羊群朝村子走去,他们边走边谈及各个方面的事情,但大都与爱情有关。由于埃拉斯特罗满脑子想的都是弹奏和歌唱,同时,他也想知道两个外来的牧羊人是否真的弹唱得那么好,便鼓动和邀请他们再来一曲,他请求埃利西奥弹奏三弦琴,在三弦琴的伴奏下,响起了他的歌声。

埃拉斯特罗　　面对几双宁静眼睛的光芒,

　　　　　　太阳得以发光,从而把大地照亮,

　　　　　　我的灵魂就这样点燃,

它会被烧得灰烬不留。

阿波罗的闪电
与这光芒合成一道道光束，
恰似我惯常跪着颂扬的
美人的秀发。

啊！明亮的光，明亮的太阳的光芒！
光芒四射的太阳神！
我只期望你接受埃拉斯特罗对你的爱。

如果上帝对我如此吝啬，
在结束痛苦之前我宁可死去，
啊！闪电，来一道闪电殛死我吧。

牧羊人觉得这首十四行诗不坏，埃拉斯特罗的嗓音也没有使他们反感，虽说这嗓音不是最好的，但还是协调悦耳的。之后，埃利西奥学埃拉斯特罗的样子，让他吹笛子，自己在笛声伴奏下，唱了这首十四行诗。

埃利西奥　唉！在我坚定的爱情思想中，
　　　　　孕育着一个高尚的念头，
　　　　　天空、火、风、水、大地和我的冤家
　　　　　都与他为敌。

　　　　　心存恐惧的人总是事与愿违，
　　　　　把应做的事情抛给良好的意图，

　　　　谁能阻挡那强烈而严酷
　　　　的天意？顽强的爱情！

　　　　高高的天空、爱情、风、火、
　　　　水、大地和我那美貌的冤家，
　　　　各自都凭借自己的力量，而我则借助天意。

　　　　我的幸运阻挡、拆散、消耗而后
　　　　破坏我的希望，虽然没有希望，
　　　　我也不能就此半途而废。

　　埃利西奥唱完后，接着是达蒙，他也是在埃拉斯特罗笛子的伴奏下唱的。

达　蒙　当美丽的阿玛丽莉
　　　　硬如大理石一般
　　　　印在我的心灵时，
　　　　我比蜂蜡更柔软。

　　　　爱情将我置于幸福和命运
　　　　的最高地位，
　　　　现在我担心坟墓会
　　　　葬送我最初的设想。

　　　　爱情已接近希望，
　　　　看到了榆树，便急忙往上爬，
　　　　但因缺少兴趣，停止了攀登。

这不是我的眼睛所见，由于长期习惯，

命运之神从不停止

为面容、心胸和大地做出表示。

　　达蒙一唱完，蒂尔希就在三个牧人乐器的伴奏下，演唱了这首十四行诗。

蒂尔希　由于死亡的刺激，

粉碎了我的信心，以至

我不再羡慕那最高最富有的王国，

那里禁锢着人类幸福的命运。

一切幸福起源于见到你，

美丽的菲莉，啊，菲莉！

上天赋予你多么超群出众的品质，

你能使哭泣变微笑，灾难变幸福。

如同被判决的人看国王一眼，

严厉的判决就会减缓，

但是法律并不改变它的权力。

面对你最美丽的面容，

死亡将躲避，伤害将隐退，

取而代之的便是生命和利益。

　　蒂尔希唱到结尾时，牧人们的所有乐器奏出了一曲令人十分愉快的乐章，听到的人无不为之欢呼；此时，浓密的树枝间无数只彩色小鸟，以急流喷涌一般的美妙和声回答他们，为他们助兴。一行人这样走了一段路,来到位于小山坡的一个隐蔽的隐修院,快走近隐修院时,他们听见似乎有竖琴声从里面传出,埃拉斯特罗听了听,便说:

"牧羊人,你们停一停,据我想来,今天我们大家都将听到几天来我一直想听的声音,那是住在隐修院里的一个英俊青年的声音,他已经来了十三四天了,一直过着他青春年华所难以忍受的艰苦生活。有时候我经过这里,听到他弹着竖琴,歌声那么温柔,使我产生了想听个究竟的极大兴趣,但每当我到来时,他的歌便唱完了。虽然我用跟他交谈的办法,想和他交朋友,竭尽全力为他效劳,但始终无法从他那里知道他究竟是谁,为什么年纪轻轻便过上这种孤独和穷困的生活。"

埃拉斯特罗所谈的年轻隐士的事,引起了牧羊人如同他曾有过的想认识这位青年人的兴趣。于是,大家商量好在不被他发觉的情况下进入隐修院,这样,可以在同他谈话之前,先了解到他所唱的内容。他们这样做了,恰好他们藏身的位置,既不会被看到也不会引起注意,他们听到在竖琴的伴奏下,那位隐士所唱的诗句:

> 如果我没有触犯
> 上帝、爱情和命运之神,
> 它们高兴地把我置于如此境地,
> 那么,我仰天长叹实属徒劳,
> 即便月亮见到我高尚的理想,
> 也是徒劳。
> 啊!严峻的天意!
> 你通过什么荒诞不经的渠道,
> 把我甜蜜的喜事
> 引向如此极端,

我正在死去，却仍惧怕生活。

我正在怒火中受煎熬，
虽然忍受了那么多苦难，
灵魂却没有冲破胸膛
随风而去，
在痛苦的哭泣中，
勇气的最后残余从心底撤走。
我心中重又感到
希望给了我力量，
即使是虚假的，却给我以生存的力量，
这不是上帝的怜悯，因为它给
漫长的生活附加漫长的痛苦。

亲爱的朋友受创伤的内心
打动着我的心，
使我承担起艰辛的事业。
啊！怪诞行为的巧妙伪装！
啊！从未见过的事实！
啊！最令人高兴和痛苦的情景！
爱情对别人
是那么慷慨大方和天长地久！
对我却那么吝啬和充满
恐惧与忠贞！
更奈何一个可靠的朋友威逼我们。

我们每走一步都看到的
不公正的付出和公正的意愿，
都是落落寡合的命运之神亲手给予。
而你，虚假的爱情，我们知道你为
一个坚定的钟爱者活活死去
而愉快和高兴。
炽热而旺盛的火焰
在燃烧你轻柔的翅膀，
所有的好箭和坏箭，
顷刻间都化成了灰烬，
或者射向你时，箭又回头而去。

通过什么道路，以什么欺诈手段，
使用什么奇异的包围圈，
你将我完全占有？
你怎样把我高尚的心愿
和我洁净的内心加以改变？
有什么办法可使你
处变不惊？我发誓
自由与牢靠关系到你的荣耀和伤悲，
现在我感到你的锁链已套在我的脖子上。

现在我不是对你而是对
我自己心怀怨恨，
我并不与你赌气发火。
我屈服，我使沉睡的风

在狂怒时猛吹。
上帝公正地判我以死刑，
尽管不幸的天意在等待着我，
我不愿坟墓结束我的灾难。

啊！亲爱的朋友，啊！甜蜜的冤家，
廷布里奥和美丽的尼西塔
在一起是幸福的，分开是不幸的！
哪一颗冷酷、凶恶和无情的星辰
是伤害我的仇敌？
无情天意的哪一种不公正力量
把我们这样生生分离？
啊！凄惨的人类，脆弱的命运！
突然之间将愉快
变成悲伤，
黑夜过去就是明亮的白天！

在世间万物的瞬息变化中，
谁是可托付的勇敢者？
时间插翅匆匆飞逝，
带走了
哭泣和微笑者的希望。
既然上帝降下恩赐，
那只是奉送给
以神圣的热忱颂扬上帝的人。
爱情在大火中毁灭，

对于不毁灭者，

损害更甚于受益。

我的上帝，我尽力举起

我的一双手掌，

仰目注视神圣上帝的意图，

灵魂期待着看到

他把持续的哭声化为微笑。

　　隐修院里的青年隐士在结束如泣如诉的歌曲时，长叹一声。牧羊人觉得他不会再唱下去了，他们便不再停留，大家一起走进隐修院，看到在隐修院的一端，一个文雅英俊的青年坐在一块硬石头上，看起来年纪在二十二岁上下，穿一件红褐色的大褂，赤着脚，一根粗糙的绳索当作腰带系在腰间。他的头侧向一边，一只手抓住掉落在胸口的大褂，另一只手懒散地垂放在另一边；牧羊人进来时就看到他是这副样子，并且一动不动地待在那里，显然，他已经昏迷了，因为对他那副可怜相的深刻印象往往会使人做出这样的联想。埃拉斯特罗走向他，用力抓住他的手臂摇晃，使他苏醒过来，他的四肢那么不协调，以至好像在回忆一个令人厌烦的梦，这种痛苦表情给看到他的人留下深刻的印象，随后，埃拉斯特罗对他说道：

　　“先生，你这是干啥？你厌烦的心里在想什么？不要不愿意讲，站在你面前的人会不厌其烦地为你排忧解难。”

　　“这已不是第一个人的建议了。”青年用含糊不清的语气回答道，“好心的牧羊人，你给我讲的，也不会是我将听到的最后建议。但是幸运之神已经给我带来了结论，他们不可能关照我，我也不会以我的愿望去满足他们。你可以认为你的建议是好的；如果你还想知道我的其他什么事,时间——它不会掩盖任何东西——将会告诉你更多的关于我的事情。"

"如果你让时间来回答你应该跟我讲的事情,"埃拉斯特罗说,"这样的报答得不到多少感谢。因为它总是把我们心灵最深处的东西弃之不顾。"

这时,其他几个牧羊人也都请求那个青年讲一讲他的悲伤事。特别是蒂尔希竭力规劝他,并让他懂得:既然死亡——人类历程的向导——对人类的历程不加反对,那么在他这一生得不到补救办法,也不是坏事;他还补充了一些话来促使这个固执的青年亲口讲一讲他们所想了解的事情。于是,青年对大家这样说:

"啊!令人愉快的伙伴们,生活中没有了她,少活些日子,对我可能会更好些。我已经离开尘世,生命孤单,但我并不甘心离群索居。我决定给你们讲讲我们了解的一切,以及多变的命运之神如何把我带到现在所处的困境。可我看天色已晚,而我的不幸却很多,可能在我给你们讲述之前,夜晚就要来临了,最好是我们一起到村子里去,这是上午就决定了的,因为我不想在夜晚赶路。对我来说,这是无可奈何的事,因为我需要从你们村子得到我个人生活所必需的补给,在路上,我会更好地向你们讲述我的不幸。"

大家都觉得年轻人讲得很有道理,就把他夹在中间,迈着懒散的步伐,重又走上了通向村子的道路。随后,不幸的隐士一脸痛苦地开始讲述他可怜的故事。

"在古老而有名的赫雷斯城——城中米内尔瓦和马特斯的居民最受偏爱——诞生了一位英勇的绅士名叫廷布里奥,如果要讲述他的美德和慷慨精神,对我来说将是一件艰难的事。我不知道是因为他的很多恩惠还是因为星星的引力,使我倾倒于他,我通过一切可能的途径,想和他交朋友。在这方面上帝对我是那么和善,以至差不多认识我们的人都忘了叫廷布里奥和西雷里奥——这是我们的名字，人们只称我们为'两个朋友'。我们的不断交谈和友好相处，也使得这种说法并非虚传。就这样，两人以难以置信的兴趣和满足感度过了我们的青春岁月，我们或者在田野打猎，或者在城里从事体面的娱乐活动，直到有一天，在我的生命流程中，与人为敌的时间使我看到了很多不祥之兆，我的朋友廷布里奥和本城的邻居——一个有钱有势的绅士——发生了严重争吵，事态发展的结局，使那个绅士感到在荣誉方面受了污辱，而对廷布里奥来说，他不得不回避一下，以便让双方亲友中开始燃烧起来的强烈敌对情绪得以缓和，他给他的仇敌留下一封信，通知他的仇敌，在意大利的米兰或那不勒斯城随时可以找到他，作为绅士，他随时准备接受仇敌的挑战。这样一来，双方亲友间的派别争斗结束了。而被侮辱的绅士——名叫普兰西莱斯——却吩咐说，他要向廷布里奥提出挑战，进行平等而殊死的决斗，在找到决斗的安全场所之后，即通知廷布里奥。我的命运却做了这样的安排，当决斗发生的时候，恰逢我健康情况欠佳，以至几乎起不了床，正因为如此，我错过了跟随我朋友走南闯北的机会，他出发时，怀着极大的不满向我告别，要我在恢复健康以后去找他，可能会在那不勒斯城遇见他，他就这样出发了，给我留下了极度的遗憾，我知道这对你们也意味着遗憾。可是，几天之后，我产生了想要去看他的愿望，心想虚弱不至于使我太疲劳，我随即上路了。为了更快更稳妥地找到他，命运为我提供了四只帆船的便利，这四条去意大利的船停泊在著名的加的斯岛，已经万事俱备，整装待发。我乘上其中的一条船，由于顺风，不久我们就看见了加泰罗尼亚海岸；船在海岸边的一个港口停泊，海上航行使我感到有些疲劳，我确信那天晚上停泊的帆船不会起航，便只和一个朋友及我的一个佣人下了船；我没想到，大概是在半夜,水手们和帆船的管事人看到平静的天空既晴朗又顺风,为了不错过这大好机会,他们给第二批值班人员发出了出发的信号,帆船起了锚,很快在平静的海面划起桨,在微风中挂起了帆。正如我所说的那样,他们那么敏捷地完成开船程序,等我赶回去时,船已开走了。就这样,我只得留在海滨,怀着凡经历过类似事件的人都可能有的烦恼,因为我经济情况并不宽裕,缺乏继续陆上旅行所必需的所有东西。考虑到留在原地没有解决问题的办法,我想起应回到巴塞罗那去,在那个大城市里可能会遇到什么人会接济我,支付相当于我去赫雷斯或者去塞维利亚的路费。我萌生这些念头之后,便决定付诸实施,并等待着第二天早些到来,在我正要出发的时候,忽然传来一阵嘈杂声,所有的人都向村镇的主要街道跑去,我问一个人那是怎么回事,他回答说:'先生,你到那个街角去,从报子的喊声中,你会知道你所想了解的事。'我来到街角,第一眼就看到一个高大的耶稣像和一大群人,人群中有一个人被判处死刑,这一点是由报子的叫喊声所证实的。他宣告说,司法机关命令绞死一个拦路抢劫的强盗,这个人正巧朝我走来,我立刻认出他就是我的好朋友廷布里奥,他光着脚,手上戴着手铐,脖子上套一根绳索,双眼死死盯住面前的耶稣受难像,他一面走一面向身旁的教士提抗议,他想在短短几小时内,让他眼前的耶稣明白,他一生中从未犯过错误,为何遭受如此耻辱的判决。他请求所有的人向法官求情,给他一点的时间,以便让他证实自己是多么清白无辜。请你们想想吧!如果这样的理由能够成立,对于眼前所看到的可怕场面,我该怎么办?我不知道该怎样向你们描述,先生们,我当时处于昏迷状态,全然失去了知觉,那一会儿,在别人看来,我简直成了一尊大理石雕像。但是,村镇的一片嘈杂声,报子们的高声叫喊,廷布里奥令人痛心的话语,神父的安慰以及我对好朋友的深刻了解,使我从最初的昏迷状态中苏醒过来,沸腾的血液注入了衰竭的心脏,产生了为廷布里奥报仇雪恨的极大勇气。我没有考虑自己的危险处境,只是看到了廷布里奥所遭受的危险,我想试试能否解救他或者跟着他转入再生,我并不十分害怕失去我的生命,我手持宝剑,怀着异乎寻常的愤怒,冲进混乱的人群,一直来到廷布里奥面前,可他却不知道这已出鞘的剑是为帮他而来的,竟以疑惑和痛苦的神情看着眼前发生的一切,我高声对他说:'啊!廷布里奥,你胸中的勇气到哪里去了!你还在期待或者等候什么?你为什么不利用眼下的机会?啊!真正的朋友!赶快逃命吧,而我这条命,我要为你这无端受辱而豁出去了。'听了我的这些话和认出了我之后,廷布里奥忘掉了惧怕,挣脱了手上的束缚和手铐,如果为怜悯之心所打动的神父们不愿意帮助他的话,那么他的努力也是徒劳的,神父们簇拥着他冲破阻挠,一同钻进附近的一个教堂,把我一个人抛在司法机关的控制之下,司法人员本来就竭尽全力想逮住我,最后终于如愿了,因为我一个人的力量毕竟不会强大到足以抵抗人家的联合力量。在我看来,我的罪过应受到加倍的惩罚,他们把两处受伤的我送进了公共监狱。我的大胆行为以及廷布里奥的出逃增加了我的罪责和审判员的怒气,他们在慎重审查我的暴行后,认为该把我处死,随即宣读了这一严厉判决,单等第二天执行。这个令人伤心的消息传到了待在教堂的廷布里奥耳中,据我后来所知,对我的死刑判决比当时宣布他的死刑判决还要使他感到不安,为了从死亡中解救我,他宁肯向司法机关投案但神父们劝告他,那样做无济于事,只能是错上加错,因为他投案不可能成为使我获释的理由,只要犯了过错就得受惩罚。说服廷布里奥不去司法机关投案,并不是一件容易的事,他们建议他在某一天,为我干一件如同我已经为他所做的事情,他的精神状态

才安静下来,这叫以其人之道还治其人之身,或者叫士为知己者
死。他的所有想法意图由一个来为我作忏悔的教士通知我,我又
通过这个教士转告他,解救我的不幸的办法就是他自己能够得救,
并告知他,在那个村镇的法院对我执行判决之前,尽快设法让巴塞
罗那的总督知道事情的全部经过。从我给你们提到的那个教士口
中,我得知给我朋友廷布里奥带来痛苦和折磨的原因:廷布里奥来
到加泰罗尼亚王国,在他离开佩皮尼亚城的时候,碰到了一伙强
盗,这些强盗的头目是一个加泰罗尼亚绅士;由于某种敌对关系而
结成帮伙,这是那个王国的老顽症,当敌手是重要人物时,他们更
是为所欲为,不仅危及人的生命,还掠夺他人财产,干出与所有基
督教徒品性和怜悯心毫无共同之处的事情。那时,正当强盗们忙
于抢夺廷布里奥的东西时,他们的头目来了,因为他毕竟是绅士,
不愿意眼看着手下人干出对廷布里奥有所侮辱的事;他看出廷布
里奥是个有价值和可以作人质的人,于是对他殷勤招待,礼仪有
加,请求他那天晚上和他一起住在附近的一个地方,第二天早晨会
给他一份安全通行证,以便他放心大胆地继续上路,直到离开该
省。廷布里奥感到盛情难却,被迫接受了绅士的一番美意。他们
一起来到一个小地方,在那里受到了村民们的热情接待。到那时,
捉弄廷布里奥的命运之神又有了安排,那天晚上,它让一群士兵和
这伙强盗遭遇,这群士兵正是为此目的而集结起来的,他们突然出
击,轻而易举地把强盗打散了,虽然没能逮住其头目,但逮捕和杀
戮了其他很多人,其中俘虏之一是廷布里奥,他们根据想象——无
疑应该说是想象——以为他是那伙强盗中最出名的抢劫者,但是
经向其他俘虏取证,了解了整个事件的真相之后,才知道根本不是
他们所想象的那么回事,但法官们心怀恶意,没有再做调查,就判
他死刑。如果主持正义的上帝不差遣帆船起航,并把我留在陆地

上,让我做现在为止我已跟你们讲的这些事的话,那么廷布里奥的死刑已经执行了。

"他们下令那天晚上押解我去巴塞罗那时,廷布里奥在教堂,而我却在监狱里,正想看看受辱的法官们在遭到更大不幸——即廷布里奥和我都被解救之后,他们的怒气该如何消除,但愿上帝把怒火只冲着我一个人发,可那个不幸的小村镇已被搅得天翻地覆,千百柄锋利的剑刃已经对准它可怜的咽喉。大约半夜时分——正是强盗突袭的好时机,劳累的人们已习惯于把他们疲劳的四肢送进梦的怀抱,突然间,整个村镇喊声四起,人们叫嚷着:'快拿武器!快拿武器!土耳其人来啦。'谁能怀疑这凄惨的叫声不会在妇女的心里引起恐慌,不会在男人的精神上造成混乱呢?先生们,我不知道该怎么对你们讲,总之,可怜的大地在燃烧,建造房屋的石块似乎成了熊熊大火的柴薪,烈焰吞噬了一切。在狂怒的火光映照下,只见野蛮的大刀闪闪发亮,戴着白头巾的土耳其人挥动钢制板斧,房屋的门倒塌了,闯入屋里的人,出来时都扛着东西。疲劳的母亲拉着幼小的儿子,他们用疲惫而微弱的呻吟,互相询问着;我知道,有人用亵渎神明的手阻挡了纯洁处女和不幸丈夫新婚之后正当愿望的实现,在他们的哭泣中,剥夺了他们享受短暂快乐的权利。到处都是一片混乱,那么多人的叫喊声混杂着各种不同的声响,引起了人们极大的恐慌。邪恶的无耻之徒们见遇不到什么反抗,竟胆大妄为地进入圣洁的神殿,把罪恶的双手伸向神圣的遗物,扒掉遗物上的金饰放进怀中,再不屑一顾地把遗物扔到地上。牧师的圣洁,修士的忌戒,老人那雪白的两鬓,青年人英俊的容貌,以及孩童的天真纯洁全都一文不值;那些不信教的狗徒们把一切都装进了袋子。他们在烧焦了房屋之后,抢劫了圣殿,糟蹋了处女,处死了反抗者,干完这些事,觉得疲劳更甚于满足。天刚拂晓时，他们毫无阻拦地回到了船上，这些船只已装满了从村镇上掠夺来的最好东西，使村镇变成了一座荒凉无人的空镇，因为大多数人已经被他们掳走，而另一些人则已躲藏到山上去了。

"面对这样令人伤心的场面，谁能无动于衷，熟视无睹呢？唉！我们的生活那么悲惨，在像我跟你们讲的这样令人痛心的事件中，也有人在幸灾乐祸。这就是那些正在监狱里的人，他们从众人的不幸中得到了自己的幸运。他们以保卫村镇为由，冲破了监狱的大门，获得了自由，他们谁也不去对付敌人，只图自己拯救自己，在这些人当中，我也享受到付出高昂代价才取得的自由。我看到没有人反抗敌人，因为没有当局的指挥，监狱的职能也丧失了，被毁坏并遗弃的村镇已经千疮百孔，我忍着伤口的疼痛，跟随一个人往前走，那人对我说，他肯定能把我带到前边山上的一个修道院去，在那里我的伤口可以治愈，甚至如果我再次被扣押的话，他可以保护我。总之，如同我向你们讲的，我跟着他走，想知道命运之神对我的朋友廷布里奥会做什么安排？而他呢？正如我事后知道的，他是带着伤逃跑的，进山后他走上了另一条与我不同的路，来到了罗萨斯港，在那里待了几天，想打听我的情况，最终，没有得到什么消息，便乘船走了，一路顺风到达大城市那不勒斯。我回到了巴塞罗那，在那里我得到必要的接济，随后又治好了伤痛，我便再次登上旅途，没有遇到任何挫折，就到达那不勒斯，在那里见到了病中的廷布里奥，我们两人相见时是那么高兴，以至我现在还要不遗余力地对你们称赞他。在那里，我们了解到分别后各自的生活，以及到那时为止我们生活中所发生的一切。但是我的这种喜悦之情由于看到廷布里奥心情不如我所希望的那么好而大受影响。他得了一种奇怪的病，如果我不是及时到达的话，那就只能赶来参加他的葬礼，而不是隆重的庆祝活动。在得知我的所有情况之后，他

眼含热泪对我说：'唉！西雷里奥朋友，我多么希望上帝顾念我的不幸，把你的健康赐给我，这样，我每天都责无旁贷地为你效劳。'

"廷布里奥的这些话很使我动情，这些在我们之间很少用的谦恭话语，更使我敬佩不已。为了不让你们感到疲劳，我就不一一复述我和他的对话了，只跟你们讲讲不幸的廷布里奥爱上了那个城市的一个有名的女子，她出生在那不勒斯，父母却是西班牙人；她名叫尼西塔，她是那么美丽，我敢说自然之神在她身上集中了完美之最，融诚实和美丽、热情和冷静于她一身；她的礼貌谦恭可以把别人的心愿送上三十三重天，而她诚实的严厉则可以把这种心愿打入十八层地狱。由于这个原因，廷布里奥处于希望很少而想法很多的境地，何况他的健康状况如此欠佳，这就是他对美丽的尼西塔心怀敬畏的缘故。在我了解了他的病情，看到了尼西塔并考虑到她父母的高尚品质之后，决定建议他推迟行动；此时，根据需要和可能，我使了一个计谋，那是一个手法奇异、闻所未闻的计谋，我打扮成小丑模样，带一把吉他走进尼西塔的家，正如我讲过的，她的父母是城里的头面人物，很多小丑都光顾他家。在廷布里奥看来，这个办法的确好，他满心欢喜地服从我的安排。我让人拿来各种各样的华丽衣服，我一件件穿起来，在廷布里奥面前演练我的新职业，他见我穿得那么像丑角，不禁大笑。为了看看我能否现场发挥，他让我把他当作一个伟大的王子，而我则是再次来拜访他，并应该对他说点什么。如果我没有记错的话，先生们，假如你们不厌烦继续听我讲，我就讲讲我第一次对他唱的歌词。"

所有的人都说没有其他事情比知道他那件事的全过程——即使很长——更能使他们高兴。于是，大家都请求他说，尽管时间不长，仍希望他把事情经过一字不漏地讲给他们听。

"那么，你们同意我了。"隐士说，"我不能不给你们讲讲我的

疯狂举动是怎么开始的,我把廷布里奥想象为一位伟大的贵人,对他唱了以下几段诗句:

西雷里奥　世间的王子尚且
　　　　　在为公正而奔波,
　　　　　不是上帝的业绩,
　　　　　还能指望什么?

　　　　　当今时代没有见到,
　　　　　以往时代闻所未闻,
　　　　　精明强干的王子
　　　　　治理下的国务。
　　　　　用基督徒的标准
　　　　　来衡量他的勤奋,
　　　　　不是上帝的业绩,
　　　　　还能指望什么?

　　　　　给他人带来幸福,
　　　　　不多贪战利品,
　　　　　眼睛里充满慈悲,
　　　　　胸中怀着正义,
　　　　　他在这个世界上,
　　　　　奉献最多,所得最少。
　　　　　不是上帝的业绩,
　　　　　还能指望什么?

　　　　　你神圣心灵中那

直上九天的
宽宏大度的名声，
给我们树立了光辉的榜样。
从凡人到忠实的上帝，
无一丝毛发之差异，
不是上帝的业绩，
还能指望什么？

有基督徒的胸怀，
严厉总是缓行，
为人心存正义，
回报的是宽厚仁慈，
狂妄高傲的人，
无人与之相随。
不是上帝的业绩，
还能指望什么呢？

"我给廷布里奥唱着这些取笑逗乐的事情，并力图使之与体态和风度相适应，以便把小丑的动作惟妙惟肖地表现出来；而我在这方面的确做得不错，短短几天时间，我已为城里最有名气的人士所熟知，西班牙小丑的名声在整个城市不胫而走，以至连尼西塔父亲的家庭也想见到我，我于这一行很能满足别人的愿望，只要有人请，我就去。那一天宴会如果我不去的话，我就不能原谅自己，因为在那里我更清楚地看到了廷布里奥忍受苦恼的原因，以及上帝使我一生都不高兴的原因。我见到了尼西塔，见到了她，不必再见到别人，见到了她以后，也没有更可一见的人了。啊！爱情的强大力量，跟它相比，我们的强大又算得了什么！我忠诚的思想意识会在某一点上、某一时刻付之东流吗？唉！如果再延误一点时间来拯救我的话，我同廷布里奥的友谊，尼西塔的可贵价值，就会遭受风险，因为我产生了爱的愿望，但不是希望得到她，而是靠近她，使爱情发展或者退回到它的开始阶段。最后，我看到了我跟你们讲过的美人，看到她，对我来说至关重要，我总是设法和她的双亲以及所有的家人建立友情，我表现出诙谐和极有教养的样子，尽我最大的努力为他们做机灵风趣的表演。那一天在餐桌就座的一位绅士要我唱几段曲子赞扬尼西塔的美丽，运气让我记起好多天以前我为另一个类似场合所做的诗，利用现在这个机会，我唱给你们听听。

西雷里奥　　尼西塔，上帝

> 如此大方地表示
> 要把他给予你，
> 给世间一个人的形象，
> 并撩开遮盖他的面纱，
> 如果他没有更多的可给你，
> 而你又不再有更多的需求，
> 这就很清楚地表明，
> 要他来赞美你，
> 那是不可能的事。
>
> 异乎寻常的佳丽，
> 你至高无上的完美
> 把我们引向天庭，
> 人类不可能用
> 神的语言歌唱，

只是说：常人都认为，
能够控制自己灵魂的人，
是高尚和神奇的，
给他美丽的面纱，
那是世间从古至今最美丽的面纱。

取自太阳的金发，
取自平静天空的前额，
美丽眼睛的光芒，
取自最明亮的星星，
星星在她眼前也会黯然失色。
谁能够和敢于用
胭脂和白雪
调制美丽的色彩，
但是最完美的色彩，
那是你的面颊。

是象牙和红珊瑚
构成了你的牙齿和嘴唇，
从那里涌出大量
机敏的言语和智慧
以及美妙的乐音。
坚硬的大理石
制成你雪白美丽的胸脯，
你这自然铸就的杰作，
大地使你完善，

上天对你满意。

"由于我唱的那几段歌曲，使得所有的人都喜欢上了我，特别是尼西塔的父母，他们为我提供了我所需要的一切，并且请求我一天不落地去拜访他们。这样，在我的计谋未被揭穿和识破的情况下，我实现了第一步打算，那就是轻而易举地进入尼西塔的家，这位小姐也特别喜欢我的大方举止。既然时间已过去很多天，我已做过多次交谈，以及那个家庭的所有成员对我表现出了深厚的友谊，所有这一切除去了笼罩在我心头的阴影，那就是害怕别人发现我对尼西塔的图谋，于是，我决定看看只是应我的请求而等待着她的廷布里奥的运气究竟能达到何等地步。唉！那个时候我正处于求药为自己治伤重于为他人健康着想的状态，因为尼西塔的文雅、美丽、谦逊和严肃在我心灵上造成的后果，绝不亚于病痛和爱情在可怜的廷布里奥心灵上造成的创伤。我要让你们慎重的思想去想象一下一颗心可以感受到的东西：一方面要服从友谊的条例，另一方面要战胜爱神的不可侵犯的法则；如果前者约束你不要超越友谊和理智所要求的范围，那么后者则会迫使你随心所欲。这种担惊受怕和思想斗争苦苦地折磨着我，以致我还没有为他人恢复健康，却开始怀疑起自己的健康来了，我变得消瘦脸黄，使得所有看到我的人都产生了极大同情，而最表同情的人是尼西塔父母，甚至还有她自己，她多次用纯洁的和基督教徒的心肠请求我给他讲明我害病的原因，并愿为我提供治病所需的一切。'唉！'每当尼西塔关心照料我时，我都这样自言自语地说，'美丽的尼西塔，用你自己的手就可以轻而易举地治好你的美丽所给我造成的病痛。'但我尊重我的好朋友，虽然我的办法对他已毫无作用。当时的这些考虑扰乱了我的思想，使我一时找不到合适的话语来回答她，对此，她和她的一个妹妹——名叫布兰卡，年纪比她轻，但在机灵和美貌方面毫不比她逊色——感到惊奇,于是更想知道我伤心的起因,她们再三纠缠,请求我不要向她们隐瞒我的痛苦。我终于看到命运向我提供了实施我的计谋的方便机会,有一次,正好尼西塔和她的妹妹两个人单独见到我,她又向我提起了过去多次要求的事,我对她们讲:'小姐们,你们不要以为是到现在为止我一直不跟你们讲的那种痛苦折磨着我,使我不想服从你们,可以看出,如果说我这种沮丧神情在我一生中有什么好处的话,那就是我能够来到这里认识你们,并像仆人一般为你们效劳,你们所想象或发觉的原因,不仅对你们毫无用处,反而给你们带来遗憾,而补救办法又是那么遥远;不过,我有责任满足你们的要求,小姐们,你们将会知道,这个城市有一位绅士,来自我的祖国,他是我的主人、保护者和朋友,他是一个极慷慨、谦逊和有礼貌的人;由于家乡发生的某件事情,使他离开了他亲爱的祖国来到这里,他相信,如果说在他的祖国他结下了仇人的话,那么在这异国他乡,他是不会缺少朋友的;然而事与愿违,这里有一个仇敌,那就是他自己,不知为什么,他力图——如果上帝不拯救他的话,他已走向极端——以结束他的生命来结束他的友谊。因为我知道廷布里奥——这是那个绅士的名字,他的不幸我马上讲给你们听——的价值,我知道失去了他世界将会失去什么,我知道如果我失掉他,将来我会失掉什么,我向他做出了你们所看到的感情上的表示,根据廷布里奥面临的危险处境,我的这种感情表示还远远不够。我很清楚,小姐们,你们想知道把一个那么有名望的绅士推向我给你们描绘的如此困境的敌人是谁,但是我也清楚,我跟你们讲明之后,你们将感到惊奇的是,为什么他没有因憔悴虚弱而死去。他的仇敌是爱情,这是我们安静和幸运的最大破坏者。这个凶恶的敌人占据了他的心。廷布里奥在进入这个城市时,看到了一个非凡的美女,她那么出众和诚

实，是这个可怜虫从来不曾想象过的。'

"我讲到这点时，尼西塔对我说：'说真的，阿斯托尔——当时这是我的名字，我不知道那个绅士是否如同你所描绘的那么优秀和谦恭，可是他如此轻易地屈服于一个才露头的坏念头，还无条件地投入绝望的怀抱。虽然我对这些爱情的后果知之甚少，但我认为，因爱情的后果而烦恼又不愿去寻找影响思想的人，那是简单和软弱的，这一点可以想象得到。试想当她知道自己被人深深爱着，这对她会有什么伤害呢？或者对他来说，有什么粗暴生硬的答复会比他试图默默死去更糟糕呢？不能因为一名法官太严厉，某人便放弃为他自己辩护的权利。假如说一个像你朋友那样沉默而胆怯的情人死去了，你能说他所爱的那个女人残忍吗？当然不会。没有说明自己的需要的人，谁也不可能去拯救他，更没有责任为拯救他而去多方打听。阿斯托尔，请原谅，你那位朋友的所作所为并不像你夸奖的那么好。'听完尼西塔这番话之后，我想向她透露我胸中的全部秘密；只因我理解她讲话时的善意和直率，我得控制自己，等待更好的单独机会，于是这样回答她：'美丽的尼西塔，爱情这东西用随意的目光来观察，可以发现很多谬误，所需要的是嘲笑多于同情；但是假如灵魂卷入了敏感的情网，那么感官就会受阻，本性就会失去控制，记忆只能对眼睛所观察到的物体起储存和监护的作用，理解只能查询和认识所爱之人的价值，而意志则可保证记忆和理解不被其他事物所占据。这样，如同通过放大镜一样，眼睛所看到的东西都变大了：当事情有利于自己时，希望就增强了，当自己遭到拒绝时，惧怕就增加了，在廷布里奥身上所发生的事，也同样发生在别人身上，起初他们举目一望，觉得目标高不可攀，因而丧失了进取的希望；但这并不等于爱在灵魂深处不对他们说："谁知道？也许是……"这样一来，正如通常所说的，希望脚踩两只船,如果对他们毫不保护,希望就会和爱情一同逃离。于是,在惧怕和大胆之间产生了徘徊,恋人的心是那么悲伤,以至不敢贸然去告诉她,因而只好退让,忍受折磨,期待着那遥远的还不知是何人的拯救办法。廷布里奥正好处于这种极端之中,尽管由于我的劝导,他已给他将为之而死的那位小姐写了一封信,他把信给了我,让我先读一读,看看是否对她有失礼之处,以便做些修改,他委托我找一个什么理由把信送到他心上人的手里,我认为这是不可能的,倒不是因为我怕冒险——至少我得冒生命危险为他效劳,而是因为我怕碰不到机会把信交给她。''我们来看看吧!'尼西塔说,'因为我想看看慎重的恋人们是怎样写信的?'随即我从怀里掏出一封几天前写好的一直等机会交给尼西塔看的信,甘冒风险地把信交给了她,那信我已读过好几遍,内容已经记在脑子里了。

'廷布里奥致尼西塔的信

美丽的小姐,我早已决定让我不幸的结局给你传去我是谁的消息,在我看来,最好是让你夸奖我沉默的死亡,而不是让你责骂我活着时的无礼言行。因为我想,为了你我的灵魂最好是离开这个世界,因为在另一个世界里,爱情不会拒绝奖励已忍受过痛苦的人,我得让你知道,你少有的美貌使我所处的境况,以致在对你有意义的情况下,我就不想再去找解决的办法了,因为由于琐碎小事,谁也不愿再冒险侵扰具有极高品德的你,从你的品德和你的诚实为人中,我期望重建生活,以便为你效劳,或者为不再侵犯你而死去。'

"尼西塔全神贯注地听着这封信,听完之后,她说:'接收这封信的那位小姐有什么好生气的呢? 如果情况真的那么严重,她就不该扭捏作态,这一点是这个城市里大部分名媛淑女的通病。不过即使这样，阿斯托尔，你不要不把信交给她，因为如同我跟你讲的，从她的答复中，不可能有比现在你讲的你的朋友所忍受的痛苦更坏的事。为了更好地鼓励你，我要你相信，没有那么庄重和高傲的女人，不愿意看到和知道自己被人所爱，因为她懂得拥有爱慕者不是徒劳的，如果看不到任何追求者的话，那反而很糟糕。''我知道，小姐，你说的是实情。'我回答道，'我害怕我把信送给她之后，我从此就再也不能进那家的门了，这给我造成的损害绝不比廷布里奥的少。''阿斯托尔，你不要在法官还没有宣判之前，就确认判决，'尼西塔反驳说，'拿出勇气来，你要冒险做的这件事并不是战争的紧要关头。''请求上帝，美丽的尼西塔，'我回答说，'在这种情况下，你会看到我以最美好的愿望去面对危险和成千上万对抗性武器的严峻考验，我害怕的不是亲手把这封情书送给她，怕的是因这情书而受辱的她，把对他人的处罚降临到我的身上来。不过，尽管有这些不利因素，小姐，我仍想遵照你的劝告，我将等待时机，等到不像现在这样全身从里往外害怕的时候。在这期间，我请求你设想一下你是这封信的收信人，请你给我一个让我带给廷布里奥的答复，以便用这种欺骗让他得到一点愉快。至于我，时间和机会会告诉我该怎么做。''你想采用不正当的手段，'尼西塔回答说，'如果现在我以别人的名义给他某种温和的或不友好的答复，难道你不会看到时间——我们目的的发现者——会揭穿骗局，那么廷布里奥不就对你抱怨多于满意了吗？何况，我至今还没有答复过类似的信件，不愿意以这种虚情假意的答复去骗人；虽然此事有违我的心愿，但如果你能告诉我这个小姐是谁，我会告诉你怎么去跟你朋友讲，这样，他现在就可以满意了，尽管以后事情的发展会与他想象的相反，他也不会为此而去调查谎言了。''你不要命令我。啊！尼西塔，'我回答说，'因为我告诉你她的名字就等于把信送给了她，那样会把我置于尴尬的境地；你只要知道一些主要情况就可以了，这不会给你造成什么侮辱，她的美貌绝不比你逊色，在我看来，你们俩都是天生丽质。''你谈到我这并不令我吃惊，'尼西塔说，'因为对于你们这种男人来说，阿谀奉承是你们的职能。先把这些放在一边吧，因为我希望你不要失去这样一个好朋友，我劝你对他说你把信送给了他的心上人，你像对我一样对她解说了事情的原委，她怎样读了你的信，使你鼓起勇气带回她的信，而你心中明白那信并不是她写的。尽管你不敢明说你认识她，当他知道信送给何人时，欺骗和醒悟已不会给他造成很大痛苦。这样一来，他就会轻松一点；等以后他发觉了你对他心上人的意图后，你就按照她回答你的话去回答廷布里奥，当她一旦知道时，谎言已经化为动力，在造成既成事实之后，谁都不会在意现在这样的欺骗了。'

"我为尼西塔的机智办法感到惊奇，而对我计谋的真实性不乏怀疑。这样，我为她出的好主意而吻了她的手，并和她讲明，在这种交往中，不论发生什么事情，我都会给予她特殊的关照。我给廷布里奥讲了跟尼西塔之间所发生的一切，为的是让他在心灵深处产生希望，能再次支撑住自己，从心底埋葬到那时为止使他失去理智的冷漠恐惧的阴云；我向他许诺我每走一步都不是为了自己，而是为他效劳，下一次见到尼西塔，我会把他的想法告诉她时，他顿时兴趣大增。有一件事我忘了告诉你，我同尼西塔和她的妹妹在一起谈话时，她妹妹从不插话，而是异常沉默地听我说话。我跟你们讲吧，先生们，是的，她不说话，不是因为她不懂得用谦虚而文雅的方式讲话，而是因为自然之神在这姊妹俩身上体现了她所能做的和值得做的一切；所有这些我不知道是否该跟你们讲，但愿上帝不曾让我认识她们两个，特别是尼西塔，她是我一切不幸的开始和结尾。如果是天意已定,非人力所能阻挡的事,我又能怎么样呢? 我过去、现在和将来都爱尼西塔,毫不顾及对廷布里奥的伤害,我疲倦了的舌头已清楚表明,它从来没讲过对廷布里奥有利的话,但表面上却做出以自己的痛苦去治愈他人痛苦的样子。从我第一眼看到尼西塔,她的美丽便深深印在我的心里,但我的胸中埋藏不下这么丰富的宝物,于是当我单人独处时,我便以假名为掩护,用一些热情和伤感的歌曲把它倾诉出来。有一个晚上,我心想廷布里奥和其他任何人也不会听见,为了稍稍松弛一下疲劳的精神,我只带一把竖琴,来到一个僻静处,唱了几首将我置于极度混乱的歌,下面就是我唱的歌词:

西雷里奥　　这是什么迷宫,在那里

　　　　　　我狂热的高尚的幻想被禁锢?
　　　　　　谁把我的和平变成了残暴的战争,
　　　　　　所有的愉快变成了这样的悲伤?
　　　　　　或是什么命运把我带来看这块土地,
　　　　　　它将成为我的坟墓,
　　　　　　或者是谁征服了我的思想,
　　　　　　使之压缩在健康的愿望所要求的范围?

　　　　　　如果为了冲破我这脆弱的心胸
　　　　　　放弃那甜蜜的生活,
　　　　　　上天和大地会感到满意,
　　　　　　因为我对廷布里奥怀有应有的信念,
　　　　　　残酷的事实也不可能使我胆怯,
　　　　　　我是我自己的刽子手,
　　　　　　如果我死去,爱情的希望

也将在他身上完结，火会烧得更旺。

盲神金色的箭，
如雨点般飞来，
以有损健康的严厉
径直射向悲伤的心，
是用凶猛而狂怒的手施放；
尽管受伤的心脏成了灰烬，
我在掩藏痛苦的创伤
对我不幸的加倍赔偿。

真诚友谊的法律
使我疲劳的舌头长期沉默，
为了她那举世无双的美德，
减少了那从不希望终止的烦恼，
尽管诚实和健康，从不终止和
减少，无论如何，
那是我纯洁的信念，它比那
怒潮中的岩石更为坚定和稳固。

从这些眼睛中流出的眼泪，
从舌头发出令人怜悯的语言，
从由于我的愤怒而得到的好处中，
从牺牲的意愿中，
尊贵的朋友带走了甜蜜的奖赏和战利品，
上帝对我的愿望慈悲为怀，

企求他人的幸福，

而伤害了他自己。

救助吧！啊！温柔的爱情，你起来指责

在这犹豫时刻我的低能，

对期望中的目标，给灵魂

和怯懦的舌头以力量。

如果你有胆量把它带走，

它可以化解那最困难的事情，

冲破天意和不幸，

直至得到那最大的幸运。

　　"我在不断想象的出神状态中竟忘了我曾说过的，在唱这些歌词的时候，应该用最低的声音，连我所在的地方也是那么隐蔽，这是为了避免被廷布里奥听到，然而，他还是听到了，他觉察到我心中有了爱情，如果真有的话，那就是尼西塔，这是他从我的歌声中推测到的。虽然他猜出我的真实思想，但他不了解我的真实愿望，以至把我的想法理解反了，他决定那天晚上离开，去一个谁也找不到他的地方，以便给我留下为尼西塔效劳的方便。所有这一切我是从他的一个知情的侍童那里了解到的，那侍童很苦恼地来找我，对我说：'你快去！西雷里奥先生，我的主人、你的朋友廷布里奥想扔下我们今晚出走，他没有跟我讲去哪里，只是要我为他准备我也不知道派什么用场的钱，他要我不跟任何人讲他的出走，尤其不要跟你讲，他的这个想法产生在他听到我也不知道你刚唱过的什么歌之后，按他所做的极端决定看，我认为他要去寻短见；因此，我应该先来求你想补救的办法，然后再去干他吩咐的事。我对你讲这些是为了让他不要把这有害的打算付诸实现。'

"我万分惊讶地听完了侍童的话，随后便去廷布里奥的住处看他，在进屋之前，我停下来看看，见他正面朝下躺在床上，伴着深深的叹息，泪水哗哗往下流，一面低声地用含糊不清的语句，似乎说着这样的话：'真正的朋友西雷里奥，设法得到你的追求和劳动所应得的果实吧！不要顾及你同我的友谊，而不去满足自己的愿望，我则要克制自己的意愿，尽管这要以死亡这个最极端的办法为代价，因为是你以那么深沉的爱和坚定信念，面对着无数把剑的严峻考验，把我从死亡中解救出来，我现在在这良好的机遇中给你报答也许并不算多，我为不影响你而回避，让你尽情地去享受她，给了她所有的美和全部的爱。亲爱的朋友，只有一件事使我难受，那就是在这次痛苦的分别中，我不能向你告别，此外，你应该为造成这次分别而辩解。啊！尼西塔，尼西塔，你对自己的美貌那么自信，那个敢于冒死前往看望你的人，应该为这个过错付出代价。西雷里奥看到了她，如果不是这样的话，那么我的看法在很大程度上是欠慎重的。因为我的时运是这样希望的，上帝知道我对西雷里奥并非不够朋友，而他对我也是够朋友的。为了证明这个事实，廷布里奥抛弃了他的荣誉，从他的乐趣中沉没，成为从此地到彼地的漫游者，离开了西雷里奥和尼西塔，这是他灵魂中两个真正的最好的组成部分。'随后，他狂怒地从床上爬起来，打开了门，见到我在那里，便对我说：'这么晚了，朋友，你要干什么？难道有什么新消息吗！''有很多，'我回答，'即使很少也不会使我伤心。'总之，为了不让你们感到厌倦，我和他达成了这样的谅解：我说服他，让他明白他的猜想是虚假的——不是我去爱别人，而是被别人所爱——因为我爱的不是尼西塔，而是她的妹妹布兰卡。我知道我给他讲过之后，他会信以为真的，因为他那么相信，这使我记起许多天前我自己为另一位同名小姐所做的几首诗，我跟他讲这是为

尼西塔的妹妹写的,这几首诗随口就来,虽然现在不是说的时候,
但我不想让它默默无闻,那几首诗是这样写的:

西雷里奥　啊!布兰卡,白雪向你屈服,
　　　　　　你的品性比那冰冻的白雪更纯洁!
　　　　　　你别以为我的痛苦那么轻微,
　　　　　　以至漫不经心地给我医治。
　　　　　　你瞧!如果我的灾难不能感化和打动
　　　　　　你的灵魂,在我可以避免的不幸中,
　　　　　　我的幸运将变得那么暗淡无光,
　　　　　　可你的名声和姿色依然洁白无瑕。

　　　　　　窈窕的布兰卡,在她白嫩的胸部
　　　　　　深藏着爱情的愉悦,
　　　　　　而我的爱情愉悦却破碎在眼泪之中,
　　　　　　变成了尘埃和可怜的泥土,
　　　　　　对我心中的爱情和痛苦
　　　　　　你表示出些许满意,
　　　　　　那就是对我所忍受的苦难
　　　　　　给了巨大的酬劳。

　　　　　　布兰卡,我愿用最纯净的白金
　　　　　　来换取你,
　　　　　　假如我有很高的地位,
　　　　　　为了你我可抛弃王国的最高权力。
　　　　　　这你已经知道,啊!我的布兰卡!
　　　　　　丢掉你那冷漠的蔑视,

啊！布兰卡,如果你是布兰卡,

让爱情给我带来好运！

我贫穷得

只剩下一片白①,

如果那就是你的话,我不会

用它去换取世上最值钱的东西,

如果我变成另一个我,

胡安·德·埃斯佩拉变成上帝,那是幸运,

如果在同一时间里寻找三个白色,

啊！布兰卡,我会在这中间找到你。"

要不是从背后传来的悠扬的笛声的干扰,西雷里奥还会把故事讲下去。大家回过头去,看到了十多个英俊的牧羊人排成两行向他们走来,在他们中间,有一个头戴用忍冬藤和各种花卉编成的花冠的文雅牧羊人。他手执拐杖,迈着沉稳的步伐,慢慢向前移动,其他牧羊人随着掌声和乐器声,做出甜美而奇特的表情。埃利西奥看到他们后,认出了夹在人群中的牧羊人达拉尼奥,其他人都是想来参加婚礼的乡亲们,蒂尔希和达蒙也加入了这个行列,他们以这种方式前往村庄,是为了增加婚礼的欢乐气氛和向新婚夫妇祝贺。蒂尔希见他的到来打断了西雷里奥的歌声,便请求他那天晚上一起在村里过夜,在那里他将受到殷勤款待,同时也可满足自己的意愿,那就是讲完这个已开了头的故事,西雷里奥答应了。此时又来了一群快乐的牧羊人,他们认识埃利西奥和达拉尼奥,认识蒂尔希和达蒙,这都是他们的朋友,大家欣喜若狂,互致问候,音乐

---

① 布兰卡这个名字原意即为白色。

和欢乐再起,大家重又上路,当他们到达村子的时候,冷漠的莱尼奥的笛子声传到了他们耳边,他们还是很高兴地接待了他,因为大家都很了解莱尼奥的非凡品质。莱尼奥看到并认识他们,他没有中断那轻柔的歌声,而是一边唱着一边向他们走来。

莱尼奥 　因为幸运,

　　　　因为充满高兴和欢乐,

　　　　在我看来,

　　　　这是亲密的伙伴,

　　　　如不感到是爱情,那就是专制。

　　　　我将亲吻大地,

　　　　它被那个在思想上埋葬了

　　　　虚假爱情的人踩踏过,

　　　　他的心胸不受那

　　　　残忍的狂怒和痛苦烦扰。

　　　　我要称那粗鲁的精明牧主

　　　　是幸运者,

　　　　他小心翼翼地靠着

　　　　那可怜而驯服的耕畜生活,

　　　　面对生硬的爱情,他一脸严肃。

　　　　他拥有的雌羊羔,

　　　　在成熟期到来之前

　　　　便会产崽,

　　　　它们在最坚硬的岩石上,

可以找到清泉和蔬菜。

假如爱神正在发怒，
损害他的健康身体，
我将赶走他的畜群，
同我的畜群一道放牧在
丰盛的牧场和清澈的河边。

神圣的烟雾
扶摇直上天际，
怀着虔诚和恰当的热情，
双膝跪倒在地，
我想对你说：

"啊！神圣正义的苍天！
因为你是那个试图
使你欢心的人的保护者，
请您拯救那个由于
为你效劳而触犯爱情的人。

这个暴君请不要带走
只属于你的战利品，
相反，应以长长的手
和应得的奖赏，
去使感官恢复力量。"

　　莱尼奥唱完歌之后，受到了大家彬彬有礼的接待，他听到有人叫他只闻其名的达蒙和蒂尔希，待见到他们出众的仪表之后，真是钦佩不已，便这样对他们说：

"尽管你们已经名闻遐迩，不寻常的牧羊人，如果出于偶然，爱情的琐事不和你们著名的作品混在一起的话，那么什么样的赞扬足以提高和加强你们的品德？你们得了爱情痨病，看来这是不治之症。既然我直率地鼓励和赞扬你们少有的机智，并对你们知恩图报，但要我停止指责你们的想法，那是不可能的。"

"谨慎的莱尼奥，"蒂尔希回答说，"要是你的思想没有被那空洞议论的阴影占据的话，你就会看到我们的思想多么明朗，凡是有关爱情的思想，就应该发扬和称赞，而不应以任何细小的原因或谨慎的考虑而加以禁锢。"

"不要讲了。蒂尔希，不要讲了。"莱尼奥答道，"我很清楚我讲的道理要说服那么多、那么顽固的敌人是没有多大力量的。"

"如果你的道理真有那么大力量，"埃利西奥回答说，"这里的人都是真正的好朋友，即使是开玩笑，也不该自相矛盾。莱尼奥，在这方面，你可以看到，你背离事实有多远！没有一个人会同意你的话，更不会认为你这是好心好意。"

"其实你并不能自圆其说，"莱尼奥说，"啊！埃利西奥，否则，从你不断为之叹息的老天，伴随你的泪水成长的这些牧草以及那天你在森林的欧洲山毛榉树上写的诗，可以看出你赞扬自己责怪我的都是些什么。"

如果没看到美丽的伽拉苔亚和机灵的牧羊姑娘费洛丽莎以及特奥琳达向他们所在的地方走来，莱尼奥不会不继续说下去，特奥琳达为了不被达蒙和蒂尔希认出来，她在美丽的脸部搭了一块白面纱。她们到达后，受到了牧羊人的愉快接待，特别是埃利西奥和埃拉斯特罗这两位情人，由于见到了伽拉苔亚，特别高兴地接待了她们，埃拉斯特罗已无法掩饰自己的心情，他使了个眼色，无声地向埃利西奥做了个吹笛子的手势，在笛子的伴奏下，他用轻松愉快的声调，演唱了如下诗歌。

埃拉斯特罗　从我注目凝视的太阳，
　　　　　　我似乎看到了一双美丽的眼睛，
　　　　　　如果它们离开这里，
　　　　　　灵魂也会随之而去。
　　　　　　没有它们就没有光明，
　　　　　　连我的灵魂也无指望，
　　　　　　离开了它们，也就不再需要
　　　　　　光明、健康和自由。

　　　　　　有谁看到这双眼睛，
　　　　　　能不对它们大加夸奖；
　　　　　　为了得以看到它们，
　　　　　　不惜付出生命作代价。
　　　　　　我现在和过去都看到过它们。
　　　　　　每当我看到它们的时候，
　　　　　　我给了它们灵魂之后，
　　　　　　再提出一个新的愿望。

　　　　　　我已没有什么可给的了，
　　　　　　也不想再给什么，
　　　　　　如果是为我的信念请赏，
　　　　　　愿望便不会接受。
　　　　　　如果充溢善意的眼睛

所注视的是业绩
而不是健康的意愿，
我的毁灭便确定无疑。

即便这一天遂我所愿，
漫长如一千个世纪，
在我看来
却是转瞬即逝。
增长我岁月的时间，
过得并不轻松，
我眼望着亲爱的美人，
为了她情愿死去。

我这一生中，灵魂
得到了休息，找到了宁静，
生活在明亮而美丽
的火光中，
在这旺盛的火焰中，
爱神对它进行了严格的考验，
火焰唤起了它甜蜜的生活，
复苏了一只涅槃的凤凰。

我带着我的思想
去寻找我甜蜜的荣耀，
最后我才发现
我的欢乐禁锢在记忆之中。

是禁锢在那里，

而不是依附于指挥者、统治权、

奢华的场面、领主的权势，

也不依附于世间的财富。

埃拉斯特罗的歌声结束了，通往村子的路也正好走完，蒂尔希和达蒙以及西雷里奥被领到埃利西奥家里，因为他们想借此机会听听西雷里奥已开始的故事是何结局。美丽的牧羊姑娘伽拉苔亚和费洛丽莎提议在第二天达拉尼奥的婚礼上再见面，便离开了牧羊人，其他所有的人或大部分人同新婚夫妇一起留了下来，两个姑娘回家去了。那天晚上，应朋友埃拉斯特罗的请求，同时也出于不想回隐修院的缘故，西雷里奥便留下来讲完他的故事。后事如何，请看下章。

第 三 章

　　那天晚上，村子里因举行达拉尼奥的婚礼所引起的喧闹和欢乐，并没有影响埃利西奥、达蒙和埃拉斯特罗找到一个合适的地方。他们在没有人打扰的情况下，让西雷里奥继续他已开始的故事。大家一起保持了一阵愉快的沉默之后，他这样继续说：

　　"我把跟你们讲过的为布兰卡假造的诗句向廷布里奥朗诵以后，他感到很满意，因为他看到我的痛苦不是来自我与尼西塔，而是来自我和她妹妹之间的爱情。他确信此事之后，请求我原谅他曾对我有过的不符合事实的猜疑，他又托我为他想办法。就这样，我忘记了自己解决问题的办法，而对有助于他的办法则一点也不怠慢。又过了几天，在这些天里，幸运之神没有像我所期望的那样有那么公开的机会，好让尼西塔发现我的真实思想。尽管她总是问我，我的朋友在爱情纠葛中怎么样了？那位小姐对此是否已知道一二，对此，我说出于怕得罪她的一种恐惧心理，我不敢冒险去对她讲些什么。尼西塔对此很恼火，说我是懦夫，也不够聪明。除此之外，还说我本身太胆怯，要不是廷布里奥并没有像我所介绍的感到那么痛苦，就是我并不像自己所说的那样是廷布里奥的真正朋友。所有这一切是促使我早下决心，只要一有机会就让她了解我的真实情况的部分原因。有一天我就这样做了，那天，只有她一个人在，她特别冷静地听我给她讲，我则尽最大努力强调了廷布里奥的胆量,对她真正的爱,因此促使我采取这种惯用的丑角的行径,只是为了能有机会给她叙说他所讲过的事,此外,还补充了其他一些尼西塔认为理所当然的事。那时她还不愿意用语言来表达后来用无可掩饰的行动表达的事实。她用特别严肃和认真的态度,训斥我的冒失,谴责我的胆大妄为,斥责我讲的话,并且打击我的信心,但是并没有不让我再和她见面,而这是我最担心的。只是结束时她对我说,从此以后她要更加注意为了诚实必须做的事,并尽力设法使我的伪装不被发觉。这样就防止并结束了我生活中的悲剧,为此,我觉得尼西塔已听得进廷布里奥的抱怨了。既然他的最大愿望有了令人满意的结果,那么,在什么样的胸怀里不能容忍这种曾积压在我心头的极度痛苦呢?能给廷布里奥提供解决办法的良好开端使我高兴,而这种喜悦又来源于我自身的痛苦,真的,看到尼西塔投入他人的怀抱,我真是痛心欲绝。啊!真诚友谊的强大力量,你要扩张到何处?你要逼迫我到什么地步?而我自己呢,为了要对你尽我的义务,必须用我的计谋磨快要宰杀我的希望的刀子,这些希望在我的灵魂中消亡,而廷布里奥在知道我与尼西塔所发生的一切之后,这些希望却在他的灵魂中生存和复活!但是她行事十分谨慎,从来不会使人觉得她会对我的要求和廷布里奥的爱感到高兴,更不用说她不屑于因为她的不高兴和反感使得我们两人放弃追求。直到有一天,廷布里奥得到消息,说他的仇敌普兰西莱斯——那位在赫雷斯曾被他侮辱过的绅士——出于荣誉的考虑,通知要和他决斗,指定格拉维那公爵国的一块土地作为畅通而安全的决斗场地,期限是六个月,从那时起到决斗当日为止。这个通知的到来,并不使他对有关她爱情的事不加重视,相反,经我再次请求和廷布里奥的效劳,尼西塔表现得并不冷淡,尽管廷布里奥看到了她,并去她父母的家里拜访过,但她始终保持着自己品德所要求的那种真实的尊严。决斗的期限临近了,廷布里奥看到没有任何可以推托的借口,就决定出发了,在出发之前,他给尼西塔写了一封信,在信的结尾他提到的一点,我在好几个月前和好多次谈话中都没有提到。我还记得这封信,为了让你们记住我的故事,我这就把信中写的讲给你们听:

‘廷布里奥致尼西塔的信

那个健康欠佳的人向你致意,
如果你不亲手给他复信的话,
尼西塔,他连一时的希望也没有。

我怕这几行文字会换得
一个不合时宜的恶名,
这文字是我用鲜血一笔一笔写成。

我的激情如狂涛澎湃,
使我到了心乱意迷的程度,
无法避免相爱中的不当行为。

在炽烈大胆的行动中,一股冷漠的惧怕
接近我的信念和你的品德,
当你接到这些诗的时候,我已在悲伤之中。

这样给你写信,我是自取毁灭,
如果你有我所说的那种优雅,
便把不属你的东西交出。

如果我看到美丽的面容和我的仇敌
便不敬重你的话，
真正的天主会为我做证。

看到你和敬重你同时并举，
谁人能不敬重
举世无双的美丽天使！

你的美貌就是我的灵魂，
这美丽世间罕见，
我宁愿不在你的面部看到。

你的灵魂中有一个天堂被发现，
包含着那么多美貌，
它预示着某种新的荣耀。

你以羽毛丰满的翅膀起飞，
直抵天庭，在人间
你羡慕智者，驱赶庸人。

幸运的灵魂禁锢着这样的幸福，
为了她的灵魂，屈服于情人的决斗
也并不是不幸运。

对我命中注定的星辰致歉，

它要我向那漂亮躯体内
包含着美好灵魂的人屈服。

小姐,你的品德揭开了
我醒悟的思想,
掩盖了我惧怕的希望。

为了我公正诚实的目的,
我善意地面对怀疑,
在最后时刻鼓起了勇气。

人说没有希望就没有爱情,
我想我不希望有这种说法,
只要有爱情我就能力量倍增。

仅因你的善良,我敬重和爱你,
也为你的美貌所吸引,
那是爱情先撒开的网,

为了以少见的精明吸引
我自由而粗心的灵魂,
去同爱的情结紧密相连。

爱以任何美貌在人的心中
起主宰和统治作用;
但它并不是奇特景象。

爱情不是把
让人赏心悦目的金发
束起的蝴蝶结。

爱情也不在胸中，
更不会深入到雪白的酥胸，
也不在象牙般迷人的脖颈中，

而是隐蔽在人的灵魂中，
凝视和观赏着千万个
与之往来相逢的美人。

必死和短暂的美丽，
如果不随着光明前进，
便无法满足不朽的灵魂。

你那无双的美德带走了
我思想的光荣和梦想，
使我迟钝的感官沉思静默。

我的感官满足于这种约束，
因为你用公正的品德
衡量了他那悲哀的伤痛。

当愿望的奇特力量

指责我着意观赏你的时候，
我便是在海上耕耘，在沙土中播种。

我懂得你的高尚，看到了我的卑贱，
它们是那么不一样，分化成两个极端，
我不能指望也找不到补救的办法。

我寻找补救办法的
不便之处是那么多，
如同天空的星辰和大地的人群。

我了解与灵魂相符合的事，
我十分明白我将承受的最坏结果，
我会失去给我带来快乐的爱情。

美丽的尼西塔，我缓慢而来，
我渴望在那里
结束我一身的烦恼。

仇敌已高举手臂等待着我，
请把你狂怒的利剑
向我刺来。

你的意志很快会对我
徒有虚名的胆量进行报复，
为你，我无缘无故地把自己的意志抛弃。

又一个紧要关头,又一个极度痛苦,
虽然比死亡更甚,
却没有扰乱我伤心的幻想。

如果你能在我短暂而痛苦的命运中
满足我的愿望,
我就会对你另眼相看。

我的幸福之路崎岖狭窄,
灾难之路却宽广辽阔,
这条路是由我的不幸铺成。

死神在你的强烈蔑视中,
在这条路上怒冲冲地急急奔跑,
它要战胜我求生的欲望。

为了求生,我丢掉幸福,
小姐,你紧紧相随的严厉,
必将葬送我短暂的生命。

命运把我引向如此
令人伤心的境地,致使我害怕
被侮辱的狂怒敌人。

我看到燃烧我的火

在胸中变成了冰，这就是
我胆怯地跨出极端的一步的理由。

如果你不表明愿和我在一起，
我瘦弱的手能战胜何人？
尽管伴随它的还有力量和技艺。

要是你帮助我，罗马人
或希腊人的首领怎能阻挡我？
最终他们的企图岂不是徒劳？

我扑向最大的危险，
死亡的野蛮之手
定要夺走这份战利品。

你一人能从人世的奢华中
托起我的命运，
或将它打入与幸福不相干的中心。

如果纯洁的爱情能使命运升华，
运气应把它维系在
岌岌可危的顶端。

升上明月照亮的天空，
会看到我的希望，现在它
就在那毫无所求的地方。

这就是我，苦难已经使我满足，
你以那么奇异的方式向我投来
怒冲冲、冷冰冰的蔑视。

只是为了看到我活在你心中
并使你时常记起我，尼西塔，即便你为我
增添烦难，我也作为幸福来接受。

海里的白色沙粒，
那第八重天的星星，
都可以更容易地数清。

而你粗暴野蛮的严厉无故归之于
我的渴望、痛苦和烦恼，
却无法数清。

不要以我的卑贱来衡量你的高贵，
你超群出众的人品，
世间到处传颂。

这就是爱你的我，我敢说
我在坚定的相爱中前进，
达到那爱情的最高境界。

为此，我不应被称为

冤家,相反在我看来
应该得到的是酬报。

残忍与残忍共存,
这应是美德兴盛的地方,
却被忘恩负义所取代。

尼西塔,我请求你告诉我,
我给你一个灵魂,你把它扔向何方?
要是没了灵魂,我怎么生存?

你不接受你灵魂的主人,
那么,最爱你的人能给你什么?
你那傲慢自负在这里表现得多么充分!

第一次见到你,我就没了魂,
为了我的不幸,为了我的幸福,
如果没有见到你,一切都是不幸。

我把我意志的制动器给了你,
你支配我,我只为你而活,
你的权力还可以更大些。

在纯洁的爱情火焰中,我活得自如,
死得惨烈,如同那凤凰,
为爱情死亡之后,又获新生。

> 为了这种信念,我只要求和恳请
> 你相信,尼西塔,
> 我的确在燃烧的爱火中生活。
>
> 我死后,你可以使我恢复生命,
> 从怒涛汹涌的海上
> 把我引向平静的港湾。
>
> 你与我,需要和可能紧紧相连,
> 是一个没有差异和缺憾的整体,
> 我就此终结,为了不再是死不逢时。'

　　"我不知道是不是由于这封信的缘故,或者更多的是我以前为确切证实廷布里奥对她的爱跟尼西塔讲的事情,或者是廷布里奥不断的效劳,或者是早做这样安排的上帝打动了尼西塔的心,她在读完信的时候,就叫我并且热泪盈眶地对我说:'哎呀! 西雷里奥,西雷里奥,我怎能相信你会以我的健康为代价,去增强你朋友的健康! 天意让廷布里奥的行动——你真实的话语——把我带到这个节骨眼上。如果你们两个的行动和语言欺骗了我,上帝要为我被伤害而报仇,我把上帝看作力量的见证,愿望促使我不再对他遮遮掩掩。啊! 对于这样深重的罪责,推卸得何等轻松,因此,我首先应该默默地死去,为了我的荣誉可以活着,用现在我想跟你讲话的方法去埋葬过失,以结束我的生命。'尼西塔的这番话和她讲话时的惊恐语气,使我迷惑不解。我想用我的话去鼓励她,让她大胆地说个明白,没用我多费心思,她终于跟我说,她不仅爱而且尊重廷布里奥,如果廷布里奥被迫出走这个原因不查出来,她的那颗心永远不会开朗。牧民们！听了尼西塔讲的事情以及她对廷布里奥所表示的爱心，我不可能再无动于衷了，倒不是因为看到廷布里奥被人爱而难过，而是因为看到我自己不可能再有高兴的时候了，因为过去和现在是这样的明白无误，没有尼西塔我过去不可能现在也不可能生活下去，对于她，我讲过很多次，当我看到她落到别人手中时，我就失去了所有的兴致；如果说命运在这个紧要关头给了我什么的话，那就是考虑到我朋友的幸福，这也是我的死亡没有达到终点的原因。我尽全力倾听了尼西塔表明心愿的声明，并向她保证，就我所知廷布里奥为人正直，对此，她回答说我没有必要为他担保，因为她已不可能也没必要不再信任我，她只请求我如果可能的话，设法说服廷布里奥寻求什么体面的办法解决问题，不要再和他的仇敌决斗了；我回答说要保住面子这已是不可能的了，她镇静下来，从脖子上取下一些珍贵的饰品交给我，让我以她的名义交给廷布里奥。我们两人还达成了一致意见，她知道他的父母要去看廷布里奥的决斗，要把她和她的妹妹一起带去；因为她没有足够的胆量面对廷布里奥的这个严峻关头，她将借口身体不适，而留在他父母休闲居住的屋子，这里距进行决斗的村庄仅半莱瓜，她在此根据廷布里奥的结局，等候她的好运或者不幸。为了缩短得知廷布里奥结局的时间，她还吩咐我带走一块她给我的白头巾，如果廷布里奥胜了，我便把它扎在手臂上，回来时给她报个好消息，如果失败了，就不扎头巾，她从远处通过头巾的标志就可以知道这是她高兴的开始还是生命的结束。我答应一切按她吩咐的去办，手里拿着装饰品和头巾，怀着从未有过的极度伤感和喜悦向她告别；我为自己的小挫折而悲伤，却为廷布里奥的极大冒险而喜悦。他从我口中得知尼西塔捎给他的话，显得那么神气、满意和骄傲，连等待着他的决斗危险对他来说也不算一回事了，对他来说好像只要能取得小姐的欢心，连死亡也无法阻挡他。我现在把廷布里奥对我的感谢略去不提，因为他在处理这个问题时表现得失去理智。在这个好消息的推动或鼓励下，他开始为出发做准备，带了一个西班牙的显赫绅士和一个那不勒斯人作保护人。由于这次特殊的决斗影响很大，吸引了这个王国的无数人前去观看，尼西塔的父母也去了，还带上她和她的妹妹布兰卡。轮到廷布里奥挑选武器时，他想表明他在武器方面不占优势，而在道义上站得住脚，于是他挑选了剑和匕首，没有挑选其他任何防卫性武器。离指定的期限只差几天了，尼西塔和她的父母以及许多绅士们从那不勒斯城出发，她第一个到达后，便多次提醒我不要忘记我们之间的协议。但是我疲劳的记忆从来不管用，它只能记住我自己的苦恼事，由于它的本质没有变，当它看到我会失去生命或者至少要处于我现在所处的这种可怜境地时，它把尼西塔跟我所讲的话全忘了。"

牧羊人正聚精会神地听西雷里奥的讲述，一个可怜的牧羊人的声音打断了他的故事，这个牧人正在树丛中唱歌，那里离他们所在的窗口不远，他们可以听到他所讲的一切。这歌声，使西雷里奥沉默下来，而且怎么也不想往下讲了，他请求其他牧羊人听听这歌声，因为他的故事只剩一点儿了，只要一有时间就可以讲完。要不是埃利西奥出来解围，这会让蒂尔希和达蒙显得难堪，埃利西奥说：

"牧民们，听听不幸的米雷诺（无疑是唱歌的那个牧人）也无妨，命运之神把他带到这种境地，我想他不会指望得到什么欢乐了。"

"有什么可等待的呢？"埃拉斯特罗说，"如果明天达拉尼奥和牧羊姑娘西尔维丽娅成亲的话，他还能跟谁结婚？总之，对西尔维丽娅的父母来说，达拉尼奥的财富比米雷诺的本事更有吸引力。"

　　"你说的是实话,"埃利西奥回答,"但是对西尔维丽娅来说,她知道米雷诺对她的情意比其他任何财富都更重要,况且米雷诺也不是穷得非要和西尔维丽娅结婚不可。"

　　由于埃利西奥和埃拉斯特罗所讲的这些话,引起了牧民们想听听米雷诺唱些什么的愿望。这样,西雷里奥便请求不要再说话了,大家都停下来侧耳细听,米雷诺为西尔维丽娅的忘恩负义而深感苦恼,看到她后天就要与达拉尼奥结婚了,他怀着这一事实所造成的狂怒和痛苦,只带了一把竖琴离开家,来到靠近村庄围墙的一块小草坪上,与孤独和寂寞为伴,他深信在这样安宁的夜晚,没有人会听到他唱,便坐在一棵树下,调好竖琴,就唱了起来。

米雷诺　宁静的苍天,你以那么多眼睛
　　　　注视着隐藏的甜蜜爱情,
　　　　以你的历程,使人高兴或悲伤,
　　　　你沉默时,给人造成恼恨,
　　　　你冷淡时给人造成
　　　　不可弥补的空白:
　　　　如果你不缺少
　　　　对我的温和,
　　　　只要你说出,我就满足,
　　　　你知道我已做了不少,
　　　　现在你听我讲的也并不算多,
　　　　我可怜的声音
　　　　从痛苦的幽魂中倾诉而出。

　　　　愿我疲倦的声音和哀叹
　　　　能稍稍触动这虚幻的空气,

因为我已退缩到这般境地，
爱情把我的希望
交付狂风，
把我该享受的幸福，
置放于他人之手。
该收获的果实，
那是我爱情的思想播下的种子，
我哭干了的眼泪将它浇灌，
这双幸运之手，对他来说
受惠不足而风险有余，
他能排除困难，确保平安。

因为看到他的幸福
变成了如此令人不快的烦恼，
因而走上了获取幸福的任何一条路，
为什么不结束那令人厌烦的生活？
为什么不砸碎那致命的锁链，
反对命中注定的一切力量？
我慢慢地走向
痛苦死亡的甜蜜关头，
因此，大胆而疲乏的手臂
忍受了生活中的困难，
颂扬我们的命运吧，
应该知道爱情
喜欢痛苦更胜过坚强。

我的死亡确定无疑,因为
那种心如死灰和跟荣誉
毫不相干的人不可能活下去,
但是我怕爱情否定我的死亡,
我怕虚假的信心
给我记忆以生命。
这是为什么? 因为
过去拥有幸福的历史,
使我看到一切都是过去,
我严重的焦虑,
现在仍伤悲地保留在心中,
她还在竭力
把我同她和生活分离。

哎呀! 我灵魂唯一仅有的太阳,
你平静了我心中的惊涛骇浪,
你是我品德之愿的目的!
可能那么一天会到来,
那时我得承认你忘记了我,
爱神允许我再见她一面吗?
除非变成这样的事实,
除非你美丽洁白的脖颈
投入他人的臂膀,
除非你的金发
——确切地说是金子——
使达拉尼奥致富,

灾难以结束我的生命而告终。

谁也不会像我这样
信任你,而我看到的是
没有行动表现的死亡信任。
如果郑重把生命交给
确切的痛苦和虚无的荣耀,
我可以等待这愉快的节日;
不能接受爱神利用善良愿望
这个残酷的规律,
那是情人之间的古谚语,
他们追求爱情的行动,
而我,由于我的不幸,只能具有
付之行动的意愿,
缺少行动,我还有什么不缺的呢?

我想到你应该打破这
吝啬爱情惯用的规律,
牧羊姑娘,抬起你的眼睛来,
看看那个被你灵魂俘虏的灵魂,
你希望自己的灵魂那么公正,
如果你了解它,就应尊重它。
我想过你不会曲解
做出那么明显表白的信念,
为了证实他的愿望,
又凭空附加了财富,

而心中却充满不安：
你把黄金交给他，
把不断的哭泣留给我。

下贱的贫穷,这是
折磨我灵魂的痛苦根源，
那个颂扬你的人从未看你一眼；
我的牧羊姑娘,他看你一眼便心中慌乱，
你的严厉把他的爱情平息，
为了不遇见你,他就此止步。
他企求你同意
他的爱情图谋，
你破灭了他的最大希望，
你在女人贪婪的心胸，
播下了反复无常，
你永远不会以爱情
来完善人类的价值。

太阳是黄金,它的光芒使
最敏锐的目光失明,如果这目光
只注重虚幻的外表。
不要拒绝自由的手，
它们喜欢对酥软、诱人和美丽的胸脯
做实地验证。
黄金扭曲了洁净的意图
和真诚的信念。

金刚钻比一个恋人的坚定更甚，

被打碎后

尽管它很硬，

也会变成蜡的胸脯，

这就是他所需要的。

我亲爱的冤家，你使我难过，

你那么纯洁而完美，

却以一个吝啬的表情使之减色。

你表明自己是黄金的朋友，

以至把我的激情置之不顾，

你忘却了我的不安。

总之，你结婚了！

你结婚了！牧羊姑娘，苍天如你所求

为你做出了那么好的选择，

而我不公正的苦难

却没有得到公正的报答，

啊！苍天这位朋友，

他奖赏美德，惩罚不幸。

至此，可怜的米雷诺非常痛苦地结束了他的歌唱，给所有听众，尤其是给那些钦佩他的美德、英俊和真诚待人的人，留下了深刻的印象。牧羊人谈起了女人们奇怪的秉性，特别谈到了西尔维丽娅的婚事，说她忘记了米雷诺对她的挚爱和一片好心，她却倒向达拉尼奥的财富。牧民们很想让西雷里奥结束他的故事，大家都静了下来，无须请求，他就开始讲述了。

"严峻关头的那一天来到了，尼西塔按照我们已协商好的主意,留在距村庄半莱瓜处的花园里,她跟她父母提出的借口是身体不舒服;在我离开她时,她关照我尽快戴着头巾的标志返回,因为从戴与不戴头巾中,她可以知道廷布里奥的好结局或坏结局。我转回头答应了她,并为她嘱咐了我那么多次而心中稍有不快,这样,我告别了她以及和她留在一起的她的妹妹。我来到决斗场后,决斗开始的时间到了,双方的保护人做完了在这种情况下应有的仪式和告诫后,两位绅士进入了决斗场,在沙哑的令人惧怕的小号声的伴奏下,他们两人以那么娴熟的技艺互相袭击,令在场观看的人惊叹不已。但是爱情,或者更确切地说是公理袒护了廷布里奥,给了他那么大力量,他尽管几处受伤,却在很短的时间里制服了他的对手,由于对手的脚部受了伤,鲜血直流,行动极为不便,此时要想活命,只能投降。但是不幸的普兰西莱斯劝廷布里奥杀了他,这对伤势很轻的廷布里奥来说,是轻而易举的事,因为他宁可死亡一千次,也不投降一次。但慷慨的廷布里奥则既不想杀害他,也不想让他跪地求饶,只是要他说明和承认,廷布里奥和他是一样的好人就很满意了;普兰西莱斯则乐意承认这点,因为这是在当时的决斗规则中很少见的,因此他很痛快地答应了。所有在场的人知道了廷布里奥和他对手之间发生的一切后,都十分赞赏他,对他肃然起敬。我一看到我的朋友的顺利结局,就怀着难以置信的喜悦心情,赶快回去向尼西塔报信。可是,唉!该我倒霉,那时的粗心大意导致了我现在的下场。啊!记忆力,我的记忆力呀!你为什么没有记住那么重大的事情呢?我相信那种喜悦的开始也就是我所有的欢乐的结束和终止,这是我命运中已注定了的。我前面已讲过,我赶快跑回去见尼西塔,但在回去的路上,没有把白头巾扎在手臂上。尼西塔怀着急切的心情在高高的走廊里等候和观察着我的到来,当看到我返回时没有戴白头巾,便知道廷布里奥已经发生了某种不测，她只觉得脑子里一片空白，全身一点力气都没有，突然间晕倒在地，以致所有在场的人都以为她死了。当我走到的时候，看到她家里人声鼎沸，看到悲痛欲绝的妹妹扑倒在可怜的尼西塔身上。我见到她处于这样的状态，坚信她已死去，因而感到痛苦的力量正在使我失去知觉，吓得灵魂出窍，思想上竟没了主意，我慢慢地离开了她家，回去给不幸的廷布里奥转告这不幸的消息。但是我感到身心交瘁，连迈步都很吃力，其他跑得快的人已经把悲伤的消息带给了尼西塔的父母，向他们证实说尼西塔突发急病而死，廷布里奥听到这消息，如果不是更糟糕的话，也应处于我当时的那种状态。我只能说，当我到达我想找到他的那个地方时，已是傍晚了，我从他的一个保护人那里得知，他满脸不高兴，好像在决斗中败下阵来，丢尽了面子似的，和另一个保护人一起，骑驿马出发去那不勒斯。我立刻想到可能发生的事情，随即也上路去追他；在到达那不勒斯之前，我得到了尼西塔的确切消息，她并没有死，而只是昏厥，持续昏迷了二十四小时，最终在眼泪和叹息声中苏醒过来。这个确切的消息令我宽慰，我怀着极大的喜悦到了那不勒斯，想在那里找到廷布里奥，但情况并非如此，因为和廷布里奥一起来的一位绅士向我证实说，他到了那不勒斯后，什么也没说就又出发了，不知道去往何处，根据他决斗后伤心忧郁的样子，只能猜想他是绝望出走。这个新消息又让我掉下了伤心的眼泪，而我的命运对此并不满足，它又做了安排，几天之后，尼西塔的父母到了那不勒斯，但没有尼西塔和她妹妹陪同，据我所知和公众舆论认为，两姐妹在和她们的父母来那不勒斯后的一个晚上忽然不见了，至今没有任何消息。对此，我深感惶惑，真不知道自己该干什么或说什么；后来我在一种十分奇怪的困惑中得知——虽不十分确切——廷布里奥在加埃塔港登上一艘去西班牙的大船。我想这可能是真的,于是即刻来到西班牙,我以为会在赫雷斯或世上任何他可能去的地方找到他,然而毫无踪迹。最后我来到了托莱多城,尼西塔父母的所有亲戚都在那里,我只知道他们返回托莱多时,并不知道两个女儿的消息。我看到自己离开了廷布里奥,又见不着尼西塔,觉得万一找到了他们,那将是他们的欢乐和我的毁灭,我对我们所生活的这个虚假的世界上的事情感到劳累和失望,我想起要把思想退回到更好的北方,在那里消磨掉生命留给我的不多时间,我要为在关键时刻尊重我的愿望和行动的人效劳。就这样,我选择了你们看到的这种苦修生活和这座隐修院,在这里,甜蜜的孤独压抑着我的情欲,把我的行动引向最好的归宿,既然我的不良倾向已走得那么远,不是那么容易刹住,从而阻止代表过去事情的记忆同我斗争;因此,当我看到自己处在那种时刻,我便在自己选择的孤独时做伴的竖琴伴奏下,力图减轻自己思想上的沉重负担,直到上帝把我带到更好的生活中去。牧羊人,这就是我不幸的生活经历,是的,我已经跟你们讲得很多很多了,这是因为它折磨我的时间太久。我要求你们让我仍回到隐修院去,尽管你们的陪伴使我高兴,可我已经到了这个地步,没有任何东西能比孤独更使我高兴的了,由此你们可以理解我所过的生活和所承受的灾难。"

西雷里奥讲完了他的故事,但是没有像以往很多次那样泪流满面。几个牧羊人却流着眼泪尽力安慰他,特别是达蒙和蒂尔希用许多道理劝他不要失去他想心满意足地见到他朋友廷布里奥的希望,因为只有经过这样的暴风雨之后,上帝才能平静下来,在绝望夺去廷布里奥的生命之前,应该期望上帝不让说得活灵活现的有关尼西塔死亡的不确切消息,传进他的耳朵。从尼西塔方面可以相信和放心的是,当她见不到廷布里奥时会四处去寻找他,如果说那时由于那么奇特的事件,命运把他们分开了,现在也许会因为不那么奇特的事件，又把他们连在一起。大家讲给他听的许多许多道理，使西雷里奥得到了一定的安慰，但是并没有唤醒他能过上更满意的生活这一希望，他自己也不努力去争取，因为在他看来，他已经选择了适合自己的生活道路。

当牧羊人想起应该稍事休息，以便第二天为达拉尼奥和西尔维丽娅操办婚礼的时候，夜晚已经过去了一大半。白色的朝霞让好妒忌的丈夫离开使他烦恼的床，而村庄上其他所有牧羊人也都起床了，每个人都各尽其能，开始为婚礼活动增添欢乐气氛，一些人带来了绿色树枝装点新婚夫妇的家门，一些人敲鼓吹笛迎接黎明的到来，那边传来欢乐的风笛声，这边响起和谐的三弦琴，那里是古老的圣诗颂唱，这里是熟悉的双管笛声；为参加期待中的舞会，人们用彩带装饰自己的响板；有人把自己粗俗的装束修饰再修饰，以便向心爱的牧羊姑娘显示自己的潇洒；这一切使村庄的各个角落都充满了欢乐、愉快和节日气氛。唯独伤心而又不幸的米雷诺心情不同，这种欢乐气氛反而使他愈加悲伤，为了不想看到自己的荣誉受损，他离开村子，爬上了一个靠近村子的斜坡，在那里，他坐在一棵老白蜡树的树根上，手撑着面颊，尖帽一直压到眉头上，眼睛死死盯着地面，开始想他所处的不幸时刻，他想得那么多，以至不能控制自己，在他眼里，他已经摘取了他愿望的果实。出于这样的考虑，他哭得那么伤感和凄惨，谁见了都会陪他一同掉眼泪。这时候，达蒙和蒂尔希，埃利西奥和埃拉斯特罗也起床了，他们把头探出朝田野开的窗口时，第一眼就看到了可怜的米雷诺，看到了他所处的那种境地，立刻明白了他所承受的痛苦，出于同情心，大家决定去安慰他，埃利西奥请求大家准许他一人前去，因为米雷诺是他的好朋友，跟其他人比起来米雷诺更能坦率地向他诉说自己的痛苦。牧羊人都点头同意了，埃利西奥走到他身边，发现他毫无感觉，只是呆呆地沉浸在痛苦之中，以致他发觉米雷诺已经认不出他了，也不跟他搭话，埃利西奥见此情景，给其他牧羊人打了个让他们前来的手势，这些人害怕米雷诺已发生了什么意外，既然埃利西奥急切地叫他们，大家就走上前去，他们看到米雷诺呆在那里，眼睛直盯着地面，面无表情，好像一尊泥塑，埃利西奥的到来，甚至连蒂尔希、达蒙和埃拉斯特罗的到来也没有使他从奇怪的昏迷状态中清醒过来，只是在好长一段时间之后，他才开始从牙缝中挤出几句话来。

"你是西尔维丽娅，是西尔维丽娅吗？如果你是，我就不是米雷诺，如果我是米雷诺，你就不是西尔维丽娅，因为西尔维丽娅活着不可能没有米雷诺，或者米雷诺活着没有西尔维丽娅。那么，我这个不幸者是谁呢？或者说你是谁呢？一个陌生人？我清楚地知道我不是米雷诺，因为你不想成为西尔维丽娅；至少你应该像西尔维丽娅那样，我想你可能是的。"

这时候，他抬起了眼睛，看到自己周围有四个牧羊人，并认出他们之中的埃利西奥，便站起身来，痛苦地哭泣着伸臂搂住他的脖子，说道：

"哎呀！我真正的朋友，现在你可没有机会来妒忌我了，如同当初你看到西尔维丽娅是我的幸运时所妒忌的那样；要是你那时称我为幸运者，现在你可以称我为倒霉的人了，把那时给我的所有愉快的称号变成现在不幸的称号！是的，我可以称你为幸运者，埃利西奥，因为你具有的为人所爱的希望，比起那种被人遗忘的惧怕来，更能使你得到安慰。"

"啊！米雷诺，"埃利西奥回答说，"看到你因为西尔维丽娅的所作所为，自己也干出那些极端的事，我真莫名其妙，你要知道，她有父母，她是应该服从他们的。"

"要是她有爱情的话,"米雷诺反驳说,"为履行爱情的职责,父母的强制算不了什么麻烦事。啊!埃利西奥,我认为如果她真爱我,结婚是不对的,如果以假爱情对待我,这种欺骗行为更不对,如果不是把我的生命掌握在她手里,就不该考验和利用我。"

"你的生命还没有到头,米雷诺,"埃利西奥回答,"结束生命是一种补救的办法,可能西尔维丽娅的情变不是她的本意,而是屈从她父母的压力;既然当她是个纯洁诚实的少女时你爱她,现在她结了婚你也可以爱她,她现在和那时一样符合你善良和诚实的愿望。"

"埃利西奥,你不了解西尔维丽娅,"米雷诺回答,"因为你总是认为她在做一件可以使她出名的事。"

"你讲过的同一个道理反驳了你,因为你米雷诺了解西尔维丽娅是不会干坏事的,在她已经做的事情中,不应该有错的。"

"如果没有错的,"米雷诺回答,"那么她正好夺去了我所期望的从我好的思想中得到的好结局,在这方面我要责怪她,她从未给我提醒过这种伤害;相反,她怕我受伤害,她用坚定的誓词向我担保说那是我的想象,她从来没有想过要和达拉尼奥结婚,也不可能和他结婚,即使不和我结婚,也不会跟他或别的人结婚,对此,她甘冒永远失宠于父母和亲属的风险;在这个保证和诺言下面,缺少以至破坏了你现在所看到的信念,有什么理由能同意这样干,或者有什么心能忍受得了这样的事?"

米雷诺又哭起来,牧羊人又给以同情和怜悯。这时,两个少年来到他们所在的地方,一个是米雷诺的亲戚,另一个是达拉尼奥的仆人,他是来叫埃利西奥、蒂尔希、达蒙和埃拉斯特罗的,因为婚礼活动快开始了。要是把米雷诺一个人留在那里,牧羊人都会感到难受,虽然米雷诺的亲戚愿意留下来跟他在一起,但米雷诺对埃利西奥讲,他想离开那个地方,因为不想让眼睛每天看到造成他不幸的原因。埃利西奥赞赏他的决定,嘱咐他不管去什么地方,都要及时向他通报情况,米雷诺答应着从怀里掏出一张纸,请求埃利西奥在方便时转给西尔维丽娅,然后就痛苦而悲伤地告别了所有的牧羊人。他刚离开他们不远,埃利西奥便急于想知道纸上写的是什么内容,他认为这是公开的事情,读一读也无妨,他便把纸展开,请其他牧羊人也一起来听听,他看到纸上写着如下这些词句:

"米雷诺致西尔维丽娅的信

> 一个牧羊人把自己的
> 绝大部分都给了你,
> 牧羊姑娘,现在他给你送去
> 仅存的极小部分,
> 那就是这张可怜的纸。
> 从那里你将清楚地看到
> 你所缺少的信义
> 和留给他的痛苦。

是时候了,既然你听到了
我愤怒的故事,
如果我为此哭泣,
请你擦干我的眼泪。
那时你看中的是
米雷诺。
哎呀! 你怎么失去了
大好的时机,大好的时机!

如果那种欺骗仍在继续,
我的不悦将受到节制,
因为一个虚假的欢乐,
要比明显真实的伤害更宝贵。
由于你而造就了
我可怕的厄运,
可你的反复无常,造成了
我虚假的幸福,确实的苦痛。

你的花言巧语和
我轻信的耳朵,
给我带来了虚假的幸福
和真正的灾难。
表面的幸福,
增强了我的健康,
实实在在的灾难

却使我的痛苦倍增。

根据明确无误的事实，
可以判断和认为，
爱情的荣耀
通向地狱之门，
由蔑视和一时的遗忘
所引导，
从荣耀到磨难，这是相爱中
不应经历的过程。

你那么迅速地做出了
这一令人惊奇的改变，
使我陷入伤害之中
而无法脱身，
因为我想昨天
你还爱着我，
或者至少你假装爱我，
这一点是应该相信的。

你有趣的话语，
令人愉快的声音，
和对爱情的诉说，
至今仍回响在我耳边。
对这些温柔的回忆，
只能使我更添磨难，

因为你的话被风刮走，
而行动，你自己知道。

你不是赌咒发誓说，
如果你不要米雷诺
——特别是当你爱着他的时候——
你的日子也就完结吗？
西尔维丽娅，
你不是那么重视我，
认为只要有了我，
痛苦也会变为欢乐吗？

啊！给你一个什么名称好，
你可称得上忘恩负义，
你既然抛弃了我，
我也会把你抛弃！
但我不会中途
把你抛弃，
我把爱你看得
比你忘记我更为重要。

你野蛮的手已经把
悲伤的呻吟变为我的歌唱，
把寒冬给了我的春天，
把痛苦的哭泣给了我的微笑。
我的饮宴变成了哀悼，

而在我温柔的爱情中，
鲜花变成了蒺藜，
甜蜜的果实变成了毒药。

你尽管可以说——这正是伤害我的事，
你已经结了婚，
已经把我忘记，
是一个诚实体面的壮举。
如果我悲伤的生命
不是结束在
你的婚礼之中的话，
这种辩白可以接受。

总之,你的快乐还是快乐，
但这是不公正的快乐，
以这样不公平的奖赏，
来偿付我不可侵犯的信念，
这种信念
所表现出来的程度，
既没有阻止住你的多变，
也没有被我的不幸所侵扰。

能理解这点的人，
我认为他不会吃惊，
说到底,我是男子汉，
而你,西尔维丽娅,是个女人，

在你身上,轻浮
不断地占据位置,
而在我身上,困难
则是我的另一种天性。

我看到你结婚之后,
又对此反悔,
因为你一点也不坚定,
这已是众所周知的事。
他高兴地戴上
你套在他脖子上的枷锁,
你可以厌弃他,
却不能摆脱他。

此外,你是那么不近人情,
又是那么变化多端,
昨天你所喜欢的,
明天又会厌弃。
由于一些奇奇怪怪的事情,
那个人谈及你时会这样说:
'她很美丽,但是反复无常,
她反复无常,但是很美丽。'"

牧羊人觉得米雷诺的诗写得不坏,只是写的时机不妥,他们认为,是西尔维丽娅突然变心,使他离开可爱的祖国和亲爱的朋友,这些牧羊人生怕这种事情也同样发生在他们身上。他们进了村子,来到达拉尼奥和西尔维丽娅所在的地方,喜庆日活动进行得十分愉快和欢乐,这在塔霍河边已有好长时间未曾见过了;因为达拉尼奥是那个地区最富有的牧羊人之一,而西尔维丽娅则是河两岸最美丽的牧羊姑娘之一,附近所有的或大部分牧羊人都赶来参加婚礼。这里真是一次机智的牧羊人和美丽的牧羊姑娘的大聚会。他们中间,忧郁的奥隆博,嫉妒的奥尔费尼奥,怀念的克利西奥和冷漠的马尔西略,在各种技艺和智能上都是超群出众的,他们都是单身汉,尽管受不同激情的压抑,但他们都处在恋爱中。对忧郁的奥隆博来说,他心爱的莉斯特娅的过早去世使他烦恼;对嫉妒的奥尔费尼奥来说,他爱着美丽的牧羊姑娘埃安德拉,心中充满无法忍受的嫉妒;怀念的克利西奥被迫远离克拉劳拉,她是个漂亮而谨慎的牧羊姑娘,克利西奥把她看作自己唯一的幸福;而对绝望的马尔西略来说,在贝莉莎的心中紧锁着对他的冷淡。他们都是朋友,并住在同一个村子,谁心里想什么,别人不会不知道。相反,在痛苦的比赛中,他们多次相聚,每个人都吹嘘自己遭受折磨的原因,每个人都力图表示自己的痛苦超过其他任何人,把自己胜过他人的痛苦作为最高荣誉;他们人人都有这方面的才智,或者更确切地说,都能忍受这样的痛苦,不管这对每个人意味着什么,他们都把自己想象为最大的受难者。由于这种辩论和争执,使得他们在塔霍河两岸十分出名,这也是蒂尔希和达蒙想认识他们的原因,看到他们一起在那儿,这些人十分礼貌而又愉快地接待另一些人,尤其是大家都怀着敬仰之情看着蒂尔希和达蒙这两个牧羊人,因为到那时为止,他们对这两个牧羊人只闻其名未见其人。

这时候,富裕的牧羊人达拉尼奥身着山地农民的服装迎了出来,他穿着颈部打褶的高领衬衫,粗呢的紧身背心,绿色长外套,细麻布的肥裤子,蓝色的护腿,圆头鞋,用泡泡钉装饰的腰带,一顶也是粗呢衣服颜色的拼缀尖顶帽。他的妻子西尔维丽娅的打扮也毫不逊色,她穿着长裙,棕黄色的紧身服点缀着白色缎子,外面套着胸口有蓝绿两色装饰的衬衣,带皱褶的衣领上刺绣着金丝银线,这是伽拉苔亚和费洛丽莎两人的杰作,是她们打扮了她;靛青色的发网上带着肉色丝绸的流苏,金色的软木底雨鞋大小正合脚,贵重的珊瑚和金戒指,当然,最能打扮她的是她的美色。在她之后,走出来的是举世无双的伽拉苔亚,如同太阳伴随着朝霞而出来的是她的朋友费洛丽莎以及其他很多来为婚礼增添光彩的漂亮牧羊女,特奥琳达也在她们之中,她为了不被达蒙和蒂尔希认出来,小心翼翼地把脸遮掩起来,避开他们俩的目光。牧羊姑娘们跟随着牧羊人,在各种民族乐器伴奏下,向圣殿走去,埃利西奥和埃拉斯特罗把眼睛紧盯着伽拉苔亚的脸,希望那一段路比尤利西斯①的长途跋涉的路程更长。埃拉斯特罗高兴地看着她,忘情地对埃利西奥说:

"喂,牧羊人,你看什么呢? 是不是在看伽拉苔亚? 可你怎么能从她的头发看到太阳,从她的额部看到苍天,从她的眼睛看到星星,从她的脸蛋看到冰雪,从她的面颊看到胭脂,从她的嘴唇看到色彩,从她的牙齿看到象牙,从她的脖颈看到水晶,从她的胸脯看到大理石呢?"

"所有这些我都能看到,啊! 埃拉斯特罗!"埃利西奥回答说,"如果不是她严厉的性格,你说的那些没有一件是造成我痛苦的原因,如果不是像你所知道的那样,那么你所了解的伽拉苔亚身上的一切优雅和美丽便是我们最大荣誉的原因。"

"你说得好,"埃拉斯特罗说,"但是你还不能说要是伽拉苔亚不那么漂亮,就不会那么被人所爱,不是那么被人所爱,我们的痛

----

① 即荷马史诗中的英雄奥德修斯,特洛伊战争胜利后,他历经十年才回到故乡。

苦就不会那么多，因为所有痛苦都来自欲望。"

"我不否认，埃拉斯特罗，"埃利西奥回答说，"我不否认任何痛苦和悲伤不是因为我们所需要的那种东西的消失和短缺；同时，我想说，对我而言，爱情的真正含义已经失去很多，我想你曾以它来爱过伽拉苔亚；如果你仅仅因为她美丽而爱她，那不必怎么感谢你，没有一个男子汉——即便是粗人——看到她之后，不会爱上她，因为美丽无论在什么地方，都能让人产生欲望。对于这样简单的欲望，因其出于自然，不值得任何奖赏，如果说值得的话，那只是上帝的需要，而我们则得到了应有的惩罚；你已看到，埃拉斯特罗，这是适得其反，正如我们真正的生活规律已向我们表明了的。以漂亮和美丽来说，它是引诱我们向往它和力图享有它的主要力量，而真正相爱的人不应该把这种享有作为他的终极目的，应该是这样：即使美丽引起了他这种欲望，也只能怀着善意去爱她，而不受其他某种念头的驱使，这才能称得上完整和真正的爱情，值得感谢和奖励，如同我们所看到的，造物主公开和慷慨奖励的那些人，他们没有受惧怕、痛苦或对荣誉的期望等某种原由的驱使，他们需要它，热爱它，为它效力，只因为它善良和值得被爱；这是包含在神圣爱情中的最终最大的完善，在人类的爱情中，也是如此，当不再爱自己所喜欢的人时，从情理上讲并没有错，因为我们往往觉得坏的东西像是好的，而好的东西又像是坏的，就这样我们爱上了这一个，而讨厌那一个，这样的爱情不配受鼓励，而应受惩罚。啊！埃拉斯特罗！我的话可以归纳为一点，如果你怀着享受她的目的而向往和爱上伽拉苔亚的美丽，你的欲望就到此为止，你不会再需要她的美德、她日益增长的声誉、她的健康、她的生命和财产，你没有按照应该做好的那样去爱她，便不应该奢望得到你所要求的酬谢。"

　　埃拉斯特罗想反驳埃利西奥,让他知道他是怎样不了解他对伽拉苔亚的爱情,但是冷漠的莱尼奥的笛声打断了他,莱尼奥也来参加达拉尼奥的婚礼,并以他的歌声为喜庆日子增加欢乐气氛。在大家去圣殿的路上,他走在新婚夫妇的前面,在欧亨尼奥风笛的伴奏下,唱起了下面这几段诗。

莱尼奥　陌生而忘恩负义的爱神,
　　　　　有时会令勇敢的心吃惊,
　　　　　你以无形的身影和无形的手,
　　　　　把成千个俘虏投给自由灵魂。
　　　　　如果你自以为和自称是神仙,
　　　　　以如此高尚的名字,你不能宽恕
　　　　　那个钟情于婚礼束缚的人,
　　　　　他把愿望又献给了新的情结。

　　　　　在保留神圣的婚姻纯洁和真诚
　　　　　的规律中,由于你的力量,
　　　　　在这个领域打起了你的旗帜,
　　　　　你根据自己的状况已经尽了力,
　　　　　美丽的花朵期待着甜蜜的果实,
　　　　　以很少的劳动,
　　　　　带走这个应花力气得来的桎梏,
　　　　　这桎梏看来是负担,却是很轻的负担。

　　　　　如果你忘记了你的所作所为,
　　　　　以及那变化无常的品性,
　　　　　你就能高兴地进入洞房,

那里是婚姻枷锁的巢穴。
你把自己禁闭在灵魂和胸怀之中，
直至生命历程的结束，
从而去享受期待中
那令人愉快的永恒春天。

让牧羊人的气候预测
和自由的小牧童各司其职，
已经飞得那么高，因为飞得越高，
便渴望得到更高层次的演练。
如果你不以更强烈企图使灵魂
屈服于甜蜜婚姻的交媾，
你让灵魂做出牺牲，
是徒劳的烦扰和操心。

这里你可以炫耀你那
神奇的权力和强有力的手，
使温柔的新婚妻子爱上，
也让她为丈夫所爱，
而不让那卑劣的嫉妒之情
扰乱他们的高兴和宁静，
也不让粗暴和不近情理的蔑视
剥夺他们美妙而甜蜜的梦。

背信弃义的爱神，如果你从不愿意
听从你朋友的祈求，

> 那么我的这些祈求将被抛弃，
>
> 我现在和将来永远是你的敌人。
>
> 你的品格，你的劣迹，
>
> ——对此，大家都是很好的见证人——
>
> 使得我不想从你手里得到
>
> 高兴、愉快、幸运和健康。

那些听着失恋的莱尼奥唱歌的人见他以那么温柔的态度对待爱情的事情，称它为神仙和强有力的手，这是他们从未听说过的，因此都感到很惊奇。

另外，听到他在结束时的几句歌词，大家禁不住为之大笑，因为在他们看来，他又要发狂了，如果继续唱下去的话，他就要像以往惯常的那样冒爱情之险了，但是没有时间了，因为路已经走到头。这样，大家来到教堂，在这里由神父主持了例行仪式，达拉尼奥和西尔维丽娅就此被紧紧结合在一起，看着他们，不是没有很多人心怀妒忌，不是没有人因垂涎西尔维丽娅的姿色而深受其苦，但要是时运不济的米雷诺也在场，那他所感受的痛苦将远远超出所有的人。新婚夫妇在护送者的陪伴下，从教堂返回，来到了村子的广场，那里已经摆开了桌子，达拉尼奥想在这里展示一下他的财富，大方而豪华地宴请全体村民。广场上绿树成荫，看起来像一片美丽的绿色丛林，广场上空，繁茂的树枝密密层层地交织在一起，连强烈的阳光也照射不进来，地面覆盖着宽叶香蒲和各色花卉。

整个村庄沉浸在欢乐之中，在各种民族乐器的伴奏下丰盛的宴会显得更为隆重，这种音乐和皇家宫殿经常演奏的和谐音乐相比也毫不逊色。

但是，最能证明这个节日意义的是，餐桌被撤走之后，在原地很快搭起一个舞台，四个机智而可怜的牧羊人奥隆博、马尔西略、克利西奥和奥尔费尼奥,为了给他们的朋友达拉尼奥的婚礼添光彩同时满足蒂尔希和达蒙想听他们唱歌的愿望,他们想当众朗诵一首田园诗,这是他们根据自己的切身痛苦编写的。大家各就其位,埃拉斯特罗的笛子,莱尼奥的竖琴和其他乐器使在场的人安静下来而又出奇地默不作声;第一个在这简陋剧场表演的是忧郁的奥隆博,他身穿黑色羊皮袄,手执黄杨木牧杖——牧杖的顶端是一个死神丑陋面饰,头上戴着用不祥的柏树叶编成的花冠,一切都是悲伤的标志,因为他心爱的莉斯特娅尚未成年就死了;随后,他用满含泪水的双眼左顾右盼,一脸悲痛欲绝的神情,最终以如下的诉说打破了沉默。

奥隆博　血淋淋的语言夹杂着死亡,
　　　　出自那受伤胸膛的深处;
　　　　如果叹息把你们捆绑,
　　　　请打开和砸碎那不幸的一侧。
　　　　空气阻挠了你们,它已为
　　　　你们语气中野蛮的情感所激怒;
　　　　出来吧!哪怕风把你们带走,
　　　　它已经把我所有的幸福带走。

　　　　看来你们的损失不算多,
　　　　因为你们缺少崇高的自我,
　　　　以庄严和完美的方式
　　　　谈及高尚的事情,
　　　　你们的事情已是众所周知,
　　　　你们曾经甜蜜、愉快和兴奋,
　　　　现在却悲伤、苦恼和哭泣,

你们为大地和上天所有。

尽管是颤抖着讲出的话，
这怎能说出我的感受？
如果我的磨难不能消失，
谁能生动地将它描绘？
既然我缺少的是怎样和何时
结束我的不幸和贫乏，
缺少的东西语言无法弥补，
我只得掩面哭泣。

啊！死亡，你切断了
人间无数美好幻想的希望之线，
你转眼间铲平了高山，
把埃纳雷斯河变成尼罗河。
叛逆者，为什么不节制你那残酷的方式？
为什么不顾及我的愤怒，
要在最美丽的雪白胸脯，
一试你那野蛮大刀的利刃锋芒？

啊！虚情假意的女人，
那个青春年少的人
怎么得罪了你？
为什么对他那么凶残？
为什么你要加大对我的伤害？
啊！我的冤家，欺骗的朋友！

我在找你，可你躲避和离开了我，
你怕你的劣迹昭彰，
故而抓住自己的理由不放。

在成熟的年纪，你那不公的法则，
可以炫耀你日益增长的权力，
却不能减轻对生活
很少兴趣的人的伤痛。
而你的镰刀，把一切都安排就绪，
无须命令，更不必低头请求，
你便残忍地割断那娇嫩的花朵，
如同砍倒那多节而粗壮的甘蔗。

当你把莉斯特娅从大地除去时，
你以那场胜利向世人展示
你的品性、价值、力量、风度，
你的愤怒、命令和你的威严。
你带走了莉斯特娅，
也带走了美德、优雅、美丽
和世界上最大的理智，你把这一切善事
和她一同埋葬在她的坟墓里。

没有她，我不幸的生活处在
漫长的黑暗之中，我不幸的生活如此延长，
以至我的双肩不堪忍受它的重负，
不幸的人的生存便是死亡。

我不期望财富,也不期望命运,
不期望时间,也不期望上帝,
也不期待谁来安慰,
在这么巨大的不幸中,期待也不是幸福。

啊! 你感受到的痛苦是怎么回事?
来吧! 在我的痛苦中找到安慰,
只要看到他的热忱、力量和风度,
你便会发觉你的痛苦无足轻重。
现在你们在哪里? 潇洒的牧羊人!
克利西奥、马尔西略和奥尔费尼奥,
你们在干什么?
为什么不来? 为什么不想想
我受的伤害要比你们更加深重?

那个在小路的交叉路口
探头露面的人是谁?
无疑是马尔西略,爱情的俘虏,
贝莉莎是起因,她总是受赞扬。
这条残忍蔑视的毒蛇咬伤了
他的胸脯和灵魂,
使他在磨难中过着不安静的日子,
虽然他的命运不像我的那样倒霉。

他以为灵魂对他抱怨的不幸
比起我的不幸所带来的痛苦更甚。

这里如同密林一般，

我隐藏其中，以便看看他如何抱怨。

唉！我从未想过把不幸相提并论，

这是极大的失误，

这正如开辟小路，关闭大道，

坏事跟着来，好事远离去。

马尔西略　引我走向死亡的步伐，

你一步一步地引导着我，

我将被迫指责你的缓慢！

愿你紧随这如此甜蜜的命运，

在这痛苦的行进中

包含着我的幸福和你的轻松。

请看看我的冤家

那满腔怒火，

她冷酷的心

有意和我作对，

如同往常一样正直严厉，

如有可能，我们要从

她那可怕生硬中逃离。

是什么异常的气候，

是什么含糊的地区，

让我去生活在其中？并且向我保证，

给我造成伤害的不幸，

我悲伤和切实的忧虑，

能在我的生命终结之前而告结束？

我不愿留在这里或移居
那沙漠之国利比亚，
或去那野蛮无知的
西徐亚人居住的地方。
只有一点能减轻我的痛苦，
那就是我并不乐意
变动我的居住地点。

我残酷的牧羊姑娘，
可谓举世无双，
你无情的蔑视将我伴随。
爱情和希望这样
幸运的字眼，
也不能向我解说此种固执。
贝莉莎！白天的光芒，
我们时代的荣耀，
如果一个坚定朋友
的请求对你有用的话，
请缓和你的一腔怒气，
而我的熊熊火焰
可以化解你胸中的冰团！

狂怒的风，
对我的叹息无动于衷，
对疲倦海员的呼声，
更是严酷和残忍，

它搅动大海，
以终极的死亡威胁生命。
大理石、金刚钻、钢铁、
高山植物和坚硬的岩石，
粗壮古老的圣栎树，
栎树那高昂的枝条
从不因北风劲吹而摇摆，
与你心灵深处的严厉相比较，
这一切都显得那么柔软和舒坦。

我艰难痛苦的命运，
对我无情无义的星星，
让我承受一切的意志，
已经给我下了判决，
忘恩负义而又美丽的贝莉莎，
我愿永远为你效劳和爱你。
尽管你美丽的前额
皱起严厉的眉头，
而你平静的眼睛，
向我流露出万般恼怒，
你是这熟悉灵魂的主人，
趁此还在人世的机会，
请为他必死的躯体盖上一块白纱。

有同折磨我的苦难
一样的好事吗？

世上有这么不易接近的不幸吗？
这一件件不幸
全都出自整个人类，
而我没有了她，虽生犹死。
蔑视中激发起
我的信念，它点燃了
我心中的冰决；
你看那胡言乱语
——无用的痛苦将我伤害——
能否与所想超越的
苦难不幸相提并论？

然而，是谁撼动了
爱神木树冠那
茂密的树枝和绿色的基座？

奥隆博　一个牧羊人，
以建立在受折磨这一真实事情
基础上的理由，
敢于表明他对巨大
痛苦的感受
远远超过了你，
尽管你过高地估计、
抬举和颂扬它。

马尔西略　在这样的牌戏中你输了，
奥隆博，我忠实的朋友，
你自己就是证明人。

如果从我的焦虑中，

从我有损健康的不幸中，

你了解到哪怕是最小的部分，

你就不会固执己见了，

奥隆博，现在看来

你的痛苦是笑谈，而我的才是真情。

奥隆博　马尔西略，你把奇怪的痛苦

吹嘘得神乎其神，

却把要我命的痛苦

如此低估，

我期望从这个骗局中解脱出来，

公开表明

你的痛苦是我痛苦的影子，这是实情。

但是我听到了克利西奥

清脆的声音在回响，

这个牧羊人的意见和你相近，

现在让我们听听，

他那疲乏的痛苦

不会比你夸张的痛苦更轻。

马尔西略　今天时间为我

提供地点和机会，

我可以为你们两人

说明并让你们了解

只有我的痛苦才是不幸。

奥隆博　马尔西略，现在你听听

克利西奥的声音,多可怜的腔调。

克利西奥 唉!冷酷、不合时宜和伤心的怀念!

一个对不可战胜的死亡

具有同你一样力量和暴力的人,

多么不该认识你!

当处以极严厉判决的时候,

他有限的命运

除了去松解将躯体和灵魂紧紧相连的

结实绳结之外,还能干什么?

你残忍的大刀只能带来更大灾难,

因为它把精神劈成两半,

啊!爱情的奇迹谁也无法理解,

科学和艺术也难以企及。

留下那一半用来点燃我的灵魂,

把那最脆弱的部分带到这里,

假如你总感到魂不守舍,

那你所得便是最差的部分。

我已离开了那美丽的眼睛,

它们曾使我受的折磨趋向宁静;

眼睛是那个能看到它们的人的生命,

如果幻想没有从心中消失:

看见它们并想得到它们,

是发了疯的胆大妄为。

我曾看见过,多么不幸!现在看不见,

想看到它们的欲望置我于死地。

为缩短我受伤害的期限，
我衷心希望看到分离，
这古老的情谊，
它用爱情把我的灵魂与躯体相连，
灵魂以轻快敏捷和奇异的飞舞，
离开了血肉之躯。
能再次看见那双眼睛，
是对我恼怒的宽慰和嘉奖。

恼怒是爱神给失恋者的
支付和补偿。
他身上集中了爱情灾难中
所包含和感受的最大不幸和打击。
不是谨慎地加以防范，
也不是坚定、高尚和炽烈的爱
能够节制这一磨难的
巨大痛苦和强烈狂怒。

这种病痛的程度是剧烈的，
但是同它——它是那么持久——
一道结束的首先是耐心，
还有那生命的可怜历程。
死亡，冷淡，嫉妒，
无情的怒火，多变的性格，

也没有像它这样折磨和伤害人，

这种不幸,听到名称都让人魂飞魄散。

如果不造成巨大痛苦，

不造成致人死命,那只是惊吓，

但一切都是软弱无力的,因为我没有死，

我只是离开甜蜜而珍贵的生活，

我可怜的歌声到此停止，

对于这么明智而可贵的同伴，

我从一见到他们，

便表示出见到他们时的巨大喜悦。

奥隆博　　好克利西奥,你的到来给了我们乐趣，

　　　　　你的及时来临可以使

　　　　　我们结束那由来已久的争执。

克利西奥　　奥隆博,要是你愿意,我们还可争论，

　　　　　我们争论的最公正裁判，

　　　　　是马尔西略。

马尔西略　　你们对错误的感悟和尽人皆知的论述，

　　　　　使你们聚精会神地

　　　　　陷入明显的空洞议论之中，

　　　　　因为和我比起来，

　　　　　你们的痛苦是那么微不足道，

　　　　　可你们却哭喊得比谁都凶。

　　　　　苍天和大地都已看到，

　　　　　同困扰我灵魂的渴望相比,你们的痛苦多么轻微，

　　　　　我想在你们的竞争中表明，

　　　　我胸中的灵魂最小，

　　　　这是我笨拙的智能所知道的，

　　　　我让你们来做出判断和裁决，

　　　　是否我的灾难比严酷的长期思念

　　　　或死亡的可怕痛苦更为强烈，

　　　　你们俩却对我无端抱怨，

　　　　称自己的命运艰难而短暂。

奥隆博　马尔西略，我对此很高兴，

　　　　因为我所提出的理由，

　　　　可以向你保证胜利属于我的磨难。

克利西奥　尽管我还缺乏夸张的艺术，

　　　　你们可以听到，当我向你表明我的悲伤时，

　　　　你们的只能是其中的一部分。

马尔西略　我怎么怀念起我的牧羊姑娘的不朽冷酷？

　　　　以其如此的冷酷，

　　　　她能成为天下最美的人吗？

奥隆博　啊！奥尔费尼奥，你来得多么恰逢其时！

　　　　看到他了吗？你们注意，

　　　　听听他怎样炫耀他的不幸。

　　　　嫉妒是他受磨难的根源，

　　　　嫉妒，是平静爱情和高兴事情

　　　　的利刃和确实的扰乱者。

克利西奥　你们听，他已在吟唱他的苦痛。

奥尔费尼奥　啊！黑暗的影子你不断跟随着

　　　　我令人伤心的模糊幻想；

　　　　令人恼怒的黑暗，总是一片冰冷，

紧跟着我的兴奋和我的光明。

什么时候才能改变你的粗暴？
你这残酷的怪物和粗暴的鹰身女妖，
你扰乱我的愉快能得到什么欢乐？
或你剥夺了我的愉快后能得到什么好处？

如果你具备的条件
扩展到试图夺去那个
给了你生命和养育你的人的生命，

你就不该惊奇你怎么成为
我和我一切幸福的野蛮杀手，
而应惊奇于看到我生活在这样的境地。

奥隆博　奥尔费尼奥，如果令人心旷神怡的草原
使你高兴的话——那里常有更幸运的时刻，
请你来，在我们可怜的同伴中间
度过一天。

跟可怜人在一起，
你这个可怜人很快会适应；
来这里吧！这股明亮的泉水
反射着太阳强烈的光芒。

来吧！用你那惯常的方式，
如同你往常所做的那样，

为克利西奥和马尔西略辩护吧，
他们各自都想表明，
只有他们才是不幸的受害者。

我仅在这种情况下
与你和他们不一致，
因为我所经历的不幸
很可以加以夸示，
可我决不拿出哪怕是极小部分。

奥尔费尼奥　对他并非趣味盎然，
如同青草之于饥饿中的羊羔一般，
也不是恢复了
那种得而复失的
愉快健康。

我所感兴趣的是，
展现在争斗中表明的
一个心脏所能承受的
人世间最大的、
日益增长的痛苦。

奥隆博，别过多地讲您的不幸；
掩盖起您的病痛，克利西奥；
马尔西略沉默不语：
死亡，蔑视甚至连思念
也无法与嫉妒相争。

但是如果上帝想让

我们的争斗今天进入阵地,

谁愿意谁就先开始,

用笨拙或灵巧的语言

向其他人表达他的痛苦。

不必注重典雅的形式,

要讲出真实故事的

根源和主要思想内容,

也就是说,

要以纯粹的真事为基础。

克利西奥　牧羊人,在我们这种激情的斗争中,

我感到你过分傲慢,

过多地表现了你的狂妄自大。

奥尔费尼奥　控制这种冲动,或者适时表现出来,

克利西奥,你的忧伤是一种娱乐;

由于回心转意而减弱的不幸,

不必在意它情感如何。

克利西奥　我的磨难是那么奇特和残酷,

我希望你自己很快说出

我的厌倦无人可比。

马尔西略　我从幼年起就是个不幸者。

奥隆博　我相信大量不幸降临我身时,

你还没有出世。

奥尔费尼奥　我经历了最大的不幸。

克利西奥　与我的相比，你的不幸是幸福。

马尔西略　同我的奇特灾难相反，

　　　　　你们受到的损伤是荣耀。

奥隆博　只要正大光明地揭开我的痛苦，

　　　　这纠缠不清的事情就明明白白，

　　　　现在没有人掩盖他的磨难，

　　　　我先开始讲述我自己的故事。

　　　　我的希望，播种

　　　　在好的地方，

　　　　便可结出甜蜜的果实，

　　　　而当要结果的时候，

　　　　上帝把它变成了烦恼。

　　　　我看到神奇的花朵

　　　　以千般姿态表示

　　　　愿意带给我好运，

　　　　在那时刻，死亡出于嫉妒，

　　　　将它们给我剪断。

　　　　我还是原来的劳动者，

　　　　继续不断地劳作，

　　　　我广泛地耕耘，

　　　　命运却给了我

　　　　令人痛心的苦果，

　　　　甚至还夺走了

　　　　另一个好运的希望，

因为上帝用泥土
掩埋了珍藏
我幸福的信念的地方。

如果说我已来到了
应拥有兴趣和荣耀的终点，
我只能绝望地生活着，
我成了最伤心的人，
这是明白无误的事：
希望在最大的不幸中
做出了保证，
一个幸运的结局会到来；
唉！应拥有的希望
却被禁闭在坟墓中。

马尔西略　我的眼泪
总是向那刺伤我心
的长刺和蒺藜
产生的地方抛洒，
我是个不幸者，
因为我从未显露过
我这干瘪的脸庞，
也没有从劳动中得到
一片叶、一枝花和一个果实。

如果能看到一点
小小好处的表示，

我的心胸就会平静，
尽管这一点从未兑现，
我最终还是感到满意，
因为这使人看到
我固执的爱情
对那种变化无常的人
所起的作用，
她点燃我的冰块，
熄灭和冷却我的烈火。

尽管我的哭泣和叹息
徒劳无益，
我仍不想停止，
有谁能够同我
这不近情理的痛苦相比？
奥隆博，你的痛苦得以调整，
那是因为你忧愁的原因
已经消失；
我的忧愁越是充分，
就愈加使我茫然不解。

克利西奥　　我，有过成熟的果实，
可是它偏离了我
持续不断的激情，
一个偶然享受它的
机会却偏离了我，
我可以无愧地被称为

一切不幸中的不幸者，
那么，我将要死去，
因为我不能在
我丢下灵魂的地方出现。

被死亡带走的幸福，
不能加以恢复
并使之变得轻松，
时间往往能使
铁石心肠软化。
在思念中，
由于奇异的事件，
连幸福的影子也感受不到，
同嫉妒、死亡和蔑视相比，
更可怕的是怀念。

愈是临近了的希望，
愈迟迟不能达到，
磨难就愈加困扰人，
苦难也就随之而来，
可希望却从不光临。
在艰难的渴望中，
补救不幸的办法，
就是不要等待补救，
这种办法所缺少的
是对渴望的最致命的怀念。

奥尔费尼奥　果实的播种
　　　　　靠我不断地劳动，
　　　　　到了果甜的季节，
　　　　　它理所当然
　　　　　应为我所有。
　　　　　我几乎不能达到
　　　　　这举世无双的境地，
　　　　　当我认识到
　　　　　那种愉快的时机，
　　　　　对我而言仅是伤心而已。

　　　　　我有果实在手里，
　　　　　拥有它反使我烦恼，
　　　　　因为在我无情的不幸中，
　　　　　一条狠毒的幼虫，
　　　　　啃咬着这最饱满的颗粒。
　　　　　我憎恶我所要的东西，
　　　　　为了生存而去死，
　　　　　我为自己营造和描绘了
　　　　　一个混乱的迷宫，
　　　　　我不指望离开那里。

　　　　　我在自己的伤痛中寻找死亡，
　　　　　因为它是我病痛中的生活：
　　　　　事实上我在自欺欺人，
　　　　　不论死亡是否降临，

不幸总是在不断增大。
不会有补救
这巨大不幸的希望，
不论我是留下还是离去，
都不可能躲开这
忧伤的活着的死亡。

奥隆博　谁说死亡造成的损害，
不是众所周知的错误？
因为它是那么广泛地传播，
部分地满足了人们的愿望，
既然希望剥夺了
痛苦所要求的权利。

如果没有对光荣的死亡
留下令兴趣茫然的
生动记忆，
事情便很明显，
不希望享有荣誉的人
应在损失荣誉的部分使痛苦减轻。

但是如果仍记着
已失去的幸福，
那会比在占有它的时候
更加生动和热烈，
谁会怀疑这种痛苦，
不比充满悲伤的痛苦更甚？

马尔西略　如果一个可怜的行人发生这样的事，
　　　　　陌生的道路，
　　　　　突然在他眼前消失，
　　　　　此时天色已晚，
　　　　　为到达盼望中的客店，
　　　　　他在徒劳地奔忙，

　　　　　无疑黑暗和静寂，
　　　　　给他造成的惧怕，
　　　　　使他疑惑不解，
　　　　　要是天还不亮，
　　　　　夜空不会为他的命运
　　　　　发出宁静和纯洁的光芒。

　　　　　我是那个行路的人，
　　　　　我要到达那个幸运的客店，
　　　　　当我愈走近客店，
　　　　　想躺下休息的时候，
　　　　　阴影突然消失，
　　　　　幸福离我而去，痛苦使我恐惧。
克利西奥　那深深的湍流，
　　　　　往往挡住行人的去路，
　　　　　而疾风、冰雪和严寒
　　　　　又在平原上迎上他，
　　　　　前面的客店
　　　　　却在不远处向他招手。

这种从不准备

减轻其病痛的

悲伤而冗长的思念，

阻挡了我的欢乐，

几乎就在我的眼前，

我看到了使我不再恼怒的人。

看到我的痛苦，

如此逼近健康，那样折磨我，

使我的痛苦更甚，

由于神秘的原因，

每当幸福临近时，

又会从我手中远远逃离。

奥尔费尼奥　在我的目光中，出现了

一个充满幸福的豪华客店，

我在征服它时取胜，

当命运向我表明

它最冷静的时候，

我看到它在黑暗中改变。

那里包含着

恩爱情人的幸福，

那里出现了我的不幸，

那里可以见到

不幸和蔑视紧紧相连，

而那里往往是幸福的所在。

我置身于这个住所，
从来就不想离开它，
我用我的痛苦，
筑起那么奇异的墙，
我想你们会推倒它，
观看它和为它而争斗。

奥隆博　太阳走完它自身的道路，
经过命定的几个阶段之后，
又转回天际，

尽管能言善辩者把事情说得天花乱坠，
但我们所感受到的
只是苦痛的最小部分。

克利西奥，你说为怀念而活着的人
等于死去，我就是这样的人，因为
无情的命运把我的生命交给死神。

马尔西略，你认为
你的希望都已消失，
因为残酷的蔑视是你的杀手。

奥尔费尼奥，你反复说嫉妒
这支锐利的长矛

不只刺穿你的胸部,已经刺向灵魂。

因为一个人感觉不出另一个人
的事情,你只有夸大自己的痛苦,
才能超过别人的严重程度。

由于我们令人心酸的争论,
水流丰沛的塔霍河岸边
到处流传着凄惨的故事。

我们并不因此而减轻痛苦,
相反,为了治愈创伤,
我们要付出更多的情感。

在又一番哭泣中,
有多少的话语要表达,
有多少伤心的想法可以思忖。

那么,结束这尖锐的争论吧,
终归没有不使人烦恼伤心的不幸,
也没有保证让人高兴的幸福。

一个把生命禁锢在
狭小的墓穴中,从而过着
痛苦孤独生活的人真是不幸!

承受着嫉妒之苦的可怜的不幸者，

没有幸福，

对他，暴力和理智都无济于事。

而那种在长期怀念中

艰难度日的人，

靠着忍耐支撑生活。

当他热烈向往牧羊姑娘那

甜蜜的情怀和冷漠的心意的时候，

他心中充满固执的感觉。

克利西奥　现在做奥隆博要求办的事吧！

应该收拢我们的羊群，

时间已经不早了，

当我们像往常那样来到客店的时候，

明亮的太阳已经远去，

把它的脸隐藏在绿色的草原中，

用痛苦的声音和可怜的抱怨，

在和谐的乐器伴奏下，

歌唱折磨我们的痛苦。

马尔西略　那么，开始吧！啊！克利西奥，

清风柔和地带去你的歌声，

把它送到克拉劳拉的耳边，

如同给她送去你所有的痛苦。

克利西奥　对于端起怀念之酒杯
　　　　　的人来说，
　　　　　他无所惧怕，
　　　　　更无所期待。

　　　　　在这痛苦的悲伤中，
　　　　　没有不被引证的不幸，
　　　　　惧怕被遗忘，
　　　　　嫉妒无人顾及，

　　　　　谁要是愿意来尝试，
　　　　　随即就会认识到
　　　　　没有可害怕的不幸，
　　　　　更没有期待中的幸福。

奥隆博　你们看折磨我的不幸，
　　　　　是否超过众所周知的死亡，
　　　　　因为生活造成抱怨，
　　　　　死亡让位于生活。

　　　　　死亡带走了
　　　　　我所有的荣耀和愉快，
　　　　　为了给我以更大的磨难，
　　　　　因而让我继续活着。

　　　　　不幸降临，幸福
　　　　　那么轻快地远去，

　　　　生活造成抱怨，

　　　　死亡让位于生活。

马尔西略　在我可怕的痛苦中，

　　　　由于过多的烦恼，

　　　　我的眼里已没有泪水，

　　　　也没有叹息的勇气。

　　　　忘恩负义和蔑视，

　　　　造成我这样的命运，

　　　　为了更好地生活和更多的幸福，

　　　　我期待和呼唤死亡。

　　　　可以延误的时间不多，

　　　　因为在我的烦恼中，

　　　　我的眼睛已没有泪水，

　　　　也没有叹息的勇气。

奥尔费尼奥　嫉妒，的确，如果可能的话，

　　　　我要很好地将它改变：

　　　　让嫉妒变为爱情，

　　　　让爱情变为嫉妒。

　　　　从这种对换中，获得了

　　　　那么多幸福和荣耀，

　　　　棕榈树枝和情人的胜利

　　　　将把它们带走。

尽管在这样情况下，

我心中充满嫉妒，

可由于爱情就是嫉妒，

因而我拥有的只是爱情。

机敏的牧羊人们以爱嫉妒的奥尔费尼奥的最后这首歌结束了他们的牧诗对唱，使所有听到他们歌唱的人对他们的风趣感到满意，特别是达蒙和蒂尔希，听了都感到非常高兴，在他们看来，好像四个牧羊人为了达到自己的目的，所提出的理由和论据超过了牧羊人自身的才智。但是这在周围很多人中间，却引起了争论，四个人中究竟是谁为自己的权利辩护得更好。最后，在谦虚的达蒙提出看法后，才形成了一致的意见，他对大家说，在爱情本身带来的不快和烦恼中，没有任何东西像嫉妒那不可救药的瘟疫给情人的心灵造成那么大的烦恼，奥隆博的损失，克利西奥的怀念以至马尔西略的疑心，都无法与之相比，他说：

"原因并不是理所当然的，不可能争取到的东西，就不能通过长期强制自己的意志去取得，也不能以折磨自己的愿望为代价去达到目的，因为一个人有意志和欲望去争取不可能得到的东西，这显然是欲望越强烈，理智便越欠缺。由于这样的道理，我说奥隆博忍受的苦难，不是其他东西，而是一种失去幸福的遗憾和痛惜；由于已经失去的东西不可能再得到，这种不可能性就应该成为结束你痛苦的原因，既然人类的理解力不可能总是与理智连在一起，对失去的东西总是伤感，因此便用温柔的眼泪，炽烈的叹息和令人痛惜的话语表达自己的感情，除非愚蠢而无知的人过去不曾这样做；总之，时间的过程治愈这种伤痛，理智减轻痛苦，新的机缘在很多方面把痛苦从记忆中消除。所有这一切与怀念完全相反，正如克利西奥在他的诗中所指出的,希望在怀念的人身上与欲望紧紧相连,迷途不返只能造成可怕的疲劳,因为阻止他享有幸福的不是别的,只能是海洋的某一支流,或大地的某一段距离,看来最主要的方面,应是心上人应有的美德,因此,哪怕是极小的事情——比如几滴水或一撮土——只要妨碍了他的幸福和荣耀,他就会认为是对自己心愿的极大冒犯。这种痛苦又加上了对被遗忘的惧怕,人心的变动;与此同时,还有艰苦的怀念,对待不幸的怀念者的毫无疑问的严酷和苛刻,可是也有很近便的补救办法,那就是回心转意,这样,他的不幸可以得到一些减轻,如果产生了不切实际的怀念,那种不可能性便是一种补救办法,正如死亡的补救办法一样。马尔西略所抱怨的痛苦,正是我所忍受的那种痛苦,为此,我觉得我的痛苦比别人的都大,但我并不因此而不去讲别人向我表明的道理,早在这之前,我已是激情冲动,我可以坦白地说,去爱人和不被人爱是可怕的痛苦,但是爱上人和被人厌烦那又是更大的痛苦,如果新的相爱者们用他们的道理和经验来指引我们,我们将会看到,万事开头难这个规律在爱情事件中也不例外,而且还得到证实和加强;一个新的恋人对他情人的抗拒心理的抱怨是不合情理的,因为爱情应该是自愿的,而不是强迫的,我不应该为我所爱的人不爱我而抱怨,也不应该向她施加压力,对她说,她必须爱我,因为我爱她;然而被爱的人应按自然规律和出于礼貌,不应该对挚爱她的人表示出不高兴,但也不能强迫他的情人在各个方面同他的愿望相一致;如果这样的话,将会有成千上万不合时宜的爱慕者只要他们提出要求,就可以得到从法律上几乎不应该得到的东西。因为爱情把知识认作为父亲,可能我很爱的人在我身上找不到鼓动和促使她爱我的动人之处,这样,如同我讲过的,她没有责任如同我爱她一样地爱我,因为在她身上我找到了我所缺少的东西。为此理由,一个被瞧不起的人不应该抱怨他的情人,而只能抱怨自己从中作梗的命运,了解小姐的心理,才能更好地去爱她;这就应该设法以连续不断的效劳,以充满爱情的理由,以恰逢其时的出现和以训练有素的美德,去改正和修补自然之神在他身上制造的缺点,这是主要的补救办法,我坚定地认为,一个以如此正当的办法去博得小姐意志的人不可能不被人爱。可是蔑视的不幸可以从这个补救办法中取得益处,马尔西略,自己安慰自己吧!同情不幸和嫉妒的奥尔费尼奥,在他的不幸中,包含着在爱情的不幸中可以想象的最大不幸。啊!嫉妒!宁静和平的爱情的扰乱者;嫉妒啊!最坚定的希望的刀子!我不知道让你们成为爱情之子的人是否懂得世系家谱,如果对此一窍不通,而又生下这些不肖之子,这种爱情应该休矣。啊!嫉妒,虚伪而不守信义的盗贼,为了让世人意识到你们的存在,当看到有人胸中产生爱情的火花,你们立即试图和它混在一起,改换它的颜色,甚至谋求篡夺它所拥有的领导权和统治地位!从这里可以看出,你们和爱情那么紧密相连,可是从你们的结果看,你们并不是真正的爱情,但你们还力图使无知者相信你们是爱情的儿子,实际上你们出生于浅薄的猜疑,孕育于邪恶和极度惧怕之中,在虚假想象的怀中哺乳,在靠流言蜚语和谎言支撑的邪恶透顶的嫉妒中长大。因为看到疯狂嫉妒这个该死的疾病在爱慕者的心中造成的毁灭,与其说它是一个嫉妒的情人,不如无恶意地说它们是嫉妒的爱慕者,我则说它们是叛徒,狡诈者,骚乱者,搬弄是非者,反复无常者,甚至是缺乏教养者;占主导地位的疯狂嫉妒蔓延扩展,以至使人希望自己最爱的人遭受最大的灾难。嫉妒的情人希望他的恋人仅对他美丽,而对其他所有人应该是丑陋的;希望她的眼睛不要去看他所不想看的东西,耳朵也不要去听,舌头也不要去讲;她应该深居简出、态度生硬、性情傲慢和处境不佳;有时由于魔鬼般的激情的逼迫,他甚至希望他的恋人死去,一切宣告完结。所有这些激情在爱嫉妒的情人的灵魂中产生了嫉妒;这与纯正和朴实的爱情在真正和稳重的爱慕者中成倍增长的美德完全相反,因为在一个好恋人的心胸中,包含着慎重、勇气、大方、礼貌和所有那些可以使人们的眼睛赞赏的东西。它本身还有这种烈性毒药的力量:没有预防的措施,没有良言规劝,没有帮助的朋友,也没有为之高兴的谅解,所有这一切都存在于嫉妒的情人之间;更有甚者,任何阴影会使他吃惊,任何琐事会使他烦恼,任何怀疑——假的或真的——会使他失败;对所有这些不幸,还要加上另一种,那就是对给予他的原谅,他以为是欺骗。对于嫉妒病来说,没有其他比原谅更好的药方了,但嫉妒病患者不愿接受这样的药方,于是这个病变成了不治之症,并应该把它放在一切疾病之首。这就是我的看法,奥尔费尼奥是一个最痛苦的人,却不是一个最被人爱的人,因为嫉妒并不意味着深爱,只不过是装腔作势的好奇而已;如果爱情的信号如同病人身上的体温,有体温就意味着有生命,但那是有病的和不完美的生命,因此,嫉妒的恋人也有爱情,但那是病态的、没有基础的爱情。一个嫉妒的人也是对他自身价值缺少信心的表现,慎重而坚定的恋人向我们证实了这一点,他没有到达嫉妒的黑暗处,只是触到了恐惧的阴影,但没有深入其中,从而没有使令他满意的太阳,暗淡无光,也没有离阴影太远,因而使他可以放心大胆地往前走;如果情人缺少这适度的惧怕的话,我可以绝对地相信,正如我们有一条谚语所说的:谁爱得深,就害怕得厉害;害怕是有道理的,情人间的怕和爱一样妙不可言,对他来说是这样,但对看到她的人则另是一样,同样的原因会在另一个能够来干扰他爱情的情人身上产生爱情,一个好的恋人很可能害怕时间的变迁,害怕可能会出现的使他受伤害的新机会,害怕他享有的幸福在短期内结束,这种害怕一定十分神秘,没有也无法用语言来表达,也不能用眼睛来示意;嫉妒在被爱者心中所产生的惧怕引起了如此相反的效果,以至可能的话,会在心中孕育出新的更加强烈的爱情愿望,使他竭力希望他所爱的女人的眼睛不要看到他身上不值得赞赏的东西,他只想表现出自由自在,温良谦恭,风流倜傥,洁身自好和富有良好教养;这种美德般的惧怕越是被称赞为正当合理,嫉妒就越是应该受谴责。"

大名鼎鼎的达蒙在说完这些之后停了下来,他的意见引起了一些听众的不同议论,但他那么质朴的语言所阐明的道理使所有的人都感到满意。要是牧羊人奥隆博、克利西奥、马尔西略和奥尔费尼奥在场和他交谈的话,他不会处于无人反驳的状态,但他们四个人由于朗诵田园诗而感到疲劳,都到他们的朋友达拉尼奥家去了。所有的人都已到齐,正要再次开始跳舞的时候,他们看到从广场的一边进来三个英俊的牧羊人,大家随即认出了他们,他们是彬彬有礼的弗兰塞尼奥,自由自在的劳乌索和阿尔辛多老人,后者手拿绿桂枝做成的漂亮花环,走在两个牧羊人中间,他们穿过广场中央,来到蒂尔希、达蒙、埃里西奥和埃拉斯特罗以及大多数牧羊人所在的地方停了下来,用有礼貌的语言向他们致意,同时也受到了在场的人的热情接待,特别是劳乌索受到了达蒙的接待,他是达蒙真正的老朋友。在客气一番之后,阿尔辛多的眼睛盯着达蒙和蒂尔希,开始讲了这样一番话:

"机智而潇洒的牧羊人,你们的智慧遐迩闻名,我和这些牧羊人请求你们担任这两个牧羊人之间发生的一场有趣比赛的裁判,事情是这样的,喜庆日过了,眼下在场的弗兰塞尼奥和劳乌索正在谈论美丽的牧羊姑娘,这些姑娘们为了无忧无虑地度过悠闲的一天,她在好多游戏中安排了一个名叫'目的'的比赛,规则是这样的:牧羊人中的一个先开始抽签,他希望抽到他身旁靠右手的牧羊姑娘,据他说,那是他灵魂秘密的守护人,也是大家公认最谨慎和最受人爱的牧羊姑娘,于是凑到她的耳边对她说'希望疾驰而去',这位牧羊姑娘要毫不迟疑地继续往下传,随后,每个人公开说出另一个人秘密传给他的话,直至找到那个接到的传话为'愿意拥有它'的牧羊姑娘。这一言辞机智的回答受到在场的人的称道,但是最推崇她的是牧羊人劳乌索,弗兰塞尼奥也认为不错。这样,由于看到提出和回答的都是斟酌好的诗,每个人都愿意对诗做出解释,解释之后,每个人都认为自己的解释比另一个人的好,为了确认这件事,他们要我当裁判,但是因为我知道,你们的光临为我们的河岸增添了欢乐,我建议他们来找你们,凭着你们的广博知识和超人才智,最重要的问题也可以放心地托付你们。他们接受了我的建议,我做好这个花环作为奖励,请你们奖给解释得最好的人。"

阿尔辛多停了下来,等着两个牧羊人的答复,两人感谢他提出的好主意,答应在那光荣的比赛中,他们愿意担任不徇私情的裁判,做出了这样的保证后,弗兰塞尼奥又朗诵了他的诗,这样说明了他的诠注:

希望疾驰而去;愿意拥有它。

敷 衍 体

当我想在我爱的信念中
得到拯救的时候,
我立即被较少的欢乐
和过多的悲伤

　　　所惊吓。
　　　信任消亡了，
　　　生命没有脉搏，
　　　在我的厄运中，
　　　只有恐惧紧紧相随，
　　　希望疾驰而去。

　　　它疾驰而去，带走了
　　　我苦难时的所有兴趣，
　　　作为更大的惩罚，
　　　把我镣铐的钥匙，
　　　留给了我的冤家对头。
　　　它走得那么远，我相信
　　　很快就会从我视野中消失，
　　　从它那轻盈飘逝中看，
　　　我不会也不可能做到
　　　愿意拥有它。

　　弗兰塞尼奥念完这首敷衍体诗之后，劳乌索开始朗诵他的，诗是这样写的：

　　　在我看到你的时候，
　　　见你那么美丽，
　　　我随即产生惧怕并把你等待；
　　　但是，由于强烈的害怕
　　　我最终只留下了恐惧。
　　　因为看到了你们，恐惧升华为

一种虚弱的信任

和一种胆怯的惊吓，

由于没有靠近身边，

希望疾驰而去。

尽管它抛下了我

那么飞逝而去，

但可以惊奇地看到，

我的生命会结束，

而我的爱情永不终止。

我看自己已无希望，

由于带走了所爱者的

毫无兴趣的战利品，

尽管可能，我也不想

愿意拥有它。

劳乌索朗诵完他的敷衍体诗，阿尔辛多说：

"你们看吧，大名鼎鼎的达蒙和蒂尔希，这两个牧羊人论战的原因这里已经公开说明，现在剩下的是你们把花环送给你们认为最配得到的人。劳乌索和弗兰塞尼奥是好朋友，你们的裁决一定会是公正的，他们会把你们的裁决看作好意。"

"阿尔辛多，"蒂尔希回答，"尽管你把我们的能力才智想象得那么高强，我们也无法这么快判断这些机智的敷衍体诗的优劣高低来。让我来评论它们——我想达蒙也不会持异议，我认为两个人的诗都好，花环应该奖给为这次新奇而又值得称赞的比赛提供机会的牧羊姑娘；如果你们对我的意见表示同意，请为我们的朋友达拉尼奥的婚礼增光添彩，用你们愉快的歌声为婚礼增加欢乐，以你们体面的出席为婚礼增加声望。"

　　大家都认为蒂尔希的裁决很好,两个牧羊人也同意了,并提出愿去做蒂尔希所吩咐的事。但是认识劳乌索的牧羊人和牧羊姑娘们看到他的自由性格被卷入情网而感到惊奇,因为他们很快发现他脸色发黄、沉默不语,而且在和弗兰塞尼奥的论战中,他的意志也不像平时那样自由驰骋,他们在猜想会是哪个牧羊姑娘夺走了他自由的心;有的猜想是谨慎的贝莉莎,有的猜想是俊秀的莱安德拉,有些人猜想是举世无双的阿尔敏塔,这是因为劳乌索走访过这些牧羊姑娘的家,习惯的思维促使他们这样想,而她们中的每一个人又用她的欢乐、勇气和美貌征服其他像劳乌索这样的人的自由的心;这个疑问过了好多天才得到证实,因为被人所爱的牧羊人自己也几乎不相信他爱情的秘密。这事结束以后,村子里所有的青年重又跳起舞来,牧民的乐器组成了一曲令人愉快的乐章;但是太阳已匆匆西沉,一切协调的旋律也都停了下来,所有在场的客人一直把新婚夫妇送到家里;为了履行对蒂尔希的诺言,在从广场到达拉尼奥家的这段路上,阿尔辛多老人在埃拉斯特罗笛子的伴奏下,演唱了这几段诗歌:

阿尔辛多　　在这幸运的日子里,

　　　　　　上帝发出了

　　　　　　愉快欢乐的信号,

　　　　　　普天下怀着喜悦心情

　　　　　　庆祝这

　　　　　　愉快的婚礼。

　　　　　　今天要变哭泣

　　　　　　为温柔甜蜜的歌唱,

　　　　　　代之以难过的是

千百人的欢乐，
他们埋葬了愁苦。

在这些新婚夫妇中，
充满着万般幸福，
这幸福也荫及后世子孙，
榆树为他们结出了梨子，
栎树上长出了樱桃，
开花的爱神木结的是酸枣，
陡峭的悬崖产出珍珠，
乳香黄连木结出了葡萄，
角豆树上结苹果，
不用害怕那狼群，
再把栏圈来扩大。

不生育的母羊，
即将要产崽，
以此来使收入加倍；
殷勤的蜜蜂，
在犁沟里
酿制大量蜂蜜；
只要在田野和村镇
播下种子，
总会得到适时的收获；
在葡萄园中没有蚜虫，
在小麦粒中也没有黑斑病。

他们很快会有两个子女，

那是在和平相爱中

如愿造就；

他们长大成人后，

一个成了医生，

另一个是当地的神父。

在品德和财富方面，

他们总是名列前茅，

是的，如果没有

严厉的贸易税吏做保人，

他们将成为领主。

他们活得比撒拉还要长久，

如此令人信服的健康，

使医生为之汗颜；

他们毫无忧愁，

女儿不会找错丈夫，

儿子不会成为赌徒。

两个人年老体弱后，

那样年迈的人，

会无疾无灾，

寿终正寝，

大家永远纪念他们的周年忌日，阿门。

人们怀着极大的兴趣听完了阿尔辛多唱的粗俗诗歌，要不是因为已到达拉尼奥的家门口，他还会继续唱下去呢。达拉尼奥在家里宴请所有同他一起来的人，但是伽拉苔亚和弗洛丽莎因为害怕特奥琳达被蒂尔希和达蒙认出来，不想留下来参加新婚夫妻的晚餐。埃利西奥和埃拉斯特罗很想送伽拉苔亚回家；但这不可能得到同意，因此，他们只得和其他朋友一起留下来，而姑娘们则带着当天跳过舞之后的疲劳回去了；看到达拉尼奥庄严的婚礼有那么多人参加，只少了她的阿尔蒂多罗，特奥琳达的心情十分难过。她怀着这样痛苦的心情，在伽拉苔亚和费洛丽莎的陪伴下度过了那个夜晚，而这两个姑娘则以十分自由和平静的心情度过那一夜，直到新的一天来临，这一天发生的事情，请看下章分解。

第 四 章

　　美丽的特奥琳达急切地盼望着次日的到来,她要与伽拉苔亚以及费洛丽莎告别,然后沿塔霍河去寻找她那亲爱的阿尔蒂多罗,她打算如果时光短暂难以打听到爱人的下落,自己就结束这种孤寂而悲伤的生活。盼望的时刻终于到了,这时阳光开始洒向大地表面,她起身以后,含着眼泪请求两位牧羊姑娘同意她继续寻找爱人。可是,两位姑娘极力劝她再等几日,伽拉苔亚提出让父亲手下的牧人沿塔霍河以及能够想到的地方去找阿尔蒂多罗。特奥琳达感谢这一建议,但是她不愿意等下去了;她动情地表示,自己应该承担的责任未了,而每天又在耽误她俩的工夫,实在于心不忍;她一一温柔地拥抱了两位姑娘,恳求她俩绝对不要再拦阻她了。伽拉苔亚和费洛丽莎看到无法拦阻这位姑娘,便嘱咐她:在寻找爱人的路上无论发生什么事情都一定要设法通知她们,无论好坏她们都要知道她的准确消息。特奥琳达答应她要亲自把好消息带回来,因为如果是坏消息的话,她将承受不起,因此也就无须相告了。听了这番话,伽拉苔亚和费洛丽莎表示满意,决定送她一程,于是拿起木棍并且给特奥琳达的皮口袋里装满路上用的食物,三人便离开了村庄。这时,太阳已经高高地挂在天上,热辣辣地烧灼着大地。走了一里多地之后,正当她俩要跟特奥琳达分手的时候,她们看到四个骑马的和几个徒步的男人,穿过距离不远的另一条峡谷;

从服装、猎鹰和猎犬上看，他们是些猎人；三个姑娘仔细地望着这些人，看看有没有熟人在其中，结果看到从峡谷旁的灌木丛中走出两个身材苗条、容貌美丽的牧羊姑娘来。两位姑娘的脸上遮着白手帕，其中一个高声叫喊，要猎人们停下来。男人们照办了。她俩走了过去，当走到一个像是领头的男人跟前时，便抓住了坐骑的缰绳，与那人说起话来。这边三个牧羊姑娘由于距离太远，听不清他们的谈话，只是看到说了几句什么之后，那男人下了马，看上去似乎是命令陪同的人们向后转，只留下一个小伙子看马；那男人拉住两个姑娘的手，向茂密的森林走去。此情此景，伽拉苔亚、费洛丽莎和特奥琳达都看到了，她们决定如果可能一定要弄明白这两个蒙面姑娘和那骑士究竟是些什么人。于是，三人绕到林子前面去，想找一个地方截住那些人，以满足好奇心。她们来到一处灌木丛中，伽拉苔亚透过树枝望望有无动静，她看到右手方向那些人躲藏在森林深处，于是，三人踏着那些人的足迹，一直来到长满荆棘的狭小的草地前才停住脚步。伽拉苔亚、费洛丽莎和特奥琳达所站的地方离那些人很近，但是那骑士和两个姑娘毫无察觉，因此她们三人可以看得清清楚楚、听得明明白白。那两个姑娘四处张望了一番，看看周围没有动静，其中一个便摘掉了手帕。她刚刚露出面庞，特奥琳达就认出她来，便附在伽拉苔亚耳旁，尽量压低声音说道：

　　"这个机会真是太巧了，因为尽管我心里难过而有些失去理智，可毫无疑问，摘了面罩的这个牧羊姑娘就是漂亮的罗莎乌拉，我们邻村村长罗塞利奥的女儿；我不知道是什么原因让她穿上这样一件衣裳又离家出走，这种事情可有损她家的名誉。"特奥琳达又补充说："哎呀，这不幸的姑娘！她身边那个骑士是富翁劳伦西奥的长子格里萨尔多，除去你们那个村庄之外，劳伦西奥还有两处庄园。"

"你说得对,特奥琳达。"伽拉苔亚应声道,"这小子我认识。先别说话,听一听;咱们马上就会看到她来这里的目的了。"

特奥琳达安静下来,全神贯注地盯着罗莎乌拉的动静。与此同时,罗莎乌拉走到那个骑士身边,后者大约有二十多岁。这时只看到罗莎乌拉声色俱厉地说道:

"咱们又见面了,你这个不守信义的骑士,这一回可要算算账了。不过,就是我要了你的命,也不足以补偿你给我造成的伤害。格里萨尔多,你看看我,为了找到你,我改变了装束,可我没有改变爱你的心。你想想吧,忘恩负义的东西,我在我家有女仆照顾,几乎大门不出、二门不迈,可是现在就为了寻找你,我孤苦伶仃地走遍了这一带的山山水水。"

美丽的罗莎乌拉讲述这番话的时候,那位骑士眼睛盯着地面,用手里的猎刀在地上划来划去。可是,罗莎乌拉仍然没有说够,她继续用质问的口气说道:

"你说,格里萨尔多,你承认不承认不久前是我给你擦眼泪,是我安慰你,是我给你解除烦恼的?特别是我一直相信你的话,你承认不承认这个?或许你能明白你就是那种把海誓山盟看得一钱不值可又用它来欺骗我的人?格里萨尔多,难道你就是那种会用眼泪打动我的心可又欺骗我的人?我明白了:你就是这种人,而我就是让你给骗了的人。不过,如果你还是那个格里萨尔多,是那个我相信的人,而我还是罗莎乌拉,是你的心上人,那么你对我说的话就该兑现,我的诺言也绝不会落空。有人告诉我:你准备跟马尔塞里奥的女儿莱奥佩尔茜娅结婚,你如此随心所欲,一直在追求她的是你自己。这个消息让我难过极了,人们会看到我来找你就是为了破坏这门婚事的。但是,假如你真的要跟她结婚,我希望你凭良心办事。你说,你怎么办?你这个折磨我心灵的冤家!你不把心里话说出来,对吗?你抬起头来!你看看这双注视着你的眼睛!你看看这个被你欺骗、被你抛弃和遗忘的人!只要你稍稍想一想,你会看到你欺骗了一个一向真心待你的人,你抛弃了一个为了追随你而不顾自己名誉的人,你忘记了一个永远把你记在心头的人。你想想吧,格里萨尔多,论门第,我不比你差;论财富,我不比你少;论心地善良和忠贞不渝,我远远超过你。如果你还算个骑士并且还信仰基督的话,那就应该说话算数。你听着:假如你不偿还欠下我的情分,我要恳求上帝惩罚你,要让大火吞了你,要让你没有空气、水和大地,要我的亲戚为我报仇。你听着:假如你不肯履行对我应该承担的责任,只要活一天我就要给你捣乱一天,让你永生永世不得安宁;即使我死了以后,我的阴魂也要永远威胁着你那背信弃义的心,让你骗人的眼睛永远看到我的幽灵。你要明白:我的要求并不过分;我提醒你:奉献了反而会有收获,拒绝了必有所失。现在你说吧,总得让我弄个明白;别忘了:你那张嘴可是让我生了不少的气。"

美丽的姑娘住了口,看看格里萨尔多究竟怎么回答。后者抬起了头,罗莎乌拉这番道理让他感到满面羞愧,他这样声音低沉地回答说:

"罗莎乌拉啊,如果我否认了你所说的我欠了你的情,那就等于否认了阳光会照亮,火焰会烧人,空气会养人的道理;因此在这一点上我承认:我欠你情,应该还债。不过,假如我说我能够按照你的要求还债,那也是假话;因为我父亲不允许我那样做,再说你那傲慢的态度也让人难以接受;说真话,我不想找什么证人了,你就是个证人:你很清楚我多少次苦苦地哀求你嫁给我,请你帮我履行诺言;可是你呢,不知是出于什么想法,还是由于你要回报阿尔丹德罗的空头许诺，你一直不愿意办婚事，反而一天又一天地捉弄我，总是考验我是否绝对忠诚。罗莎乌拉，你还知道：我父亲是希望我早日成家的，因此招来不少有钱有势的提亲人；你知道我找了种种借口摆脱了他们的纠缠，因为我一心想着你，为的是维护你和我之间的感情。可是到了后来，有一天我告诉你我父亲要强迫我跟莱奥佩尔茜娅结婚，你一听到那姑娘的名字就怒不可遏地对我说：别讲了！你就跟她或者什么人结婚去吧！你也知道，我多次劝过你：用不着吃那毫无意义的醋，我对你说：我是属于你的，而不是属于莱奥佩尔茜娅的；可是你从来不接受我的解释，也绝不答应我的请求；反之，你总是固执己见，总是偏袒阿尔丹德罗；你还派人告诉我：要是我一辈子不看你，你才高兴呢。你的吩咐我照办了，由于没有机会打破你这一禁令，加上我得执行父亲的命令，我决定跟莱奥佩尔茜娅结婚，起码明天要订婚，这是两家已经商定了的。罗莎乌拉，你看到了吧，你给我加的罪名我都说清楚了；你现在才明白对我的态度是多么无理，可已经太晚啦！尽管如此，为了让你明白我不是你想象的那种忘恩负义的人，你记住：除去结婚之外，如果有什么事情能让你感到心满意足的话，我会拿出财产、生命和荣誉为你冒险。”

格里萨尔多说这番话的时候，美丽的罗莎乌拉一直目不转睛地盯着他的面孔，那泪汪汪的眼睛说明她心中是多么痛苦；可是她看到格里萨尔多话音一落，便沉痛地叹息一声，说道：

“格里萨尔多啊，你年轻，对情场上没完没了的变故缺乏经验，我发了一个小脾气就让你摆脱了我，这我不感到惊讶；但是假如你明白了嫉妒是爱情出发的前奏，那么你就会看到我对莱奥佩尔茜娅的嫉妒就是对你的爱。不过，由于你对我的事情采取了漫不经心的态度，随便用一个什么借口就处理了我的感情，这说明你心中对我没有多少爱恋,也证明了我的不少怀疑,因为你很轻松地就说出来你明天要跟莱奥佩尔茜娅订婚的事。但是我告诉你:如果你狠心拒绝我这颗一直属于你的心,那么在你领她入洞房之前,你得把我送进坟墓。为了让你心明眼亮,你看着:我这个为你失去了贞洁又毁坏了名誉的女人,就是丢了性命也在所不惜。我身上这把锋利的匕首会实现这个绝望但体面的企图,它将证明你这个负心贼的心肠是多么冷酷。”

说着,她从衣袋里掏出一把快刀,猛然向自己心窝刺去。如果不是格里萨尔多迅速抓住她的手臂,如果不是她的女友——另一个蒙面姑娘——拦腰将她抱住,此时恐怕已经命归黄泉了。格里萨尔多和另外那个姑娘立刻夺下了罗莎乌拉手中的匕首。后者则高声对小伙子喊道:

“负心贼,让我干脆死了算了! 何必在让我品尝死亡的滋味时还要受到你如此冷酷的轻蔑!”

“死神不会因为我而喜欢你的。”格里萨尔多回答说。“因为我要让我父亲取消我对莱奥佩尔茜娅的婚约,我要让他承认我欠你的这份情意。罗莎乌拉,你放心好了! 我保证一定让你感到高兴。”

罗莎乌拉听了格里萨尔多这番情意绵绵的话,从悲伤的死神手里又回到了欢乐的人间;她不停地流泪,跪在格里萨尔多面前,一面伸出双手表达心中的激情。格里萨尔多也跪下来,伸出双臂搂住了姑娘,二人长时间地拥抱,激动得一句话也说不出来,只是不停地落泪。这时,另外那个蒙面的牧羊姑娘看到女友幸福的样子,顿时感到夺下匕首后产生的疲倦,同时也受不了面纱的窒息,于是摘掉了面纱,露出一张与特奥琳达十分相似的面孔。伽拉苔亚和费洛丽莎看到这个情景感到很惊讶;特奥琳达更为惊讶,她实

在忍不住了,便大声喊起来:

"我的天啊!这是怎么回事?那不是我妹妹莱奥纳尔达吗?我一直在为她操心啊!没错,就是她!"

特奥琳达毫不迟疑地站起来,跑出藏身的地方;她身后跟着伽拉苔亚和费洛丽莎。那个牧羊姑娘这时也看到了特奥琳达,立刻认出是自己的姐姐。姐妹二人张开双臂,紧紧拥抱在一起,都非常惊讶怎么会在这样的时间、地点和场合相遇。这时,格里萨尔多和罗莎乌拉也看到了特奥琳达与妹妹莱奥纳尔达相会的情景,又看到伽拉苔亚和费洛丽莎发现了他俩亲热的场面,便感到很不好意思,急忙起身,一面悄悄擦掉眼泪,一面有礼貌地迎接几位牧羊姑娘。但是,细心的伽拉苔亚觉察到这对恋人的不安,便用那一贯处事坦然的口气对他和她说道:

"幸运的格里萨尔多和罗莎乌拉,你们不要为我们的到来感到难堪,因为我们的出现只会对你们有利,让你们更高兴。命运安排我们看到你们,因此你们的想法是无法遮掩的;既然苍天给你们带来好运气,你们就按上帝的旨意办事吧。请原谅我们的冒昧。"

格里萨尔多回答说:"美丽的伽拉苔亚,你无论出现在哪里,总是给人带来欢乐,因此一见到你不但没有不快,而是我们欠了你的人情。"

与这番彬彬有礼交谈极为不同的是莱奥纳尔达和特奥琳达之间的对话,姐妹拥抱了一次又一次之后,时而说上几句话时而流下热泪,双方都要对方讲述经历;这情景让周围看着她俩的人个个目瞪口呆,因为姐妹二人长得实在太相像了,简直无法辨认,要不是特奥琳达的衣服与莱奥纳尔达的不同,伽拉苔亚和费洛丽莎绝对分不清这对姐妹,于是她们明白了,难怪阿尔蒂多罗会搞错,把莱奥纳尔达当成了特奥琳达。这时,费洛丽莎看到日头已近中天,应该找个躲避阳光的阴凉地,或者至少应该回村去,因为到了给羊吃草的时间了,所以不能再留在林中空地了,于是便对特奥琳达和莱奥纳尔达说:

"姑娘们,等一会儿你们再痛痛快快地把心里话倒出来,眼下咱们得找个地方躲一躲逼人的太阳;要么去刚才咱们离开的那个山口,那里有清凉的泉水,要么咱们回村去,我和伽拉苔亚会好好招待你们俩的。我之所以仅仅邀请你们两位姑娘,并不是忘记了格里萨尔多和罗莎乌拉,而是因为我觉得拿不出更好的东西招待这样尊贵的人物。"

格里萨尔多回答说:"你的好意今生今世我都会铭刻在心,无论如何报答都不过分;但是,我觉得按照你说的话去做是对的,因为你们已经知道我和罗莎乌拉之间发生的事情了,详情我就不再细说了。我只是求你们把罗莎乌拉带到村子里去;我本人要回家把一些应该办的事情处理一下,因为与我们俩的心愿有关。为了让罗莎乌拉放心,让她确信我的诚意,请你们各位做证,我正式向她求婚,请她做我的妻子。"

说罢,他拉住了罗莎乌拉的手。美丽姑娘一时激动得说不出话来,只是任凭小伙子握着手;过了片刻方才开口道:

"格里萨尔多,上帝终于把你的一片爱送到了我心中;就凭你现在所做的一切,我永远是属于你的;既然你愿意成为我的丈夫;我也要当好妻子,把我的心重新交给你,报答你的一片深情;将来上帝也会赐福给你的。"

这时,伽拉苔亚说道:"好啦,好啦,先生,真正办实事的地方用不着来这么多客套。剩下的是要恳求苍天善始善终,希望你们俩白头到老、忠贞不渝。格里萨尔多,至于你说的让罗莎乌拉来我们村的事,是我们求之不得的光荣。"

罗莎乌拉说道:"我非常高兴跟你们去,简直不知怎么对你们说才好,有你们在一起,即使格里萨尔多暂时不在身旁,我也会好受些。"

费洛丽莎这时喊了起来:"嗨! 回村的路还远着呐;现在太阳又热;到家的时间就太晚啦! 格里萨尔多先生,您可以去办您该办的事了! 您以后再到伽拉苔亚家里找罗莎乌拉吧! 这对姐妹长得实在太像了,用不着取两个名字了。"

"随您的意思就是了。"格里萨尔多说道。

几个姑娘拉着罗莎乌拉的手走出树林,一面商定改天由格里萨尔多派他父亲手下的牧人通知罗莎乌拉下一步该做的事,派出的这个牧人无须什么标记可以直接找伽拉苔亚和费洛丽莎并下达有关命令。姑娘都觉得这主意不错,她们刚一走出树林,格里萨尔多就看到他的仆人牵着马在等他;他再次拥抱了罗莎乌拉,又一一同姑娘们道别。罗莎乌拉眼泪汪汪地目送爱人远去,直到看不见了才转过身来。剩下姑娘们单独行动了;特奥琳达于是走到莱奥纳尔达身旁,她想知道妹妹来到这里的原因。与此同时,罗莎乌拉在给伽拉苔亚和费洛丽莎讲述为什么自己会穿上牧羊姑娘的装束出来寻找格里萨尔多,她说:

"姑娘们,要是你们知道了爱情的力量是多么强大,你们就不会对我穿上这样的衣服出来寻找爱人感到惊讶了;爱情不仅可以改变人们的服饰,而且随意改变人们的意志和灵魂。如果穿这种衣裳毫无用处,我会把它永远丢掉也在所不惜。姑娘们,你们知道当我住在莱奥纳尔达她们那个村子里的时候,我父亲是那里的村长,格里萨尔多到村子里来了,他想待上几天好在周围打猎;因为我父亲是他父亲的朋友,便吩咐在家里好好款待他,还送给他各式各样的礼物。其实,他来我家的目的是想把我接走,这事虽然难为情,可我得如实告诉你们:格里萨尔多的外表、信仰和品德给我留下了很深的印象,不知道怎么回事,短短几天之内我就身不由己,要把自己的身心交给他主宰了;但是,不是因为这么冲动而造成什么不满,我们之间没有半点分歧;他说,他做了大量的真心表白才让我明白了他的意思。我知道他这番真情之后又看到有格里萨尔多这样的丈夫的好处,便答应了他的请求,并且也实现了我的愿望。这样,通过我的一个女仆的牵线搭桥,我和格里萨尔多在一处僻静的阳台上多次约会,我们逗留的时间总是一再延长,他一次又一次地向我保证要娶我为妻,就像今天他当着你们的面所说的那样。可是正当我满心快乐的时候,悲惨的命运却安排了一个阿拉贡地方的勇敢骑士前来看望我父亲;他名叫阿尔丹德罗,对我的美貌——如果说我有几分姿色的话——表示倾倒,不等我父亲知道就极力要我跟他结婚。与此同时,格里萨尔多果然在实现他的目标,我有意表现得十分冷淡,找些话题拖延时间,为的是让我父亲出面阻拦阿尔丹德罗,以便格里萨尔多向我求婚;可是那时他还不想这么做,因为他知道他父亲的意思是要跟那个既富有又漂亮的莱奥佩尔西娅结婚,你们大概都知道她在这一带很有名气。这消息传到我耳中以后,我找了一个机会责备他不该另有所爱,尽管这次责备是故意装出来的,我只不过要试试他是否信心坚定。可是我太粗心大意了,确切地说是头脑太简单了,我以为这样做会有些好处,便给阿尔丹德罗一些方便。这事让格里萨尔多看到了,他多次向我说明阿尔丹德罗和我之间发生的事让他感到很痛苦;他还通知我说,如果我不愿意让他履行先前对我许下的诺言,那他就不能不服从他父亲的命令了。不管他怎么劝说,我都不理睬,自己非常狂妄,确信我的美貌已经在格里萨尔多心中结下了牢固的纽带,它是很难中断的,任何美人也无法动摇它。但是,事实给了我的自信当头一棒,格里萨尔多的行动很快就证明了这一点:他对我的固执和傲慢已经厌倦了,不得不离开我去服从父亲的命令。可他刚一离开我们村庄、从我眼前消失,我就发觉我犯了错误,格里萨尔多已经不在眼前,加上我对莱奥佩尔西娅的嫉妒,我感到心烦意乱,实在难熬。于是我想:如果我的补救措施再拖延下去,那就可能终生痛苦,我决定宁可冒险损失名誉也要把格里萨尔多争取回来。我找了一个借口,对父亲说要到邻村去看我姑妈;我父亲派了许多仆人陪同我前去。我一到姑妈家,就把心中的秘密和盘托出,请姑妈给我弄一套衣服,我要去找格里萨尔多谈谈,向他当面说清,否则就要糟糕了。姑妈同意了,但有个条件:要莱奥纳尔达随我前往,因为这姑娘可靠,便派她到我们村。我穿上这身衣裳之后,姑妈又对我们叮嘱了一番。八天前,我们告别了姑妈;两天后来到格里萨尔多住的村庄。我们一直找不到可以单独同他见面的地方;直到今天早晨我得知他要出来打猎,便在刚才他告别的那个地方等候他;至于后来我和他之间的事情你们各位都看到了,结果我很满意,是我盼望已久的。姑娘们,这就是我生活里发生的事情,不知道你们是不是听厌烦了,那可不怪我,因为你们好奇,我不得不满足你们的愿望。”

费洛丽莎回答说:“是我们欠了你的情,就是一辈子为你效力,也还不清这笔债。”

罗莎乌拉反驳道:“是我欠了你们的情。我一定竭尽全力报答各位。先把这事放在一边吧。姑娘们,瞧瞧特奥琳达和莱奥纳尔达的眼睛吧!看看她俩哭得那么厉害,弄得咱们也要陪着落泪了。”

伽拉苔亚和费洛丽莎扭头一看,罗莎乌拉果然说的不错:姐妹两个都是眼泪汪汪的,原因是莱奥纳尔达把刚才罗莎乌拉讲的故事给姐姐说了一遍。

"姐姐，你知道自从你离家出走以后，人们都以为是那个牧羊人阿尔蒂多罗把你给带走了，因为那天他也不辞而别了。我在爸妈那里也证实了这个看法，因为是我把阿尔蒂多罗在树林里发生的事情告诉父母的。听了这个迹象，家里就更怀疑了；父亲极力要出去寻找你和阿尔蒂多罗；要不是两天后来了一个牧人，起初人们都以为他是阿尔蒂多罗，大家就要动身了。这消息传到了父亲耳中，他一听说拐骗你的人来了，便同司法人员一道来找那个牧人，一见面就问那人是不是认识你，把你拐骗到什么地方去了。那牧人发誓说这一辈子也没有见过你，更不明白大家问他的这些事情是什么意思。所有在场的人都吃惊地看到，那牧人以前在村子里待过十天、多次与你谈话和跳舞，现在居然不承认认识你；因此大家都认定面对人们的责备阿尔蒂多罗是有罪的，所以根本不听他的解释，就把关进监狱了。他在牢里蹲了几天，没有人跟他说话；后来把他带到法庭上审讯，他再次发誓说不认识你，从前没有来过咱们村庄；不管大家怎么看，他说的跟上次一样。后来，他告诉大家：你们一定是搞错了，因为我名叫伽莱尔西奥，父亲名叫布里塞诺，阿尔蒂多罗是我的哥哥，我们是格里萨尔多那个村庄的人；你们一定把我当成我哥哥了，因为我俩长得很像。果然，他拿出许多证明和证据，这时大家才看到他的确不是阿尔蒂多罗，人们惊叹不已，都说这兄弟俩长得太像了，如同咱们长得像一样，这样的奇迹世界上少见。关于伽莱尔西奥的事公布之后，我动了心，经常跑到关押他的地方去看他，幸亏他看不到我，可是我能见到他。姐姐，糟糕的是后来他走了，可他不知道也带走了我的心；我又一直没有地方跟他说出我的心事，你想象不出我是多么痛苦。后来，罗莎乌拉的姑妈要我求爸爸让我陪罗莎乌拉几天，我很高兴去做，因为这样可以到伽莱尔西奥的村子看看，我就可以让他知道我的心事了。可我的运气不佳，我们在他村里四天，却一直没有看到他；我到处打听，人们说他在牧场上放羊呢。我也打听了阿尔蒂多罗的下落，大家都说几天前还在，现在不在村里；由于我不能离开罗莎乌拉，也就不能去找伽莱尔西奥，尽管他可能知道阿尔蒂多罗的消息。姐姐，这就是你走后我经历的事，有关格里萨尔多的事情，你都亲眼看到了。"

特奥琳达听了妹妹讲述的事情以后惊奇不已；听到村里没有阿尔蒂多罗的消息，又不禁流下泪来，虽然稍可感到安慰的是伽莱尔西奥可能知道他哥哥的下落，于是决定改天一定要去寻找伽莱尔西奥，不管他在什么地方。她尽量简短地把寻找阿尔蒂多罗的经过给莱奥纳尔达讲了一遍，再次拥抱了妹妹之后便向姑娘们那里走去。这时牧羊姑娘们稍稍离开了道路走在树林里，为的是躲避骄阳；特奥琳达走到姑娘们身旁把刚才妹妹说的恋爱经过以及伽莱尔西奥和阿尔蒂多罗长得是多么相像讲了一遍，大家都惊讶极了。可是，伽拉苔亚这样说道：

"特奥琳达，你和你妹妹长得太像了，凡是看到你们两个的人一定会惊奇不已；我想不会有人能跟你们相比。"

莱奥纳尔达回答说："毫无疑问，不过阿尔蒂多罗和伽莱尔西奥长得太像了，比我们俩毫不逊色，其他方面也不差。"

费洛丽莎说："愿上帝保佑你们四个长得相像的人万事如意，让人们不仅羡慕你们的长相，更羡慕你们的快乐生活。"

特奥琳达刚要回答，只听得有人在树林里唱歌，姑娘们停下脚步，不久便听出那是牧人劳乌索的声音。伽拉苔亚和费洛丽莎很愿意听到他的歌声，因为她们急于知道劳乌索爱上了谁，她们以为从歌词里可以找到答案，于是她们不离开站的地方，极安静地倾听那牧人的歌声。劳乌索这时坐在一棵柳树下，心事重重地抱着一把小小的三弦琴，他在琴声的伴奏下唱道：

劳乌索　　如果我要说出思想有什么好处，
　　　　　那我拥有的一切就会变坏，
　　　　　为此还是不说我的感情为好。

　　　　　掩饰起我的欲望；
　　　　　千万不要开口讲话；
　　　　　让你的战利品沉默。

　　　　　不要矫揉造作；
　　　　　不要艺术夸张；
　　　　　用自由的手品尝爱情的滋味。

　　　　　只要说一说我心情坦然
　　　　　度过了惊涛骇浪，确信
　　　　　自己正派的胜利与光荣。

　　　　　无须知道原因，
　　　　　结果自然明白
　　　　　无边的财富留给有心的人。

　　　　　我已重新做人，有了新的生命；
　　　　　可以在四面八方获得
　　　　　显赫的声威和荣誉。

心胸坦荡,充满爱情,
让我这一腔的热血
把我高高地送入云霞。

西莱娜,我相信你,信任你,
西莱娜,你是我思想的光环,
是约束我意志的指南针。

我巴望你那无与伦比的理解力
使你终于明白,
我的忠诚是无价之宝。

我相信你迟早会证实,
姑娘,有了亲身体验,
豪爽的胸膛里装着善良的心。

你亲眼看看还不能确保幸福?
你亲眼看看还不能排除疑虑?
你若不来谁能忍受半点这可怕的空虚?

啊,你那无与伦比的美貌!
啊,你那举世无双的机敏!
你是我心中的太阳和明星!

在那座著名的克里特岛,
那个被伪装成英俊的公牛拐走的美人,

也绝对无法与你的美貌比较；

就是那个裙上缀满金星的姑娘，
令人感到细雨霏霏为她倾倒的美人，
也绝对无法与你的美貌并论；

就是那个用锋利的匕首
在那光洁的臂膀上证明清白的姑娘，
也绝对无法与你的美貌相比；

就是那个使得希腊人气愤地攻打特洛伊人，
使得伊利昂城倒塌毁灭的姑娘，
也绝对无法与你的美貌相提并论；

就是那个使得罗马骑兵与特洛伊人交战，
朱诺对她产生极大热情的姑娘，
也绝对无法与你的美貌相比；

更不要说那个以坚强闻名、
与众不同、用战利品
维护了自己贞节的姑娘；

我说的是那个让阿刻耳巴斯哭泣，
那个曼图亚的提屠鲁①明白，

---

① 古罗马诗人维吉尔《牧歌》中的人物，被认为指代维吉尔自己。

任性无用,欲望落空的姑娘。

无论过去、现在和将来,
无论多少美丽的姑娘
都不如你更娇艳;

没有谁能在勇敢、智慧和美貌上
无论过去和将来能和我的姑娘
为世人称道不已。

西莱娜,属于你的人有福了!
你爱的人,他不知嫉妒的痛苦
真是太幸福了!

爱情,你使我无上荣光;
你别用沉重的手
把我打入遗忘的黑洞!
我是属于你的,别对我专横!

这位多情的牧人不再唱了;从他的歌声里姑娘们依然无法了解她们想要知道的事;尽管在牧人的歌词里提到了西莱娜的名字,但是这个名字并不为人们熟知;因此她们心里想,由于劳乌索走过西班牙许多地方,甚至到过亚洲和欧洲,一定是某个外国姑娘把心交给了他。但是她们再仔细一想,前几天看到他那自由自在、嘲笑恋人们的那副样子,便以为劳乌索是用假名赞扬某个曾经主宰过他心灵的姑娘;这样,她们心头的怀疑依然没有解开,便离开劳乌索向村子走去。但是,还没有走多远,她们就看到从远处走来几个牧人,随后便一一认了出来,他们是蒂尔希、达蒙、埃利西奥、埃拉斯特罗、阿尔辛多、弗兰塞尼奥、克利西奥、奥隆博、达拉尼奥、奥尔费尼奥和马尔西略;此外还有村子里最能干的牧人,其中就有冷漠的莱尼奥和心灵受到了伤害的西雷里奥,他们是出来到比萨拉泉水旁的绿荫下睡午觉的;在牧人们来到跟前的一瞬间,特奥琳达、莱奥纳尔达和罗莎乌拉还是小心翼翼地用白手帕蒙住了嘴巴,因为蒂尔希和达蒙并不认识她们。牧人们走过来热情地邀请姑娘们一同前往泉水旁去乘凉;可是伽拉苔亚道歉说,那几个外村的姑娘需要跟她到村里去。她们告别了牧人们,可也把埃利西奥和埃拉斯特罗的心给带走了,因为尽管姑娘们蒙着面纱,他们却很想一睹芳容。她们向村庄走去,与此同时,牧人们走向清泉的发源地;在离泉水不远的地方,西雷里奥与众人道别,请大家原谅,因为他要回隐修院去,尽管蒂尔希、达蒙、埃利西奥和埃拉斯特罗恳求他再留一天;没等他们说完,他一一拥抱了大家,一面请求埃拉斯特罗只要去隐修院那边,就不要忘记去看看他。后者答应照办。随后,西雷里奥离开大道,怀着长期以来的沉重心情,又回到隐修院的孤独生活中去了;而这时其他牧人心里痛苦地想着他在如此青春年少之时,就过着这样孤独的生活;其中埃拉斯特罗特别感到痛苦,因为他了解西雷里奥的为人和品德。牧人们来到了泉水旁,发现那里有三位骑士和两位美丽的贵妇,他们是从大路上下来的,由于筋疲力尽和那处令人愉悦的泉水的召唤,他们觉得应该离开大路,在荫凉里躲避正午的阳光为好。陪同他们一道的还有几个仆人,因此从外表上可以看出他们的身份来。所以牧人们刚一看到他们,便打算让开那个地方。这时,其中一位主人模样的男子看到牧人们如此谦恭有礼想要离去,便开口道:

"各位勇敢的牧羊人,如果你们愿意在这个令人愉快的地方

度过炎热的中午,但愿我们的在场不会妨碍各位;假如你们能留在
这里我们会感到格外高兴,因为这里既舒服又宽敞,可以容纳好多
人,我以我本人和两位夫人及骑士的名义请求各位留下来,否则我
们会感到不快的。"

埃利西奥回答说:"先生,您的吩咐我们照办,我们很想在这
里聊聊天,躲开这炎热的正午;虽说我们的打算不大一样,但不妨
碍听从您的吩咐。"

那骑士说道:"我得感谢您这番友好的表示,为此我请各位坐
在这清凉的泉水旁边。两位夫人准备送给各位一些我们路上用的
食物,请大家就着泉水解解饿、解解渴吧!"

牧人们对他们的热情和礼貌表示感谢。到这时,两位贵妇还
一直带着华贵的面纱;看到牧人们都坐了下来,她俩摘下了面纱,
露出美丽惊人的面容,众人吃惊地望着她们,觉得只有伽拉苔亚可
以与之媲美,他人则望尘莫及。她们俩都美丽非凡,虽说其中一位
年纪稍长的更加雍容华贵,光彩照人。待大家都坐定之后,另一位
始终未开口的骑士这时说道:

"各位尊敬的牧羊人,我一想到你们这种朴实的牧羊生活,比
我们在宫廷里奢华的交往有那么多的好处时,就非常可怜自己和
由衷地羡慕各位。"

"达令托好友,你为什么说这番话?"另外那个骑士问道。

那个骑士回答说:"朋友,我说这番话是因为,我和你都看到
了我们这些过着宫廷生活的人都极力打扮自己,保养身体和增加
财富,我们都穿金戴银,披红挂绿,可是又给自己增添了多少光彩
呢?我们的脸色也一样:个个都是憔悴的,因为消化不良、饮食无
度,美味佳肴花钱很多,却食之无味;没有一样东西让我们红光满
面,没有一样东西能让我们跟眼前这些健康的人一样;你自己可以

看到我们的身心与在农村干粗活的人们是多么不同,只要你总结一下他们的经验就行了;你看看他们吃得简单,穿着朴素,可是这样健康;你看看他们脸色黝黑,可是比我们的白皮肤要健康得多;你看看他们只穿一件白羊皮袄、一顶棕色尖帽和裹上随便什么颜色的护腿,就非常得体,这在牧羊姑娘的眼中,就比在深居简出的仕女的眼里的高级官员要漂亮得多。如果再说说他们俭朴的生活、为人的坦率和对爱情的真诚,那你还有什么可说的?我只想说根据我对田园生活的了解,就足以使我心甘情愿地用贵族生活去交换。"

埃利西奥说道:"谢谢你这番关于牧人生活的看法;不过据我的了解,无论农村生活还是宫廷生活都有难走的路和费力气的活。"

达令托回答说:"朋友,我不得不同意你说的话,因为大家都知道生活在世界上就跟打仗一个样。不过,总而言之,田园生活由于烦人的事情少得多,所以不像城市生活那么剑拔弩张。"

达蒙说道:"达令托,我的一个牧人朋友名叫劳乌索,他的看法跟你的相同。此人在宫廷里任职多年,又在齐啬的玛尔特手下苦干了一段时间,最后过上了农村的艰苦生活;在回农村之前,他很向往这种生活,为此他还作了一首歌,送给那个著名的拉尔西莱奥,后者有着丰富的宫廷生活经验;因为我觉得这首歌写得很好,我就把它整个记录下来了,如果有时间,你们又想听一听,或许我能说得出来。"

"谨慎的达蒙,"达令托回答道,他这样直呼其名,因为听到牧人们也都这么称呼朋友的,"我们非常愿意听你这首歌;我代表大家求你了;正像你说的,劳乌索这首歌肯定作得不错,既然你已经记了下来,一定是首好歌。"

这时达蒙对自己说的话有点后悔,便极力道歉,想收回诺言;但是,无论骑士、贵妇还是牧人们,都一再恳求他背诵出来。于是,他稍稍平静片刻就声调优美地朗诵起来:

达　蒙　我们的心浮想联翩,
　　　　迎着阵阵飞沙走石,
　　　　任飞快的气流拖曳;
　　　　人性,艰难,痛苦,
　　　　沉湎于瞬间的快感,
　　　　寻觅安宁,难得安宁;
　　　　虚假、骗人的世道
　　　　一味许诺给人提供快乐;
　　　　甜味变成苦味的一刹那
　　　　警告的声音四处响起来,
　　　　几乎没有人加以理睬;
　　　　巴比伦城,我耳闻目睹了混乱,
　　　　我把发生的一切都记在心里;
　　　　沉重的手伴着我的希冀
　　　　写下宫廷里小心翼翼的交往。

　　　　主啊,愿我这支秃笔
　　　　能随心所欲地飞舞,
　　　　仅仅为着颂扬您的慈悲,
　　　　仅仅为着高歌您的恩典。
　　　　可是有谁敢炫耀自己
　　　　能够承担起如此重担?
　　　　如果他不是顶天立地

一条魁梧有力的好汉。
哪怕他是新的大力神，
用双臂举起这样的分量
恐怕也要拿出千斤的力；
即使他累得汗流浃背、腰直不起，
我也要歌颂他这番苦力。

既然我自己无能为力，
不能表达正确思想的内容，
那咱们来看一看是否有可能
动一动那消瘦而不满的右手，
从费解之处表现心中的快乐；
可我感到自己是如此软弱无力，
你们不得不支起耳朵好好倾听
从一个充满痛苦但又傲慢的心里
发出悲伤而又凄凉的叹息；
火焰、空气、大海和土地
共同密谋与他作对，让他不幸，
使得命运为他安排的短暂机会
转瞬间飘然而去。

假如此事不易做到，
如果此事可以随心所欲，
用画出山川河流的办法，
用写下爱情、运气、财富的手段，
把成千上万的事情记录下来，

把全部荣耀献给一位牧人。
但是关于这个甜蜜的故事，
时间战胜了一切，只给故事留下
一个小小的阴影；
现在一想起这个故事，
那阴影就令人感到恐惧；
源于人类命运的特性，
甜蜜在短时间里，
让我们品尝到了苦味；
而没有人能在多年后
能够找到真正的甜味。

朦胧的思想啊，回来吧，回来！
飞上去呀！降下来！回到心里来！
跑吧！从迪勒跑向巴特罗！
他会说出流汗、劳累多辛苦；
他最后会摆脱沉浸在
天上或者冷酷地狱的遐想中：
噢，一、三、四、
五、六次，纯朴的牧羊主
往往很走运，只有一处可怜的羊圈，
但活得比阔气的科拉索和吝啬的米达
还要快乐幸福，还要和平宁静：
因为有了那样朴实、安宁、健康的生活，
他会完全忘记那可怜而虚伪的宫廷时光！

在冬天严寒的日子里，
面对着粗大的圣栎树干，
他拥抱着火神在取暖，
安静地照顾着自己的羊群，
决定向上帝报告简单的账本。
当寒冷的冬天悄悄离去、
太阳烧烤着空气和大地的时候，
他坐在河边绿色的杨柳树阴下，
用他那粗犷的和弦放声一曲
或者吹响他的芦笛；
有时真的可以看到河水，
停下脚步认真倾听他的音乐。

那里不会有宠臣严肃的面孔，
他们总是装模作样发号施令，
也不会有谄媚者轻声细语地
改变既定的意见、安排、法令和规定；
也不会有精明的秘书摆出
傲气十足的神情令人疲惫；
也不会有获得金钥匙而带来的狂妄，
也不会有对几位王子的承诺；
不会有片刻的时光离开温顺的羊群，
因为他不会由于其追随者刚一发迹
就如同战神一样地咆哮发怒。

他的脚步限于小小的地盘：

从高山到风和日丽的平原，
从清凉的源泉到浩渺的河边，
用不着看那偏僻的土地
像古人那样疯狂任性地
犁开大西洋那动荡的田地。
他不去折腾自己充沛的精力。
他知道伟大常胜的君主
就居住在自己村庄附近，
尽管他渴望发财致富，
并不因为看不到国王生气：
他不像那野心勃勃的好事者
昏头胀脑、毫无理智，
追逐恩典，追逐宠信，
虽然从未用宝剑或长矛
沾染过土耳其或摩尔人的鲜血。

他的面孔不变，肤色也不变，
因为尽管他的主人
可以变脸，可以变肤色，
却不强迫他品尝苦味或甜味，
如同克拉西奥强迫情人一样。
你们不会看到他有什么忧愁，
他不担心主人为小事或疏忽
大发雷霆
或者命他辞去工作。
判决

很快发散开去。
明显展现的，
健康的心胸
只容纳理智，
而粗俗的观念
放不下宫廷里的造作。

谁能如此漠视生命？
谁能不说只有步入
心灵宁静的生活才是生活？
宫廷里过不上这宝贵的生活，
要隐恶扬善的人知道他们的恩德。
生活啊！陪伴的滋味成了苦味！
卑微的田园生活要比高贵的权杖高贵！
芬芳的鲜花啊！
茂密的树林啊！
清澈的河水哟！
谁能享受这些美景片刻，
我的不幸又不搅乱正当的消遣！

歌声啊，你要传到了解你优缺点的地方去！
但是，如果你获得了灵感，请你告诉我；
我抬起卑微的头望着你并恳求你：
"主啊！饶恕我，派遣我的人
既相信你又相信他的愿望。"

达蒙一朗诵完毕便说道："先生们，这就是劳乌索的歌。不仅拉尔西莱奥称赞不已,凡是那时看到这首歌的人们都赞不绝口。"

达令托接着说:"你说得很有道理,因为真善美的东西都理应受到称赞。"

这时,冷漠的莱尼奥说道:"这样的歌是我喜欢的那种。不像有些随时随地可以听到的歌,里面充满了空洞的爱情概念,由于乱糟糟地堆砌在一起,我敢起誓:有些歌曲让人听不明白,说得大胆些,恐怕连作曲的人也不懂里面的内容。还有些歌曲不厌其烦地赞美爱神,拼命夸张爱神的威力、意义、绝妙和神奇,把他吹捧成为主宰天地的神,赋予他种种象征和标志,比如权力的象征和统治的标志。最让我不能容忍的是:那些作曲的人一说到爱情,就非得用一个什么丘比特不可,这个名字本身的意思就清楚地表明了他是谁了,他只不过是个空洞的性欲,应该受到各种谴责。"

冷漠的莱尼奥说着说着最后竟然骂起了爱神;由于大多数在场的人了解他的脾气,便没有十分注意他讲的道理;但是有一人——即埃拉斯特罗——例外,这时他说道:

"莱尼奥,或许你以为你总是在跟头脑简单的埃拉斯特罗说话吗?你以为我不会反驳你这种看法吗?我可提醒你:现在最好别发议论,至少先说些别的事情而不能说爱神的坏话,假如你不愿意学识渊博、谦虚谨慎的蒂尔希和达蒙给你启蒙,讲述你不了解的爱情及其有关的问题。"

莱尼奥问道:"有什么东西是我不知道他们可以告诉我的?或者说,有什么并非他们不了解是要我来回答的?"

埃利西奥回答说:"莱尼奥,这可是妄自尊大。说明你离开爱情的真理之路已经很远了。还说明你是意气用事,不是服从真理和经验。"

莱尼奥反驳说:"从前,这类作品我看的多了,所以现在才反对它们,而且只要我活一天就反对一天。"

"你的道理有什么根据吗?"蒂尔希问道。

莱尼奥说:"根据嘛,那就是爱情所造成的后果;据我所知,产生种种后果的原因是很糟糕的。"

蒂尔希接着问道:"你认为爱情造成的恶果有哪些?"

莱尼奥说:"你要是认真听,我可以对你讲。但是,我不愿意我说的话让在场的人们生气,因为他们本可以听听更愉快的话题以消磨时光。"

达令托说道:"没有什么事情能比谈这个话题更能让我们感到高兴了,特别是由一些善于维护自己看法的人进行讨论,就格外有意思。莱尼奥,如果刚才几位的意见没有让你感到不舒服的话,那么我本人请求你继续讲下去。"

莱尼奥回答说:"我很愿意讲下去,因为我想清楚地说明有多少理由迫使我不得不坚持自己的意见,并且谴责任何与我的看法相悖的意见。"

达蒙说:"好啊,莱尼奥!那就开始吧!只要我的伙伴蒂尔希了解了你的看法,你就再也坚持不下去了。"

这时,正当莱尼奥要开口谴责爱神的时候,备受尊敬的伽拉苔亚的父亲奥雷里奥带着几个牧人来了,同他们一道前来的还有伽拉苔亚和费洛丽莎以及三位蒙面的牧羊姑娘:罗莎乌拉、特奥琳达和莱奥纳尔达。与这三位姑娘相逢的地点是在村口,并且得知牧人们在泉水旁聚会,这些姑娘确信带着面纱是不会被认出来的,便同意一道回到泉水边来。众人纷纷起身迎接奥雷里奥和姑娘们;随后,她们便坐到了妇女群中;男人与男人坐在一起。可是,妇女们刚一看到伽拉苔亚那惊人的美貌,便赞叹不已并目不转睛地看着她。伽拉苔亚觉得几位贵妇人也很漂亮,特别是其中那位年纪大些的。她跟大家说了几句客套话就立刻安静下来,因为这时人们都知道了谨慎的蒂尔希和冷漠的莱尼奥商定的讨论;备受尊敬的奥雷里奥非常感兴趣,因为他极想看看这群人,听听他们的讨论,尤其是有莱尼奥在场。这时,莱尼奥不等招呼就在一棵截断的榆树上坐下并讲了起来,起初声音很轻,后来越说越大声:

"尊敬和谨慎的伙伴们,我差不多已经猜出各位的心里为什么会认为我胆大和冒失了,因为我在农村的环境长大,既不聪明又缺乏经验,怎么敢在这样的话题上与著名的蒂尔希对阵呢。他是受过皇家学院教育的,他的学问广为人知,我怎么有取胜的可能呢,失败是注定的了。但是,由于我相信天才的力量再加上一定的经验,往往可以发现通向学问的新路,这对于有的人来说常常需要好多时间,所以今天我斗胆当众陈述一下我与爱情为敌的理由,大家知道正因为如此我才落得一个'冷漠'的绰号。即使没有别的原因,只是大家命令我参加辩论,我也不会放弃的,因为就算辩论失败,我也会获得一份不小的光荣,因为最终大家会说:这小子居然有勇气跟大名鼎鼎的蒂尔希一争高下。这样,有了如此的打算,如果道理不在我这一边,我也不打算取胜,我只是说出我的道理,只求我的道理给我的话和我的根据以力量,从而表明我为什么会成为爱情的公开敌人。根据我从长辈们那里听来的说法,爱情是对美的渴望;在许多定义中,熟悉这个问题的人们给爱情下了这样一个定义。那么,假如人们承认我说的爱情是对美的渴望,那就必须承认:不管你爱的这种美究竟如何,它都是你追求的爱情。而由于美有两种类型:有形的和无形的,如果你把有形的美作为爱情的最终目标,这种爱情不可能有好结果,我是反对这种爱情的。可是由于有形之美是分为两部分的:活着的躯体和无生命的躯体,那么有形之美的爱情也会有好的。男女的躯体可以证明一部分有形之美,这种美在于:身体的各个部分本身就是美好的,各个部分合在一起又构成一个完美的整体,由四肢和柔和的肤色组成。另外一种无生命躯体之美存在于绘画、雕塑和建筑之中,这种美哪怕受到谴责也是可以喜欢的。无形之美也分为心灵美和有学问两部分;有心灵美的爱情一定是好的,也必定是依靠美德和学问的。由于这两类美可能成为我们心中产生爱情的原因,因此可以断定:爱情的好坏就取决于你爱上了哪一种美。但是,由于无形之美是用明亮的理性目光加以考究的,而有形之美是用肉眼关照的,与无形的目光相比,它是迷惑的和盲目的;由于肉眼看肉体美是迅速的,那种美是赏心悦目的,而不像理性的目光那样要考究无形的美,这种美是值得颂扬的,由此可以断定人类通常都爱这种终有一天要衰老、要消亡的有形之美,而不是改善人类的奇妙而神圣的无形之美。因此,这种爱情或者对肉体美的欲望就造成了、正在造成和将来还要造成世界上城市的毁灭,国家的败落,帝国的崩溃,朋友间的仇杀;即使平常不发生这种事情,可怜的有情人所忍受的巨大不幸、仇恨、嫉妒和死亡,难道是人类理性所能想象的吗? 这就造成了因为有情人的全部幸福都在于享受肉体之美,并且使得这种美不可能完全被占有和享受,由于达不到目的,有情人的心里就会产生不满、痛苦和叹息,就会痛哭流涕。我说的这种美是不可能完全享受的,这是千真万确、明白无误的,因为人不可能完全享受身外之物,享受不属于他自己的东西,因为这些东西是由我们叫做'命运'和'机遇'来操纵的,而不是由我们的意志来掌握的。这样就可以得出结论说:哪里有爱情,哪里就有痛苦;谁否认这个,他就否认了太阳是明亮的,火焰可以烧人。但是如果能够较快地认识到为情欲而求爱所包含的痛苦,那么随着时间的推移,我所坚持的真理就越明白。谨慎的骑士们和牧人们,正如你们清楚地知道的那样,情欲有四种情况:极度的渴望,极度的欢乐,极度担心未来的贫穷和为眼前的灾难感到的痛苦;这种种情欲由于是干扰宁静心灵的逆风,所以被称为'心理动乱'。这些心理动乱,首先来自爱情;因为爱情本身就是一种情欲;欲望是我们种种情欲的源头,犹如一条清泉形成的小溪;由此而来的是每当某种欲望在我们心中燃烧的时候,欲望就推动我们去追求,去奔走,而追寻的结果就是给我们带来无穷无尽的烦恼。情欲会刺激哥哥从所爱的妹妹那里寻找令人作呕的亲热拥抱,会刺激继母从后夫的儿子身上寻欢作乐;更为恶劣的是父亲会从自己的女儿身上找乐趣。这就是情欲给我们的思想带来的痛苦和危险,连理智也不能阻止这种危险的发生;即使我们清楚地了解自己的弊病,也不会因此就望而却步。可是爱情并不满足于我们仅仅倾听一个意志:如前所述,任何热情都来源于物欲,来源于我们心中产生的第一个欲望,然后派生出成千上万个欲望,各种各样的有情人便是如此。尽管多数情况下有情人是盯着一个目标的,但无论如何,由于情人们的运气不同,对象各异,毫无疑问欲望也不尽相同。有些人为实现自己的愿望,竭尽全力去奔走,可是,天呀,路上要遇到多少艰难险阻,跌多少个跟头,有多少荆棘扎破他的双脚,多少次失去本可以达到目的的勇气和力量啊!还有些人已经占有了某个心爱的东西并不打算也不追求别的目标,只想维持现状,他们用心专一,事业专一,全部时光都消耗在心爱的东西上,其幸福是可怜的,因为既无钱财又无好运。还有些人,手中无财,极力想发财,为此到处磕头作揖,烧香许愿,为蝇头小利终日奔忙,直到丢掉性命为止。但是,在欲望的入口处,人们往往看不到这些苦难,因为骗人的爱情给我们指出看似宽广的康庄大道,可随后才发现这条路越走越窄,竟至进退维谷毫无出路。可怜的有情人,他们就这样被甜蜜但虚伪的一颦一笑一次回首顾盼,两句不像样的好话所欺骗和驱使,心中就产生了一线希望,接着就在欲望的刺激下尾随她而去;短短几天后,还未走出几里地,便发现这条欲望之路是死胡同,于是号啕大哭,泪流满面,叹息不止,怨天尤人;更糟糕的是,假如哭声、叹息和抱怨都不足以达到目的,他们便改变方式,既然正当手段难以通行,那就运用恶劣手段。由此产生了仇恨、愤怒、凶杀、以友为敌;由此人们看到了并且时时在发现:文弱娇媚的女性居然能干出令人惊异的恐怖事件,甚至只要想一想那些事就会让你毛骨悚然;由此发生了圣洁的双人床上鲜血横流,时而是因为可怜而缺乏警觉的妻子,时而是因为粗心大意的丈夫。为实现自己的欲望,兄弟相欺,父子成仇,出卖朋友。这样就破坏了友谊,践踏了尊重和法律,忘记了自己的责任,四处求亲告友。但是为着可以更明白地看到情人们是多么可怜,应该知道在我们身上没有哪种欲望,能像爱情有那么大的力量和那么强烈的冲动,把我们带向既定的目标;由此可以知道没有哪种欢乐能像情人那样当着追求心爱的目标时会超过规定的范围。这是显而易见的,因为除去情人还能有哪个有理智的人仅仅为着抚摩爱人的手、她的一个小小的戒指、短暂的回眸顾盼以及类似的勾当就会欣喜若狂呢? 一个心平气和有理智的人会把这种事情看得如此重要吗? 因此不能根据情人们可以达到这许多欢乐就说他们是幸福的和走运的,因为他们无论哪种欢乐都伴随着无穷无尽的不快和烦恼,从而破坏和搅乱了爱情,而爱情的光环从来也没有照耀过痛苦的居所。情人们的欢乐是如此的糟糕,以至于常常让他们失去理智,把他们变得粗心和疯狂,原因是他们尽竭全力要维持想象中的欢乐状况,其他的事情就疏忽了,也不注意随之而来的损失;他们还忽略了对财产的管理、名誉的维护和生活的安排;用欢乐换取的代价就是他们成了备受种种折磨的奴隶,自己成了自己的敌人；这样一来，当他们在追逐欢乐的路上遇到了嫉妒的冷枪时，天空便骤然变黑，硝烟弥漫，万物全都与他们作对。这时没有人可以指望，因为谁也无法帮助他们实现那些欲望；于是天天感到担心，日日感到绝望，种种怀疑在心里翻腾，各种想法变来变去，求告无门，看到的是虚伪的笑容，听到的是撕心裂肺的哭声，此外还有成千上万的怪事和恐怖事件。爱物的种种理由把他们给弄得筋疲力尽；她是否看了一眼，是否笑了，是否回身，是否开口，是否沉默，总之，一切可以使嫉妒的情人动情的美妙之处同时就是他的不幸。谁不知道假如大方的好运不帮助爱情的开端，而是匆忙地把爱情引向结局，那么任何情人都要付出不知多少代价才能达到自己的目的？他得流出多少眼泪，发出多少叹息，写下多少情书，度过多少不眠之夜，经受多少胡思乱想的折磨和提心吊胆的忧虑啊？或许宙斯之子可以在水与苹果树之间承受更多的疲劳，就因为他的心上人处于担心和希望之间？达那俄斯的女儿们使用的水罐是那位倒霉的有情人效力的结果，水白白地流走了，其目的丝毫没有实现。嫉妒啄食情人的五脏六腑能像雄鹰啄食提堤俄斯一样吗？会有压在西西弗斯背上那样的石头如同无尽无休的担心压在有情人的心上吗？会有伊克西翁那样的车轮飞快地转动着，比有情人的忧心忡忡更折磨人的吗？有米诺斯或者拉达曼迪斯那样惩罚和压迫不幸的灵魂如同爱情蛮横地折磨着苦恋者的心吗？没有残忍的墨伽拉、愤怒的提西福涅和爱报复的阿莱克托那样如此折磨被禁闭的心灵，如同狂怒和欲望折磨那些不走运的情人，他们拜倒在欲望的脚下，俯首称臣；这些人为给自己的疯狂行为开脱，他们说，至少谦恭的古人是这样说的：刺激和推动恋人爱别的女人胜过爱自己的那种本能，是一位人们称之为'丘比特'的神仙强加的；在这位神明的驱使下，他们不能不亦步亦趋跟着走。丘比特迫使他们说出这番话,以神的名义赋予这种欲望,让人看到在恋人身上种种神奇的效果。毫无疑问,这种事似乎真是神奇的:恋人提心吊胆的时候,离心上人远就会心焦如焚,离近了又会浑身发抖,该说话时张不开口,沉默时又想说话。同样奇怪的是:追逐逃避我的人,颂扬谴责我的人,对着不愿听我说话的人高喊,为忘恩负义的她效力,寄希望于从不承诺也不可能办好事的人。

"啊,这又苦又甜的滋味!啊,这为病态恋人准备的毒药!啊,这令人伤感的欢乐!啊,你这迟开的、不结果的爱情之花!这些就是人们臆造出来的那位爱神干的好事!这些就是他的丰功伟绩。甚至在绘画中也可以看到人们把他描绘成一个爱虚荣的神,因为这些画家本身就很虚荣;他们把丘比特画成裸体、长着翅膀、蒙着双眼、手持弓与箭的儿童,意思是告诉我们,人一旦是恋人就变成了头脑简单、脾气任性的孩子了,他对自己的追求是盲目的、思想是肤浅的、行动是冷酷的、既无财富又缺乏理解力。他们说:丘比特手中的箭有两种,一种是铅制的,另一种是金制的,用起来结果各有不同;胸上中了铅箭的人会产生仇恨,中了金箭的会产生不断增长的爱情,这仅仅是告诉我们:昂贵的黄金可以产生爱情,不值钱的铅却会引起厌倦;为此诗人们歌颂女猎神不是没有原因的,因为她被三个金苹果给征服了;歌颂达那厄也是有道理的,因为她是在金雨中受孕的;歌颂善良的埃涅阿斯王子是因为他手持金树枝走向地狱。总之,黄金礼品是爱情手中最有力量的一种箭,它可以抓住许多人的心;而不值钱的铅箭则相反,它不受青睐,如同贫困一样,所到之处不会带来半点仁爱而是制造仇恨和厌倦。如果我到现在所讲的这一番道理,还不足说明那种背信弃义的爱情是多么糟糕,那么请各位听一听下面这些活生生的实例及其后果,你们就会像我一样看到,那种不明白我说的这番道理的人,是有眼无珠、不明事理。请看：是不是情欲让正派的罗得打破了贞洁的操守，强奸了自己的几个女儿？毫无疑问，也是这种情欲使得被上帝选中的大卫成了通奸犯和杀人犯，也是这种情欲使得暗嫩极力要与亲爱的妹妹他玛淫荡地苟合，也是这种情欲使得强壮的参孙把脑袋放到负心的大利拉的裙子上，因此失去了力量，手下人失去了他的保护，结果使得他和许多人一道丢了性命；还是这种情欲使得犹太王希律答应那个跳舞的少女拿下先哲的头颅；还是这种情欲使得那位王中之王及其臣民怀疑能够得救；情欲使得赫拉克勒斯强壮的双臂无力，而他一直是可以支撑重物、扭断纺锤的；情欲使得愤怒和堕入情网的美狄亚把自己弟弟柔嫩的四肢撒向空中；情欲咬断了普洛克涅的舌头，卷走了威尔比俄斯，使得帕西淮名誉扫地，毁灭了特洛伊，杀死了埃及；情欲使得已经开工的迦太基工程停下来，使得那里的第一个女王拔剑自尽；情欲把致命的毒药杯放到美丽闻名的索福尼斯巴的手中；情欲夺去了勇敢的图努斯的生命，夺去了塔奎尼乌斯的王国，夺去了马克·安东尼的指挥权，夺去了他女友的性命和荣誉；总之，情欲还把我们这个西班牙交给了愤怒的蛮族阿拉伯人，为的是给可怜的罗德里戈混乱的爱情报仇。但是，现在我想夜幕就要降临，为了不让各位再去回忆爱情过去和现在每天留下的业绩和例证，我不打算再说下去了，也不想让大名鼎鼎的蒂尔希急于作答，而是首先恳求各位耐心听一首几天前为谴责我的敌人而写的歌；如果我记得不错的话，歌词是这样的：

> 无论冰还是火、爱神暴君般的弓与箭，
> 都不能让我感到恐惧，更不会退缩半点，
> 为让丘比特威信扫地，
> 我必须开口说话；

难道有谁害怕盲童？
他脾气古怪又缺心眼，
哪怕他有威胁和危害。
我的欢乐增加，痛苦减少，
只要高声唱出真正的歌；
它谴责爱神，用真理写成，
方式方法清楚而又明白，
可让人们知道爱情的罪恶，
准确地说出爱情的灾难。

爱情是消耗心灵的火焰，
冻僵身体的冰块，射穿心脏的箭，
人们往往忽略了爱情包含的狡诈；
爱情是一汪永无宁日的闹海；
是脾气怪异的大臣，暴躁的家长，
伪装成朋友的敌人，充满恶的奸商，
表面上和蔼可亲，善于阿谀、恭维，
骨子里专横、冷酷、野蛮、阴险；
狡猾的女子把我们变成魔鬼，
无须帮助我们就忘记了过去，
理智的光芒也难以将我们挽回。

爱情是枷锁，迫使你低下骄傲的头，
爱情是巢穴，引诱你追逐安乐享受，
爱情用纤细的发丝结成欺骗的罗网，
捕获愚蠢、丑恶的好色之徒；

爱情让你品尝苦辣酸甜；
爱情是抹蜜的毒药，
爱情是烫金的药丸，
爱情是放火的闪电，
爱情是反目的拳头，
杀害俘虏的刽子手，
镇压抵抗的大丈夫。

爱情让你先甜后苦，
当你正在沾沾自喜，
觉得天空如此美丽，
突然发现上当受骗，
感觉痛苦实在难忍；
沉默，开口，多说，不说，
失去理智，失去克制；
本来最有条理的快乐生活，
一瞬间，完全变成废墟一片；
善良的影子变成丑陋的魔鬼，
拖曳我们飞上九霄云外，
抛下我们摔得死去活来。

爱情是毁灭我们的无影窃贼，
盗去的是我们珍宝中的珍宝，
掠去的是我们的道德和灵魂；
爱情追逐千方百计躲开的人，
它是一个永远难以理解的谜；

爱情是让你处于痛苦中的生活，
预先策划的战争，专门制造事变，
它热衷不幸，讨厌长期休战；
时时盼望灾难，恶魔附着心上，
让胆小鬼投入恶的怀抱，成为勇士；
爱情是个不讲信义的欠债人，
永远不承认欠我们的债务；

爱情是一座被包围的迷宫，
里面隐藏着一头凶狠的野兽，
用麻痹大意的心当营养；
爱情是一条绳索，
捆绑我们的生活；
爱情是贵族老爷，
要管家报告言行、预算；
爱情一向野心勃勃，
暗藏成千上万的杀机；
爱情是狭小肠道里的蛔虫，
早晚会腐烂在你的腹中；
爱情鬼鬼祟祟密谋进行，
它是天上的乌云，遮蔽你的感觉，
它是寻机伤害我们的匕首；
这一切就是爱情，如果你觉得不错
请跟它走！"

冷漠的莱尼奥通过这首歌讲完了他的道理；歌词使得在场的
一些人，特别是几位骑士十分惊讶，他们觉得莱尼奥的话知识丰富,远远胜于他那牧人的智慧;因此,个个怀着浓厚的兴趣和注意期待着蒂尔希的答复,人人心里希望他会压倒莱尼奥,因为无论在年龄和阅历上他都胜过莱尼奥一筹,加上他经常刻苦研究,所以大家都认为他一定会取胜。千真万确的是:感情受到了伤害的特奥琳达、堕入情网的莱奥纳尔达、美丽的罗莎乌拉以及那位随同达令托和伙伴一道前来的贵妇人,清楚地看到莱尼奥的这番话,描绘出她们各自爱情生活的种种情景,为此流泪、叹息不已,因为她们深知购买爱情的欢乐要花多么高昂的代价。只有美丽的伽拉苔亚和谨慎的费洛丽莎不在此列,因为到目前为止两人胸中还没有体会到爱情的滋味,所以只是全神贯注地倾听着两个很帅的牧人唇枪舌剑的辩论,而不会在她们俩心中产生什么效果。但是,由于蒂尔希希望彬彬有礼地反驳那个冷漠的牧人,便不等在场的人请求,面对莱尼奥,用柔和但响亮的声音这样开口道:

"冷漠的牧人,既然你这番机智的话不能让我确信,现在距离真理遥远的人难以企及真理,我宁可先不反驳你的看法,而让你的看法受到你那无理行为的惩罚;不过你那些谴责爱情的话让我注意到,你有些原则可以概括得更好,因此我不能沉默,不想让在场的听众思想混乱,不想让爱情受到伤害,也不想让你再顽固下去,再炫耀下去了。因此,在爱神的帮助下,我想用简单几句话说明爱情的功绩以及你所说的效果,假如只说说你理解的爱情,那你下的定义是对美的欲望,你还说了什么是美,随后你就百般挑剔爱情的毛病,还用几件事论证爱情给恋人们造成的伤害。尽管你给爱情下的定义非常广泛,但仍有许多可反驳之处;因为爱情和欲望是两回事:爱并非都是欲,欲也并非都是爱。这个道理在人们掌握的事物中都是明白无误的:对已有的东西不能说是欲望,而是喜爱;比如,健康的人不用说有健康的欲望,而是喜爱健康;再如,有儿子的人不会说，我要儿子，而是说我爱儿子；同样也不能说，人们希望的就是人们喜爱的，例如，你希望敌人死去，可你并不爱敌人。因此，根据这个道理，爱和欲是属于不同的感情范围。的确，喜爱是欲望之源；在给爱情下的种种定义中，有一个是这样的：在欲望的推动、吸引和愉悦下，爱情是我们心中第一次感受到的突变；愉悦会在心中产生运动，而这种运动就叫欲望；欲望就是对爱物的追求；是对占有物的喜爱，其目标就是幸福；由于欲望的种类很多，爱情是人们注意到的一种欲望，它把追求美看作幸福。但是，为了给爱情下更明确的定义并加以分类，应该明白爱分为三种方式：虔诚的爱，有用的爱和欢乐的爱。我们心中种种爱和欲的方式都可以归纳为这三类：因为虔诚的爱是指天上、永恒和神圣的事情，有用的爱是指世间、欢娱和非永恒的爱，比如，财富、统治和权势，欢乐的爱是指你说的对肉体美的享乐。我所说的这三种爱都不应该加以谴责，因为虔诚的爱无论过去、现在还是将来都是朴素、纯洁和神圣的，只有从上帝那里才能得到；有用的爱也不应该受到谴责，因为这是很自然的事；欢乐的爱更不应该谴责，因为它比有用之爱还要自然。让这两种爱在我们心中自然而然地萌发吧，历史的经验已经清楚地证明了这一点，因为我们的祖先亚当经历了第一条神圣的戒律之后，他成了上帝的奴仆，随后认识到了自己的卑贱和贫穷，于是立刻用树叶遮体，汗流浃背地开荒种地维持生计，努力生活得舒服些；后来，他听从上帝的旨意生儿育女，繁衍出人类并世代相传；以后，由于他不听上帝的话，死神便来到了他的身边，也来到他的后代身边；这样我们就继承了他的激情和各种感情，同时也继承了他的本性；因为他一生都在努力解决生存和温饱问题，所以我们也不能不努力解决我们自己的问题。由此诞生了我们对有用物品的喜爱，对人类生活的喜爱；我们从生活里获取的越多，解决的需要也就越多;这样我们就继承了通过养儿育女世代相传的愿望,从这里又引出我们对享受肉体美的欲望,因为只有通过这个办法才能实现生儿育女的目的。这样,那种欢乐的爱只要不掺杂别的意外,就首先值得歌颂而不是谴责,莱尼奥,这就是你以它为敌的那种爱,原因是你不理解它,也没有那种体验,还因为你从来没有看到它单独存在过,而是它的形象周围总是伴有淫荡、猥亵和职业性的欲望。这并不是爱神的过错,他一向是善良的,而是掺杂了其他的偶然因素,如同我们看到的大河那样,它的源头是清澈见底的泉水,流经一些地方以后,清凉可口的泉水变得浑浊、污秽起来,因为有许多肮脏的支流掺杂进来。这样,第一个运动——爱或者欲,随便你叫它什么吧——总有一个好的开头;对美的认识也属于爱或者欲,如果这样认识美,那么就不可能不爱它。美的力量是如此之大,可以撼动我们的心灵,它本身就为古代的哲人、盲人和无信仰的人指明了道路,他们在自然理性和美的吸引下,仰望着满天的星斗和注视着地球的转动,对于美的存在感到如此惊喜,于是极力通过第二因达到第一因,从而认识到万物只有一个起因。但是更为让他们惊讶并促使他们思考的是看到了人的结构,它是那样有序、整齐和完美,他们不由得称它是缩小的世界,因此,上帝委托大自然创造的一切成果中,最为精美的是人,最聪明的是人,最伟大的也是人,因而人体上包含着一切美并分配在全身各处;因此这种人们熟悉的美为大家所爱,又由于美更多地表现在面部,而且光彩照人,所以首先为人所见,因此能打动人并被人所爱。从这里可以推论出,由于女性的美貌强过男子,她们往往受到我们的追求、爱恋和享受,因为她们的美让我们感到赏心悦目。可是我们的造物主发现我们天性好动,而且总是追求个没够,由于只有上帝才能让这一运动停下来,为了阻挠人类不加节制地去追求那些短暂而

空虚的东西,同时又不剥夺人的意志自由,上帝在人的心中安排了
一个清醒的哨兵超越理解力、记忆力和意志力之上,负责报告危险
和身后的敌人,这个哨兵就是理智,它纠正我们混乱的欲望。上帝
还看到人的美会让我们产生爱慕和追求,打消我们这种欲望他认
为不好,他想至少应该加以节制和纠正,于是设立了婚姻这种神圣
的枷锁,男女在婚姻的控制下,任何爱情的欢乐和享受都是正当的
和应该的。有了上帝安排的这两项措施,就可以节制你所谴责的
自然之爱中的过火行为;爱情本身是如此美好,如果我们自己有了
差错,那我们和这个世界的末日就要来了。在我说的这种爱情中,
概括了全部的美德,爱情是有节制的,爱人可以凭着对所爱的一片
纯洁的心克制自己的冲动;爱情中包含着坚强,因为爱人可以为被
爱的人忍受种种痛苦;爱情中包含着正义感,因为他会为所爱的人
仗义行事;爱情中包含着谨慎,因为爱情总是让人充满智慧。啊,
莱尼奥,请你告诉我,你说爱情造成了帝国的衰落、城市的毁灭、朋
友的死亡、对神明的亵渎、制造了背叛和对法律的践踏,那么,请你
告诉我,世界上有什么东西,不管它多么好,在使用的过程中是从
不会变坏的?那哲学也得受到谴责,因为它往往揭露出我们的缺
点,好多哲学家就是坏人;那许多诗作也得烧毁,因为勇敢的诗人
们用诗歌谴责恶习;那医药也得受到谴责,因为它发现了毒药;你
得把善于雄辩叫做废物,因为口才好的人狂妄至极,竟敢怀疑真
理;不要锻造武器,因为窃贼和自杀的人会使用它们;不要建筑房
屋,因为会坍塌伤人;食物不得变换花样,因为吃多了会生病;任何
人都不得生儿育女,因为俄狄浦斯由于愤怒杀死了父亲,而俄瑞斯
忒斯伤害了自己的母亲;你也可以把火看作坏东西,因为它常常烧
毁房屋和吞食城市;你也可以蔑视水的用处,因为它淹没过大地;
总而言之,你可以谴责万物,因为任何东西都可能使用不当,任何

好东西都可能变坏,任何东西如果掌握不当都会产生坏结果。那座古老的迦太基,罗马帝国的对手,英勇善战的努曼西亚,装饰一新的科林斯,庄严的忒拜,博学的雅典以及上帝之城耶路撒冷之所以被征服、被毁灭,都可以说是爱情造成的。这样的话,那些习惯说爱神坏话的人也应该说说自己了,因为爱情的美德如果运用得当,是永远值得赞美的;任何手段适中都会受到赞美,任何办法过激都会受到谴责;美德超过了适度,智者也会落个疯子的名声,公道也会变成不公道。古老而悲惨的诗人克莱莫认为,说如同掺水的酒是好酒一样,有节制的爱情是有益处的,过分的爱情是有害的。如果地球上没有爱情,就不会有人类的繁衍,那就是荒漠一片。古人认为爱情是上帝的杰作,目的在于保存和治疗人类。莱尼奥,现在来说说你关于爱情在恋人心里产生的悲惨效果吧,你说爱情总是让恋人们落泪、叹息、绝望,从不让他们有片刻的安宁,那么让咱们来看看在这种不花力气、不肯劳动的生活里,人们能渴望得到什么东西呢?越是值钱的东西,为了把它拿到手,就越要吃苦费力,因为愿望本身就是以缺乏所需要的东西为前提的,不拿到这个东西我们心里就总是惴惴不安;假如人类的欲望无须拿到渴望的东西、只要知道它的存在、只要为它吃苦就可以满足的话,那么,这样又吃苦、又落泪、又担心、又期待、可是又不通过努力才能满足欲望的东西是什么呢?那种渴望名利、权势、财富的人,一旦看到不可能爬到最高一层,如果能有个好位置的话,也会部分地感到心满意足,因为他没有了再往上爬的希望之后,就会在力所能及的地方停下来;但在爱情问题上则相反,因为爱情只有通过爱情才能解决,别的手段是无法满足爱情的;爱情的债要靠爱情来还。就因为这个道理,恋人在没有清楚地了解自己真正被爱并且得到证明之前是不会满意的。所以恋人们很看重回头送来的秋波、随便一个信物、一个莫名其妙的微笑、一句话、一个玩笑,他们都会认真地当成对方回报的信号;因此每当他们看到拒绝的信号时,便十分痛苦,难以自制,因为好运和爱情临近时,却可望不可得。由于强迫别人的意志服从自己的意志,把两颗不同的心紧紧拴在一个死结上,让两人的思想言行都一致,实在是困难之极的事;因此为赢得崇高的爱,即使吃苦再多也是值得的,何况一旦成功,那欢喜快乐的劲头是生活中其他事无法比拟的。并非每次流泪都是有道理的,恋人们的叹息也不见得都对,因为如果他们的眼泪和叹息是由于对方没有回报,那就首先应该考虑一下他们要把想象力带到什么地方去,如果想入非非,高得不可企及,那么如同新的伊卡洛斯那样烧死在悲惨的河中是并不奇怪的,对此爱情之神没有过错;有过错的是他们的疯狂。尽管如此,我不否定,而是肯定强行达到追求所爱的欲望一定会产生痛苦;正像前面我多次说过的,这是以缺乏所爱之物为前提的;可是,我还要说,把所爱的拿到手是令人极为愉快的,如同疲倦的人得到了休息,病人恢复了健康。与此同时,我承认,如果恋人们像古代那样用黑白两种石头标出悲伤的日子和快乐的日子,那毫无疑问,伤心的日子要多得多;但是,我知道仅仅一块白石头的质量要胜过无数黑石头的总和。为了证明这个道理,我们看看恋人们从来不会因为坠入情网而后悔,如果此前有人说,我把你从相思病中救出来,病人会像驱逐敌人一样把他赶走,因为他们觉得害相思病有温柔的感觉。为此,恋人们,你们不必担心自己会放弃追求最困难的目标;如果你们已经把卑劣变得高尚,那就不必抱怨和后悔,爱神对渺小和高大是同等对待的,当他从恋人心中收到爱情的表示时,会合理地调节恋人们的条件的。你们不必害怕危险,因为光荣会去掉任何痛苦。如同对待古代的将帅那样,为奖励他们的功劳和苦劳,要考察战果的大小,因此个

个夸大胜利;恋人也是如此,巨大的欢乐在前面等候着他们,所以
热烈欢迎的场面就让他们忘记了一切烦恼和不快,因为她爱上了
他啊! 噩梦、不眠之夜、惴惴不安的白天,都会变成极大的宁静与
欢乐。莱尼奥,这样的话,如果你谴责爱情悲惨的后果,那么为爱
情带来的欢乐,你就应该宣判它是无辜的;至于你对丘比特这个形
象的解释,我要说,你错了,如同你指责爱情的其他方面一样,都是
错误的;爱神之所以被画成婴儿,蒙着眼睛,光着身体,长着翅膀,
手持弓箭,这仅仅意味:恋人应该像婴儿那样单纯朴素;蒙着双眼
是不要察言观色;光着身体是因为他一心属于自己所爱的人;长着
翅膀,是因为他随时准备出发完成使命;手持弓箭,是因为恋人的
创伤必须深入内心,以便找出根本原因来。爱神之所以用两种箭
伤人,是因为行动方式不同,是要让我们明白:完美的爱不允许只
拿出一半感情,要全心投入,不掺杂任何嫌隙。莱尼奥呀,总而言
之,就是这种爱情毁灭了特洛伊人,给希腊人光宗耀祖,使迦太基
工程停顿下来,建起了罗马建筑,夺走了塔奎尼乌斯的王权和共和
国的自由。虽然我还可以举出许多例子来反驳你说的话,以证明
爱情造成的好结果,但我不想再费时间了,因为这是显而易见的;
现在我只是请求你相信我说明的这些道理,并且耐心听我唱一首
我写的歌曲,它似乎要与你的歌一争高下;如果你听了我的歌和我
的话仍然不想回到爱神的立场上来,假如你对我讲的道理仍然不
满意,现在仍然不同意,那你可以选择任何时间,我保证要反驳你
任何道理,现在请你先听听我的歌吧:

蒂尔希   用洪亮的声音,用柔和的话语,

从那颗恋人纯洁的心里

唱出那爱神伟大而高尚的奇迹,

让那最自由自在的思想满意,

不听这样的歌声就不会有感觉。
甜蜜的爱神,如果你愿意
可以用我的歌喉道出那奇迹,
既然上帝赐予如此恩典,
那就歌颂伟大与光荣,
那就说说你是何许人氏,
如果你助我一臂之力
如同我信任你,
那么你和我的价值
就能高高升起。

爱情起源于我们的善心,
它是追求和获得幸福目标的手段,
它是无须大师教诲的各种学问;
它是火焰,哪怕心胸冻成冰块,
美丽、欢快的火舌也会把它点燃;
它是力量,可以扶弱,也可以欺强;
它是根茎,能够生出幸运的植物,
用大量的果实把我们高举天庭,
让心灵因善良、勇敢、正直而满意,
让无与伦比的欢乐充满天地;

殷勤有礼,优雅豪爽,智慧谨慎,
寡言少语,慷慨宽容,温和勇敢;
即使失明,目光锐利;
真正懂得尊重别人,

作战获胜的将领
凭战利品获取荣誉；
你是装点生命与心灵的
荆棘与蒺藜中的花朵；
敌人怕你，
朋友爱你，
你是带来欢乐的贵宾，
获取正当财富的工具，
人们为你回首顾盼，
荣耀的常春藤生长在
荣耀的太阳穴上；

你是推动我们思想振奋的本能，
使我们达到目力所及之处；
你是登天的云梯，敢于指向神圣的天庭；
你是连绵不断、令人欢乐的山脉，
为发现茂密的森林提供方便；
你用健康的思想为在海上迷航的人指南，
减轻人们悲伤的想象，
你是保护我们不受屈辱的教父；
你是不隐瞒意图的灯塔，
在暴风雨中为我们指引航向；

你是画家，在我们内心
用柔和的明暗、色彩
画出时而致命时而永恒的美；

你是太阳,驱散一切迷雾,
给品尝痛苦的人带来欢乐;
你是镜子,可以照出自由的天性,
人类的弱点刚好处于它的焦点;
你是火焰,为最盲目的人照亮,
为仇恨和恐惧找到解决办法;
你是永远不入睡的百眼巨人,
总会有乔装的神明为你谋划;

你是一支装备精良的步兵队伍,
把千难万险统统踏在脚下,
永远同在的是胜利与荣耀;
欢乐与你紧紧相随;
你的脸上永远不掩饰真情,
清楚地表明心里所想;
你是大海,只要肯耐心等待,
风暴也会变成温柔的静海;
你是及时的清风,
可以治愈病入膏肓的狂人;
总之,爱情是生命,是光荣,是快乐,
你崇高、幸福、宁静,
跟着爱情走! 这才正确!”

　　蒂尔希讲完了道理,唱完了歌,又一次在众人心里证实了这个机敏的人是有道理的,只有冷漠的莱尼奥除外,他不认为这番言论可以回答他的问题,因此也不准备改变最初的看法。他的表情很明显,如果不是达令托及其伙伴,还有男女牧人拦住他的话,他又要开口反驳蒂尔希了，还因为达令托的朋友这时拉住了他的手，说道：

"说到这里，我刚刚了解了爱神的威力和智慧是如何伸向地球的四面八方的；我觉得爱情变得最为文雅和纯洁的地方是牧人的心里，正像冷漠的莱尼奥和谨慎的蒂尔希刚才对大家说的那样；他俩讲的道理比书上和教室里说的还有思想，可他俩是在茅草屋长大的啊！但是，对于这一点我并不会感到特别惊讶，如果这些话属于有人说的知识就是记忆已经知道的事情、以为所有的知识都是教育出来的；但是，当我看到我应该赞成另外一种更出色的意见——认为我们的心如同一张白纸，上面没有任何图画的时候，我不能不吃惊地发现：伴着羊群和农村的寂寞有人居然能够学到只有在名牌大学正在辩论的学问，因此我不能不深信，爱情的力量可以延及四方，可以沟通所有人的心，可以使跌倒的人站起来，使头脑简单的人清醒，让清醒的人提高水平。"

这时，埃利西奥回答说："先生，如果你了解到这位蒂尔希不是像你想象的那样是在树林里和灌木丛中长大的，而是在宫廷和名牌学校里成人的，你对他说的话就不会惊讶了，对他没有说完的倒是应该注意。尽管冷漠的莱尼奥出于谦卑承认自己由于艰苦的农村生活没能让他穿上智慧的外衣，但是，我敢肯定他的青春年华并不是在放羊的大山中度过的，而是在风光明媚的托尔梅斯河畔，在值得赞美的刻苦攻读学问中成长的。因此，如果你觉得这二人的谈吐远远超过牧人的水平，那你应该注意到他俩的过去而不是现在。如果你听到现在这番话就这么惊讶，那将来你在这块土地上会遇到更多的牧人，他们让你吃惊的程度不下于今天，因为在这个流域放牧的还有著名的埃拉尼奥、西拉尔沃、菲拉尔多、西尔巴诺、利萨尔多以及马通托父子，一个擅长竖琴，一个擅长诗歌，尤其是顶尖人物。更有甚者,你仔细看看眼前这位达蒙吧;如果你想了解聪明而机敏的拔尖人物,这位就可以满足你的愿望。"

达令托刚要回答埃利西奥的话,一位跟他一道前来的贵妇人对另一位贵妇人说道:"尼西塔女士,我看太阳西下了,咱们最好上路吧,明天一定要赶到咱爸住的地方。"

那个贵妇人话音刚落,达令托和他的伙伴便向她那个方向望去,露出惊异的神色,因为他们听到那女人称呼另一个女人尼西塔。由于埃利西奥也听到了尼西塔这个名字,这让他想起这个尼西塔会不会就是隐士西雷里奥多次讲到过的那个女人;与此同时,蒂尔希、达蒙和埃拉斯特罗也想到了这一点;埃利西奥为了证实自己的猜测,便开口道:

"达令托先生,几天前我和在场这些人都听到过有人提起尼西塔这个名字,就跟刚才那位女士说的名字完全一样;不过那人说的时候可是声泪俱下,非常痛苦。"

达令托回答说:"或许在这一带的牧羊姑娘中还有什么人也叫尼西塔吧?"

埃利西奥说:"没有。我说的这一位出生和成长的地方都很偏僻。"

"牧羊人,你说的是什么意思?"另一位骑士问道。

"我说的就是这个意思:看看谁能解开我这个疑问。"

"你说吧,看看我能不能让你满意。"骑士说。

"先生,听说你叫廷布里奥?"埃利西奥问道。

对方回答说:"的确如此,本人就叫廷布里奥;我原来想等到适当时机再说出我的名字;可是现在我很想知道你怎么会猜出我叫这个名字,这样一来我就不得不告诉你想要了解的关于我的一切了。"

"这么说,你也就不会否认跟你在一起的这位女士名叫尼西塔了;我还猜出另一位叫布兰卡,是尼西塔的妹妹。"埃利西奥说道。

廷布里西奥回答说:"你全都猜对了。既然你问我的一切我都没有否认,那你也应该告诉我,是什么原因促使你问我这些问题的。"

"原因是好的,会让你高兴的,不过要等几个小时以后。"埃利西奥回答说。

所有不知道隐士西雷里奥给埃利西奥、蒂尔希、达蒙和埃拉斯特罗讲过故事的人们,听着埃利西奥和廷布里奥这番谈话都感到迷惑不解;但是,这时达蒙转身对埃利西奥说:

"嘿,埃利西奥,别拖着不说啦!把那好消息告诉廷布里奥吧!"

"我会马上跑到可怜的西雷里奥那里告诉他廷布里奥已经找到了。"

"我的天啊!"廷布里奥高声叫起来。"我简直不敢相信自己的耳朵!牧羊人,你说的什么?难道你说的这个西雷里奥就是我的那个真正的好朋友,那个肝胆相照的铁哥们儿,那个我特别特别想见到的人?快点给你解开这个谜,我会让你牛羊成群,街坊邻居都羡慕你!"

达蒙说道:"廷布里奥,你别着急,埃拉斯特罗给我们讲的西雷里奥跟你说的是同一个人,他关心你的生活胜过关心他自己,因为自从你离开那不勒斯以后,据他说,他非常想念你,思念的痛苦加上其他事情使他不愿意离开那个小小的隐修院,其实那地方距离这里不到一里地,他生活得非常拮据,其困难程度令人难以想象;他决心在那里等死,因为他知道了你生活的情况之后非常难过。这些事情，我、蒂尔希、埃利西奥和埃拉斯特罗都很清楚，因为是他本人告诉我们你们俩的友谊以及你们之间发生的事情，甚至命运之神如何通过种种怪事把你们分开，让他生活在那样令人吃惊的孤独之中；等你看到他的时候，一定会大吃一惊的。"

廷布里奥说："我真想快点看到他，快点结束这种日子！因此，好心的牧人们，我求求你们，各位的热情有礼都是名扬四海的，请满足我的好奇心，告诉我：西雷里奥生活的隐修院在什么地方？"

"与其说生活的地方，还不如说等死的坟墓。"埃拉斯特罗说道，"不过，从今以后，因为你的到来，他会燃起生活的信心，因为你和他都会快乐起来的；咱们动身走吧！太阳下山之前，你和西雷里奥就能见面了。但是，有个条件，上路以后，你要把你离开那不勒斯后发生的事情讲给我们听，直到让大家满意为止。"

"比起你给我帮的这个忙，这个要求不算高。"廷布里奥说。"凡是你想知道的一切，我都会告诉你。"

然后，他转身对随同他一道前来的女士说道：

"亲爱的尼西塔女士，原来咱们不说出姓名的打算由于这样一个好运气而中断了；这个好消息让咱们感到非常高兴，因此我恳求你们路上就不要再停下来了，咱们赶快去见西雷里奥，我和你俩的生命以及幸福都多亏了他呀！"

"廷布里奥先生，这用不着请求，我也急着要办这件事呢。赶快走吧。我觉得时间过得太慢了！"尼西塔说道。

另外一位女士也说了同样的话，她就是西雷里奥说过的尼西塔的妹妹布兰卡；她显得更为高兴。只有达令托听了西雷里奥的消息以后脸色变了，他紧闭着嘴巴，先是一声不吭，随后起身命一个仆人去牵马来，坐骑一到，不和任何人告别便上马离开大路而去。这时,廷布里奥看到了此情此景,飞身上马赶快去追。他一追上达令托就拉住对方的缰绳停下来,二人说了几句话;廷布里奥说完话回到牧人中间来,达令托继续走自己的路,他请廷布里奥捎话来,请大家原谅他的不辞而别。此时,伽拉苔亚、罗莎乌拉、特奥琳达、莱奥纳尔达、费洛丽莎,加上美丽的尼西塔和布兰卡都走到一起来了;谨慎的尼西塔用简短几句话,给大家介绍了廷布里奥和西雷里奥之间的深厚友谊以及两人间发生的许多事情;但是,因为廷布里奥已经回来了,众人便愿意上路去西雷里奥的隐修院;可是这时,一个十五岁左右的牧羊姑娘来到水边,肩上背着皮囊,她一面将皮囊拿在手中,一面望着这么多人,高兴得流出泪来,说道:

"先生们,如果你们中间有谁了解爱情的故事以及奇怪的后果并且经常为爱情流泪和叹息,那么请过来看看这个人吧,他有过爱情可从来没有这样哭过,也从不如此叹息。牧人们,来吧,来看看我说的事! 你们会看到我说的这些的确是真话。"

姑娘说罢转身走去,在场的人都跟在她后面。大家看到那姑娘紧走几步,跨进路旁的树林里,随后转身对后面的人说道:

"你们看吧,那就是我哭的原因:那边那个牧人是我哥哥;他为那个牧羊姑娘跪倒在地,显然是要把自己的生命交到一双残酷的手中。"

众人顺着她手指的方向望去,果然看到有个牧羊姑娘身靠柳树,穿着仙女式猎装,挎着一个漂亮的箭囊,双手握着一把弯弓,金色的美发用花环束在脑后。一个牧人跪在她面前,脖子上套着一条绳索,右手握着出鞘的刀,左手拉着牧羊姑娘身披的白纱巾。那姑娘眉头紧皱,对于这个小伙子用蛮力把她拦住感到很不高兴。当她发现大家都在望着她和他,便极力甩脱那牧人的手;后者泪流满面,不停地说着温柔多情的话,恳求姑娘让他把心中的痛苦倾诉

出来。但是,姑娘非常傲慢冷漠,一下子把他抛在一旁。正在此时,人们听到小伙子这样对姑娘说道:

"啊,赫拉茜娅,你太忘恩负义了！人家都说你冷酷无情,真是恰如其分。冷漠的姑娘,你回头看看这个为了你而感到痛苦之极的人吧！为什么你总是躲避这个追随你的人？为什么你不答应这个人为你效力？为什么你讨厌这个如此热爱你的人？啊,我的冤家呀,你跟我作对真是没有道理；你干吗要像岩石那样坚硬,像被侵犯的蛇那样狂怒,像沉默的森林那样听不进声音,像野兽那样残暴,像老虎那样凶猛？你就是吞食着我内脏的老虎啊！难道我的眼泪还不能打动你的心肠？难道我的叹息还不能让你发发善心？难道我的尽心竭力还不能让你感动？可能的,这一切都是可能的！因为我苦命的心在期待！你不会勒紧我脖子上的这条绳索的；你不会用这把刀刺进这颗爱你的心！回来吧！姑娘,回来吧！你干脆结束掉我这个可怜而悲伤的生命吧！因为你轻而易举地就可以勒紧这条绳索,或者用我的鲜血染红这把刀！"

可怜的牧人说了这样那样一大堆理由,时而哭泣时而叹息,使得听众无不感到同情。可是那冷酷无情的姑娘并没有因此情此景就停住脚步,也不肯回头看看待在那里痛哭流涕的牧人；看到她这副傲慢的样子,众人都感到非常惊讶,甚至连冷漠的莱尼奥都觉得这姑娘实在太无情了。于是,他和老阿尔辛多上前恳求她回来听听那个坠入情网的小伙子的倾诉,即使她不想解决问题也没有关系。但是让她改变主意是不可能的；她反而请求他们不要因为她没有照办就认为她缺乏教养,因为她立志与爱情为敌,与追求者不共戴天；她这样做理由很多,其中之一是从少女时起就干起了打猎的行当；她还补充了其他一些原因,为的是让牧羊人不再纠缠。阿尔辛多只好作罢,转身而去；冷漠的莱尼奥没有走,他看到这姑娘对爱情如此仇恨,厌恶爱情的立场与自己的情况完全一致,便决心了解一下这是个什么人,他准备陪她走上几天;于是,便说明了自己是如何与爱情和恋人作对的,随后请求她允许同行数日,因为在许多方面他们的意见是一致的。

那牧羊姑娘听到莱尼奥的打算以后非常高兴,同意一道走回村庄,而莱尼奥住的村子距离她家只有二里地。于是,莱尼奥告别了阿尔辛多,并请求老人替他向朋友们道歉,说明他跟这位牧羊姑娘同行的原因;随后不多耽搁,就与赫拉茜娅放马而去,不久就消失在远方了。当阿尔辛多回到众人面前时,刚要道明赫拉茜娅发生的事,他发现所有的牧人都在围着那个伤心的小伙子劝说着什么;蒙面的三位牧羊姑娘中,一位昏倒在美丽的伽拉苔亚的裙子上,另一位与漂亮的罗莎乌拉拥抱在一起,后者也戴着面纱。与伽拉苔亚待在一起的是特奥琳达;另一位是她妹妹——莱奥纳尔达。这两个姑娘由于看到那小伙子因为赫拉茜娅的折磨竟然如此痛苦和绝望,一阵由妒忌和爱怜而引发的昏迷袭上心头,因为莱奥纳尔达以为那小伙子是她的爱人伽莱尔西奥;特奥琳达则以为那是她的恋人阿尔蒂多罗;两人看到小伙子被赫拉茜娅折磨得如此死去活来,一阵心痛使她俩失去了知觉,一个昏倒在伽拉苔亚的裙子上,另一个跌入罗莎乌拉怀中。不过,片刻之后,两人苏醒过来;莱奥纳尔达对罗莎乌拉说:

"哎呀,我的小姐,我怎么会以为命运之神已经安排好了我的一切呢!伽莱尔西奥根本就不和我一条心,从那牧人对赫拉茜娅说的话可以看得出来。因此,姑娘,我告诉你,那人夺走了我的心灵自由,那么他就应该结束我的生命。"

莱奥纳尔达这番话让罗莎乌拉感到吃惊;但更为让她吃惊的是特奥琳达醒来以后立刻同伽拉苔亚叫她过去;大家都聚在费洛

丽莎和莱奥纳尔达身边；特奥琳达说那个牧人就是恋人阿尔蒂多罗。可是她还没说完这个名字，她妹妹就反驳说她搞错了，那人是阿尔蒂多罗的弟弟伽莱尔西奥。

"哎呀，莱奥纳尔达你这个叛徒！"特奥琳达叫喊起来，"我找到的幸福你想说成是你的，你一次又一次破坏我的幸福，有完没完？你可放明白些：我不当你姐姐了，我是你的情敌！"

"姐姐，你错了。"莱奥纳尔达回答说，"咱们村的人都犯了这个错误，这不奇怪，因为大家都以为那牧人就是阿尔蒂多罗，到后来大家都明白了那人是伽莱尔西奥；因为他们兄弟两人长得实在太相像了，就像咱俩一样；不过他俩相像的地方更多、更多就是了！"

"我不想听，"特奥琳达回答说，"因为虽说咱俩长得非常相像，可大自然创造的这种奇迹也并非轻易能见到的；所以，我告诉你：如果事实不能证明你的话是真的，我依然认为我看到的那个牧人是阿尔蒂多罗；假如有什么事让我怀疑的话，那就是我不认为我对阿尔蒂多罗品性和坚定的了解，会突然改变或者我把他给忘记了。"

"安静点，姑娘们，"罗莎乌拉这时说道，"我很快会帮你们弄清真相的。"

她离开姑娘们向那个小伙子走去；后者正在给牧人们讲述赫拉茜娅的怪脾气和对他蛮不讲理的态度。小伙子旁边站着那个小姑娘，她说这是她哥哥；罗莎乌拉把小姑娘叫到一旁，一而再再而三地要她说出来她哥哥究竟叫什么名字；还问她是不是还有另一个哥哥同这个长得完全一样。小姑娘回答说，这个叫伽莱尔西奥，另一个叫阿尔蒂多罗；两人长得非常相像，如果不是穿着打扮或者说话的声音有所不同，通常情况下是很难区分出来的。罗莎乌拉还问小姑娘阿尔蒂多罗在做什么。姑娘回答说,她哥哥在远处偏僻的山上放牧着格里萨尔多的一群羊和他自己的一群羊,自从他从埃纳雷斯河畔回来以后就不想进村也不想跟任何人说话。罗莎乌拉听了这些细节以后感到十分满意,因为这个小伙子是伽莱尔西奥,而不是阿尔蒂多罗;还是莱奥纳尔达说对了。罗莎乌拉还从小姑娘那里得知她名叫毛丽莎;然后带着她回到姑娘们中间来;再次当着伽拉苔亚、特奥琳达和莱奥纳尔达的面讲述了有关阿尔蒂多罗和伽莱尔西奥的一切。听罢,特奥琳达放下心来;莱奥纳尔达很不高兴,因为她看到伽莱尔西奥在考虑自己的事情时是多么粗心大意。毛丽莎从牧羊姑娘们的谈话里猜中莱奥纳尔达称呼这个蒙面的姑娘为罗莎乌拉,于是便开口道:

“小姐,如果我没有弄错的话,我和我哥哥来这里是因为你们的缘故。”

“在哪方面?”罗莎乌拉问道。

“如果你同意我俩单独谈谈的话,我可以告诉你。”小姑娘答道。

“我很乐意。”罗莎乌拉说。

两人走到一旁,小姑娘说:“毫无疑问,美丽的小姐,我和我哥哥是替我们的主人格里萨尔多捎口信给你和伽拉苔亚小姐的。”

“应该是的。”罗莎乌拉回答说。

她把伽拉苔亚叫了出来,两人一起听毛丽莎讲格里萨尔多的口信;他通知这两个人,两天后他同他的两个朋友一起,把罗莎乌拉接到他姑妈家秘密举行婚礼;与此有关的还有,格里萨尔多还送给伽拉苔亚一些贵重的金首饰,以感谢她对罗莎乌拉的盛情款待。罗莎乌拉和伽拉苔亚谢谢毛丽莎带来的好消息;为此,细心的伽拉苔亚要把格里萨尔多赠送的首饰分一半给小姑娘;可是毛丽莎坚决不收。伽拉苔亚再次了解到伽莱尔西奥和阿尔蒂多罗是那样惊人的相似。就在伽拉苔亚和罗莎乌拉同毛丽莎谈话的这段时间里，特奥琳达和莱奥纳尔达高兴地看着伽莱尔西奥，因为特奥琳达越是注视着伽莱尔西奥的面孔越是觉得他实在太像阿尔蒂多罗了，所以目光一刻也没有离开那张脸；热恋中的莱奥纳尔达知道姐姐的眼睛在看着什么，因此也不可能不看着那张面孔。这时，牧人们已经对伽莱尔西奥安慰了一番，尽管对于他忍受的痛苦来说任何劝说与安慰都无济于事，可是却伤害了莱奥纳尔达。罗莎乌拉和伽拉苔亚看到牧人们走过来了，便告别了毛丽莎，临行前她们要小姑娘把罗莎乌拉如何到伽拉苔亚家去的事转告格里萨尔多。毛丽莎告别了两位姑娘后，来到哥哥身边，把他悄悄叫到僻静的地方，告诉他跟罗莎乌拉和伽拉苔亚办完的事情。于是，伽莱尔西奥十分有礼貌地与牧人们和姑娘们一一告别，然后带着妹妹回村里去。可是热恋中的特奥琳达和莱奥纳尔达姐妹看到伽莱尔西奥一走，她们俩充满希望的目光和生命中的生命也将要消失，便急不可耐地跑到罗莎乌拉和伽拉苔亚面前，恳求二位允许她俩跟伽莱尔西奥走；特奥琳达的借口是伽莱尔西奥会说出阿尔蒂多罗的下落；而莱奥纳尔达则借口伽莱尔西奥看到她在身边会回心转意的。罗莎乌拉和伽拉苔亚同意了，但条件是无论结果好坏，特奥琳达都要通知伽拉苔亚。特奥琳达再三答应照办，同众人一一道别后沿着伽莱尔西奥和毛丽莎走的方向追上去。随后，大家也都纷纷动身了；廷布里奥、蒂尔希、达蒙、奥隆博、克利西奥、马尔塞里奥和奥尔费尼奥，带着美丽的尼西塔和布兰卡姐妹向着西雷里奥的隐居地走去，临行前，他们一一向尊敬的奥雷里奥道别，然后又向伽拉苔亚、罗莎乌拉和费洛丽莎辞行；也向埃利西奥和埃拉斯特罗说声再见；他们都不愿意放伽拉苔亚回家。奥雷里奥答应他们：他一回到村子以后就同埃利西奥和埃拉斯特罗一道去西雷里奥的隐居地找他们,还要带些东西去招待西雷里奥的这些客人们。有了这番打算,每个人都向各自的方向走了;告别时,众人发现少了阿尔辛多,大家四处找他,看到他不同任何人道别就沿着伽莱尔西奥、毛丽莎和蒙面牧羊女们走的方向跟踪而去,对此人们惊异不已。众人看到太阳正在加快脚步走进西方的大门,便不敢多停留下去,急忙动身争取夜幕降临之前到达村庄。埃利西奥和埃拉斯特罗看到眼前就是自己的心上人,为了有所表白,为了减少旅途的疲劳,为了执行费洛丽莎进村前唱几首歌的命令,两人便在费洛丽莎笛子的伴奏下对唱起来:

埃利西奥　　凡是想看看尘世上

　　　　　　过去、现在、将来最美的人,

　　　　　　请来看看我的牧羊姑娘:

　　　　　　她是一团火、一座熔炉,

　　　　　　提炼着白色的贞操,纯洁的热情,

　　　　　　她是高贵的和理智的,

　　　　　　崭新的天空望着大地,

　　　　　　崇高和礼貌集中一人。

埃拉斯特罗　　请来看看我的牧羊姑娘,

　　　　　　人人有口皆碑:她是太阳,

　　　　　　比东方升起的那一个更亮。

　　　　　　你准会说出她的火焰

　　　　　　为什么会使接受她目光照射的人

　　　　　　或者心冷如冰或者心热如焚;

　　　　　　为什么看了那样美丽的眼睛

　　　　　　就不想看任何美目流盼。

埃利西奥　看了那样美丽的眼睛，

　　　　　就不想任何美目流盼，

　　　　　因为那充满倦意的目光，

　　　　　知道生气会给我制造痛苦。

　　　　　我看到了那双眼睛，

　　　　　我的心在里面燃烧，

　　　　　她的战利品都在火焰上，

　　　　　时而火烤时而冷冻，

　　　　　时而呼唤时而抛弃。

埃拉斯特罗　火烤、冷冻、呼唤、抛弃，

　　　　　与我荣耀作对的温柔敌人，

　　　　　我的名声可以显赫，

　　　　　可以写出光辉历史。

　　　　　只有她的眼睛，流露爱情，

　　　　　流露风韵和最明显力量的地方，

　　　　　可以为软弱无力的笔提供文采。

埃利西奥　软弱无力的笔

　　　　　如果想指向苍穹，

　　　　　那就要唱出举世无双、

　　　　　独一无二的热情有礼的凤凰，

　　　　　她是我们时代的光荣，

　　　　　是大地的荣誉，塔霍河的珍宝，

　　　　　无与伦比的理智，稀世之美，

　　　　　大自然之最。

埃拉斯特罗　那个具有大自然之最的，

　　　　　她身上艺术和思想平等，

高贵与优雅同在，
表现在各个方面，
谦卑与崇高
单独占据一方，
那里是爱神的栖身地，
忘恩负义的她与我为敌。

埃利西奥　忘恩负义的她与我为敌，
她想能并且会在一瞬间
揪住我一根发丝——
自由模糊的思想。
尽管我屈从于这亲密的联系，
我从束缚中感到快乐和光荣，
我把足和颈伸向镣铐和锁链，
这样痛苦的折磨比蜜还要甜。

埃拉斯特罗　这样痛苦的折磨比蜜还要甜，
我度过这短暂、累人的一生，
几乎全凭着悲伤的心来维系
命运慷慨地给我短暂的希望，
送来坚定不移的信念。
希望在减少、信念更坚强的地方
会有怎样的欢乐、光荣和幸福？

埃利西奥　希望在减少、信念更坚强的地方
可以发现恋人更加高尚的情操，
他只相信纯粹的爱情，信心十足
坚信纯洁的心会有好报。

埃拉斯特罗　可怜的患者，你疾病缠身，

激烈的痛苦折磨你的时候，

只有一丝的缓解你也满意；

当伤痛令人更加恼火的时候

只好祈求健康和强壮。

就是这样，恋人温柔的心

悲伤的泪水使之破碎，他说：

幸福来自痛苦，存在于

那平静的目光，我把生命之牺牲

已经献给她，哪怕她的眼神有真假；

可是爱神会给他引路和自由，

但是要求他做更多的事。

埃利西奥　　美丽的太阳已经向山后移去，

埃拉斯特罗，迫近的夜幕

要求咱们去休息。

埃拉斯特罗　　村庄已经临近，我也精疲力竭。

埃利西奥　　那咱们就此结束歌声。

众人听着埃拉斯特罗和埃利西奥两位牧人动人的歌声，都希望再走上一程，继续听他们唱下去。但是，夜幕已经降临，村庄近在咫尺，两人只好打住；奥雷里奥、伽拉苔亚、罗莎乌拉和费洛丽莎回家睡觉。埃拉斯特罗和埃利西奥也首先回家，准备随后去蒂尔希、达蒙以及其他牧人住的地方，这是伽拉苔亚的父亲同他们事先商定的。他们等着光明的月亮驱散大地上的黑暗。这样，当月亮刚一露出她那美丽的面孔，俩人就去找奥雷里奥，然后同大家一道向隐修院走去，至于在那里发生的事情，下一章再讲。

第 五 章

　　廷布里奥和美丽的尼西塔、布兰卡姐妹急于到达西雷里奥隐居地的愿望是那样强烈，尽管一再加快脚步，仍不能如愿以偿；蒂尔希和达蒙理解他们的心情，便不愿意打扰廷布里奥，没有让他在路上讲述离开西雷里奥以后发生的事情。但实际上，他们很想知道那段故事，要不是这时忽然听到路旁的树丛里有人唱歌，他们就要开口提问了。那歌声不太清晰，但是达蒙听出来那是他朋友劳乌索在小三弦琴伴奏下唱的一些诗歌；由于劳乌索是个有名的牧人，大家都知道他那自由的性格和有见地的看法，便停下脚步听一听他在唱什么。

劳乌索　是谁捆住了我自由的思想？
　　　　是谁能在松散的地基上
　　　　建造那高大的风车塔楼？
　　　　是谁用担保我生命安全
　　　　强迫我交出自己的自由？
　　　　是谁用强力打开我的心扉，
　　　　用盗窃的方式挖走我的心？
　　　　我落落寡合的想象在哪里？
　　　　在哪里？那曾经属于我的灵魂，
　　　　那颗已经不在原来位置的心？

而我这个整个的人，在哪里？
我从哪里来？又向何处去？
侥幸问一声：我了解自己吗？
或许，我是过去的我？
或许，我从来就不是我？

我要给自己准确地算账，
可又不能查个仔细明白，
因为我已经走到这一步，
我身上今天的一切
就是我昨天的阴影。
我不明白如何了解自己，
也无法给自己估价；
在如此的糊涂和混乱里，
我的确不知如何是好，
可是我不想晕头转向。

对我自己小心在意的动力
加上承受这一力量的爱情，
使我处于目前这种状况，
使我热爱如今的时光，
让我为昨天的历史哭泣。
我从今天看到了死亡，
我从历史上看到了生命；
我因为今天而崇拜死亡，
我因为昨天而崇拜命运，

我的好运已经不能再来。

在如此奇怪的垂死挣扎中，
我的感觉已经麻木不仁；
尽管我看到爱神很顽固，
虽然我知道自己在火焰中，
我却讨厌冷冰冰的凉水；
如果这不是我眼睛里的泪水，
我看到火焰升腾，爱情的煅炉
冶炼着矿石和废物，
我不想也不寻找别的液体
或者其他代用品减轻我的愤怒。

如果命运安排西莱娜相信
我对她的一片真心和实意，
我会从此大利大吉，
一切厄运销声匿迹。
放心吧！相信我！
我的宝贝，听听吧！
你会为这一真相哭泣；
笔啊、嘴巴、心地，
都会证实这个道理。

心情着急的廷布里奥不能也不想等待牧人劳乌索把歌唱完，
于是就请求牧人们为他指明通向隐修院的道路；假如他们愿意留
下来，他可是要继续向前走了；这样，大家还是跟他走；当人们经过
那位多情的劳乌索身边时，由于距离很近，后者听到脚步声便出来

迎接。众人看到劳乌索也要一道前往，个个高兴至极，尤其是他的好友达蒙，两人从那里直到隐修院前的路上都在解释分手以后发生的一些事情；他们分手时，那个勇敢闻名的牧人奥斯特拉里亚诺已经离开阿尔卑斯山这一边的牧场，去收回属于他那有名的兄弟和真正教会的牧场；说到最后，两人谈及劳乌索的爱情，达蒙恳切地问他究竟是哪个牧羊姑娘如此轻而易举地就降伏了他那颗自由的心。劳乌索不肯讲出来，达蒙便恳求他至少说一说现在的心情：是担心呢还是充满希望；那个忘恩负义的姑娘是让他感到筋疲力尽还是因为嫉妒而使他倍受折磨。对于达蒙这一大堆问题，劳乌索都给了满意的答复，讲述了他和那位牧羊姑娘之间发生的事情；他说，其中一桩就是有一天他为什么会特别猜疑和生气，他感到绝望之极，甚至有迹象表明结果可能有损他的人格、那位牧羊姑娘的信任和名誉。但是，一切都解决了，因为他同她谈了一次；她保证他的那些猜疑都是没有根据的；为了证明她的话全部属实，她还把手上的一枚戒指送给他作为信物，于是，两人的理解有所改善；为了郑重纪念此事，他特别作了一首十四行诗；大家从中看到他果然受到青睐。这时，达蒙便要求劳乌索背诵这首诗；后者无法推辞，只好念了出来：

劳乌索　用精美的象牙，用白雪，
　　　　装点你华贵而悦目的首饰！
　　　　首饰啊，你从死神的阴影中
　　　　把我拉回到光明和新生里。

　　　　你将幸福的晴朗天空
　　　　与我不幸的地狱交换，
　　　　为的是你在我心中唤醒的希望，

可以坚定地寄托在温柔、祥和之中。

甜蜜的心肝,你知道为着你我费了多少心力,
可是我却没有得到满意的结果:
回报总是少于给予。

但是,为了让人们了解你的价值,
你该明白我这颗心,你该藏在我的怀抱里:
让大家看看我如何为着你却没有胸臆。

　　劳乌索背诵完了十四行诗;达蒙又恳求他:如果还写了别的诗作是献给那牧羊姑娘的,也请说几首出来;因为劳乌索知道他非常喜欢听他朗诵诗歌。对此,劳乌索回答说:

　　"达蒙,诗歌上你当过我的老师,你这是想看一看我是不是写诗的材料,因此你很想听一听我的作品。但无论怎样,凡是我能做到的,都不会拒绝你的要求;因此,我跟你说:这几天来,只要一生气,心里不踏实,我就给我的牧羊姑娘送上几首诗:

'劳乌索献给西莱娜的诗

众所周知的纯真
产生于善良的心地,
爱情支配着为人处事
善心领导着你的美貌。
西莱娜,爱情和美丽
此时此刻无条件地衡量
你可能有的狂热举动。

爱情给我力量,美貌吸引着我,
让我崇拜你,为你写诗;
因为我的信心来自爱和美,
我的手才有勇气拿起笔。
虽然在这一重大过错里
你的严厉时时逼视着我,
我的信心——你的爱和美,
一定会原谅这个过失。

有你的爱做靠山,
不管人们如何怪罪,
我都要说说自己的幸福:
幸福来自于不幸,
根据我的感觉,西莱娜,
幸福就是在痛苦中
倍受奇怪的折磨。

我不会不歌颂
这痛苦中的幸福,
假如并非这样,
痛苦会让我发疯。
可是我的种种感觉
同意并且坚持说出:
既然我终有一死,
那就理智而痛苦地离开人世。

但一个好嫉妒、被嫌弃的人
一旦考虑明白，
就不可能忍耐
爱情中的痛苦；
在恼怒而生的不幸中，
任何我的幸福会打乱
逝去的希望
和眼前的敌人。

牧羊姑娘啊，享受
你的幸福思想几千年吧，
我可不想用你的伤害
获取我的喜欢。
小姐，继续你快乐的生活吧，
既然你觉得不错，
那我不想为别人的幸福哭泣。

我不能轻率地把我的灵魂
交给一个因为荣誉而牺牲自由的心。
但是，命运啊，只要你乐意，
爱情啊，只要你肯到来，
我就躲不开伤害我颈项的利刃。

我清楚地知道我正走在
那个要责骂我的人身后，
在想要离去时，

我是更加平静而又坚定。
西莱娜啊,你美丽的眼睛
有着怎样的拉力和捕捉力?
为什么我越是要躲开,
它们越是拉得紧并网住我的心?

啊,这双我无法相信的眼睛,
如果我不得不注视着你,
那是因为我越来越感到不安,
因为我所得的安慰日益减少!
你的目光对我佯装不见,
那是千真万确,
可又用那令人讨厌的首饰
报答我的心。

为什么怀疑,为什么担心,
总是不停地缠绕心头!
为什么在这秘密的爱情里
总有对立的情绪!
让我安静,你这刺人的记忆!
忘却吧,无须再记起
别人的快意,因为你
从中失去的是荣誉。

西莱娜,你用大量的签字
肯定爱情就在你心底,

> 你总是不把我放在眼里，
> 一再肯定我活该不幸。
> 啊，这种残酷的爱情多固执！
> 西莱娜，你凭什么法律
> 谴责我把心交给你，
> 可又拒绝我的角色？
>
> 别这样了，西莱娜，
> 我已经非常固执，
> 如此下去可能叫我发狂
> 或者让我丧命。
> 笔啊，到此为止吧！
> 你要让她感到
> 她无法减少半点苦恼。'"

就在劳乌索用很多工夫背诵这些诗句，称赞心上的牧羊姑娘罕见的美貌、谨慎、文雅、正直和勇敢的时候，无形中减轻了他和达蒙的旅途劳顿，时间不知不觉地过去了；不久，便来到西雷里奥的隐居地。廷布里奥、尼西塔和布兰卡不想走进屋内，不愿意让西雷里奥因为没想到有人会来而吓一跳。但是命运却另有安排：当蒂尔希和达蒙首先进门看一看西雷里奥做什么的时候，发现房门大开、室内空无一人；正当两人迷惑不解、不知西雷里奥这个时候会在哪里的时候，一阵竖琴声传来，两人于是明白他不可能走远，便循着琴声找去；借助明亮的月光，他们看到西雷里奥坐在一棵橄榄树干上，孤单一人，只有竖琴陪伴他。那琴声如此飘逸、轻柔，为享受这美妙的乐曲，两个牧人不想立即上前说话；随后他们听到西雷里奥用洪亮的声音唱出这样一些诗句来：

西雷里奥　匆匆而去的轻松时光，

对我而言懒散又乏味：

如果你们不消除对我的伤害，

那就快快出现结束我的生命。

如果你们现在干掉我正是时候，

因为我的不幸已经达到极限；

你们看一看：如果时光沉重我的痛苦是不是可以减轻；

如果你们来得及时我的不幸是否可以结束。

时光啊，我并不求你来得温柔甜蜜；

因为你找不到大路、小径和门户，

以便限制我已经失去的人格。

对于任何别人的幸福时光啊！

对我是摆脱致命痛苦的最后一刻，

因此我只求你派死神前来看我！

两位牧人听完西雷里奥唱的歌，不等后者看到他们便转身去找其他走在路上的人们，廷布里奥打算告诉大家他们已经找到西雷里奥；这时蒂尔希请求他，由于谁也不认识西雷里奥，还是慢慢向他那里走去，无论西雷里奥是不是看到了他们；因为虽说天上有月亮，西雷里奥不一定就因此能认出他们中的某个人来；因此蒂尔希还想让尼西塔或者廷布里奥唱歌，所有这些都是为了西雷里奥能够高兴地接待大家。廷布里奥对此表示同意，然后把这个意思跟尼西塔说了。这样，当蒂尔希觉得大家已经走到靠近西雷里奥可以听到的地方了，便请美丽的尼西塔在爱嫉妒的奥尔费尼奥的

三弦琴伴奏下,开始这样唱起来:

尼西塔　　尽管我拥有的幸福
　　　　　　足以满足我的心灵,
　　　　　　我曾经看到如今未见的另一种幸福
　　　　　　部分地搅乱并且伤害着我的心:
　　　　　　爱情和少量财富是我生活的敌人,
　　　　　　给我的幸福很有节制,
　　　　　　造成的痛苦无边无际。

　　　　　　处在恋爱状态,
　　　　　　哪怕说到报应,
　　　　　　只要欢乐能来
　　　　　　管他多少痛苦相随。
　　　　　　灾难总是同行,
　　　　　　一刻也不分离;
　　　　　　幸福迟早结束
　　　　　　分裂成上千碎片。

　　　　　　爱情——如果来到——
　　　　　　为着换取欢乐,
　　　　　　必须说出痛苦、
　　　　　　爱情和希望。
　　　　　　荣耀的代价是千难万苦;
　　　　　　一次欢乐,千次恼怒:
　　　　　　眼睛要清醒,
　　　　　　记忆会疲倦。

可以更新记忆的人
记忆可以持续不断；
为寻找记忆
找不到大路小径。
拿你当成朋友的好友，
他越是拿你当成兄弟，
我越是他的结盟挚友！

有你的到来，
可以改善我们意外的幸福；
你的长期不在身边，
会给我们带来灾难。
痛苦的记忆诱发出
深深的痛苦，让我记起：
你一度发狂而我理智，
如今你理智而我发狂。

那个好运，你曾经想送给我，
可他从来也没有如此赢得我，
无法与失去你而失去的相比。
你曾经是她的半个心灵，
你的那一半一直属于我，
本可以获得欢乐，
你的不在却造成痛苦。

如果说尼西塔极为美妙的歌声引起在场的人们一阵喝彩，那么在西雷里奥心中又产生了什么样的结果呢。他点滴不漏地听完了每句歌词。由于尼西塔的歌声非常动人，所以她的声音刚入耳，他就激动起来，全神贯注地倾听着她的声音；尽管他的确觉得那是尼西塔的声音，可他对于能不能看到她已经不抱希望了；但是在这种地方，无论如何也不能证实自己的怀疑。正是在这个时候，大家来到了他在的地方；蒂尔希一面问候他一面对他说：

"好朋友西雷里奥，我们都很喜欢你的脾气和谈话，因此我和达蒙凭着过去的经验，同这些人一道离开了大路到隐修院去找你，发现你不在，要不是你的琴声和歌声把我们领到这里来的话，我们要看到你的愿望就可能落空了。"

西雷里奥回答说："先生们，你们找不到我岂不更好！因为你们从我身上看到的只有悲伤，我心中的痛苦每天都在增加新的内容，这不仅是由于回忆过去的幸福，而且主要是如今的黑暗生活，总之我的命运就是假欢乐，真忧虑。"

西雷里奥这番话在许多了解他的人——主要是廷布里奥、尼西塔和布兰卡——心中引起同情，大家都很喜欢他，都想做一番自我介绍；可是，蒂尔希偏偏请人们都到草地上去坐。由于月光是从身后照到尼西塔和布兰卡头上的，所以西雷里奥无法看清她们的面貌。刚巧，这时达蒙安慰了西雷里奥几句，叫他不要整天陷入悲伤之中，应该结束这种痛苦的日子，然后请求西雷里奥弹奏竖琴，他本人则随着琴声唱起下面这首十四行诗来：

达　蒙　　如果狂怒的大海

　　　　　长久地咆哮不停，

　　　　　人们一定会发现，

　　　　　海中的小木船处境艰难。

　　　　无论是祸还是福，

　　　　绝不会永远不变；

　　　　假如福去祸会来，

　　　　于是世界会混乱。

　　　　日去夜来，冬去春来，

　　　　开花结果，永远不断，

　　　　布里布面同属一块。

　　　　从属会变成主宰，

　　　　痛苦变欢乐，荣耀成烟云，

　　　　美在于变化自然。①

　　达蒙刚一唱完就使眼色给廷布里奥，请他也唱一曲；后者在西雷里奥的琴声伴奏下，唱起一首他热恋时作的十四行诗来，对这首诗西雷里奥像廷布里奥本人一样熟悉：

廷布里奥　我的希望如此有根有据，

　　　　哪怕它寒风冷酷地怒吼，

　　　　绝不可能动摇它的基础：

　　　　因为有信心、力量和勇气。

　　廷布里奥没能唱完这首刚开始的十四行诗，因为西雷里奥一听到他的声音，便知道是他来了，于是猛然起身，冲到廷布里奥跟前，一下子将他抱在怀里；由于西雷里奥兴奋过度，一句话没说就失去了知觉；在场的人都非常难过，担心发生什么意外，纷纷责备

————————

　①　原文为意大利语，这是当时西班牙作家们非常喜欢引用的一句话。

蒂尔希不应该耍小聪明。但是,最难过的人要数美丽的布兰卡了,因为她在悄悄地爱着他。这时,尼西塔也跑了过来,姐妹两人急忙设法抢救昏迷中的西雷里奥。过了片刻,他苏醒过来,说道:

"啊,威力无穷的上帝啊!站在我面前的这位难道是我的好友廷布里奥吗?这个说话的人是廷布里奥吗?我看到的这位是廷布里奥吗?如果我的命运没有嘲弄我,我的眼睛没有欺骗我,那他就是廷布里奥。"

"我亲爱的朋友,你的命运没有嘲笑你,你的眼睛也没有欺骗你,我就是廷布里奥;可是没有你,我什么都不是,假如上帝不让我找到你,那我永远不是我自己。好朋友西雷里奥,别哭了。如果你是因为我不在你身边而哭泣,那么现在我来啦;我也不哭了,因为你就在我身边,还因为我可以称得上是世界最幸福的人,因为我过去的种种不幸和挫折给我带来了这样的优惠:我有了心上人尼西塔,我的好友又回到了眼前。"

廷布里奥这番话使西雷里奥明白了:原来唱歌的、现在身边的姑娘是尼西塔;她一说话,西雷里奥更加证实了自己的想法。她说:

"亲爱的西雷里奥啊,这是怎么啦?你干吗要过这种孤独的日子和艰苦的生活?为什么显得这么痛苦?是什么怀疑或者欺骗把你领到了这个极端:你离开了我和廷布里奥,没有你,我们会痛苦一辈子!"

"美丽的尼西塔,"西雷里奥回答说,"是欺骗的结果,不过,既然事情已经明白了,那应该庆贺一番这段苦日子。"

在整个这段时间里,布兰卡一直紧紧地抓住西雷里奥的一只手不放,她目不转睛地望着他的面孔,不停地流泪,因为心里既高兴又难过。如果要一一叙述西雷里奥、廷布里奥、尼西塔和布兰卡之间如此情意绵绵、欣喜若狂的谈话,那本章就太长了;在场的所有牧人听了这些对话无不流下欢喜的泪水。随后,西雷里奥简短地讲述了他为什么会躲到这个隐修院来,准备在这里结束生命,因为他无法知道朋友和爱人的下落;他这一席话又一次在廷布里奥和尼西塔心中激起友情和敬慕;布兰卡则为他经受的苦难感到痛心。最后,西雷里奥讲述了离开那不勒斯以后发生的种种事情;接着,他请求廷布里奥也讲一讲分手后的情形,因为他特别特别想知道;他请求廷布里奥相信在场的牧人,因为所有的人或者大部分人,都知道他们交情很深,也了解他们的许多事情。廷布里奥很高兴满足西雷里奥的要求;牧人们也很高兴,因为他们也很想知道廷布里奥的事情,根据蒂尔希说的,他们之间有深厚的友情,因此想了解从蒂尔希那里听来的一切。这时人们都纷纷坐在草地上,全神贯注地等待着廷布里奥开口。后者这样说道:

　　“命运之神对我先顺利后不利,他先让我战胜了敌人,后来尼西塔之死的消息把我给吓坏了,心中的痛苦令人难以想象;于是,我立刻动身去那不勒斯;在那里,尼西塔不幸的事件得到证实,因为没有看到她父亲的家,从前我在那里见过她;还因为过去我经常看到她身影的那些地方,比如,街道、窗户和其他地方,都不能帮我恢复那美好的过去,我不知道该走哪条路,就乱走一气,身不由己地出了城,两天后来到了加埃塔要塞,在那里找到一艘准备起航去西班牙的帆船。我上了船,仅仅是为了逃避那块苍天把我抛弃的可恨土地;可是能干的水手们刚刚起锚,升起风帆,航行了几海里的时候,突然风暴大作,一阵阵强风凶猛地攻击着船帆,前桅杆被吹断了,后桅帆从上到下被撕开。水手们急忙采取紧急措施,他们费了九牛二虎之力收下全部船帆;可是风暴更大了,大海开始发怒,天空有迹象表明风暴还要持续一段时间。回原来的港口已不可能,因为返航是逆风;风力实在太大了,不得不在主桅杆上升起前帆并且放松缆绳,就是人们常说的顺风行船,随风而去。就这样狂风推着这艘帆船飞驶在汹涌的波涛上,在顺风的两天里,我们走过了那条线上的所有海岛,不能在任何一处靠岸,眼睁睁地看着飞驶过一个又一个海岛,斯特龙博利岛、利帕里岛不能靠岸,辛巴诺岛、兰佩杜萨岛、潘泰莱里亚也帮不了我们的忙;我们近距离经过巴巴利海岸时,可以看到拉古莱特刚刚倒塌的大墙和迦太基的历史遗迹。船上的人都吓得要命,个个都担心如果风力再大,就会把船撞到陆地上去;正在人们非常害怕的时候,苍天保佑了我们,他大概听到了人们的祈祷,下令改变了风向,又改回了东南风;又过了二天,这股风把我们又送回了出发的加埃塔要塞;大家庆幸不已,有人一上岸便赶忙去烧香还愿。这艘帆船在那里停留了四天,修理了损坏的地方,然后继续航行,这一次风平浪静,顺利地看到了热那亚美丽的海岸,这座城市到处是整齐的花园,白色的房屋和在太阳照射下光辉夺目的塔尖。从船上看到的这一切可能令人赏心悦目,船上的许多人就有这种感觉;但是,我却没有这份心思,因为那时我心里感到很沉重。我只是在休息的时候在一个水手的瑟琴伴奏下唱唱歌,倾诉自己的痛苦。我记得有一天夜里——根据我的记忆,那天快要天亮了——周围风平浪静,船帆紧紧地贴着桅杆,水手们毫无顾忌地躺在船的四处,由于一片宁静,舵手几乎鼾声大作;我因为浮想联翩,心中痛苦,坐在望楼的甲板上不想入睡,于是拿起瑟琴唱起诗歌,现在我应该重唱一遍,为的是让大家明白我曾经是多么悲伤,又是多么出乎预料地命运给我带来了难以想象的巨大欢乐。如果我没记错的话,歌词是这样的:

廷布里奥　现在风平了,

　　　大海已经安静;

我心中的风暴却难平，
让心声倾诉出来
为着那崇高的感情。

为了讲述我的不幸，
表明一部分生活，
心灵不得不发出
痛苦致命的信号。

爱情曾经把我送上云端，
为着一个又一个痛苦，
让我一次又一次高飞。
现在死神加上爱情
却把我打倒在地。
爱神和死神安排
一种爱法和一种死法：
给尼西塔制造这种爱，
从我的幸福和她的不幸
赢得永恒不灭的名声。

新的可怕声音
今天更加阴森恐怖，
这名声使人相信：
爱情威力无边，
死亡不可战胜。
如果人们发觉

死和爱有何业绩：
生命中充满死亡，
爱情的力量溢出胸膛，
大家会满意你的力量。

但是，我认为尽管吃了苦头，
我不会求死，也不会发疯，
无论死神的力量大小
或者我是否有无感觉。
假如我有感觉，
哪怕我的痛苦倍增，
死和爱对我四处追踪，
哪怕我有一千条性命，
也会十万次被死神命中。

我的胜利如此高尚，
付出的是杰出生命，
这种死亡值得称颂，
无论古代还是如今
从来无人明白知晓。
从杰出生命的牺牲，
我心里深藏着痛苦，
眼睛中饱含着热泪，
心灵里充满着慌乱，
胸膛里燃烧着怒火。

啊,你这狠毒的手,

如果你毁灭了我的生命

我会多么感激你哟!

因为杀死了我,就解除了

我的痛苦和疲劳!

啊,我的胜利带来了

多么辛酸的报酬!

因为我感觉

我得用万年的苦难

支付一天的欢快。

你啊,大海,听听我的哭诉;

你啊,苍天,这是你的安排;

爱神啊,我为你流下这许多泪水;

死神啊,你带走了我的全部幸福;

结束吧,我的一切又一切的愁苦!

你啊,大海,收下我的躯体!

你啊,苍天,接受我的灵魂!

你啊,爱神,用你的名望写下

什么样的死亡带走了

那尚未体验的生命胜利!

大海,苍天,爱情,死亡:

帮帮我! 别不放在心上!

干脆结束了我的生命吧!

这是我能够盼望

也是你们可以给我的好运！

因为如果大海不肯淹没我，

苍天又不愿意接纳我，

爱情还要继续下去，

怀疑又不能消除，

那我不知道最终什么结局。

"我记得唱到最后这一行的时候，再也唱不下去了，因为发自我胸中的无数叹息和抽泣打断了歌词，还因为我回忆起往事痛苦的经历和那纯洁的感情，由于过分激动我竟然失去了知觉，长时间昏迷不醒；等这一阵痛苦的时光过去之后，我睁开疲倦的眼睛，发现自己头枕在一个身穿朝圣服的女人裙子上；在我身边，还有另一个穿着同样服装的女人，她握着我的双手；两个女人都在悄悄地哭泣。我一看到自己那个样子，感到既吃惊又慌乱，一阵阵怀疑看到的这一切是不是在梦中；因为自从下船之后，我就没有看到过那样的女人。但是，我身边那个穿着朝圣服的女人美丽的尼西塔，马上把我从困惑中解救出来了。她说：'哎呀，廷布里奥，亲爱的朋友，多少胡乱猜测，多少不幸的事件把您给整成了现在这副样子啊！又把我们的名声牵连进去了！还让我和妹妹不考虑任何不便，离开亲爱的父母，脱下惯常穿的衣裳，出来寻找您，向您说明我并没有死，并解释可能会给您造成不幸的原因。'听了她这一席话，我才相信这一切不是梦，站在我眼前的这个形象也不是幻觉，一直没有离开我脑海的尼西塔就活生生地在我面前。我向她们提了一大堆问题；我都得到了满意的答复。首先，我弄明白了她们就是尼西塔和布兰卡。但是，当我慢慢地了解了真相之后，我高兴得简直要命，如同刚刚过去的痛苦一样可以让人失去知觉。啊，西雷里奥，我这才从尼西塔那里得知你穿上修士服时完全错了,也太粗心大意,你以为我遭了厄运,于是你就悲痛之极,昏倒在地,加上大家都以为尼西塔死了,我就是这么想的,西雷里奥,当时你也相信了。她还告诉我:她苏醒过来以后知道了我获胜的真相、我突然的出走和你的不在,这些消息险些真的要了她的性命。但是,死神终于没有把她带走,她们靠一个同来的奶妈的手艺,穿上朝圣服,没有告诉父母,一天夜里离家出走了;她们于是回到那不勒斯,来到加埃塔要塞;与此同时,我所在的那艘帆船已经修理好被风暴破坏的地方,正要准备离港;她们对船长说要去西班牙,到加利西亚的圣地亚哥去朝圣,随后商定了船费;上船后,她们打算到赫雷斯找我,至少打听一下我的消息;她们在船上度过的整整四天里,寸步不离船长给她们安排的船尾上的房间,直到听到了我刚刚给你们唱的这首诗歌,才听出我的声音,又听出歌的内容,便跑出房间,流着热泪,高兴地庆祝这一相遇;我们互相注视着,一时不知说什么好,因为找不到最好的词来形容这出乎意料的欢乐。假如当时我们能知道你的消息,亲爱的西雷里奥,那会更加高兴的。但是,正如任何欢乐总是不完全的,总是不能百分之百地满足我们的愿望,那时由于你不在我们身边,加上又没有你的消息,所以不免遗憾。那时晴朗的夜空,加上徐徐吹来的海风,船儿乘风破浪地缓缓前进,似乎万物都在祝贺我们心中的欢乐。

"可是,多变的命运之神,谁也不能肯定他的怪癖,他嫉妒我们的幸福,既然气候不能减少我们的欢乐,他就用令人难以想象的巨大不幸给我们捣乱。于是,就发生了这样的事情:正当和风开始加大了力量,勤快的水手们升起所有的船帆时,人们都高兴地以为这次旅行一定会一帆风顺。有个水手,坐在船头的甲板上,借助明亮的月光发现,有四条船悄悄地划着水,飞快地向帆船靠拢过来;

随后,他便认出那是些敌船,就放开喉咙大叫:'敌人来啦! 准备战斗! 发现了土耳其船!'这一声突如其来的惊叫把船上所有的人都吓了一大跳,面对临近的危险一时不知如何是好,都面面相觑;但是,船长以前看到过类似的阵势,急忙跑到船头,极力要弄明白是多大的船,一共有几条;他比那个水手多发现了两条,并且辨认出那是些桨帆两用的小双桅船,他不由得吃了一惊,但是极力镇定下来之后,立刻命令准备炮火和升起全部船帆,掉头向土耳其船队驶去,看看能不能冲进敌群,以便充分发挥全部船舷炮火的作用。众人纷纷拿起武器,尽量占据有利位置,迎接敌人的到来。

"先生们,谁能给你们说说我那时是多么难过啊! 因为我的欢乐这么快就给破坏了,而且可能很快会失去它,尤其是我看到尼西塔和布兰卡面对船上乱哄哄的情形,一言不发、惊慌恐惧的样子,就更加难受了。我一看到她们,就要求她们立刻躲进房间里去,老老实实恳求上帝拯救她们别落入敌手! 正是这个时候一想起此事就让人泄气。她们眼泪汪汪的样子以及我为不流下眼泪所做的努力,让我险些忘记了自己应该做什么,就是说,面对危险自己应该做个什么样的人。最后,我总算把她们关进了房间,两人几乎昏倒在地;我从外面给房间上了锁。然后急忙赶到船长那里,看看他有什么命令。船长正在有条不紊地针对这一形势采取必要措施;他委托达令托——就是这位今天跟我们一道前来的骑士——把守船首楼;请我把守船尾楼。他本人带着几个水手和旅客沿船舷巡逻。不久,敌人来到面前,可是海风也停了下来。这就造成了我们的失败。那时,敌人不敢靠近船舷,因为他们看到海风停了,最好还是等到天亮再发起攻击。果然如此,天亮以后,我们虽然事先数过敌船的数量却发现竟有十五艘大船包围着我们;于是,我们心里明白了:可能要吃亏。尽管如此,船长没有被吓倒,与他在一起的任何人都没有被吓倒,船长注意观察敌人的动静,看看他们究竟要干什么。敌人等到天亮以后,从指挥船上放下一条小船,派了一个叛徒命令我们的船长投降,因为显而易见,我们无法抵挡这么多敌船的进攻,何况他们是阿尔及尔最出色的海军,发出这一命令的是阿尔诺特·玛米将军,他威胁我们说:假如我们敢射击,一旦抓住船长,就要把他吊在桅桁上,如此等等。那个叛徒奉劝船长投降;可是船长不想这么做,他让那个叛徒滚回去,否则要把他一炮打到海底去。阿尔诺特听了回音以后,下令船队装填弹药,然后从远处迅速而愤怒地射击起来。我们的大炮也轰鸣起来,非常幸运的是,一炮就把对方一艘船拦腰击中,不久就被大海吞没了。土耳其人看到这一情景,立刻加快了炮击的速度,并且在四小时里向我们发起了四次进攻。但是这些进攻都被我们一一击退;敌人伤亡惨重,我们也损失不小。

“如果要讲这场战斗的细节可能会让你们感到厌烦,我只说一说战斗进行了十六小时以后,船长和大部分水手都牺牲了,后来敌人又进攻了九次,最后一次终于愤怒地冲上了我们的船。当我看到我心爱的姑娘有可能落入残酷的屠夫手中,就是现在,尽管两位姑娘站在我面前,我依然不能减轻痛苦。当时,我一想到姑娘们会被俘,立刻怒火中烧,便奋不顾身地冲进敌群,只求死在敌人的刀剑之下,也绝不看着悲惨的事情发生。但是,事与愿违,三个健壮的土耳其人把我紧紧抱住;我拼命挣扎,混乱中我们一起撞到了尼西塔和布兰卡藏身的房门上。由于力量很大,房门给撞翻在地。门开处,暴露了里面藏着的珍宝。敌人一见,垂涎三尺,一个抓住了尼西塔,另一个抓住了布兰卡。这样我就摆脱了两个敌人,只剩下一个抓住我的敌人了,我奋力一击,把他打倒在地上。要不是那两个敌人及时发觉了危险,放开了尼西塔和布兰卡,把我击伤打倒在地上,我也要干掉他们两个。这时,尼西塔看到我浑身是伤就扑过来护住我,她恳求敌人让她替我去死。

"就在这个时候,土耳其船队的指挥官阿尔诺特将军听到尼西塔和布兰卡的哭喊声便走了过来;士兵们向他报告了发生的事情,他于是下令把两位姑娘送到他的船上。在尼西塔的一再恳求下,将军也让士兵把我也带走,因为我还没死。就这样,我在昏迷中被抬到了敌人的指挥船上。在那里,我很快得到了治疗,因为事前尼西塔告诉将军:我是个重要人物,可以换到大量赎金;她的想法是引诱敌人注意从我身上换钱以便给我治伤。后来,治好伤口以后,我苏醒过来,看看周围,发现自己是在敌人手里,就在敌船上。但是,最让我心里痛苦之极的是看到尼西塔和布兰卡跪在船头甲板上那狗将军的脚下,哭个不停,一副痛不欲生的样子。亲爱的西雷里奥,当你在加泰罗尼亚把我从死亡中解救出来的时候,无论那时我对死亡的恐惧,无论是我听到关于尼西塔去世的假消息,无论是我那些致命伤口所造成的痛苦或者任何可以想象出来的折磨,都没有能够让我像看到尼西塔和布兰卡落在那个异教蛮子手中时更加痛苦了,因为她们的贞操就在眼前的威胁之下啊!我那时心里痛苦之极,结果又一次昏迷过去,又一次让那个给我治伤的医生失去了抢救我的信心,他甚至以为我已经死了,便停止给我治疗并且对周围的人说我已经没命了。两个不幸的姐妹一听到这个消息,不顾一切拦阻,起身揪住自己的金发号啕大哭,还抓破了漂亮的脸蛋,谁也拦不住她们,当然这些我是事后才知道的。她们跑到我昏迷的地方,哭个没完没了,以至于连冷酷的蛮子们都被打动了。可能是尼西塔落在我面孔上的眼泪,也许是由于冰冷、发炎的伤口引起的巨大疼痛,我再次苏醒过来,又记起了眼前这场不幸。关于在那个痛苦时刻我和尼西塔说过的一些情意绵绵、互相怜惜的话,现在就省略不提了,免得破坏我们现在的快乐心情;关于尼西塔给我讲的她如何度过与敌船船长的危难时刻,那细节我也不想说了;那家伙被尼西塔的美貌给征服了,千方百计地许愿,拿出一大堆礼物,又是强迫和威胁,一心要尼西塔答应他那无耻的要求;但是,她在将军面前表现得不卑不亢,对付那强盗讨厌的纠缠长达一天一夜。可是,尼西塔就在他的眼前,他的欲火越烧越旺,我担心他随时有可能不再用恳求的方法而改用暴力,那样一来,尼西塔要么会丧命要么会失去贞操,而绝不能指望他发什么善心。

"但是,命运之神对于把我弄成这副悲惨的处境已经厌倦了,她想让我们明白她的确脾气多变,设法让我们乞求上帝在那个倒霉的时候给我们力量,只要在惊涛骇浪中别丢掉性命;在我们做了两天俘虏以后,正当我们向巴巴利海岸航行的时候,大海由于东南风的影响掀起了排山倒海的巨浪,愤怒地鞭打着这群武装的海盗,筋疲力尽的划船工已经无法用桨了,便不得不用老法子:把前桅帆捆绑在主樯上,随波逐流而去;风暴越来越大,在不到半个小时里,把整个船队打得七零八落,一条船也没有跟上指挥船;就像我说的,由于船队被打散了,我们这一艘孤零零地漂在海上,非常危险,因为海水从接缝的地方大量涌进船头、中部甲板和船尾,底舱水已经深及膝盖;雪上加霜的是天又黑了下来;这种情况要比平时来得更加阴森恐怖,天黑加上风急浪高,人人束手无策,个个绝望之极。先生们,你们绝不会想到连土耳其人都恳求在船上干划船苦役的基督徒向上帝和使徒祷告:把他们从这场灾难中拯救出来。祷告的声音真的没有白费:他们感动了上帝,风平浪静了!从沙钟上可以看到天已经开始发亮了;大家发现这条糟糕的船竟然停在加泰罗尼亚的海面上了;而且距离海岸很近,只要升帆让风一吹就可以在一处开阔的海滩上岸;对生活的热爱使得土耳其人觉得就是上去以后当奴隶也是甜蜜的。

"大船刚一靠岸，很多人拿着武器冲了过来，从他们穿的服装和说的语言得知，他们是加泰罗尼亚人，那里就是加泰罗尼亚海岸。亲爱的西雷里奥，你就是在那里冒着生命危险救了我的命。当时摆脱了沉重和痛苦的俘虏枷锁的基督徒们是多么高兴啊！不久前还是自由人和主宰者的土耳其人，现在苦苦祷告和哀求原来的那些奴隶们不要把他们交给愤怒的基督徒去折磨，因为过去深受土耳其人烧杀、掠夺之害的基督徒们，这时正在岸上等着报仇呢！西雷里奥，这你是知道的。土耳其人的担心不是没有道理的，因为帆船刚一上岸，村里的人就冲到船上大肆屠杀，结果活着的海盗就寥寥无几了；要不是这些村民忙于抢掠船上的财物，恐怕土耳其人就都被杀死了。到了后来，无论是土耳其人还是我们这些基督徒俘虏都被他们搜抢一空；如果我不是满身的衣服都带着血迹，我想也不会放过我。达令托就在那时也赶来了，到处寻找尼西塔和布兰卡，也是为着把我救出去，给我治疗。

"上岸后，我一认出那个地方并考虑时时有可能出现危险，便恳求达令托千万不要耽搁时间，帮我们赶快动身去巴塞罗那；但是这不可能，因为我浑身是伤，精疲力竭，结果不得不再逗留几日，尽管那里一个医生也没有。与此同时，达令托去了一趟巴塞罗那为我们弄食物；他回来以后，我感觉好多了，身上有了力气，于是我们就动身去托莱多城，打算通过尼西塔的亲戚探听一下她父母的情况，在此之前，我们已经写信给他们，说明了我们发生的事情，请求他们原谅我们的错误。西雷里奥，你不在我们身边常常增加了我们的痛苦和减少了我们的欢乐。但是，上帝有眼，他补偿了我们受的苦难，为此应该感谢上帝；西雷里奥，亲爱的朋友，有了现在的欢乐就不要理睬过去的悲伤了！让那个长期以来因为你而痛苦生活的人高兴起来吧！当你们单独在一起的时候谈得越多你就会明白这个道理了。这次外出飘流中还有许多事情我没有说出来，现在先不讲了，免得啰里啰唆让牧人朋友们不高兴，他们是来分享我的快乐的。亲爱的西雷里奥，亲爱的牧人朋友们，这就是我生活里发生的事情；你们看，从过去和现在我身上发生的事情来看，能不能说我是当今世界上最可怜又最幸运的人呢？”

　　快活的廷布里奥讲完这些话便结束了他的叙述。所有在场的人都为他历尽苦难的最后结局感到高兴，西雷里奥更是快乐得不知说什么才好，他又一次拥抱了廷布里奥，而且他急于想知道那个长期以来因为他而痛苦生活的人究竟是谁。于是，他向各位牧人道声歉，就把廷布里奥拉到旁边僻静的地方问个明白。后者告诉他，尼西塔的妹妹美丽的布兰卡就是那个自从认识他、了解了他的为人以后爱他胜过爱自己的姑娘；她老实厚道，除了对姐姐讲过之外一直没说出这桩心事，因为她希望姐姐有朝一日帮她实现这个愿望。廷布里奥还告诉他：跟他一道前来，过去谈话中曾经提到过的那位骑士达令托，如何一看到布兰卡就被她的美貌征服了，真心实意地爱上了她，便通过她姐姐提出要娶她为妻；可是尼西塔给他说明了：布兰卡绝不会嫁给他。为此，达令托非常生气，他以为她们拒绝了他的求婚是因为他人微言轻；为了解开他的疑心，尼西塔不得不对他说明布兰卡的心思全在西雷里奥身上；但是，达令托的昏倒和放弃这个打算，并不是因为布兰卡想着你；因为他知道你下落不明，所以他心里想，时间一长加上他多为布兰卡做事情，她有可能放弃最初的考虑；由于他有这番计划，就一直没有离开我们；直到昨天，他才从牧人们那里得知你还活着的消息，并且还了解到布兰卡一听说这个消息就非常高兴；他想到由于西雷里奥的出现，他的愿望不可能实现了，于是，他没有跟任何人告别，便怀着巨大的痛苦悄悄地离开了大家。此外,廷布里奥还劝告他的朋友高高兴兴地选择布兰卡为妻,因为他已经了解了她为人忠厚的品性;他还强调说,如果他们俩能够娶她们姐妹的话,那该是多么令人高兴的事情啊!西雷里奥回答说,请给他一段时间想一想这件事,尽管他知道到最后他也不能不按照廷布里奥的吩咐行事。

这时,鱼肚白色的曙光开始预告新的一天已经来临;天上的群星一一收起了自己的光芒。突然,人们听到了可爱的劳乌索的声音;他像他的朋友达蒙一样事先就知道了他们要在西雷里奥的隐修院过夜,因此便想来这里与达蒙及其他牧人会面;由于他的兴趣爱好就是在三弦琴伴奏下唱出人们爱情生活里的幸福和不幸,便由着性子,踏上寂寞的道路,一面跟着百鸟为迎接新一天的到来而合唱的奏鸣曲,用低音唱出下面这些歌:

劳乌索　我放眼望去,面对那
　　　　能够想象的最崇高地方,
　　　　我重视价值,欣赏那
　　　　让最高智力愕然的艺术。
　　　　可你们如果想知道是谁
　　　　把残酷的枷锁套在那自由的头颅,
　　　　是谁将我迷惑,夺走我的魂魄,
　　　　西莱娜,是我的眼睛,是你的眼睛。

　　　　你的眼睛静静地注视着,
　　　　指引我走向幸福的天国;
　　　　那目光可使人摆脱黑暗,
　　　　真正是圣光的肯定证明。
　　　　有了她,烧烤我的熊熊烈火

是沁人肺腑的凉爽甘露，
有了她，折磨我的镣铐枷锁
便是我的胜利和献给你的生命。

神圣的目光啊，我心中的幸福！
我全部的欲望消失得无影无踪！
你的眼睛可以使混乱的白日平静，
你的眼睛可以告诉我想知道的一切！
爱神把我的欢乐和痛苦
都放在你的目光下检验；
我注视着你的目光，我看出
那来自某个地狱、那虚假的荣耀
写下了痛苦、甜蜜、真正的业绩。

啊，美丽的眼睛哟！看不到你的目光
我不得不在黑暗中郁郁独行！
这里那里，看不到天空，我挣扎在
刺人的荆棘和刺人的蒺藜丛中；
可是，后来，正当我摸索前行，
你明亮的一束光芒照到我心中，
你为我指出幸福敞开的光明小径。

啊，平静的眼睛哟，我看出是你，永远是你
使我高尚，可以让我明白
在为数不多的好消息中，
会给我指明最好的一个。

你可以让好消息属于我，
只要你悄悄地看我一眼，
你那柔情的一瞥，
就是最幸福的情人的欢乐。

西莱娜，假如这是真的，
过去、现在和将来谁能像我
如此纯洁、坚定地爱你，
无论爱神和命运是否帮助？
你目光给予的荣耀，我当之无愧，
因为我的信念不可动摇；
但是，一想到只能静静地注视，
才无愧你的荣光，这真让我发狂。

多情的劳乌索唱完了歌，同时也走完了路；与西雷里奥在一起的人们都热情地给他喝彩；他的出现更增加了大家的欢乐，本来人们就为西雷里奥经过千辛万苦之后能有这样的结果感到庆幸；正当达蒙给大家讲述这些事情的时候，人们看到令人尊敬的奥雷里奥出现在隐修院附近，同他走在一起的还有几位牧人，他们带来一些食物和礼品给在场的人，这是奥雷里奥几天前与大家分手时说好的。蒂尔希和达蒙看到来人中没有埃利西奥和埃拉斯特罗感到非常高兴，更加让他俩高兴的是知道了俩人没有来这里的原因。奥雷里奥来到众人面前，如果他不是对廷布里奥说出下面这样一番道理时，恐怕大家会更加感到高兴，他说：

"勇敢的廷布里奥，如果你自认为对人够朋友——你的确有理由这么认为，那么现在是证明这一点的时候了：请你去帮帮达令托！他在距离这里不远的地方痛不欲生，激动至极，谁的话也听不进去,谁的劝告也不接受;我安慰了他几句也无济于事。我、埃利西奥和埃拉斯特罗用了差不多两个小时的光景到处找他,终于在右手边的那座山上发现了他那匹马拴在松树上,他本人脸朝下趴在地上,痛苦地发出长吁短叹,还不时地咒骂自己的命运。我们正是在这样一个令人痛心的时刻走到他身旁的;借助月光,尽管困难我们还是认出他来,并且非要他讲一讲痛苦的原因。他讲了原因;看来是没有办法解决了。就因为这些,埃利西奥和埃拉斯特罗留在他那里了;我就跑来告诉你他的这些心事。他的想法你很清楚,你想办法帮帮他吧,或者采取行动,或者说些安慰的话。"

廷布里奥回答说:"尊敬的奥雷里奥,话总是要说的,不过,假如他不抓住这个清醒的机会,让他的愿望借助时间和思念化做习惯的感觉,说什么也是白费。但是,您别以为我不履行做朋友的责任;您告诉我他在什么地方,我马上就去看他。"

奥雷里奥说:"我跟你一起去。"

随后,所有的牧人都起身要陪同廷布里奥走一趟,大家都想知道达令托为什么如此不幸,只留下西雷里奥陪着尼西塔和布兰卡,这三人高兴得说不出话来。走在从那里到奥雷里奥离开达令托的那段路上,廷布里奥给随行的人们讲述了达令托的痛苦是怎样产生的以及没有什么希望可以解决这个难题;因为达令托痛苦的根源在美丽的布兰卡身上,而这位姑娘的心是在好友西雷里奥那里;他还对大家说:一定要使出浑身的本事和全部的力量促使西雷里奥接受布兰卡的要求;他还恳求大家助他一臂之力,帮他实现这个打算;因为等离开达令托那里以后,他好恳求大家去找西雷里奥,让后者同意娶布兰卡为妻。牧人们答应按照他吩咐的话行事;说着话,他们就来到了奥雷里奥以为达令托、埃利西奥和埃拉斯特罗停脚的地方。但是,那里一个人也没有;他们甚至把那个达令托待过的小树林还包围起来搜索了大部分地区,还是没有人,众人觉得非常遗憾。正在这时,忽然传来一声痛苦的叹息,这让大家迷惑不解,人人都想知道是什么人发出的;很快又传来一声呻吟,与刚才那声叹息一样凄凉。人们急忙循声去找,发现不远处的一棵胡桃树下有两个牧人:一个坐在草地上,另一个躺着,头枕在前一个人的膝盖上。坐着的低头望着躺着的面孔,一面不停地流泪,躺着的似乎面色惨白,已经昏迷过去,因此他们不能立刻认出那人是谁;但是,等大家走近一看,就知道一个是埃利西奥,另一个是埃拉斯特罗了。昏迷的是埃利西奥;哭泣的是埃拉斯特罗。两个可怜的牧人的悲伤表情使得前来看望的人们大吃一惊和十分难过,因为大家都是好朋友,更因为牧人们不知道这两人悲伤的原因。但是,最为惊讶的人是奥雷里奥,因为他在离开三个牧人的时候,这两个陪伴达令托的小伙子还是很高兴的样子,仿佛达令托并没有给他俩造成什么不幸。这时,埃拉斯特罗看到牧人们来了,便摇晃着埃利西奥说道:

"可怜的小伙子,醒一醒啊!起来!找个地方一个人痛哭一场吧!我也打算这么做;哭死拉倒!"

他说着用双手捧起埃利西奥的头部,轻轻从膝盖上挪到草地上,可小伙子依然没有苏醒过来。要不是蒂尔希和达蒙以及其他牧人及时拦住埃拉斯特罗,这小伙子就站起来转身走了。达蒙走到埃利西奥身边,把他抱到自己怀中,让他醒了过来。埃利西奥睁开眼睛,一一认出了身边的人,可是由于痛苦的原因,他不想开口说出其中的原委;尽管大家一再追问,可他只记得自己一直在同埃拉斯特罗谈话,随后就昏迷不醒了。这与埃拉斯特罗说的一模一样;于是,牧人们不再问他们激动的原因了;他们只求他一道回西雷里奥的隐修院,然后从那里再带他去村里或者他的牧场;但是这

不可能一一做到,只能让他回村去。大家看到他决意已定,便不好
驳他的意思,只是提出陪他一道回村。可他不要任何人陪伴;如果
不是他的好友达蒙执意要陪他,他仍然不会要人陪伴的;最后,他
只得与达蒙一道走。后者与蒂尔希商定:当天夜里要把埃利西奥
带回村里或者牧场去。奥雷里奥和廷布里奥向埃拉斯特罗打听达
令托的消息;埃拉斯特罗回答说:奥雷里奥刚一离开他们,埃利西
奥就昏倒了,他赶忙上前抢救,这时达令托已经走了,并且再也没
有看见他回来。廷布里奥和同来的人们看到一时找不见达令托,
便决定回隐修院去求西雷里奥娶美丽的布兰卡为妻;除埃拉斯特
罗之外,大家抱着这个愿望回去了。埃拉斯特罗要去追他的朋友
埃利西奥,于是告别众人,怀抱着三弦琴,沿着埃利西奥的路走了。
与此同时,埃利西奥和他的朋友达蒙已经离开众人一段距离;前者
流着泪露出极为悲伤的表情对后者这样说道:

"谨慎的达蒙,我知道你在爱情方面很有经验,对于我现在要
给你讲的这些事情你不会感到惊讶的;可是我却看得很重,我认为
这些事情是恋爱中遇到的最倒霉的事。"

达蒙这时一心只想知道他昏倒和悲伤的原因,便用肯定的口
气告诉他:关于爱情经常制造的种种不幸,对他来说没有一件事情
是新鲜的。埃利西奥听了这话,尤其是达蒙对他的深厚友谊,便继
续说了下去:

"亲爱的达蒙,你是知道的:我的好运气——我总是说好运
气,尽管为了这个好运气常常会要了我的命——如同这蓝天和这
片大地可以作证的那样,我说我的好运气让我爱上了举世无双的
伽拉苔亚,岂止是爱上啊!是让我崇拜她呀!用真正纯洁的爱情
崇拜她,就应该这样爱她!朋友,我还要坦白对你说:她听到我爱
上她的消息以后,她的回音没有超过一个纯洁、有礼貌的心胸经常

应该做的一般表示；这样，几年来，我一直期待着一个诚实的爱情回报，为此，我生活在欢乐中，很满意自己的想法，自认为是世界上最幸福的牧人，因为只要我能看看伽拉苔亚就很满足；我很高兴地看到即使她不爱我，可也并不讨厌我；还没有哪个牧人敢夸口说伽拉苔亚看上了他；我感到相当满意的是我很自信，我不相信别的牧人能有这样的思想，因为我的确证实了伽拉苔亚的可贵，她是那样的庄重，别人是不敢有半点非分之想的。今天做出了不可改变的判决：驳回了爱情用很小代价给予我的幸福，驳回了快乐的伽拉苔亚无可指摘的荣耀，驳回了我正当愿望应有的快乐；宣布幸福结束，荣耀消失，快乐完结，总之，我痛苦生活的悲剧降下了帷幕。达蒙，你知道，这是因为今天早晨伽拉苔亚的父亲奥雷里奥前来寻找你们，在去西雷里奥隐修院的路上，他告诉我是如何商定把伽拉苔亚嫁给葡萄牙一个牧人的，此人现在舒适的利马牧场上放养着大量羊群。老人让我说说自己的看法，因为他很看重同我的友情和智慧，希望听到忠告。我回答他说：我觉得让这么一个漂亮的女儿违心地远嫁到那样荒凉的地方去，从此再也无法看到父亲，这样做是十分愚蠢的；我还说：如果他这样做是因为被那个外国牧人的财富所打动，认为他有钱可以过上好日子，比那些以有钱人自居还好，那么居住在塔霍河流域中最出色的人即使娶了伽拉苔亚，也不会认为自己是最幸福的了。尊敬的奥雷里奥对我这些道理并非不接受；但是，最后他还是告诉我：这位牧民头已经把所有农具都给送来了，是他亲自办理的这门婚事，解除婚约是不可能的。我问他：听到远嫁的消息伽拉苔亚的表情如何？他说：她同意父亲的决定，父亲吩咐她做什么她就准备做什么，因为她是个听话的女儿。这些话，我是从奥雷里奥那里听到的；达蒙，这就是我昏倒的原因，将来我也会因为这个而死去的，因为看着伽拉苔亚落到别人手中，永远也看不到她,那我只求一死!"

多情的埃利西奥讲完上述原因以后,眼泪就流下来了,他泪如泉涌,深深地感动了他的朋友达蒙的心,不由得也陪着他哭了起来;但是,过了片刻,他举出最佳理由来安慰埃利西奥;可无论他说什么,那些话丝毫不起作用。他们还商定,埃利西奥应该同伽拉苔亚谈一谈,要亲耳听她说说是不是真的同意她爸爸包办的这门婚事;假如她本人不乐意,他自告奋勇把她救出来,肯帮忙的大有人在。埃利西奥觉得达蒙这番话很对,决定去找伽拉苔亚表明自己的心意和了解她内心的想法。于是,他们不去牧场而改变方向朝村子走去,不久来到一处四岔路口,看到其中有条路上来了八个英武的牧人,个个手里拿着长矛,只有一人除外,他骑着一匹骏马,身穿紫色披风;其余的人步行,脸上都蒙着一块头巾。达蒙和埃利西奥停步等牧人们过去,后者经过他们身边时都点点头,有礼貌地问候,但是谁也没有说一句话。他们惊讶地望着这八个人的奇怪样子,静静地注视着他们要走哪一条路;他们俩看到他们走的是通往村子的路,尽管与他们俩走的路有些不同。达蒙对埃利西奥说:跟着他们走吧!埃利西奥不同意,他说:沿着他想走的那条路可以到达距离不远的一处源泉,伽拉苔亚和村里一些牧羊姑娘经常出现在那个地方;如果幸运之神给他机会看到伽拉苔亚,那就太好了!达蒙对埃利西奥的想法感到高兴,他说:你说走哪里就走哪里吧!幸运的事情果然像他想象的那样发生了,因为两人还没有走多远,就听到了费洛丽莎的笛声和美丽的伽拉苔亚的歌声,这声音一传入两人的耳中,他们就入了神。这时,达蒙方才了解到大家赞美伽拉苔亚如何美妙动人的话果然名不虚传。与伽拉苔亚在一起的还有罗莎乌拉和费洛丽莎,还有刚刚结婚的美丽新娘西尔维丽娅,以及同村的两个牧羊姑娘。伽拉苔亚看到两位牧人来了,并没有因

此而停下刚刚开始的歌声,恰恰相反她似乎很高兴能用歌声欢迎
两人的到来。两个小伙子全神贯注地听她唱的内容,他们听到歌
词是这样的:

伽拉苔亚　　假如我的幸福离去,
　　　　　　假如我的恼怒临近,
　　　　　　在可能出现的不幸里
　　　　　　我的目光能够指望谁?
　　　　　　给我造成痛苦的远离,
　　　　　　永远判我落入苦难境地:
　　　　　　如果在家乡把我毁灭,
　　　　　　难道外乡能给我运气?

　　　　　　啊,这个痛苦的应当听话,
　　　　　　为着服从你的命令,我只能
　　　　　　面对死刑的判决,说一声是!
　　　　　　我被拖进如此巨大的损害,
　　　　　　竟然认为为着大量的财富
　　　　　　我应该牺牲性命,至少要保持沉默。

　　　　　　我那快乐的时光,短暂又疲倦;
　　　　　　我受折磨的光阴,永远又无限,
　　　　　　永远令人感到沉重、困惑、艰难。
　　　　　　成人时,我有过自由;
　　　　　　但是,管束一直跟着我。

　　　　　　假如经过一番争执

我不得不服从,可我不乐意,
你们看吧,对我的任性会有
怎样激烈的斗争。
啊,这让人讨厌的管制,
面对人的尊严,
你得袖手旁观,
低下柔软的颈!

难道我必须告别
这金色的塔霍河?
难道我的羊群得留下
而悲伤的我必须离开?
难道这些阴郁的大树,
这些宽阔无垠的草地,
就这样永远离开
我悲伤的视线?

严厉的父亲,你在干什么?
你看这是众所周知的事:
你在用满足了你要求的东西
却有可能夺走我的生命!
假如我的叹息还不足以
让你看到对我的伤害,
我的眼睛可以告诉你
我的舌头说不出的事。

我已经想象出动身的一刻

会让我何等的悲伤，

温柔的荣耀会消失，

会埋葬心中的苦恼。

那还不认识的丈夫

不会让我面带微笑，

道路，艰难跋涉，

婆婆，让你心烦意乱。

还会有种种苦恼、不便，

丈夫和他亲戚朋友的欢乐

对我都是结果相反。

可命运给我提出的

这所有的担心和不安，

随着死神的到来结束

我全部痛苦的最后一天。

　　伽拉苔亚唱不下去了，因为眼泪哽塞了她的喉咙；尽管所有的听众都很高兴，因为大家明白了伽拉苔亚与那个葡萄牙牧人婚事的真相，而此前大家一直在胡乱猜测；现在知道了是完全违背她的意愿；但是，她的眼泪和叹息最打动的人就是埃利西奥；如果解决她的难题要取决他的生命，他也是可以献出来的；但是，他为人谨慎，极力不让心中的痛苦流露出来，这时他和达蒙已经来到姑娘们身边，便彬彬有礼地向她们致意。姑娘们也很有礼貌地接待了他们。接着，伽拉苔亚向达蒙打听她父亲的下落。后者回答说，她父亲留在西雷里奥的隐修院，有廷布里奥和尼西塔陪同；还有其他一些牧人在廷布里奥那里；他还讲了西雷里奥和廷布里奥的见面的情况；讲了达令托和布兰卡的爱情故事以及廷布里奥讲过的爱情经历。对此，伽拉苔亚说道："幸福的廷布里奥，幸福的尼西塔，你们以前忍受的焦虑不安都在幸福中结束了，忘掉那过去的不幸吧！它们只能增加你们今天的荣光，因为人们常说：回忆过去的苦难可以增加今天的欢乐和幸福。可是，不幸的心灵啊，你不得不想着那失去的幸福，总是担心可能来临的不幸，看不到也找不见任何可以阻止不幸逼近的办法，因此越是担心痛苦临近，就越使人疲惫不堪！"

"美丽的伽拉苔亚，你说得很对。"达蒙说道，"毫无疑问，那突如其来的痛苦，尽管令人吃惊，但是不像那种长期威胁着你又堵塞了任何解决办法的痛苦更累人。可是，伽拉苔亚啊，无论如何，我说上帝不会制造特别令人精疲力竭、让你毫无解除办法的不幸，尤其是他想让我们先看看这些不幸的时候，因为似乎上帝要我们陈述一下理由，以便让他决定减轻还是避开即将来临的不幸；更多的时候，上帝仅仅是用骗人的担心占据我们的心头，让我们感到疲惫，而并不真的运用令人担心的不幸；即使上帝真的让不幸降临，由于生命没有结束，任何人无论经受什么不幸，也不应该因一时没有办法而绝望。"

"对这一点，我毫不怀疑。"伽拉苔亚回答说，"但那条件是令人担心或者忍受的不幸十分轻微，可以让我们自由地陈述我们的想法；可是，达蒙，你知道，如果那不幸的确十分沉重，首先它就蒙蔽了我们的感觉，消灭了我们的毅力，最后毁灭了我们的道德，以至于当希望呼唤道德时，它已经无力起身了。"

达蒙答道："伽拉苔亚，我不知道你年纪轻轻怎么会有这么多不幸的经验，除非是你想要我们明白你十分谨慎，甚至说话都要有学问；否则的话，通过别的方式，你不可能了解这么多事情。"

伽拉苔亚说道:"谨慎的达蒙,求求上帝,我不能反驳你的话;其中有两点让人有好感:同意你对我的看法;没有感到你让我谈谈不幸的经验所产生的遗憾。"

一直保持沉默的埃利西奥,这时看着伽拉苔亚说出心中痛苦的难受样子,再也不能忍受下去了,便开口道:

"举世无双的伽拉苔亚啊,假如你认为威胁你的不幸有人可以帮你解除的话,你知道我可以听你的吩咐,请你向我说明;如果你为了服从父亲的意志而不愿意找人帮忙的话,那么请至少允许我去对付那个企图从你长大的这块土地上抢走你美貌的家伙。姑娘,你不要以为我是在吹嘘自己,我不仅可以完成现在我口头许诺的行动,而且我对你的爱,鼓舞我干更大的事业;我不相信自己会有什么幸福,因此我将自己的幸福放到理智的手中和在塔霍河流域放牧羊群的牧人手中;这些牧人肯定不能答应有人从他们眼前抢走照耀大家的太阳、让人们钦佩的谨慎美德、刺激和鼓励人们正当竞争的美人。因此,美丽的伽拉苔亚,根据刚才我说的道理和我对你的崇拜,我做出这样的许诺,这就要求你告诉我你的决心,这是为了避免我不在什么事情上违背你的意愿犯下错误;可是考虑到你那无与伦比的善良与贞洁,会促使你首先报答父爱而不是自己的爱情,因此,姑娘,我不愿意你向我说明你的心思,而是由我来承担我觉得应该做的事情,小心在意地考虑你的名誉,你自己一向是很注意这一点的。"

伽拉苔亚刚要回答埃利西奥的话并且向他表示感谢,达蒙和埃利西奥刚才在通往村子的路上看到的那八个蒙面牧人突然出现在眼前,因此打断了她的话头。那些人刚一来到牧羊姑娘们停留的地方,二话没说,就有六个家伙以令人难以置信的敏捷冲到达蒙和埃利西奥身边,一下子把两人紧紧抱住,力量之大使得他们无法挣脱。与此同时,另外两个牧人,其中有一个骑马的来到罗莎乌拉身边,后者一看到他们对达蒙和埃利西奥使用暴力正在那里拼命喊叫;但是其中一人毫不费力就把她抱了起来,又一下子把她抱到马背上,他翻身上马,摘掉面纱,望着牧人们和牧羊姑娘们,说道:

"尊敬的朋友们,请不要对这里发生的似乎不当行为感到惊讶,因为造成这件事情的原因是爱情的力量和这个女人的忘恩负义;我恳求各位能够原谅我,因为这不再由我决定;如果那个有名的格里萨尔多要来到这里,我想他很快会来的,请各位告诉他阿尔丹德罗是怎样带走罗莎乌拉的,因为他无法忍受她的嘲弄;假如爱情和这次对他的伤害会促使他报仇,那么他该知道:我的家乡是阿拉贡,本人就住在那里。"

此时,罗莎乌拉已经昏倒在马鞍架上,那几个牧人一直紧紧抱着达蒙和埃利西奥,直到阿尔丹德罗下令放开他们。这两人刚一自由,立刻勇猛地拔出匕首朝着七个牧人扑过去。这几个人同时拿出长矛顶在他们的胸口上,一面吼道:"不许动! 你们看看能捞到什么好处!"

埃利西奥回答道:"阿尔丹德罗干这种暗算的勾当又能捞到什么!"

其中一人反驳说:"这可不是什么暗算勾当,因为这女人早已答应给阿尔丹德罗当妻子了;可是现在她出于女人好变的本性竟然否认这门婚事,投身到格里萨尔多的怀抱中去;这样的侮辱实在太严重了,我们的主人不能置之不理。请各位平静下来,好好考虑一下我们的看法,因为这个我们才来这里为我们的主人出力的。"

说罢,他们一面转身而去一面警惕着达蒙和埃利西奥难看的表情。这两人愤怒至极,因为不能回击对方的暴力,一时也不能报仇,所以不知说什么好,怎样做才对。但是,伽拉苔亚和费洛丽莎看到罗莎乌拉就这样被抢走,极为生气,这使得埃利西奥不惜冒着生命危险掏出弹弓,与此同时,达蒙也掏出了弹弓,拔腿去追阿尔丹德罗;他们从远处灵巧又迅速地射出大量石子,这迫使那些牧人不得不停下脚步,回转身来抵抗。但是,如果阿尔丹德罗不下令手下人前进,并且不要理睬两人的进攻,那这两个勇敢的小伙子是会有麻烦的;阿尔丹德罗指挥牧人们登上路旁绿荫覆盖的一座小山;由于树丛的掩护,两个愤怒的小伙子的弹弓和石子收效甚微;加上这时他们看到伽拉苔亚、费洛丽莎和其他牧羊姑娘向他们这个地方跑来,两人便收住了脚步,极力克制着心中的怒火和报仇的欲望,上前迎接伽拉苔亚。她对两人说:

"勇敢的牧人们,消消气吧!敌人占着优势,你们再拼命也是寡不敌众,刚才我们已经清楚地看到了你们的勇敢精神。"

埃利西奥说:"伽拉苔亚,刚才我看到你生了气,这就让我更愤怒了,一下子产生了力量,绝不能让那几个放肆的家伙为对我们使用暴力而得意扬扬;可是我命中有这个心没有这个力。"

伽拉苔亚说:"是爱情的力量推动阿尔丹德罗干这种无理的行为,对我说来,他已经部分地被原谅了。"

接着,她详细地给大家讲述了罗莎乌拉的故事;她说,罗莎乌拉是在等着与格里萨尔多结婚的;这个消息可能传到了阿尔丹德罗耳中,嫉妒使得他演出了刚才的一幕。

达蒙说:"谨慎的伽拉苔亚,如果事情是像你说的这样,我担心格里萨尔多的粗心大意、阿尔丹德罗的傲慢无礼和罗莎乌拉的水性多变一定会产生冲突和分歧。"

对此,伽拉苔亚回答说:"如果阿尔丹德罗住在卡斯蒂亚,那就会出事;但是,假如他躲在阿拉贡老家不出门,格里萨尔多剩下的也就只有报仇的愿望了。"

"难道就没有人把这件侮辱人的事情告诉格里萨尔多?"埃利西奥问道。

伽拉苔亚答道:"会有人的。可以肯定天黑之前他就能听到消息了。"

达蒙接着说道:"果真如此,不等那些人回到阿拉贡,格里萨尔多就能抢回自己心爱的人了,因为一颗充满爱的心是不会懒洋洋地坐视不管的。"

这时费洛丽莎说道:"我想格里萨尔多可不是那种人。伽拉苔亚,为了让他有时间、有机会证明自己的爱心,我求求你:咱们赶快回村,我要派一个人把这个不幸的消息告诉格里萨尔多。"

"照你说的办。我给你找个送消息的牧人。"伽拉苔亚答道。

这样,她们就很想与达蒙和埃利西奥告别,可是这两个牧人非要坚持同她们一道走;正当大家踏上回村的路时,从右边传来埃拉斯特罗的笛声;原来他是追赶他的朋友埃利西奥来的。大家一听到他的笛声便停下脚步,只听见他用悲伤的调子在唱下面这首歌:

埃拉斯特罗　沿坎坷的路,我追寻
　　　　　我想象中可疑的目标,
　　　　　总是在漆黑寒冷的夜
　　　　　消耗着我生命的活力。

　　　　　尽管我会死去,却不想
　　　　　离开这条窄路一步;
　　　　　为了我崇高无比的信念
　　　　　我会抵抗那巨大的恐怖。

　　　　　我的信念是光芒,指引我

进入避风港,只有我的信念
保证我航行顺利,目的明朗;

无论我的环境多么不定,
爱神如何遮蔽我星辰的亮光,
上帝怎样对我凌辱不停。

这个可怜的牧人深深叹息一声结束了这首多情的歌曲;他以为周围没有人听见,便放开喉咙喊出这样一番道理来:

"爱情啊,虽然你那强大的力量没有给我的心提供什么,却是占据我思想的一部分!既然你曾经给过我幸福,那么现在请不要向我显示你的威力,不要给我制造不幸,不要威胁我,因为你那多变的性格比命运还要多变!爱情的主宰者啊,你看面对你的法规我是多么顺从;接到你的命令,我是多么快速地去执行;面对你的意志,我是多么忠诚地服从!我如此恭顺,你应该犒赏我,做这件对你来说十分重要的事情:不要让我们这片地方失去这个美人,因为有了她,这里的草地和树林就显得格外美丽;主啊,你别让人把我们的这一珍宝从清澈的塔霍河抢走,因为有了她,这条河才富有,因为有了她,而不是河里有金沙,这条河才大有名望;请不要从牧民这里夺走她的目光、她思想的光芒以及激发人们积德行善的榜样力量;请好好考虑考虑吧!如果你同意伽拉苔亚被人从这片土地带到异国他乡,放弃了对这片领土的控制,只是单纯地利用伽拉苔亚,那么如果她不在这里,你要明白那时这片草原上的牧民就不再承认你,所有的居民就不再听你的话,就不会再给你缴纳贡品;你要知道,我恳求你是完全合情合理的;假如你不答应我的要求,那是不近情理的。因为,什么样的法律或者什么道理能让我们看着长大的美貌、谨慎、文雅、总之上帝赐予的美人,正当我们盼望丰收果实,她却被带到异国他乡,被陌生的手占有和摆布呢?仁慈的主啊,请不要如此残酷地伤害我们!啊,绿色的草原啊,有了她的注视,你们才会欢乐!啊,鲜花啊,有了她的触摸,你们才格外芳香!啊,这令人陶醉的森林哟!所有这一切,你们哪怕没有感情特色,请你们用最佳方式感动上帝答应我的要求!"

这个多情的牧人一面说这番话一面不停地落泪;伽拉苔亚听了也难以控制自己的泪水,同她在一起的人也都被深深地打动了,大家仿佛在他的葬礼上那样哭个不停。正在这时,埃拉斯特罗来到人们面前,大家都热情有礼地欢迎他的到来。他一看到伽拉苔亚泪流满面的样子,就目不转睛地望着她好一阵工夫,最后说道:

"伽拉苔亚,我现在明白了:任何人都很难逃避命运多变的打击;可是我根据对你的了解,凭着你得天独厚的天赋,你本不应该接受命运的摆布,我却看到命运更加凶猛地向你进攻,让你筋疲力尽;因此我查明上帝企图用一次打击伤害所有认识你的人,伤害所有了解你价值的人;但是不管怎样,我希望:上帝严厉的手不应该把已经开始的不幸再延续下去,因为这会给你造成痛苦。"

伽拉苔亚回答说:"根据同样的理由,我恰恰不敢肯定我的不幸会就此停止,因为以前从来没有发生这样的事;按照我以为的诚实和正直,这样毫无掩饰地发现自己脑袋里竟然这样服从父母的命令是不对的;埃拉斯特罗,我求你不要给我提供改变自己感情的机会,无论是对你还是对别的什么人;这样的事会在我的记忆中唤起我所担心的不快。因此,各位牧人,我恳求大家让我先回村去,为的是格里萨尔多一旦得到消息还来得及对阿尔丹德罗报仇雪耻。"

这时,埃拉斯特罗还不知道阿尔丹德罗干的事;不过,牧羊姑娘费洛丽莎用简单几句话给他讲述了事情的经过,对此,埃拉斯特罗感到惊讶,他认为阿尔丹德罗的胆子可不小,居然干出难度如此之大的举动。正当牧人们要按照伽拉苔亚的吩咐行动时,他们发现前一天夜里留在西雷里奥隐修院的骑士、妇女和牧人们向村子这边高高兴兴地走来;西雷里奥也跟着他们一起来了,他已经换了衣服,因为他不再做隐士了,穿的是喜气洋洋的结婚礼服,新娘就是美丽的布兰卡,她也是一副欢喜快乐的神情;他们的好朋友廷布里奥和尼西塔也是一副高兴的样子,他们说服了西雷里奥结婚,以便结束那种悲惨的处境,同时用宁静替代他为尼西塔而生出的烦恼。怀着婚事所产生的喜悦,他们个个高高兴兴地弹着欢快的音乐、唱着情歌向这边走来。他们一看到伽拉苔亚和同她在一起的人们在向他们表示热烈的欢迎,便停下不唱了。伽拉苔亚祝贺西雷里奥与美丽的布兰卡的婚事;达蒙、埃利西奥和埃拉斯特罗也一一上前祝贺,这三个牧人特别喜欢西雷里奥。大家互相祝贺和问候之后,商定继续向村子里走去。蒂尔希为了让大家高兴便请求廷布里奥唱完认识西雷里奥时开始的十四行诗。廷布里奥没有推辞,他在爱嫉妒的奥尔费尼奥的笛子伴奏下,用洪亮但柔和的声音,唱起那首十四行诗:

廷布里奥　　我的希望如此有根有据,

　　　　　　哪怕它寒风冷酷地怒吼,

　　　　　　绝不可能动摇它的基础:

　　　　　　因为有信心、力量和勇气。

　　　　　　要我改变坚定的爱情,

　　　　　　绝没有商量的余地;

　　　　　　哪怕我在风暴中牺牲,

　　　　　　也不会换取这一信誉。

假如面对爱情而动摇，
恋爱的心就不配获得
来自爱情的温柔甜蜜。

因此我的爱情使信念崇高，
无论加勒迪愤怒还是西腊威胁，
它都会投向大海为爱情献身。

廷布里奥的这首十四行诗让牧人们感到高兴，也很喜欢他唱歌时的潇洒神情，因此便请求他说点什么；但是他推辞说还是由他的朋友西雷里奥讲一讲吧，如同类似更危险场合都由西雷里奥出面一样。后者不能不服从他朋友的吩咐，加上这时他的心境特别愉快，他索性也在奥尔费尼奥的笛子伴奏下唱了起来：

西雷里奥　我要感谢上帝，因为我逃离了
　　　　　惊涛骇浪中的种种危险；
　　　　　正在不知所措中，我来到了
　　　　　宁静宜人的港湾。

　　　　　请收起那焦虑的船帆！
　　　　　请修理船体可怜的裂缝！
　　　　　那个在怒海上表情恐惧的人，
　　　　　请你履行自己许下的诺言！

　　　　　我亲吻大地，感谢苍天，
　　　　　我拥有如此美好的命运，

我说幸福啊,我命定的前程,

面对崭新、雪白、无双的枷锁,
怀着新的打算和爱的激情,
我低下这受过伤害的快乐头颅。

西雷里奥唱完了,他请求尼西塔也唱一曲让大家高兴一下;姑娘望望她亲爱的廷布里奥,用眼神征得许可以满足西雷里奥的要求;廷布里奥也用眼神回答说"可以";姑娘不再耽搁时间,用潇洒、优美的姿势请奥尔尼费奥停下笛声,在奥隆博的笛声伴奏下,唱出下面这首十四行诗:

尼西塔　我不赞成那个发誓说
　　　　他的幸福从未来自爱情,
　　　　不管幸运如何给他幸福,
　　　　冷酷的折磨总是来到他的身边。

　　　　我知道什么是幸福,什么是不幸,
　　　　我清楚地知道幸福与苦难的结果,
　　　　我体会到思想越是摧毁爱情的不幸,
　　　　思想就会越发确信幸福的到来。

　　　　不是因为我身处死神痛苦的怀抱,
　　　　不是因为我刚才提到的悲伤苦难,
　　　　也不是因为我屈服过野蛮的海盗,

　　　　那是强烈的痛苦,极为强烈的痛苦,

至今我还不明白,请证明给我看一看

这是我快乐生活中最高兴的事情。

伽拉苔亚和费洛丽莎对美丽的尼西塔有如此美妙的歌喉非常欣赏。尼西塔本人觉得给廷布里奥和拉着他的手的人们唱歌是一大快事,便希望妹妹也给大家唱一首;她没有费多大力气,布兰卡也很大方地站起来给奥尔费尼奥做了一个手势:请他吹笛;在笛声伴奏下唱了下面这首歌:

布兰卡　　仿佛我是在利比亚的沙原上,

或者是在偏僻的终年结冰的西迪亚,

大概我处于寒冷的恐惧

以及那永远不降温的火焰的袭击下。

但是减轻痛苦的希望,

伪装到极端的程度,

潜藏着巨大的生命力,

越是消瘦温和越有力量。

寒冬的愤怒已经过去,

尽管爱情之火恰到好处,

盼望已久的春天终于来临。

春天里仅仅有一个幸福时刻,

用真诚信念的漫长考验

享用那甜蜜的渴求果实。

布兰卡的歌声不仅让牧人们高兴,也让从前听过她歌声的姑娘们喜欢。他们想表现一下并非所有的才干都是宫廷骑士圈子里的人们才有的,为此,在这同一个思想的指导下,奥隆博、克利西奥、奥尔费尼奥和马尔西略开始动手调音,正在这时,他们听到身后有响动,便立刻回头去看。引起响动的是一个牧人,他正在迅速地穿过林中草地;大家都认识他,是多情的劳乌索。蒂尔希感到十分惊讶,因为前一天夜里劳乌索跟他告别,说有一笔重要的生意要办,如果能办完,他的悲伤也就到头了,心情就会高兴起来;其他的话没有多说,就同另一个牧人一道走了。蒂尔希不知道他究竟发生了什么事情,使他现在这样匆忙地赶路。蒂尔希这样一说,使得达蒙想喊住劳乌索;于是,达蒙就呼喊起来,想让劳乌索到这里来。可是达蒙发现劳乌索没有听到他的喊声,因为只要劳乌索再走几步就翻过一座山坡了;于是,达蒙飞快地抢上一座山冈,从那里再次大声呼喊劳乌索的名字。这一回,劳乌索听到了有人叫他并且辨别出是达蒙的声音,他不得不转身回来。他一走到达蒙身边,立刻非常兴奋地把后者拥抱到怀中;这种神情让达蒙吃了一惊,于是开口问道:

"这是怎么回事?好朋友劳乌索。难道你已经达到渴望已久的目的了?还是昨天已经有了回报,让你轻而易举地找到了追求的东西?"

"好朋友达蒙,我得到了最大的幸福。"劳乌索回答说,"对其他人往往会造成绝望和死亡的原因,却给我带来了希望和活力;这个原因就是我在我心爱的牧羊姑娘身上看到的故作优美姿态中的藐视与责备,从而恢复了我最初的人格价值。好了,好了,牧羊人,我这个吃苦耐劳的脖颈没有感到爱情枷锁的沉重;可是高傲的思想机器已经在感觉中损坏了,因为这些思想让我飘飘然;我会重新恢复与朋友们的谈话;我会重新看到这些草地上的鲜花和绿草;我会中止叹息,不让眼泪流下,让躁动的心安静下来;因此,达蒙,你想一想,这原因难道还不足以让我欢喜快乐吗?"

达蒙回答说:"劳乌索,是的,应该快乐;不过,我担心欢乐来得太快可能不会持久。我的经验是:从藐视中产生的任何自由都会像过眼烟云一样消散,然后恋爱的企图会更快地重新追求自己的目的。因此,我的朋友,祈求上帝让你的欢乐比我想象的更牢固吧!让你长久地享受你所宣扬的自由吧!这样,我不仅因为我们的友谊而感到高兴,而且还因为可以看到爱情中少见的奇迹而庆幸。"

"但愿如此吧!"劳乌索说道,"我现在感到很自由,能够主宰自己的意志;为了能让你满意地看到我说的话是真的,你说吧,要我怎么证明给你看才好?你要我再也不去登门拜访你认为是造成我过去的痛苦、现在的欢乐的茅舍吗?为了满足你的愿望,我可以做任何事情。"

达蒙回答说:"重要的是你自己感到满意。劳乌索,我希望从现在起六天之后看到你依然主意没变,那就说明你的确满意。眼下,我仅仅希望你离开刚才那条路,跟我到牧人们和女士们等着我们的地方去;我希望你给大家带来的欢乐通过你的歌声会让人们走在去村子里的路上感到格外高兴。"

劳乌索很高兴地按照达蒙的吩咐去做;这样,正当蒂尔希招呼达蒙回来的时候,他就跟着达蒙回到众人等候的地方来了;他和达蒙刚一走到大家跟前,没有说更多的客套话,便开口道:"先生们,女士们,我来这里是给大家助兴的;因此,如果各位愿意听我唱,那么就请马尔西略吹响笛子;请各位听一听我从来没有想过有机会用嘴巴说出来的一些话,甚至我从来不敢想象的话。"

众人异口同声地说很高兴听他唱歌。马尔西略本人也很想

听,便立刻吹响了笛子,于是,劳乌索在笛子伴奏下唱了起来:

劳乌索　我双膝着地,
　　　　　双手谦卑地合十,
　　　　　心中充满正当的激情,
　　　　　圣洁的藐视啊,我崇拜你,
　　　　　欢乐的原因在你身上
　　　　　享受宁静明媚的时光!
　　　　　你面带不幸爱情
　　　　　包含着的苦涩和严厉,
　　　　　却是一服速效的良药!

　　　　　感谢你,我疲倦的目光
　　　　　长期迷惑甚至失明,
　　　　　使我恢复了最初的本质;
　　　　　感谢你,我又能够重新享受
　　　　　那古老的爱情暴君从我的
　　　　　意志和生命里夺去的战利品;
　　　　　感谢你,我犯下错误的夜晚,
　　　　　已经变成宁静明朗的白天;
　　　　　我的理智,从前在奴役状态,
　　　　　通过平静和清醒的过程,
　　　　　现在主宰自己的命运,引导我
　　　　　走向具有永久幸福和光明之地。

　　　　　圣洁的藐视啊,你让我看到了
　　　　　过去对我所做的种种爱情表示

是多么骗人,多么造作和虚伪!
你让我看到了爱情的甜言蜜语
是用谎话和嘲弄编造出来的,
可是听起来顺耳,让人鬼迷心窍;
你让我看到:仅仅看一眼那双
温柔、甜蜜的眼睛,我的春天
一旦从迷梦中醒来,
就会变成性格无常的寒冬;
可是,你啊,甜蜜的藐视,
治愈了我的创伤!

藐视常常成为强烈刺激,
在追求爱情之后
促使思想运转!
藐视改变了
我的感情和性格;
为你,我放弃打算,
不再深情地追随她,
尽管激情依然继续,
我无法对自己满意;
你再次用绳套抓住我,
为的是再次把我捉弄,
将千支箭一一对准我,
你,藐视,仅仅是你,只有你,
才能一一折断爱情的金箭,
才能迅速冲破爱情的罗网。

我的爱情虽然简单却并非软弱无力，
不至于一次藐视就可以被打倒在地；
最初曾经需要十万次：像通常那样
简直难以忍受，仿佛被放倒在地的松树，
加上其他的打击，就成为最后一次藐视。
严肃的藐视，表情十分严厉，建立在
厌恶的基础之上，不大考虑他人的命运：
看着你，听你说话，抚摩你，使我感到甜蜜，
现在机会来了：你可以打倒并结束我的疯狂，
你的灵魂便可以感到欢喜、快乐又舒畅。

藐视啊，你打倒我的疯狂，
帮助聪明智慧站起来，
帮助它们摆脱沉重的梦，
为了让它们歌颂他人的
丰功伟绩和他人的美德，
如果它们找到了值得感谢的主人。
你剥夺了天仙子的力量，
得不偿失的爱情
麻痹了我痛苦的美德，
你用灼热的力量
让我回到新的生活；
现在我努力要弄明白
我是一个可能担心估价、
却又毫无恐惧地等待的人。

劳乌索不再唱下去了，虽说已经唱出来的歌词足以使在场的人们惊讶不已了；因为众人都知道前一天他还是那样爱得着迷，为爱情那样高兴，而仅仅经过短短的一天时间，大家看到他变得简直判若两人了。他的朋友蒂尔希想到这里，便对他说：

"好朋友劳乌索，我不知道是不是应该祝贺你在这么短的时间里会有这样的收获；因为我担心这收获不大牢靠，不像你想象的那样肯定；但是我仍然感到高兴的是你在这么短的时间里就能享受到精神获得自由所带来的快感，因为有可能你现在认识到了应该考虑到的方面，即使你在理智自由和心平气和之中享受温柔果实的引诱下，重新回到破碎的枷锁和捆绑中去，也会有力量冲破束缚。"

劳乌索回答说："谨慎的蒂尔希，你用不着担心什么；现在没有什么新的圈套足以让我把双脚放进爱情的脚镣中去；你别以为我非常轻浮和任性就可以毫不费力地处于现在这样的心境：反复地思考衡量，对怀疑的地方进行多次调查，对上帝让我重见光明我多次还愿；因为借助这一光明，现在我看到了从前我是多么短视；今后，我一定努力用最佳方式保护这一光明。"

蒂尔希说道："不要回头去看你身后留下的东西，这最好不过了，没有什么能与之相比；因为如果你回头去看，那么就会失去让你花了这么大代价才获得的自由，你就会像那个不谨慎的恋人那样重新泡在泪水里；好朋友劳乌索，你要记住：世界上没有那种多情的心胸是可以不被无用的藐视和傲慢冷却和被迫收回他的胡思乱想的；另外，你要设法让我知道西莱娜是谁，虽然你从来没有对我说过，我想知道她那多变的性格，她那日益增加的热情和她那朴素的愿望（如果可以这么说的话）；对于这一切，上帝赐给她无与伦比的美貌没有增加什么也没有伪装什么，可是大家却都为这一切而讨厌她。"

劳乌索回答说："蒂尔希，你说的很对。毫无疑问，她那特有的美貌和打扮出来的无比诚实的外观，使得一切看见她的人们不仅喜欢她，而且崇拜她；因此，面对如此强大有力的障碍，我那自由的意志就不得不低头了，任何人对此是不应该感到惊讶的；唯一应该吃惊的是我怎么能摆脱这些障碍，因为我既然受到如此虐待，意志被摧残，理智被迷惑，记忆被破坏，我还是逃出了她的手心，而且至今我觉得能够打赢这一仗。"

两个牧人没有再继续谈下去，因为这时他们看到沿着他们走的这条路来了一位美丽的牧羊姑娘；离开她不远的地方还有一位牧人；不久他们便认出那是老牧人阿尔辛多；那姑娘是伽莱尔西奥的妹妹毛丽莎；由于伽拉苔亚和费洛丽莎认识毛丽莎，因此便明白了她一定是给罗莎乌拉捎来了格里萨尔多的口信。两位姑娘急忙迎上前去拥抱毛丽莎；老阿尔辛多向众人一一问候，拥抱了好朋友劳乌索。后者急于知道阿尔辛多在人们告诉他毛丽莎已经走了以后他都做了一些什么，现在看到老人跟着毛丽莎又回来了，他开始失去了老人苍苍白发在众人面前赢得的信任；要不是来者凭着阅历知道爱情的力量会伸展到何方以及何种程度的话，他是无法恢复这一信任的；这样他才在责怪老人的人们身上找到了自己错误的原因。

阿尔辛多似乎猜出人们对他的怀疑，为了解开他们的猜测和疑惑，他说：

"牧人们，听我给大家讲一件多年来无论在我们这块土地上，还是在别人的土地上都没有发生过的奇怪的爱情故事。我相信大家都认识那个名叫莱尼奥的牧人，他那冷漠的性格给他带来一个'冷漠'的绰号；就在几天前，因为说爱情的坏话，他居然敢向这位赫赫有名的蒂尔希挑战；结果一个开口谴责爱情造成的痛苦，另一个就用许多道理驳斥爱情是不会造成痛苦的。这个莱尼奥声称自己是爱情的死敌，他竟然说：我肯定没有人是真正追求爱情的，爱情也抓不住任何奴仆并让他追随其后的，因为爱情居然让毛丽莎的哥哥伽莱尔西奥爱上了那个冷漠的赫拉茜娅，两人性格十分相像，那天你也看到了，他要用绳子吊在脖子上残酷地结束自己短暂和无所作为的生命。总之，牧人们，冷漠的莱尼奥要为冷酷无情的赫拉茜娅去死，为了这姑娘，他终日唉声叹气，泪流不止；更糟糕的是我觉得爱情好像要对莱尼奥叛逆的性格进行报复，让他屈服于那个非常冷漠的牧羊姑娘；他认识到爱情这个企图，现在极力要与爱情和解；他收起以前那些谴责爱情的话，现在拼命讴歌、颂扬爱情；可是尽管如此，爱情丝毫不为所动，赫拉茜娅也不给他帮忙；这些都是我亲眼所见，因为就在几个小时前，我陪伴着这位牧羊姑娘来这里，我们在皮萨拉泉水旁看到莱尼奥躺在地上，满脸是冷汗，胸部奇怪地急促起伏。我走近他的身边，认出是他，便弄了一些泉水洒在他脸上，这样他才苏醒过来；我在他身边坐下，问他为什么如此痛苦；他一点不漏地讲给我听，他说他把全部的柔情都放在了那位牧羊姑娘身上了，我相信他从来也没有在心中装下这么多柔情。他一再向我强调赫拉茜娅是多么冷酷、而他又是多么爱她；他还说到他非常怀疑爱情把他弄成这个样子，是不是就在这一点上要对他进行报复，因为以前他曾经多次冒犯了爱神。我尽量安慰了他，让他摆脱刚才那种感情发作；随后，我就陪伴这位牧羊姑娘来找你。劳乌索，劳驾，跟我们回牧场吧，因为我们离开那里已经十天了，羊群需要我们回去照顾一下了。"

"我不知道应该怎么回答你才好，"劳乌索答道，"我想你邀请我回牧场，更多地是出于礼貌，是客气而不是需要，因为在别的牧场也有许多事情要干,我不在牧场的这几天也证明了这一点。不过,其他的事情可以留待以后时机成熟时再讲,现在请你再说一遍:你说的关于莱尼奥的事是不是真的;因为如果是真的,我可以断言:爱情创造了他一生中最大的奇迹之一,因为他降服了莱尼奥那颗冷酷的心,也让我这个人获得了自由。"

这时,奥隆博说道:"好朋友劳乌索,瞧你说的!如果像你刚才说的那样,爱情也曾经束缚过你,那么爱情现在又怎么让你自由了呢?"

劳乌索回答说:"奥隆博,如果你想弄明白的话,那你会看到我一点也不自相矛盾,因为我的意思是要说,在那个我一度非常喜欢的人心中充满的爱,他的企图与我的打算不是在一条路上发展的,因为这一切都是爱,无论它的后果是让我获得自由,还是让莱尼奥充当奴隶。奥隆博,你先不要让我用这些事讲其他的奇迹了。"

说罢,他回头看看老阿尔辛多,这目光说出了嘴巴没有说出的话,因为众人都明白第三个可能讲出的奇迹是看到了白发苍苍的阿尔辛多爱上了青春年少的毛丽莎。此时,这位姑娘正在一旁跟伽拉苔亚和费洛丽莎谈话,她告诉两位姑娘改天格里萨尔多会如何在村里身穿牧人装,打算与罗莎乌拉秘密结婚,因为他们不能公开办喜事,原因是莱奥佩尔茜娅的亲戚们早就知道格里萨尔多企图违背答应的婚事,而莱奥佩尔茜娅的父亲早已经同意了他俩结婚,所以这些亲戚们绝不会允许发生这种伤天害理的事情;但是,无论怎样,格里萨尔多决心不辜负罗莎乌拉的一片爱心,而绝对不服从父亲的命令。

毛丽莎继续说道:"牧人们,我对你们说的这一切是我哥哥让我告诉你们的,他本来想非常谨慎地前来看你们的;但是冷漠的赫拉西娅用她的美貌把我那不幸的哥哥的灵魂给勾走了;这就是他不能亲自前来告诉你们刚才我说的那番话,于是为了追随那姑娘,他就离开了这条路,把传话的任务交给了我,因为他相信妹妹呀!姑娘们,你们大概明白了我来这里的目的了;那就请告诉我罗莎乌拉在什么地方,我好把话传给她,要么就由你们告诉她也行,因为我哥哥现在焦虑万分,我一分钟也不能在这里多停留。"

在毛丽莎说这番话的同时,伽拉苔亚在考虑如何答复她,也在思考人们带来的有关格里萨尔多的伤心消息;这样,她看到不能不给毛丽莎答复,也明白把毛丽莎留住会更糟,便立刻给毛丽莎讲述了罗莎乌拉发生的一切——阿尔丹德罗如何把罗莎乌拉带走了。对此,毛丽莎大吃一惊,要不是伽拉苔亚拦住她,问她伽莱尔西奥和她走了以后那两个牧羊姑娘都做了些什么,毛丽莎早就要回去向格里萨尔多报告了。

毛丽莎回答说:"伽拉苔亚,关于她俩的事情我本来可以讲给你听,那些事情让你吃惊的程度会远远超过我听了罗莎乌拉的事的感觉;可是现在我没有时间讲这些事;我只告诉你:那个名叫莱奥纳尔达的姑娘通过少见而巧妙的欺骗手段,跟我哥哥阿尔蒂多罗结了婚;另外那个姑娘名叫特奥琳达几乎要死了或者说几乎要失去理智了,只有伽莱尔西奥在她眼前她才高兴,因为他和我哥哥阿尔蒂多罗长得一模一样;她一刻也不能离开伽莱尔西奥的陪伴,可是这对于伽莱尔西奥就太沉重和恼火了,因为他在冷酷的赫拉茜娅身边才感到甜蜜和愉快。等以后我们再见面的时候,我慢慢给你讲事情是怎么发生的,因为不能由于我迟到了而妨碍了格里萨尔多想办法摆脱他的不幸;要不是今天上午阿尔丹德罗抢走了罗莎乌拉,格里萨尔多也绝不会离开这块土地那么远,否则他会失去抢回罗莎乌拉的希望;无论如何,我得赶快走了。"

伽拉苔亚觉得毛丽莎说得很对，因此就没有再挽留她，只是恳求她一定尽快回来给她们讲一讲特奥琳达发生了什么事情以及对罗莎乌拉的问题采取什么办法。毛丽莎答应了她的要求，随后，没有再耽搁时间就跟大家一一告别，回村子去了。人们很欣赏毛丽莎优美的风度；但是其中有一人对她的离去尤其感到恋恋不舍，那就是老阿尔辛多，他尽管没有流露出来心中的想法，却因为毛丽莎的离去而感到非常孤独。其他的牧羊姑娘也很想知道关于特奥琳达的下文。正在这时，众人听到从右边传来一阵响亮的喇叭声，于是转头去看，发现隆起的山坡上走着三个人，两边是两个老牧人，中间是一位老神父，接着大家认出来那是老泰莱西奥神父。这时，一个老牧人再次吹响喇叭，三人下了那道山梁又爬上另一座山，接着又吹响喇叭。很多牧人听到喇叭声纷纷从四面八方赶来，看一看老泰莱西奥神父想要做什么；因为他经常用这种方法召集这一带的牧人开会，有时是讲一些有益的道理，有时是通知这个地区某人去世了，有时是提醒人们某个重大节日临近，有时是通知大家参加某人的葬礼。奥雷里奥和所有到场的牧人都了解泰莱西奥的习惯和秉性，于是纷纷来到他召集开会的地方；与此同时，泰莱西奥看到来了这么多人，又认出了主要人物都在其中，便走下山坡，和蔼可亲地一一问候大家，众人也非常恭敬地向他致意。奥雷里奥来到泰莱西奥身边说道：

"尊敬的泰莱西奥，请告诉我们又是什么事情劳动您召集这一方的牧人们开会。莫非是什么快乐的节日，还是让人伤心的葬礼？要不然就是给我们看一件可以改善我们生活的好东西？请讲吧！您知道您的意志就是我们的意志。"

泰莱西奥回答说："为着你们的诚心诚意，上帝会赐福给你们的！因为你们的追求与上帝的旨意是一致的。现在为满足你们想知道我的打算的好奇心，我要提醒你们永远记住那位大名鼎鼎、出类拔萃的牧人梅利索的功绩，他那令人难过的葬礼重申了一次又一次，还要年复一年地重申下去，如同一天又一天那样重申下去，与此同时，我们这一带的牧人们和我们的心里都了解梅利索的美德和功绩。至少我本人会告诉各位：只要我活在世界上一天，就会不断地及时提醒各位要面对无与伦比的梅利索的本领、礼貌和美德；所以现在我提醒并且通知你们：明天又到了应该重申他忌日的时候了，我们应该记住在这个日子我们失去了谨慎的牧人梅利索。看在他的忠厚给你们留下的情分上，看在我好心为各位效力是为了要你们履行自己的义务上，牧人们，我恳求你们：明天黎明时分，请大家在橡树谷集合，那里埋葬着梅利索的忠骨；我们通过歌声和祭祀尽量减轻九泉之下那颗孤独的灵魂的悲哀。"

　　神父一面说着，一面出于对梅利索之死引起的悲痛而热泪盈眶；周围的人们也都陪着他一起流泪，大家一致同意次日一定到泰莱西奥指定的地方去集合。廷布里奥和西雷里奥、尼西塔和布兰卡也做了同样的表示，因为他们觉得不应该放弃这次行善的机会，再说能看到这么多优秀的牧人集合在一起也是很不容易的。随后，他们便告别了泰莱西奥，踏上回村的路，但是还没有走很远就看见冷漠的莱尼奥向他们走来，后者的表情是那样悲伤和思想专注，使大家吃了一惊；由于他思绪万千，与牧人们擦肩而过竟然没有看见大家，接着他就拐向左边一条路，还没有走上几步就躺倒在一棵柳树下，一面长长地叹息一声，一面抬手抓住羊皮袄上的项链，猛然一拉，把珠子摔得粉碎；然后，从身旁抓过皮口袋，掏出一把漂亮的三弦琴，小心而平静地调起音来；过了片刻，他用伤感但和谐的嗓音唱起来。那歌声使得所有看到他的人都停下脚步倾听，歌词是这样的：

莱尼奥　甜蜜的爱情啊,我已经后悔
　　　　自己令人厌烦的固执;
　　　　从今后,我忏悔,我感到
　　　　嘲弄的基础
　　　　已经被彻底拆除;
　　　　我已经谦卑地低下
　　　　桀骜不驯的头颅,
　　　　屈服于你那命令的枷锁;
　　　　我已经了解你
　　　　无穷的威力!

　　　　我知道你能够心想事成,
　　　　我知道你喜欢世上的难事;
　　　　我知道你善于表现你是什么人,
　　　　表现你可怕的任性,
　　　　表现你的痛苦和欢乐,
　　　　总之,我知道我是那种
　　　　总是把你的善当作恶的人,
　　　　把你的欺骗当作提醒,
　　　　把你的真情当作谎言,
　　　　把你的漠视当作温存。

　　　　这些众所周知的事情
　　　　在我那已经屈服的心里,
　　　　现在发现了你才是我们
　　　　生活休息的港口;

你是无情的风暴，
折磨人的心灵后
又变得一片平静；
你是心灵的幸福，
照耀那里一片光明，
你是维持生命的食物。

这是我的判断，我的供状，
尽管我觉悟得太迟太晚，
请你息怒，请不要太严厉，
爱情啊，请从那瘦弱的颈上
减轻一点过重的压力。
对已经投降的敌人
不应该像惩罚那种
尚在作战的人一样；
这里越是恼怒的人，
越是要做你的朋友。

我现在摆脱了
坏心眼产生的固执，
使我体会到你的不幸；
面对你仁慈的面孔
我祈求你主持公道。
如果我的价值卑微，
不能表现你的仁爱，
我愿把生命立刻交给

痛苦的双手中。

赫拉茜娅的双手
把我置于奇怪的痛苦挣扎中,
如果她一味地要坚持这样,
我知道我的痛苦和她的固执,
都将会很快地一并收场。
哦,温柔的赫拉茜娅,你是多么
落落寡合、难以亲近、严厉高傲!
告诉我,姑娘,你为什么喜欢
这颗热爱你的心备受折磨?

莱尼奥唱的时间不长,哭泣的时候却不短,若不是牧人们及时赶到劝慰,恐怕真的会哭死。但是当他一眼看到来人中有蒂尔希,就立刻起身,迎上前去扑倒在蒂尔希脚下,双手紧紧地抱住了蒂尔希的膝盖,一面流泪一面说道:

"大名鼎鼎的牧人,你现在可以制裁我的无理了,我竟然大胆向你挑战,为我的不正当理由辩护,这是我无知的结果。现在,我说了,你可以举手拿起快刀刺进这颗心,因为它里面装的只有十足的愚蠢,比如竟然不懂得爱情是宇宙万物的主宰者。但是,有一件事我想提醒你:如果你想对我的错误进行合理的制裁,那么就让我这样活下去,因为这种活法还不如死了的好。"

这时,蒂尔希已经把可怜的莱尼奥从地上搀扶起来,他一面抱住莱尼奥,一面用谨慎、热情的话尽量安慰他。

蒂尔希说道:"好朋友莱尼奥,错误中的最大错误是固执错误;因为只有魔鬼才从来不对自己犯下的错误感到后悔;同样地,促使原谅他人的伤害的主要原因之一,是看到了害人者已经因伤害别人而感到了后悔；而当不费吹灰之力就可以原谅别人时，就更应该原谅别人；因为他那高尚的品格促使他这样做，原谅他人而不是报复会使他感到富有和愉快，这在伟大的君主身上经常可以看到，原谅他人的谩骂而不是报复，使他们赢得更多的荣耀。至于你呢，莱尼奥，你已经承认了自己的错误，现在也认识到爱情的伟大力量，明白他是主宰我们心灵的君主；有了这样新的认识和后悔的心情，你可以确信并且放心：慷慨温柔的爱神会很快让你过上平静又多情的生活；如果说他现在还在用痛苦惩罚你，那是为了让你了解他，为的是将来给你带来欢乐时你会珍惜它。他一定会给你带来欢乐的！"

埃利西奥和在场的牧人们又补充了一番道理；莱尼奥听后似乎得到了安慰；接着，他给众人讲述他为了那个冷漠的赫拉茜娅如何备受折磨，特别强调她那落落寡合和冷漠的个性，以及她如何不受任何感情的影响；他还强调说那个待人亲切的牧人伽莱尔西奥，也如何为了这个冷漠的姑娘而备受折磨；她对伽莱尔西奥毫不理睬，一次又一次地把他置于绝望的地步。众人议论了一会儿这件事之后，又继续上路了；他们带上莱尼奥一起走，路上再也没有发生别的事情，终于进了村庄；埃利西奥把蒂尔希、达蒙、埃拉斯特罗、劳乌索和阿尔辛多带回自己家中。跟着达拉尼奥走的有克利西奥、奥尔费尼奥、马尔西略和奥隆博。费洛丽莎和其他一些牧羊姑娘跟上伽拉苔亚和她的父亲奥雷里奥走了；分手前，大家商定：次日黎明时分，都按照泰莱西奥的吩咐到橡树谷集合，参加梅利索的忌日活动；如前所述，廷布里奥、西雷里奥、尼西塔和布兰卡也准备到那里集合，这一夜他们四个跟上尊敬的奥雷里奥走了。

第 六 章

金色的阳光刚刚露出我们的地平线，令人尊敬的老泰莱西奥就命人在村里吹响那可怜的喇叭，让号声送到每个人的耳中，催促躺在床上的人们起来，到泰莱西奥要求的地方去。但是，第一批行动的人们有埃利西奥、奥雷里奥、达拉尼奥以及同他们在一起的牧人们和姑娘们，其中还有美丽的尼西塔和布兰卡、幸运的廷布里奥、西雷里奥；一大群英俊的牧人和漂亮的姑娘们纷纷与他们会合在一起，总数可能达到三十多人，其中还有举世无双的伽拉苔亚——美貌绝伦的奇迹；还有刚刚结婚的西尔维丽娅，她把美丽但不好亲近的贝莉莎也带来了；牧人马尔西略为这姑娘受尽了爱情甚至致命的煎熬。贝莉莎是来看望西尔维丽娅，为她的婚事来道喜的；她也想参加那著名的忌日纪念活动，因为这是许多出色牧人盼望已久的大事。这时，大家一起离开了村庄，到了村外又与泰莱西奥带的大队人马汇合一道，人人都刻意穿戴打扮一新，表明他们是为参加纪念活动而集会的。随后，泰莱西奥为了让大家都怀着最纯洁的目的和心平气和的心境参加庄严的祭祀活动，便下令所有的男人都离开女人站到一边；所有的女人站到另一边；对此，最不高兴、最不满意的人中就有多情的马尔西略，他事先看到了冷漠的贝莉莎，因此便激动得紧张起来。他的朋友奥隆博、克利西奥、奥尔费尼奥十分了解他，看到他这个样子，便围到他身边，奥隆博开口道：

"好朋友马尔西略，克制一下，克制一下，千万别昏倒，别露出你缺乏胆量的心胸，说不定上帝被你的痛苦感动了，及时把贝莉莎姑娘带到这片土地来为你解除痛苦，对吗？"

马尔西略回答说："我认为，如果她以前要我死的话，她早就会来这个地方了；那就算我运气，尽管很让人担心；不过，假如在这个困难的时刻理智能够让我更聪明些，奥隆博，我会按照你的吩咐去做的。"

说完这番话，马尔西略变得更加清醒了。随后，按照泰莱西奥的要求，男人们在一边，女人在另一边，开始朝着橡树谷走去，所有的人都保持肃静；直到廷布里奥惊喜地看到了清澈见底、美丽的塔霍河为止，他转身对走在身边的埃利西奥说道：

"埃利西奥，这塔霍河流域的美景让我着实吃了一惊；这是有原因的，因为像我这种见过宽阔的贝蒂斯河、美丽如画的埃布罗河、著名的皮苏埃加河，走过神圣的台伯河、宁静的波河、安静的塞贝托河的人，再来看其他河流并且感到惊奇可不是一件容易的事。"

埃利西奥回答说："谨慎的廷布里奥，依我看，你说的话并没有离开这条路；你是要说用眼睛看不到你应该说到的理智；因为毫无疑问，你可以相信这条河两岸清新和宁静的土地，要比你说的所有那些河流有着明显和公认的优点，哪怕他走过遥远的克桑托斯河、著名的安菲里索河和温柔的阿尔甫斯河，因为他对这条河有着深厚感情，只要沿着直线走去，在绝大部分地区，都露出明快、晴朗的天空，流动的河水和清新的空气仿佛在邀请对它陌生的人前来享受这良辰美景。如果像有人说的那样，天上的星星和太阳真的是依靠下面这条河水支撑的话，我坚信这天上的美景在很大程度上是这里的河水造成的,或者换个说法,根据人们说的如果上帝是生活在天上的话,那么我认为他一定在这里建造了大部分房屋。这块拥抱着上帝的土地,身穿姹紫嫣红的彩服,仿佛在过节日,很为自身具有的令人愉快而罕见的天赋高兴;而这条金色的河似乎刚好相反,它温柔地躺在大地的怀抱里,又与大地交织在一起,好像故意形成千万个进出口;无论谁,只要看上它一眼,就会满心喜悦,哪怕随后又看它千百次,每一次都能有新的发现,都能感受到新的喜悦和新的惊奇。勇敢的廷布里奥,回头再看一眼吧!你瞧,这河岸把许多村庄打扮得多么漂亮!建筑在河岸上的庄园是多么富有!这里一年四季都可以看到明媚的春天跟着身穿美妙短小服装的维纳斯女神和厌费罗斯,在花神母亲的引导下,抛洒着五颜六色的芬芳的鲜花。这里居民的劳作使得大自然在艺术的参与下变成了艺术家和艺术的能工巧匠,他们创造了第三个自然界,对此,我不知道应该怎么取名才好。望着这里耕耘的花园,赫斯珀里得斯和阿尔喀诺俄斯的果园就只能沉默了;再看看那茂密的森林吧!那宁静的橄榄树园,那碧绿的月桂树,那爱神木树,那丰美的牧草,那欢乐的峡谷,那身披绿装的山冈,那到处可见的小溪和清泉,用不着我再多说了,如果说地球的什么地方有极乐净土的话,那么毫无疑问,就是在这里了。面对这高大的水车,我还能说什么呢?它那精湛的技术不停地把深深的河水抽上来,灌溉着距离遥远的大片农田。更加锦上添花的是,这片土地养育了许多地球上最美丽动人、谦虚谨慎的牧羊姑娘,大量的经验可以为我们作证。而你呢,廷布里奥,你既有经验又亲眼所见,只要把那个牧羊姑娘请过来就行了,你看,她就在那里!廷布里奥啊,瞧你的啦!"

　　埃利西奥一面说,一面用木棍指指伽拉苔亚;随后就沉默下来,让廷布里奥惊讶地看到他那副谨慎的样子和听到那些歌颂塔霍河以及伽拉苔亚美貌的话语。廷布里奥回答说,他讲的都对,无懈可击,两人一路上聊着这样那样的话题,减轻了走路的疲劳;一走进橡树谷的入口处,他们便看到还有许多男女牧人从那里进进出出。人们在谷口集合之后就迈着轻轻的步子开始向谷地中央走去,那个地方真是妙不可言,就是对那些经常去那里的人也仍然会产生新的快感和愉悦。在著名的塔霍河岸边,耸立着四座遥遥相对、长满绿荫、十分幽静的山冈,仿佛是护卫中央谷地的屏障。进入谷地的通道有四处,是由这四座山冈互相对立而形成的四条幽静的长街,两侧是高大的橡树组成的绿色大墙,整齐而和谐地排列着,甚至连树冠的高度都一样,好像没有哪棵树敢斗胆多长一寸。占据橡树与橡树之间的是成千上万朵芬芳的玫瑰和甜蜜的茉莉,它们密集地交叉在一起,通常只有长在精心照料的葡萄园的篱笆里的多刺黑莓和带尖的枸杞才能相比。在这四条幽静的通道里,每隔一段路便可以看到清冽、甘甜的泉水从碧绿的嫩草上流过,源头就在山冈上。这四条长街的尽头是一座宽阔的圆形广场,由四面的山坡和橡树围成;广场中央是一处人工建造的雪白的大理石喷泉,其制作之精美,就连著名的迪布里的华丽喷泉或者古老而雄伟的迪那奇里亚喷泉也不能同这里相比。清澈的泉水滋润着广场上的青草;这个地方最值得赞美的,是为温顺的绵羊、可爱的羊羔和其他牲畜提供美味的嫩草和甘甜的泉水;这个广场只存放那些著名牧人的遗骨,何人有资格埋葬在这个美丽的谷地,必须经过所有牧人的一致同意。所以,通过橡树后面一层又一层的树木直到半山坡上,可以看到一座座坟茔,有的用斑纹大理石,有的用雪白大理石建成;白色的石头上写着长眠者的姓名。但是,其中最为突出和引人注目的是著名牧人梅利索的墓碑,他的坟茔位于大广场的一侧,用黑白大理石精工砌成。这时,泰莱西奥把目光从墓碑上转过来望着整个人群，他用平静但有些伤感的声音说道：

"勇敢的牧人们，美丽大方的姑娘们，你们看呐！你们看看这座令人悲伤的墓碑吧！这里安息着著名的梅利索的忠骨，他是我们这块土地的骄傲和荣耀！现在，大家把谦卑的心献给上帝，用纯洁的爱、热泪和叹息唱出神圣的赞美诗和虔诚的祷告词，祈求上帝在他那光辉的宝座前接纳梅利索那颗善良的灵魂吧。"

说完这番话，他走到一棵橡树前，折下几根树枝，做成一顶吊唁的花冠，然后戴在两鬓花白的头上，同时他给大家做了一个手势，让人们也都照办。众人在他的带动下，每人都做一顶花冠，随后跟泰莱西奥走到梅利索的墓前。老神父首先双膝跪下，俯首亲吻墓碑上坚硬的大理石，后面的人们也都一一照做。其中有些人特别怀念梅利索，还在亲吻大理石时洒下了热泪。敬礼之后，泰莱西奥下令点燃圣火；片刻后，墓碑四周便燃起了一堆堆小小的篝火；火堆中燃烧的只有橡树枝。这时，令人尊敬的泰莱西奥迈着稳重的步伐开始围绕着篝火转圈，他在每堆火焰上都撒下一些芬芳的圣香，撒香的同时还说出一些简短的祷告词，祈求上帝接纳梅利索的灵魂；等他那颤抖的声音一落，在场的人便用悲伤和同情的嗓音答应道："阿门！阿门！阿门！"随后，这悲伤的声音便立刻回响在附近的山冈上，远处的峡谷里，高大的橡树间以及长满谷地的其他树木里，树枝在西风的吹拂下，发出一阵悲伤的低语，仿佛在表示它们也要助祭祀活动一臂之力。泰莱西奥围绕坟茔走了三圈，祷告词也说了三遍，牧人们又重复了九次"阿门"。这个仪式结束后，老泰莱西奥依靠在梅利索坟前一棵突出的橡树上，望望左右的人群，做手势请大家注意听他讲话；随后，他尽量提高老年人仅有的一点声音，娓娓动听地讲起来，他赞美梅利索身上的种种美德，说到他一生无可挑剔的正直、聪明才智、奋发精神、他幽默但意味深长的谈话、他那些出色的诗歌,特别是他如何坚持捍卫自己的神圣信仰,以及梅利索的其他种种美德;老神父讲述得如此详细,即使不认识梅利索的牧人,听后也会为之感动,也会热爱和怀念梅利索;最后,老神父用这样一席话结束了他的演说:

"勇敢的牧人们,梅利索做的善事到处可见,我也有心到处宣讲他的美德,如果说我的智力低下,年老体弱也不能中断我的声音和呼吸,首先你们看一看这照耀我们的太阳一次又一次沐浴在大西洋里,这让我不得不中断讲话;但是,如果因为年老我不得不结束讲话时,请你们大家多多包涵我的不足,请大家感谢九泉之下的梅利索,现在怀念他的逝世如同他活着的时候我们感激他的爱一样。鉴于我们每个人都分担一部分责任,其中责任更多的是著名的牧人蒂尔希和达蒙,因为他俩与梅利索亲密无间,所以我特别恳求你们应该还上这笔感情债,用响亮的歌声唱出我因流泪而难以说完的话。"

泰莱西奥不再说下去了;也没有必要再动员牧人们去完成他的吩咐了,因为蒂尔希二话没说就拿出三弦琴,同时还做了一个手势,请达蒙也照办。这时,埃利西奥、劳乌索和其他凡是有乐器的牧人们也一一拿出乐器来;片刻后,一阵悠扬、凄楚的音乐响起来,音乐十分悦耳,但更打动人心,许多人流下了伤心的泪水。加入到这美妙音乐中来的还有空中飞过的花花绿绿的各种小鸟的鸣唱声和被泰莱西奥一番道理打动的牧羊姑娘的啜泣声,此外,就是牧人们的音乐也让她们深受感动;结果,凄楚的音乐声、朱顶雀、百灵和夜莺美妙的鸣唱声和姑娘们痛苦的啜泣声,形成一个奇特而动人的概念,无论使用什么语言都无法把它表述出来。过了一会儿,其他乐器停止弹奏,只有蒂尔希、达蒙、埃利西奥和劳乌索的琴继续下去,这四个人走到梅利索墓前,分别站在四个角上;在场的人们于是明白了这是要演唱什么了,便立刻安静下来等候。随后,著名的蒂尔希用响亮而悲伤的嗓音唱起来,埃利西奥、达蒙和劳乌索给他帮忙;他们这样唱道:

蒂尔希　这是我们哭泣的时候,

　　　　不仅我们在哭,大地也流泪,

　　　　牧人们,唱起那悲伤的歌。

达　蒙　让痛苦的叹息冲破云霞

　　　　飞上天宫,因为它们来自

　　　　真正的同情,真正的哀伤。

埃利西奥　只要记忆尚存,我的眼睛

　　　　永远浸泡在温情脉脉里,

　　　　梅利索,我会记住你的业绩。

劳乌索　梅利索,应该为你写下不朽的传记,

　　　　你理应在天堂尽情享受欢喜快乐,

　　　　享受幸福的生活和永恒的荣耀。

蒂尔希　面对你伟大的精神,我放声

　　　　高歌我所想到的你的丰功伟绩,

　　　　牧人们,你们也应该唱一曲。

达　蒙　梅利索,我尽可能回报你的

　　　　友谊,用我流不完的热泪,

　　　　用虔诚的祈求和神圣的香火。

埃利西奥　你的去世,把我们过去

　　　　甜蜜的欢乐变成泪水,

　　　　化做了一片温柔之情。

劳乌索　过去那些明朗幸福的白天,

　　　　人们从你的生存享受欢乐，

　　　　现在变成寒冷凄惨的黑夜。

蒂尔希　啊，死神，你用迅速的暴力

　　　　把如此伟大的生命化做泥土！

　　　　暴力的迅速有谁能够摆脱？

达　蒙　随后，死神啊，你那猛然一击

　　　　把我们坚强的靠山打倒在地，

　　　　青青的草地上从此不见鲜花。

埃利西奥　回忆这桩不幸，我压抑着

　　　　某种可能产生的幸福感觉，

　　　　去抵抗那新的崎岖坎坷。

劳乌索　什么时候可以找回失去的幸福？

　　　　什么时候不幸不寻找就不再现？

　　　　什么时候在死亡的吵闹中有安宁？

蒂尔希　什么时候生命曾经战胜

　　　　死亡发起的激战，什么时候

　　　　坚固的盔甲抵抗住时间的进攻？

达　蒙　我们的人生是一场梦，一次游戏，

　　　　一场空欢喜，当你觉得它是最可靠、

　　　　最持久的时光，转瞬间消失不见。

蒂尔希　正午的白天突然变得黑暗，

　　　　被昏暗阴险的黑夜取代，

　　　　裹挟在恐怖提供的一片黑暗。

劳乌索　但是，你这个有名的牧人，

　　　　在幸运的时光里，从苦海

　　　　过渡到温柔美妙的天门。

蒂尔希　　走出威尼斯狭小天地，

　　　　　你决定从事西班牙宽阔

　　　　　土地上伟大牧人的事业。

达　蒙　　随后，你又以勇气忍受着

　　　　　命运加快步伐的颠簸，

　　　　　它把意大利和西班牙变得凄凉。

埃利西奥　后来，在宁静的休憩中

　　　　　仅仅带着九个女工

　　　　　长期隐居在穷乡僻壤。

劳乌索　　无论是东方凶狠的军队，

　　　　　还是法国人狂怒的性格，

　　　　　都不能惊扰你平静的心。

蒂尔希　　正在这时，上帝让那骄傲的

　　　　　女人伸出冷冰冰的手，

　　　　　从你的生命中夺走我们的幸福。

达　蒙　　于是，你的命运得到改善，

　　　　　我们却终日浸泡在痛苦

　　　　　悲伤的泪水中，直到永远。

埃利西奥　只有帕尔纳索斯山上的女诗人

　　　　　组成神圣纯洁美丽的合唱队，

　　　　　晃动着她们的金发号啕痛哭。

劳乌索　　痛苦的事情使盲童的

　　　　　伟大对手潸然泪下，

　　　　　盲童刚一出生就表现不凡。

蒂尔希　　不是在硝烟弥漫的战火中，

　　　　　而是由于狡猾的希腊人的欺骗，

悲伤的特洛伊人伤心不已，

同样，牧人们哭泣着
一再呼唤梅利索的名字，
因为知道他已去世。
达　蒙　不用各种芬芳的鲜花
装点他的头颅和面庞，
不唱温柔爱情的歌送葬。

戴上吊唁的橡树枝，
不停地流着痛苦的泪
唱起那令人伤感的诗。
埃利西奥　可是今天，伤痛的悲哀
与痛苦的回忆互相替代，
牧人们，唱那首伤感的诗。

不幸的事件让我们如此痛苦，
或许那钻石般坚硬的心灵
为他哭泣时才不会感动。
劳乌索　这位牧人面对挫折时总是
意志坚强，总是勇气十足，
人们会用千万种方式歌颂，

如同愤怒的费利斯心底
总是充满傲慢，仿佛
坚硬的岩石抵挡着海的袭击。

蒂尔希　请重复一遍刚才的诗，

　　　　让它留在人们的记忆里，

　　　　证明他那超人的智慧。

达　蒙　让他那流传甚广的名声

　　　　带上他的名字，迈着飞快的脚步

　　　　展开迅速的翅膀飞向陌生的土地。

埃利西奥　让那好色的和热情不足的、

　　　　好激怒的心胸，学习他

　　　　那种纯洁和充满爱的心。

劳乌索　幸运的梅利索，你不顾

　　　　命运设置的千难万险，

　　　　正在生活得快乐幸福。

蒂尔希　你留下这致命的卑贱，

　　　　并不能使你厌倦和麻烦，

　　　　这卑贱比起月亮还多变。

达　蒙　你把卑贱变成坚定自豪，

　　　　痛苦变做幸福，死亡变做生命：

　　　　你曾经自信地等待和期望。

埃利西奥　人死如同安息睡倒在地，

　　　　生活幸福的人最终会站起，

　　　　比如，梅利索，你会去鲜花的世界。

　　　　在天国会有不止一个不朽的声音，

　　　　发出响彻云霄的荣耀，

　　　　人们歌唱荣耀——不朽的荣耀。

在天国可以看到那张美丽、
庄重的面孔,她给人们快乐,
让人们看到崇高完美的荣耀。

我轻微的声音渴望歌颂你,
这个愿望越是与日俱增,
梅利索,胆怯越是让我难张嘴。

现在我怀着崇高的理性
远望近看的一切都属于
你神圣超凡的装饰物。

我的理智被吓得麻木,
现在只好皱起眉头,
嘴巴由于吃惊无法闭拢。

劳乌索　你的离别,留下了悲伤的哭泣,
你在世时,我们是多么欢欣,
不幸已经降临,只因你的远去。

蒂尔希　你的智慧教导着
粗鄙的牧人,留下的
正是你的智慧和谨慎。

但是,那不可避免的时刻
终于来临,你撒手而去,
留下你些许智慧和我们哀伤的心。

现在我们纪念这痛苦的回忆，
你生前我们十分地热爱你，
现在为你的去世痛哭不已。

为此，伴着昏天黑地的哭声，
牧人们，不停地呼吸新空气，
大家一起唱这首悲伤的歌曲。

让眼泪和叹息流向感情
可以变得坚强的地方，
同他一起加大那急切的风力。

我无所委托，也不会求你们做什么；
我这笨拙的舌头现在对你们说，
我想你们也一定会有所感受。

可是，太阳正在慢慢离去，大地
失去光彩，夜幕就要遮盖一切，
只有等待黎明的光芒再来显现
牧人们，请暂停演唱这悲伤的歌。

是蒂尔希开始演唱这首凄楚悲伤的挽歌，现在又是他结束了演唱，听歌的人们还没有来得及擦去脸上的泪水。这时，令人尊敬的泰莱西奥对大家说：

"勇敢而有礼貌的牧人们，我们已经部分地履行了对幸运的梅利索的责任，现在请大家擦干眼泪，停止痛苦的叹息，因为无论眼泪还是叹息都无法挽回我们为之痛哭的巨大损失；鉴于人类的感情不能不在逆境中表示出来，因此就必须克制感情的过分发作，让理智小心从事；虽然说眼泪和叹息是爱情的表示，是为所爱的人哭泣，但是怀着虔诚的奉献和真诚的祈祷为他们流泪，如果大西洋的海水通过人们的眼睛都化作了泪水，那么他们的灵魂会得到更大的益处。因为这个道理，还因为我们应该让疲劳的身体休息，有些未了的事情留到明天去做，现在打开你们的皮口袋，完成大自然交给的任务吧。"

　　说完这番话，他命令所有牧羊姑娘留在谷地的一侧、位于梅利索坟茔的旁边，留下六位最老的牧人在她们身旁；让其他的牧人离开她们稍远的地方坐下；随后众人打开携带的皮口袋拿出干粮，喝着泉水，开始解饥解渴，当夜幕完全遮盖了地平线下的万物时，晚餐正好结束；银光闪闪的月亮露出她那美丽的面庞，圆圆的银盘把大地照耀得分外明亮。但是，过了不久，西风改变了方向，人们看到一团团黑云遮住了纯洁的月神的光芒，使得地面上笼罩着黑暗；这些迹象使得在场的牧人中几位熟谙天象的师傅，预测出可能有暴风和阵雨；但是，风停了，留下的只有阴沉而平静的夜空，人们纷纷躺在柔软的草地上，闭上眼睛进入了甜蜜的梦乡，只有几个守卫着姑娘们和梅利索坟茔周围火炬的牧人除外。但是，正当寂静在这神圣的峡谷里蔓延开来，懒洋洋的睡神用沾水的枝条一一给在场的人催了眠，正当我们这块土地上空的星星一一走过并指明了夜间的准确时刻，这时从梅利索的墓穴中升起一股奇妙的大火，它是那样光辉夺目，一瞬间把整个黑暗的峡谷照耀得如同白日；面对这突如其来的奇观，坟茔旁醒着的牧人们都被这个耀眼的火焰吓得目瞪口呆，连忙闭上了眼睛，伏卧在地上；对于尚在梦中的人来说，这把火的作用刚好相反，在火光的刺激下，沉重的梦纷纷逃走，尽管有些费力，他们还是睁开了眼睛，一看到这刺目的光辉，个个惊讶和困惑不已；于是，站着的，躺着的，跪着的，人人吃惊而又惊慌地望着火焰；泰莱西奥一看到这熊熊大火，赶忙穿上圣服，在埃利西奥、蒂尔希、达蒙、劳乌索和其他几个勇敢的牧人的陪同下，渐渐走近火焰，企图以正当、合适的驱邪办法粉碎或者弄明白眼前这奇怪的幻象。可是，正当他们靠近火焰时，却看到大火慢慢分成两部分，中间显现出来一位美丽绝伦的仙女，这让大家吃惊的程度远远超过了火焰。仙女身穿一件银丝编织的精美衣裳，中间束腰，下摆遮住了膝盖，小腿裸露，脚蹬缀有五颜六色丝绸条的金色皮靴；在银丝长裙的外面，她还披着一条碧色薄纱巾，走动起来极像有一股清风伴随；她身后披着凡人从未见过的金色长发，头顶上戴着一个月桂花冠；右手拿着一根长长的、象征胜利的棕榈枝，左手拿着一根绿色的象征和平的橄榄枝；这样一身优美的令人惊叹的打扮，使得所有注视她的人都目不转睛地望着她，渐渐地打消了最初的恐惧，慢慢地迈着放心的步伐向火焰走近，因为人们确信这样美丽的幻象是绝对不会伤害他们的。如上所述，人们都目不转睛地望着这位仙女，她挥动双臂把火焰推开，让人们看得更清楚；随后，她平静地抬起头，露出令人惊讶的庄重而又优美的神情讲出这样一番道理来：

“令人愉快而又谨慎的同伴们，从我这次突然出现给各位心里产生的影响来看，你们会想到我这个样子不会是根据恶魔的旨意行事的，因为认识幻象是善是恶的道理之一，就是要看显现后在观众心中产生的影响；因为圣灵显现时尽管会在观众中产生惊恐不安，但是却伴随着快乐，不久后，人们就能心满意足地安静下来；反之，恶灵显现时，带来的是惊恐、不快和永不安宁。当你们大家了解了我，知道我是谁以及我从遥远的住所来这里看望大家的原因以后,你们的亲身体验会说明我这个道理的。我知道大家急于想了解我是谁,谨慎的牧人们和美丽的姑娘们,我是居住在闻名遐迩的帕尔纳索斯圣山的九仙女之一。我的名字叫卡利俄珀,我的职务是给圣灵帮忙行善;主管那绝妙的但从未得到应有赞扬的作诗学问;是我为那位出生在伊兹密尔的老盲人赢得了永恒的声誉;是我让那个曼图亚的提屠鲁永远活在一代又一代人心中,直到世界末日的来临;是我让人们记住那古老至极的恩纽斯的粗糙和精美的作品。总之,是我帮助了卡图卢斯,给贺拉斯取了名字,使得普罗佩提乌斯不朽;是我用永恒的荣耀让人们永远纪念著名的彼特拉克;是我让闻名遐迩的但丁下到十八层地狱,再升上明朗的天堂;是我帮助杰出的阿里奥斯托编织花样翻新的纺织品;是我在你们的这片土地上与敏锐的博斯坎、著名的加尔西拉索、博学的卡斯蒂列霍、聪明的托雷斯·纳阿罗结下友谊,我用他们的智慧使得你们的祖国繁荣起来,我也为此而感到高兴;是我促使优秀的阿尔达纳拿起笔来;是我绝不允许冷落堂埃尔南多·德·阿库尼亚;我为安息在这座坟茔里的有福之人感到自豪,我同他有深厚的友谊并且经常谈话;你们为他举行的忌日纪念活动,不仅让我感到由衷的高兴,因为我的圣灵经常在这一带游荡,而且活动的内容让我感到非常的满意,因此我特地赶来向你们表示感谢,谢谢你们这个值得赞美和令人感动的好习惯;为此,我向你们保证:你们可以从我真诚的品德中得到好报;为报答你们给我亲爱的梅利索的遗骸行的善事,我要让你们这片土地上永远不缺乏最懂得诗学的牧人,你们的诗作永远高于其他地区的牧人;我还要不断地给你们提出忠告,指导你们有正确的思想,这样当你们决定谁有资格埋葬在这个神圣的谷地时,你们的意见永远是正确的,因为这样特殊指定的荣誉只能让啼声悦耳的白天鹅享受,而不能让聒噪的黑乌鸦来占有。

因此,我觉得应该现在通知你们一些令人尊敬的长者,他们有的居住在你们的西班牙,有的居住在遥远的西印度群岛,如果他们或者他们中的一些人,命运安排他们来你们这里度过晚年,你们一定要允许他们安葬在这个神圣的谷地里。这里我还要提醒各位:不要以为名单上排在前面的人就一定比后面的人名气响亮,因为我不想根据名气大小安排顺序;由于我能够区别这个和那个、这些和那些人的高低,我想把这个说明留给你们思考,为的是你们区分高低的智慧可以得到锻炼,懂得让他们的作品证明他们的水平。我将根据我的记忆一一说出他们的名字,这记忆的先后与他们的成就毫无关系,因为正像我刚才说的那样,我把这个他们应该处于什么地位的问题留给你们公道地解决。为了不让你们对我这一席长长的讲话感到沉重和厌倦,我暂时说到这里。"

　　说到这里,美丽的仙女停了下来,随后拿起身边的竖琴,此前谁也没有看到这个乐器,她一开始弹奏,似乎天空也开始明亮起来,月光以前所未有的辉煌照耀着大地;树木顶着微风的吹拂,让树枝静静地听;在场的人们这时连眼睛都不敢眨动一下,因为他们想睁大眼睛丝毫不放过欣赏这美丽仙女所享受到的荣耀;大家恨不得让所有的感觉都变成听觉;这位美妙绝伦的仙女以这样的绝技,以这样温柔、甜蜜的方式弹奏着竖琴;弹拨一阵之后,她用令人难以想象的嘹亮歌喉唱起下面的诗歌来:

卡利俄珀的诗歌

> 牧人们,伴着我温柔的琴声
> 请注意倾听下面我要唱的歌:
> 你们将听到我姐妹们神圣的呼吸
> 如何反应在我的歌里和你们耳中。

你们会看到当我在地上叙述
那属于天上的智慧，
你们会怎样吃惊和钦佩，
心里会充满怎样的欢喜和快乐。

我一心想唱一唱那样的人，
命运女神还没有剪短他的生命线，
唱一唱那些有资格在这个地方
理所应该地为他们留一个位置的人，
在这里，尽管时间飞逝，由于你们
值得称颂的纪念忌日的良好习惯，
他们响亮的名声、他们的作品、
他们的名字将世世代代永远长存。

以合格身份享有
至高无上的头衔，
他名叫阿隆索，
神圣阿波罗的学识得以张扬；
从阿隆索身上
闪烁出战神的威力，
他有尊贵的称号
使得意大利以及西班牙闪闪发光。

另外一个同名人，通过《阿劳卡纳》
唱出历次战争和西班牙的价值观，
他在格劳斯科居住的领地上

走过,感受到极大的愤怒。
不是他的声音,不是他沙哑的嗓门,
他的声音和他的嗓门美妙绝伦,
因此,埃尔西拉有资格安息
在这个美丽的峡谷,并且立个不朽的碑。

关于著名的堂胡安·德·西尔瓦
我要告诉各位:他无愧于任何
荣誉,因为他是太阳的朋友,
因为他突出了太阳的伟大意义。
他的作品是他无愧荣誉的明证,
作品闪烁出他聪明智慧的光芒,
明白无误地给无知的人以启发,
有时会让敏锐的智者眼花缭乱。

让这个宝贵的名单上的人数
再增加一位:上帝赐福给他,
太阳的精神哺育着他,在地上
战神的勇气永远地陪伴着他。
如果他准备写作,如果他的笔
龙飞凤舞,可以同荷马比高低,
因为千真万确的是众所周知:
堂迭戈·奥索里奥超人的智慧。

通过种种渠道能说会道的名声,
可以歌颂一位非常杰出的骑士,

通过种种渠道传播出他的价值，
——道出他那闻名遐迩的事迹。
他充满活力的智慧，他的美德
点燃起不止一种语言的热情，
时间的流逝丝毫不能减退光芒，
一代又一代歌唱堂弗·德·门多萨。

幸福的堂迭戈·德·萨尔米恩托，多么杰出，
著名的卡尔瓦哈尔，
来自我们的合唱队，来自显赫的灵感之泉，
年龄上是青年，思想上是老年；
将来的世世代代，
不管岁月流逝，
永远传诵你的英明，让你的作品
家喻户晓，人人知道你杰出显赫的名声。

我要用不可超越的东西告诉各位：
他少年时就有成熟的理解能力，
有超人的机智，
勇敢、彬彬有礼，
他可以用托斯卡纳语
如同这就是他的本族话，
正如阿里奥斯托：
他就是堂古铁雷斯·卡尔瓦哈尔。

堂路易斯·德·巴尔加斯,我看到你
少年时期已经显露出成熟的智慧,
请争取你的胜利吧!
那是我的姐妹们许诺的。
而且现在你距离胜利已经非常接近,
我认为,你已经胜利! 因为你正奋力
走在智慧与美德的大道上,这让
你的名声永远闪烁着明亮的火焰。

成千上万的英灵用美景
装点着明快的塔霍大河,
他们把我们的时代创造得
比古希腊人和古罗马人更辉煌。
关于他们我只想说一句:
无愧你们的谷地和赞誉,
他们的作品可以为此做证,
为我们指明天国的路程。

有两位著名的博士,主持
阿波罗的学识领地,让我
看到他们只有年龄的差异,
在道德和智慧上完全一致。
在场和不在场的人们都会
钦佩他们的为人和学问,
那博大精深的学问闪耀
震动在全世界人民心中。

这里我斗胆讴歌的两位中的一位，
他的名字经常挂在我的嘴边：
那就是著名的甘博萨诺博士，
你们可以称之为第二个太阳。
他那超人的智慧，杰出的演说，
让我们发现了一个新的世界：
美妙无比富饶的西印度群岛，
他的学问要比黄金还要宝贵。

另一位博士是苏亚雷斯，
"索萨"是别人叫他的绰号，
他用一种又一种精致的语言
完成了最精炼的上品。
任何一个在神奇的泉水边
像他那样用圣水解渴的人，
都用不着羡慕那位希腊博士，
以及那唱特洛伊战火的诗人。

关于那位巴卡博士，用不着说
我对他的感受，毫无疑问，我想
他会让所有在场的人大吃一惊：
高深的学识、优秀的品德和举止。
我是唱诗班中
第一个赞美他的人，
我想让他的名字永世长存，只要

伟大的阿波罗照耀大地。

如果传入你们耳中的有
某个著名天才的神奇事迹,
优美严谨的思想、
让你们惊讶不已的学问、
不可言传的种种事物、
对于任何疑点
都可以提出解决办法,
你们要知道那就是达扎硕士。

关于卡拉伊老师,优美的作品
特别鼓舞着我高歌赞美你:
你,名气,飞快的时光使你多余,
你应该认真歌颂他的英雄业绩。
你会看到他身上如何有名气,
名气,你的名气在于歌颂他的功绩,
说到这个名气,你应该把多嘴多舌
改换成名副其实的真正名气。

那位超过君王、渴望
做完美无缺之人的天才,
把西班牙语留在一旁,
用拉丁文写英雄史诗;
这位新的荷马,新曼图亚人,
就是科尔多瓦老师,应该

在西班牙歌颂他的功绩，
只要太阳发光，海浪翻花。

关于你，弗·迪亚斯博士，
我可以肯定地告诉牧人们，
赞美你的声音怀着愉悦，
信心十足地超越一切。
如果现在我中断了歌声，
大部分是因为你的才能，
因为时间短暂，我又不敢
也不能报答你的恩情。

鲁罕，你身穿荣耀的礼袍，
为自己和他人的土地增光，
著名温柔的大地上的缪斯
把你的名气送上最高蓝天，
你死后，我将赋予你生命，
让你独一无二的天才名声
快速而轻松地扶摇直上，
从我们这里直到遥远地方。

你们一位非常要好的硕士朋友
表明了他那高超的智慧和才能，
你们应该知道他就是胡安·德·贝尔卡拉，
为我们这个幸运的世纪增光。
沿着他前进的光明开阔之路，

我亲自指挥他的才华和脚步，
他走到哪里我支持他到哪里，
我对他的才华和美德满心欢喜。

另外一位我要告诉各位他的名字，
让我以大胆的歌声讴歌他，赞美他，
我的歌声将会给他增加更大勇气，
鼓励他走向我希望他前往的地方。
我的希望促使我也推动我
仅仅讲述他一个人，歌唱一切
最为完美的智者和才人：
阿隆索·德·莫拉莱斯硕士。

为攀登艰难险阻的顶峰，
步步上升奔向荣誉的殿堂，
一个豪放的青年
登堂入室，冲破最吓人的重重障碍，
必将迅速达到山顶，我心里明白，
名气已经高歌预言
一顶荣誉桂冠
准备献给埃·马尔多纳托硕士。

你们会看到睿智的头颅上戴着桂冠，
他在各个学科领域
如此名闻遐迩，
因此整个世界无人不知，无人不晓。

黄金时代、幸运的世纪，享受这样的
名字当之无愧：这是怎样的时代？
这是怎样的世纪？正因为有你——
马尔科·安东尼奥·德拉·维加生活在其中。

一个名叫迭戈的人来到我的记忆里，
他的姓应该是门多萨，
很值得为他作传，
因为他名扬四海。
他的学问和人品
是这样的出类拔萃，
有口皆碑家喻户晓，
远远近近的人们钦佩赞扬不已。

高高的太阳上有一位熟人，
为什么我说是熟人？是人们
同他在一起只会快活的挚友，
满腹经纶，学识十分渊博。
迭戈·图兰，
他有意停下脚步，
不留下全部财富，
勇气、正直、理智在他身上永驻。

你们认为谁能用嘹亮的歌喉，
潇洒地唱出自己的强烈愿望？
太阳神在他心中，

博学的俄耳甫斯和谦虚谨慎的阿里翁与他同在。
从曙光升起的国土
到西方的角落,
人们都熟悉、热爱和崇拜
著名的洛佩斯·马尔多纳多。

牧人们,谁能为你们讴歌
一个你们熟悉、热爱的牧人,
不管什么样都是最好的牧人,
一个姓菲利达的好汉?
路易斯·蒙塔尔沃的学识、
才智、精湛的技能、罕见的
智慧和崇高的品德,可以确保
只要蓝天尚在,牧人的荣誉永存。

神圣的伊比利亚人,用金色的茛丽花,
用绿色的常春藤和白色的橄榄
打扮他的额头,用欢乐的歌声
使得他的荣誉和名声永世长存,
因为他古老的美德值得称颂,
甚至可以超过尼罗河的名声,
佩德罗·德·利尼安的灵巧的笔
概括归纳了阿波罗全部的美德。

阿隆索·德·巴尔德斯罕见和

高超的才智，促使我为他歌唱，
牧人们，我会一一告诉你们
他超越了许多最杰出的人物。
他已经证明了自己的才能，
又用朴实而优美的风格继续证明：
他能够发现受到伤害的心灵，
他能唱出失恋造成的不幸和伤痛。

有位天才的诗人会让各位吃惊，
他具有实现种种愿望的能力，
这位诗人虽然生活在尘世里，
丰富的知识和美德属于上帝。
他时而写战争时而写和平，
我从杰出的佩德罗·德·帕迪利亚
那里看到、听见、阅读的一切，
让我感到新的欢乐和神奇。

你，著名的卡斯帕尔·阿隆索，
根据你的渴望不朽，下达命令：
如果我按照你的分寸歌颂你，
那我几乎唱不出什么东西。
在我们这座名山上扎根生长着
茂盛之极并令人愉悦的花草，
四面八方都愿意奉献美丽的
桂花，为你编织光荣的花冠。

关于克里斯托瓦尔·德·梅萨,我可以肯定地告诉各位:
会给你们神圣的谷地带来荣誉;
不仅在生前而且在死后,
都无愧于你们歌颂他的称谓。
他那些光辉诗篇的和谐、高雅、
高水平的艺术风格,哪怕我没说
并且忘记了他响亮的名气,
也同样能够让他获得崇高的声誉。

同样,你们应该知道佩德罗·德·里维拉
可以美化和丰富你们的土地,
牧人们,给他荣誉,他当之无愧,
我会第一个起来讴歌他的功绩。
他那温柔的缪斯,他的美德,
使他成为可以拥有
千万种荣誉头衔的
完人,可以特别为他一人唱赞歌。

你用新方式,从路苏斯
为这条丰沛之河的两岸
带来了无双的珍宝,
这金色的河床使你
名闻遐迩:贝尼托·德·卡尔德拉,掌声
和尊严你受之无愧,由于你那无与伦比的
智慧,我保证颂扬你;
桂花和常春藤献给你。

那个准确地把基督的荣耀
写进诗歌的人，
声誉和记忆
使我永远把他记在心里。
从太阳升起到日落的地方，
伟大的弗·德·古斯曼的学识和
美德众所周知，他掌握了太阳神
和战神的艺术、技巧和风格。

关于萨尔塞多上尉，显而易见
他那神奇的理解力
达到思维可以想象的敏锐，
罕见的最高度。
如果我用他做比较，与他本人比较，
那么没有任何可以
达到如此意义的比较，
因为缺乏必要的尺度和标准。

根据托马斯·德·戈拉西安的一丝不苟和
聪明才智，请各位允许我本人
在这个谷地为他选择一席之地，
以与他的学识、人品和价值相配；
如果地位与他的功绩般配，那地方
应该是第一流的突出地位，我认为
很少有人能够与他一争高低，

因为他的智慧和美德无与伦比。

现在,美丽的姑娘们,突然间
巴·德·韦瓦尔要赞美你们,
用如此谦虚、谨慎、优美的态度,
缪斯也会对你们钦佩不已。
他不唱那喀索斯的傲慢,
这傲慢曾让孤独的厄科付出代价,
而是高歌产生于快乐的希望
与悲伤的忘却之间的种种焦虑。

一阵新的恐惧、害怕和担忧
向我袭来并着实吓了我一跳,
只因为看到我愿意但不能
把绰号托莱多的
严肃的巴尔塔萨尔
送上最高的荣誉位置,
虽然我预感到他博学的妙笔
会展翅飞翔,送他一直到天堂。

一个天才作家表现出这样的阅历
在青春年少如花似锦的岁月里,
如同成就辉煌成熟的中年和老年,
都表现出渊博的学识和艺术天才。
我无法拿他与任何人较量,因为
不能反驳这样不可置疑的真理,

但是此话如果能传到他耳中，
我想告诉各位，这个人就是洛佩·德·维加。

现在，神圣的贝蒂斯
愤怒地出现在我脑海里，
头戴和平的橄榄花冠，
抱怨我不应有的疏忽。
他要求在已经开始的介绍中
给你们讲述居住在这块土地上
罕见的天才，
我马上用最嘹亮的歌喉赞美一番。

可是，在我刚刚迈出的几步里，
我发现成千上万奇怪的事物、
成百上千的品都斯和帕尔纳索斯，
另有许多最美丽的姐妹唱诗班，
使得我最充沛的精力变得萎缩，
可是这时由于奇迹我听到了来自
厄科的声音，她正说到巴切科的名字，
我应该如何行动才好？

巴切科是这样一个人，太阳神及
我那些最谨慎的姐妹们
从他幼小稚嫩的年龄，
就同他结下友情。
我从那时到现在

沿着非同寻常的
奇怪的道路追踪他的智慧和
文章,这些都获得了极高的荣誉地位。

正好,无论怎么说,我要歌颂
神圣的埃雷拉,我的疲劳可能
没有结果,虽然我可以帮他
登上九重天。可是如果怀疑
我不够朋友,他的作品和名气
会告诉人们:在学问方面,
从恒河到尼罗河,埃尔南多独一无二,
从西方到东方,他无与伦比。

我想给各位介绍另一个费尔南多,
他姓甘卡斯,他让大地惊奇,
有了他,学问得到生存和发展,
荣耀的桂冠期盼着他的到来。
如果哪位作家打算登上天堂,
把目光转向埃尔南多,
就会立刻看到
一位最具才智的榜样。

关于堂克里斯托瓦尔,他的别名
叫韦亚洛埃尔,请各位确信:
他的名字永远不会沾上
遗忘的黑水。

他的智慧令人惊异,他的勇气
令人钦佩,
智慧和勇气得到来自
苍穹大地巨大空间的公认。

从严肃的老西塞罗身上涌出的
江河般滔滔不绝的雄辩;
那使雅典城邦自豪的辩才
给德摩斯梯尼带来了荣誉;
时光已经送走的作家
昔日曾经受到万分的尊重,
与弗·德·梅迪纳大师相比
面对渊博的学识稍逊几筹。

著名的贝蒂斯,你理所当然地
胜过明乔、阿尔诺、台伯,
你可以高兴地扬起那圣洁的头,
你可以在广阔的新天地里发展,
因为上帝要赐福给你,要给你
如此荣誉、声誉、名气,
巴·德·阿尔卡萨尔为你获取,
他就在你美丽的河岸上。

你们还会看到另一位神圣的阿波罗,
把罕见的学问寄托在他的身上,
比成千人的学问加起来还要多,

因为那些人都是外表故作深沉。
但是这一位具有最好的学问，
摩斯盖拉硕士
属于最高等级，
完全可以同阿波罗本人相提并论。

那位令人尊敬的先生，
纯洁的心灵充满智慧，
谦虚谨慎地注视着
我们山上涌出智慧之水的源泉：
从前，那无与伦比的清泉可以
解渴，也可以让鲜花开放，因此
在大地上，传播着伟大的博士
多明戈·德·贝塞拉响亮的名字。

关于著名的埃斯比乃尔，我要说的
事情超过人们通常的理解能力，
我说的是太阳神的神灵在他心中
培育的学问；
但是我无法用语言
说出我感受的万分之一，
只能说他时而拿笔时而操琴，
一心向着上帝。

假如你们希望在同一个天平上
看到金色的太阳和红色的火星，

请一定去看望伟大的卡兰萨，
太阳和火星都离不开他。
在他身上，朋友们，你们可以看到
非常机智地使用的笔和长矛、
灵巧和艺术，其中
灵巧被部分地运用于有限的学识中。

关于拉·路·伊兰索，
他的诗情大概比我的温和，
他的歌声唱出
上帝赐给他的灵感和勇气。
沿着火星和太阳的轨道，他渴望
离开人间的幻想升天，毫无疑问，
只要时机一到，
他会与天意命运对抗。

巴·德·埃斯戈瓦尔，现在装点着
著名的台伯河美丽的河岸，
只要你长时间不在这里，
圣贝蒂斯河宽阔的两岸就失去了景观。
多产作家啊，假如有幸
重归亲爱的故里，
我要给你那光荣而年轻的额头上
献上桂冠和只有我才能享受的荣誉。

什么样的头衔、荣誉和桂冠才能

献给胡安·桑斯,又名苏梅达呢?
如果从印度到毛里塔尼亚
没有更好的缪斯;
我在这里重新恢复他的名誉,
我告诉你们,牧人们,你们做的任何
使苏梅达的荣誉发扬光大的事情,
都会受到阿波罗的热烈欢迎。

牧人们,当胡安·德·拉斯·古埃瓦出现
在这个谷地里,请给他一个应有的位置,
因为他甜美的才华和罕见的智慧
都使他当之无愧地享受这样的地位。
我知道他的作品使他的名字
尽管时间飞快地流逝,
永远令人难忘,
给他永远留下响亮而崇高的名声。

牧人们,我现在给你们说说这个著名的先生,
如果你们看到了他,一定要向他致敬,
一定要用温柔甜蜜的诗歌赞美他老人家,
如同赞美诗歌方面最杰出的人物那样。
他姓比瓦尔多,
名叫亚当,
用自己的杰出的聪明才智,
给我们这个幸运的时代增加了荣誉和光彩。

如同鲜花盛开的五月丰富多彩，
各种各样美丽的花朵铺满大地，
天才的作家堂胡安·阿瓜约
以渊博的知识和精美的作品装点世界。
哪怕我再次停步歌颂他的功绩，
也只能告诉各位现在我是排练，
将来我会给各位讲述许多事情，
你们一定会认为那都是奇迹。

关于胡安·古铁雷斯·卢弗这个响亮的名字，
我希望它永远活在人们不朽的记忆里，
我希望他谱写的优秀英雄传奇，能够使
最聪明和最憨厚的人们惊讶，惊叹不已。
请神圣的贝蒂斯授予他
当之无愧的荣誉，
请有能力、有知识的人们给他献上光荣，
请上帝同样根据突出的业绩赐给他名气。

从堂路易斯·德·贡戈拉身上我给各位介绍
一种举世无双、充满活力的罕见英才；
他的作品让我满心欢喜，也让我感到充实，
不仅我是如此，而且让广阔的世界感到满意。
没错，我还有些资格要求各位，
赞美他功劳时
让那博大精深的学问永存，
去战胜飞速消失的时间和人人回避的死神。

从青青的桂树上,从碧绿的常春藤上,
还要从粗壮的圣栎树上采下枝叶,
编一顶花冠戴在贡·塞·萨韦德拉的额头,
因为花冠献给他是理所当然,恰如其分。
阿波罗的学识由于他帮助才有所进步;
火星通过他向我们展示激情的光芒,
他表现得如此谨慎而又有节制,火星
对他既表示热爱又表示敬畏。

你,塞里顿家族的你,用温柔的赞美诗
使得你的名声大震,
那令人赞不绝口、精雕细刻的韵律,
为你赢得桂冠和胜利;
贡萨洛·戈麦斯,从这个爱你的人手中,
请你收下权力、王冠和权杖,
这意味着
你的人品有资格管辖赫利孔山。

你,著名的黄金河达罗,
现在是你可以出名的大好机会,
用新的水流、充沛的精力
胜过遥远的希达斯皮斯河;
因为贡萨洛·玛德奥·德·贝里奥
极力用他的智慧讴歌你,
你的名字声誉日隆,

因为他流传到整个世界。

牧人们,请用碧绿的桂叶编织花冠,
给索托·巴拉霍纳硕士
戴在光荣的额头上,
因为他是杰出、智慧、雄辩的先生。
在他身上赫利孔山的圣酒,
如果消失在圣泉之中,
那么可以发现奇怪的情形
仿佛在帕尔纳索斯高高的山顶。

如果今天南方可以提供和创造
财富以及超人的聪明和智慧,
那我也会让不可超越的作家
永世长存,万古不朽,代代相传。
今天我可以通过好多作家证明这些,
其中有两位我希望你们热烈欢迎:
一位属于新西班牙,是个新阿波罗;
另一位属于秘鲁,是独一无二的太阳。

一位名叫弗朗西斯科·德·特拉萨斯,
在这里和那里都广为人们熟悉和了解,
他给幸运的祖国家乡
注入了丰富无比的新诗歌灵感。
同样的光荣也属于另一位诗人,
因为他神奇的智慧

为阿雷基帕创造出永恒的春天；
他就是迪·玛·德·里维拉。

这里在吉星高照之下，
一道光芒显然不同一般，
它那最微弱的闪光
也照亮了西方和东方。
自从这道光芒出现，一批卓越人才与之俱来；
阿隆索·比卡多出生；
我弟弟出世，同时还有巴拉斯，
我们看到了活生生的写照。

伟大的阿隆索·德·埃斯特拉达，
如果我必须把荣誉授给你，
今天你当之无愧，用不着急忙
歌唱你的为人和神奇的才智。
富饶的大地同你在一起，
它不断地供给贝蒂斯大量珍宝
可也没有产生类似的变化：
没有如此幸运的债务就没有偿还。

作为这片光辉大地罕见的珍宝
杰出的堂胡安·德·阿瓦洛斯·里维拉
上帝把你赐给了我们，
荣耀无比，
是我们的也是别人土地上的光荣。

幸运的西班牙，

这再次证明是你的杰作，

大自然举出罕见才智、高尚人品的榜样。

来吧，在温柔的祖国享受着

里玛尔纯净的水、

美丽的河岸、清凉的风

和令人快乐的神圣诗篇；

通过这个故事，你们可以看到：

英勇果敢、谦虚谨慎的

桑丘·里维拉，从太阳到火星

到处可以看到他的名字。

就在这个名人辈出的谷地，

一个新荷马在一段时间里

攻占了贝蒂斯；我们

给他戴上智慧、英武的桂冠。

体态优美，潇洒，风度翩翩，

上帝赋予他种种美好的品德：

他已经来到你们著名的塔霍河，

名字就叫佩德罗·德·蒙特斯托卡。

在种种欲望的要求里，

杰出的迭戈·德·阿基拉尔令人惊讶不已：我看到

一只真正的雄鹰飞到

无人敢企及的高度，

在十万支笔中,他的笔夺得胜利,
使最高大的望而却步;
他的风格和那如此值得称道的意义,
瓜努科会一一道出,因为它乐此不疲。

贡萨洛·费尔南德斯让我看到
阿波罗骑兵中队的伟大队长,
今天以索托玛约尔这个名字
为骄傲,以他独一无二的英名自豪。
他的诗歌令人敬佩,他的学识
给这两个半球带来繁荣兴旺,
如果说他的文笔令人如此愉快,
他的武功也赫赫有名非同一般。

恩里克·加尔塞斯使得秘鲁富裕,
因为他用温柔的抒情诗
和聪明、灵巧、细致的手,
完成了最艰巨的工程,因为
他用甜蜜的西班牙语为伟大的托斯卡纳人
注入了新语言和新意义,
即使彼特拉克再生,
谁能从他手中夺走这份荣誉?

罗德里戈·费尔南德斯·德·彼内达
不朽的精神,杰出罕见的才华,

继承了灵感之泉的精华，
因为对他的要求
无人加以禁止，
因此他在西方享受如此的荣誉，
但愿在这里也得到广泛支持和热烈欢迎，
他的聪明才智和学问艺术使他当之无愧。

你，已经使家乡的贝蒂斯充满妒忌，
它有理由抱怨另一片天和另一片地
成为你大量诗歌创作的有力见证，
你应该高兴起来呀！
胡安·德·麦斯丹萨
你杰出的名字，
只要天堂放出光芒，
全世界的人们就会知道你慷慨大方。

从甜蜜的气质里可以看到
全部的温柔，在一个人身上
你们可以发现他在缪斯的陪伴下
能够对付大海的愤怒、风神的叫嚣。
他的名字叫巴尔塔萨尔·德·奥雷纳，
为了帕尔纳索斯的真正荣誉，
他的名字
迅速传遍南北半球，东方和西方。

这是一棵多产的珍贵果树，

已经移栽到整个色萨利
最高的山顶上，已经结出
丰硕、甘美、香甜的果实。
关于杰出的堂佩德罗·德·阿尔瓦拉多
有人歌颂他的声誉，因为
神奇的智慧名声显赫，
广为传播，用不着我饶舌。

你，卡伊拉斯科，在非凡的新缪斯
陪同下，放声高歌爱情的精神以及
平民大众多变的性格，
他们弱者对抗强人；
如果你怀着勇敢、热情、宽宏大量
来到这个大加那利群岛的地方，
我的牧民们会为你的功劳献上
千顶桂冠，万首赞歌。

哦，老托尔梅斯河，那个否认你不能
超过尼罗河的人是谁？
可是仅维加硕士一人歌颂你
就比明乔河边的提屠鲁多得多；
达米安，我清楚地知道
你的聪明才智已经达到的这份荣誉
能够到达大部分地区；凭着多年经验，
我了解你那无与伦比的道德和文章。

弗朗西斯科·桑切斯，

即使你把聪明才智、高尚品德让给我，

但我认为自己笨拙、不够灵活，

假如我开口歌颂您，我也无能为力；

因为只有上帝的口和大师的笔，

才能在歌颂您的大道上任意驰骋；

如果用人的嘴巴赞美你，

那是荒唐可笑的事。

通过十万次艰巨而巧妙的考验，

证明是令人尊敬的著名学者，

证明了一种高尚精神的罕见、

风格的新奇，

使得堂弗·德·拉斯·古埃瓦斯

要由我郑重地加以赞美，与此同时

赞美的名声

无法阻止他快速飞奔。

牧人们，唱到这里，

我很想用甜蜜的歌

再歌颂一位会使人们惊讶，

会让各位着迷的作家，以便结束我的演唱。

我把曾经表明和应该表明的一切

都收集起来献给他一个人：

我说的就是路·德·莱昂教士；

我尊敬、崇拜、追随他。

我将寻找什么样的赞美方式、
赞美的道路或者渠道，让姓苏尼卡
伟大的玛迪亚斯
英名万世永存？
我要把所有赞美的话语
献给他，尽管我是神仙，他是凡人，
可他的智慧神圣无边，
理所应当受到最高赞美。

各位，请把思想赶快转回
美丽的皮苏埃加河岸：
你们会看到河岸引以为荣
的杰出作家丰富了这张名单。
不仅河岸还有蓝天，夜间
闪烁着璀璨的星星，我说的
这些可尊敬的先生们只要
来到这里，就会使大地增辉。

你，达玛西奥·德·弗里亚斯，
你本人就可以给自己唱一曲，
因为即使阿波罗亲自赞美你，
他也无法在短歌里唱得完美。
你是不容置疑的，是可靠的中心，
你为后来者指引方向：
在知识的海洋上

你是安全的通道、顺风和良港。

安德列斯·桑斯·德·波尔蒂略，
你给我送来了太阳神推动你智慧的笔
和丰富联想的灵感，
让我为你唱一首赞美的歌。
你是当之无愧的：可我笨拙的口舌，
尽管渠道很多可以尝试，却找不到
一条我心中渴望的路，以便赞美
我从你身上感受和亲眼看到的一切。

幸运的作家啊，
你登上了阿波罗建造的最高峰；
你用万丈光芒给我们指路；
把我们从错误的小径上拉回大道：
尽管你的光辉现在让我眼花缭乱，
使得我的聪明智慧迷惑、混乱不已，
索里亚博士，我要把一切荣誉献给你，
因为是你把更多的才智教给了我。

著名的甘多拉尔，如果你的作品
在四面八方都有极高的评价，
我的赞美之词就是多余之物。
那是因为我没有歌颂你的新艺术。

用掷地有声的铿锵的话语,用上帝
赐给我的全部智慧,我默默地向你
致意,在心里歌颂你;走向无法用语言
明白表达的地方。

你,赫罗尼莫·瓦卡·伊·德·基尼奥乃斯,
如果说我的疏忽迟迟没有让我歌颂你,
我现在出来纠正,
请求你彻底原谅。
从今以后,我要用响亮的声音和祝词
在这个广阔世界明朗和阴暗的地方,
点燃明亮的熊熊大火,让你的名字
增加光辉,让你的名气传遍四方。

清澈、富饶、名闻遐迩的埃布罗河,
你那绿色美丽的河岸,
长的不是刺柏和意大利柏树,
而是月桂树以及开花的爱神木,
现在我要为你唱一首歌,
赞美上帝赐给你两岸的无限幸福,
因为在这块土地上居住着
比天上璀璨的群星还要明亮的天才。

两颗明星、两颗诗坛上的太阳
可以为这两位兄弟做证;
上帝伸出双手送给他们

有关智慧和艺术的一切本领。
年纪轻轻,思想老到成熟,
善于交往,谦虚谨慎朴实,
给鲁贝尔西奥·莱昂纳尔多
带来当之无愧的不朽桂冠。

怀着圣洁的羡慕和神圣的竞争,
似乎小弟弟要
与大哥哥平起平坐,他在超越,
登上常人不可企及的高空。
他为常人写作,唱出千万桩故事,
他的抒情诗是如此甜美和谐,
这个巴托洛梅小弟有资格享受
人们献给大哥鲁贝尔西奥的荣誉。

如果好的开头和发展有希望
带来罕见和美妙无比的结尾,
那么无论如何我的智慧都可以
让你的智慧达到顶峰,科斯麦·巴里恩特。
因此你可以怀着十足的信心
答应给你聪明光荣的额头
戴上一顶桂冠,你非凡的智慧、
你无懈可击的生活作风当之无愧。

在上帝孤独的时候,有你的陪伴,

啊,伟大的摩里略,你在那里证明着
其他更为圣洁、更为精明的缪斯
从未把你这个基督徒抛在一边。
我的姐妹们就曾经给你提供了食粮,
现在,为着报答她们,
你应该指点我们,
教我们演唱让上帝喜悦、大地受益的圣事。

图里亚,你又一次用洪亮的歌喉
唱出了你儿子们的优点和美德,
如果现在你愿意听一听我的歌
不是由于嫉妒也不是竞争写成,
你会听到你的名气超过了许多人,
他们的生活、勇气、美德、智慧
使你的声誉更高,生活在印度河
以及恒河上的人们使你更光辉。

啊,你啊,堂胡安·戈洛玛,你心中
蕴藏着如此丰富的上帝的恩惠,
所以坚决制止了嫉妒心的萌发,
创造了成千种表达声誉的方式,
因此你的名字和你的贡献流传
从可爱的塔霍直到富饶的莱茵!
你,埃尔达伯爵,在幸运的环境中
你使得图里亚比波河更加出色。

他,在他的胸中,充溢和流淌着
由于他的功绩才变得神圣的清泉,
烛光唱诗班感动着他,
如同面对基督,理由十足地跪倒在地;
埃塞俄比亚和奥地利的人们
都知道他唯一的大名:
堂路易斯·卡塞兰
举世无双的蒙特萨及世界的大师。

理所应当地在这个神圣谷地里
留一个突出的位置和闻名的墓碑
给那位荣耀之神要授予他称谓的人,
因为他那天才的智慧受之无愧。
上帝啊,表扬他的时候要小心在意,
因为他突出的贡献属于上帝:
智者堂阿隆索·雷保耶托的功劳,
我无法说出的,请上帝奖励。

法尔贡博士高高地展翅飞翔,
把雄鹰远远地抛在你的身后,
凭着你的智慧飞上九霄云外,
远离这个爱望弥撒的美丽谷地。
为此,我担心也有理由怀疑,
尽管我赞美你,
你仍然会抱怨我,
抱怨我没有日日夜夜歌颂你。

如果温柔的诗歌如同命运之神那样
有变化多端的车轮，
比起月亮还要转动得轻快自然，
月亮虽然过去没有、现在和将来也不会
发生任何变化，但从来都不是静悄悄的，
那么一定只由米塞尔·阿尔迪达
永远独占鳌头，
因为他有学问、智慧和美德。

啊，希尔·波罗，你把全部赞美之词
都献给了天才而罕见的作家！
可你本人也应该受到赞美，你受之
无愧，你受之无愧，你有资格受到赞美。
你可以坚信并怀着这样的希望：
这些牧人们会在这个谷地里为你建造
一座新的丰碑，那里面将保存着骨灰，
人们会纪念你，会赞美你的丰功伟绩。

克里斯托瓦尔·德·比鲁埃斯，
你的学问你的成绩远远超过了你的年纪，
你本人在歌颂那种
逃避尘世欺骗的智慧和美德。
你是一棵幸运而又发育良好的幼苗，
将来我要让本土和外乡的人们
了解、钦佩和赞美

你非凡智慧结出的丰硕果实。

假如根据西·德·埃斯比诺萨
所表现的智慧，
应该为他唱赞歌，
用另外一个更响亮、更美妙的声音，
需要更多的时间和更多的精力。
既然我的声音在指点着他的意图，
我来替他还债，用灵感之泉的大量清水，
传达阿波罗的慈爱。

在这些人中，我看到如同阿波罗
用目光美化世界一样，
谨慎的而潇洒的加西亚·罗梅欧
理所应当地列入这张名单。
如果他在色萨利的原野上
找到了丰沛的皮尼奥斯河之女
——奥维德曾经为她做传记，
他就可以不化作月桂仍然是自己。

冲破寂静，冲破墓地，
冲破空气，
让佩德罗·德·乌埃特教士的声音冲上天庭。
圣洁、英勇的缪斯之音。
荣誉之神曾经歌唱、现在歌唱、
将来还要歌唱他那罕见、高超的智慧，

用歌声把他的作品
带给世界,令人吃惊。

已经到了最后结束的时刻,
我要开始讲述从未提及的事迹,
我希望它能感动盛怒的阿波罗;
因此,尽管我缺乏歌颂的恰当方式,
我想凭借平庸的才智
赞美照耀你们西班牙——
也包括全世界——的两个太阳。

太阳神圣洁的学识、
彬彬有礼、谦虚谨慎、
消失的岁月,
提供千万条忠告的经验;
敏锐的智慧、
善于发现黑暗、
疑难的洞察力
只有这两个太阳最为突出。

牧人们,现在我要为
这漫长的歌做一个小结;
你们听到的全部赞美词
我都直接献给了上面的作家和诗人;
我不替他们还债,他们是真正的欠债人,
我为他们感到自豪,大地上的人们

感到骄傲，向他们致意，

因为他们属于上帝。

我想通过这两位结束我的歌声，

同时再次让你们各位大吃一惊；

如果你们认为我走得太快，

那么你们会看到我如何说服你们。

为他们，我愿意直达天庭；

没有他们，我会羞愧，我会逃走：

这就是拉伊内斯，这就是费盖罗阿；

他们理应受到永远不停的赞美。

　　美丽的仙女还没有唱完那丰富多彩的诗篇的最后音阶，原来分开的火焰渐渐合拢，将她包围在中间，随后一点点地吞食着她，片刻后，这位谨慎的仙女便同那灼热的火焰一道从众人的眼前消失了，这时黎明的曙光刚好露出鲜艳的面庞，照耀着广阔的天空，预示着美好的一天已经来临。接着，令人尊敬的泰莱西奥登上了梅利索墓碑的台阶，众人围在他的四周，都全神贯注、静静地注视着他；于是，他开口道：

　　"谦虚、谨慎、英俊的牧人们，美丽的姑娘们，今天夜里你们在这里亲眼看到的一切，足以使各位明白上帝是多么喜欢我们这个好习惯：我们每年根据大家的决定为埋葬在这里的幸福英灵举行赞美祭祀和忌日纪念活动。亲爱的朋友们，我说这番话是为了从今以后大家要更热心、更积极地参加这类圣事，因为你们看到了美丽的卡利俄珀给我们介绍了多么罕见和宝贵的英灵，他们理应受到不仅是你们各位的赞美，而且应当受到任何人的颂扬。你们不要以为我真正了解到今天生活在西班牙的大作家数目很大就不十分高兴,因为外国的意见总是说西班牙在诗歌方面出类拔萃的精英不多,可是看来实际情况刚好相反,因为仙女点到的每一位诗人都超过了外国最敏锐的作家;假如在西班牙如同在外国那样重视诗歌,诗人们一定能够充分地表现他们的才华。这样一来,由于这个原因,在诗歌方面出类拔萃的才子因为王室和平民的不够重视,他们只好凭着自己的才智传出那令人吃惊的崇高思想,而不敢公之于世;我考虑上帝一定会下令公布他们的思想,因为他绝不会允许世人和我们这个糟糕的世纪仅仅会享受美味佳肴。但是,牧人们,我觉得这一宿你们睡得太少再加上漫长的纪念活动,你们一定很累,大家都想休息了;最好该做的事先放一放,每个人都回家或者回村,一面想一想缪斯女神对我们的忠告。"

说罢,他走下台阶,重新戴上吊唁的花冠,围绕墓碑走了三圈;其他的人也都跟在他后面一面绕圈一面口中念着祷告词。这个仪式结束后,他站在人群中央,神情庄重地望望这边和那边,然后点点头,脸上露出感谢的表情,眼神里充满了爱,便告别了众人离去。于是,人们从四个出口散去;片刻后,人群就解散了;只剩下奥雷里奥村的人,同他们在一起的还有廷布里奥、西雷里奥、尼西塔和布兰卡;还有著名的牧人埃利西奥、蒂尔希、达蒙、劳乌索、埃拉斯特罗、达拉尼奥、阿尔辛多以及四个心灵有创伤的牧人:奥隆博、马尔西略、克利西奥和奥尔费尼奥;牧羊姑娘有:伽拉苔亚、费洛丽莎、西尔维丽娅和她的女友贝莉莎,马尔西略就是为她痛苦得死去活来的。众人集合在一起后,令人尊敬的奥雷里奥对大家说,最好马上出发,以便及时赶到帕尔玛小河旁休息,因为那里是个歇晌的好地方。大家都觉得奥雷里奥说得很对;随后便开始不慌不忙地朝他说的地方走去。可是,由于贝莉莎美丽的模样不让马尔西略的心安宁,他如果有可能并且方式得体,真想走到她身边,对她说一说她那种无理行为;但是为了不失去由于贝莉莎的诚实而产生的尊重,最令人伤心的沉默压倒了心中的欲望。爱神在多情的埃利西奥和埃拉斯特罗心中产生了同样的影响和心境;每个人都想对伽拉苔亚说一说她早已经知道的那些话。正在这时,奥雷里奥说道:

"牧人们,我觉得你们不应该这么吝惜自己的喉咙;你们应该跟树林里这些百灵、夜莺和其他花花绿绿的小鸟对唱,它们那没有经过训练的美妙和声听起来真让人高兴。弹起你们的乐器,放开喉咙唱吧! 让小鸟听听你们精湛的音乐艺术是完全可以超过它们那自然的歌喉的;这样一娱乐,我们走起路来就不觉得太疲倦、阳光太炎热了。看来到正午时分太阳一定很烤人。"

无须多说,大家都听奥雷里奥的吩咐,埃拉斯特罗马上就吹响了他的笛子,阿尔辛多弹起了三弦琴;在乐器伴奏下,大家都用手指着埃利西奥;于是,他开始唱起来:

埃利西奥　　我为不可能实现的目标拼搏,

　　　　　　如果我想要撤退,

　　　　　　大路小径看不清:

　　　　　　直到胜利或牺牲,

　　　　　　希望拉着我到最后。

　　　　　　尽管我知道在这里

　　　　　　即使牺牲也不会取胜,

　　　　　　我越是感到危险临近,

　　　　　　我越是会更加相信

　　　　　　那令人难以置信的事。

　　　　　　上帝,责备我

没有等待好运气，
总是慷慨地提供
毫无希望的阴影，
成千个痛苦的信心。
但我勇敢的心，
燃烧和熔化在
灼热的爱情火焰里，
换得的是确信
那令人难以置信的事。

反复无常、动摇、
强装镇定、担心、
赤裸裸地求爱，
从来不会搅乱
坚定不移的爱情。
时间你快快地走过！
无论是相思是傲慢，
痛苦啊，你增加吧！平静啊，你减少吧！
我将看作自己的幸福
那令人难以置信的事。

我追求命运
拒绝的东西，
命运和天意不肯予以确定，
这不是明显的发疯
和谵妄？

我对一切都感到畏惧；
没有什么可以让我快活，
在如此危险的时刻，
爱情却一定要我相信
那令人难以置信的事。

我明白自己的痛苦
已经达到这种程度，
它会到达爱情那里，
一想到这里
就减轻了痛苦的严厉。
我贫困潦倒，
让如此悲伤的心
稍稍加以喘息，
为的是我的心相信
那令人难以置信的事。

现在越发如此，
因为种种不幸都已来临：
为了让我更加感到痛苦，
虽然每种痛苦都会致命，
却让我的生活乐趣无穷。
但是，最后，如果一个美丽的结局
让我们的生活提高到荣誉水平，
我的结局也会让我出人头地，
因为无论生命还是死亡，我相信

那令人难以置信的事情。

马尔西略觉得埃利西奥唱的内容正合他的心意，很想跟上这个思路；于是不等别人举手，便伴着同样的乐器，开始唱起来：

马尔西略　风儿带走种种希望
　　　　　是多么的轻而易举！
　　　　　这些希望能产生于
　　　　　经常想象的
　　　　　空洞信任。
　　　　　一切都要结束、都有了结：
　　　　　爱情的种种希望，
　　　　　时间提供的手段；
　　　　　但是，在真正的恋人心上
　　　　　只有信念永远存在。

　　　　　她的影响力之大，
　　　　　尽管她对我充满
　　　　　不信任的蔑视，
　　　　　但她总是为我提供
　　　　　保持希望的勇气，
　　　　　虽然爱情消失在
　　　　　我愤怒的胸中，
　　　　　随着我的不幸日益增长，
　　　　　我心中充满对她的愤恨，
　　　　　只有信念永远存在。

爱神,你知道,你正在

从我坚定的信念中

收取赋税,

你收取的如此之多,

我的信念从未枯竭,

因为我的作品使它更坚强。

你完全知道我的全部荣誉

在减少;你越是愤怒,我越是

不愉快;在我心灵的天地里,

只有信念永远存在。

但是如果这是显而易见的事,

如果用不着丝毫的怀疑,

信念不会加入到荣誉里,

那我将来不要什么荣誉,

难道我还等待什么大捷或胜利?

由于痛苦的出现,

我的感觉变得模糊;

一切幸福都已消失:

在如此众多的不幸里

只有信念永远存在。

　　心灵受到伤害的马尔西略长长地叹息一声结束了歌声;埃拉斯特罗随即放下笛子,紧接着唱了下去:

埃拉斯特罗　　无论是伤害我的不幸

　　　　还是给我带来痛苦的幸福,

最看重的还是我的信念，
它既不逃避担心，也不依赖什么希望。
看到我实在的痛苦
不可能得到升华，
这既不会搅乱也不会迷惑
我坚定不移的信念，
也不会消耗我的生命，
希望已死，信念尚存。

在我的不幸中这是个奇迹；
如果我幸福，
那是奇迹的奇迹，
但愿我能幸福，
幸福的幸福
应该首先是荣誉。
让有经验的人告诉世界，
荣誉可以支持坚定的爱情，
坚定的爱情在我心中，哪怕
希望已死，信念尚存。

你的严厉和傲慢以及
我卑微的社会地位，
让我感到如此提心吊胆，
由于我曾经知道如何爱你，
我不能也不敢跟你谈话。
我不断地注视着通往

不幸的大门是敞开的，
我看到自己渐渐结束，
因为对你来说这不值一提：
希望已死，信念尚存。

如此疯狂的谵妄
不会来到我的想象，
如同思想由于我的信念
似乎可以获得
我期盼的一点幸福。
姑娘，你可以相信
疲惫的心灵依然爱你，
因为你受之无愧，
你总会在这颗心里发现：
希望已死，信念尚存。

埃拉斯特罗沉默了；这时，一直心不在焉的克利西奥在同样乐器的伴奏下，这样唱起来：

克利西奥　如果有人晕倒在
　　　　　热恋竞技的路上，
　　　　　真爱因幸福
　　　　　有时变得，
　　　　　那么他等着什么果实或奖励？
　　　　　我不知谁能
　　　　　为爱的冲动
　　　　　确保荣誉、欢乐和幸福？

如果在他心中和最幸福的人身上，
不持久的信念绝不是信念。

在众所周知的种种境遇里，
人们体验过，在爱情的关键时刻
倨傲不恭、胆大包天的人们
开始的时候都是胜利者，
结束的时候都成为败将。
有理智的人都知道
坚定不移
加速胜利，
还知道尽管自得其乐，
不持久的信念绝不是信念。

仅仅出于自己高兴
而想恋爱的人们，
不可能怀疑
在他那浅薄的思想里
应该保留信念。
如果在最大的不幸中
我如此坚定不移的信念
如同幸福那样并不存在，
我自己就会说：
不持久的信念绝不是信念。

一个心理不健康的情场新手，

冲动和轻浮、眼泪和悲伤

都是夏天的乌云闪电，

匆匆而来，转瞬即逝。

欲望和疯狂驱使的爱

不是真正的爱情，

因为他出尔反尔；

不肯牺牲的情人

不是真正的爱人，

不持久的信念绝不是信念。

众人都觉得这几位唱歌的顺序很好，于是希望蒂尔希和达蒙也唱上一首；达蒙很快就满足了大家的愿望，因为克利西奥刚一结束，他就弹起自己的三弦琴，开始唱起来：

达　蒙　阿玛丽莉，美丽而不知报答的姑娘，

如果我倾诉衷肠的渴望，

如果我爱你的坚定信念，

只能使你的心肠变得冷酷，

那谁能让你真正地动情？

姑娘，你清楚地知道，

在我对你的爱情里

我已经走到如此遥远的程度，

除去我对上帝的信念

我对你的信念是唯一的信念。

鉴于我在致命的爱情中

已经走得如此遥远，

不幸中包含着如此的幸福，
因为痛苦我把心灵
交给她的祖国和家乡。
为此我了解并且知道，
我的爱情是如此的长久，
如同死亡和娱乐，
假如爱情里有信念，
我对你的信念是唯一的信念。

消耗在为爱情效力的
诸多年华里，
心灵付出的牺牲
开始表明
我的信念和责任。
因此我不要求你
解决我现在的不幸，
如果我将来提出要求，
阿玛丽莉，那是因为
我对你的信念是唯一的信念。

在我不幸的暴风骤雨里
从没有看到过风平浪静，
没有得到过那种欢乐的希望，
我用它支撑着我的信念。
我抱怨爱情和运气；

但是，我并不感到失望，

为爱情和运气，

我已经走得很远，

尽管我知道毫无希望，

我对你的信念是唯一的信念。

达蒙这首歌刚好证实了廷布里奥和西雷里奥关于牧人们具有罕见智慧的说法是对的；随后，经过蒂尔希和埃利西奥的劝说，身心已经自由、傲慢的劳乌索在阿尔辛多的笛子伴奏下也放开喉咙唱出类似的歌：

劳乌索　　虚伪的爱情，傲慢

　　　　　打碎了你的锁链，

　　　　　傲慢让荣誉回到

　　　　　我的脑海，因为

　　　　　你造成的痛苦不在。

　　　　　任性但不坚定的人，

　　　　　请呼唤我的信念，

　　　　　用他的意见向我证实

　　　　　他的看法是否正确。

　　　　　说吧，我早已忘记，

　　　　　说吧，我的信念一直

　　　　　系在一根纤细的发丝上，

　　　　　只要轻轻一吹就可破灭。

　　　　　你们说吧，我的叹息、

　　　　　我的眼泪都是假的，

爱情的子弹
从来没有穿透我的衣裳。

只要我有病带枷的脖颈
能够获得自由，
就让那所谓轻浮
多变的个性备受折磨。
我清楚地知道谁是西莱娜，
我清楚地知道她那怪脾气，
我知道她那文静的面庞
如何让人放心又如何骗人。

面对她那严肃而少见的表情，
面对她那低垂而美丽的眼睛，
让任何愿望化作灰烬都非难事。
这就是第一次见面的印象，
但是，了解她的性格之后
宁可献出生命，也不想见她，
越是有可能见她，就越不想见她。

上帝的西莱娜啊，我的西莱娜，
我多次这样呼唤着她，
因为她是那样的美丽，
似乎她是属于上帝的；
可是现在没有了担心，
我可以更确切地叫她：

大海中伪装的美人鱼
而不是上帝的西莱娜。

用眼睛,用笔,
用真话,用戏言,
点燃数不尽的轻浮和
盲目的追求者的心田。
总是落后者领先;
但是最痴情的心
总是备受虐待,
哪怕他是第一个恋人。

啊,假如西莱娜的行为和理智
如同她的美貌一样动人心弦,
那么她那罕见的美丽
会有多么出色的评价!
她并不缺乏谦虚谨慎,
可是用的地方如此糟糕,
竟然成为窒息她自负的绞索。

我不会流畅地讲话,
否则一定激动不已;
但是我要说说如何被骗
以及毫无道理地受伤害。
激情没有遮蔽我的眼睛,
她感情的冷淡也没有让我糊涂:

我一直使用理智的语言。

她有许多奇怪的念头，
她那花样翻新的思想
让她每时每刻
都把朋友变成敌人。
由于种种原因
西莱娜有许多敌人，
要么是因为她太坏，
要么是因为他们不好。

劳乌索唱完了歌；尽管他以为没有人能理解为什么他无视西莱娜这个假名，可是在场的人中至少有三个以上知道原因，他们甚至奇怪谦虚的劳乌索居然会刺激别人；尤其是那个蒙面的牧羊姑娘，因为他们早就看到过他是多么的爱她。但是，据达蒙的看法，他的朋友已经得到宽恕，因为他了解西莱娜这个用语的含义，知道从前劳乌索用过这个名字，对于劳乌索没有说的话，他有些惊讶。如上所述，劳乌索唱完了；这时，伽拉苔亚听到从另一头传来了尼西塔的声音，要求她先唱一曲；为此，在下一个牧人开始之前，她请阿尔辛多吹响笛子，然后跟着笛声用嘹亮的歌喉这样唱道：

伽拉苔亚　爱情越是用表面的欢乐
　　　　　邀请和呼唤心灵的加入，
　　　　　知道给他荣誉姓名的人
　　　　　越是极力躲避致命的痛苦。

　　　　　面临爱情之火的心胸，

用诚实和正直武装抵抗，
它的严酷对他不会有所伤害，
严厉的火焰也不会有所激怒。

从来没有被爱过的女人
不知道如何去爱，她会相信
那种刻薄损人的语言；

但是，如果爱和不爱可以损害声誉，
既然把荣誉看得比生命还要重要，
那么生命将经受什么样的磨炼？

众人立刻发现伽拉苔亚的歌是在回答劳乌索的别有用心；她不反对心灵要自由，而是不赞成用心不良的语言和伤害别人的情绪；那些人由于没有达到目的，他们把一时表现的爱情变成了令人憎恶的仇恨，她认为劳乌索就是这么想的；但是如果她了解劳乌索的性格是多么善良，也知道西莱娜的坏脾气，也许会明白过来是自己错了。伽拉苔亚刚一唱完，便很有礼貌地请求尼西塔也唱一曲；尼西塔既漂亮又谦虚，不等别人再请，在费洛丽莎的笛声伴奏下，这样唱道：

尼西塔　我曾经鼓起勇气抵抗
　　　　艰苦的战斗和爱情的袭击；
　　　　我曾经高高地举起骄傲的旗帜，
　　　　抵抗那明显伤害我的诡计。

　　　　但是，炮火如此强大和密集，

我是如此缺乏能力，
爱神虽然没有对我突然袭击，
却让我明白了他那巨大威力。

勇敢、正直、深居简出，
端庄、勤劳、避免口舌。
不求奖赏，求得爱情。

这样，为了逃避胜利，
忠告从来都是无益，
我亲身体验过这个真理。

尼西塔刚一唱完，就让伽拉苔亚感到惊喜不已，其他在场的人听了也有同感；这时，他们距离决定中午休息的地方已经很近了；但是在剩下的一小段路程里，贝莉莎要完成西尔维丽娅唱支歌的请求；她在阿尔辛多的笛子伴奏下，唱了下面这支歌：

贝莉莎　　自由独立的意志，
　　　　　请你们注意理智，
　　　　　增加我们的信心；
　　　　　丢下那空洞的爱，
　　　　　它可能带来羞耻。
　　　　　注意：心灵背负
　　　　　爱情的某种负担，
　　　　　用夹竹桃的苦汁
　　　　　可以配制任何甘甜。

财富的数量再多，
也要增加它的价值和数量。
赛过珍宝的自由
不能交出不能买卖。
如果创造的财富
不能与自由相比，
有谁会为与固执的
恋人几句争执，
丢掉那宝贵的自由？

假如摆脱了爱情的躯体
被关入落落寡合的牢笼，
是令人难以忍受的痛苦，
如果要把灵魂囚禁起来，
岂非更加令人万分痛苦？
假如果真如此万分痛苦，
面对这样巨大的不幸，
耐心等待、勇气和学识
都无济于事，只有等死。

但愿我神圣的目的
远离这些胡思乱想；
躲避那强装的笑颜；
按照他的思维方式
控制我任性的脾气；
我娇嫩但独立的脖颈

　　　　容不得爱情的枷锁；

　　　　不为他失去宁静，

　　　　更不能缺少自由。

　　这位牧羊姑娘的自由诗歌进入到马尔西略的心中，尽管从她的歌词中看不出改善行动的希望；可是他爱她的信念是如此的坚定，他听到这些有关自由的明显表示，不能让他像以前那样不接近她。这时，到小溪的路已经走到尽头；即使众人没有在这里休息的打算，一旦走到这里，看见这样一个美丽的去处是如此的宜人，也不会轻易离去。大家来到小溪旁以后，令人尊敬的奥雷里奥吩咐众人在明亮开阔的岸边坐下；这条穿过绿地的小溪发源于一株古老的棕榈树下，塔霍河流域只有这一处泉水发源于棕榈树下，因此连同这个地方都叫棕榈泉；人们坐定之后，一面吃奥雷里奥手下的牧人给大家热情而不拘礼节地送上的可口的食物，一面喝洁净、清凉的泉水解渴；丰盛的午餐一结束，几个牧人便起身去荫凉的地方，想把昨夜没有睡成的觉找补回来；留在岸边的只有奥雷里奥村的一伙人以及廷布里奥、西雷里奥、尼西塔和布兰卡、蒂尔希和达蒙；他们觉得这盼望已久的谈话要比睡午觉有趣得多。奥雷里奥猜出了他们的企图，便开口道：

　　"先生们，咱们留下的这些人，既然不愿意去睡个好觉，那最好把这一点挤出来的时间用在让大家最高兴的事情上去；虽然每个人对什么是好事都有自己的看法，但依我看还是比一比谁的脑子更机敏才好，大家可以提问题或者出谜语，让坐在你旁边的人回答；这种锻炼有两个收获：一是可以愉快地度过这段时光；二是不要让那些长吁短叹的爱情歌曲折磨我们的耳朵。"

　　众人都同意奥雷里奥的建议；于是，无须调换位置，就从奥雷里奥本人开始发问；他这样说道：

奥雷里奥　从东方到西方
  是什么威力无穷的东西
  名闻遐迩？
  它有时使人强壮勇敢，
  有时让人无力和怯懦；
  它有损健康又恢复健康，
  表现美德又遮掩美德，
  不止一次，
  在老人身上
  比快乐的青年
  显得更加强壮有力量。

  由于奇怪的优越地位，
  它让性格不变的发生变化；
  它让出汗的人发抖，
  让罕见的雄辩口才
  变得笨拙沉默；
  它用不同长短和普遍
  流行的计量测定
  其性格和名称，
  它往往给成千上万
  著名的地方取绰号。

  它没有武器
  却打败武装的人，
  胜利一定属于它；

> 用起它来就难为情的人
>
> 常常最厚颜无耻；
>
> 它是神奇无比的宝物，
>
> 无论在乡村还是城镇
>
> 有了它，
>
> 哪怕口角失败，
>
> 任何人敢向上尉叫阵。

这个问题轮到坐在奥雷里奥身边的阿尔辛多回答；他稍稍想了想内容，最后回答说：

"奥雷里奥，我觉得咱们这个年龄的人不得不更喜欢你这个问题里说的东西，而不是眼前这些漂亮的姑娘；如果我没有弄错的话，你说的这个有威力又出名的东西就是葡萄酒吧；你所说的那些特点都适合葡萄酒。"

奥雷里奥说道："阿尔辛多，你说对了。我要说，我费了好大力气才提出这么一个问题，可是你不费吹灰之力就回答出来了；那么你说一个吧！然后让你旁边的人不管多么费力都要解开疑团。"

"好吧。"阿尔辛多说道。

接着，他提了下面这个问题：

> 阿尔辛多　是谁失去了本色
>
> 变得更加旺盛，
>
> 然后换上了更加
>
> 鲜艳和有活力的颜色？
>
> 出生时它一身漆黑，
>
> 随后变得黝黑光洁，

　　　　　最后变得发光赤红，

　　　　　看上去令人赏心悦目。

　　　　　它不守法律，不守规矩，

　　　　　同火焰结下深厚友谊，

　　　　　准时来到贵族和国王的床前。

　　　　　死后，它称得上一条好汉；

　　　　　生前，定名为雌性动物；

　　　　　外表如同黑影；性格似火焰。

　　坐在阿尔辛多旁边的是达蒙；阿尔辛多的问题刚一说完，他便开口道：

　　"阿尔辛多，我觉得你这个问题并不十分难解；要是我没说错的话，你说的是煤炭，烧完以后是好汉；生前属于雌性动物；其他方面也适合煤炭的特点。假如你也像奥雷里奥那样觉得这个问题太容易回答，因而感到遗憾，那我也来分享这份遗憾。下一个轮到蒂尔希来回答了，让他跟咱们一样吧。"

　　接着，他说出他的问题：

达　　蒙　这位漂亮的贵妇是哪一个？

　　　　　她清洁、整齐、有条理，

　　　　　她懦弱、胆怯可又敢冒险，

　　　　　她常常害羞可又往往撒谎，

　　　　　她有时令人喜欢有时讨厌。

　　　　　如果她们太多——为了令人吃惊，

　　　　　男性换成女性；

　　　　　法律规定

> 国王常常伴随着她们,
>
> 任何男人可以带走这些妇女。

于是,蒂尔希说道:"好朋友,请不要固执下去了。如果奥雷里奥和阿尔辛多有些遗憾的话,那么你也要奉陪了,因为我想告诉你:你这个问题的答案是信和信纸。"

达蒙表示蒂尔希的答案是正确的;接着,蒂尔希提出下面这个问题:

蒂尔希　谁从头到脚都是眼睛?

　　　　有时它没有注意

　　　　就造成爱情的烦恼。

　　　　它经常平息争执

　　　　不偏袒任何一方,

　　　　虽然眼睛很多,

　　　　露出瞳仁很少;

　　　　它有个自诩致命的

　　　　痛苦名称;

　　　　既行善又作恶,

　　　　既点燃又熄灭爱情。

蒂尔希的问题让埃利西奥迷惑不解,因为轮到他来回答问题了;正如人们常说的那样,他几乎要认输了;可是他又想了一会儿,终于说出答案是百叶窗。蒂尔希认可了这个答案。随后,埃利西奥这样问道:

埃利西奥　它十分黑暗又非常光明,

　　　　　它处处对立,矛盾重重,

　　　　　它把真相遮掩不露,

最后又向我们说明。
它有时产生于风趣言谈，
有时来自伟大崇高理想，
尽管它处理空气的事情，
却经常诱发一次次激战。

随便什么人都知道它的名字，
甚至连小娃娃也都十分清楚；
它们的数量很多，但各有其主。
没有任何老妇人不拥抱其中的
女性；有时它们给人愉悦：
越是筋疲力尽越是心满意足。

有些学者日夜操劳
努力抽出它的感觉，
有些感觉——消逝，
尽管人们十分留意。
不管多么愚蠢又多好奇，
不管多么简单又多复杂，
无论它是否存在，
请你告诉我：它是什么东西。

廷布里奥猜不出埃利西奥这个问题的答案；于是，他用来寻找
答案的时间比别人长得多；可是尽管如此，他还是不明白这个问题
的意思。由于他耽搁的时间太长，排在尼西塔后面的伽拉苔亚这
时说道：

"如果允许打破顺序、谁先知道了谁先说，我想我能说出答案

来;假如廷布里奥先生同意的话,那我就说了。"

廷布里奥回答说:"美丽的伽拉苔亚,的确,我承认我太笨,你聪明过人,可以解决任何难题;但是,无论如何,我希望你耐心等一等,请埃利西奥把问题再说一遍;如果这一次我还说不出来,那就更加准确地证明了我的确很笨,那时我听你的。"

埃利西奥把问题又说了一遍;随后,廷布里奥说出了那是什么,他说:

"埃利西奥,同我刚才想的一样,你的问题很费解;可是我觉得它本身就说出了答案;因为这首诗的最后一行说:'请你告诉我:它是什么东西。'这样我就可以回答你的问题了。你的问题是'什么东西',答案就是'什么东西'。你不要奇怪为什么我耽搁这么长时间才找到答案;因为我如果很快做出回答,我会奇怪自己怎么会这样聪明;这一点在我下面的问题里也可以看到我是多么笨:

廷布里奥　尽管他把双脚伸进眼睛,

　　　　可是眼睛并不恼怒,

　　　　反而让双脚放声高歌,

　　　　这样的人他是何人?

　　　　把双脚抽出让人愉快,

　　　　尽管有时抽脚的人

　　　　不能安抚自己的痛苦,

　　　　还可能获得更大的不快。"

廷布里奥这个问题轮到尼西塔来回答;可是不仅她回答不出来,伽拉苔亚也说不出来。奥隆博看到两位姑娘费尽力气也猜不出来,便开口道:

"姑娘们,不要再费尽脑汁去想这个难题了,因为有可能你们一生都没有见过这个谜语里隐含的人物;所以你们不容易猜得着;如果是别的问题,我敢肯定凭着你们的聪明,就是再难的问题也挡不住你们的聪明智慧;为此,请你们允许我来回答廷布里奥这个问题,谜底就是一个带脚镣的人,因为当他把双脚从镣孔里抽出来的时候,要么是获得了自由,要么是进入刑讯室;所以姑娘们,你们看,我想你们大概从来都没看到过监狱和牢房吧。"

伽拉苔亚说:"的确,我从来也没有看到过犯人。"

尼西塔和布兰卡也说了同样的话;随后,尼西塔提出了自己的问题:

尼 西 塔　　咬火焰,咬一口

　　　　　　会受伤,也要狠狠地咬;

　　　　　　尽管被咬,伤口却无血;

　　　　　　但是如果伤口很深,

　　　　　　用手也摸不到伤处,

　　　　　　会致伤者于死命,

　　　　　　死后又会复生。

伽拉苔亚很快就猜出了答案,她立刻对尼西塔说道:

"美丽的尼西塔,我知道我没有搞错:你的谜底就是剪烛花的剪子和蜡烛;如果这个答案是对的话,那你应该满意了。现在轮到我说谜语了;我希望不要太容易就被你妹妹猜中。"接着,她说出下面这个谜语:

伽拉苔亚　　一位母亲生三子,

　　　　　　个个完美无缺,

　　　　　　一个是孙子,

　　　　　　一个是儿子,

一个是父亲；

三人毫无孝心，

虐待自己的母亲，

对她拳打脚踢，

以此表现才智。

正当布兰卡在思考伽拉苔亚这个谜语的含义，人们看到有两个年轻英俊的牧人从他们坐的地方跑过去，脸上露出愤怒的神情，仿佛有什么重要的事情迫使他们这样急匆匆地快跑；就在这个时候，大家又听到有人在痛苦地叫喊，好像在呼救；众人吃了一惊，纷纷起身，循着呼声向洗羊池方向追去；他们离开那个美丽的地方不久，就登上了清凉的河水温顺地流过的塔霍河堤；他们刚一看到河水，眼前就出现了让他们难以想象的奇怪场面；因为他们看到了两个外表温文尔雅的牧羊姑娘使出浑身的力气，紧紧抓住一个牧人羊皮袄的下摆，不让那可怜的小伙子淹死；因为他的下半身已经在水里，脑袋扎在河水中，拼命要挣脱两个姑娘的手，一心要自尽；两个姑娘身单力薄，眼看无法战胜这个固执的小伙子，几乎不得不松手了。这时，那两个飞跑而至的牧人一把抓住那个绝望的小伙子，及时把他拉上岸来。纷纷赶来的众人十分惊讶地看着这个场面，更让他们吃惊的是：那个要自尽的牧人竟然是阿尔蒂多罗的弟弟伽莱尔西奥；两个姑娘是前者的妹妹毛丽莎，以及美丽的特奥琳达；两人一看到伽拉苔亚和费洛丽莎，便热泪盈眶地跑过去；特奥琳达同伽拉苔亚拥抱在一起，她说：

"哎呀，亲爱的伽拉苔亚，我这个不幸的人说过要重新见你，给你说说心里高兴的事情，可是这诺言怎么才能兑现呢！"

伽拉苔亚说道："我非常高兴你能有机会兑现；我向你保证：我随时准备为你效力，这你是知道的；但是我觉得你的眼睛没有说出你这番话,你的话也没有能让我相信你心中的打算。"

就在伽拉苔亚和特奥琳达谈话的时候,埃利西奥和阿尔辛多以及其他一些牧人已经帮助伽莱尔西奥脱光了衣服;在给他解开羊皮袄和其他湿衣服的时候,从他胸口处落下一张纸片,蒂尔希捡了起来,打开一看,发现里面是诗歌,由于被水泡湿,已经无法细读,他就用一根树枝撑开纸片,让阳光把它晒干。人们把阿尔辛多的一件外套给伽莱尔西奥披上,这个不幸的小伙子好像懵懂发呆,一言不发,尽管埃利西奥一再问他究竟什么原因让他非走这条绝路不可。这时,他的妹妹毛丽莎替他做了回答;她说:

"牧人们,请抬头看看,就是她把我不幸的哥哥弄成这副神魂颠倒的绝望样子。"

众人按照毛丽莎的指点,抬头望去;他们看到临河的一块岩石上坐着一个美丽聪明的牧羊姑娘;她笑容满面地望着下面这些牧人的活动。大家很快就认出来那姑娘是冷酷的赫拉茜娅。

毛丽莎继续说道:"先生们,那个冷漠的家伙,那个忘恩负义的家伙,是我不幸的哥哥的死敌;大家都知道,我哥哥喜欢她,爱她,崇拜她;可是,长期以来他为她效力,今天上午他为她流泪不止,换回的是这个冷酷的人所表现出来的极端冷漠的傲慢和难以亲近;她命令我哥哥滚开,永远不许回来;我哥哥还真的听她的话,为了不违背她的命令,甚至想自杀;要不是这些牧人及时赶到,我快乐的日子就走到尽头了,我哥哥的末日也就来到了。"

毛丽莎这一席话让听众吃了一惊,更为让大家吃惊的是,他们看到那个冷漠的赫拉茜娅纹丝不动地待在那里,全然不理睬下面这群人的注视。只见她潇洒而傲慢地从皮口袋里掏出一把小三弦琴,慢慢调好弦之后,用她那极美妙的歌喉唱了起来:

赫拉茜娅   谁将离开绿色大草原上的

青青的草儿和清凉的泉水？
是谁不再迈开敏捷的双脚
去追踪乱跑的野兔和野猪？

谁不再用亲切动人的乐声
去拦阻那些天真无邪的鸟？
是谁在炎热的正午时分
不再去森林里寻找安睡？

是谁还在追求那如此折磨人的虚假爱情
并由此引起了激动、担忧、嫉妒、
气愤、恼怒、死亡和痛苦？

我的爱过去和现在都属于田野；
我的镣铐永远都是玫瑰和茉莉；
我生得自由，安身立命在自由。

　　赫拉茜娅这样唱道；从她的动作和表情上，不断流露出那冷漠的性格。但是，当她刚唱完最后一句时，她忽然非常敏捷地站立起来；接着，仿佛逃避什么可怕的东西一样，顺着岩石向下面跑去；她的性格让大家吃惊，而她的突然逃走更使人们迷惑不解；但是，众人很快就明白了她逃走的原因；原来是她看到了多情的莱尼奥，后者这时正迈着紧张的步伐向那块岩石爬去，目的是要接近赫拉茜娅；可是姑娘却不想见他，因为她不愿意给自己冷漠的性格留下半点漏洞。当莱尼奥气喘吁吁地到达那块岩石时，赫拉茜娅已经来到山脚下；小伙子看到她不但没有停步反而加快步伐向广阔的田野跑去，于是精疲力竭地坐在不久前赫拉茜娅坐的地方；接着，便绝望地咒骂自己的命运和看到冷漠的赫拉茜娅的时刻;很快,他好像对自己说了骂人的话有些后悔,重新感谢眼睛看到了她,觉得眼前这个时刻还是很幸运的;接着,又突然感到非常恼火,一下子把放羊的木棍扔得老远,又脱下羊皮袄,扔到从岩石下面流过的清澈的塔霍河里。所有这些情形都让下面注视着他一举一动的牧人们看在眼里,大家都认为热恋中的爱情力量让他失去了理智;于是,埃利西奥和埃拉斯特罗连忙向山顶爬去,不让他干出代价惨重的错事。可是,莱尼奥看到他们上山后,并没有什么举动,只是从羊皮口袋里掏出三弦琴,脸上异常平静,他重新坐下,眼睛含着热泪注视着赫拉茜娅逃走的方向,声音温和地唱了起来:

莱尼奥　谁追赶着你,冷漠的姑娘?

　　　　是谁把你领上了邪路?

　　　　谁不让你接受别人的爱情?

　　　　谁让你飞快的双脚长了翅膀

　　　　跑得比风儿还快? 为什么你

　　　　不信任我,漠视高尚的思想?

　　　　为什么你躲避我? 为什么离我而去?

　　　　啊,面对我的怨言,你比大理石还硬!

　　　　莫非由于我身份特别低下

　　　　就不配仰视你美丽的眼睛?

　　　　难道我贫穷? 我吝啬? 你觉得

　　　　我自从学会注视你不够真诚?

　　　　我没有改变原来的性格。

　　　　我的心不是系在你那最纤细的发丝上了吗?

　　　　那你为什么远离我呢?

> 啊,面对我的怨言,你比大理石还硬!

> 让你那过分的骄傲
> 教训我自由疲惫的心;
> 你看看我过去的狂妄
> 已变成充满爱的愿望。
> 你看,最不在乎生命的
> 也对爱神无能为力。
> 停下脚步吧! 干吗折磨双脚?
> 啊,面对我的怨言,你比大理石还硬!

> 看看我吧,这如同看到了你自己,
> 现在我发现像往常一样,我希望
> 爱情能够给我巨大的力量;
> 我的爱如此强烈,竟然忘记了自己。
> 你已经赢得了荣誉,你的战利品是
> 爱神可以把我监禁;你已经征服了我,
> 难道还要对我抱怨个没完没了?
> 啊,面对我的怨言,你比大理石还硬!

就在这个伤心的牧人倾诉自己痛苦的怨言时,其他牧人在责备伽莱尔西奥那不好的念头,批评他那有害的打算。可是,这个绝望的小伙子一声不吭;毛丽莎对此已经感到筋疲力尽,她认为干脆不要去管他,让他去实施那坏念头吧。与此同时,伽拉苔亚和费洛丽莎把特奥琳达叫到一边,问她回到这里的原因以及是否早已知道阿尔蒂多罗的事情;对此,特奥琳达哭着回答说:

"亲爱的朋友们,我不知道应该说什么好,只能说是上帝让我找到了阿尔蒂多罗，为的是让我完全失去他，因为你们大概知道我那个该死的、背信弃义的妹妹，从一开头就是我不幸的根源，正是她结束了我愉快的生活，原因是她知道我们跟伽莱尔西奥和毛丽莎到达他们村里时，阿尔蒂多罗就在不远的山上放羊，她什么都不对我说就去找他，果然让她找到了；她装成我的样子——上帝让我们俩长得相像就是为了这次惩罚，她没费什么力气就让阿尔蒂多罗明白了在我们村里曾经拒绝他求爱的那个牧羊姑娘是跟她长得极像的姐姐；总之，她把我为阿尔蒂多罗办的事情和忍受的痛苦都说成是她的；由于阿尔蒂多罗的心肠很软又非常多情，所以那个背信弃义的家伙只说一句听她的没错，他就相信了她，这样就把我给害苦了；不等什么新的婚姻障碍拦住他这桩喜事，立刻就同意娶莱奥纳尔达为妻，可是他以为娶的是特奥琳达呢。姑娘们，你们瞧：到什么时候我的眼泪和叹息才能停止呢？你们看：我已经彻底没有希望了；我最感到遗憾的是不得不支撑这一希望的那份同情心。莱奥纳尔达已经拥有阿尔蒂多罗了，尽管使用的是我给你们说的欺骗手段，现在他已经知道了真相，虽然对这个骗局很生气，出于谨慎他还是假装不知道。后来，他们结婚的消息传到了村里，我快乐的生活也随之结束了；人们也都知道了我妹妹玩的计谋，她辩解说她看到了伽莱尔西奥因为赫拉茜娅的缘故才失踪的，其实她心里在爱着伽莱尔西奥，因此她觉得很容易就把阿尔蒂多罗的恋爱归结为他自己的心意，而不是伽莱尔西奥绝望的心，因为无论外表还是礼貌，他们形同一人；因此她觉得很幸运，也很高兴能有阿尔蒂多罗这样的伴侣。让我丢脸的妹妹就是这样辩解的。于是，为了不看她那副占有我权利的得意神情，我离开了村子和阿尔蒂多罗，心里非常难过，一路胡思乱想，在毛丽莎陪伴下来向你们讲述我不幸的消息；毛丽莎来这里是要告诉各位格里萨尔多获悉罗莎乌拉躲起来以后采取的行动。今天早晨,太阳升起的时候,我们遇到了伽莱尔西奥,他正在温柔又多情地劝说赫拉茜娅接受他的爱情;可是,她以最令人吃惊的傲慢和冷漠态度命令小伙子滚开,永远不要来见她;这个不幸的牧人,迫于这样粗暴的命令和冷漠的态度,很想照办,那情景你们都看到了。朋友们,这一切就是我同你们分手后发生在我身上的事。你们看:恐怕我要比以前哭得更厉害,你们也要花更多时间来安慰我了;但愿我的不幸能得到安慰。"

特奥琳达无法再说下去了;因为泪水正在串珠般地落下,发自心中的叹息妨碍着舌头的作用;尽管伽拉苔亚和费洛丽莎想表现得老练些,有口才安慰特奥琳达,但是收效甚微。就在姑娘们谈话的这段时间里,蒂尔希从伽莱尔西奥身上捡来的那张纸片已经晒干了,他很想看一看,便拿起来,看到上面是这样写的:

伽莱尔西奥致赫拉茜娅

> 披着人皮的天使,
> 贵妇脸上的愤怒,
> 冷酷无情的火焰
> 煎熬着我的心灵!
> 你听听你的冷漠
> 造成的无理行为,
> 已从我心里转化
> 为这些伤心文字。
>
> 我写诗不是为打动你,
> 因为无论恳求与智慧,

面对你惊人的冷漠
都实在是一文不值，
对你丝毫不起作用。
我写给你是要你
看看你是多么无理，
用你刻意追求的价值
酬报我经受的不幸。

你赞美自由很正确，
也很有道理。
可是，你看你只是
用冷酷坚持道理，
你这样的命令不对：
你不受触犯地去爱，
用他人无辜的死亡
维持你自由的生命。

你不要以为大家爱你
会让你失去你的尊严，
更不要以为你的荣誉
建立在使用傲慢的基础。
你不应该那样盛气凌人，
用些许爱心酬报别人
可以获得较好的名声。

你的冷酷使我明白

是这里群山养育你，
是大山造就你冷酷、
桀骜不驯的性格：
娱乐的场所是大山，
你嬉戏在荒山野岭，
那里不可能找到
一心一意爱你的人。

有一天，我看到你
坐在阴凉的密林里，
我说："那是一座
大理石制成的雕像。"
尽管后来你用动作
驳斥了我的说法，
我说："你的性格
比雕像还要冷漠。"

但愿你真是一尊石像，
但愿我能求告上帝
用我换回你的生命，
让你变成温柔的女性！
皮格马利翁面对他的塑像
也不曾像我如此屈从；
姑娘，过去、现在、将来
我永远服从你的命令。

你有理由也应该酬报
我经受的不幸和幸福：
为我的不幸感到痛苦，
为我创造的幸福高兴。
在你对待我的方式里，
大家都知道这是事实：
你的顾盼能给我生命，
你的个性能让我送命。

从这个敢于规避爱神
射击的胸膛里，会发出
融解冰雪的火样的叹息。
请允许我放声痛哭；
既然从来不容许宽慰，
那么请你的翩翩风度
带来一点快乐和温柔。

我清楚地知道，你会说：
滚开！我相信你会这样；
但是，你压抑着欲望吧！
我将克制自己不去要求。
可是，根据你对我无数次
要求的答复，你并不在意
我要求的是多还是少。

如果我对你惊人的冷漠

能够提出什么责备,如果
我能给你贴上说明我们
弱点的标记,如果看到
你的性格不像通常说的那样,
那么我应该说:"记住:
你是块岩石;你应该变成岩石!"

但是,不管你是岩石还是钢铁,
不管你是坚硬的大理石还是钻石,
我永远是一个赛如钢铁的情人。
永远热爱和崇拜一块坚硬的岩石。
如果你是伪装的天使,或者愤怒
女神,即使这一切千真万确,
我会为这样的天使无私奉献,
我会为愤怒女神受苦受难。

　　蒂尔希觉得伽莱尔西奥关于赫拉茜娅性格的诗写得很好;他想拿给埃利西奥看一看,结果看到埃利西奥的脸色变得铁青,仿佛死人一样;他连忙走到埃利西奥身边,当他正要问他是否什么地方不舒服的时候,无须对方回答就已经明白他痛苦的原因了;因为这时他听到有人在对大家说:营救伽莱尔西奥的两个牧人就是那个葡萄牙人的朋友,即尊敬的奥雷里奥已经决定把伽拉苔亚许配的葡萄牙人;这两个牧人是来通知奥雷里奥三天后那个幸运的新郎官要来他们村庄完婚的事;因此,蒂尔希立刻看到这个消息在埃利西奥心里产生了多么意外的感情变化;尽管如此,他还是对埃利西奥说道:

　　"好朋友,现在你可要千万谨慎从事;勇敢的心要表现在巨大

危险来临的时刻;我向你保证不知道谁跟我说过:你这桩心事终归
会有好结果的。你现在就假装不知道,不要吭声好了! 如果伽拉
苔亚决定不能完完全全地服从父亲的意志,那么你的愿望就有可
能实现,你要利用我们大家的情绪和给你提供的全部帮助,因为在
这条河两岸以及埃纳莱斯河两岸有许多牧人可以给你帮忙;我当
然要帮助你;我想大家都了解我愿意帮助别人的性格,这就要求他
们保证不能让我对你的许愿落空。"

埃利西奥惊讶地听着蒂尔希这慷慨无私的许诺,他不知如何
回答才好,只是紧紧地把蒂尔希抱在怀里,然后激动地说道:

"聪明的蒂尔希,上帝一定会赐福给你! 你对我的安慰,加上
伽拉苔亚的决心,我相信她不会与咱们有分歧,毫无疑问,我明白
人们绝对不会允许把伽拉苔亚这样美貌绝伦的女子让外人从这里
的土地上抢走,因为这是最明显不过的奇耻大辱。"

说罢,他再次拥抱了蒂尔希,慢慢地脸色也恢复了正常。可
是,这时伽拉苔亚依然面色惨白,她一听到牧人使者的口信,如同
听到死刑判决书一样。埃利西奥察觉到她脸色的全部变化,埃拉
斯特罗也无法掩饰自己的担心,费洛丽莎更是如此,这个消息使在
场的人们都感到不快。这时,太阳已经西斜,时候不早了,加上多
情的莱尼奥已经去追赫拉茜娅,在那里已经无事可做;于是,众人
便邀请伽莱尔西奥和毛丽莎同行回村。一进村口,埃利西奥和埃
拉斯特罗走进了自己的茅舍;蒂尔希、达蒙、奥隆博、克利西奥、马
尔西略、阿尔辛多和奥尔费尼奥以及其他一些牧人都留在埃利西
奥家里了;幸运的廷布里奥、西雷里奥、尼西塔和布兰卡彬彬有礼
地告别了前面那一批人,并且告诉他们改日要去托莱多——他们
旅行的目的地,与埃利西奥那帮人一一拥抱之后,他们就跟上奥雷
里奥走了;同行的还有:费洛丽莎、特奥琳达、毛丽莎和悲伤的伽拉

苔亚；这姑娘一路上满面愁容、心事重重，由于她那谨慎的性格，所以丝毫没有流露心中的不快。跟达拉尼奥走的人有：他的妻子西尔维丽娅和美丽的贝莉莎。当夜幕降临的时候，埃利西奥觉得这漆黑的夜晚堵塞了他通往欢乐生活的全部道路；要不是那天夜里他得笑脸招待家里的这些客人，那一宿一定过得很糟，会绝望地盼着黎明的到来。可怜的埃拉斯特罗也一样在痛苦的煎熬中过夜，虽然他稍微轻松一些，用不着照顾客人，他破口大骂自己的命运不济和奥雷里奥草率的决定。与此同时，牧人们已经饱餐一顿，有些人已经进入梦乡。就在这时，漂亮的毛丽莎来到了埃利西奥茅舍的门前；她看见埃利西奥刚好走出来，便把他叫到一旁，交给他一张纸并且告诉他是伽拉苔亚的信，请他立刻就看；因为这个钟点捎信来，内容自然是要紧的事。埃利西奥很惊讶毛丽莎的来访，更惊讶她带来的信，便急忙走进茅舍，就着松脂灯光下读了起来，只见上面写道：

伽拉苔亚给埃利西奥的信

由于我父亲的草率决定，我不得不下决心给你写这封信；我自己也感到内心有股力量，让我非下决心走这一步不可。你很清楚我现在的心情；我也知道我特别想待在一个好些的地方，以便报答我欠你的恩情；但是，如果上帝要我欠你的债，那你去埋怨他好了！但这不是我的心愿。如果有可能，我真想改变父亲的决定；但是，我看没有可能，因此我就不想一试了。如果你那里想出了什么办法的话——只要不是磕头哀求——请注意后果，要小心谨慎，因为这关系到我的名誉。要来娶我为妻并且最终埋葬我青春的那个人，后天就要来了；你想办法的时间已经不多了，虽然对我来说，这段时间足够我反悔的了。我告诉你:毛丽莎是忠实可靠的;而我是不幸的。

伽拉苔亚这封信中所说的理由让埃利西奥感到极为困惑;他觉得这样给他写信是件新鲜事,因为以前她从来没有给他写过信要求他想办法解决眼前的难题;他把所有这些问题想了一遍,最后停在如何执行这一命令上,如果能完成这一任务,哪怕牺牲一千次也在所不惜。眼前他唯一能指望的帮助就是他这些朋友了,他相信大家,因此敢提笔写信给伽拉苔亚;写好后,他请毛丽莎把信交给伽拉苔亚,信上这样写道:

埃利西奥给伽拉苔亚的信

美丽的伽拉苔亚,假如我个人的能力可以实现我为你效力的愿望,无论是你父亲对你施加的压力还是世界上什么巨大的力量都不能伤害你;但是,不管哪种情况,现在你会看到:如果这桩无理的事情要发生,我不会坐视不管,而是要按照你的吩咐通过最佳渠道解决。你了解我的信念,它可以为我的决心做担保。请相信未来的幸福生活,准备迎接目前命运的挑战吧!是上帝促使你想到了我并且给我写信,这给了我勇气,我将证明自己是不会辜负你给我的恩惠的;为着服从你的命令,无论怀疑还是担心都不能阻止我按照你的、同时也是对我很重要的意愿去行动。暂时写到这里;其余有关的事情,你可以从毛丽莎那里得知,我已经把详情讲给她了。如果你不同意我的看法,请尽快通知我,以免耽误时间;而时间将证明我们的幸福是有理的;上帝一定会赐福给你,因为你当之无愧。

如上所述,埃利西奥把信交给了毛丽莎,还告诉她将如何召集所有的牧人开会,如何一起去找伽拉苔亚的父亲面谈,请求他看在上帝分上,不要让这举世无双的绝代佳人流落到异国他乡;假如这还不足以解决问题,他考虑向那个葡萄牙牧人陈说利害,让那小子本人说出来不喜欢这门婚事;如果这些手段毫无用处,他准备使用武力让伽拉苔亚获得自由;这要尊重她的信任,因为她可以指望这个如此热恋着她的人。毛丽莎带着他这番决心走了。随后,埃利西奥把自己的这些想法告诉了牧人们并且请大家出主意想办法,经过磋商众人都同意他的决心。接着,蒂尔希和达蒙自告奋勇愿意去找伽拉苔亚的父亲面谈。劳乌索、阿尔辛多、埃拉斯特罗以及四位朋友:奥隆博、马尔西略、克利西奥和奥尔费尼奥,准备第二天去召集朋友,以便按照埃利西奥的吩咐采取任何行动。时间就在商量最佳行动方案中度过了大半夜。次日一大早,除去蒂尔希和达蒙留在埃利西奥身边之外,所有的牧人都按照事先的分工出去办事了。就在这一天,毛丽莎又来找埃利西奥,告诉他:伽拉苔亚已经决定听从他的吩咐。埃利西奥送她走的时候,又做了种种保证要伽拉苔亚放心。他满面春风、喜气洋洋地等待着下一天的到来,以便看看命运之神究竟给他这个难题安排什么出路。这天晚上,他和蒂尔希以及达蒙就在茅舍过夜,他在反复掂量可能出现的困难,如果蒂尔希想要说的理由不能打动奥雷里奥的话,那么会有哪些麻烦呢?随后,埃利西奥为了让牧人们好好休息,走出茅舍爬上后面长满绿草的山坡;在周围寂静的陪伴下,他回忆起为伽拉苔亚吃过的苦头以及担心上帝不肯帮忙的话可能接受的苦难;他一面想着心事,一面在温和的西风吹拂下低声唱起下面这首歌来:

埃利西奥　假如咄咄逼人的暴风雨

　　　　来自咆哮的大海和愤怒的海湾,

我要让生命摆脱这粗暴的耻辱，
去抚摩幸福和健康的广阔大地。

举起一只手又一只手迎着微风，
怀着谦卑的心灵和喜悦的心情，
我要让爱神了解，让上帝感受到
我感谢他们赐给的巨大的幸福。

我要说自己的叹息是幸福的，
我会觉得眼泪是令人欢喜的，
燃烧我内心的火是爽快轻松的。

我要说射向健康心灵和躯体的
猛烈而甜蜜的箭属于爱神，
爱情的幸福不是半个，而是极端。

埃利西奥唱完这首歌的时候，东方开始显露五彩的朝霞，它那美丽的鲜红面庞给大地带来一片欢乐，露珠洒在青草上，绘出一幅美丽的草原风光画，爱讲话的小鸟们用千百种商定的曲调问候黎明的到来。这时，埃利西奥起身放眼向广阔的田野望去，发现不远的地方有两队牧人走来，他觉得他们走的方向是朝着茅舍来的；果然，他很快就认出那里面有他的朋友阿尔辛多和劳乌索和他俩召集起来的人。另一队中有奥隆博、马尔西略、克利西奥和奥尔费尼奥以及召集起来的人。埃利西奥一认出是他们便急忙下山来迎接；当两队人来到门前时，蒂尔希和达蒙已经在茅舍外面了，他们是出来寻找埃利西奥的。这时，所有的牧人都走到一起来了，大家都非常高兴地互相问候一番。随后，劳乌索转身对埃利西奥说道：

"好朋友埃利西奥，这是我们召集起来的人，你可以看到我们已经开始证明我们的确愿意履行自己的诺言；这里所有的人都是想给你帮忙的，哪怕冒生命危险也在所不惜；而你在不必要的情况下，用不着出来冒险。"

埃利西奥用他知道的最美好的语言感谢劳乌索以及所有为他提供帮助的牧人；接着，他给大家讲了与蒂尔希和达蒙商量的解决这一难题的全部计划。牧人们都觉得埃利西奥的计划很好；于是，大家不再停留，由蒂尔希和达蒙领头，一起向村庄进发，他们有二十人，是塔霍河流域最英俊、最勇敢的牧人，人人都打算，如果蒂尔希的理由不能打动奥雷里奥对他们的请求做出让步，就决定使用武力，绝对不能让伽拉苔亚被外国牧人抢去。埃拉斯特罗对此非常高兴，仿佛请愿这件事可以给他带来快乐，因为只要能够看到伽拉苔亚和她那高高兴兴的样子就心满意足了，他希望埃利西奥能够跟伽拉苔亚结婚，这是他一直盼望的，因为伽拉苔亚欠埃利西奥的恩情实在太多了。

这个爱情故事的结尾以及伽莱尔西奥、莱尼奥、赫拉茜娅、阿尔辛多和毛丽莎、格里萨尔多、阿尔丹德罗和罗莎乌拉、马尔西略和贝莉莎，以及这里点到名字的其他牧人的故事，将在这部书的第二部中有所交代，如果这第一部能受到耐心读者的欢迎，那第二部将在短时间内与聪明的读者见面并接受评判。①

---

① 作者最终没有写出第二部来。